LAURIE McBAIN

Herzen im Feuer

Buch

MaraO'Flynn, die atemberaubend schöne, verführerische Schauspielerin, ist fest davon überzeugt, dank ihrer dramatischen Fähigkeiten jeden Mann an der Nase herumführen zu können – bis sie auf Nicholas Montaigne Chantale trifft: Der heißblütige Kreole kann nach einem zufälligen Treffen die hinreißende Mara nicht mehr vergessen. Als sie ihn auslacht, schwört er wilde Rache. Anläßlich einer Tournee, die Mara im Jahr 1850 unternimmt, verfolgt Nicholas sie um die halbe Welt. Doch als er sie schließlich in den Armen hält, sind alle bösen Rachepläne vergessen. Und auch Mara läßt die Maske der Überheblichkeit fallen, denn sie erkennt endlich, daß sie ohne ihren schwarzhaarigen Verfolger nicht mehr leben kann ...

Autorin

Laurie McBains Romane wurden in mehrere Sprachen übersetzt und erreichten Millionenauflagen. Die Autorin lebt in Big Sur, Kalifornien.

Von Laurie McBain außerdem bei Portobello lieferbar:

Geliebte Sünderin. Roman (55351)

LAURIE McBAIN

HERZEN IM FEUER

Roman

Aus dem Amerikanischen
von Christoph Göhler

PORTOBELLO

Die Originalausgabe erschien unter dem Titel »Tears of Gold«
bei Avon Books, New York.

Umwelthinweis:
Alle bedruckten Materialien dieses Taschenbuchs
sind chlorfrei und umweltschonend.

Portobello Taschenbücher erscheinen im Goldmann Verlag,
einem Unternehmen der Verlagsgruppe Random House GmbH

Einmalige Sonderausgabe September 2007

Dieses Werk wurde vermittelt durch die
Literarische Agentur Thomas Schlück GmbH, 30827 Garbsen.
Umschlaggestaltung: Design Team München
Umschlagillustration: Berni Oliviero/Agentur Schlück GmbH
Druck: GGP Media GmbH, Pößneck
NG • Herstellung: WE
Printed in Germany
ISBN: 978-3-442-55534-5
www.portobello-verlag.de

10 9 8 7 6 5 4 3 2 1

Für meine Brüder
Gordon und Robert McBain
in Liebe

Der Schaft des Pfeiles war mit des Adlers eigener Feder bestückt – oft liefern wir selbst unseren Feinden die Waffen, mit denen sie uns vernichten.

Aesop

Prolog – 1848

»Kommen Sie mit mir, Mara!« flehte Julian. Seine blauen Augen glänzten fiebrig. Er vermochte den Blick nicht von der wunderschönen jungen Frau abzuwenden, die so stolz vor ihm stand. Ihre überhebliche Gleichgültigkeit verletzte ihn, ließ ihn jede Vorsicht vergessen. Voll Verlangen starrte er in ihre goldenen Augen, die unter schweren Lidern halb verborgen lagen. Dichte dunkle Wimpern bewirkten, daß niemand ihre Gedanken erraten konnte, aber um ihre Lippen spielte der Anflug eines triumphierenden Lächelns.

Dieses Lächeln reizte Julian noch mehr. Verzweifelt wünschte er, ihre weichen, vollen Lippen auf seinen zu spüren. Ein tiefer Seufzer entrang sich ihm, als sein Blick über ihr offenes, üppiges Haar wanderte, das wie ein seidig-braunes Cape über ihre Schultern fiel und bis zu den Hüften reichte. Es leuchtete dunkelgolden, und wenn die Sonne, die durchs Fenster schien, darauffiel, tanzten feurige dunkelrote Lichter darin. Über der reichen *broderie anglaise*, mit der ihr Mieder verziert war, war die zarte elfenbeinfarbige Haut ihres Nackens und die sanfte Rundung ihres Busens zu sehen. Ihre schmale Taille verlangte geradezu danach, daß die Hand eines Mannes sie umschließen und die zarten Kurven erforschen möge.

»Mara, meine Geliebte!« Julians Stimme war heiser. Ihre überwältigende, exotische Schönheit ließ ihn all seine Vorsätze, ruhig und vernünftig zu bleiben, vergessen, und plötzlich zog er sie an sich. Ein betörender Maiglöckchenduft raubte ihm fast die Sinne, während seine Lippen die schimmernde Haut an ihrem Halsansatz liebkosten.

»Mein Gott, Mara. Sie müssen mir erlauben, Sie zu lieben!« flüsterte Julian ganz außer Atem und strich mit seinem Finger über ihr Ohr.

»Julian, lassen Sie mich los«, seufzte Mara gereizt. Ihre Stimme war kalt. »Sie machen sich nur lächerlich«, fügte sie verächtlich hinzu und lachte spöttisch, um zu zeigen, wie wenig ihr seine Liebesschwüre bedeuteten.

Julians Lippen suchten ihre, schlossen sich über ihrem Mund und erstickten ihr Lachen. Er küßte sie lange und voll glühender Leidenschaft, zugleich zog er ihren in Seide gekleideten Körper an seinen. Seine Finger tasteten sich unter den Saum ihres Kleides, berührten die warme Haut ihrer Brüste. Er griff in das weiche und doch feste Fleisch. Aber der Herzschlag, den er unter seiner Hand spürte, wurde kein bißchen schneller, nichts deutete darauf hin, daß ihr Blut so wie seines in Wallung geriet.

Mara blieb vollkommen ungerührt stehen. Nicht der Funken eines Gefühls blitzte in ihren Augen auf. Gelangweilt schaute sie über Julians Schulter.

Widerstrebend lockerte Julian seinen Griff, dann ließ er die Arme sinken. Verwirrt und verletzt zugleich betrachtete er ihr ebenmäßiges kühles Gesicht, in dem sich nicht einmal der Hauch einer Gefühlsregung zeigte.

»Ich begreife nicht«, begann er zaghaft, »hat Sie mein Vorschlag überrascht? Das kann ich nicht glauben. Sie wissen, wie sehr ich Sie liebe und Ihnen ergeben bin. Ist es vielleicht ein anderer Mann?« Seine Stimme bebte vor Eifersucht.

Julian packte Mara an den Schultern und starrte in ihre sanften goldbraunen Augen. Ihre unberechenbaren Launen brachten ihn zur Verzweiflung. »Ich habe bereits alle Vorbereitungen für unsere Reise nach Frankreich getroffen. Meine Jacht liegt in Southampton bereit. Schon morgen können wir die Segel setzen. Wir werden einen Monat in Paris verbringen und dann durch das Mittelmeer kreuzen, bis wir dessen müde werden. Ich kann Ihnen alles bieten, was Sie sich immer erträumt haben, Mara.«

Flehend schaute er sie an, hoffend, daß sein Vorschlag ihren Gefallen finden würde, aber sie schenkte ihm nur ein abfälliges Lächeln und warf in aufreizender Weise ihre dunklen Haare nach hinten. Julian verstummte und senkte seinen Blick, denn er ertrug ihre spöttische Miene nicht länger.

»Bis Sie *meiner* müde werden. Das meinen Sie doch, nicht wahr, Mylord?« Maras Stimme war ruhig, und während sie sprach, strich sie vollkommen unbeteiligt ihr Mieder glatt. »Nein, diesmal werden wir die Rollen tauschen. Denn diesmal bin ich zuerst Ihrer lächerlichen Bemühungen, mich zu umwerben, überdrüssig geworden.«

»Sie sind meiner überdrüssig?« murmelte Julian, und eine tiefe Falte grub sich in seine glatte Stirn.

Mara musterte ihn desinteressiert. Er war ein hochgewachsener, breitschultriger junger Mann von höchstens einundzwanzig Jahren, in elegant geschnittenen, blaugestreiften Hosen und dazu passendem Gehrock. Auf seinem sonnengebräunten Gesicht, das jetzt vor Erregung gerötet war, stand meist ein breites Lächeln. Es war das jungenhaft hübsche Gesicht eines typischen Londoner Müßiggängers.

Ein grausamer Glanz trat in Maras Augen, als sie ihm beschied: »Ich frage mich bloß, warum Sie mir nicht schon früher lästig geworden sind mit Ihrem ständigen Geschwätz über Pferde, Hunde und Wettrennen.«

Julians Lippen begannen leicht zu zittern. »Sie wollen mich auf die Probe stellen, Mara. Vielleicht habe ich meine Ergebenheit noch nicht ausreichend bewiesen? Dies hier sollte Sie von meiner Aufrichtigkeit überzeugen und Ihnen helfen, die richtige Entscheidung zu treffen«, erklärte er mit der Zuversicht eines gutaussehenden, reichen Lebemanns, der bis jetzt noch immer alles bekommen hatte, was er sich wünschte.

Er zog ein flaches Lederetui aus seiner Rocktasche und reichte es ihr. Als sie keine Anstalten machte, es entgegenzunehmen, ließ er den Deckel aufschnappen. Darin lag ein Collier aus blutroten Rubinen neben zwei dazu passenden Ohrringen.

»Es würde Ihnen bestimmt stehen«, versuchte er sie zu überreden. »Und Mara, das ist nicht alles. Meine Geliebten hatten noch nie Grund zu klagen, weder was ihren Schmuck noch was meine Zuwendungen betraf.«

Zum erstenmal zeigte sich ein Gefühl in Maras Augen, deren Farbe Julian nun an flammendes Herbstlaub erinnerte. Er mißdeutete das Glühen als Einverständnis und hielt ihr sein Geschenk noch einmal hin, nur um es aus der Hand geschlagen zu bekommen. Das Etui fiel zu Boden, und die Rubine verteilten sich wie große Blutstropfen auf dem Teppich.

»Mara!«

»Mara!« äffte sie ihn nach. »Wie zuwider es mir ist, meinen Namen aus Ihrem Mund zu hören. Sie arroganter, aufgeblasener Schnösel! Glauben Sie tatsächlich, man könnte mich *kaufen*? Wissen Sie eigentlich, daß ich die ganze Zeit nur über Sie gelacht habe, Julian?«

Mara machte einen Schritt auf ihn zu. Sie war sich darüber im klaren, daß der betörende Duft ihres Parfums ihn einhüllte, während sie mit dem Handrücken über seine entflammte Wange strich. »Armer kleiner reicher Lord, jetzt wird er zum erstenmal in seinem wohlbehüteten Leben enttäuscht. Es ist Ihnen immer viel zu gut gegangen, Julian. *Vous êtes un enfant gâté*«, machte sie sich über ihn lustig. Ihr war wieder eingefallen, daß seine Mutter Französin war. »Es tut mir leid, daß ich Sie dafür bestrafen mußte.«

Julian stolperte rückwärts, als wäre er geschlagen worden. Fassungslos starrte er sie an, und sein Blick verschwamm. Er hätte nicht überraschter sein können, wenn sein Lieblingsspaniel sich vor seinen Augen in eine giftige Viper verwandelt hätte.

»Ich liebe Sie, Mara«, flüsterte er benommen.

»Liebe?« Mara war wirklich erheitert. »Sie wissen nicht einmal, was Liebe ist. Sie und Ihresgleichen kennen doch nur die nackte Sinnenlust!«

»War alles nur gespielt? Sie haben mich irregeführt und mich die ganze Zeit ausgelacht, während ich Sie küßte und Ihnen meine Liebe schwor?«

Seine Leidensmiene und die gepreßte Stimme hätten Mara beinahe umgestimmt, wäre ihr Blick nicht in diesem Augenblick auf das Rubincollier gefallen, das sie an ihr ursprüngliches Vorhaben erinnerte.

»Wie leichtgläubig Sie doch waren! Fast hätte ich Mitleid mit Ihnen gehabt, weil Sie sich so nach meiner Aufmerksamkeit verzehrten. Haben Sie sich jemals gefragt, warum ich Sie an manchen Tagen kaum eines Blickes würdigte, obwohl Sie ständig und – zugegeben – auf höchst galante Weise versuchten, mein Auge auf sich zu ziehen? Ich muß gestehen, Sie spielten den liebestollen Trottel besser als all Ihre Vorgänger. Wie Sie zu zittern begannen, wenn ich zufällig Ihre Hand berührte oder Ihnen den neuesten Klatsch ins Ohr flüsterte! Aber seien Sie nicht traurig. Sie befinden sich in guter Gesellschaft. Schon erfahrenere und weitaus weisere Männer haben geglaubt, sie könnten von mir haben, was Sie sich ersehnten.« Mara lächelte, als sie sich daran erinnerte. »Sie erlitten alle das gleiche Schicksal wie Sie.«

»Hören Sie auf!« ächzte Julian und preßte sich die Finger gegen die Schläfen. »Ich ertrage es nicht!« Als er die Augen wieder öffnete, strömten Tränen über seine Wangen. Seine Miene ließ keinen Zweifel daran, wie verletzt er war. »Ich habe Sie geliebt, Mara, das schwöre ich –«, setzte er an. Dann wandte er sich mit einem Aufstöhnen um und stolperte aus dem Raum.

Mara schaute ein paar Sekunden auf die Tür, die sich hinter ihm geschlossen hatte, dann drehte sie sich um, wobei ihr Fuß gegen etwas stieß. Sie sah hinunter und erblickte das Rubincollier.

»Könnt' auch das Blut vom jungen Gentleman sein«, kommentierte eine Stimme hinter ihr.

»Niemand hat dich nach deiner Meinung gefragt, Jamie«, gab Mara zurück.

»Stimmt, und es is' 'ne Schande, daß Sie das nich' tun. Ein guter Rat würd' Ihnen nich' schaden«, warnte Jamie. »Je eher, je besser.«

Mara warf einen Blick über die Schulter. Eine bissige Antwort lag ihr auf der Zunge, doch sie wußte, daß sie das ganz bestimmt bereuen würde. Deshalb musterte sie die grauhaarige Frau schweigend und grimmig.

»Und es wird Ihnen auch nichts nützen, wenn Sie wieder auf mich schimpfen. Das kenn' ich schon seit Jahren, und deshalb macht es mir gar nichts mehr aus«, sagte Jamie. Ihr faltiges Gesicht blieb vollkommen ungerührt, während das der jüngeren Frau immer zorniger wurde.

»Manchmal gehst du zu weit, Jamie. Verdammte neunmalkluge Tratschtante«, murrte Mara, der es mißfiel, daß sie sich in Jamies Anwesenheit bisweilen fühlte wie ein unartiges Kind. Aber fühlte sie sich tatsächlich nur wegen Jamie schuldig? Etwas nagte an ihr, dem sie sich nicht stellen mochte.

Sie hob das Rubincollier und die Ohrringe vom Boden auf. Es waren wirklich wunderschöne Stücke, das mußte sie zugeben, und sie seufzte, als sie den Schmuck in das mit Samt ausgeschlagene Etui zurücklegte.

»Verdammt!« schrie Mara auf. Sie hatte sich beim Zuklappen des Deckels mit der Schließe in den Finger gestochen. Versonnen starrte sie den Blutstropfen auf der Fingerbeere an, bevor sie den Finger in den Mund steckte und das Blut ablutschte.

»Jetzt ist es genug. Das verheißt nichts Gutes!« verkündete Jamie finster. Sie eilte zu Mara, erstaunlich behende für eine Frau von über sechzig Jahren, schlug ein Kreuz und murmelte ein Stoßgebet zu allen

Heiligen, die zufällig gerade zuhören könnten. Sie reichte kaum an Maras Schulter.

»Es sind wirklich schöne Steine«, meinte Mara nachdenklich, aber mit einem winzigen, verschmitzten Lachen in den Augen. »Vielleicht sollte ich sie ja doch behalten.«

Jamie richtete sich zu ihrer vollen Größe von einem Meter fünfzig auf, stemmte die Hände in die Hüften, und ihre blaßgrauen Augen sprühten vor Entrüstung. »O nein, Sie werden diese verfluchten Steine nich' behalten. Auf denen liegt Blut. Ich werd' nich' zulassen, daß so was in meine Nähe kommt oder in die von den O'Flynns. Wir haben schon ohne einen bösen Fluch genug Ärger.«

»Ach Jamie, beruhige dich wieder, ich wollte dich ja nur necken«, beschwichtigte Mara sie. »Aber du solltest achtgeben, daß Brendan sie nicht zu Gesicht bekommt. Er würde darauf bestehen, daß wir sie behalten.«

Jamie schnaubte mißbilligend. »Was Master Brendan nich' weiß, macht ihn nich' heiß. Und Sie brauchen gar nich' so scheinheilig zu lächeln, Missie. Ich seh' schon die dunklen Wolken, die sich über den O'Flynns zusammenbrauen«, prophezeite sie und schnappte im selben Augenblick Mara das Etui aus der Hand.

»Ich werd' dafür sorgen, daß Seine Lordschaft sein Eigentum sofort zurückkriegt«, erklärte sie, die dünnen Arme vor der Brust verschränkt, so daß das begehrte Etui darunter verschwand.

»Dann vergessen Sie nur das Medaillon nicht, Mistress Jameson! Und das Kleid!« ermahnte Mara sie sarkastisch.

Sie spazierte betont langsam zu ihrem mit Schnitzereien verzierten Schrank hinüber, suchte darin herum und zog schließlich ein burgunderrotes Abendkleid aus feinem Samt heraus. Es war so elegant geschnitten, daß sogar der übliche Spitzenbesatz am Dekolleté fehlte, weil nichts von der filigranen Linienführung ablenken sollte. Maras Hand strich über den dicken, weichen Stoff. Mit einem bedauernden und zugleich trotzigen Seufzer warf sie es sich über den Arm. Dann nahm sie das goldene Medaillon von ihrem Toilettentisch, schwang es wie ein Pendel hin und her und ließ es zu Jamie hinübersegeln.

Zu Maras Überraschung schnellte Jamies dürre, knochige Hand hervor und fing das Pendel im Flug auf. »Bravo!« rief sie und gestand damit ihr Niederlage ein. Dann reichte sie der älteren Frau das zusammengelegte Kleid.

»Ich werd' persönlich dafür sorgen, daß diese Geschenke zu ihrem Eigentümer zurückkehren«, verkündete ihr Jamie mit verkniffenem Mund.

Mara zuckte die Achseln, nahm ihre Bürste und begann, sich langsam ihr langes Haar zu bürsten. »Wie du meinst. Mich interessiert das alles nicht mehr«, erklärte sie gelangweilt. »Aber bleib nicht zu lange fort. Wir wollen schließlich morgen abreisen, und ich brauche dich beim Packen«, ermahnte sie die ältere Frau noch.

»Keine Angst, Jamie kommt immer rechtzeitig, da brauchen Sie sich keine Sorgen zu machen«, antwortete ihr die Alte über die Schulter, bevor sie aus dem Raum und aus Maras Blickfeld huschte.

Mara kämmte sich träge die seidigen Haarsträhnen, schaute dabei in den Spiegel, ohne etwas zu sehen, und gab sich ihren Gedanken hin. Sie empfand eine ungewohnte Schuld, als Lord Julian Woodridges Gesicht vor ihrem inneren Auge wiedererstand, aber kurz darauf sah sie ihr eigenes Antlitz vor sich im Spiegel und verbannte jeden Gedanken an ihn aus ihrem Kopf.

Ein ängstlicher Schrei riß Mara aus ihren Grübeleien. Sie ließ die Bürste fallen, eilte nach nebenan und bahnte sich ihren Weg durch das abgedunkelte Schlafzimmer bis zu dem Bett, das in einer Ecke stand. Der kleine Junge, der darin lag, streckte ihr seine Arme entgegen und schlang sie um ihren Hals, als Mara ihn hochhob und an sich drückte. Er preßte sein tränennasses Gesicht gegen den Samt über Maras Busen und versuchte ihr mit erstickter Stimme von seinem Traum zu erzählen.

»Ruhig, ruhig«, besänftigte ihn Mara. »Niemand will dich fressen, mein kleines Dummerchen.«

Er schniefte laut und protestierte dann: »Ich heiße Paddy, nicht Dummerchen.«

»Da hast du recht. Aber nur Dummerchen glauben an Riesenfrösche und Pilze mit ekligen Gesichtern. Vielleicht hättest du nicht soviel Pudding essen sollen?«

»Läßt du mich bestimmt nicht allein?« fragte er mit Tränen in den Augen und kuschelte sich noch fester an Maras Hals.

»Nein, ich lass' dich nicht allein«, versicherte ihm Mara.

»Nie?«

Mara lächelte nachsichtig. »Nie.«

»Versprochen?« wollte er wissen.

»Versprochen. Und jetzt leg dich wieder hin und schlaf weiter.«

Mara strich das zerwühlte Laken glatt und legte ihn wieder ins Bett. Auf seiner Bettkante sitzend, seine kleine Hand in ihrer, sang sie ihm Schlaflieder vor, bis ihr sein regelmäßiger Atem verriet, daß er wieder eingeschlafen war. Auf Zehenspitzen schlich sie aus dem Zimmer.

Ein paar Stunden später ließ sie sich in die seidenbezogenen Kissen auf ihrem eigenen Bett sinken und vertiefte sich in einen Roman, der im Jahr zuvor ein großer Erfolg gewesen war – *Jane Eyre*.

»Männer«, murmelte sie verächtlich, nachdem sie zu lesen begonnen hatte. Dann schaute sie auf die Uhr und fragte sich, wo Jamie wohl bleiben mochte.

Sie wollte gerade das Buch aus der Hand legen, als die Tür geöffnet wurde und Jamie eintrat. »Ich habe mich eben gefragt –«, setzte Mara an, doch dann bemerkte sie, wie bleich und erschöpft Jamie war.

»Was zum Teufel ist denn los? Ist alles in Ordnung, Jamie?« fragte sie mit wachsender Besorgnis, denn sie sah nun auch, daß Jamies Lippen zitterten. Sie ließ ihr Buch sinken und ging zu ihrem Dienstmädchen hinüber. »Setz dich und erzähl mir erst einmal, was passiert ist.«

Jamie ließ sich mit einem schweren Seufzer auf einen Stuhl sinken. Ihr ganzer Körper schien zu beben. »Ich hab's ja gesagt, oder nich'? Ich hab' Sie gewarnt, Mara O'Flynn, ich hab' gewußt, daß Sie ein gefährliches Spiel spielen. Immer wieder hab' ich gesagt, daß Sie's eines Tages bereuen werden. Gott sei Ihrer Seele gnädig, Mara, nach dem Tag heute.«

Mara ging ungeduldig vor ihr auf und ab. »*Was ist* denn passiert?« wiederholte sie entnervt. Doch dann ergriff sie kalte Angst, als Jamie langsam und monoton zu sprechen begann.

»Der junge Lord Julian hat sich erschossen. Er war verrückt vor Kummer, haben sie gesagt. Niemand konnt' ihn beruhigen, auch nich' sein Freund, der bei ihm war.«

Mara schauderte und schlang die Arme um ihren Körper, als könnte sie sich dadurch vor Jamies Worten schützen. »Woher weißt du das? Das ist doch nicht wahr, oder, Jamie?«

»Es ist wohl wahr. Ich hab' den Schuß selbst gehört. Und ich bin auch dran schuld«, fügte sie schluchzend hinzu.

Mara blickte ungläubig auf den grauhaarigen Kopf. »Du bist dran schuld? Jamie, du redest Unsinn!«

»Er hat sich erschossen, nachdem ich das Paket abgegeben hab'. Er hat das Kleid und das Medaillon gesehen, und das hat ihn um den Verstand gebracht. Ich war gerade wieder auf der Straße, da hab' ich es gehört. Überall rannten Diener rum, dann kamen immer mehr Kutschen. Ich hab' mich nich' sehen lassen, aber ich hab' trotzdem gehört, wie sie gesagt haben, der junge Lord hat sich totgeschossen.«

»Es ist nicht meine Schuld«, hauchte Mara entsetzt.

Jamie schaute auf. »Wenn irgendwer dafür Rechenschaft ablegen muß, nein, ich will nich' ungerecht sein. Aber es is' nur gut, daß Sie morgen nach Paris fahren. Vielleicht«, verkündete Jamie unheilschwanger, »gibt's ja jemand, der nich' so schnell vergibt wie ich.«

Mara erwiderte den Blick ohne ein Zeichen von Erregung. »Es hat keinen Sinn, Brendan davon zu erzählen, oder?« fragte sie scheinbar ruhig. Nur ihre Hände, die sie unentwegt knetete, verrieten ihre Nervosität.

Als auch ihre Lippen zu zittern begannen, wandte sich Mara ab und ging zum Fenster hinüber. Sie zog den schweren Vorhang beiseite und starrte in die Dämmerung hinaus, die sich über die baumreichen Parks und eleganten Plätze Londons senkte.

Mein Gott, welcher Teufel hatte sie geritten, ihn so zu behandeln? Welche Dämonen trieben sie in ihren eigenen Untergang? Wenn sie nur einfach abgereist wäre! Aber nein, sie mußte mit den Gefühlen dieses Jungen spielen. Nie zuvor hatte sie sich so gehaßt. Früher hatte sie immer das Gefühl gehabt, im Recht zu sein, aber diesmal war alles anders. Ihr Spiel hatte mit einer Tragödie geendet. Jetzt war es zu spät, noch etwas zu ändern, ihn um Vergebung zu bitten. Er war tot, und es war ihre Schuld. Mit dieser schrecklichen Wahrheit würde sie fürderhin leben müssen.

Ein Zucken überlief ihr Gesicht, aber da sie sich abgewandt hatte, bemerkte Jamie nichts. Mara war es gewohnt, ihre Gefühle zu verbergen. »Kein Mensch wird sich an mich erinnern, Jamie. Bald wird man Mara O'Flynn vergessen haben. Mit dieser Stadt werden wir auch unsere Vergangenheit hinter uns lassen, Jamie, schwöre mir, daß du nie wieder über diese Geschichte sprechen wirst.«

»Ich hab' Ihnen noch nie Kummer gemacht, Mara«, seufzte Jamie müde. »Es is' schon vergessen.«

»Mara... o Gott, Mara! Bitte erhöre mich«, flehte die ängstliche Stimme mutlos. »Diese Hexe mit ihren goldenen Augen. O Mara, das darfst du nicht zu mir sagen. Irische Hure!« brüllte Julian heiser und warf sich fiebernd auf seinem Bett herum.

Eine feste Hand drückte ihn in die Kissen zurück. Diese Berührung brachte Julian für einen Augenblick in die Wirklichkeit zurück, so daß er den Mann erkannte, der sich über ihn beugte. Mit unerwarteter Kraft packte er ihn an der Schulter.

»Sie hat mich aus purer Bosheit verschmäht. Mein Gott, Nick, ich sah den Haß in ihren Augen. Wenn sie ein Messer zur Hand gehabt hätte, hätte sie es mir ins Herz gestoßen. Statt dessen durchbohrte sie mich mit Worten.« Julian hielt dem durchdringenden Blick des Mannes über ihm stand. »Sie hat mich ausgelacht. Sich über meine Liebe mokiert. Sie sagte, sie hätte schon erfahrenere Männer als mich verführt. Einen nach dem anderen hätte sie verzaubert, nur um ihn gleich darauf zu verstoßen. Aber *warum*? Was habe ich ihr angetan, außer ihr mein Herz zu schenken?«

Julian entwand sich den Händen, die ihn hielten, und barg sein Gesicht in den Kissen. Eine Träne rann aus seinen Augen. »Sie war so schön, Nick. Sie war so wild und frei, daß ich sie darum beneidete. Und wenn sie lächelte ...« Julians Stimme verlor sich, und er schloß die Augen.

Nicholas Chantale stand auf und deckte seinen Neffen liebevoll zu. Schweigend schaute er auf den jungen Mann hinunter, der beinahe noch ein Kind war, und tiefer Abscheu, ja, kaum beherrschbare Wut stiegen in ihm auf, als er an die offenbar vollkommen kaltblütige Frau dachte, die seinen Neffen zu dieser Verzweiflungstat getrieben hatte. Julians kindliches Gesicht erinnerte ihn an einen anderen blonden Jüngling, dessen Antlitz er besser gekannt hatte als sein eigenes.

Während Nicholas gedankenversunken vor dem Bett stand, öffnete sich die Tür, und der Doktor kam herein, gefolgt von Julians Mutter. Die Countess Lady Denise Waketon-Sande wechselte einen kurzen Blick mit ihrem Bruder und trat dann an das Bett. Auf Nicholas' Nicken hin seufzte sie erleichtert.

»Ich verstehe das einfach nicht«, schluchzte sie. »Wenn Charles nur hier wäre. Er weiß immer, was zu tun ist. Aber wenigstens habe ich dich, Nicholas. Ich kann dir gar nicht sagen, wie dankbar ich dir dafür bin. Es ist eine Fügung des Himmels, daß du in diesem Augenblick in London warst, denn ohne Charles bin ich vollkommen hilflos.«

»Hast du ihn benachrichtigt?« fragte Nicholas.

Sie wandte ihre vom Weinen geröteten Augen von ihrem Sohn ab und schaute ihren Bruder verständnislos an.

»Charles. Ist der Earl unterwegs?« wiederholte Nicholas geduldig.

»Ja, natürlich. Charles kommt so schnell wie möglich aus Edinburgh«, antwortete die Countess geistesabwesend. Dann drehte sie sich zu dem Arzt um. »Sie werden nicht zulassen, daß *mon petit* Julian etwas zustößt, nicht wahr, Doktor? *Il est mon fils, mon enfant unique.*« Vor Verzweiflung fiel sie in ihre Muttersprache.

»Ich bereue es, daß ich jemals New Orleans verließ und in dieses Land kam. *Mon Dieu*! Ich hätte auf *Papa* hören und keinen Engländer heiraten sollen... Es ist mein Fehler, alles mein Fehler«, flüsterte sie mit gebrochener Stimme.

»Denise, bitte, du machst es nur noch schlimmer!« Nicholas wußte, daß sie ihn nicht gehört hatte, als sie sich zu ihm umdrehte und er den entschlossenen Glanz in ihren Augen sah.

»*Mon frère* Nicholas, versprich mir, daß du diese Frau ausfindig machst und sie zur Rechenschaft ziehst. Sonst kann ich nicht in Frieden leben. Und wenn«, fuhr sie mit beinahe versagender Stimme fort, »*mon bébé* stirbt, dann muß auch dieses Ungeheuer sterben. Versprich mir, daß du diese Grausamkeit rächen wirst!« flehte sie ihren Bruder an.

»Madam! Beruhigen Sie sich«, ermahnte sie der Doktor, »sonst muß ich Sie bitten, den Raum zu verlassen. Ich kann solch heftige Emotionen in Gegenwart des Kranken nicht zulassen.« Er seufzte. Warum konnte der Patient nicht aus einer ganz normalen englischen Familie stammen? Diese Franzosen waren solche Hitzköpfe. Er fühlte sich nach jedem Besuch bei der Countess wie durch die Mangel gedreht. Jetzt war sie dabei, sich immer mehr in ihre Leidenschaft hineinzusteigern, und er hatte keine Lust, außer dem verwundeten Sohn auch noch die ohnmächtige Mutter behandeln zu müssen.

Der Doktor warf dem großen Franko-Amerikaner einen beschwörenden Blick zu. »Versuchen Sie, sie zu beruhigen. Auf mich hört sie nicht. Ich bin ja schließlich nur ihr Arzt. Mit dieser Hysterie gefährdet sie sich selbst und meinen Patienten«, beschied er ihm ernst, obwohl ihm nicht ganz wohl dabei war, diesem ungepflegten Riesen einen solchen Auftrag zu erteilen.

»Es reicht, Denise. Du hilfst niemandem, wenn du dich so aufführst. Ich weiß, wie sehr du leidest, aber –« versuchte Nicholas sie zu besänftigen.

»*Non*! Du weißt nicht, wie eine Mutter leidet, wenn der einzige Sohn im Sterben liegt«, unterbrach sie ihn aufbrausend. »Versprich mir, Nicholas – bitte! Ich verlange diesen Dienst von dir, denn du bist der einzige, der einer solchen Tat fähig ist. Du bist nicht verweichlicht, Nicholas. Du vergibst niemals.«

»Es reicht, Schwester. Hör auf, dich zu ängstigen. Ich werde diese Frau bestrafen. Sie wird diesen Tag noch bereuen«, versprach Nicholas mit kalter Stimme, die kein Gefühl verriet. »Ich gebe dir mein Wort, daß sie für das, was sie Julian angetan hat, bezahlen wird.«

Der Doktor schaute nervös zwischen dem Geschwisterpaar hin und her. Ihre Gesichter machten ihm angst.

Nicholas beugte sich wieder über seinen Neffen. Würde er überleben? Eine Kugel so nah am Herzen war gefährlich. Vielleicht würde er für den Rest seines Lebens ein Krüppel bleiben ... wenn er überlebte. Nicholas wandte sich ab und wollte gehen, aber Denises Hand legte sich auf seinen Unterarm.

»Es tut mir leid, Nicky«, sagte sie sanft. Sie sprach ihn mit seinem Kosenamen an. »Ich weiß, was du empfindest. Ich erinnere mich noch daran, wie verzweifelt du warst, als François in deinen Armen starb.«

Nicholas schaute sie traurig an. »Das ist schon so lange her, Denise. Und doch erscheint es mir jetzt wie gestern. Julian ist unserem François sehr ähnlich, eh, Denise?« meinte er mit einem traurigen Lächeln. Dann verließ er den Raum ohne ein weiteres Wort. Denise, nach seinem Versprechen beruhigt, setzte sich neben dem Bett auf einen Stuhl.

Das Stadthaus der Countess war vollkommen still, als Nicholas in das Arbeitszimmer des Earls ging. Er schenkte sich einen Brandy ein und schaute sich in dem Raum um. Hohe Bücherregale reihten sich an den Wänden, gepolsterte Ledersessel und ein riesiger Mahagonischreibtisch standen auf dem weichen Teppich, und kostbare Samtvorhänge hingen vor den Fenstern. Denise hatte es, trotz der gegenteiligen Prophezeiungen ihrer Eltern, gut getroffen, obwohl Nicholas seinen Schwager nicht gerade als Traummann bezeichnen würde. Dazu war Charles viel zu gesetzt und ordentlich.

Der gute Charles hingegen fand, daß Nicholas ebendiese Eigenschaften fehlten, und war aus genau diesem Grunde während dessen Besuch auf Reisen gegangen. Die Tatsache, daß Julian seinen Onkel vergötterte, trug nicht gerade dazu bei, das gespannte Verhältnis zwischen den beiden Männern zu verbessern.

Nicholas schlürfte schweigend seinen Brandy, als ihm plötzlich das Paket wieder einfiel, das am Nachmittag angeliefert worden war – der Auslöser für Julians tragische Tat. Es war neben den Schreibtisch gefallen, immer noch zur Hälfte in braunes Packpapier gewickelt. Nicholas kippte seinen Brandy hinunter, nahm das unselige Bündel auf und legte es auf den Schreibtisch. Dann riß er das Packpapier auf und begann den Inhalt zu inspizieren. Er konnte seine Überraschung nicht verhehlen, als er das zuoberst liegende Lederetui öffnete und das Rubincollier mit den Ohrringen erblickte. Nur der Zorn über das Leid, das seinem Neffen zugefügt worden war, hinderte ihn daran, sich zu fragen, warum eine doch so skrupellose Frau ein so teures Geschenk zurückgab.

Er zog das Samtbündel hervor und schüttelte es, bis er ein dunkelrotes Samtkleid in der Hand hielt. Die Frau, für die es geschneidert war, mußte eine perfekte Figur haben... Nach der Länge des Kleides zu urteilen, mußte sie ihm etwa bis zur Schulter reichen.

Nicholas legte das Kleid zusammen und schob es zurück in die Verpackung, als er ein goldenes Medaillon bemerkte, das aus dem Paket gefallen war und auf dem Boden lag. Er legte es auf den Stapel, doch dann wurde er plötzlich neugierig und suchte den Verschluß. Auf Daumendruck sprang das Medaillon auf und offenbarte zwei Gesichter. Sofort erkannte er Julians in Blau und Gold gehaltenes Porträt – aber das Gesicht neben ihm hatte Nicholas noch nie gesehen.

Seine Augen verengten sich, während er die edlen Züge jener Frau begutachtete, die ihn aus dem goldenen Medaillon anlächelte. Wider Willen fühlte er sich von ihr angezogen. Sie war jünger, als er angenommen, und sah wesentlich besser aus, als er es sich vorgestellt hatte. Die Augen unter den sanft geschwungenen Brauen strahlten golden, und das leichte Lächeln auf ihren Lippen schien verführerische Zärtlichkeit zu versprechen.

»Mein Gott, was für eine Schönheit«, entfuhr es Nicholas atemlos. Armer Julian. Gegen eine solche Frau konnte er natürlich nicht ankommen. Er hat recht, sie ist wild, sie wirkt, als könne niemand sie aufhalten. Nicholas fragte sich, welche Gedanken sich wohl hinter diesen unvergleichlichen Augen verbergen mochten. Fassungslos schüttelte er den Kopf und versuchte sich aus dem Bann dieses Antlitzes zu befreien, denn er erinnerte sich daran, wie grausam diese Frau gehandelt hatte.

Doch immer noch nicht konnte er die Augen von dem Porträt abwenden. Plötzlich hatte er das Gefühl, sie könne seine Gedanken hören. »Wenn wir einander begegnen, werde ich dich lehren, was wahre Grausamkeit ist«, schwor er. »Und wir werden einander begegnen, Mara O'Flynn. Das verspreche ich dir!«

»Über die Berge
auf dem Mond,
durch das Tal, wo der Schatten wohnt,
reite nur zu«,
der Finstere sprach,
»suchst du nach Eldorado.«

EDGAR ALLAN POE

Kapitel 1

Breitbeinig stemmte Mara O'Flynn sich gegen das Rollen und Schlingern des Schiffes, das die Woge erklomm, einen Augenblick auf ihrem Kamm verharrte, um dann abrupt auf der anderen Seite wieder in die schwarzblaue Tiefe zu stürzen. Der Wind fuhr mit eisigen Dolchen durch ihr Kleid, doch Mara genoß die kalte, nach Tang duftende, salzige Gischt auf ihren Wangen. Sie hob den Kopf und schaute zu den drei hohen Masten auf. Sie waren voll getakelt, und die Segel blähten sich im Wind.

Im Winter 1850 hatten sie in New York City die Segel gesetzt, einen Schneesturm hinter sich lassend, der die Stadt in ein weißes Tuch gehüllt hatte. Aber auch auf dem offenen Meer hatten sie mit Sturmböen zu kämpfen gehabt, und Schneegestöber hatte das Deck schier unbegehbar gemacht, so daß die Passagiere, Landratten allesamt, meist unter Deck blieben und sich ihrer Seekrankheit hingaben. Die Seeleute behaupten, daß niemand die Launen des Meeres kennen kann. Und Mara mußte ihnen erstaunt recht geben, als sie eines Morgens, nach einer Woche schwerer Unwetter, erwachte und die See spiegelglatt war. Jetzt fiel ihr wieder das erste Segel ein, das sie am Horizont erblickt hatten, für Mara das erste Zeichen, daß sie nicht vollkommen verlassen auf hoher See trieben.

»Schiff ahoi!« hatte der Zweite Maat gerufen, als das fremde Gefährt sich ihnen näherte.

»Hallo!« war die Antwort gewesen.

»Wie heißt euer Schiff?«

»Wir sind die Brigg *La Mouette* aus Marseille und auf dem Weg nach Boston. Woher kommt ihr?«

»Wir sind der Klipper *Windsong* auf dem Weg von New York nach Kalifornien und fünfzehn Tage auf See.«

Das war vor vier Monaten gewesen. Jetzt blickte Mara über die Wellenberge hinweg auf jene kaum erkennbare, streckenweise in Nebelschwaden gehüllte blasse Linie. Dort lag die kalifornische Küste. Und hier wollten sie ihr Glück machen? Dies war also das sagenhafte Land, dessen Ruf Abenteurer aus aller Welt anlockte? Auch auf diesem Schiff befanden sich Menschen aus aller Herren Länder, von denen Mara zum Teil noch nie gehört hatte. Unter Deck hockten elegant gekleidete Europäer, die sich auf französisch, italienisch oder englisch unterhielten, zwischen einfachen Arbeitern und Bauern aus Deutschland, Schweden, Portugal und Griechenland. Doch das Gewirr verschiedenster Sprachen war schon längst durch die universelle Sprache des Kartenspiels ersetzt worden. Mühevoll erarbeitete Ersparnisse wanderten von einer Hand in die andere, bis schließlich jeder auf die eine oder andere Weise verloren hatte.

Mara ließ ihre Hand aus dem Pelzmuff gleiten und zog sich den flatternden Mantelsaum enger um die Beine. Dann schnürte sie die Bänder ihrer grünen Samthaube fester und tastete sicherheitshalber noch einmal nach den darauf angebrachten Federn, bevor sie ihre eisigen Finger wieder in den warmen, wattierten Muff steckte. Sie hatte ihre Handschuhe vergessen, aber sie würde nicht wieder hinunter in die stickige Kabine gehen, um sie zu holen, nicht, wenn sie hier auf dem Deck stehen und die frische Luft genießen konnte.

Mara seufzte. Sie hoffte nur, daß dies nicht wieder eines jener verrückten Unternehmen würde, die für Brendan so typisch waren. Und wer kannte Brendan O'Flynn besser als sie? Er war schließlich ihr Bruder und darüber hinaus ein charmanter irischer Draufgänger. Seine dunklen Augen und sein jungenhaftes Grinsen führten seine Mitmenschen immer wieder in die Irre.

Mara blickte wieder auf das ferne Ufer. Der Anblick machte all ihre Träume vom süßen Leben zunichte. Es sah aus wie Irland! Weiße, schaumgekrönte Brecher donnerten gegen heimtückische Felsen, die den Betrachter in seine Grenzen wiesen und sich jeden ungebetenen Besuch verbaten. Mara hatte das unbestimmte Gefühl, daß die O'Flynns nicht hierhergehörten. Aber wie sollte sie Brendan davon überzeugen? Er baute lieber Luftschlösser. Und er sprach gern und so lange darüber, bis ihnen nichts als Schulden und ein ruinierter Ruf geblieben waren. Was nicht bedeutete, daß Brendan oft seinen wirklichen Namen verwendete, wenn er einen neuen Plan ausgeheckt hatte.

Mara erinnerte sich daran, wie er sie mit seiner Begeisterung angesteckt hatte, als er ihre Reise nach Amerika plante, in jenes Land, das angeblich in seinem eigenen Reichtum erstickte. Welcher normale Mensch konnte schon jenen sagenhaften Goldbergen widerstehen, die in einem kaum besiedelten Land der Entdeckung harrten? Man mußte sie nur finden. Welch eine Verlockung war das für die Armen Europas, die im Elend geboren waren und deren Kinder und Enkel das gleiche Schicksal erwartete! Obwohl die O'Flynns natürlich nicht zu den Armen gehörten, ermahnte sich Mara.

Im Gegenteil, der Stammbaum der O'Flynns reichte bis zu den ersten irischen Königen zurück, und sie gehörten durch ihre Abstammung zu den großen Familien des Landes. Doch leider waren sie kein legitimer Teil jener Sippe, denn Mara und Brendan waren Bastarde. Ihr Vater, ein wahrer Gentleman, hatte ihrer Mutter, einer Schauspielerin, ein vornehmes Haus in Dublin überlassen. Auch an Geld hatte es nie gemangelt, und obwohl die beiden Kinder von der *haute monde* ausgeschlossen waren, wurden Mara und Brendan von guten Privatlehrern unterrichtet. Sie lernten auf aristokratische Weise reiten und hätten sich sogar in der vornehmsten Gesellschaft zu betragen gewußt, wären sie nur zu einer eingeladen worden.

Aber während die Kinder heranwuchsen, wurde ihr Vater seiner alternden Geliebten überdrüssig. Maras Mundwinkel senkten sich traurig, als sie sich die abrupten Veränderungen ins Gedächtnis rief, die dann einsetzten. Ihr nobles georgianisches Geburtshaus, Hort ihrer Kindheitserinnerungen, mußten sie aufgeben. Auch die Pferde und Kutschen, die Kammerdiener und Butler, das Personal waren fort. Nur Jamie, die langjährige Zofe und Vertraute ihrer Mutter, war bei ihnen geblieben.

Aber nicht nur der materielle Reichtum wurde ihnen genommen, auch ihr Glück. Denn Maud O'Flynn hatte einen tragischen Fehler begangen. Nachdem sich die Affäre mit ihrem Liebhaber über fünfzehn Jahre hingezogen hatte, war sie so töricht gewesen, sich in ihn zu verlieben. Sie hatte ihm ihre Jugend geschenkt, aber sie hatte sich nie darüber Gedanken gemacht, welche Zukunft ihr bevorstehen würde, wenn ihre Schönheit einst vergangen war. Maud hatte vor lauter Liebe zu diesem Mann eines vergessen – daß er in erster Linie von dieser Schönheit angezogen worden war.

Außerdem hatte Maud O'Flynn nicht begriffen, daß sie als Geliebte keinerlei Rechte hatte, daß sie so leicht abgelegt werden konnte wie ein Paar abgetragene Schuhe oder ein altmodischer Hut. Ihr würde das niemals widerfahren, hatte sie geglaubt. Doch es war geschehen. Maras Gesicht wurde selbst jetzt, elf Jahre danach, noch heiß, wenn sie daran dachte, zu welch erniedrigenden Szenen es beim Abschied gekommen war. Wie sie packen und alle wertvollen Gegenstände zurücklassen mußten, die ihnen plötzlich nun nicht mehr gehören sollten.

Nur wenige derartige Verbindungen enden freundschaftlich, und wo einst die Liebe geblüht hat, bleibt oft nur bitterer Haß. Maud war an ihren eigenen Träumen zerbrochen, vergessen von einem Mann, dem sie mehr gegeben hatte, als er verlangte – oder überhaupt wollte.

Nachdem ihr die Rückkehr auf die Bühne nicht gelang und sie es nicht ertrug, daß ihre ehemaligen Rollen inzwischen jüngeren Frauen angeboten wurden, tröstete sich Maud mit einer ganzen Reihe von Liebhabern. Davon unbefriedigt, begann sie zu reisen und blieb niemals lange genug, um neue Erinnerungen aufbauen zu können – oder von den Schatten der Vergangenheit eingeholt zu werden.

Und was war mit Brendan und ihr, Mara? Ihr war jene Zeit immer noch in schmerzhafter Erinnerung. Hatten sie plötzlich keinen Vater mehr, nur weil er die Verbindung mit ihrer Mutter abgebrochen hatte? Wie leicht war es für ihn gewesen, sich ihrer zu entledigen, da sie keinerlei rechtliche Ansprüche hatten. Sie trugen nicht einmal seinen Namen. Mara bezweifelte, daß er sich überhaupt an sie erinnerte.

Maud O'Flynn war in Paris gestorben. Ihr einst schönes Gesicht war von Armut und Bitterkeit gezeichnet. Ihre üppige Figur war immer mehr in sich zusammengefallen, so daß sie schließlich ausgesehen hatte wie eine Vogelscheuche. Fieber und Hustenkrämpfe wüteten in dem schmächtigen Körper, bis sie schließlich an einem kalten Februarmorgen ihren lang ersehnten Frieden fand. Die bleiche Sonne stand über den Pariser Dächern, während die zwölfjährige Mara am Fenster wartete, wo durch einen Sprung in einer der staubigen Scheiben ein kalter Zug hereinwehte.

Ohne daß sie sich umdrehte, wußte Mara, was sie in dem Raum hinter sich sehen würde: Brendan, seinen Kopf auf den eingefallenen

Brustkorb ihrer Mutter gebettet, der sich nie wieder heben würde; Jamie, die in einem Sessel kauerte und versuchte, ihr Schluchzen zu unterdrücken; die feuchten Wände, von denen sich die Farbe schälte; die wackligen Holzmöbel, mit denen das billige Zimmer ausgestattet war, in dem Maud O'Flynn, die einst so schöne irische Schauspielerin, ihre letzte Ruhe gefunden hatte.

Mara hatte aus dem Fenster gestarrt, ohne eine Träne zu vergießen. Warum sollte sie darüber weinen, daß ihre Mutter aus ihrer Qual erlöst worden war? Endlich brauchte Maud O'Flynn nicht mehr in den Spiegel zu blicken und ihr hageres Gegenüber zum tausendstenmal zu fragen: »Warum?« Maras Vorsatz war erst ins Wanken geraten, als sie Brendans verzweifeltes Jammern gehört hatte. Das hätte beinahe ihr Herz zerrissen. Nie wieder wollte sie einen Mann so weinen hören, wie Brendan geweint hatte.

Und während Mara das tragische Drama verfolgte, das sich in dem schäbigen Zimmer abspielte, während sie den häßlichen Raum in sich aufnahm, der die letzte Erinnerung an ihre Mutter beherbergen sollte, schwor sie, daß sie niemandem eine Gelegenheit geben würde, sie so zu verletzen, wie ihr Vater und andere Männer ihre Mutter verletzt hatten. Es war der Schwur eines Kindes, aber er war so ernsthaft gegeben wie das Gelöbnis eines Priesters.

Brendan war damals neunzehn Jahre alt gewesen, und weil er keinen Beruf erlernt hatte, trat er in die Fußstapfen seiner Mutter und ging ans Theater. Sie reisten nach London und nach Paris, immer auf der Suche nach einem Engagement, das die Premiere überdauerte.

Nachdem sie schließlich vollkommen mittellos in Paris gestrandet waren, hatte Brendan seinen bislang letzten tollkühnen Plan gefaßt. Mara hatte geglaubt, daß er den Verstand verloren habe, als er in die Pension gerannt kam, eine Zeitung in der Hand schwenkend. In seinen Augen loderte ein Feuer, das sie noch nie zuvor darin gesehen hatte.

In Kalifornien war Gold gefunden worden. Das hatte Mara damals nichts gesagt; sie wußte nicht einmal, wo dieses sagenhafte Land liegen sollte. Es liegt auf der abgewandten Seite der Vereinigten Staaten von Amerika und erstreckt sich fast über die ganze Küste des Pazifischen Ozeans, belehrte Brendan sie. Dort würde man ein Vermögen machen können, das selbst eine königliche Schatzkammer in den Schatten stellte.

Brendan brannte darauf, in dieses Wunderland zu reisen, und nicht einmal die Tatsache, daß sie sich eine solche Reise unmöglich leisten konnten, vermochte ihn von diesem Vorhaben abzubringen. Und tatsächlich schien das Glück Brendan O'Flynn ausnahmsweise hold zu sein. Er suchte die Kasinos in Paris und London heim, setzte ständig gegen alle Wahrscheinlichkeiten – und gewann. Schließlich hatte er genug Geld beisammen, um für sie beide die Überfahrt nach Amerika und weiter nach Kalifornien bezahlen zu können – aber was war, wenn sie an ihrem Ziel angekommen waren? Das hatte sich Mara schon damals insgeheim gefragt.

In New York City legten täglich Schiffe ab, die neue Glücksritter und wichtige Versorgungsgüter zu den kalifornischen Goldminen bringen sollten. Der Goldrausch, der 1848 eingesetzt hatte, war immer noch nicht abgeflaut, und als Nachzügler, behauptete Brendan, konnten sie aus den Fehlern ihrer Vorgänger lernen. Die O'Flynns würden nicht auf einem Seelenverkäufer reisen, der bis an den Rand vollgestopft war mit Goldsuchern. Brendan hatte gehört, wie überladen und wenig seetüchtig diese Briggs und Dampfschiffe waren, die noch dazu von unerfahrenen Seeleuten gesteuert wurden. Auf diesen Schiffen erreichte höchstens die Hälfte der Passagiere lebend ihr Ziel. Mit einem Klipper würden sie nur drei anstelle der üblichen sechs oder sieben Monate benötigen, versuchte Brendan den höheren Preis zu rechtfertigen. Normalerweise waren das reine Frachtschiffe, die aber inzwischen aufgrund der großen Nachfrage auch Passagiere transportierten. Diese Schiffe waren besser ausgerüstet und wesentlich stabiler, hatte Brendan ihr Mut gemacht. Außerdem wollten sie schließlich in Kalifornien sein, bevor alles Gold gefunden war!

Mara war ihrem Bruder für seine Entscheidung im nachhinein dankbar, denn sie war überzeugt, daß sie eine längere Reise auf einem einfacheren Schiff nicht überlebt hätte. Der Passat hatte die Segel des Schiffes gebläht und sie zum Äquator getragen. Das eher milde tropische Wetter, das dort herrschte, war eine angenehme Abwechslung zu den Gewittern und Brechern des Nordatlantiks gewesen. Doch aus den milden waren lange, heiße Tage geworden, bis sie ihren ersten Hafen erreicht hatten, Rio de Janeiro.

Dort hatte man die Vorräte des Schiffes wieder aufgefüllt. Unter freiem Himmel oder in kleinen Buden verkauften bunt gekleidete schwarze Frauen, oft mit einem Baby auf dem Rücken, Orangen, Bananen, Limonen und Zitronen, unbekannte Früchte und Gemüse,

Kaffee und Tee sowie andere Güter, die auf der langen Reise gebraucht wurden. Bunt gefiederte Papageien und tropische Vögel, kreischende Affen und dicke Schlangen in zerbrechlichen Holzkisten wurden ebenfalls feilgeboten.

Mara zitterte selbst jetzt noch, als sie sich an die rauhe See erinnerte, die sie an der Südspitze Amerikas erwartet hatte, wo die zwei Weltmeere aufeinandertreffen. Kap Hoorn wurde die Passage genannt, aber Brendan hatte sie viel treffender als »Höllentor« bezeichnet. Seekrankheit und Angst hatten Brendans Gesicht grün gefärbt, als ihr Schiff wie ein Stück Treibholz auf den Wogen tanzte. Brendan haßte das Meer. Vielleicht weil er wußte, daß er es nicht mit seinem Charme, seinem guten Aussehen und seinen ausgezeichneten Manieren bezaubern konnte.

Zwei Wochen hatten sie gebraucht, um Kap Hoorn zu umschiffen. Mit gerefften Segeln hatte sich das Schiff gegen den Wind und die rollende See vorgekämpft; der Ozean rannte gegen die Planken an, schwere Brecher donnerten über die Reling, so daß der Bug des Schiffes sich zeitweise unter Wasser befand. Es bedurfte fast übermenschlicher Anstrengungen, sich unter diesen Bedingungen in seiner Koje zu halten. Immer wieder bäumte sich das Schiff auf, um dann wieder zurückzufallen, bis Mara schließlich glaubte, es müßte jeden Augenblick auseinanderbrechen.

Aber schließlich mußten dann doch nur kleinere Reparaturen ausgeführt werden, nachdem das Schiff das Kap umrundet hatte, und, Schneestürme und Unwetter hinter sich lassend, an der südamerikanischen Westküste Richtung Norden segelte. Um frisches Wasser und neue Vorräte aufzunehmen, gingen sie kurz im chilenischen Valparaiso vor Anker, einer kleineren Version von Rio de Janeiro, der allerdings der Charme und die atemberaubende Szenerie ihrer großen Schwesterstadt fehlten. Es war der letzte Anlegehafen vor ihrem Ziel.

Sie waren jetzt über hundert Tage unterwegs, überschlug Mara im Kopf. Sie hatte es schon lange aufgegeben, mitzuzählen, aber sie mußten San Francisco bald erreicht haben, denn viel länger konnte die kalifornische Küste nicht mehr sein. Ungeduldig starrte sie auf die lange, zerklüftete Linie, die sich vor ihnen nach Norden erstreckte.

»Dispénseme, Señora«

Überrascht wirbelte Mara herum; weil die hohen Masten so knirschten und die Segel so knatterten, hatte sie niemanden kommen hören.

Nur wenige Passagiere wagten sich hinaus in den kalten Wind, der über das Deck fegte, die meisten blieben lieber in ihren halbwegs warmen Kabinen. Mara musterte den spanischen Herrn mißtrauisch und mit stolz vorgerecktem Kinn, um ihm deutlich zu machen, wie wenig Wert sie auf seine Unterhaltung legte. Etwas an diesem Spanier mißfiel ihr. Sie hatte ihn einmal bei einem Gespräch mit Brendan beobachtet, und schon damals hatte sie instinktives Mißtrauen ihm gegenüber verspürt. Gut, er war charmant, das mußte Mara zugeben, aber vielleicht mißtraute sie ihm gerade deswegen. Er war zu höflich, zu zuvorkommend, zu sehr Gentleman, um aufrichtig zu sein.

Don Luís Cristobal Quintero blickte versonnen in das abweisende Gesicht der jungen Frau, die, mit dem Rücken an die Reling gelehnt, vor ihm stand. Mit Bedauern nahm er die Feindseligkeit in ihrem Blick wahr. Man hatte ihn davor gewarnt. Aber er würde sich keinesfalls umsonst bemühen, zuviel hing von seinem Erfolg ab. Er hatte schon einmal beinahe alles wegen der Selbstsüchtigkeit einer Frau verloren, und er hatte sich geschworen, daß ihm das kein zweites Mal widerfahren würde.

»Bei einem solchen Wetter sollten Sie nicht ohne Begleitung an Deck sein, *Señora*«, tadelte sie Don Luís mit gerade angemessener Betroffenheit. Trotzdem spürte Mara die Falschheit in seinen Worten.

»Es kann so viel auf offener See geschehen. Wenn Sie den Halt verlieren sollten«, spekulierte er mit einem bedächtigen Kopfschütteln, »würde niemand Sie vermissen. Und ich glaube nicht, daß Sie in diesem eiskalten Wasser lange überleben könnten.«

Don Luís schauderte scheinbar bei dem Gedanken und lächelte dann entschuldigend. »Aber vielleicht können Sie ja schwimmen, *Señora*? Die Europäer verfügen ja über derart viele Fertigkeiten, daß ich immer wieder staunen muß.«

Mara wandte ihr Gesicht ab, um das leicht spöttische Lächeln auf Don Luís' alterndem aristokratischen Gesicht nicht länger ertragen zu müssen. Obwohl hoch über ihnen die Matrosen in der Takelage herumkletterten, um neue Segel anzubringen, begann sie zu zittern. In Gegenwart dieses Spaniers fühlte sie sich auf einmal verwundbar.

»*Señor*, ich habe nicht die Absicht, über Bord zu gehen. Und wenn Sie jetzt so freundlich wären ...?« Mara wollte sich an ihm vorbeischieben, aber Don Luís verstellte ihr den Weg, den Blick fest auf sie gerichtet.

»Ihr Gatte, *Señor* Brendan, hat keineswegs eine so glückliche Hand, wie er Sie glauben machen möchte. Fragen Sie ihn einfach, ich bin sicher, daß Sie seine Antwort recht aufschlußreich finden werden. *Adiós*«, verabschiedete sich Don Luís. Er machte sich über sie lustig, indem er sich mit übertriebener europäischer Galanterie vor ihr verbeugte. Ohne ein weiteres Wort drehte er sich um und stolzierte davon.

Mara sah ihm verwirrt nach. In ihrer Magengegend begann es zu kribbeln. Hatte sie ihn richtig verstanden? Hatte der weltgewandte *Don* ihr tatsächlich gedroht? Ihre Phantasie mußte ihr einen Streich gespielt haben, von ihrer Abneigung gegen diesen Mann angestachelt. Aber sollte Brendan sie tatsächlich wieder angelogen haben, dann würde *sie* es nicht bei einer bloßen Drohung belassen.

Mara arbeitete sich über das schwankende Deck zu der Tür vor, die nach unten zu den Kabinen führte. Ein leichtes Lächeln flog über ihre Lippen, als sie daran dachte, wie der Spanier sie angesprochen hatte. Er hatte sie *Señora* genannt. Es war Brendans Idee gewesen, als Mann und Frau zu reisen, und zusammen mit Paddy gaben sie das Bild einer idealen Familie ab. Auf diese Weise war nicht nur sie vor den unerwünschten Avancen einsamer Männer geschützt, auch Brendan wirkte gleich viel respektabler. Das war auch nötig, denn arbeitslose Schauspieler waren überall schlecht angesehen. Und gar nicht mal zu Unrecht, dachte Mara, als sie sich an die vielen unbezahlten Hotelrechnungen erinnerte, die sie zurückgelassen hatten, nachdem sie im Schutz der Nacht davongeschlichen waren.

Der Kabinengang war dunkel, aber Mara brauchte kein Licht, um Brendans Tür zu finden. Sie klopfte zweimal, als sie seine Fiedel hörte. Er spielte die *port na bpucai* so schön – irische Zaubermusik, die ein Teil von ihr war, Teil all jener Erinnerungen und Teil ihres Aberglaubens, die sie zu dem gemacht hatten, was sie waren. Mara schüttelte die tief sitzende Furcht ab, die in ihr hochsteigen wollte, und trat ein. Ungeduldig klopfte sie mit dem Fuß auf den Boden, bis die letzten Töne in der kalten Kabine verhallt waren.

»Ein Wunder, daß du hier drin bist, Brendan O'Flynn«, eröffnete Mara ohne ein Wort der Begrüßung das Gespräch. Sie warf ihren Muff auf sein Bett und drehte sich zu ihm um. Er lagerte bequem an einem Ende der Koje, ein Kissen unter den Rücken gestopft. Irritiert schaute Brendan von seiner Fiedel auf; Maras Tonfall schien ihn zu überraschen. Er legte das Instrument vorsichtig beiseite und sammelte ein paar gelbe Blätter zusammen.

»Zum Teufel, ich hab' das verdammte Stück total vergessen«, klagte er und fuhr sich mit den Fingern durchs Haar, so daß die rotbraunen Locken zu Berge standen.

»Und wie kommst du dazu, ein Theaterstück zu lesen? Ich dachte, wir wollten nie wieder für ein kümmerliches Honorar und noch weniger Ruhm auf der Bühne stehen? Wenn ich mich recht entsinne«, fuhr Mara fort, »wartet eine riesige Goldmine auf uns, so daß wir bald nicht mehr wissen, wohin mit unserem Reichtum. Und da wir gerade von Geld sprechen, ich möchte von dir hören, wie es um unsere Ersparnisse bestellt ist.«

»Ach, das möchtest du?« antwortete Brendan gleichgültig. Er verbarg sein Erstaunen perfekt und legte scheinbar ungerührt die Blätter auf den Boden. »Und angenommen, meine liebe Mara, ich möchte sie dir nicht zeigen?«

Mara löste die Bänder ihrer Haube, setzte sie ab und rückte den dicken Haarknoten in ihrem Nacken zurecht. Das Licht aus der Tranlampe spielte in ihrem Haar und schuf die äußerst irreführende Illusion eines Heiligenscheines.

»Dann werde ich selbst nachsehen«, antwortete Mara, und ihre Augen verdunkelten sich zornig.

»Das würdest du? Jetzt stellt sich auch noch meine eigene Schwester gegen mich«, stöhnte Brendan mit breitem irischen Akzent. Ein trauriger Zug legte sich plötzlich über sein Gesicht, obwohl seine Augen fröhlich blitzten. »Ich hab' keine Lust, sie dir zu zeigen, Mara O'Flynn.«

Mit einem unschuldigen Lächeln auf den Lippen sah er zu ihr auf. Er sieht einfach zu gut aus, fand Mara wieder einmal. Er hatte ein klassisches Profil, und seine Augenwinkel waren ein wenig nach oben gezogen, so daß er immer ein bißchen schelmisch wirkte. Ein Gesicht, das viele Frauen faszinierte, dachte sie widerwillig und bewundernd zugleich.

»Du brauchst dir keine Sorgen zu machen, mein Kleines. Brendan hat dich doch noch nie im Stich gelassen, oder?«

»Natürlich, und der Mond ist so grün wie unser schönes Irland. Hältst du mich für schwachsinnig, Brendan?« fragte Mara. Ihre Stimme begann vor Zorn zu beben. »Vielleicht sollte ich dir verraten, daß ein spanischer Gentleman mir einen kleinen Hinweis gegeben hat.«

Trotz all seiner schauspielerischen Fähigkeiten konnte Brendan nicht verhindern, daß sich sein Körper versteifte und seine Augen zornig zu funkeln begannen.

»Ah, du hast also bereits mit ihm Bekanntschaft gemacht, offensichtlich am Kartentisch«, forderte Mara ihn heraus. »Also, muß ich wirklich selbst nachsehen?«

»Du wirst nicht eine verfluchte Münze finden«, gestand Brendan kleinlaut. Er stand auf, streckte sich mit weniger Kraft als üblich, rieb sich den Nacken und schaute dann zu Mara auf, wobei er mit philosophischem Gleichmut erklärte: »Ich habe alles verloren, ganz im Ernst.«

Mara schloß einen Augenblick die Augen und atmete tief durch. Sie wußte bereits, was jetzt folgen würde. Zu oft schon hatte sie dieses Stück gespielt. Die Akteure waren jedesmal dieselben, nur die Dekoration änderte sich. Doch mit jeder Wiederholung verlor ihr Vortrag an Kraft und Bedeutung.

»Verdammt noch mal, Brendan O'Flynn, denkst du denn überhaupt nicht an Padraic oder mich?« Auch sie verfiel jetzt in breites Irisch. »Du würdest deinem Sohn das Brot aus dem Mund stehlen, nur um spielen zu können«, warf ihm Mara unvorsichtigerweise vor.

Blitzschnell packte Brendan sie an den Schultern. Seine schlanken Finger bohrten sich in ihr weiches Fleisch. »Das sagt niemand ungestraft zu Brendan O'Flynn. Nie wird der Tag kommen, an dem mein Sohn und meine Schwester nichts zu essen haben werden. Vergiß das niemals, *Miss O'Flynn*!«

Dann schleuderte er Mara von sich und fügte mit einem bösartig aussehenden Lächeln hinzu: »Ich kann mich an eine gewisse hochnäsige Jungfer erinnern, die alle Heiratsanträge ausschlug, obwohl sie dadurch ihrer Familie hätte helfen können, und nur weil ihr die Herren nicht gefielen, die diese Anträge machten. Sie war arm wie eine Kirchenmaus, aber stolz wie eine Fürstin. Der Teufel soll mich holen, wenn ich selbstsüchtig bin«, wetterte Brendan. »Ich, ein armer Witwer mit einem mutterlosen Kind, bin ständig auf der Suche nach einer anständigen Arbeit, während du die reichen Herrschaften abweist, die unser Leben ein bißchen einfacher machen könnten.«

Mara stieg die Zornesröte ins Gesicht: »Ich hätte also einen Mann heiraten sollen, der mein eigener Großvater sein könnte? Und der andere feine Herr hatte einen Stall voll Kinder, für die ich die Amme spielen sollte. O nein, Brendan. Ich bin keine Märtyrerin, nicht einmal für dich und Paddy O'Flynn. Und außerdem – wer hat denn Angebote abgelehnt, nur weil er fand, daß die Rollen unter seiner Würde seien?«

»Du bist ein kaltes Weib, Mara, und du wirst noch als alte Jungfer enden, wenn du weiter nur nach dem einen Mann Ausschau hältst, der deinen Idealen gerecht wird. Du bist sehr töricht, Mädchen. Hast du vergessen, woher du kommst, Mara? Glaubst du wirklich, ein so feiner Herr würde sich einen Bastard ins Haus holen? Denn das sind wir beide, Mara, vergiß das nicht. Wir sind die unehelichen Nachkommen einer Dubliner Schauspielerin und eines feines irischen Gentlemans, der uns einfach abschob, als er seine Geliebte satt hatte«, erklärte Brendan bitter. »Du wirst wie deine Mutter enden, wenn du weiter so stolz bist, Mara. Reiche Herren heiraten keine Schauspielerinnen oder uneheliche Kinder, sie gehen nur mit ihnen ins Bett. Du wirst nicht allzu viele Heiratsanträge erhalten, meine Kleine.«

»Und du glaubst, das macht mir etwas aus? Ich werde mich niemals so zum Narren halten lassen wie Mutter. Niemand wird mich so verletzen wie sie. Und weißt du warum, Brendan?« Maras goldene Augen glühten. »Weil ich ihnen gar keine Gelegenheit dazu gebe. Weil ich ihr Herz raube, während sie mir lüstern in die Augen schauen, weil ich weiß, daß sie mit mir, Mara O'Flynn, niemals frühstücken werden, und weil ich stolz darauf bin. Du behauptest, ich sei kalt. Mag sein, aber dafür gehört mein Herz mir, und es ist noch in einem Stück.«

Mara blickte auf ihre Hände, die von dem kalten Wind rauh und rot waren. »Wir können uns gegenseitig beleidigen, bis wir tot umfallen, aber das ändert nichts an der Tatsache, daß wir kein Geld haben, um uns in deinem San Francisco durchzuschlagen. Oder liegen die Goldnuggets etwa gleich am Hafen und warten darauf, aufgehoben zu werden?« fragte sie sarkastisch. »Warum hast du das nur getan?« Plötzlich fühlte sie sich sehr müde. »Wir hatten es beinahe geschafft.«

»Ich habe auf Risiko gespielt, Mara – alles oder nichts. Ich mußte es tun. Wir hatten viel zuwenig Geld«, verteidigte sich Brendan. Seine dunklen Augen flehten um Vergebung. »Manchmal kann ich nicht anders. Dann muß ich spielen, weil ich einfach weiß, daß ich gewinnen werde. Es ist wie ein Fieber.« Er sprach, als würde er sich selbst im Grunde nicht verstehen. »Wenn ich gewonnen hätte ... Wir hätten das Geld brauchen können. Unsere Überfahrt hat mehr gekostet, als ich berechnet hatte, und bei allem anderen ist es genauso. Die ganze Welt ist verrückt geworden. Nicht einmal den Tod kann man sich mehr leisten.«

»Und wie steht es um die O'Flynns? Können sie es sich leisten, weiterzuleben?« Maras Worte wirkten in der klammen Kabine noch kälter. »Lernst du deshalb ein neues Stück, Brendan? Wirst du wieder ans Theater gehen?«

»In gewisser Hinsicht ja«, gab Brendan endlich zu. »Du hast mit dem Spanier gesprochen?«

»Und was hat er mit uns zu tun?« wollte Mara wissen. »Ich kann ihn nicht leiden.«

Brendan lachte. »Ob du ihn leiden kannst oder nicht, spielt keine Rolle. Er ist unsere einzige Hoffnung. Außerdem«, fügte Brendan leise hinzu, »schulde ich ihm Geld.«

»Ausgerechnet dem!« seufzte Mara verzweifelt. »Und was will er?«

Brendans Zuversicht kehrte jetzt, nachdem er seiner Schwester alles gestanden hatte, zurück. »Paß auf. Anscheinend sitzt er in der Patsche. Setz dich, während ich dir erkläre, was er von uns will.«

Abwartend ließ sich Mara auf der Kojenkante nieder und beobachtete Brendan, der vor ihr auf und ab ging. Dann begann er sie in seinen Plan einzuweihen.

»Don Luís ist Kalifornier, besitzt irgendwo einen *rancho* – ich habe nicht kapiert, wo, und braucht offensichtlich unsere Hilfe bei einem Geschäft. Soweit ich es verstanden habe, handelt es sich um eine ziemlich delikate Angelegenheit, und wir beide sind die einzigen, die ihm helfen können«, begann Brendan.

Mara bedachte ihn mit einem zweifelnden Blick. »Bis jetzt haben die O'Flynns noch niemandem aus Schwierigkeiten *herausgeholfen*. Und was, bitte schön, ist ein *rancho*?«

Brendan zuckte mit den Achseln. »Ein riesiges Gut jedenfalls. Weißt du, Mara, hier in Kalifornien ist alles viel größer. Manche *ranchos* haben über hunderttausend Morgen! Mehr Grund als das ganze County Galway!«

Mara schaute ihn ungläubig an. »Und was macht ein Mensch mit soviel Land?«

»Keine Ahnung«, gab Brendan zu. »Aber ich sage dir eines: Es ist immer gut, Land zu besitzen. Irgend etwas kann man immer damit anfangen. Und hier gibt es Land genug, sogar für die O'Flynns.«

»Woher willst du wissen, daß dieser Don Luís die Wahrheit sagt?«

»*Ich* sollte nun wirklich erkennen, wann jemand lügt«, gab Brendan ungewohnt freimütig zu.

»Und warum sitzt dieser Spanier in der Patsche?« fragte Mara, die langsam neugierig wurde.

»Meine Liebe, ich weiß nicht allzuviel über diese Sache, aber anscheinend fällt eines seiner Geschäfte ins Wasser, wenn wir ihm nicht beistehen.« Brendan grinste.

»Irgendwie habe ich das Gefühl, daß mir diese Sache nicht gefallen wird«, prophezeite Mara düster.

»Ah, Schwesterherz, ich dachte, für dich sei keine Herausforderung zu groß und keine Rolle zu schwierig.« Brendan seufzte bedauernd und scheinbar enttäuscht, beobachtete aber seine Schwester aus den Augenwinkeln heraus.

Mara hörte auf, an dem Spitzenbesatz ihres Ärmels herumzuspielen, und blickte ihren Bruder mißtrauisch an. »Und welche Rolle soll ich spielen, Brendan O'Flynn?« fragte sie ruhig.

»Wie wäre es, die geliebte Nichte des *Don* darzustellen und sich auf einem *rancho* verwöhnen zu lassen?« Brendans braune Augen glänzten vor Begeisterung.

Mara erwiderte schweigend seinen Blick, und eine Sorgenfalte grub sich in ihre Stirn. Sie wußte, daß sie sich auf keinen von Brendans Plänen einlassen sollte, denn sie gingen fast immer schief. »Und warum soll ich die Nichte des Kaliforniers spielen?« wollte sie wissen. »Mir kommt das sehr merkwürdig vor. Außerdem, wer nimmt mir armem irischen Mädel die spanische Nichte ab? Eine so gute Schauspielerin bin ich nun auch wieder nicht«, wandte sie ein.

Brendan grinste. »Und wer sagt, daß das Mädel Spanierin ist? Zufällig«, belehrte er sie mit Wohlgefallen, »ist sie zur Hälfte Engländerin. Sie heißt Amaya Vaughan, und ihr Vater ist ein englischer Kapitän, der sich in Kalifornien niederließ, als das Land noch zu Mexiko gehörte. Er heiratete Don Luís' Schwester und kaufte sich eine Parzelle Land. Anscheinend war das sonst früher für Ausländer nicht möglich. Um Landbesitzer zu werden, nahm er sogar die mexikanische Staatsbürgerschaft an und trat zum Katholizismus über. Unglücklicherweise starb seine Gattin nach ein paar Jahren und ließ ihn mit einer Tochter zurück. Der Kapitän, der noch nie viel für seine spanischen Verwandten übrig gehabt hatte, schickte das Mädel nach England zu seiner eigenen Familie. Als er wenige Jahre später starb, gab es für das Mädchen keinen

Grund, hierher zurückzukommen. Außerdem hätte der gute alte Kapitän lieber auf See bleiben sollen, denn als Landbesitzer war er eine ziemliche Niete. Kurz bevor er starb, mußte er sein ganzes Land verkaufen.«

Brendan schenkte sich einen Whiskey ein und nahm einen großen Schluck, bevor er weitersprach. »Nun war die junge Dame bereits als Kind in Kalifornien einem Mann versprochen worden, und die spanischen Verwandten bestehen darauf, daß das Eheversprechen eingelöst wird. Also reist Don Luís los, um seine Nichte zurück auf den *rancho* und zu ihrem Verlobten zu bringen. Habe ich dir gesagt, daß es sich bei dem Verlobten um denselben *ranchero* handelt – so nennen sich diese Leute –, mit dem Don Luís ein Geschäft machen möchte? Ich brauche dir wohl nicht erst zu erklären, wie wichtig die Verbindung zwischen der Nichte und diesem *ranchero* für Don Luís ist.«

Wie von Brendan beabsichtigt, war Maras Interesse geweckt. »Und was passierte in England? Hat Don Luís seine Nichte gefunden?«

»Ja. Und zwar in York. Doch eine so kalte, steife alte Jungfer hat die Welt noch nicht gesehen, das meinte jedenfalls Don Luís.« Brendan kicherte diabolisch. »Kannst du dir vorstellen, wie die Damen reagierten, als der *Don* plötzlich auftauchte? Himmel, sie sind wahrscheinlich ohnmächtig über ihren Teetäßchen zusammengebrochen.«

Mara mußte kichern, als sie sich die Szene vorstellte. Wie mußte es diese feinen Damen entsetzt und schockiert haben, als der dunkelhäutige und fremdländische Don Luís in ihren englischen Salon spazierte, um seine Nichte nach Kalifornien zu entführen.

»Ich sehe, daß du dir die Situation vorstellen kannst. Miss Vaughan hatte sich inzwischen zu einer typischen Engländerin gemausert und wahrte ihrem Onkel gegenüber nur mit größter Mühe die nötige Höflichkeit. Für die Vorstellung, mit diesem Fremden nach Kalifornien zu reisen, konnte sie sich überhaupt nicht erwärmen. Außerdem entdeckte Don Luís zu seiner Bestürzung, daß sie sich bereits auf eine Heirat vorbereitete – allerdings mit einem englischen Grafen. Jedenfalls konnte er sie nicht davon überzeugen, daß sie ein fünfzehn Jahre altes Heiratsversprechen mit einem kalifornischen *ranchero* einlösen müßte.«

Mara schüttelte den Kopf, und ein Schatten legte sich über ihre Augen. »Und was hätte Don Luís davon, mich als seine Nichte auszugeben? Denn ich werde diesen Knaben auf keinen Fall heiraten.«

»Mara, meine Liebe«, lachte Brendan, »soweit wird es keinesfalls kommen. Don Luís will nur etwas Zeit gewinnen. Das ist alles. Willst du all seine Herausforderungen zunichte machen? Wem schadet es schon, wenn du für eine Weile vorgibst, Amaya Vaughan zu sein? Dafür erläßt er uns alle Schulden und entlohnt uns noch zusätzlich. Denke nur an Paddy und daran, was das für ihn bedeuten würde. Und du würdest nicht zulassen, daß ein O'Flynn betteln muß, oder? Außerdem«, fügte er düster hinzu, »lägest auch du selbst nicht auf der Straße. Und du bräuchtest Jamie nicht zu entlassen. Sie ist zu alt, um noch eine Anstellung zu finden. Und was sollen wir essen? Vor allem, wenn Don Luís mich verhaften oder gar umbringen läßt, weil ich meine Schulden nicht bezahlen kann. Es ist unsere einzige Chance, Mara. Ich mache mich währenddessen auf den Weg zu den Goldminen. Und ehe du dich versiehst, sind wir reich. Vielleicht kaufe ich dem *ranchero* sogar sein Land ab. Also«, wollte Brendan abschließend wissen, »wie sieht es aus?«

Zornige Flecken bedeckten Maras Wangen. »Anscheinend hast du alle Trümpfe in der Hand, Brendan. Aber ich werde dieses Spiel nicht ohne Vorsichtsmaßnahmen spielen«, warnte sie ihn, stand auf und nahm Haube und Muff. »Du wirst mich nicht noch einmal zum Narren halten. Wenn Don Luís uns auszahlt, werde ich das Geld persönlich in Verwahrung nehmen.«

Brendan zuckte gleichmütig mit den Achseln. »Sicher. Das ist in Ordnung. Du kannst tun, was dir gefällt – solange du machst, was Don Luís dir sagt. Er wird dich in deine spanische Familie einführen, also sei eine brave Schülerin und lerne deine Lektionen. Wir alle werden es dir danken. Und Mara, meine Liebe«, warnte Brendan, »mach bloß keine Schwierigkeiten. Es schadet nichts, wenn du nett zu Don Luís bist. Und jetzt schau nicht so grimmig, meine Kleine. Vergiß nicht, du tust es auch für Paddy.«

Plötzlich fiel Mara etwas ein, und sie sagte: »Was Paddy betrifft, so werde ich ihn keinesfalls bei dir lassen, auch wenn du sein Vater bist. Wo wirst du dich also rumtreiben, Brendan, während ich mich als Amaya Vaughan verkleide und unser Geld verdiene?« fragte sie mißtrauisch.

»Ruhig, ruhig, Schwesterherz«, antwortete Brendan, die Hände besänftigend erhoben. »Kein Grund, sich aufzuregen. Paddy ist der Sohn deines verwitweten Cousins. Don Luís scheint Wert darauf zu legen, daß ich ebenfalls mit von der Partie bin. Er hält uns für Mann und Frau und fürchtet, du könntest dich ohne mich einsam fühlen und vorzeitig aus dem Staub machen. Ich habe den Verdacht, Don Luís traut uns nicht über den Weg.«

»Dann ist er klüger, als ich dachte«, erwiderte Mara gnadenlos. »Du bist also mein Cousin, richtig?«

»Richtig. Brendan O'Sullivan, zu deinen Diensten.« Er verbeugte sich übertrieben tief. »Aufgrund meiner Erfahrungen hielt ich es für angebracht, nicht unseren wahren Namen zu verwenden.«

Mara schüttelte resigniert den Kopf und ging zur Tür. Doch bevor sie hinausging, wandte sie sich noch einmal um. »Du warst immer der bessere Schauspieler von uns beiden, Brendan. Vielleicht solltest du die Nichte spielen. Dein Gesicht ist ganz bestimmt hübsch genug.«

Mara lachte und schlug die Tür hinter sich zu, bevor Brendan zu fluchen beginnen konnte. Dann ging sie den schmalen Korridor entlang zu ihrer Kabine, die sie mit Paddy und Jamie teilte. Sie machte sich Sorgen, aber das würde sie Brendan keinesfalls verraten. Er verstand es, die Ängste anderer Menschen zu seinem Vorteil auszunutzen.

Paddy lag auf einer der Kojen und starrte in die Luft. Er sah aus wie eine kleine Kopie von Brendan. Als Mara eintrat, begannen seine Augen jedoch zu leuchten, und ein breites Lächeln trat auf sein Gesicht.

»Du warst so lange weg, Mara. Ich mag nicht so lange allein bleiben«, klagte er mit breitem irischen Akzent. Er legte seine kleine Hand in Maras, die sich neben ihn auf den Kojenrand setzte. Er schaute sie mißbilligend an, seine dunkelbraunen Augen erinnerten Mara an die eines Fauns.

»Du bist schon fast so charmant wie dein Vater, was?« fragte Mara mit gespielter Entrüstung. »Und dabei bist du erst sechs Jahre alt. Ich möchte, daß du ordentlich sprichst, Padraic«, ermahnte sie ihn liebevoll. »Ich möchte, daß du es zu etwas bringst, und ein irischer Akzent wird dir das nur erschweren.«

»Aber manchmal hast du auch einen, Mara«, widersprach Paddy. »Wenn du richtig böse bist und deine Backen ganz rot sind, dann sprichst du so komisch. Ich will auch so sprechen, und Papa spricht auch so.«

»Nun, Master Padraic, du bist aber nicht dein Papa, deshalb brauchst du auch nicht so zu klingen. Papa und ich reden nur so, wenn wir allein sind. Wir können genausogut ein ausgezeichnetes Englisch sprechen.

Wir sind Schauspieler, und es gehört zu unserem Beruf, viele Dialekte zu beherrschen. Irisch ist nur einer davon. Aber du«, sie schaute Paddy in die Augen, »solltest anständig Englisch lernen. Es ist schon schwer genug, auf dieser Welt zurechtzukommen, ohne daß man Ire ist.«

»Warum ist es so schwer, wenn man Ire ist?«

»Weil«, seufzte Mara, »nur wenige Menschen Zeit für einen Iren haben. Nur der liebe Gott vergißt nicht, daß wir seine Kinder sind. Und seit der großen Hungersnot, während der so viele von unseren Landsleuten starben, frage ich mich manchmal, ob nicht auch er uns vergessen hat. Wir müssen ganz allein zurechtkommen, Paddy. Niemand schenkt den O'Flynns etwas«, erklärte sie ihm bitter. »Und dabei bin ich manchmal des Kämpfens so müde.«

Sie schob Paddy die rotbraunen Locken aus der Stirn. »Also wirst du wie ein feiner Londoner Herr sprechen – oder ich lasse dich über die Planke marschieren«, schloß Mara. Dann blickte sie sich um. »Wo ist Jamie?«

Paddy lachte, als das Schiff plötzlich schwankte und er aus der Koje rollte. Er kletterte zurück und antwortete gleichgültig: »Ach, sie ist wieder krank. Sie wurde ganz grün und sah ganz komisch aus. Schließlich hat sie gesagt, sie geht lieber an Deck, und ist rausgelaufen.« Dann fragte er hoffnungsvoll: »Glaubst du, es ist schön dort, Mara? Ich mag nicht mehr auf dem Schiff bleiben. Hier kann ich gar nichts machen, und ich habe niemanden zum Spielen. Kommen wir denn nie an?« fragte er weinerlich.

»Nun, wenn man dem Kapitän Glauben schenken kann, dann müßten wir in einigen Tagen anlegen«, versicherte ihm Mara. »Allerdings hat er das gleiche auch schon vor einer Woche gesagt«, fügte sie insgeheim hinzu.

»Wie ist Frisco? Ist es wie London oder Paris oder Dublin?« wollte Paddy als erfahrener Reisender wissen.

»Das weiß ich auch nicht«, antwortete Mara wahrheitsgetreu, »aber ich glaube, es ist mindestens so fein wie London. Wo man soviel Gold gefunden hat, müssen alle leben wie die Könige.«

Paddy hörte ihr aufmerksam zu, und seine dunklen Augen leuchteten vor Vorfreude. »Und gibt es dort jeden Morgen Vanillebaisers und Schokolade zum Frühstück? Und niemand muß grüne Bohnen essen?«

Mara lächelte amüsiert. »Warum nicht? Wer macht einem reichen Mann schon Vorschriften? Obwohl ich glaube, daß er lieber ein paar

Eier und Bratkartoffeln essen würde und dazu ein Brötchen mit Butter und vielleicht Honig... meinst du nicht auch?«

»Vielleicht«, lenkte Paddy ein, »aber ich mag am liebsten Baisers.«

»Du wirst jede Menge davon kriegen, wenn wir in San Francisco sind.«

»Kann ich nicht jetzt schon welche haben?« bettelte Paddy. »Ich mag keinen Fisch und Kartoffeln mehr essen.«

Mara seufzte müde. Wie konnte sie einen lebhaften kleinen Jungen über so lange Monate unfreiwilliger Gefangenschaft hinweg beschäftigen? Schon längst hatte sie ihm alle Geschichten erzählt und alle Spiele mit ihm gespielt, und der Beutel mit Zuckerwerk, den sie in Rio de Janeiro gekauft hatte, war beinahe leer. Paddy hatte recht, das Essen an Bord war fade und langweilig.

Mara faßte in den Beutel mit Süßigkeiten, holte das letzte Bonbon heraus und legte es in Paddys ausgestreckte Hand. »Es ist das letzte, also genieße es.«

Endlich zog sie ihren Mantel aus, legte ihn zusammen mit ihrem Muff und ihrer Haube auf die Koje und schlang sich einen Wollschal um die Schultern. Die kalte Feuchtigkeit des Meeres schien alles zu durchdringen, so daß ihr nie richtig warm wurde. Dann versuchte sie, es sich auf der harten Matratze bequem zu machen.

Sie zog eine große, mit Stoff ausgeschlagene Tasche heran, kramte darin herum und holte schließlich einen silbernen Handspiegel heraus. Leidenschaftslos und distanziert musterte sie ihr Gesicht. Ihr Antlitz war nicht gerade klassisch zu nennen, aber es war schön, und sie war stolz darauf. Und sie wußte ihre Schönheit einzusetzen. Männer wurden unwiderstehlich von ihr angezogen. Sie konnten ihre Lust nur mit Mühe zügeln, wenn Mara einmal die Kokotte spielte, ihre größte Rolle. Dann gestattete sie ihren Verehrern den Zutritt in ihre Garderobe, wo sie in einem bunten seidenen Morgenmantel, der ihre schmale Taille und ihre festen Brüste betonte, vor dem Spiegel saß. Sie trug ein wenig Rouge auf ihre zarten Wangen auf oder kämmte ihr langes Haar, das endlich einmal offen über ihre Schultern floß. Als wäre sie sich der hungrigen Blicke gar nicht bewußt, stand sie schließlich auf, rekelte sich und begann auf und ab zu gehen, so daß ihr Haar mit dem Schwung ihrer Hüften hin und her flog, während unter dem Rock ihre seidenbestrumpfte Wade hervorblitzte.

Mara fühlte keine Reue diesen Männern gegenüber. Es machte ihr auch nichts aus, daß Brendan die Frauen ebenso verletzte wie sie die Männer. Sie merkte nicht, daß sie beide in dem Wunsch, sich zu rächen, längst zu Opfern ihrer eigenen Erinnerungen geworden waren. Mara unterschied nicht zwischen den Geschlechtern – nur zwischen starken und schwachen Menschen.

Doch als Mara wieder in den Spiegel blickte, schauten sie zwei vorwurfsvolle blaue Augen an. Sie kniff die Lider zusammen und wandte den Kopf ab, um das Bild dieses Jungen abzuschütteln. So weit hatte sie nicht gehen wollen. Wie hätte sie ahnen können, daß er sich erschießen würde? Die Männer, mit denen sie es normalerweise zu tun gehabt hatte, waren älter und reifer gewesen – wenn auch genauso töricht – und wären niemals auf den Gedanken gekommen, sich wegen einer Frau umzubringen. Sie wußte nicht einmal mehr, wie der junge Mann geheißen hatte oder wie sein Gesicht aussah. Nur diese verzweifelten blauen Augen verfolgten sie seitdem. Da sie London gleich am nächsten Tag verlassen hatten, wußte Brendan nichts von der Sache. Das war nur gut so, denn er hatte sie oft davor gewarnt, zu weit zu gehen. Wenn sie nur vergessen könnte... aber es gelang ihr nicht. Ständig kam ihr in den Sinn, daß sie einen Mann – einen Jungen – getötet hatte, der kaum älter gewesen war als sie selbst. Und sie war damals gerade achtzehn gewesen. Mit einem leisen Fluch schob Mara den Spiegel zurück in die Tasche. Sie hatte auch so genug Probleme.

Das Problem, das sich ihnen jetzt stellte, konnte sie nicht einmal mehr beeinflussen, dachte Mara mit wachsender Verzweiflung. Sie fragte sich, wie um alles in der Welt Brendan annehmen konnte, mit diesem lächerlichen Plan durchzukommen. Was war, wenn man den Betrug aufdeckte? Was würde dann mit ihnen geschehen? Don Luís würde sicher nicht zu ihnen halten, wenn man ihre wahre Identität enthüllte. Im Gegenteil, er würde die O'Flynns am allerheftigsten als Betrüger anklagen, um sich auf diese Weise reinzuwaschen. Aber hatten sie denn überhaupt eine andere Wahl? Brendan hatte ihr gesamtes Geld verspielt. Sie waren am Ende. Warum sollte sie es also *nicht* tun? Sie war schließlich eine Schauspielerin! Sie hatte schon schwierigere Rollen übernehmen müssen. Sie würde nur ihr Englisch ein wenig aufpolieren müssen – und lernen, ihre Zunge im Zaum zu halten, wenn sie als wohlerzogenes englisches Fräulein gelten wollte.

Sie würde es schaffen, das schwor sich Mara, als sie zu Paddy hinüberblickte, der im Bett hockte und mit seinen Zinnsoldaten spielte.

Paddy war das einzig Gute, was den O'Flynns seit langer Zeit widerfahren war, auf jeden Fall aber das einzig Gute an Brendans kurzer Ehe. Mara hatte sich immer gefragt, warum Brendan Paddys Mutter eigentlich geheiratet hatte, denn er war nicht gerade ein begeisterter Ehemann. Wie oft hatten früher enttäuschte Frauen an seinem Rockzipfel gehangen, nur um sich eine weitere Abfuhr einzuhandeln. Aber Molly war anders gewesen. Sie war Brendan nie nachgelaufen. Vielleicht hatte ihn gerade das angezogen, wie auch die Ähnlichkeit ihrer Temperamente.

Als sie sich vor vielen Jahren kennengelernt hatten, war Molly, die von sich behauptete, zur Hälfte Zigeunerin zu sein, nach London gekommen, um Schauspielerin zu werden. Sie hatte außerdem behauptet, siebzehn zu sein, aber Mara schätzte, daß sie mindestens zwanzig Jahre alt war, als sie sich der Truppe anschloß, zu der auch Brendan gehörte. Mit ihrer Durchsetzungskraft und ihrem Feuer hatte sie sich bald trotz der Intrigen der älteren Darstellerinnen einen festen Platz im Ensemble erobert.

Aber Molly war rastlos und fürchtete ständig, das Leben könne an ihr vorbeigehen. Nicht einmal Brendan mit seinem Charme konnte sie halten. Daß Molly und Brendan ein Liebespaar wurden, hatte Mara nicht überrascht. Diese Entwicklung war unvermeidlich gewesen, trotz der ständigen Streitereien und lautstarken Auseinandersetzungen, die ihr Verhältnis begleiteten. Mara hatte sich oft gefragt, wer von beiden wohl stärker sein mochte. Sie waren einander zu ähnlich, als daß beide gewinnen konnten.

Und dann hatte Molly entdeckt, daß sie schwanger war. Bei der Erinnerung an ihren Wutausbruch darüber lief Mara noch jetzt ein Schauer über den Rücken. Molly hatte tagelang geweint, war launisch und verzweifelt gewesen, denn sie befürchtete, daß ihre Karriere damit beendet war. Wovon sollte sie sich ernähren, ein Kind im Bauch und keinen Ring am Finger? Sie würde auf der Straße verhungern. Sie würde das Balg loswerden, bevor es das Licht der Welt erblickte, drohte sie. Und dann hatte Brendan Molly gebeten, ihn zu heiraten und das Kind zur Welt zu bringen. Ob er das aus Angst tat, sich gegen Gott zu versündigen – Mara vermutete insgeheim, daß Brendan trotz allem noch an ihn glaubte –, oder weil er Molly zu halten versuchte, wurde nie ganz deutlich.

Jamie hatte Molly noch nie leiden können, und Molly erwiderte dieses Gefühl aus ganzem Herzen. Jamie war der Ansicht gewesen, daß sie nicht zu den O'Flynns paßte. Vielleicht war sie auch eifersüchtig, weil Molly so großen Einfluß auf Mara und Brendan ausübte.

Aber sie hatte Brendan zu Recht vor einer Heirat gewarnt, denn die Beziehung verschlechterte sich nach der Trauung zusehends. Molly haßte das Kind, das so gierig nach ihrer Brust suchte. Nachdem Mara einmal mitansehen mußte, wie Molly in einem Wutanfall den kleinen Paddy mißhandelte, nahm sie ihr das Kind weg.

Und eines Morgens war Molly plötzlich verschwunden. Ohne eine Nachricht zu hinterlassen, war sie abgereist. Die gesamten, wenn auch mageren Ersparnisse der O'Flynns und all ihre Wertsachen hatte sie mitgenommen. Paddy, ihren Sohn, dagegen hatte sie zurückgelassen.

Der arme Brendan hatte in seinen kühnsten Träumen nicht damit gerechnet, daß Molly ihn verlassen könnte. Er hatte zum erstenmal einem Menschen vertraut. Und dieser Mensch hatte sein Vertrauen mißbraucht und ihn im Stich gelassen. Auch diese Erfahrung ließ sich Mara eine Warnung sein, sich niemals zu verlieben.

Nachdem Jamie verächtlich geschnaubt und »Auf Nimmerwiedersehen. Ich hab' der diebischen Elster noch nie getraut« gemurmelt hatte, verlor niemand mehr ein Wort über Molly. Mara fragte sich manchmal, ob Brendan wirklich glaubte, Witwer zu sein. Es war die einzige Erklärung, die er sich für Mollys Verschwinden geben konnte. Ab und zu erwähnte jemand beim Theater ihren Namen, aber ihre Wege kreuzten sich nicht mehr. Seit einigen Jahren hatten sie überhaupt nichts mehr von ihr gehört.

Mara schaute liebevoll zu Paddy hinüber. Sie hoffte, daß Molly endgültig aus ihrem Leben verschwunden war. Paddy gehörte zu ihr, und sie würde es nicht zulassen, daß seine Mutter plötzlich wieder auftauchte und ihn ihr wegnahm.

Aber allein der Gedanke daran machte ihr Angst – Paddy machte sie verwundbar, durch ihn konnte man sie verletzen. Ihre Liebe, ihr schutzloses, weiches Wesen offenbarte sich jedem, der sie beobachtete, wenn sie liebevoll auf den kleinen dunklen Kopf herabblickte. Nur in Paddys Gegenwart verhielt sich Mara vollkommen natürlich. Sogar Brendan gegenüber verbarg sie ihre wahren Gefühle. Meistens spielten die beiden Geschwister ihren Intellekt gegeneinander aus. Wenn Mara dagegen mit Paddy zusammen war, konnte sie sich entspannen und mußte nicht ständig auf der Hut sein. Sie hatte beschlossen, die Tatsache zu verdrängen, daß auch Paddy eines Tages zu einem Mann heranwachsen würde und dann die Macht hätte, sie zu verletzen. Darüber brauchte sie sich jetzt noch keine Gedanken zu machen; vorerst mußte sie sich nur mit der Misere beschäftigen, in die Brendan sie gebracht hatte. Sie fragte sich, wann sie sich wohl wieder aus dieser ominösen Geschäftsverbindung würden lösen können, und ihr Instinkt sagte ihr, daß das gar nicht schnell genug gehen konnte.

In diesem Moment öffnete sich die Tür, und Jamie trat ein. Sie hatte einen Schal um den Kopf gebunden und einen dünnen Mantel über ihren ausgezehrten Leib geworfen.

»Wie fühlst du dich, Jamie?« fragte Mara mitfühlend, als sie die grünliche Färbung von Jamies Haut und die Schweißperlen auf ihrer Oberlippe bemerkte.

Jamie warf dem Mädchen einen mürrischen Blick zu und ließ sich zitternd auf ihrer Koje nieder. »Wie soll man sich schon fühlen, wenn einem die Eingeweide wie Segel aufgehängt werden und der Wind sie ständig durchpustet?« schniefte sie. »Auf dieser Irrenreise, die Master Brendan uns da eingebrockt hat, geht's mir ständig von hunds- bis miserabel. Ich schwör', daß ich nie wieder ein Fuß auf 'n Wrack setzen werd', und wenn man mich durchprügelt.«

Mara verkniff sich ein Lächeln. »Ich weiß, daß du dich nicht gerade wohl fühlst wie ein Fisch im Wasser, Jamie, aber –«

»Wie 'n Fisch im Wasser! Mein Gott, ich fühl' mich eher wie dieser alte Lachs, den sie da an Deck gezogen haben und der gerade sein Leben aushaucht!« Langsam schienen Jamies Lebensgeister zurückzukehren.

»Du bist dumm, Jamie! Du bist gar nicht rosa wie ein Lachs, du bist grau wie ein Wal!« mischte sich Paddy ein und begann wie ein Fisch auf dem Trockenen nach Luft zu schnappen.

»Du solltest deine Zunge hüten, Master Paddy«, warnte ihn Jamie. »Wenn du weiter solche Gesichter ziehst, verpass' ich dir 'nen Löffel Lebertran.«

Paddy schnitt eine noch viel bizarrere Grimasse, floh in seine Koje zurück und widmete sich schleunigst wieder seinen Zinnsoldaten.

»Jamie«, begann Mara ruhig, »Brendan meint, daß unsere Ersparnisse nicht reichen. Um die Wahrheit zu sagen, unsere Situation ist recht verfahren. Wir brauchen unbedingt mehr Geld«, versuchte sie taktvoll zu erläutern.

»Er hat wieder gespielt, was?« fragte Jamie geradeheraus. Sie schien keineswegs überrascht. »Na, dann strengen wir unsern Kopf wieder mal an, damit wir da rauskommen. Oder hat er etwa 'nen Plan?« Jamie musterte Mara kritisch. Ihre Augen waren immer noch scharf wie die eines Adlers und wußten einen Gesichtsausdruck zu deuten.

»Ja, Jamie«, gestand Mara. »Brendan hat uns schon wieder Arbeit verschafft – als Schauspieler sogar«, fügte sie mit einem ironischen Lächeln hinzu.

»Na, das klingt ja gar nich' so schlecht. Ich wußte gleich, daß es 'ne dumme Idee is', im Dreck nach Gold zu buddeln. Welches Stück isses, und was kriegen wir dafür?« erkundigte sie sich pragmatisch.

Mara zögerte, unentschlossen, wieviel sie enthüllen durfte. »Es ist kein richtiges Stück, und wir werden es nicht im Theater aufführen, Jamie.« Sie ignorierte so gut sie konnte den zweifelnden Blick, den Jamie ihr schenkte. »Ich werde die Nichte dieses Spaniers ... dieses Don Luís' spielen, und Brendan übernimmt die Rolle meines Cousins, und –«

»Der Herr vergebe mir, ich will nichts weiter hör'n! Wirklich, Mara O'Flynn, ich will gar nichts von dieser Geschichte wissen, also keine Einzelheiten. Je weniger ich weiß, desto besser werd' ich schlafen«, verkündete Jamie entschieden und schüttelte resigniert ihr ergrautes Haupt.

»Du darfst nur nicht vergessen, mich Amaya zu nennen; viel mehr wirst du nicht sagen müssen ...« Mara machte eine kleine Pause, und ihre Augen blitzten fröhlich. »Wenn es dir natürlich lieber ist, erkläre ich, du seist stumm, dann brauchst du überhaupt nicht zu sprechen.«

Jamie schnaubte verächtlich. »Solange ich leb', kann ich mir auch mein' Text merken. Ich mag ja seit über zwanzig Jahren nich' mehr aufgetreten sein, aber ich weiß immer noch, wie man Theater spielt. Stumm ... Also so was«, empörte sie sich.

Am Abend traf sich Mara mit Brendan und Don Luís in Brendans Kabine. Brendan stierte mit finsterer Miene in seinen Whiskey, und Don Luís nippte an einem Glas Rotwein, als Mara eintrat. Sofort erhob sich Don Luís und bot ihr einen Stuhl am Tisch an. Brendan blieb ungerührt sitzen. Mara fragte sich, warum er wohl so schlecht gelaunt war.

»Bitte, *Señora*, möchten Sie ein Glas Wein? Ich habe ihn selbst aus Frankreich mitgebracht.« Don Luís goß die dunkelrote Flüssigkeit in einen Kristallkelch und reichte ihn ihr.

Sie nahm das Glas entgegen und nickte huldvoll.

»Es freut mich zu sehen, *Señora*, daß Sie Ihre Meinung geändert haben«, eröffnete Don Luís das Gespräch. »Am besten, ich gewöhne mich gleich an Ihren neuen Namen, *Doña Amaya.*«

»*Doña*?« Mara runzelte die Stirn.

Don Luís' Lippen teilten sich zu einem Lächeln, aber seine schwarzen Augen blieben ernst. »Das ist nur eine Anredeform, wie Miss oder Madam. Sie werden sich daran gewöhnen. Bitte, *Señor* O'Flynn, möchten Sie vielleicht auch etwas Wein?« lud Don Luís Brendan ein, der sich eben neuen Whiskey einschenkte.

Brendan schüttelte abweisend den Kopf und füllte sein Glas. »Nein danke, ich vertrage dieses süße Zeug nicht. Ein anständiger Ire trinkt *uisgebeatha*, das Wasser des Lebens, sonst nichts.«

Mara zitterte, denn ein kalter Luftzug wehte durch die Kabine und streifte ihre Schultern. Sie nahm einen Schluck Wein und spürte ihn wie ein mildes Feuer durch ihr Kehle rinnen. Ihre Wangen röteten sich.

»Glücklicherweise verließ Amaya Kalifornien schon als junges Mädchen. Niemand erwartet also von ihr, daß sie Spanisch spricht«, begann Don Luís. Seine schwarzen Augen waren zu schmalen Schlitzen verengt, während er Maras Gesicht genau musterte. »Ein junges Mädchen kann sich sehr verändern, wenn es zur Frau wird. Wahrscheinlich erinnert sich niemand mehr daran, wie die junge Amaya wirklich aussah. Ich habe sie ja nicht einmal erkannt, als ich sie in England sah. Um die Wahrheit zu sagen, sehen Sie viel eher wie die Amaya aus, die ich mir vorgestellt hatte. Es wird keine Probleme geben, und Sie als erfahrene Schauspielerin«, sein Tonfall klang in Maras Ohren plötzlich fast beleidigend, »werden mit einer so einfachen Rolle sicher zu Rande kommen.«

»Man wird also nicht von mir erwarten, daß ich mich an meine Verwandten erinnere?« fragte Mara höflich, ohne sich ihre Abneigung dem Mann gegenüber anmerken zu lassen.

»Nein, es ist unwahrscheinlich, daß Sie Ihre Verwandten nach so langer Zeit noch kennen. Aber Sie sollten wenigstens über die nähere Familie Bescheid wissen. Ich bin natürlich der Bruder Ihrer Mutter, Don Luís Cristobal Quintero.« Er sprach seinen Namen mit Stolz aus. »Ich wohne im Casa de Quintero. Meine Frau heißt Doña Jacinta, und wir haben einen Sohn, Raoul. Wir werden uns ebenfalls auf dem *rancho* Villareale aufhalten. Es ist das Heim von Don Andres Villareale, seiner

Mutter Doña Isidora sowie einer Cousine, Doña Feliciana. Sie erhalten ständig Besuch von anderen Verwandten, die aber nicht weiter von Bedeutung sind.« Don Luís schilderte das alles mit großer Geduld.

»Ach ja – dann gibt es noch einen Amerikaner namens Jeremiah Davies auf dem *rancho*. Er ist Don Andres' Sekretär.«

»Die Besetzungsliste kennen wir jetzt, und die Schauspieler haben die Bühne betreten«, sagte Brendan plötzlich in das angespannte Schweigen hinein. »Wie lange wird das Stück denn gespielt?«

Don Luís zuckte bedauernd die Achseln. »Das weiß ich leider selbst nicht. Erst müssen wir abwarten, wie sich die Dinge entwickeln. Wir Kalifornier überstürzen nichts. Wir überlegen erst, bevor wir handeln. Don Andres und seine Familie werden Sie erst kennenlernen wollen. Dann wird man einige Feste feiern und ein paar Verwandte besuchen«, erklärte Don Luís mit einem leichten Lächeln. »All das ist sehr zeitaufwendig.«

»Wozu soll das gut sein?« fragte Mara neugierig. Worauf hatte man sich da nur eingelassen.

Don Luís schaute Mara arrogant über seine lange, schmale Nase hinweg an. »Das ist für Sie ohne Belang, *Señora*. Sie brauchen nur meine Nichte zu spielen und sonst nichts. Dafür werden Sie bezahlt und für sonst nichts. Habe ich mich klar genug ausgedrückt? Sie werden sich keinesfalls in Dinge einmischen, die Sie nichts angehen. Sie werden sich ausschließlich auf Ihre Rolle konzentrieren.«

Mara hob scheinbar beschwichtigend die Hände. Aber in ihren Augen funkelte es verräterisch. Brendan kannte dieses Funkeln und wußte, daß es Ärger bedeutete. Mara wollte den aufgeblasenen Don Luís ein wenig zurechtstutzen, und so stemmte sie ihre Ellbogen auf den Tisch, legte das Kinn in die Handfläche und schaute butterweich zu ihm auf. Dann zwinkerte sie ihm übertrieben aufreizend zu und sagte:

»Du hast recht, Süßer. Für was muß so 'n dummes Ding wie ich wissen, was so kluge Männer wie du planen? Vor allem geschäftlich, wennste weißt, was ich mein'«, fügte sie vielsagend hinzu. »Mann, wirklich blöd von mir, so 'ne Frage überhaupt zu stellen. Verdammt, da hab' ich mich fast lächerlich gemacht. Mist!« Mara sprach in ihrem breitesten Cockney-Akzent, so daß ihre Stimme sogar in ihren eigenen Ohren rauh und vulgär klang. Sie hob das Weinglas und prostete schweigend dem erstarrten *Don* zu. Nach einem kräftigen Schluck verbarg sie ihr vor Abscheu verzogenes Gesicht hinter dem Handrükken, mit dem sie sich über den Mund wischte.

»Mara!« mischte sich Brendan augenblicklich ein. Seine dunklen Augen sprühten vor Zorn, während er seine triumphierende und ganz und gar reuelose Schwester fixierte. »Bitte, Don Luís, verzeihen Sie ihr. Manchmal plappert sie einfach drauflos, ohne sich über die Konsequenzen Gedanken zu machen«, entschuldigte sich Brendan. »Hinterher tut es ihr immer leid. Nicht wahr, Mara?«

»Um ganz ehrlich zu sein, mein Lieber«, antwortete Mara mit unschuldigem Lächeln, »eigentlich nie.«

»Mara, wie kannst du –«

»Es reicht!« fuhr ihm Don Luís mit vor Wut zitternder Stimme in die Parade. »Noch niemand hat mich so beleidigt, schon gar nicht eine Frau von Ihrem Stand. Wenn Sie tatsächlich meine Verwandte wären, *Señora*, wovor der Himmel mich schützen möge, würde ich Ihnen zeigen, wo Ihr Platz ist. Aber das führt jetzt zu nichts. Wenn ich Ihnen nicht trauen kann, wenn Sie sich nicht meinen Wünschen entsprechend verhalten, dann« – Don Luís hielt inne und betrachtete die Geschwister böse und mit deutlichem Mißfallen – »wird mir nichts anderes übrigbleiben, als Señor O'Flynns Schulden eintreiben zu lassen. Es ist nicht einfach für eine alleinstehende Mutter mit einem Kind, sich in einem fremden Land durchzuschlagen. Ich würde Sie nicht darum beneiden, *Señora*«, deutete Don Luís mit seidiger Stimme an, während er mit verächtlichem Blick Maras Gesicht und Körper taxierte. Ohne ein weiteres Wort wandte er sich ab und marschierte steif vor verletztem Stolz zur Tür.

»Don Luís«, flüsterte Mara leise und sah schüchtern in den tiefroten Wein. »Sie brauchen nicht zu fürchten, daß ich, Amaya Vaughan, Sie im Stich lasse. Man hat mich in England hervorragend erzogen, und ich werde Ihre Familie keinesfalls in Verlegenheit bringen oder Ihnen Sorgen bereiten. Mein Benehmen wird selbstverständlich über jeden Tadel erhaben sein«, erklärte sie mit kühler und ganz und gar vornehmer Stimme.

Don Luís wandte sich in der Tür um und schaute sie ungläubig an. Sie saß mit ernster Miene am Tisch, die Hände gefaltet und den Kopf leicht gesenkt, als wäre sie in ein Gebet vertieft. Die Madonna selbst hätte nicht reiner aussehen können. Don Luís war fassungslos. Mara schaute auf, als sie seinen Blick auf sich spürte. Ihre verklärten Augen leuchteten warm; eine Träne hing an ihren Wimpern und rann dann über ihre

Wange. Ihre Lippen zitterten leicht, während sie ängstlich seinen Blick erwiderte.

»Madre de Dios!« rief Don Luís aus. »Mein Kompliment, *Señora*, Sie sind wirklich eine phantastische Schauspielerin.« Er verbeugte sich ehrerbietig. »Sie haben meine letzten Zweifel zerstreut. Ich habe vollstes Vertrauen in Ihre Fähigkeiten, nachdem ich Zeuge dieses Wunders war. Ich hätte es nie für möglich gehalten, daß ein Mensch sich so vollkommen verstellen kann.« Er schüttelte den Kopf. Dann aber zeigte sich auf seiner Stirn eine Sorgenfalte. »Es gibt nur noch ein kleines Problem: Wird das Kind Sie auch Amaya nennen? Es wäre sehr bedauerlich, wenn der kleine *Señor* unser Geheimnis verraten würde.«

»Machen Sie sich keine Sorgen«, beruhigte ihn Mara schnell, bevor er einen neuen Vorschlag machen konnte, was mit Paddy geschehen sollte. »Als Schauspielerin muß ich auf mein Erscheinungsbild achten. Ich muß meinem Publikum immer jung und schön erscheinen, und ein sechsjähriges Kind, das mich Mama nennt, wäre das Ende meiner Karriere.« Eitel rückte sie den schweren Haarknoten in ihrem Nacken zurecht.

»Natürlich war das noch nie ein Problem. Der Junge hat mich schon immer Mara genannt, da ich schließlich nicht seine Mutter bin. Er stammt aus Brendans erster Ehe. Ach, Sie dachten, er wäre mein Kind?« Mara lachte kokett und spielte die Beleidigte. »Aber wie konnten Sie das glauben? Ich bin doch wirklich noch nicht alt genug, um ein Kind zu haben, Don Luís! Ich bin doch selbst beinahe noch ein Kind.«

»Ich bitte um Vergebung, *Señora*. Ich habe tatsächlich angenommen, es wäre Ihr leiblicher Sohn. Natürlich vereinfacht das die Sache. Auf diese Weise brauchen wir nicht zu befürchten, daß uns das Kind auffliegen läßt. *Bueno!* Dann ist es also abgemacht.« Don Luís seufzte, offensichtlich erleichtert. »Sie gestatten?« fragte er und sammelte Maras Weinkelch, die anderen Gläser sowie die Weinflasche ein, um sie in einem Lederkoffer zu verstauen. »Ich wünsche Ihnen *buenas noches*«, verabschiedete er sich und verließ mit zufriedener Miene die Kabine.

Brendans lautes Klatschen durchbrach die Stille und riß Mara aus ihren Gedanken. »Gut gemacht, Mara! Eine ganz hervorragende Aufführung. Du hast mich glatt an die Wand gespielt!« Wut brannte in seinen Augen. »Warum hast du das getan? Du mußt immer alles auf die Spitze treiben. Ich glaube, es macht dir Spaß, andere Menschen zu reizen. Aber eines Tages wirst du dein Spiel zu weit treiben, und dann wirst du mit deiner scharfen Zunge nichts mehr ausrichten können.«

Mara schwieg. Dagegen konnte sie nichts einwenden. Brendan hatte recht. Ihr Temperament und ihre Schlagfertigkeit würden sie bestimmt noch einmal in Schwierigkeiten bringen.

»Es tut mir leid, *Brendan.*«

»Das sollte es auch. Jetzt ist nicht der richtige Zeitpunkt für solche Spiele. Es geht um unsere Zukunft, und Don Luís versteht keinen Spaß«, warf Brendan ihr mit finsterer Miene vor.

Maras Augen funkelten. »Du machst es dir wirklich leicht, mir die Schuld in die Schuhe zu schieben. Wer schaute denn wie sieben Tage Regenwetter, als ich hereinkam? Ich habe noch nie solch ein Gesicht gesehen. Welche Laus war dir denn über die Leber gelaufen?« wollte Mara wissen.

Brendan zog den Kopf noch tiefer zwischen die Schultern und fuhr sich unruhig mit einer Hand durchs Haar. »Ich reise um die halbe Welt, nur um mein Glück zu machen, riskiere sogar mein Leben auf diesem verdammten Ozean und komme doch nicht an dieses verdammte Gold heran. Ich hätte genausogut in London oder Paris bleiben können.« Er klang verbittert.

Mara starrte ihn verwirrt an. »Das verstehe ich nicht. Wir fahren doch nach Kalifornien. Dort gibt es überall Gold. Du brauchst nirgendwo mehr hinzufahren, um es zu suchen.«

Brendan grunzte verächtlich. »Du hast überhaupt keine Ahnung. Auf Don Luís' *rancho* gibt es kein Gold, und auch nicht auf dem seines Verwandten. Das findet man nur in den Bergen, in der Sierra Nevada, wie er mir erklärte. Und wie soll ich dorthin gelangen, wenn ich auf dem *rancho* eingesperrt bin, weil ich auf dich aufpassen muß? Ich kann dir ja keinen Augenblick trauen«, beschuldigte er sie.

»Das ist gemein gelogen«, erwiderte Mara erschüttert. »Du weißt, daß ich dich oder Paddy niemals enttäuschen würde. Nimm das zurück, Brendan!« verlangte sie mit leicht bebender Stimme.

Brendan rieb sich müde die Augen. »Schon gut, fang bloß nicht an zu weinen. Weinende Frauen ertrage ich nicht.«

»Ich weine nie, jedenfalls nicht wirklich«, gab Mara ihm knapp zurück und stand auf. »Wir stecken nun einmal in dieser Sache, also sollten wir das Beste daraus machen und hoffen, daß wir bald wieder herauskommen. Anschließend kannst du ja immer noch zu deinen verdammten Goldminen fahren.«

»Mara!« rief ihr Brendan nach, als sie die Tür öffnete.

Mara drehte sich mit kalter, verschlossener Miene um.

»Mara, das hier ist kein Spiel. Für uns geht es um alles oder nichts. Wir könnten uns in Kalifornien ein Zuhause schaffen. Niemand schert sich darum, woher wir kommen oder warum wir nicht den Namen unseres Vaters tragen. Hier sind alle gleich. Dies ist eine einmalige Chance, ein neues Leben zu beginnen. Glaube mir, Mara, bitte.«

»Das würde ich gern, Brendan. Gott allein weiß, wie gern ich das würde«, antwortete Mara traurig lächelnd. Sie verließ die Kabine und schloß die Tür hinter sich, während Brendan sich in seinen Stuhl zurückfallen ließ.

Am nächsten Tag stand Mara an der Reling, als das Schiff in der Bucht von San Francisco vor Anker ging. Paddy hüpfte ungeduldig von einem Fuß auf den anderen. Er versuchte, einen Blick über die Holzwand zu erhaschen und gleichzeitig Jamies fest zupackender Hand zu entkommen. Maras Schultern bebten vor Lachen, als sie ihren Blick über die Bucht schweifen ließ. Sie hörte Schritte hinter sich und wandte sich um. Brendan kam fröhlich zu ihnen herüberspaziert.

»Ein wunderschöner Anblick, wahrhaftig, Brendan O'Flynn«, begrüßte ihn Mara und versuchte, ihr verzweifeltes Lachen zu unterdrükken.

Brendan schaute sie fragend an und folgte dann mit dem Blick ihrem ausgestreckten Arm.

»Himmel«, flüsterte Brendan, als er all die verlassenen Wracks sah, die die Bucht verstopften. Hunderte von Masten ragten aus den verrotteten Rümpfen einst stolzer Schiffe, die von ihren Mannschaften im Goldfieber verlassen und vergessen worden waren.

Und hinter dem trümmerübersäten Hafen und den mit Segeltuch bedeckten Sandhaufen erhoben sich die Hügel von San Francisco. Etwas Derartiges hatte Mara noch nie gesehen. Zerbrechliche, windschiefe Holzhütten klammerten sich an die steilen Hänge, die die Stadt umgaben. Es waren vor allem die Hügel mit ihren winzigen Behausungen und den windzerzausten niedrigen Bäumen, die den Blick auf sich zogen.

»Ist das Frisco, Mara?« fragte Paddy. »Es ist scheußlich«, erklärte er enttäuscht und sprach damit Brendans und Maras Gedanken aus.

»Es ist ganz bestimmt nicht London«, antwortete Mara nachsichtig. »Und es ist auch nicht das, was wir erwartet haben, oder, Brendan?«

Brendan riß seinen Blick vom Hafen los und starrte Mara an. Seine sonst stets leuchtenden Augen waren plötzlich stumpf geworden. Mara ballte eine Faust, als sie bemerkte, daß seine Unterlippe zitterte. Nur einmal, vor langer Zeit in Paris, hatte sie Brendan so bestürzt gesehen. Nicht einmal Mollys Verschwinden hatte ihn so mitgenommen wie dieser Anblick.

»Na ja« – Brendan suchte nach einer angemessenen aufmunternden Erwiderung, scheiterte aber an diesem Anblick – »es ist eine junge Stadt.«

Mara schaute weg, um sich den Anblick von Brendans Niederlage zu ersparen. Wie aus weiter Ferne hörte sie die Ozeanwellen gegen die Schiffswand schlagen. Über ihnen ließen Möwen ihre heiseren Schreie ertönen, und plötzlich wurde ihr klar, daß nur Brendans Träume sie alle immer wieder angetrieben hatten. Er verstand es, aus allem das Beste zu machen und sie alle mit sich zu reißen. Wenn seine Träume starben, was bliebe ihnen dann noch?

»Die Straßen mögen ja nicht gerade mit Gold gepflastert sein, sondern eher mit Schlamm, aber die O'Flynns haben sich noch nie unterkriegen lassen«, erklärte Mara mit fester Stimme.

Brendan wandte sich zu ihr um, und die Lebensgeister kehrten in ihn zurück. »Du bist wirklich eine O'Flynn, Mara, und wenn es da draußen wirklich Gold gibt, dann wird es bald uns gehören«, versprach er ihr. Dann nahm er den kichernden Paddy auf die Schultern, damit er den Hafen besser sehen konnte. Inzwischen hatten auch kleine Boote von den Docks angelegt, um die Neuankömmlinge an Land zu bringen.

Jamie schaute über die Reling und schüttelte den Kopf, als sie die notdürftig zusammengenagelten Baracken sah, die sich in einem wirren Durcheinander vom Hafen bis zu den Hügeln erstreckten.

»Sie haben uns da wirklich an 'nen Ort gebracht, Master O'Flynn –« begann sie, kam aber nicht weiter. Sie schaute hinunter auf eines der kleinen Landungsboote und direkt in die geschlitzten Augen eines Chinesen. Sein langer Zopf baumelte im Wind hin und her. Jamie bekreuzigte sich und flüsterte inbrünstig: »Mögen uns alle Heiligen beistehen, wir sind unter die Heiden geraten!«

Ach, traurig und fremd in des dunklen Sommers Morgengraun,
klingt der ersten Vögel mutloser Gesang
im sterbenden Ohr, wenn in des Sterbenden Aug'
das Fenster sich wandelt in mattes Licht;
so traurig, so fremd vergangene Tage sind.

TENNYSON

Kapitel 2

Ein paar Tage später erblickte Mara O'Flynn an einem Abend zum erstenmal Rancho Villareale. Sie waren am Rande eines Tales angelangt, das zwischen sanften Hügeln gebettet war, und im Talkessel lag die *hacienda*, deren Lehmwände und Ziegeldach von der untergehenden Sonne in warmes Licht getaucht wurden.

»Das Tal heißt Valle d'Oro, Goldtal«, belehrte Don Luís Mara. »Aber leider nicht, weil man in den Hügeln Gold gefunden hätte«, erklärte er sogleich bedauernd. »Unsere Vorfahren wählten den Namen des Anblicks wegen.«

Er registrierte Maras Blick, der über die goldenen Hügel und den weiten Himmel schweifte. »Sie sahen die Schönheit des Landes, nicht seinen Wert.«

»Aber *Sie* sehen auch den Wert, nicht wahr, Don Luís?« fragte Mara mit weicher Stimme.

»Si«, gab Don Luís zu. »Und wenn Sie klug sind, werden Sie sehen, welchen Wert es für *Sie* hat, mir zu helfen. Wir können alle von diesem Tal profitieren, *Amaya*.« Er betonte ihren Namen.

Mara lächelte zynisch. »Wie gut, Sie bei mir zu haben, Onkel Luís. Sie werden bestimmt wie ein Vater auf mich achten.«

Don Luís erwiderte ihr Lächeln ebenso kalt. »Ich werde jedenfalls ein wachsames Auge auf Sie haben, und ich rate Ihnen, Ihre Zunge im Zaum zu halten, denn Sie könnten sich ereifern, und das wäre äußerst unklug.« Er warf einen vielsagenden Blick auf Paddy, der seinen Kopf in Maras Schoß gebettet hatte und friedlich schlummerte.

»Sie brauchen keine Angst zu haben, daß ich Sie verrate«, beschied ihm Mara kurz, bevor sie wieder hinaus auf den Himmel schaute. In fast grellem Türkis hob er sich von den roten Wolken ab, die von der untergehenden Sonne gefärbt wurden. Mit dem Fortschreiten der Dämmerung änderten sich die Farben. Während sie ins Tal hinabfuhren, sank die Sonne tiefer, so daß die Wolken, die zuvor wie rosa Watte am Himmel gestanden hatten, schließlich nur noch Rauchschwaden vor einem dunklen Hintergrund waren.

»Und das ist es?« fragte Brendan, der aus dem Kutschenfenster die Lehmmauern vor ihnen begutachtete. »Nicht gerade berauschend«, urteilte er lakonisch und gänzlich unbeeindruckt von der Schönheit des Tales.

»Finden Sie, Señor O'Flynn?« fragte Don Luís herablassend und schenkte dem Iren einen arroganten Blick. »Das Tal gehört ebenso wie die *hacienda* Don Andres.«

Brendans Augen weiteten sich. »Meinen Sie, das ganze Tal gehört ihm?«

»*Si*. Und noch mehr.«

»Noch mehr? Wieviel Land besitzt Don Andres denn eigentlich?« Brendan konnte seine Ehrfurcht nicht verhehlen.

Don Luís zuckte gleichgültig mit den Achseln. »Wer weiß das schon so genau? Im Süden reicht sein Besitz bis zu dem Felsen, der wie ein Falkenflügel aussieht; im Osten bis zu dem Eichenhain; im Norden bis zu dem kleinen See. *Poco más o menos.*« Don Luís lächelte, weil Brendan ihn nicht verstand. »Mehr oder weniger.«

»Aber gibt es keine Unterlagen, keine Papiere, auf denen die Besitzgrenzen markiert sind?« erkundigte sich Brendan argwöhnisch.

Don Luís drehte den Kopf, so daß sich sein aristokratisches Profil gegen das Kutschenfenster abzeichnete. »Das Wort eines Mannes ist Gesetz. Sein Leben kann nicht mehr wert sein. Wozu brauche ich oder sonst jemand ein Papier, auf dem steht, was ich sowieso schon weiß und glaube? Wer würde unser Recht anzweifeln?«

»Mein Gott«, murmelte Brendan ungläubig. »Man könnte annehmen, Sie handeln sich eine Menge Ärger und Mißverständnisse mit einer solchen Einstellung ein. Vor allem, wenn man bedenkt, daß die Menschen sind, wie sie sind.«

Don Luís schaute Brendan kritisch an. »Und wie sind sie, Señor O'Flynn?« fragte er.

»Sie sind wie Sie und ich, Don Luís«, antwortete Brendan mit einer Spur von Bosheit. »Und wir wissen, wie wir sind... oder nicht? Sie werden mich bitten, zuerst aus der Kutsche zu klettern, und ich werde Ihr Angebot höflich zurückweisen. Keiner von uns möchte dem anderen den Rücken zuwenden, nicht wahr, Don Luís?«

Don Luís nickte. »Es ist nur von Vorteil, daß wir einander so gut kennen. Auf diese Weise sind wir vor Fehlern oder Mißverständnissen gefeit, die tragische Konsequenzen nach sich ziehen könnten.«

Jamie kauerte sich in ihrer Ecke zusammen und fixierte böse den Spanier unter ihrer Haube hervor. Der seltsame Wortwechsel hatte eine unangenehme Atmosphäre geschaffen.

Don Luís musterte die O'Flynns ausgiebig, während er sich das Kinn rieb. Er machte den Eindruck, als würde er sich seine nächsten Worte genau überlegen. »All unsere *ranchos* sind in gewisser Weise miteinander verbunden. Es sind zwar nur wenige, und sie liegen weit auseinander, aber viele von uns *rancheros* sind miteinander verwandt. Ständig besuchen wir einander. Auf diese Weise wissen wir immer, was bei den anderen vorgeht, und wir wissen, daß wir auf sie zählen können. Man könnte fast glauben, Don Andres' Besitz reiche bis zum Meer und bis zur Sierra Nevada, so gut weiß er über alles Bescheid, was dazwischen passiert. Sie verstehen?«

»Nein«, brummte Brendan mürrisch. »Ich bin ein Freund einfacher Sprache, Don Luís.«

Don Luís lächelte nachsichtig. »Um mich deutlicher auszudrücken, Señor O'Flynn, es würde einem Mann nichts bringen, vom *rancho* fortzulaufen. Er befände sich immer noch auf Don Andres' Land... oder auf meinem oder auf dem eines Onkels oder Cousins. Es würde kein Entkommen für ihn geben.«

Brendan lachte. »Ich habe die Warnung verstanden, auch wenn sie nicht nötig gewesen wäre, Don Luís. Mara und ich werden Sie erst verlassen, wenn wir den Lohn für unsere ausgezeichnete Arbeit erhalten haben.« Er lächelte immer noch, aber seine Augen waren schmal geworden, während er die niedrigen Hügel am Taleingang studierte, die sich wie ein Riegel gegen jeden ungebetenen Besuch vorschoben. Und genausogut konnte dank dieses schmalen Durchlasses, den ein einziger Mann bewachen konnte, ein reiselustiger Gast zu einem längeren Aufenthalt auf dem *rancho* überredet werden. Brendan bereitete diese Aussichten zunehmend Unbehagen.

Don Luís klopfte gegen das Kutschendach, und das Gefährt kam augenblicklich zum Stehen. Mit einem kaum wahrnehmbaren Kopfnicken stieg er aus der Kutsche. Wenige Augenblicke später tauchte er auf dem Rücken des kräftigen Braunen wieder auf, den er die meiste Zeit geritten hatte.

»Hochnäsiger Widerling«, brummte Brendan ihm nach und schaute nachdenklich in die Staubwolken, die unter den Hufen von Don Luís' Roß hochgewirbelt wurden.

Mara lächelte. »Es überrascht mich, daß er es für nötig hielt, uns einen Besuch abzustatten. Er muß angenommen haben, wir würden aus lauter Langeweile unsere eigenen Pläne schmieden.«

»Jedenfalls wollte er uns warnen, das steht fest«, stimmte Brendan ihr zu. »Na, da kennt er die O'Flynns schlecht.«

Mara blickte auf den steifen Spanier, der der Kutsche voranritt. Sie fragte sich, ob Brendan Don Luís nicht vielleicht unterschätzte. Er wirkte wie verwandelt, wenn er sein Pferd zum Galopp antrieb. Dann war sein Körper mit den Bewegungen des Tieres so im Einklang, als wäre er im Sattel geboren. Auch sein Aussehen hatte sich verändert. Die europäische Kleidung, den langen Frack und die engen Hosen, den Seidenhut und das lockere Halstuch hatte er abgelegt. Statt dessen trug er eine kurze grüne, mit Gold besetzte Jacke, ein blaues Seidenwams sowie eine rote Satinschärpe, die er über dem Bauch zusammengeknotet hatte. Seine schwarze Leinenhose lag bis zu den Knien eng an und war über den Waden ausgestellt. Der Saum war mit Gold bestickt, und darunter blitzten weiße Socken hervor. Die reichverzierten Hirschlederstiefel und der breitkrempige *sombrero* vervollständigten das Erscheinungsbild.

Aber am meisten von allem zog sein Sattel Maras Blicke auf sich. Verglichen mit den kleinen und schmalen englischen Sätteln, die sie kannte, war er riesig. Er ruhte auf einer Lederdecke, die mit roten und grünen Motiven bemalt war, hatte ein hohes Holzhorn und war mit langen Holzsteigbügeln versehen. Er wirkte sehr schwer.

Als der *Don* verschwunden war, seufzte Mara. Sie wußte nicht, ob aus Erleichterung oder aus Sorge über das, was sie erwartete.

Jedenfalls war sie erleichtert, daß Brendan fast wieder der alte war. Wie ein störrisches Pferd an den Zügeln zerrt, so widerwillig hatte er sich Don Luís' gefügt, als sie durch San Francisco gefahren waren. Sehnsüchtig hatte er auf die Spielhöllen geschaut, die sie passierten, ohne den Schlamm wahrzunehmen, den die Kutschenräder aufwühlten, während sie durch die Straßen der Stadt rollten. Auf den Straßen, die nur aus Morast zu bestehen schienen, lagen Müllhaufen, zwischen denen Menschen verschiedenster Herkunft hin und her eilten. Die Goldsucher in ihren Flanellhemden, die Mara bald so vertraut werden würden, bildeten nur einen Teil der bunt gemischten Menge. Darunter waren auch farbenprächtig gekleidete Orientalen, die plötzlich hinter den Fräcken europäischer Abenteurer verschwanden, die ebenfalls ihr Glück in Kalifornien machen wollten.

Don Luís machte aus seiner Verachtung für diese Stadt keinen Hehl und fuhr sie auf direktem Weg zu einem Dampfer, der am Clark's Point vor Anker lag und sie ins Landesinnere bringen würde. Auf Deck drängten sich Goldsucher, die auf dem Weg in die Berge waren.

Sie benötigten einen Tag, um an der verschlafenen Stadt Benicia vorbei durch die Suisun-Bucht und dann den Sacramento hinauf nach Sacramento City zu gelangen – dem letzten Hort der Zivilisation vor dem sagenhaften Goldland und der Einsamkeit der Sierra Nevada.

Sacramento City war eine überraschend saubere Stadt mit zweistökkigen Holz- und Backsteingebäuden an grünen Alleen. Der Dampfer legte zwischen Segelschiffen, Briggs, Schonern und anderen Booten an, die vor der langen Front Street ankerten. Sie frühstückten im City Hotel, das eine überdachte Veranda besaß und dessen farbenfrohe Einrichtung mit der ebenso farbenfrohen Kleidung der Gäste konkurrierte. Schon zu dieser frühen Stunde wurde getrunken und gespielt, und draußen auf der Straße rollten unaufhörlich Kutschen vorbei, die die gelöschte Ladung der neu eingetroffenen Schiffe weitertransportierten. Fasziniert beobachtete Mara die Mulikarawanen, die hochbeladen mit Hacken und Schaufeln, Pfannen und Töpfen und anderen Ausrüstungsgegenständen die Stadt verließen. Die erschöpft wirkenden Tiere zogen in Richtung der im Norden liegenden Goldminen. Gekleidet in ihre inoffizielle Uniform, die aus rotem Flanellhemd, weitkrempigem Filzhut, schwarzem knielangen Mantel und unförmigen Hosen bestand, machten sich die Goldsucher auf den Marsch zu den Goldminen von Marysville und Hangtown. Sie suchten Land, das bis jetzt noch niemandem gehörte, und wagten sich dafür tief in die steilen Canyons des Yuba- und des Feathers-Flusses hinein, die sich ihr Bett durch die High Sierras gegraben hatten und das begehrte Gold mit sich trugen.

Mara und ihre Begleiter reisten in die entgegengesetzte Richtung. In Sacramento City waren sie von einigen *vaqueros* des Rancho Villareale empfangen worden, die dort seit über zwei Wochen auf Don Luís' Ankunft warteten. Nachdem eine Kutsche gemietet worden war, hatten sie mittels einer Fähre den Fluß überquert und waren zunächst weitergereist. Sie fuhren wieder nach Westen, zunächst durch das breite, flache Great Valley, dann durch die Küstenberge, deren sanfte Hügel von Wäldern und Wiesen voll goldgelber Blumen überzogen waren. Sie kamen nur langsam und mühsam voran, denn die Straße bestand lediglich aus einer von Geröll übersäten tiefen Kutschenspur, die sich durch die Berge zog.

Brendans Laune war auf dem Tiefpunkt angelangt, als sie die Nacht in einem verlassenen *adobe* verbringen sollten und mit einem undefinierbaren Mahl verköstigt wurden, das über dem offenen Feuer zubereitet worden war. Danach hatten sich die Kalifornier, Don Luís eingeschlossen, in ihre festen, warmen Wollmäntel gewickelt und zum Schlafen auf dem blanken Boden niedergelegt. Jamie hatte darauf bestanden, daß sie in der Kutsche schliefen. Das war zwar unbequem, aber sie fühlten sich hier immer noch sicherer als in dem verfallenen *adobe*, das alle möglichen Lebewesen beherbergen mochte.

Es war eine lange Nacht geworden, dachte Mara und gähnte. Dann wurde sie aus ihren Gedanken gerissen. Die Kutsche rumpelte durch ein Schlagloch, und Paddys Hinterkopf fiel hart gegen ihr Kinn.

»Autsch!« schrie Paddy entrüstet auf. Seine braunen Augen schauten sie vorwurfsvoll an, aber Mara blickte gebannt aus dem Fenster. Die Kutsche fuhr durch ein großes, offenstehendes Holztor in einen weiten Hof ein, der von einer hohen, ziegelgekrönten Lehmmauer umgeben war.

Offensichtlich befanden sie sich bei den Stallungen. Don Luís' Pferd wurde bereits abgesattelt, während der *Don* die Kutsche erwartete. Neben den Ställen befand sich eine Schmiede, deren Schmied mit gesenktem Hammer vor der Tür seiner Werkstatt stand und ihre Ankunft beobachtete. Ein paar Frauen in farbenfrohen Röcken und bunt bestickten weißen Blusen verharrten schweigend neben einem Brunnen. Über ihren Röcken hingen dicke schwarze Zöpfe herab.

»Willkommen auf dem Rancho Villareale, Doña Amaya«, begrüßte Sie Don Luís vornehm. Seine dunklen Augen glänzten stolz, während er mit einer Handbewegung auf die umgebenden Gebäude wies.

Mara raffte ihren Rock und erlaubte Don Luís, ihre Hand zu nehmen, während sie aus der Kutsche stieg. Bevor sie Paddy hinaushelfen konnte, war der Junge schon selbst gesprungen und auf Händen und Knien im Schmutz gelandet.

»Paddy«, seufzte Mara tadelnd, während sie ihm aufhalf und seine Hose abstaubte. Dann rückte sie den spitz zulaufenden Hut auf den Locken des Kleinen zurecht und runzelte in gespielter Entrüstung die Stirn, als Paddy sie anlachte und ihn zurück in den Nacken schob.

Brendan, der Jamie aus der Kutsche geholfen hatte, schaute sich jetzt mit einstudierter Überheblichkeit um. Ein großer Hahn stolzierte direkt vor seinen Füßen vorbei. Ein ausgehungerter Hund stürzte sich in eine Schar pickender Hühner und scheuchte sie auf. Das aufgereckte Gegakker war mindestens ebeno laut wie das wütende Bellen des Hundes.

»Himmel«, beklagte sich Brendan, »ich habe einfach nicht damit gerechnet, daß ich mit meinen besten Schuhen mitten auf einem Bauernhof lande.«

Mara verbarg ihr Lächeln hinter ihrer Hand, als er gemessenen Schrittes den Hahn umrundete. Affektiert zog sich Brendan seine Manschetten zurecht, schniefte verächtlich und musterte kritisch seine Umgebung.

»Kommen Sie«, drängte Don Luís, der entrüstet Brendans Auftritt beobachtet hatte. Er ahnte nicht, daß Brendan nur spielte, daß er zu sehr Schauspieler war, um sich eine solche Gelegenheit entgehen zu lassen. »Ich werde Sie jetzt Ihrer neuen Familie vorstellen, Doña Amaya.«

Mara spürte eine Hand an ihrem Ellbogen und warf Brendan, der an ihrer Seite ging, einen Blick zu. Seine Miene strahlte ein unerschütterliches Selbstvertrauen aus, während er zuversichtlich ihren Ellbogen drückte.

»Dein wichtigster Auftritt steht jetzt bevor, mein Liebling. Allerdings wissen sie nicht, daß sie es mit einer Schauspielerin von königlichem Format zu tun haben«, freute sich Brendan. Er genoß die Herausforderung, der sie sich stellen mußten. »Schade, daß dein Publikum deine Darbietung nicht zu würdigen wissen wird.«

»Schade, daß du keine Wette über den Ausgang abgeschlossen hast«, gab Mara lächelnd zurück.

Brendan zog eine Augenbraue hoch. »Wer sagt, daß ich das nicht getan habe? Ich bin schließlich Ire, oder nicht?«

Sie folgten Don Luís durch ein schmiedeeisernes Tor in einer Ecke der

Mauer und gelangten in einen zweiten Hof. Mara blieb vor Überraschung stehen.

Die Temperatur war spürbar zurückgegangen, als sie in den kühlen Innenhof getreten waren. Auf allen vier Seiten war er von einer Galerie umgeben, deren niedriges Ziegeldach von einfachen Holzstämmen getragen wurde. In der Mitte des gepflasterten Hofes stand ein doppelstöckiger Brunnen, aus dem mit beruhigender Gleichmäßigkeit Wasser in ein blaugekacheltes Bassin plätscherte. Maras Sinne wurden beinahe erschlagen von der Farbenpracht der Blumen und Büsche, die den Hof schmückten. Exotische rote und rosafarbene Fuchsien sowie rotblättrige Kletterpflanzen mit magentaroten Blüten wuchsen in Tontöpfen, die an der Überdachung der Galerie aufgehängt waren. Spaliere mit tief lavendelfarbener Clematis ragten zwischen leuchtendgelben Kletterrosen, sternförmig blühenden Jasminbüschen und Karmesin- und Kirschrot der Feuerbohne auf. Blaurote Wisteria zogen sich an den Holzträgern vom Dach herab, während unten in farbenprächtigen Tonschalen Hyazinthen, Stiefmütterchen, Veilchen und Schwertlilien in allen Farbschattierungen leuchteten.

Es war eine duftende, abgeschiedene Oase voller Farbe und Schönheit, geschützt von den dicken Lehmmauern, der *hacienda*. Als Mara durch den Innenhof eilte, immer bemüht, mit Don Luís Schritt zu halten, sah sie auch Bäume voller Früchte. Orangenblüten verströmten ihren betörenden Duft, während an anderen Bäumen bereits hellgrüne Limonen und Zitronen reiften.

»Don Luís, *mi amigo. ¿Como está usted*?« hörten sie eine Stimme vom gegenüberliegenden Ende der Galerie.

»*Estoy muy bien, mi amigo*, Don Andres«, antwortete Don Luís mit einem breiten Grinsen. Er blieb stehen und wartete, bis der andere Mann auf ihn zukam.

Don Andres hielt abrupt inne, als er der Gruppe gewahr wurde, die schweigend unter dem schattenspendenden Ast eines Baumes wartete.

»*¿Quién es la señorita*?« fragte er den immer noch lächelnden Don Luís.

»*Es Amaya*«, klärte ihn der mit zufriedener Miene auf.

Das Erstaunen, das sich auf diese Eröffnung hin auf Don Andres' Gesicht breitmachte, verriet Mara, daß ihr angeblicher Verlobter nicht gerade erfreut über diesen unerwarteten Besuch auf dem Rancho Villareale war.

Don Andres war aber augenblicklich bemüht, sich sein Mißfallen nicht anmerken zu lassen, lächelte freundlich, trat an Don Luís vorbei und blieb vor Mara stehen.

Ruhig erwiderte Mara seinen Blick. Seine kaum zu übersehende Nervosität verlieh ihr zusätzliches Selbstvertrauen. Sie lächelte höflich, dann senkte sie den Kopf und sagte mit weicher Stimme: »Don Andres, es ist mir ein Vergnügen, Sie kennenzulernen.«

In Don Andres' Augen trat ein Funkeln, das Mara nur allzugut bei Männern kannte. Zaghaft fragte er: *»Doña Amaya?«*

Maras Lächeln wurde breiter. Allmählich gewöhnte sie sich an ihre neue Identität. »Darf ich Ihnen mein Cousin Brendan O'Sullivan, seinen Sohn Padraic und unsere langjährige Begleiterin Jamie vorstellen?« Während sie ihre Mitreisenden vorstellte, musterte sie Don Andres aufmerksam.

Er war etwa mittelgroß, schlank und von dunkler Hautfarbe und wirkte auf romantische Weise hübsch. Sein Gesicht wurde von den dunklen, traurigen Augen und einem langen Schnurrbart dominiert. Seine Bewegungen waren von tänzerischer Leichtigkeit. Unter seiner kurzen, goldgesteppten Jacke trug er ein offenes Hemd, dazu dunkle, ausgestellte und goldgesäumte Hosen. Er war keinesfalls älter als dreißig, doch strahlte jede seiner kontrollierten Bewegungen Autorität aus.

»Mara, ich habe Durst«, begehrte Paddy auf. Er verbarg sein Gesicht in Maras Rock, so daß seine Stimme nur gedämpft zu hören war.

Beruhigend rieb Mara mit ihren Fingern über Paddys Nacken. Sie spürte die Müdigkeit in dem kleinen, hageren Körper, der gegen ihre Beine lehnte. »Wenn es nicht allzuviel Umstände macht –« begann sie unsicher, aber mit einem Lächeln, das ihr Gegenüber verzauberte.

»Natürlich nicht, Doña Amaya. Ich werde Ihnen gern jeden Wunsch erfüllen. Sie sind meine Gäste, also scheuen Sie sich bitte nicht zu fragen«, lud Don Andres sie ein. Sein Blick machte deutlich, daß er damit alle drei O'Flynns meinte. »Ich werde Ihnen gleich ein paar Erfrischungen auf Ihre Zimmer bringen lassen. Bedauerlicherweise hat Don Luís keinen *vaquero* vorausgeschickt, so daß ich nichts von Ihrer Ankunft wußte. Sonst hätte ich natürlich schon alles Nötige vorbereitet«, entschuldigte sich Don Andres. Er schenkte Don Luís einen unterkühlten Blick.

»Ich wollte dir die Überraschung nicht nehmen, deine Verlobte auf dem Rancho Villareale begrüßen zu können«, machte sich Don Luís über ihn lustig. »Über ein Jahr habe ich auf den Augenblick gewartet, dir meine Nichte Amaya vorstellen zu können.«

Die mühsam kaschierte Feindseligkeit zwischen beiden Männern wurde offensichtlich, als die Kalifornier einander in die dunklen Augen blickten. Dann klatschte Don Andres herrisch in die Hände. »Cesarea! Sie wird Ihnen Ihre Zimmer zeigen und sich um Sie kümmern.«

»Es wäre mir lieb, wenn mein Neffe Padraic in meiner Nähe schlafen könnte. Außerdem wird sich natürlich Jamie um ihn und um mich kümmern«, erklärte Mara und fügte dann traurig hinzu, wobei sie Paddy über die Locken strich: »Der arme Brendan ist Witwer, und sein Sohn ist mir wie mein eigen Fleisch und Blut. Er nennt mich sogar Mara.« Sie lachte schüchtern. »Amaya konnte er nicht aussprechen. Er ist ein guter Junge, und ich mag ihn sehr. Könnte man das arrangieren?«

»Natürlich.« Don Andres lächelte mitfühlend. »Ich verstehe. Der junge *Señor* wird im Zimmer neben Ihrem untergebracht. Señor Sullivan wird ein Zimmer weiter wohnen.«

»Vielen Dank, Don Andres.« Diesmal kam Maras Lächeln von Herzen.

»Auch ich möchte Ihnen danken, Don Andres«, stimmte ihr Brendan zu. »Sie sind müden Reisenden gegenüber äußerst großzügig.«

»Sobald Sie sich ein wenig frisch gemacht haben, werden wir uns wiedertreffen, *sí*. Dann werde ich Sie meiner Familie vorstellen. Aber erst müssen Sie sich ausruhen. Es war eine lange Reise, nicht wahr? Ich hoffe, daß Sie Ihr Gepäck mitgebracht haben, da wir nicht mit Ihrer Ankunft rechneten, Doña Amaya. Ich hatte ein paar *vaqueros* nach Sacramento City geschickt, die dort auf Don Luís warten sollten. Er hatte versprochen, uns ein paar Dinge aus Europa mitzubringen, und brauchte deshalb Hilfe. Ich hatte natürlich keine Ahnung, was er uns da mitbringen würde.«

»Sie haben nicht erwartet, daß ich nach Kalifornien zurückkehren würde?« fragte Mara mit einem Seitenblick auf Don Luís. Sie fragte sich, was um alles in der Welt er im Schilde führte.

»Den Briefen Ihrer Verwandten, Doña Amaya, entnahmen wir, daß Sie eine Rückkehr nicht in Betracht zögen. Aber nachdem Sie offensichtlich Ihre Meinung geändert haben ...« Er ließ den Satz unvollendet und wies statt dessen mit einem Fingerschnippen die Dienerin an, ihnen ihre Zimmer zu zeigen. Schließlich wandte er sich Don Luís zu, der schweigend neben ihm stand. »Sie müssen ebenfalls müde sein, Don Luís. Sie sehen erschöpft aus, und außerdem werden Sie sich nach Doña Jacinta sehnen. Trotzdem möchte ich mich zuallerst mit Ihnen unterhalten.«

»Es ist mir ein Vergnügen, Don Andres.« Don Luís' Stimme war so honigsüß wie sein Lächeln. Mara und Brendan sahen die Anerkennung in seinem Blick, als er ihnen zum Abschied zunickte. »Ich werde Sie später wiedersehen, meine liebe Nichte.«

»Bis heute abend, Doña Amaya, Señor O'Sullivan«, empfahl sich Don Andres förmlich. Seine anfängliche Überraschung war steifer Höflichkeit gewichen.

»Vielen Dank, Don Andres«, antwortete Brendan für sie beide, während er seiner Schwester bedeutete, der Indianerin zu folgen.

Mara lächelte den beiden Spaniern noch einmal zu, bevor sie sich zu der Dienerin umwandte. Mühsam versuchten Paddy und Jamie, mit ihr Schritt zu halten.

»Mara, meine Liebe«, sagte Brendan, sobald sie außer Hörweite waren, »ich bin stolz auf dich. Diesmal hast du nicht übertrieben. Obwohl du für meinen Geschmack etwas zu sehr auf dem ›armen Brendan‹ herumgeritten bist«, beschwerte er sich gutmütig.

»Mach dir keine Sorgen, Bruderherz. Ich kenne meinen Text«, gab Mara zuversichtlich zurück. Dann wurde sie ernst. »Aber was ist mit Don Andres? Erst hatte ich ihn mit meinem Charme betört, aber im nächsten Moment war er wieder steif wie ein Brett.«

Brendan antwortete ihr mit einem zynischen Lächeln. »Ich glaube, deine bisherigen Verehrer haben es dir zu leicht gemacht, mein Liebling. Dieser *Don* scheint mir ein tiefes Wasser zu sein. Wahrscheinlich steckt mehr in ihm, als man zunächst vermutet, also vertraue nicht allzusehr auf dein Talent, sonst machst du am Ende noch einen Fehler. Ich habe das unbestimmte Gefühl, daß wir auf ziemlich unsicherem Grund stehen.«

Mara sah Brendan zustimmend an. »Don Luís und Don Andres sind offensichtlich nicht gerade die besten Freunde. Langsam würde mich interessieren, was für Geschäfte sie wohl miteinander machen.«

»Ich habe das gleiche Gefühl«, stimmte ihr Brendan nachdenklich zu. »Wir müssen uns jedenfalls in acht nehmen. Außerdem werde ich ein Auge auf Don Luís haben. Ich habe den Eindruck, daß hinter dieser Maskerade wesentlich mehr steckt, als er uns glauben machen möchte.«

Die indianische Dienerin wies mit einem scheuen Lächeln auf eine offene Tür und lud Brendan mit einer Handbewegung ein, einzutreten.

»Anscheinend soll ich hier schlafen. Wenn du mich fragst, ich finde es komisch, daß ein so großes Gut nur ein Stockwerk hat. Hoffentlich spaziert dieser verdammte Hahn hier nicht mitten in der Nacht herein, sonst gibt es einen Kampf auf Leben und Tod«, erklärte Brendan dramatisch und verschwand in seinem Zimmer.

Cesarea deutete auf Jamie und Paddy, als sie an der nächsten Tür angelangt waren, dann führte sie Mara zu einem dritten Raum. Schließlich eilte sie mit wehenden Röcken quer über den Hof davon.

»Glaubst du wirklich, daß heute nacht ein Hahn kommt, Mara?« fragte Paddy ehrfürchtig. Seine Augen glänzten ängstlich.

»Nein, das glaube ich nicht. Dein Papa hat nur Spaß gemacht«, versuchte ihm Mara diese Idee wieder auszutreiben. »Außerdem würde er das gar nicht wagen, wo doch Jamie an deiner Tür Wache hält.«

Dann ging Mara in ihr eigenes Zimmer. Sie war angenehm davon überrascht. Es war kühl und schattig und sparsam möbliert. Der Boden war gefliest, aber das Bett wirkte außerordentlich einladend. Unter einer reichbestickten, zurückgeschlagenen Tagesdecke kamen seidengesäumte linnene Kissenbezüge zum Vorschein. Am Fußende lag eine gefaltete Steppdecke.

»Gar nich' so übel«, kommentierte Jamie, die Mara gefolgt war. Prüfend strich sie mit dem Finger über eine Tischplatte, auf der Suche nach Staub. »Jedenfalls isses sauberer als alles, wo wir in der letzten Zeit gewohnt haben.«

Paddy sprang auf das Bett und ließ sich hineinplumpsen. »Mmm, ist das weich!«

»Na, auf jeden Fall werden wir uns endlich wieder einmal in Ruhe ausschlafen können«, stellte Mara befriedigt fest und schaute sich in dem sauberen Raum um. Bunte Heiligenbilder hingen an den weißgekalkten Wänden, und die Fenster in den dicken Mauern waren durch eiserne Querstreben geschützt. Als Mara die Gitterstäbe sah, bekam sie einen Moment lang Panik.

Gläsergeklingel lenkte sie ab. Es war die indianische Dienerin, die mit einem Tablett hereinkam. Sie setzte es auf einem Bord an der Wand ab und verschwand wieder, wobei ihr langer schwarzer Zopf im Rhythmus ihrer Bewegungen über ihre bunten Röcke tanzte.

Mara goß Paddy ein Glas ein, dann ein zweites, nachdem er das erste hinuntergestürzt hatte. Paddy tastete mit sicherer Hand nach den Keksen, und kurz darauf machte er es sich mit zuckerverklebtem Kinn auf dem Bett gemütlich.

»Vorsichtig, Master Paddy, sonst schüttest du den Saft übers Bett«, mahnte Jamie und ließ sich auf einem ungemütlich aussehenden Stuhl nieder.

Mara trank ebenfalls ein Glas Saft und spürte die Trockenheit aus ihrer Kehle weichen. »Die O'Flynns haben gute Arbeit geleistet«, stellte sie fest.

»Und wenn das so bleiben soll, solltest du deine Zunge im Zaum halten, mein Liebling«, antwortete Brendan, der in der offenen Tür stand.

Mara wurde rot, weil diese Rüge sie ärgerte. »Bis jetzt ist alles gutgegangen.«

»Bis jetzt?« wiederholte Brendan, während er eintrat, ein halbvolles Weinglas in der Hand. »Wir haben noch nicht einmal angefangen. Glaubst du, ich könnte hier irgendwo Whiskey organisieren?« Mit einer Grimasse leerte er sein Glas. »Damit kann man wenigstens den Staub runterspülen. In meinem Gepäck habe ich noch ein paar Flaschen.«

»Hör auf zu trinken, sonst mußt du *deine* Zunge im Zaum halten.«

Brendan lachte und strich sich über seine Bartstoppeln. »Ich bin Ire, Schwesterherz, und Iren sind nie betrunken. Höchstens ein bißchen weltvergessen, sonst nichts.«

»Sonst nichts?« Mara lachte verächtlich. »Eher sturzbesoffen, wenn du mich fragst. Ich habe dich schon erlebt, da –«

»Das hast du nicht!« unterbrach Brendan sie. Sein Stolz war verletzt. »Ich habe mich noch nie in meinem Leben vollaufen lassen. Außerdem bist du ja so perfekt, meine liebe Mara, daß du keinen einzigen Fehler hast, nicht wahr?«

»Es reicht!« fiel ihm Jamie ins Wort. Sie wirkte trotz ihrer Müdigkeit erbost. »Sie beide sind ja 'n feines Vorbild für den kleinen Paddy! Kein Wunder, daß Sie immer überall rausfliegen, wenn Sie den Mund aufmachen!«

Brendan schaute die kleine Frau zornerfüllt an. »Eines Tages wirst vielleicht *du* rausfliegen«, warnte er sie, »also paß auf, was du sagst!«

Jamie schnaubte verächtlich. »Ich glaub' kaum, Master Brendan. Wer sollte solchen Herrschaften wie Ihnen und Miss Mara sonst dienen?

Niemand mit 'nem Funken Verstand würd' sich von Ihnen beiden immer so beleidigen lassen. Und am beleidigendsten is' der Lohn. Wenn ich's Ihrer armen Mutter nich' versprochen hätt', Gott sei ihrer Seele gnädig, hätt' ich schon längst die Finger von den O'Flynns gelassen.«

Plötzlich begann Paddy laut zu singen: »Finger von den Flynns gelassen, Finger von den Flynns gelassen, von Mara, von Mara!«

»Paddy!« fiel ihm Mara ins Wort.

Brendan schaute mit ernster Miene auf seinen Sohn hinunter. »Wenn sich einige junge Herren nicht zu benehmen wissen, werden sie bald meine Hand auf ihrem Hosenboden zu spüren kriegen.«

Paddy schob schmollend die Unterlippe vor, entschuldigte sich dann aber. Doch gleich darauf hörte Mara ihn die Melodie leise weitersummen, während er seinen Saft trank.

»Er ist schließlich dein Sohn. Hast du was anderes erwartet?« Ein Lächeln umspielte ihre Lippen.

Brendan zuckte die Achseln. »Du hast ihn erzogen, deshalb erwarte ich natürlich nichts anderes«, erwiderte er grinsend. »Natürlich werden einige andere hier im Raum gleich behaupten, die O'Flynns hätten es nicht besser verdient.« Er schenkte Jamie ein unschuldiges Lächeln.

»Hrrmpf. Sie wissen genausogut wie ich, daß ich für keinen andern arbeiten möcht', also hab' ich's auch nich' besser verdient«, gab Jamie grummelnd zu.

Mara lächelte wieder und wollte sich ein zweites Glas einschenken. Als sie zu dem Tablett hinüberging, bemerkte sie eine Frau, die in der Tür stand. Weil sie so plötzlich stehengeblieben war, drehte sich auch Brendan um.

Die Frau trat einen Schritt zurück und lächelte nervös, als Mara und Brendan sie unverwandt ansahen. Schließlich erstarb ihr Lächeln.

»Bitte verzeihen Sie mir, wenn ich störe.« Sie sprach leise und langsam, und ihr Englisch war kaum verständlich. »Ich habe all die Jahre gewartet und gefragt, ob Sie mit Don Luís kommen und wie Sie aussehen. Und Sie sind gekommen. Sie sind Amaya Vaughan. Sie sind so schön«, fügte sie wie zu sich selbst hinzu, während ihre sanften braunen Augen Mara begutachteten. Ihr Blick war fast traurig. »Ich heiße Feliciana«, stellte sie sich dann vor und kam schüchtern in das Zimmer.

Als sie aus dem Schatten ins Licht trat, entpuppte sie sich als Mädchen, das ganz in Schwarz gekleidet war. Aus dem Dunkel ihrer Kleidung stach ihr ovales Gesicht hell hervor. Ihre dunklen Augen wirkten hinter den langen Wimpern rätselhaft. Ihre starken Brauen und das runde Kinn unter den weichen, leicht geschwungenen Lippen verliehen ihren Zügen Traurigkeit.

»Sie haben noch nicht von mir gehört, aber ich bin Don Andres' Mündel. Außerdem bin ich seine Cousine. Ich lebe hier auf dem *rancho*«, erklärte sie beinahe trotzig, als würde sie sich das von niemandem streitig machen lassen. Ihre Lippen zitterten kaum merklich, und sie strich nervös mit der Hand über ihr schwarzes Gewand. Dann erklärte sie: »Ich trauere um meinen Vater.«

»Das tut mir sehr leid, Doña Feliciana«, bekundete Mara ziemlich ungeschickt. Merkwürdigerweise fühlte sie sich irgendwie verantwortlich für die Trauer des jungen Mädchens. »Das sind mein Cousin Brendan O'Sullivan und sein Sohn Paddy.«

»Ich bin sehr erfreut, Ihre charmante Bekanntschaft zu machen, Doña Feliciana«, begrüßte Brendan sie, worauf sie verlegen errötete. Sie murmelte etwas Unverständliches und lächelte dann, als Paddy seinen Vater nachmachte: »Und ich bin sehr erfreut, Ihre charmante Bekanntschaft zu machen, Doña Felice – äh – Felice.«

»Ein vollendeter junger Herr, Señor O'Sullivan.«

»Bitte nennen Sie mich Brendan. Ich gehöre fast zur Familie«, bot er ihr draufgängerisch an und ohne Jamies hämisches Grunzen zu beachten. »Wir sollten einander näher kennenlernen.«

»Ich muß gehen!« Feliciana wirkte plötzlich nervös. Im Hof waren Stimmen zu hören. »Sie bringen Ihr Gepäck, *sì? Adiós*, Señor O'Sullivan!« Ihr Blick ruhte einen Moment lang auf Mara, bevor sie hinzufügte: »Doña Amaya.«

»Na, was hältst du davon?« fragte Brendan amüsiert, wobei er der kleinen Gestalt nachsah, die mit rauschenden Röcken quer über den Hof floh. »Ein scheues kleines Täubchen«, urteilte er dann, ein berechnendes Glitzern in den Augen.

»Du solltest sie besser in Frieden lassen«, warnte ihn Mara leise, während sie den indianischen Dienern zeigte, wo sie die Koffer und Taschen abstellen sollten. »Du solltest dich um deine Sachen kümmern, Brendan. Die hier gehört mir nicht.«

Brendans Miene verfinsterte sich. »Muß ich denn immer alles selbst machen? He, wartet! Kommt zurück!« rief er den Dienern nach, die das

Zimmer schon wieder verlassen hatten. Als niemand reagierte, murmelte er unwillig vor sich hin, hob dann seine Tasche auf und trug sie selbst aus dem Raum.

Mara wandte sich zu Paddy um, der schläfrig am Kopfende des Bettes lehnte. Sie nickte Jamie zu und sagte dann: »Ich glaube, wir sollten in dein Zimmer gehen, Paddy. Vielleicht ist dein Bett ja auch so bequem wie meins.«

»Wir könnten alle etwas Ruhe nach der langen Reise gebrauchen«, ordnete Jamie an, bevor sie Paddys Sachen einsammelte und ihn dann in sein Zimmer brachte.

Als Mara später erwachte, war es bereits dunkel. Sie erschauerte in der abendlichen Kühle. Sie setzte sich auf, so daß ihre nackten Zehen den gekachelten Boden berührten, und erschrak über die Kälte. Dann gähnte sie, streckte sich, ging ans Fenster und schaute auf die Hügel, die sich in der Dämmerung zum Horizont erstreckten. Plötzlich wurde die Stille von dem schaurigen Heulen eines Kojoten durchbrochen. Als sie genau hinsah, konnte Mara auf der Kuppe eines entfernten Hügels eine hundsartige Gestalt erkennen.

»Ein einsames Land«, flüsterte Mara zu sich selbst, während sie beobachtete, wie sich die Dunkelheit über die Hügel senkte und wieder Stille einkehrte. Sie hätte um ein Haar aufgeschrien, als es unvermittelt an ihre Tür klopfte. Eine Dienerin brachte eine brennende Kerze und einen Kandelaber. Sie stellte den schweren, silbernen Kandelaber auf den Tisch und entzündete die Kerzen, so daß die tanzenden Lichter die Illusion von Wärme schufen. Eine zweite Indianerin folgte mit einem Handtuch und einer großen Wasserschüssel. Nach einem kurzen, scheuen Blick auf Mara, in deren jadegrünem Seidenkleid Goldfäden glitzerten, verließen die beiden Bediensteten wieder das Zimmer.

Mara löste ihren Haarknoten und seufzte erleichtert, als das lange Haar über ihre Schultern fiel. Dann benetzte sie Gesicht und Hände mit Wasser und wusch sich mit dem kleinen, duftenden Seifenstück den Staub und die Müdigkeit von der Haut. Sie kämmte ihr Haar, bis es elektrisch knisterte, warf dann ihren Kopf herum und marschierte aus dem Raum. Sie atmete tief die würzige Luft aus dem Garten ein, dessen Düfte sich in der Dunkelheit noch verstärkten. Paddy schlief tief und fest, obwohl Jamie im Bett neben ihm laut schnarchte.

»Jamie«, flüsterte Mara, ohne eine Antwort zu erhalten. Dann beugte sie sich über ihre langsam ertaubende Zofe – die das natürlich nicht zugeben wollte – und wiederholte lauter: »Jamie! Wach auf, Jamie!«

Erst als Mara sie schüttelte, richtete sich die alte Frau abrupt auf. »W-wie spät isses?«

Mara lächelte. »Das weiß ich nicht. Warum fragt das eigentlich jeder, wenn er plötzlich aufgeweckt wird, als hätte er ein schlechtes Gewissen? Außerdem läßt sich verlorene Zeit nicht ersetzen...«, sagte sie achselzuckend.

»Aber trotzdem weiß ich, was ich zu tun hab'. Ich werd' den kleinen Paddy wecken und anzieh'n – und Sie sollten sich auch anzieh'n«, belehrte Jamie Mara nach einem kritischen Blick. »Sie sollten sich schämen, so herumzulaufen! Was sollen die Leute sagen? Nich' mal Schuhe haben Sie an. Sie benehmen sich wie eine Heidin, und wenn ich dran denk', wie sauber Sie erzogen worden sind, dann –«

»Schon gut, Jamie, ich gehe ja schon«, beschwichtigte Mara sie, während sie barfüßig und ohne ein Geräusch zu machen zur Türe tappte. »Aber ich werde mich nicht dafür entschuldigen, daß ich mich gern frei fühle.« Mara strich über das weiche Kleid, das sie auf ihrer nackten Haut spürte. »Und ich *bin* frei, Jamie. Ich kann tun und lassen was ich will, und niemand kann es mir verbieten. Das ist der Vorteil, wenn man ohne Stand geboren wurde. Niemand kümmert sich um einen«, erklärte sie stolz, bevor sie das Zimmer verließ.

Mara klopfte an Brendans Tür, erhielt aber keine Antwort. Nach einer Minute drückte sie vorsichtig den Riegel auf und betrat dann das Zimmer. Er lag schlafend auf seinem Bett, eine halbleere Whiskeyflasche auf dem Tisch neben sich. Wenn er schläft, sieht er fast wie Paddy aus, dachte Mara traurig. Seine Locken hingen ihm in die Stirn, und ein leichtes Lächeln ließ seinen sonst so harten Mund weich wirken. Er schien so unschuldig wie sein Sohn.

»Brendan«, flüsterte Mara. »Brendan, wach auf! Du mußt dich umziehen.«

Sein Hemd war verknittert und stand offen, so daß sein schlanker Hals zu sehen war. Brendan befreite seine Schulter mit einem Protestlaut aus Maras Griff und barg sein Gesicht mit einem unverständlichen Murmeln in der Ellenbeuge.

»Was?« fragte Mara.

»Molly, meine kleine Molly.« Brendan lallte den Namen.

Maras Lippen wurden schmal, als sie das hörte. »Nein, ich bin's, Mara, Brendan«, verbesserte sie scharf. »Es ist Zeit zum Aufstehen. Du mußt dich rasieren und waschen. Du stinkst wie eine ganze Destille.«

Eine Stunde später saß Mara lächelnd vor dem Spiegel. Sie befestigte schwere Gagatohrringe an ihren Ohrläppchen und legte die dazugehörenden Armreifen um ihre Handgelenke. Im Kerzenlicht glänzten ihre Schultern über dem hellgelben Glacéseidenkleid wie Perlmutt. Das Kleid war in Rüschen gerafft und wurde durch schwarze Samtbänder akzentuiert, die ausgezeichnet zu dem schwarzen Spitzenbesatz oben am schulterfreien Mieder paßten. Ein schwarzes, golddurchwebtes Haarnetz, in dem sich das Kerzenlicht fing, hielt ihren Haarknoten.

Mara tupfte ein paar Tropfen ihres Lieblingsparfums auf die Innenseite ihrer Handgelenke und die Vertiefung über ihrem Brustbein. Als sich die ätherische Flüssigkeit erwärmte, durchströmte Veilchenduft den Raum. Sie steckte ein delikates Spitzentaschentuch in ein Satinhandtäschchen und warf einen letzten prüfenden Blick auf ihr Spiegelbild.

Eben legte sie einen schwarzen Spitzenschal über ihren Arm, als sich Brendan mit seinem typischen Klopfzeichen ankündigte.

Er war rasiert, gewaschen und gekämmt. Über seinem frischen Leinenhemd hatte er ein blaues Seidentuch um den Hals gebunden, das mit einer goldenen Nadel zusammengehalten wurde. Er sah sehr elegant und respektabel aus, gar nicht zu vergleichen mit einem Mann, den Mara vor einer Stunde geweckt hatte.

»Sollen wir uns unserem Publikum stellen?« fragte Brendan gutgelaunt und schaute sich im Zimmer um. »Wo ist Paddy? Ist er noch nicht fertig?«

»Jamie wird ihn herüberbringen«, antwortete Mara geduldig. »Und wenn er so gut aussieht wie sein Vater, dann können wir stolz auf ihn sein.«

Brendan grinste breit. »Findest du wirklich? Damit dieses Schauspiel nicht allzu langweilig wird, habe ich mich zur Abwechslung mal als Dandy verkleidet. Außerdem ist es manchmal besser, den Harmlosen zu spielen. Meine Tischdame wird mich bestimmt in all ihre Geheimnisse einweihen. Und so werde ich vielleicht interessante Neuigkeiten über Don Luís und seine Verwandtschaft erfahren.« Seine Augen funkelten verschmitzt.

»Hauptsache, du schüchterst sie nicht ein. Einen Skandal können wir keinesfalls brauchen«, ermahnte ihn Mara. Im gleichen Augenblick trat Jamie ein, einen vollkommen verwandelten Paddy an der Hand. Er trug lange Hosen, eine kurze Jacke und sah aus wie ein richtiger kleiner Herr. Sogar seine Locken waren zurückgekämmt worden, wenn auch eine oder zwei bereits wieder in die Stirn fielen.

»Es gefällt mir nich', daß Paddy so spät noch aufbleiben soll. Is' außerdem nich' gut für ihn, wenn er so spät noch ißt. Da kriegt er bestimmt Alpträume.« Jamie schaute die O'Flynns mißbilligend an.

»Sie hat recht.« Ausnahmsweise zeigte Brendan echtes Interesse für seinen Sohn. »Du weißt, wie unleidlich er wird, wenn er zu lange aufbleibt.«

»Heute können wir das leider nicht mehr ändern. Aber für die nächsten Tage werden wir etwas Entsprechendes arrangieren. Vielleicht möchtest du sein Essen ja lieber selbst zubereiten, Jamie«, schlug Mara vor, denn sie dachte an all die gewürzten Speisen, die sie in der Nacht zuvor gegessen hatten.

»Genau das werd' ich tun, und mein Essen werd' ich auch selbst kochen«, bekräftigte Jamie. »Ich hab' gestern nacht das Gefühl gehabt, jemand hätt' meine Eingeweide angezündet. Auch heute hat es den ganzen Tag noch geschmort.«

»Ah, Sie sind bereit«, sagte Don Luís von der Tür her. Er begutachtete sie kritisch. »Dann werden wir jetzt gehen.«

»Ich möchte, daß Jamie das Abendessen aufs Zimmer gebracht wird. Und in Zukunft sollte sie ihre und Paddys Mahlzeiten selbst zubereiten.«

Don Luís wirkte einen Augenblick lang überrascht, dann zuckte er mit den Achseln. »Wahrscheinlich sind unsere Speisen für einen englischen Gaumen zu würzig. Das läßt sich bestimmt einrichten, außerdem hat der junge *señor* auf diese Weise keine Gelegenheit, sich zu verplappern«, entschied Don Luís mit einem Blick auf das müde Kind. »Wir spielen kein Kinderspiel, Señor O'Flynn, und als passionierter Spieler werden Sie bestimmt schon erkannt haben, daß es um hohe Einsätze geht. Gehen wir.« Mit einer herrischen Handbewegung winkte er sie aus dem Raum.

»Wie unser Herr und Meister befehlen, Schwesterherz«, flüsterte Brendan theatralisch. »Wir sollten Seine Hoheit nicht enttäuschen, aber ich glaube, es wird langsam Zeit, einige Rollen in diesem Stück neu zu besetzen. Don Luís jedenfalls wird Statist.«

Paddys Finger krampften sich um Maras, während sie den offenen Hof überquerten und auf die hellerleuchteten Fenster des Salons zugingen. Aus der offenen Tür drangen Gelächter und Stimmen in die Nacht.

Don Luís wartete, bis die anderen zu ihm aufgeschlossen hatten. Dann inszenierte er ihren Auftritt mit der Perfektion eines geübten Schauspielers. Die gesamte Sippe der Villareales – entfernte Cousins und Cousinen, Onkel und Tanten sowie Freunde des Hauses – war versammelt. Als Don Luís erschien, senkte sich Schweigen über die zuvor fröhlich plaudernden Gäste. Brendan, Mara und Paddy wurden hereingebeten, und die Damen hoben ihre Fächer, hinter denen sie ihre Gesichter verbargen und leise Kommentare abgaben.

Mit einem scheinbar gütigen Lächeln, das seine harten Züge allerdings nicht weicher machte, führte Don Luís Mara zu Don Andres. Er stand neben drei Damen, die es sich auf einem gepolsterten Sofa bequem gemacht hatten.

»Es ist mir eine Ehre, Doña Ysidora, Ihnen meine Nichte Amaya Anita María Josefa Vaughan vorzustellen.«

»Mein Kind, wir haben lange auf Ihre Rückkehr gewartet«, sagte die Dame in der Mitte. Obwohl ihre Stimme weich klang, wirkte sie selbst keineswegs so. Sie saß kerzengerade und strafte die weichen Kissen in ihrem Rücken mit Verachtung. Ihr schwarzes Seidenkleid war um die Manschetten herum mit dezenten schwarzen Spitzen verziert. Als einzigen Schmuck trug sie ein schweres Goldkreuz um den Hals und goldene Ringe sowie Ohrringe. Ihr dunkles Haar, das an den Schläfen von grauen Strähnen durchzogen war, wurde von einem großen Perlmuttkamm auf ihrem Kopf zusammengehalten.

Neben ihr saß schweigend und mit leidender Miene Doña Feliciana. Ihre traurigen braunen Augen wichen Maras strahlender Schönheit aus, und ihr Hände lagen demütig gefaltet in ihrem Schoß. Die langen schwarzen Zöpfe lagen offen über ihrer Schulter und fielen wie lange Seidenschnüre auf die Kissen des Sofas herab.

»Meine Frau, Doña Jacinta«, stellte Don Luís weiter vor. »Und Doña Feliciana, Don Andres' Cousine.«

Doña Jacinta strahlte fröhlich, und ihre runden braunen Augen glänzten. Ihr hübsches weiches Gesicht schien fast zu klein für den riesigen Kamm, der die schwarzen Haare auf ihrem Kopf zusammenhielt. Im Gegensatz zu den beiden anderen Frauen war ihr Kleid pfauenblau, und um ihren Hals lag eine doppelte Perlenkette, die zu ihren Perlohrringen paßte.

»Es ist mir eine Ehre, Sie kennenzulernen«, antwortete Mara mit einem dezenten Lächeln.

»Das ist Doña Amayas Cousin, Señor Brendan O'Sullivan, und sein kleiner Sohn Padraic.« Brendan hatte schweigend hinter Mara gestanden und die Frauen begutachtet.

»Doña Ysidora«, sagte Brendan mit tiefem Respekt und beugte sich formvollendet erst über ihre Hand, dann über die Hände der beiden anderen Frauen. »Es ist mir eine Ehre und zugleich ein Vergnügen, mich in so schöner und lieblicher Gesellschaft zu befinden.«

Doña Ysidora bedankte sich mit einem kleinen Lächeln und einem Kopfnicken für dieses Kompliment. »Anscheinend schlägt Doña Amaya eher nach Ihrer Familie, Señor O'Sullivan, denn Sie sehen einander sehr ähnlich«, stellte sie fest, während ihr Blick über Brendans Gesicht glitt.

»*Sí*, das stimmt, obwohl sie das Kinn ihrer Mutter hat«, mischte sich Don Luís unauffällig ins Gespräch. »Ihre Mutter wäre stolz auf sie gewesen.« Dann erblickte er einen jungen Mann, der sich gerade mit einem etwa gleichaltrigen anderen Mann unterhielt, und rief: »Raoul, du hast deine Cousine Doña Amaya noch nicht kennengelernt! Komm her!«

Der junge Mann reagierte sichtlich mißmutig auf diesen autoritären Tonfall, zuckte mit den Achseln und schlenderte langsam herbei.

»*Mi muy estimado padre*«, erklärte er sarkastisch, hob sein Weinglas und leerte es in einem Zug.

»Raoul!« Don Luís' Miene verfinsterte sich zusehends, als er bemerkte, daß sein Sohn leicht schwankte und sein Blick nicht mehr klar war.

Raoul starrte Mara begierig an, und sein Mund verzerrte sich zu einem Willkommenslächeln, als er sich ihr näherte. »Ah, es ist eine Schande, daß wir nicht zusammen aufgewachsen sind, meine kleine Cousine«, erklärte er bedauernd und die Tatsache ignorierend, daß sie gleich groß waren.

Plötzlich schlang er einen Arm um Maras Taille, zog sie an sich und drückte ihr einen nach Wein schmeckenden Kuß auf den Mund.

»Raoul!« Don Luís' Gesicht war puterrot.

Raoul ließ Mara los. »Ich habe nur Amaya in Kalifornien willkommen geheißen, wie du es verlangt hast«, antwortete er unschuldig.

»Du beschämst deine Mutter und mich vor unseren Freunden«, fauchte Don Luís ihn an. Er hatte die Fäuste vor Wut fest geballt.

»Bitte, Onkel Luís«, mischte sich Mara ein. »Man darf kleine Jungen nicht immer ernst nehmen. Er tut niemandem weh und macht sich höchstens selbst lächerlich.« Raoul wurde schamrot, als Mara zu lachen begann.

»Komischer Mann.« Paddy drängte sich an Mara, und seine Hand schlüpfte besitzergreifend in ihre, während er zu Raoul aufsah. »Du darfst sie nicht küssen. Sie will nur mich küssen. Sie liebt nur mich.«

»So klein und schon so eifersüchtig«, kicherte Doña Jacinta, die erleichtert beobachtete, wie Raoul sich abwandte, bevor Don Luís ihm weitere Vorwürfe machen konnte.

»Mein Sohn Paddy hängt sehr an Amaya. Sie ist wie eine Mutter zu ihm«, erklärte Brendan traurig und mit leicht bebender Stimme.

»Sehr lobenswert, Doña Amaya«, sagte Doña Ysidora mit wohlgefälliger Miene, »daß Sie sich so Ihrer Familie widmen. Die Jungen vergessen nur zu oft, daß sie von genau den Alten aufgezogen wurden, für die sie jetzt keine Zeit mehr haben.« Ihr Tonfall war freundlich, aber ihr Blick ruhte die ganze Zeit über auf Raoul.

Mara lächelte insgeheim über Doña Ysidoras Worte. Sie hatte sich schon gefragt, ob die ältere Dame Raouls Benehmen unkommentiert lassen würde. Obwohl Don Andres Herr über den Rancho Villareale war, hatte Doña Ysidora anscheinend immer noch etwas zu sagen.

»Sie haben Jeremiah Davies noch nicht kennengelernt.« Doña Ysidora wechselte abrupt das Thema, und der Mann, mit dem sich Raoul unterhalten hatte, kam auf sie zu, als er seinen Namen hörte.

Jeremiah Davies war mittelgroß, hatte braunes Haar und strahlend blaue Augen, die jeden offen anblickten, dem er vorgestellt wurde. Sommersprossen verteilten sich über seine Nase, und seine runden Wangen verliehen ihm, zusammen mit dem breiten Grinsen, das er auch beim magersten Scherz zur Schau stellte, etwas Jungenhaftes.

Mara und Brendan warfen sich einen vielsagenden Blick zu, als sie beobachteten, wie Don Andres' Sekretär sich ins Gespräch mischte, immer bemüht, allen zu gefallen und seinen Gastgebern Ehre zu bereiten, indem er ihren Gästen gegenüber höflich war. Sein jungenhafter Charme mochte vielleicht die anderen irreführen, Mara und Brendan erkannten jedoch die Kniffe und geschickten Schachzüge eines Schauspielers.

»Ich frage mich, was der kleine Jerry wohl vorhat«, flüsterte Brendan, ohne den Blick von Jeremiah Davies zu wenden, der sich eben aufmerksam vorbeugte, um Doña Felicianas geflüsterte Worte besser verstehen zu können. »Vielleicht macht er sich ja Hoffnungen?«

»Das geht uns nichts an«, wies ihn Mara gleichfalls flüsternd zurecht und wandte sich dann um, um die anderen Gäste zu begrüßen, die nun auch endlich die lang erwartete Doña Amaya kennenlernen wollten.

Das Essen wurde auf einem fünf Meter langen Eichentisch aufgetragen, der mehr als die Hälfte des Eßzimmers einnahm. Die Gäste ließen sich auf ebenso langen Bänken nieder. Als die farbenprächtigen Gerichte auf den Tisch gestellt wurden, warf Mara Brendan einen Blick zu, der daraufhin mit einem gottergebenen Blick seinen Löffel in die Suppenschale vor sich senkte.

Mara folgte seinem Beispiel in der Annahme, die Suppe sei mindestens so scharf wie ihr Essen am Abend zuvor, aber zu ihrer angenehmen Überraschung war sie durchaus genießbar. Paddy, der zwischen Mara und Brendan saß, schmeckte es offensichtlich auch. Hungrig fischte er die Klöße aus seiner Suppe.

Mara sah die flachen *tortillas* auf dem Tisch stehen und fragte sich, wo wohl das Brot war. In diesem Augenblick riß Raoul ein Stück von einer *tortilla* ab und benutzte es wie eine Gabel: Er schaufelte Bohnen darauf und steckte sich das Ganze in den Mund. Paddy schien das zu gefallen, und er ahmte den Kalifornier nach, Brendans mißbilligendem Blick zum Trotz. Große, bunte und noch dampfende Tonschüsseln standen vor ihnen auf dem Tisch.

»Gestatten Sie mir, etwas für Sie auszuwählen, Doña Amaya«, erbot sich Don Andres. Er deutete auf einige merkwürdig aussehende Kreationen, die einer der Diener auf einen Teller häufte.

»Bitte nicht so viel«, wehrte Mara mit einem Lachen ab, als der randvolle Teller vor sie hingestellt wurde.

Mißtrauisch stocherte sie mit ihrer Gabel in einer gefüllten Maismehltasche, dann nahm sie unter den kritischen Blicken ihrer Gastgeber einen Bissen. Er schmeckte köstlich. Sie lächelte angenehm überrascht, und freundliches Grinsen antwortete ihr von allen Seiten.

»Das ist eine *tamale*, und sie ist mit Fleisch gefüllt«, erklärte Doña Ysidora. »Man muß sie zwei Tage kochen, damit sie richtig gut werden. Versuchen Sie auch die *enchilada* und die *puchero* mit Fleisch und Gemüse, Zwiebeln und Tomaten. *Sí*, das wird Ihnen schmecken!«

»Es schmeckt ausgezeichnet, Doña Ysidora«, bestätigte Mara freundlich.

»*Gracias*. Dem Kleinen schmeckt es auch«, stellte sie befriedigt fest, als Paddy, der seine Bohnen aufgegessen hatte, einen Bissen von dem Fleisch nahm.

Brendan zuckte mit den Achseln. Sein Hunger hatte schließlich über sein Mißtrauen gesiegt, und er nahm einen Löffel von dem dicken Eintopf auf seinen Teller. Als er überrascht krächzte, schaute ihn Mara verwundert an. Mit weiten Augen beobachtete sie, wie sein Gesicht rot anlief und Tränen über seine Wangen rollten. Verzweifelt versuchte er, das Brennen in seiner Kehle mit Wein zu löschen.

»Himmel!« stöhnte er dann. »Damit kann man ja Tote erwecken.«

Mara biß sich auf die Lippe und hoffte, daß ihre Gastgeber nicht beleidigt waren, aber die Kalifornier lachten nur laut und schienen sich über seine Hilflosigkeit und sein knallrotes Gesicht zu amüsieren.

»Das ist ein Kompliment für meine Mutter, Señor O'Sullivan«, erklärte ihm Don Andres. »Wir sind stolz auf unser scharfes Essen. Je schärfer, desto besser, eh, *amigos*? Tut mir leid, daß ich vergaß, die grünen *chili*-Schoten zu erwähnen. Und auch vor den roten müssen Sie sich in acht nehmen!«

Brendan lächelte verkniffen.

»Doña Amaya hätte bestimmt anders reagiert. Sie hat schließlich kalifornisches Blut in ihren Adern«, forderte Don Luís Mara mit einem spitzbübischen Funkeln in den Augen heraus. »Ich frage mich, ob sie das Feuer des *chili*-Pfeffers besser verträgt.« Er schaute sich, nach Unterstützung heischend, um. »Aber wahrscheinlich nicht.«

»Ach, das weiß ich nicht«, sagte Brendan plötzlich. »Sie kennen nicht Doña Amayas verborgene Talente, Don Luís. Ich wette, daß sie eine Pfefferschote essen könnte, ohne überhaupt auch nur die Miene zu verziehen.«

Mara schaute Brendan entsetzt an. Er erwiderte ihren Blick so seelenruhig, als bestünde keinerlei Zweifel an ihrer Antwort.

»Natürlich ist das Doña Amayas Entscheidung. Wenn sie sich das nicht zutraut... gut«, bot ihr Don Luís väterlich einen Ausweg an.

»Bitte, das werde ich nicht zulassen.« Don Andres, dem die unterschwellige Feindseligkeit zwischen Don Luís und den O'Flynns entgangen war, lachte. »Doña Amaya ist unser Gast, und ich möchte nicht, daß sie schlecht von uns denkt.«

»*Sí*, das Kind ist unser Essen nicht gewöhnt«, ergänzte Doña Ysidora mit einem vielsagenden Blick auf Don Luís.

»Aber ich würde Onkel Luís doch nie vor seinen Freunden bloßstellen«, antwortete Mara, nahm eine grüne Pfefferschote und biß mit einem Schaudern hinein.

Sie wußte, daß jetzt aller Augen auf sie gerichtet waren. Schweißperlen traten auf ihre Oberlippe. Ihre Kehle brannte wie Feuer, Tränen stiegen ihr in die Augen, aber sie ließ sich nichts von ihren Qualen anmerken. Anerkennendes Gemurmel wurde laut.

»Möchten Sie auch eine, Onkel Luís?« fragte sie höflich, bevor sie einen Schluck Wein nahm.

Don Luís hob schweigend sein Glas und prostete ihr zu. Widerwillig zollte er ihr seinen Respekt.

»Ich wohne seit meiner Kindheit in Kalifornien, und ich muß das Essen immer noch mit Unmengen von Wein hinunterspülen«, eröffnete Jeremiah Davies Mara lachend. »Sie sind bereits eine von ihnen, und ich bin nach zwanzig Jahren immer noch ein Außenseiter.« Er meinte das ironisch, aber sein Lächeln war nicht mehr ganz so breit und sein Ton nicht ganz so freundlich wie zuvor.

»Sind deine Diener krank, Don Andres?« fragte Don Luís eine Spur zu höflich dafür, daß er einmal darauf warten mußte, daß sein leerer Teller abgeräumt wurde.

Don Andres' Lippen wurden schmal, und Mara bemerkte den besorgten Blick auf Doña Ysidoras ernstem Gesicht. »*Sí*. Man könnte sagen, sie sind krank«, antwortete Don Andres kryptisch. »Das Goldfieber hat sie erwischt.«

»Jeden Morgen fragen wir uns, wie viele Angestellte uns noch geblieben sind. Sie gehorchen nicht mehr und fürchten nicht einmal den Zorn ihrer Herrschaft, denn sie glauben, daß sie bald reich sein werden.« Auf Doña Ysidoras herrischem Gesicht zeigte sich Verachtung.

»Ich habe schon über tausend Rinder verloren, weil mir einfach die *vaqueros* fehlen, um sie zu bewachen«, erklärte Don Andres resigniert.

»Unglaublich, daß es einmal soweit kommen konnte«, mischte sich ein grauhaariger Kalifornier in das Gespräch. Sein dunkles Gesicht war nach den vielen Jahren, die er im Sattel verbracht hatte, wettergegerbt. »Früher brauchten wir keine Angst vor Dieben zu haben. Unser Vieh weidete, wo es ihm gefiel. Wir hatten keine Zäune. Wir kannten keine

Angst. Ich erinnere mich an unseren *rancho* in Santa Barbara. Wie aufgeregt waren wir Kinder, wenn eines der fremden Schiffe in unserem Hafen anlegte!« Er schüttelte traurig den grauen Kopf. »Ich hätte nie gedacht, daß sich das so ändern könnte. Meine Töchter und Söhne leben in Santa Barbara oder Monterrey und sehen kaum jemals eine Kuh! Und nie hätte ich hier so viele Fremde erwartet! Oder daß Yerba Buena sich in einen geschäftigen Hafen verwandeln und San Francisco genannt werden würde. Habt ihr die Schiffe im Hafen gesehen?« fragte er ungläubig und schaute sich um.

Nur Mara, die dicht neben Jeremiah Davies sah, hörte das verächtliche Schnauben, mit dem jener sich über die Klagen des Alten lustig machte.

»Das *adobe* der Macias ist ja verlassen«, erkundigte sich Don Luís neugierig. »Wo sind sie hin? Es stehen beinahe nur noch Ruinen. Das Dach ist eingestürzt; es sah aus, als sei es geplündert worden.«

»Du kannst es nicht glauben, was, Don Luís?« bemerkte Don Andres zynisch. »Das ist nur eine der vielen Veränderungen, die sich während deiner Abwesenheit ereignet haben. Juan Macias hatte keine *vaqueros* mehr, die für ihn ritten. Seine Diener liefen zu den Minen davon, und dann mußte er sich auch noch der Landbesetzer erwehren. Schließlich gab er sich geschlagen und zog nach Sonora, wo er jetzt angeblich einen Laden besitzt. Da kann man es noch aushalten, denn es gibt fast nur Südamerikaner und Mexikaner dort, obwohl die Nordamerikaner überall sonst zu sein scheinen.

Seit du abgereist bist, schwärmen ununterbrochen *americanos* durch unsere Hügel, vom Goldfieber getrieben. Erst habe ich sie noch willkommen geheißen und sie beherbergt«, ließ sich Don Andres voller Verbitterung und Wut aus, »aber was war der Dank dafür? Ein Wort der Anerkennung? Nein, nur Respektlosigkeit und Verachtung habe ich geerntet.«

Die zuvor sorglose Gesellschaft war verstummt und lauschte teilnahmsvoll den bitteren Worten Don Andres'.

»Hätte einer von euch geglaubt, daß ein Kalifornier einst als Fremder in seinem Geburtsland gelten könnte?« fragte Don Andres. »Sie lächeln, Don José, aber das ist die Wahrheit. Mein Recht, das Recht meines Vaters, diese *hacienda* zu besitzen, wird angezweifelt. Warum soll ich beweisen, daß dies mein Land ist? Die Tatsache, daß es meinem Großvater vom spanischen König selbst gewährt wurde, ist bedeutungslos. Ich habe keine Rechte mehr in diesem neuen Kalifornien. Früher war Villareale ein stolzer, edler Name. Aber ein *gringo* kennt keinen Unterschied zwischen einem Chilenen, einem Sonorer oder einem Mexikaner. Ein dunkelhäutiger Mensch, der mit Akzent spricht, ist für ihn nichts wert.

Und wie ergeht es unseren Bediensteten in den Minen? Viele sind als geschlagene Männer zu mir zurückgekehrt, und das meine ich im wortwörtlichen Sinn. Sie wurden geprügelt und ausgepeitscht, erniedrigt und wie Hunde behandelt!«

»Bitte, Andres, mein Sohn«, unterbrach ihn Doña Ysidora angespannt, »hör auf. Du verängstigst die Damen.« Sie reichte Doña Jacinta ein Glas Wein, die es mit zitternden Händen an ihre Lippen hob.

»Verzeiht mir, meine Freunde, wenn ich euch erschreckt habe«, entschuldigte sich Don Andres. »Ich ertrage es einfach nicht, daß ich tatenlos zusehen muß, wie mein Land gestohlen wird. Aber was können wir schon tun?« Plötzlich klang Don Andres resigniert. »Ich bin nur froh, daß mein Vater nicht mitansehen mußte, wie seine Welt zugrunde geht.«

»*Silencio*, Andres, du gehst zu weit«, wies ihn Doña Ysidora wütend zurecht.

Angespannte Stille senkte sich über die Gesellschaft, bis Doña Ysidora mehreren Männern, die gerade erst eingetreten waren, ein Zeichen gab. Sie versammelten sich in einer Ecke und begannen auf ihren mitgebrachten Instrumenten zu musizieren. Violinen- und Gitarrenklänge zogen durch den Raum, während die Gäste wieder zu essen begannen, aber Mara schien es, als hätten sie all ihren Appetit verloren.

Brendan und Mara tauschten einen verwunderten Blick. Sie waren fremd hier und konnten nicht so ganz verstehen, welche Konsequenzen diese Entwicklung für die Kalifornier hatte. Brendan zuckte mit den Achseln und deutete damit an, daß sie das auch nichts anging. Dann wandte er seine Aufmerksamkeit wieder Doña Jacinta zu, die ihre Bewunderung für den hübschen Iren nicht verhehlen konnte.

Die meisten Gäste hatten fertig gegessen und nippten an ihrem Wein, als Raoul eine Zigarre herausholte, sie anzündete und eine dicke Rauchwolke über den Tisch blies.

»Raoul! Du rauchst, ohne zu fragen?« tadelte ihn Don Luís erbost und zugleich überrascht.

»Raoul, tu das, Raoul, tu dies – immer nur Befehle. Ich frage niemanden um Erlaubnis, wenn ich rauchen oder trinken möchte. *Madre de Dios*, ich bin ein Mann, *padre*, und kein kleiner Junge mehr!« Raouls Stimme war laut und sein Gesicht vom Alkohol und Zorn gerötet.

»Dann benimm dich auch wie ein Mann, denn du bringst Schande über den Namen Quintero. Du hast noch einiges zu lernen, mein Junge, und du wirst den Älteren deinen Respekt erweisen, oder du wirst den Tisch verlassen«, versprach ihm Don Luís mit messerscharfer Stimme.

Raoul sprang auf, warf seinem Vater einen wütenden Blick zu und stampfte aus dem Raum, eine Wolke von Zigarrenrauch zurücklassend.

Doña Jacinta seufzte entmutigt und knabberte unruhig an ihrer Unterlippe. Nervös schaute sie zwischen dem leeren Stuhl ihres Sohnes und dem brodelnden Don Luís hin und her.

»Ich verstehe nicht, was in den Jungen gefahren ist. Niemals dürfte ein Sohn so respektlos mit seinem Vater sprechen. Warum hast du deinem Sohn erlaubt, sich so zu benehmen, Jacinta?« wollte Don Luís wissen und schob damit seiner Frau die Schuld zu.

»Er ist noch jung. Er wird schon noch lernen, wohin er gehört«, erklärte Doña Ysidora besänftigend, während Doña Jacinta mit den Tränen kämpfte. »Jetzt gehen wir in den Salon, wo wir lachen und trinken werden, und dann werden wir all diesen Unsinn vergessen, der uns nichts angeht. *Sí.*«

Als sich die Gesellschaft auflöste, war es bereits nach Mitternacht, und Paddy schlief längst selig in Maras Armen. Brendan, der sorglos vor sich hinpfiff, an ihrer Seite, trug Mara müde den schweren Paddy durch den Garten bis zu seinem Zimmer, wo Jamie sie schon erwartete, ohne ihr Mißfallen zu verhehlen.

Später stand Mara in ihrem eigenen Zimmer und sah den silbernen Vollmond hoch über der dunklen Silhouette der Hügel stehen. Mara schaute zu, wie ein paar Wolkenschleier an seinem Antlitz vorbeizogen. Sie erschauerte und zog ihren Schal fester um ihren nackten Hals. Angst kroch ihr den Rücken hinauf. Etwas stimmte nicht – aber was? Der ganze Plan bereitete ihr zunehmend Kopfschmerzen, aber wovor konnte sie Brendan denn warnen? Er würde sie nur auslachen, weil sie ihrer kindischen Ängste nicht Herr wurde. Trotzdem wurde sie dieses Gefühl der Bedrohung nicht los. Mara lehnte sich mit der Stirn gegen die kühle Lehmmauer und hoffte, daß sich ihre Bedenken zerstreuen würden.

Sich selbst belächelnd, wandte sich Mara vom Fenster und vom Mondlicht ab. Warum machte sie sich Sorgen? Dies war lediglich ein weiterer Auftrag für sie und Brendan, nicht mehr. Jeder glaubte, daß sie Amaya Vaughan war. Es hatte keine Probleme gegeben, denn niemand hatte Verdacht geschöpft. Außerdem waren sie und Brendan Profis und würden keine Fehler machen. Was also sollte schon passieren?

Das Rad hat einen vollen Kreis beschrieben

SHAKESPEARE

Kapitel 3

Die Frühsommertage vergingen langsam im goldenen Tal des Rancho Villareale. Die ländliche Einfachheit des kalifornischen Lebens kam Mara und Brendan sehr entgegen. Sie spielten ihre Rollen und warteten darauf, daß Don Luís seine Karten endlich aufdeckte. Doch Don Luís hatte es offensichtlich nicht gerade eilig, ihren Kontrakt für beendet zu erklären, und so folgte ein Tag dem nächsten, ohne daß etwas geschah. Brendan wurde langsam ungeduldig. Sehnsüchtig schaute er auf die Hügel im Osten, wissend, daß das Gold nicht ferner, aber auch nicht näher war als die Berge am Horizont, hinter denen jeden Morgen die Sonne aufging.

Der Tag begann auf dem *rancho* schon bei Sonnenaufgang, wie Mara einmal entdeckt hatte, als sie mit Kopfschmerzen aufgewacht war. Während sie sich auf einer Steinbank im Freien zu entspannen versuchte, durchquerte Don Andres den Innenhof, den breitkrempigen *sombrero* tief ins Gesicht gezogen. Hirschlederhosen schützten seine Waden, und an den Absätzen seiner Schuhe glänzten scharfe Sporen, die bei jedem Schritt auf den Boden klirrten.

Mara war ihm leise bis an das schmiedeeiserne Tor gefolgt und hatte unbeobachtet mit angesehen, wie Don Andres den Arbeitern, die vor ihm aufgereiht standen, die Tagesarbeit zuwies; dann bestieg er, einen *vaquero* an seiner Seite, sein gesatteltes Pferd und ritt durch das weitgeöffnete Tor davon. Doña Ysidora hatte sich ebenfalls bereits vor Tagesanbruch erhoben, ihren Kopf mit einem *rebozo* aus schwarzen Spitzen bedeckt und die *hacienda* verlassen, um in der kleinen Kapelle des *rancho* der Messe beizuwohnen. Eine Dienerin, die ihr die Matte trug, hatte sie dabei begleitet. Nach ihrer Rückkehr versammelten sich die Hausangestellten im Hof, und bald darauf wurde die *sala* und das Eßzimmer gewischt, während in der Küche das Feuer in den Herden entfacht wurde. Nur wenig später zogen die ersten Duftschwaden aus der Küche durch den Innenhof.

Jeden Morgen wurde Mara heiße Schokolade serviert, bevor sie sich anzog. Später, nach Don Andres' Rückkehr, versammelte sich die Familie zum Frühstück, wo die Ereignisse des Tages oder auch der Klatsch des vergangenen Abends besprochen wurden. Da ständig neue Gesichter mit am Tisch des *rancho* saßen, wußte man über die Neuigkeiten im gesamten Staat Bescheid. Sie hörten, daß im weit entfernten San Diego ein *ranchero* gestorben sei; daß in Santa Barbara eine berühmte Schönheit geheiratet hätte; und welche politischen Aktivitäten sich in Monterrey, der alten spanischen Hauptstadt Kaliforniens, entwickelten.

Auch an diesem Morgen war es nicht anders, dachte Mara resigniert, während sie ihren Kaffee trank und mit halbem Ohr der Konversation am Tisch lauschte. Sie spürte immer noch die Nachwirkungen ihrer Kopfschmerzen, während sie in ihrem Ei herumstocherte und lustlos einen Bissen von der hauchdünnen *tortilla* nahm. Müde preßte sie ihre Finger gegen die Schläfen und versuchte, das Pochen unter der Haut zu dämpfen. Seit ihrer Ankunft auf dem Rancho Villareale hatte sie mit Kopfweh zu kämpfen, erkannte Mara verwirrt. Wahrscheinlich war das auf die nervliche Anspannung zurückzuführen.

Don Andres schaute von seinem Teller auf und führte eine weitere Gabel voll Fleisch zu seinem Mund, als Doña Ysidora ihn nach seinem täglichen Ritt über den *rancho* befragte.

Don Andres zuckte mit den Achseln und kaute bedächtig, bevor er antwortete: »Es fehlen wieder hundert Stück Vieh, und eine weitere Familie hat sich auf dem Land zwischen uns und der Casa Quintero niedergelassen.«

Doña Ysidora seufzte ungeduldig und quittierte diese Antwort mit einem Blick zum Himmel. »Und was unternimmst du dagegen, Andres?« fragte sie zornig. »Du sitzt hier und frühstückst in aller Ruhe.«

»Und was soll ich dagegen unternehmen, *madre*?« fragte er müde zurück. »Das Vieh ist weg. Viele Rinder wurden gleich auf der Weide geschlachtet; die Kadaver hat man den Geiern überlassen. Und wie soll ich mit meinen zwei oder drei *vaqueros* die Besetzer von meinem Land vertreiben? Soll ich die Frauen und Kinder erschießen, *madre*? Sie lassen sich durch keine Drohung zum Verschwinden bewegen. Und bei wem soll ich mich beklagen? Bei den amerikanischen Richtern? Glaubst du, sie würden mir gegen ihre Landsleute beistehen?«

»Das scheint Sie nicht übermäßig zu berühren, Don Luís«, kommentierte Brendan neugierig. Er ließ sich auch von dem abweisenden Blick des Kaliforniers nicht einschüchtern. »Ich an Ihrer Stelle würde sofort losreiten, um nachzusehen, ob die Casa Quintero noch steht oder ob sie inzwischen schon niedergerissen wurde.«

»Aber das ist nicht –« setzte Doña Jacinta an, hielt aber inne, als eine Geste ihres Gatten sie zum Schweigen brachte.

»Tatsächlich wollte ich noch heute morgen hinüberreiten. Vielleicht, Don Andres, könntest du dich währenddessen um meine Nichte und um Señor O'Fl... Sullivan kümmern?« fragte Don Luís, wobei er seinen Versprecher mit lässiger Gleichgültigkeit korrigierte.

»Natürlich, Don Luís«, antwortete der *ranchero* mit einem fragenden Blick. »Ich verstehe dich zwar nicht, Don Luís, aber wenn du das wünschst...«

»Vielleicht will Doña Amaya mehr von dem *rancho* sehen, Andres«, schlug Doña Feliciana scheinbar freundlich vor. »Können Sie reiten, Doña Amaya?« fragte sie mit einem zweifelnden Blick. »Der Ausflug wird viele Stunden dauern. Halten Sie das durch?«

Mara lächelte, weil sie die Provokation hinter Doña Felicianas scheinbar so unschuldigen Worten spürte. »Ich glaube schon«, antwortete sie und nahm die Herausforderung an, indem sie Doña Feliciana direkt in die Augen sah.

»Ich muß Sie warnen, Doña Amaya. Doña Feliciana hat recht«, wandte Doña Ysidora mit besorgter Miene ein. »Es ist wirklich ein harter Ritt. Sind Sie sicher, daß Sie sich nicht anders entscheiden möchten? Wir hätten alle Verständnis dafür.«

»Nein danke, Doña Ysidora«, antwortete Mara fest. »Irgendwann muß ich mich an dieses Land gewöhnen, und am besten fange ich gleich damit an.«

Eine Stunde später verließ Mara ihr Zimmer und ging durch die Galerie zu den Ställen. Sie trug schwarze Reitkleidung, die aus einem langen, weiten Rock und einer engen Jacke bestand, unter der ein einfaches Hemd zu sehen war. Mara schob sich die schwarze Bibermütze mit dem kleinen Schleier tiefer ins Gesicht, um ihre Augen von der grellen Sonne abzuschirmen, als sie aus dem kühlen Patio in den Hof bei den Stallungen trat.

Brendan war bereits aufgestiegen und hatte den unruhigen Paddy vor sich in den Sattel gesetzt. Er fühlte sich offensichtlich nicht besonders wohl, erkannte Mara mitfühlend, aber sie wich Brendans mitleidsheischendem Blick aus. Paddy konnte unmöglich mit diesen Kaliforniern mithalten, die anscheinend im Sattel geboren wurden, und sie wollte nicht, daß er versuchte, es ihnen nachzumachen. Sogar Kleinkinder ritten hier ohne jede Angst, und der Wind trug ihre Freudenschreie davon.

Mara zuckte überrascht zusammen, als sie Doña Feliciana im Damensattel auf einem schwarzweißen Pinto sitzen sah, der unruhig hin und her tänzelte. Sie trug immer noch ihre Trauerkleidung, aber trotzdem war das scheinbar so schüchterne Mädchen nicht wiederzuerkennen. Doña Feliciana schien auf dem Rücken ihres Hengstes zum Leben erwacht zu sein, und ihre dunklen Augen leuchteten wagemutig unter der Krempe ihres breiten Hutes hervor.

Mara saß auf, ergriff die Zügel ihres Pferdes, schlang ein Bein um das Sattelhorn und schob den anderen Fuß in den festen, seidenen Reif, der als Steigbügel diente. Dann wartete sie geduldig, während sich immer mehr Reiter zu ihnen gesellten, bis sich ihr kleiner Ausritt in einen großen Ausflug verwandelte, der schließlich sogar von einer *carreta* mit Picknickkörben und großen Tüchern begleitet wurde.

»Das kleine Täubchen ist offensichtlich flügge geworden«, kommentierte Brendan mit offener Bewunderung, während er verfolgte, wie Doña Felicianas kleine Hände ihr Pferd dirigierten.

Dann setzte sich die farbenfrohe Gesellschaft in Bewegung. Große Staubwolken wirbelten von dem staubigen Boden auf, als sie den *rancho* verließen und von der Straße weg in die Hügel zogen. Der Himmel war tiefblau, und feine Wolkenschleier zogen hoch über den Hügeln dahin. Die Pferde trugen ihre Reiter durch hellgelbe und dunkelrote Mohnfelder, welche die Hügel wie ein Seidentuch überzogen. Dichte Eichenhaine säumten den Weg, mit mächtigen Stämmen und schwerem Geäst, das bis auf den Boden herunterreichte.

Maras Hände faßten die Zügel fester, als ein aufgestörter Hase vor den Hufen ihres Pferdes davonhoppelte, um gleich darauf im Unterholz zu verschwinden. Sie warf einen Blick zurück ins Tal, wo die *hacienda* in der prallen Mittagssonne lag.

»Ehrlich, das ist das erste Mal, daß ich wirklich lange genug geritten bin.« Brendan hatte sein Pferd neben Maras gelenkt und wandte sich jetzt an sie. Sein Gesicht war von der Sonne gerötet.

»Ich kann mich an jemanden erinnern, der immer stöhnte, daß ihm nicht genug Zeit für sein Vergnügen bliebe, und der sich beklagte, weil er die Ausritte im Park verpaßte«, rief ihm Mara mit einem spitzbübischen Lächeln ins Gedächtnis zurück.

»Ein Ritt mit einer schönen Frau im Park ist etwas völlig anderes als dieser Zug durch die Wildnis, das solltest du wissen«, beklagte sich Brendan mit gespielter Entrüstung. »Ich fühle mich, als sollte ich eigentlich eine Wildlederhose mit Fransen tragen.«

Mara lachte bei dem Versuch, sich Brendan als Pionier vorzustellen. »Nicht zu vergessen eine Waschbärenmütze.«

»Oh, schaut!« rief Paddy aus und deutete auf einen Falken, der hoch über den Hügeln kreiste und dessen Schatten über das Land flog.

Brendan verfolgte seinen Flug, bis er hinter dem Horizont verschwunden war. Mara erkannte das Verlangen in seinen Augen, während er in die Ferne spähte.

»Warum haben wir uns nicht von Don Luís abgesetzt, als wir in San Francisco landeten, Brendan?« fragte sie unvermittelt. Sie war neugierig, warum Brendan seine Spielschulden unbedingt einlösen wollte.

»Warum ich nicht vor dem alten Fuchs davongelaufen bin?« sagte Brendan nachdenklich. »Weißt du, das habe ich mich auch schon gefragt, und ich muß dir gestehen, ich kenne die Antwort nicht. Um ehrlich zu sein, ich glaube, es war vor allem Angst. Ich fürchtete, mich dem Unbekannten stellen zu müssen und eine weitere Hoffnung enttäuscht zu sehen. Ich ertrage es nicht mehr, immer nur für das tägliche Brot zu arbeiten und für nicht mehr. Wir leben nicht, Mara, wir vegetieren nur. Wir kommen nicht weiter. Ich will dieses Leben nicht mehr. Ich will das Leben, das man uns gestohlen hat, auf das wir ein Recht haben.« In seiner Stimme schwang Bitterkeit. »Und wenn ich dabei sterbe, dann hat sich der Kampf dennoch gelohnt. Nur eines macht mir angst – wenn sich die Dinge in diesem Tempo weiterentwikkeln, werde ich zu alt sein, um mein Leben noch genießen zu können. Hat Don Luís dir gegenüber schon eine Andeutung gemacht, wann dieses Versteckspiel ein Ende hat? Ich möchte endlich meinen Lohn kassieren und weiterziehen.«

»Don Luís ist nicht gerade gesprächig. Er sagt immer nur, wir sollten den Villareales Zeit geben, mit uns vertraut zu werden. Die Verlobung ist nicht gültig, bis wir sie beide bestätigen, jetzt, wo wir erwachsen sind. Ich nehme an, Don Luís hofft, daß Don Andres ihr Geschäft, worin immer es auch bestehen mag, zu einem schnellen Ende bringen will, wenn sich seine Vermählung anbahnt.«

»Mir kommt das alles immer merkwürdiger vor, und ich hoffe nur, daß wir bald unser Geld bekommen«, erklärte Brendan ungeduldig.

Mara wischte sich mit dem Handrücken über die Stirn und wandte sich zur anderen Seite um, wo inzwischen Doña Feliciana ritt.

»Ihnen macht die Hitze zu schaffen, Doña Amaya«, kommentierte sie beiläufig, während die sengende Sonne ihr selbst überhaupt nichts auszumachen schien. »Wir machen gleich eine Rast. Oder möchten Sie sofort halten?« bot sie mit einem abschätzigen Blick an, wobei sie Maras gerötetes Gesicht begutachtete.

Mara schob sich eine feuchte Strähne aus der Stirn und gab mit einem Lächeln, das nichts von ihren wahren Empfindungen ahnen ließ, zurück: »Das kommt überhaupt nicht in Frage. Bitte lassen Sie uns weiterreiten, Doña Feliciana.«

»Wie Sie wollen«, war die knappe Antwort. Dann trat die Kalifornierin ihrem Pferd in die Flanken, um es anzutreiben, und ihr schwarzer Rock flatterte im Wind, als sie sich wieder an die Spitze des Zuges setzte.

»Hast du auch den Eindruck, daß unser kleines Täubchen Amaya Vaughan nicht leiden kann?« fragte Mara ihren Bruder, ohne die sich entfernende Gestalt aus den Augen zu lassen.

»Es scheint so, Schwesterherz«, stimmte ihr Brendan zu, »wohingegen dein Cousin Raoul ganz andere Gefühle für dich hegt«, fügte er mit einem spöttischen Lächeln hinzu, denn im gleichen Augenblick kam der junge Kalifornier auf sie zugaloppiert. Er riß an den Zügeln, als er sie erreicht hatte, so daß die Hinterhufe des Pferdes über den Boden rutschten. Eine Staubwolke senkte sich über Mara und Brendan, während Raoul sein Reittier wendete und neben ihnen herritt.

Brendan warf Raoul einen finsteren, aber vergeblichen Blick zu. Jener kam gar nicht auf den Gedanken, daß er ihnen durch die gedankenlose Zurschaustellung seiner Reitkünste Unannehmlichkeiten bereitet haben könnte. Seine Aufmerksamkeit war voll und ganz auf Mara gerichtet, neben der er ritt. Sein Blick ruhte abwechselnd auf ihrem Gesicht und ihrem schlanken Hals.

»Sie reiten besser, als ich es von einer Europäerin erwartet hätte, aber vielleicht macht das das kalifornische Blut in Ihren Adern«, lobte er sie.

»Danke, Raoul« – Mara akzeptierte das Kompliment, ohne Brendans hämischem Lachen Beachtung zu schenken –, »aber ich glaube, Doña Feliciana ist da anderer Ansicht.«

»Ach, Sie ist nur eifersüchtig auf Sie, Doña Amaya.« Raoul tat Doña Felicianas Gefühle mit einem unbekümmerten Achselzucken ab. »Sie ist verzogen, auch wenn Andres ihr Vormund ist.«

»Und warum sollte sie eifersüchtig sein?« fragte Mara ruhig, bemüht, sich ihre Neugier nicht anmerken zu lassen.

»Das wissen Sie nicht? Doña Feliciana ist in Don Andres verliebt. Sie hat immer von ihm geschwärmt und gehofft, er würde sie eines Tages heiraten«, erklärte Raoul mitleidslos. Dann fügte er mit einem grausamen Lachen hinzu: »Jedenfalls war das so, bis *mi padre* mit Ihnen am Arm auftauchte.«

»Und was ist mit Don Andres?« fragte Brendan.

»Er wird sich wie ein Ehrenmann verhalten und tun, was seine *madre* wünscht«, erläuterte ihnen Raoul mit einem verächtlichen Grinsen. »Er ist schrecklich altmodisch. Aber ich glaube, das wird ihm nicht mehr so unangenehm sein, nachdem er Sie kennengelernt hat. Ich glaube, es wird ihm sogar gefallen, Sie zu heiraten, Doña Amaya«, ergänzte Raoul und blickte vielsagend auf Maras enges Mieder.

Deshalb also konnte Doña Feliciana ihre Feindseligkeit kaum im Zaum halten, dachte Mara. Sie liebte Don Andres. Sie fürchtete, daß Amaya statt ihrer die nächste Villareale werden könnte. Mara fragte sich, welche Gefühle Don Andres wohl für die liebliche junge Feliciana hegte, und ob er ihr wohl Anlaß zu dem Glauben gegeben hatte, ihre Liebe würde erwidert. Soweit Mara es beobachtet hatte, war er ihr ausschließlich mit brüderlicher Zuneigung begegnet. Vielleicht war Doña Felicianas Liebe ja nur die Vernarrtheit eines jungen Mädchens und würde sich von selbst geben.

Mara folgte der Reitergruppe, die sich inzwischen zerstreut hatte, in eine Mulde zwischen flachen Hügeln, durch die ein kleiner Fluß mäanderte. In der Ferne näherte sich auch die langsame *carreta* mit ihren wackeligen Seitenwänden und den massiven Holzrädern dem Tal. Sie wurde von zwei Ochsen an einer langen Stange gezogen.

Don Andres, der auf einem goldbraunen Palomino mit weißer Mähne und einem langen, weichen Schweif ritt, führte die Gesellschaft zu einem Weidenhain, in dessen Schatten die Reiter absaßen und sich niederließen. Mara setzte sich neben ein Büschel wilder Iris, deren Rot und Blau einen perfekten Hintergrund abgaben.

Ein Stück weiter am Ufer starrte Paddy in das klare Wasser des Flusses und suchte nach Fröschen. Bald darauf sprang er zusammen mit den anderen Kindern auf den Steinen am Ufer umher. Mara hörte sein Lachen und dachte sich, daß spielende Kinder eine universelle Sprache sprachen, die keine Grenzen kennt.

Dankbar nahm sie ein Glas klares Wasser entgegen, das Don Andres aus einem Krug einschenkte und das weiter oberhalb am Flußlauf geschöpft worden war.

»War der Ritt zu anstrengend für Sie, Doña Amaya?« fragte er besorgt, doch unwillkürlich fasziniert von ihrem Bild inmitten der Blumen.

»Er hat mir gefallen, Don Andres«, versicherte ihm Mara mit einem vielversprechenden Lächeln. »Ihr *rancho* ist wesentlich größer, als ich mir vorgestellt hatte, und sehr schön.«

»*Gracias.* Aber mit Ihrer Schönheit ist er natürlich nicht zu vergleichen. Ich –« begann Don Andres, hielt aber inne, als Feliciana sich ihnen näherte.

»Don Andres«, unterbrach Doña Feliciana ihr Gespräch mit schmollend vorgeschobener Unterlippe, wobei sie ihre Hand besitzergreifend auf seinen Arm legte. »Sollten Sie nicht lieber nach dem Feuer sehen und sich auch um Ihre anderen Gäste kümmern?«

»Doña Feliciana hat natürlich recht. Wenn Sie mich entschuldigen würden?« erklärte er bedauernd und ließ sich von Doña Feliciana wegführen.

»Gar nicht so schlecht«, bemerkte Brendan träge und ließ sich neben Mara niedersinken, ein Glas Wein in der Hand. »Langsam beginnt mir dieses Leben zu gefallen. Genauso sollte ein Gentleman leben«, erläuterte er mit einem Seufzer, während er sich im Gras ausstreckte.

Brendan hatte recht, es war das Leben eines Gentlemans. Man konnte es wirklich genießen, dachte Mara träumerisch. Der Nachmittag verging in aller Ruhe. Rindfleisch wurde an eisernen Spießen über Holzkohlen gegrillt, und der Duft mischte sich mit dem Klang der Geigen und fröhlichem Gelächter. Als die Schatten länger wurden und der Appetit gestillt war, vertrieben sich die niemals ermüdenden Kalifornier die Zeit mit einem kleinen Rodeo.

Die *rancheros* und *vaqueros* demonstrierten ihre Fähigkeiten in atemberaubenden Kunststücken, die sie ihren aufmerksamen Zuschauern vorführten.

Doña Ysidora saß währenddessen im Schatten eines Baumes, ihre allgegenwärtige Stickerei in der Hand, und schaute nur von Zeit zu Zeit einmal auf, ob noch alles gutging. Sie hatte gelenkig wie eine Sechzehnjährige auf ihrem Pferd gesessen und den ganzen Ritt über keine Anzeichen von Müdigkeit gezeigt.

Raoul stolzierte zu Mara hinüber, kurz pausierend, bevor er bei ihr ankam, um einen tiefen Schluck Wein aus seinem polierten Stierhorn zu nehmen. An der Spitze des mit silbernen Bändern verzierten Horns war ein Holzpfropfen angebracht. Dann wischte er sich mit dem Handrükken über den Mund und baute sich vor Mara auf.

»Ich habe Ihnen am besten gefallen, *sí*? Ich bin der Beste«, erklärte er, vom Wein ermutigt. »Ich kann im gestreckten Galopp eine Münze vom Boden aufheben. Und ich habe noch nie danebengegriffen.«

»Sie sind wirklich ein toller Hecht«, bekräftigte Brendan mit beißender Ironie, vollkommen unbeeindruckt von der Aufschneiderei des jungen Kaliforniers. »Tja, wenn Sie nur Nuggets im vollen Galopp auflesen könnten...«, murmelte er gedankenverloren, doch mit einem diabolischen Flackern in den Augen.

»Sie glauben mir nicht?« fragte Raoul beleidigt. »Ich habe einen Grizzly einhändig mit dem Lasso eingefangen. Das können Sie ruhig glauben. Es ist die Wahrheit. *¿Sí,* Jeremiah?« Er suchte die Unterstützung des Amerikaners, der sich inzwischen zu ihnen gesellt hatte.

»Wenn du es sagst, Raoul«, antwortete jener unbestimmt.

Raoul lächelte die O'Flynns triumphierend an, ohne den geringschätzigen Blick des Amerikaners zu bemerken. Dann nahm er wieder einen tiefen Zug aus seinem Trinkhorn, bis der Rotwein in einem Rinnsal an seinem Kinn herunterlief.

»Deine *madre* wünscht dich zu sehen, Raoul«, überbrachte Jeremiah seine Botschaft. Mitleidig beobachtete er Raoul, der sich mühsam aufrichtete. »Sie möchte dich jemandem vorstellen.«

»Bah! Sie will mich immer um sich haben«, beschwerte sich Raoul. »Erzähl ihnen von meinen Heldentaten, Jeremiah, selbst hast du ja nichts zu erzählen«, befahl er beleidigend, dann stapfte er quer durch die Gesellschaft hinüber zu Doña Jacinta und dem schwerfälligen Mädchen, das offensichtlich nervös neben ihr stand.

Jeremiah Davies' Gesicht zeigte eine leichte Röte, als er dem schwankenden Kalifornier nachschaute. »Dieser Idiot«, knurrte er wütend.

Dann wandte er sich wieder den O'Flynns zu. Augenblicklich verschwand das Glitzern aus seinen Augen, und wieder war er ganz der ergebene Diener.

»Haben Ihnen das Rodeo und die *merienda* gefallen?« fragte er. »Darf ich mich zu Ihnen gesellen, Doña Amaya, Señor O'Sullivan?«

»Natürlich. Seien Sie willkommen«, bot ihm Brendan mit seinem breitesten Lächeln an. »Es muß doch ermüdend sein, immer nur Spanisch zu hören«, provozierte er den Amerikaner. Seine Augen blickten unschuldig, und sein Lächeln wirkte ermutigend.

»Es gehört zu meiner Arbeit«, erwiderte Jeremiah mit einem leichten Achselzucken. »Inzwischen sprechen in Kalifornien schon mehr Menschen Englisch als Spanisch«, kommentierte er mit einem kleinen, zufriedenen Schmunzeln. »Eines Tages wird das Spanische vielleicht vollkommen vergessen sein.«

»Diese Aussicht scheint Sie zu erfreuen«, bemerkte Brendan, als er den Amerikaner kichern hörte. »Aber verlieren Sie dann nicht Ihre Arbeit?«

Jeremiah Davies lächelte wie über einen geheimen Spaß. »Unsere Leben mögen miteinander verknüpft sein, unsere Zukunft ist es nicht«, bemerkte er vieldeutig.

»Ah, Sie glauben an Ihren Reichtum, wie? Haben Sie vielleicht geerbt, oder wollen Sie auch nach Gold suchen?« erkundigte sich Brendan freundlich. Sein Interesse wurde durch das Aufblitzen der Gier in Jeremiah Davies' unschuldig blauen Augen geweckt.

»Gold suchen?« wiederholte er Brendans Frage angeekelt. »Warum sollte ich Gold suchen, wo es doch direkt unter meiner Nase liegt? Man braucht nur die richtigen Werkzeuge, um es zu finden, das ist alles.«

Brendans Augen begannen zu leuchten. »Es gibt Gold auf Don Andres' Land?« fragte er erstaunt.

Jeremiah Davies reagierte darauf mit hochmütiger Belustigung. »Sie sind wie alle anderen, wie all diese Leute auf der Suche nach Reichtum, die das Gold aus der Erde wühlen und es sofort wieder verprassen. Idioten!« fauchte er verachtungsvoll. »Sehen Sie nicht, daß das Land selbst wertvoll ist? Der Glanz des Goldes blendet die Menschen so sehr, daß sie den Wert des Drecks nicht erkennen, den sie beiseite räumen. Ich dagegen, Mister O'Sullivan, erkenne ihn sehr wohl.«

Das Licht in Brendans Augen erstarb bei dieser merkwürdigen Antwort. Er verlor jedes Interesse und wandte seine Gedanken wie auch seine Aufmerksamkeit anderen Dingen zu.

»Sie sollten lieber nach England zurückkehren, Doña Amaya«, empfahl Jeremiah Davies unvermittelt.

Auf Maras überraschten Blick hin hob er wie um Verzeihung bittend eine Hand und schüttelte den Kopf. »Das ist nur ein freundschaftlicher Rat, nicht mehr. Sie sind eher Europäerin als Spanierin. Sie passen nicht hierher, und außerdem«, fügte er zweideutig und mit einem überheblichen kleinen Lächeln hinzu, »ist Don Andres vielleicht nicht die lohnende Partie, die Sie sich versprechen. An Ihrer Stelle würde ich mich lieber nach einem reichen amerikanischen Ehemann umsehen.«

»Sie sprechen gern in Rätseln, Mister Davies«, gab ihm Mara kalt zur Antwort. »Leider habe ich weder Zeit noch Lust, sie zu lösen.«

Jeremiah Davies schüttelte bedauernd den Kopf. Dann stand er auf und schaute einen Augenblick lang auf die gutgelaunten Kalifornier, die um sie herum lagerten.

»Sehen Sie sie an. Sie sind wie die Kinder. Sie lachen und spielen und tun so, als würden sie keine Sorgen kennen. Sie machen sich keine Gedanken über das Morgen«, erklärte Jeremiah Davies geringschätzig. »Sie leben wie im Paradies. Das kann nicht immer so gehen. Die Veränderungen sind schon spürbar, aber sie ignorieren sie. Und *Sie* wollen mit ihnen leben?« fragte er zweifelnd, ein mitleidiges Lächeln auf dem Gesicht. Dann ging er davon.

Mara beobachtete mit Abscheu, wie er sich bei einem silberhaarigen Kalifornier einschmeichelte und freundlich mit dem Alten plauderte, wobei er ihm einen Teller füllte und einen angenehmen Platz suchte.

»Dieser kleine Wurm«, kommentierte Brendan. »Aber ich muß zugeben, daß er einen guten Schauspieler abgeben würde – obwohl ich nicht mit ihm zusammen auf der Bühne stehen möchte«, meinte er dann mit gespielter Besorgnis. »Wahrscheinlich würde er mir ständig ins Wort fallen und am Schluß meine Szene stehlen.«

»Er ist wie eine Viper. Ich würde mich vor ihm in acht nehmen«, korrigierte Mara ernst.

»Mach dir keine Sorgen, mit so einem wird Brendan schon fertig«, versicherte er ihr. »Außerdem sehe ich keinen Grund, warum wir einander in die Quere kommen sollten. Ich gebe mich normalerweise nicht mit Bediensteten ab, meine Liebe«, erklärte Brendan seiner Schwester mit der Miene eines Snobs.

Als eine Stunde später die Reste des Picknicks zusammengeräumt wurden, machte sich Mara auf die Suche nach Paddy. Sie hoffte, daß er sich nicht allzuweit entfernt hatte. Allein wanderte sie am Fluß entlang, folgte dem Lauf des Wassers in die kühlen Schatten der Bäume, die am Ufer standen. Immer wieder blieb Mara stehen und lauschte, ob sie irgendwo Kinderstimmen hörte.

»Paddy! Paddy!« rief sie. Sie entfernte sich immer weiter von den anderen und gelangte schließlich in ein Dickicht an einem kleinen Teich, das vom Picknickplatz aus nicht zu sehen war, weil es sich hinter einer Flußbiegung befand.

Mara hielt eine Minute inne und lauschte der friedlichen Stille. Als sie gerade umdrehen und zum Lager zurückgehen wollte, hörte sie hinter einem großen Geröllhaufen eine Stimme. Zögernd blieb sie stehen und begann unwillkürlich, der Unterhaltung zu lauschen.

»Ich glaube nicht, daß ich da noch länger mitmachen will«, erklärte eine Stimme entschieden. »Jetzt ist er zurückgekommen, und er wird Verdacht schöpfen.«

»Du bist wie ein kleiner Junge, der Angst vor seinem *padre* hat, Raoul«, mokierte sich eine andere Stimme, die Mara als die von Jeremiah Davies erkannte. »Hat es dir nicht gefallen, dein eigenes Geld zu besitzen, statt immer nur von seiner Großzügigkeit abhängig zu sein?«

»*Sí*, ich will Geld«, bestätigte Raoul leidenschaftlich, doch der Zweifel in seiner Stimme war nicht zu überhören. »Aber nicht auf diese Weise. Es ist nicht recht, es ist... unehrenhaft, Don Andres' Vieh zu stehlen.«

Mara hörte den Amerikaner lachen. »Und was Don Andres deinem Vater angetan hat, war ehrenhaft und recht? Es ist nur gerecht, daß dir der reiche Don Andres etwas von seinem Reichtum abgibt. Er schuldet es dir«, belehrte ihn Jeremiah Davies mit sanfter Stimme, auf Raouls Unsicherheit und seine Abneigung Don Andres gegenüber spekulierend.

»Wann bekomme ich mein Geld?« bohrte Raoul mißmutig nach.

»Hast du schon wieder Schulden?« fragte der Amerikaner trocken. Mara konnte sich sein ironisches Lächeln gut vorstellen. »Du wirst deinen Anteil erhalten, sobald das Vieh in San Francisco verkauft ist. Und du brauchst keine Angst zu haben, daß man uns entdeckt. Die

Brandzeichen sind geändert worden, und ich glaube nicht, daß wir einander betrügen werden.«

»Was machst du mit deinem Anteil, Jeremiah?« begehrte Raoul trotzig zu wissen. »Du spielst nicht, und du gibst es auch nicht bei den *señoritas* aus. Wofür brauchst du es? Kennst du denn gar kein Vergnügen?«

»Wenn ich genug Geld habe, werde ich es schon ausgeben, darüber mach dir mal keine Sorgen, *mi amigo*. Bald wirst du wissen, was ein wahres Vergnügen ist«, belehrte er den Kalifornier mit einem Lachen wie über einen ganz privaten Scherz.

Mara wandte sich um, weil sie es vorzog, unentdeckt zu bleiben. Aber dabei trat sie versehentlich einen Stein los, der eine kleine Lawine auslöste. Sie zuckte zusammen. Bevor die augenblicklich verstummten Verschwörer sie entdecken konnten, floh sie zurück ins Dickicht und zum Lager.

Einmal blickte sie sich um, aber sie wurde nicht verfolgt. Als sie vom Flußufer heraufkam, schlenderte sie ganz gemächlich, so als käme sie eben von einem kleinen Spaziergang zurück.

Sie seufzte erleichtert, als sie Paddy müde an einem Baum in Brendans Nähe lehnen sah. Seine Schultern waren herabgesackt, und gedankenverloren schaute er den anderen beim Aufräumen zu. Als er Mara auf sich zukommen sah, begannen seine Augen zu leuchten, und das leichte Lächeln auf seinem Gesicht verwandelte sich in ein breites Grinsen. Stolz streckte er ihr etwas entgegen.

»Schau mal, was ich gefunden habe, Mara!« erklärte er und zeigte ihr einen rautenförmigen Stein. »Eine Pfeilspitze.«

Mara zwang sich zu einer Miene höchster Bewunderung, während sie das Fundstück begutachtete. »Ein toller Fund, Paddy. Ich habe nach dir gesucht. Wir wollen jetzt aufbrechen.« Sie brachte es nicht über sich, ihn zu schimpfen, als er sich die Pfeilspitze stolz in seine Jackentasche stopfte.

Mara hatte keine Gelegenheit, mit Brendan zu sprechen, bevor sie zum *rancho* zurückritten. Es war inzwischen früher Abend, und es wurde langsam kühler. Die Dämmerung legte sich über das Land. Die Blumen schlossen ihre Blütenkelche, als die Sonne hinter den Hügeln verschwand und die Wärme mit sich nahm. Mara galoppierte gerade über eine Wiese, als ihr Sattel plötzlich zur Seite rutschte. Sie verlor das Gleichgewicht und stürzte zu Boden. Mit einem dumpfen Schlag traf sie auf der harten Erde auf und rollte sich geistesgegenwärtig zur Seite, so daß sie nicht von den Hufen ihres Pferdes getroffen wurde.

»Verdammt«, stöhnte Mara, als sie sich wieder gefaßt hatte. Sie richtete sich auf ihre Knie auf und rieb ihren schmerzenden Ellenbogen. Don Andres stieg mit besorgtem Gesicht neben ihr ab.

»*¡Dios*! Haben Sie sich etwas getan? Ich traute meinen Augen nicht, als ich Sie fallen sah. Was ist passiert? Ist Ihr Pferd gestolpert?« fragte er mitfühlend, während er ihr aufhalf.

»Nein, nein«, wehrte Mara ungeduldig ab, während sie sich den Staub vom Rock klopfte. »Es war der Sattel. Der Gurt war zu lose.«

Don Andres starrte sie verständnislos an. »Aber das ist unmöglich. Ich persönlich habe Ihr Pferd überprüft, und es war alles in Ordnung.«

»Jetzt war es eben nicht mehr in Ordnung«, bemerkte Mara spitz, als Raoul auf sie zugeritten kam, Maras Pferd am Zügel führend, dessen Sattel zur Seite hing.

Don Andres schüttelte den Kopf. »Ich kann Ihnen gar nicht sagen, wie leid mir das tut, Doña Amaya. Ich verstehe nicht, wie das geschehen konnte. Bitte, nehmen Sie mein tiefes Bedauern an.«

»Unfälle geschehen manchmal, Don Andres«, sagte Mara nachsichtig. Sie machte ihm keine Vorwürfe, aber sie fragte sich, was wohl wirklich passiert war. Sie hätte sich das Genick brechen können.

»Ist alles in Ordnung, Mara?« rief Brendan, während er zu ihr zurückritt. Er bemühte sich, sein Pferd und zugleich Paddy unter Kontrolle zu halten. Paddy schaute mit Tränen in den Augen auf Mara herunter.

»Laß mich los, ich will zu Mara. Sie ist verletzt!« brüllte er.

»Mir ist nichts passiert, Paddy. Jetzt sitz still, Liebes, und bleib bei deinem Papa«, versicherte ihm Mara.

»So, jetzt ist er wieder straff«, erklärte Don Andres, der ihr Pferd neu gesattelt hatte.

»Vielleicht möchte Doña Amaya lieber in der *carreta* fahren, Don Andres«, schlug Feliciana vor. Sie schaute mitleidig auf Mara hinunter.

Mara verbiß sich eine scharfe Erwiderung und ließ sich von Don Andres beim Aufsitzen helfen. »Reiten wir weiter? Es wird langsam spät«, sagte sie, ohne auf Felicianas Vorschlag einzugehen.

»*Sí*, wenn Sie sicher sind, Doña Amaya«, stimmte ihr Don Andres zu. Er stieg ebenfalls wieder auf und gab dann das Zeichen zum Weiterreiten.

»Ich habe dich noch nie so stürzen sehen, Schwesterherz«, stellte Brendan fest, der dicht neben Mara ritt.

»Weil noch nie jemand an meinem Sattel herumgepfuscht hat«, erklärte ihm Mara offen.

»Herumgepfuscht, sagst du?« Er warf ihr über Paddys Kopf hinweg einen zweifelnden Blick zu. »Und warum sollte das jemand tun, Mara?«

»Ich hatte noch keine Gelegenheit, dir das zu sagen, aber du hattest recht, als du unseren amerikanischen Freund verdächtigt hast. Zufällig belauschte ich ihn und Raoul, als sie sich über die finanziellen Aspekte eines Viehdiebstahls unterhielten... Und muß ich dir erst erklären, wessen Vieh sie stehlen?«

»Ach was, wirklich?« rief Brendan verwundert aus. »Heißt das, der kleine Raoul und Jerry führen etwas im Schilde? Meine Güte, es arbeitet ganz schön hinter all den Sommersprossen. Und wie, meine Liebe, wurdest du Zeugin dieser aufschlußreichen Konversation?« erkundigte sich Brendan neugierig.

»Ich habe Paddy gesucht, als ich auf die beiden stieß. Sie wußten nicht, daß ich in der Nähe war, jedenfalls nicht, bis ich mich davonschleichen wollte und ein paar Steine lostrat.«

»Sehr tollpatschig, meine Liebe, aber fahr fort«, bemerkte Brendan mit einem prüfenden Blick auf die Reiter vor ihnen.

»Das ist alles«, erklärte Mara. »Ich machte, daß ich fortkam. Ich glaubte, sie hätten mich nicht gesehen, aber anscheinend habe ich mich getäuscht. Warum sollte sonst jemand versuchen, mich aus dem Weg zu schaffen?« fragte sie.

»Wahrscheinlich wollte dich nur jemand einschüchtern, Schwesterherz, wenn es nicht tatsächlich nur ein Unfall war. So etwas kann vorkommen, außerdem bist du nicht sicher, daß sie dich gesehen haben, oder?« überlegte Brendan. »Ich würde mir keine Sorgen machen. Wahrscheinlich war es nur ein Zufall.«

»Aber was sollen wir tun, Brendan?« fragte Mara.

»Wie meinst du das?«

»Wegen Raoul und dieser kleinen Ratte Jeremiah«, erläuterte Mara nervös. »Sollten wir das nicht Don Andres erzählen?«

Brendan seufzte. »Erstens geht dich das nichts an. Zweitens habe ich keine Lust, Don Luís vor den Kopf zu stoßen, solange er uns nicht ausbezahlt hat. Ich glaube, er wäre nicht begeistert, wenn er erführe, daß sein Sohn ein Dieb ist«, erklärte er geduldig. »Nein, ich glaube, wir sollten dieses Geheimnis für uns behalten, Mara. Oder wir sollten wenigstens warten, bis wir diese Information sinnvoll einsetzen können, zum Beispiel, wenn Don Luís uns nicht bezahlen möchte.«

Mara nickte. Es hatte keinen Sinn, Staub aufzuwirbeln, vor allem, wenn das für sie nur Ärger bedeuten konnte.

Der Abendstern strahlte bereits am Himmel, als die Gesellschaft durch das offene Gatter des *rancho* ritt. Fackeln flackerten an den *adobe*-Wänden und warfen lange, tanzende Schatten. Mara zitterte in der kalten Nachtluft.

Sie nahm Paddy in ihre Arme und ging zusammen mit den anderen auf das schmiedeeiserne Tor zu. Als sie einmal aufsah, bemerkte sie, daß sich ein Schatten dahinter bewegte und gleich wieder verschwand. Mit einem unglaublich erleichterten Lächeln sah sie, wie sich kurz darauf das Tor öffnete und Jamie herauskam, um ihr die schwere Last abzunehmen.

»Ich hoffe nur, daß Sie mir keinen kranken Jungen heimgebracht haben«, begrüßte Jamie sie mit mißbilligender Miene.

Jamie vertreibt alle bösen Geister, dachte Mara. Sie mußte insgeheim über sich selbst lachen und kam sich kindisch vor. Sie übergab Jamie den schlafenden Paddy, die ihn mit Leichtigkeit davontrug.

»Wahrscheinlich hat er sich vollgestopft und war dann noch den ganzen Tag in der Sonne«, schimpfte sie vor sich hin, während sie durch den dunklen Innenhof stapfte.

Mara schaute sich um, während sie ihr folgte.

»Hast du eigentlich am Tor auf uns gewartet?« fragte Mara, deren unheimliches Gefühl sich nicht abschütteln lassen wollte.

Jamie warf ihr einen Blick über ihre Schulter zu. »Am Tor gewartet? Nein, warum sollt' ich? Ich hab' den ganzen Tag Ihre Kleider gewaschen. Dann hab' ich das Lachen gehört und gewußt, daß Sie zurückkommen, deshalb bin ich Ihnen entgegengegangen. Warum?«

Mara zuckte mit den Achseln und lächelte unbedarft. »Ach, nur so. Ich war einfach neugierig, das ist alles«, antwortete sie, als Brendan zu ihnen stieß.

»Wieso neugierig, Schwesterherz?« Es gefiel ihm gar nicht, wenn er aus einer Unterhaltung ausgeschlossen war.

»Es war wirklich nichts«, antwortete Mara sorglos. »Ich dachte nur, jemand hätte am Tor auf uns gelauert, als wir abstiegen.«

»Gelauert, wie?« Brendan lachte. »Das klingt mysteriös. Langsam frage ich mich, ob deine Phantasie nicht etwas zu lebhaft ist, mein Liebling. Jetzt fürchtest du dich schon vor Schatten. Wahrscheinlich war es nur der Fremde«, belehrte er sie beiläufig.

»Noch ein Verwandter?« fragte Mara. Sie waren an Brendans Zimmer angekommen.

»Keine Ahnung, aber ich bezweifle es. Wann wurde ein Kalifornier je als Fremder bezeichnet? Ich habe ihn noch nicht gesehen. Wahrscheinlich ist er erst heute eingetroffen. Wir werden ihn bestimmt bald kennenlernen, denn wenn ich mich nicht irre, wird die Party gleich beginnen, und sie wird wie immer bis zum Morgengrauen dauern«, prophezeite Brendan, als sie die unmißverständlichen Geräusche sich einstimmender Musikanten hörten.

Eine Stunde später trat Mara ungeduldig von einem Fuß auf den anderen. »Mußt du so fest ziehen, Jamie?« stöhnte sie, als die kleine Frau mit starker Hand die schwarzen Bänder ihres Korsetts zuschnürte, bis die Walknochen in Maras weichen Bauch stachen.

»Sie wollen doch in Ihr Kleid kommen, oder nich'? Gott sei Dank bin ich zu alt für diesen Unsinn«, brummte Jamie angewidert, während sie kritisch Maras eingezwängten Bauch und die vollen Brüste betrachtete, die sich über den Spitzen und roten Bögen abzeichneten, mit denen das Korsett dekoriert war. »Können Sie atmen?«

»Kaum«, seufzte Mara und wand sich in ihrem Gefängnis.

Jamie lächelte zufrieden. »Dann isses eng genug.«

Mara beugte sich vor und zog ihre Seidenstrümpfe mit dem eingestickten Muster gerade.

»Seien Sie bloß vorsichtig, sonst bekommen Sie Ärger«, warnte Jamie, die mißtrauisch Maras tiefen Ausschnitt beäugte. »Solche Kleider wurden eigentlich für Frauen gemacht, die nich' allzuviel vorzuweisen haben und ein bißchen Hilfe brauchen. Bei Ihnen is' das fast des Guten zuviel«, seufzte sie und richtete ihre Augen himmelwärts.

Mara strich ihr besticktes Leinenunterhemd gerade und zog dann die knielangen Unterhosen mit ihrem breiten Spitzenbesatz am unteren Saum an. Einer nach dem anderen folgten insgesamt fünf Unterröcke, die hinten zugeknöpft wurden. Bewegungslos sitzend ließ sich Mara von Jamie ihre Haare kämmen und zu einem langen Zopf flechten, der auf Maras Kopf zu einer Schnecke gerollt und von einem Kranz künstlicher Rosen zusammengehalten wurde.

Mara zuckte zusammen, als eine fest ins Haar gestoßene Haarnadel über ihre Kopfhaut kratzte, und sie wollte schon ungeduldig werden, dann aber sagte sie sich, daß Jamie sie in gewisser Weise für einen Auftritt vorbereitete, und blieb ruhig sitzen. Und sie ließ es auch geduldig über sich ergehen, daß Jamie ihr ein rotes Seidenkleid mit silbernen Blumenstickereien über den Kopf zog und mühsam begann, es am Rücken zuzuhaken. Schließlich schlüpfte Mara noch in rote, rosettenverzierte Schuhe und drehte sich herum, um sich von Jamie begutachten zu lassen.

Jamie zog hinten den Saum noch etwas zurecht, richtete ein Stück des Spitzenbesatzes gerade, trat einen Schritt zurück und nickte zufrieden.

»Das geht.«

Mara schaute in den Spiegel, und eine kleine Falte grub sich in ihre Stirn. Sie biß sich auf die Lippen, um mehr Farbe hineinzubringen. »Ich glaube, ich sollte noch etwas Rouge auftragen. Ich bin so bleich«, beschloß sie.

»Nein!« widersprach ihr Jamie entschieden. »Sie sind nich' Mara O'Flynn, die Schauspielerin, sondern eine wohlerzogene englische Miss, die sich niemals anmalt. Außerdem«, schniefte sie, »lass' ich nich' zu, daß Sie diese guten Christen in Verlegenheit bringen.«

Amüsiert zog Mara eine Augenbraue hoch. »Seit wann kümmern wir uns denn um das Gerede fremder Leute, Mistress Jameson?«

»Seit unser Leben davon abhängt. Und außerdem«, ergänzte sie mürrisch, »mag ich diese Kalifornier. Sind ehrliche, gottesfürchtige Menschen, und sie behandeln mich gut. Sie lassen mich in ihrer Küche arbeiten, wann ich will, und immer hilft mir jemand.«

»Das ist ein wahres Lob von unserer guten Jamie«, bekannte Mara überrascht.

»Der Herr sei mit uns, Jamie hat jemanden *gelobt*? Habe ich richtig gehört, Schwesterherz?« Brendan stand in der Tür. Er hatte sich mit seinem speziellen Klopfzeichen angekündigt und stand nun mit einem komischen, ungläubigen Gesicht vor ihnen. »Das ist ein Grund zum Feiern!« verkündete er.

Jamie schüttelte resigniert ihr ergrautes Haupt. »Es gab jedenfalls kein' Grund zum Feiern, als Sie beide das Licht der Welt erblickt haben. Und dabei tragen Sie die Namen von Heiligen«, schnaubte sie mit einem niederschmetternden Blick auf Brendan.

»Komm, Mara, meine Liebe«, bat Brendan mit scheinbar verletztem

Stolz. »Ich werde mich doch nicht von so einer irischen Hexe beleidigen lassen.«

Brendan nahm Mara am Arm und geleitete sie zu der Feier. Als sie die Tür öffneten und ins Licht traten, schlüpfte Brendan automatisch in die Rolle eines vollendeten Gentleman. Er korrigierte seinen Gang unmerklich, schürzte die Lippen und neigte den Kopf um eine Winzigkeit. Der Wechsel war kaum wahrnehmbar, aber er veränderte sein Erscheinungsbild vollkommen.

»Oh, wie charmant, ich tanze ausgesprochen gerne«, murmelte er Doña Jacinta zu, die sie empfing. »Aber wissen Sie, ich war nach dem Ausritt heute nachmittag so müde, daß ich beinahe fürchtete, ich könnte an dieser reizenden Soirée nicht teilnehmen.«

Doña Jacinta zog eine Schnute und legte die Stirn in Falten, so sehr mißfiel ihr die Vorstellung, ihr glühendster Bewunderer könnte fernbleiben. »Ich werde mich um Sie kümmern«, versprach sie. »Ein Glas Rotwein wirkt Wunder. Kommen Sie, setzen Sie sich neben mich und ruhen Sie sich aus, Señor O'Sullivan.«

»Oh, bitte nennen Sie mich Brendan, Doña Jacinta«, drängte Brendan sie, während er auffordernd ihre Hand tätschelte.

»Doña Jacinta hat sich offenbar Señor O'Sullivans schon angenommen«, bemerkte Don Andres, als er zu Mara trat.

»Ja, sie unterhält ihn ganz ausgezeichnet«, stimmte ihm Mara zu und warf einen Blick auf Brendan, der, scheinbar gefesselt, Doña Jacintas vertraulichem Geplauder lauschte.

Don Andres winkte einen Diener mit einem Tablett gefüllter Weinkelche herbei und reichte Mara einen davon. Er unterhielt sich zerstreut mit ihr, während er seinen Blick über die anderen Gäste wandern ließ. Dann wandte er sich wieder ihrem wunderschönen Profil zu. Sie war so unnahbar, so kühl. Und dennoch strahlt sie keine Kälte aus, dachte Don Andres verwirrt. Trotz ihrer Zurückhaltung loderte in den Tiefen ihrer goldenen Augen eine Leidenschaft, die sie nicht verbergen konnte. Man mußte sie nur zum Leben erwecken, sinnierte er.

»Es erleichtert mich, daß Sie bei dem Fall nicht zu Schaden gekommen sind, denn Sie sind so schön wie immer, Doña Amaya«, umwarb er sie, und seine dunklen Augen glänzten, als sein Blick auf ihren freien Schultern ruhte.

»Danke, Don Andres«, sagte Mara leise und mit einem geschmeichelten Lächeln.

Über den Rand ihres Weinglases beobachtete Mara ihren Bruder, der eine Gruppe von Damen um sich versammelt hatte und sie offensichtlich gut unterhielt. Manchmal verbargen die Frauen ihre errötenden lächelnden Gesichter hinter schützenden Fächern, während ihre Männer im Hintergrund standen und sich wahrscheinlich mit gemischten Gefühlen fragten, wie es dieser Europäer schaffte, ihre Frauen so vollkommen in der Hand zu haben. Don Luís war von seinen Geschäften zurückgekehrt und stritt sich schon wieder mit Raoul.

Maras leicht gelangweilter Blick wurde plötzlich von einem Mann gefangengenommen, der abseits der lachenden Kalifornier stand. Er lehnte träge an einer Wand und beobachtete desinteressiert die Gesellschaft. Offenbar suchte er jemanden, denn sein Blick wanderte ungeduldig von einem Gast zum nächsten. Wer ist dieser Fremde, dachte Mara neugierig.

Unter gesenkten Lidern hervor beobachtete sie ihn unauffällig. Sie selbst wurde halb von Don Andres' Schulter verdeckt, der sich mit Doña Feliciana unterhielt. Der Fremde war größer als die Kalifornier, vielleicht sogar größer als Brendan. Er war fast gänzlich schwarz gekleidet. Seine Hose war so eng, daß sich jeder Muskel seiner Beine darunter abzeichnete und sie beinahe anstößig wirkte. Ein schwarzer Umhang lag über seinen breiten Schultern. Seine schwarze Seidenweste war entlang der Knopfleiste mit silbernen Blumenmustern bestickt, und in seiner weißen Krawatte steckte eine Nadel mit schwarzer Perle.

Ein leichtes Lächeln trat auf Maras Gesicht, als sie den ansehnlichen Fremden genauer musterte. Die hohen Wangenknochen, der markante Unterkiefer, die kleine Einkerbung auf dem Kinn und vor allem der große, sinnliche Mund wirkten wie eine von der Sonne modellierte und gebrannte Maske. Dichtes schwarzes Haar lockte sich über seiner breiten Stirn, und die eleganten Finger schienen auf edle Abstammung hinzudeuten. Was sicherlich ein Trugschluß war, dachte Mara unerbittlich, denn sie fühlte die rohe Kraft, die dieser Mann ausstrahlte, über den ganzen Raum hinweg. In gewisser Hinsicht war er so schön wie Brendan, aber er wirkte nicht so zivilisiert. Seinem wettergegerbten Gesicht fehlte jede Zartheit, und sein sehniger Körper wirkte an keiner Stelle weich. Schließlich vergaß Mara jede Diskretion und starrte den Fremden offen an. Und dann wurde ihr prüfender Blick erwidert. Jadegrüne Augen betrachteten sie in aller Ruhe. Mara wartete darauf, daß sich die gewohnte Anerkennung auf seinem Gesicht zeigte, aber statt dessen verzogen sich die wohlgeformten Lippen zu ihrer Überraschung zu einem beinahe verächtlichen Grinsen.

Sie schaute weg, um ihre Unsicherheit zu verbergen. Wahrscheinlich ein dummer Hinterwäldler, vermutete sie herablassend und nippte an ihrem Wein. Aber irgendwie ließ sie der Fremde nicht los.

»Sie haben meinen neuesten Gast noch nicht kennengelernt, Amaya«, hörte Mara Don Andres sagen. Sie wischte jede Regung von ihrem Gesicht und lächelte den ernsten Fremden höflich an.

Zu ihrer Überraschung erkannte Mara Verwirrung in seinen durchdringenden grünen Augen, die sofort hinter dem Schutz dichter schwarzer Wimpern verschwanden. Er war aus der Nähe betrachtet immer noch schön, aber die Aura von roher Gewalt, die ihn umgab, schien Mara jetzt vollkommen einzuhüllen. Sie las auch Rauhheit und Grausamkeit in dem Gesicht. Die grünen Augen unter den schweren schwarzen Brauen wirkten unerbittlich, und plötzlich war Mara froh, daß sie diesen Mann nicht zum Feind hatte.

»Doña Amaya Vaughan«, stellte Don Andres sie einander vor, »dies ist Nicholas Chantale.«

Nicholas Chantale starrte Mara ins Gesicht, doch der Ausdruck in seinen Augen war nicht zu deuten. »Es ist mir ein Vergnügen, Miss Vaughan«, sagte er mit tiefer, voller Stimme. Irgendwie klangen seine Worte ironisch, und sie machten Mara nervös.

»Mister Chantale.« Sie lächelte und gab sich so hochnäsig, wie sie nur konnte. Mit dieser Miene hatte sie sogar die dickfelligsten und glühendsten Verehrer zum Schweigen gebracht.

Aber Nicholas Chantale schienen ihre Kälte und ihr abweisender Blick überhaupt nicht zu kümmern. Er schaute sie einfach weiter an.

»Verzeihen Sie, daß ich Sie so anstarre, Miss Vaughan«, sagte Nicholas in keineswegs bedauerndem Tonfall, »aber einen Augenblick lang – nun ja, da glaubte ich, Sie zu kennen.«

Mara neigte den Kopf zur Seite, als wollte sie ihn ermutigen, sich weiter zu erklären, aber ihre Miene ließ keinen Zweifel daran, daß er sich geirrt hatte. »An diese Begegnung würde ich mich zweifellos erinnern, Mister Chantale. Aber ich höre Ihren Namen heute zum erstenmal.«

Nicholas Chantale nickte bedauernd. »Ich Ihren auch, Miss Vaughan. Das verwirrt mich. Sie tragen einen englischen Namen, aber ich dachte, Sie wären Kalifornierin?« fragte er neugierig.

»Doña Amaya ist nur halbe Spanierin«, erklärte ihm Doña Feliciana mit einem überheblichen Blick auf Mara. »Ihr Vater war Engländer.«

»Aber trotzdem sieht sie meiner lieben Schwester ähnlich«, warf Don Luís ein, der sich in diesem Augenblick zu der Gruppe gesellte.

»Ich verstehe«, murmelte Nicholas, und eine winzige Falte grub sich in seine Stirn. Mara hatte den Eindruck, daß er über dieses Familienbild enttäuscht war, das Mara als Amaya Vaughan mit einschloß.

»Sie kommen aus Frankreich, Mister Chantale?« fragte ihn Mara, weil sie seinen leichten Akzent bemerkt hatte. »Ein langer Weg für einen Goldsucher.« Sie konnte der Versuchung nicht widerstehen, ihn zu necken.

»Ich komme aus New Orleans, *Mademoiselle*«, korrigierte er. »Ich bin Kreole. Und außerdem«, fügte er mit einem merkwürdigen Unterton hinzu, »suche ich etwas anderes hier in Kalifornien.«

»Sie klingen sehr zuversichtlich, Mister Chantale«, kommentierte Mara trocken.

»Ich bin ein sehr willensstarker Mann, Miss Vaughan, und ich akzeptiere eine Niederlage nicht so schnell. Manchmal gibt es zwar auch für mich Rückschläge«, schränkte er mit einem sehr französischen Achselzucken ein, »aber meistens komme ich doch noch zum Ziel.«

»Wie wunderbar für Sie«, beschloß Mara das Gespräch höflich, aber bestimmt. Sie nickte knapp und wandte sich dann von dem Kreolen ab.

Stühle und Tische waren beiseite geräumt worden, so daß in der Mitte eine Tanzfläche frei wurde. Die Musikanten hatten bis jetzt leise im Hintergrund gespielt, nun aber stimmten sie fröhliche Tanzmusik an. Mara hatte das unangenehme Gefühl, beobachtet zu werden, und als sie aufblickte, erkannte sie, daß die hellen Augen des Fremden auf ihr ruhten. Sein Blick war nicht begehrend oder sehnsüchtig, wie sie es gewohnt war, sondern kühl und sogar etwas irritiert. Er ist jedenfalls kein heißblütiger Mann, dachte Mara mit leichtem Unmut, während sie auf das arrogante Profil starrte, das er ihr jetzt zuwandte.

»Würden Sie mir die Ehre erweisen, mit mir zu tanzen, Doña Amaya?« bat Don Andres höflich. Seine Worte rissen sie aus ihren Gedanken. »Das würde meiner *madre* ebenso gut gefallen wie mir selbst«, fügte er überredend hinzu, da er die Falten auf ihrer Stirn mißdeutete.

»Natürlich, Don Andres«, willigte Mara ein. Die Paare drehten sich jetzt zu den Klängen eines Walzers.

Während sie durch den Raum tanzten, erspähte Mara Brendan, der Feliciana in seinen Armen hielt. Als sich die beiden Paare aneinander vorbeischoben, blinzelte er Mara zu und blickte dann auf den dunklen Kopf, der ihm kaum bis zur Schulter reichte. In welcher Lage sie sich auch befanden, Brendan wußte sich zu amüsieren, dachte Mara neidisch, als sie ihn grinsen sah. Er blieb nie lange verzagt; immer fand er etwas, das seine Stimmung wieder hob. Aber sie hatte es schon lange aufgegeben, seine Launen vorhersehen zu wollen. Maras Blick fiel auf den Kreolen, als sie in Don Andres' Armen herumwirbelte, und sie lächelte insgeheim. Er war ihr ein echtes Rätsel. Sein Verhalten wirkte ein wenig zu einstudiert, ein bißchen zu gleichgültig. Mara war überzeugt, daß ihn ihre Schönheit nicht so unbeeindruckt ließ, wie er vorgab. So etwas war ihr noch nie widerfahren, und sie konnte es weder glauben noch akzeptieren. Es war eine Herausforderung für sie.

Mara schenkte Don Andres ein strahlendes Lächeln, das schon manchen Verehrer zu falschen Hoffnungen verleitet hatte. Don Andres' Reaktion enttäuschte sie nicht. Es war Balsam für ihren Stolz, den der sardonische Franzose verletzt hatte.

Sie lächelte Don Andres immer noch an, als Don Luís an ihn herantrat und dem jüngeren Mann auf die Schulter klopfte. Don Andres blieb nichts anderes übrig, als ihm seine Tanzpartnerin zu überlassen. Beinahe widerwillig ließ er seine Arme sinken, verbeugte sich steif und machte seinen Platz für Don Luís frei.

»Anscheinend haben Sie den so selbstsicheren Don Andres bereits erobert«, kommentierte Don Luís sarkastisch. »Hätte ich geahnt, daß Sie so erfolgreich sind, hätte ich Sie gleich dazu verpflichtet, ihn zu heiraten. Unter Ihrem Einfluß würde er mir den gesamten Rancho Villareale überschreiben«, lachte er.

»Warum können Sie Don Andres nicht leiden?« fragte Mara neugierig. »Ich dachte, alle Kalifornier wären eine große, glückliche Familie.«

Don Luís faßte Mara scharf ins Auge. »Was hat er Ihnen erzählt?«

»Überhaupt nichts. Don Andres erwähnt Sie kaum.«

»Er hat also nichts erzählt. Hat er vielleicht über eine Kleinigkeit gesprochen, die meiner Familie gehört?« fragte Don Luís beiläufig. Doch seine Augen wichen keine Sekunde von Maras Gesicht, während er auf die Antwort wartete.

Mara schüttelte den Kopf. »Mir gegenüber nicht. Warum, ist das so wichtig?«

Don Luís verstand es, seine Enttäuschung zu verbergen. »Das geht nur mich etwas an. Es handelt sich um ein Familienerbstück, das ich gern meiner Frau schenken würde; das ist alles.«

»Und wie lange müssen wir noch warten, Don Luís?« fragte Mara. »Ich kann nicht mehr lange für Brendan garantieren. Er wird langsam unruhig«, warnte sie.

Don Luís schaute hochnäsig auf sie herunter. Seine Lippen bildeten nur noch eine dünne Linie. »Er wird auch nicht bezahlt werden, sollte er seine Ungeduld nicht bezähmen können und mitten in der Nacht das Weite suchen«, antwortete er unterkühlt.

»Aber auch Ihnen sollte daran gelegen sein, unseren Vertrag bald zu erfüllen«, spottete Mara. »Denn als Señora Villareale könnte ich dafür sorgen, daß aus Ihrem Geschäft nicht das wird, was Sie beabsichtigt haben.«

Don Luís dunkle Augen wurden zu schmalen Schlitzen. »Ich glaube, ich sollte mich in Zukunft intensiver um meine Nichte kümmern. Ich möchte nicht, daß sie sich falsche Hoffnungen macht. Das wäre keinesfalls angebracht«, erklärte er ihr mit kalter Stimme und einem eisigen Lächeln.

»Ich glaube, wir verstehen einander, Don Luís«, lächelte Mara zurück. Aber ihre Augen blieben ebenfalls kalt.

»Das erleichtert mich sehr, denn ich werde meinen Teil des Abkommens erfüllen, das verspreche ich«, verkündete Don Luís herablassend. »Aber dazu bin ich auf Sie angewiesen. Also stehen wir vor einem Patt, *sí*? Wenn wir zusammenarbeiten, werden wir beide davon profitieren. Einverstanden?«

Mara nickte nach einer winzigen Gedankenpause. »Einverstanden, Don Luís.«

Don Luís lächelte erfreut. »Machen Sie sich keine Sorgen, meine Liebe. Alles wird ablaufen, wie ich es geplant habe. Es ist eine reine Zeit- und Geduldsfrage. Und von beidem besitze ich genügend für uns alle.«

Der Abend verging wie im Flug. Irgendwann holte Brendan seine Fiedel und stimmte in die Klänge der Musikanten ein. Irische Lieder verbanden sich mit spanischen Melodien zu einem einzigartigen Konzert, das von dem aufmerksamen, musikliebenden kalifornischen Publikum mit Begeisterung aufgenommen wurde. Brendan war wie üblich der Star des Abends und genoß nach seiner improvisierten Darbietung offensichtlich den Applaus. Die Gäste feierten, bis die Morgendämmerung am Himmel aufzog. Dann erst zogen sie sich, und viele schweren Herzens, wie Mara feststellte, in ihre Zimmer zurück. Mara hörte immer noch Lachen und Stimmen aus der *sala*, als sie in ihrem Zimmer in einen tiefen, traumlosen Schlaf fiel.

Nicholas Chantale schaute gedankenverloren durch die Eisenstäbe vor seinem Fenster. Am östlichen Horizont färbte sich der Himmel bereits dunkelrot und rosa. Doch er nahm die Farbenpracht gar nicht wahr, so frustriert fühlte er sich. Wie hatte er sich nur täuschen können? Er hätte schwören können, daß diese Frau die Schauspielerin Mara O'Flynn war. Er hatte die Goldgräberstädte und die *ranchos* an der Küste nach ihr abgesucht, bis er schließlich überzeugt davon war, daß seine Suche endlich Erfolg gehabt hatte. Statt dessen hatte er nur eine Frau namens Amaya Vaughan aufgestöbert. Was für ein Narr war er gewesen. Wie hatte er nur glauben können, das Schicksal würde es ihm so leicht machen?

Ein verächtliches Lachen entrang sich ihm. Er hatte seinen Augen nicht getraut, als er direkt vor sich jenes Gesicht erblickte, das ihn seit mehr als zwei Jahren verfolgte. Wer hätte auch erwartet, Mara O'Flynn im Speisesaal eines Hotels in Sacramento City zu entdecken? Er war zwar ein passionierter Spieler, aber darauf hätte nicht einmal er eine Wette abgeschlossen.

Zwei Jahre. War wirklich so viel Zeit vergangen, seit er an Julians Bett stand, sah, wie er litt, und hörte, wie er im Fieberwahn jene Frau verfluchte, die ihm das angetan hatte? Schon am nächsten Morgen hatte sich Nicholas auf den Weg zu ihrer Wohnung gemacht, nur um zu erfahren, daß sie in Richtung Festland abgereist war. Er hatte Detektive auf sie angesetzt, obwohl er nicht einmal wußte, was er tun sollte, wenn man sie finden würde. Schließlich erhielt er die Nachricht, daß sie zusammen mit einem Mann, der ebenfalls O'Flynn hieß, in einem Pariser Hotel lebte. Wahrscheinlich war das ihr Ehemann, der aber angenehmerweise die meiste Zeit auf Reisen war.

Doch noch bevor er nach Paris abreisen konnte, waren beide wieder spurlos verschwunden. Sie waren mitten in der Nacht aufgebrochen, ohne ihre Hotelrechnung zu bezahlen.

Er hatte damit gerechnet, daß sie irgendwann an einem Pariser oder Londoner Theater wieder auftauchen würden, vielleicht auch in Dublin, da sie beide Iren waren. Aber dann war etwas Unerwartetes geschehen, das seine Rachepläne durchkreuzte. In Kalifornien hatte man Gold gefunden, und zusammen mit Tausenden anderer hatte auch er beschlossen, dort sein Glück zu machen. Mitten in der Nacht hatte er seinen alten Freund und Reisegefährten Karl Svengaard aus einem warmen Bett und aus den Armen einer drallen Näherin gerissen. Nachdem er den großen, kräftigen Schweden erst besänftigt hatte, war es nicht schwer gewesen, ihn davon zu überzeugen, daß sich das Aufstehen ganz bestimmt auszahlen würde.

Sie schifften sich sofort nach New York ein, wo sie im Frühling 1849 angekommen waren. Für den Platz auf einem Dampfer, der sie durch den Isthmus von Panama nach Kalifornien bringen sollte, zahlten sie den Phantasiepreis von dreihundertfünfzig Dollar. Trotzdem würde sich die Investition lohnen, denn so brauchten sie nur einen Monat, um an ihr Ziel zu gelangen. Die Reise um Kap Hoorn dagegen dauerte sieben Monate.

Das überladene Dampfschiff grub sich langsam durch den stürmischen Atlantik bis hinunter nach Florida. Der Golfstrom trug sie von dort hinüber auf die Insel Kuba. Nach einem kurzen Zwischenstop in Kingston, Jamaica, kreuzten sie durch die Karibische See nach Chagres, den Seehafen an der karibischen Seite der Landenge von Panama. Von hier aus mußten sie quer durch das Land bis nach Panama City gelangen, wo sie ein weiteres Dampfschiff besteigen würden, das sie nach Kalifornien bringen sollte. Die ersten achtzig Kilometer legten sie in Einbäumen zurück, die von den indianischen Eingeborenen den Rio Chagres hinaufgesteuert wurden. Oft mußten sie sich unter Lianen hinwegducken, die von mächtigen Platanenästen herabhingen, und immer wieder wurden sie vor den plötzlichen Regengüssen gezwungen, in primitiven Hütten Schutz zu suchen, die an moskitoverseuchten Flußufern standen. Die letzten vierzig Kilometer mußten sie auf Maultieren reiten, in trockenen Bachläufen und an steilen Berghängen entlang. Nach fünf Tagen hatten sie die Urwälder von Panama durchquert. Während dieser Zeit mußten sie sich durch knietiefen Schlamm kämpfen und sich in schweißnassen Kleidern der Scharen von Bremsen und Moskitos erwehren, die nach ihrem Blut trachteten.

Als sie Panama City erreichten, entdeckten sie zu ihrem Entsetzen, daß Tausende von Goldsuchern in und außerhalb der Stadt kampierten und ungeduldig auf die Überfahrt nach Kalifornien warteten. Weil die Plätze auf den Schiffen meist mehrfach verkauft worden waren, wurden die Tickets zu weit überhöhten Preisen gehandelt. Er und der Schwede gehörten zu den Glücklichen unter den Abenteurern, denn sie besaßen die nötigen Mittel, um sich ihre Überfahrt zu erkaufen. Die weniger vom Glück Beschienenen, die entweder zu krank oder zu arm waren, um die Reise fortzusetzen, blieben in Panama einem ungewissen Schicksal überlassen.

Nicholas betrachtete wieder die Dämmerung, die inzwischen den kalifornischen Himmel blaßblau färbte. Das alles war inzwischen beinahe ein Jahr her. Ein Jahr lang hatte er geschürft, bis ihm das Blut von den Händen troff, hatte bis zu den Hüften in eiskaltem Flußwasser gestanden oder in gleißender Sonne die Hacke über seinen Kopf geschwungen, alles nur für die winzigen goldenen Körnchen. Sie hatten von Bohnen und Speck, Teigfladen und manchmal einem Stück Fleisch gelebt, das sie über dem offenen Feuer rösteten. Hoch oben im Westteil der Sierra Nevada hatten sie ihr Glück versucht, wo vor gar nicht langer Zeit noch Elchherden und Hirsche, Grizzlys und Hasen durch die jungfräulichen Wälder gezogen waren.

Von Tagesanbruch an suchten er und der Schwede in einem Fluß nach Gold. Das eiskalte Schmelzwasser wirbelte um ihre Hüften, während sie die flache Goldwaschpfanne kreisen ließen, bis ihre Arme sich anfühlten wie aus Blei und ihre Beine taub vor Kälte waren. Wenn sie bis zum Sonnenuntergang arbeiteten, bekamen sie vielleicht sechzehn oder zwanzig Dollar zusammen, ein magerer Gewinn, wenn man bedachte, daß ein Ei einen Dollar und ein Paar Schuhe vierzig Dollar kosteten. Die heißen Sommermonate hatten sie durchgearbeitet, aber nur wenig mehr als das Lebensnotwendige erwirtschaftet. Dann begann die Regenzeit, und sie waren wochenlang zur Untätigkeit verdammt. Sie durften ihren Claim auf keinen Fall verlassen, und so hockten sie über Monate hinweg in ihrer Hütte, wo sie sich die Zeit mit Spielen und Trinken vertrieben. Die Straßen der Goldgräberstädte wanden sich an steilen Abhängen entlang oder durch tief eingeschnittene Canyons und waren im Sommer staubig und im Winter schlammig. Immer waren sie mit Müll übersät, den die Goldsucher einfach vor ihre Hütten warfen. Das schönste Gebäude war in allen Orten der Spielsalon, wo die erschöpften, wettergegerbten Abenteurer ihr schwer erarbeitetes Geld für Whiskey und Frauen herauswarfen.

Nicholas entsann sich jetzt der Ereignisse, die ihn nach Sacramento City gebracht hatten. Zuerst hatte er gedacht, daß sein Pech im Grunde ein glücklicher Zufall gewesen sei, aber jetzt mußte er sich eingestehen, daß er sich etwas vorgemacht hatte. Wie hätte er nur glauben können, daß der Beinbruch des Schweden ihm Glück bringen könnte? Sie hatten an einem Long Tom gearbeitet, einer sechs Meter langen Holzrinne, an deren unterem Ende ein Schüttelsieb angebracht war. Darunter befand sich ein Auffangbehälter für das Gold, das aus dem Wasser herausgewaschen wurde. Normalerweise arbeiteten drei oder vier Männer an einem Long Tom. Zwei stellten sich am Kopfende der Rinne auf, durch die Wasser floß, und schaufelten Dreck hinein, und unten bediente ein Mann das Sieb. Die schweren Goldstücke fielen dann in den Behälter hinunter, während die leichteren Erdpartikel vom Wasser fortgeschwemmt wurden.

Nicholas schalt sich selbst dafür, daß er sich vom Schweden hatte überreden lassen, mit ihm allein den Long Tom zu bedienen, um ihren Gewinn nicht mit weiteren Partnern teilen zu müssen. Der Schwede hatte den Dreck in die Rinne geschaufelt, während er selbst unten am Sieb gestanden hatte. Auf einmal war der Trog, der am Hang lehnte, ins Rutschen geraten. Der Schwede hatte versucht, ihn aufzuhalten, war aber statt dessen kopfüber in die Rinne gestürzt und mit dem gesamten Holzgerüst den Hang hinunter in den Fluß geschlittert. Ein paar lose Bretter und gebrochene Knochen waren alles, was von ihrer Arbeit an dem Long Tom übrigblieb. Doch der ungeschickte und nutzlose Rettungsversuch hatte Nicholas die nötige Zeit gegeben, zur Seite zu springen. Er blieb vollkommen unbeschadet und mußte nur die Flüche und Beschimpfungen seines verletzten Kameraden über sich ergehen lassen.

Diesmal hatte er den Rat des Schweden ignoriert, der gemeint hatte, er könne die Knochen selbst einrichten und ausheilen lassen. Mit der Drohung, ihn an Händen und Füßen zu fesseln, hatte er den riesigen Mann schließlich überzeugen können, mit ihm nach Sacramento City zu kommen. Nicholas hatte zu viele Goldgräber sterben sehen, nachdem ihnen von einem wohlmeinenden Freund oder einem Kurpfuscher ein Arm oder Bein amputiert worden war.

Das Bein des Schweden war an jenem Morgen gerichtet worden, an dem er im City Hotel gesessen und jene Frau gesehen hatte, von der er glaubte, sie sei Mara O'Flynn. Ein paar Tage blieb er noch in der Stadt, bis der Schwede über den Berg war, dann machte er sich auf die Suche nach der Frau, die er im Speisesaal nur flüchtig erblickt hatte. Er ließ den Schweden in einem Hotel und in der Obhut einer französischen Kartengeberin zurück, die gleichermaßen von den blauen Augen des Nordländers wie von seinem Beutel mit Goldstaub angezogen wurde.

Nicholas hatte keine Befürchtungen, dadurch allzuviel Zeit zu verlieren. Der Schwede würde mindestens einen Monat lang liegen müssen, und die Gelegenheit, Mara O'Flynn zu treffen, schien zu günstig, um sie ungenutzt verstreichen zu lassen.

Aber nun schienen all seine Bemühungen umsonst gewesen zu sein.

Er zog gedankenverloren das goldene Medaillon aus seiner Jackentasche und ließ es an der feinen goldenen Kette herunterbaumeln. Dann öffnete er es und betrachtete ein Gesicht, das er beinahe wie sein eigenes kannte. Fast glaubte er ein höhnisches Kichern zu hören. Und blickten die mandelförmigen Augen nicht jeden Tag verächtlicher? Nicholas schnaubte wütend. Er war wie besessen von einer Frau, der er nie begegnet war, nur weil er seiner Schwester ein Versprechen abgegeben hatte. Dabei hatte sich Julian inzwischen wieder erholt, wenn er auch sein Krankenlager nicht ohne Narben an Leib und Seele verlassen hatte. Doch er hatte seine Lektion gelernt; bestimmt würde er das nächste Mal sein Herz nicht so schnell verschenken.

Ein grausames Lächeln verzerrte Nicholas' Lippen, als er an die Lektion dachte, die er Mara O'Flynn trotzdem gern erteilen würde. Die Arroganz dieser Frau, der das Schicksal eines normalen Sterblichen vollkommen gleichgültig war, erzürnte ihn. Er betrachtete wieder die Miniatur in dem Medaillon. Sein markantes, hübsches Gesicht wurde nachdenklich, als er über die Frau sinnierte, der er heute begegnet war. Sie war identisch mit diesem Porträt. Und doch war sie nicht Mara O'Flynn. Er stand vor einer schwierigen Entscheidung. Sollte er seinem Instinkt vertrauen – der ihm sagte, daß hier der Schein trog –, oder sollte er den Kaliforniern glauben, die sie als ihre Verwandte bezeichneten? Sie hatten keinen Grund, ihn zu belügen.

Auf jeden Fall konnte er noch eine Weile bleiben. Ihm tat die Ruhe gut, und der Schwede konnte ihn mindestens eine Woche lang nicht brauchen. Außerdem hatte er momentan nichts Besseres zu tun, und diese Amaya Vaughan, die Mara O'Flynn so erstaunlich ähnlich sah, hatte seine Neugier geweckt.

Sie kannt' keine Furcht,
denn sie kannt' keine Sünde

JOHN DRYDEN

Kapitel 4

»Mir gefällt das überhaupt nicht, Jamie«, sagte Mara, als sie Paddys erhitztes Gesicht sah.

»Daran hätten Sie gestern denken sollen. Der Kleine war den ganzen Tag in der Sonne, hat weiß der Himmel was gegessen und is' dann noch durch die kalte Nacht geritten.« Jamie zog wütend die Decke über Paddys kleiner Gestalt zurecht. »Überrascht mich bloß, daß Sie nich' auch Schnupfen haben. Aber Sommersprossen haben Sie gekriegt, im ganzen Gesicht. Erst schwitzen und dann frieren ist die sicherste Methode, krank zu werden.«

»Wahrscheinlich gibt es hier keinen Arzt«, seufzte Mara und legte ihre kühle Hand auf Paddys heiße Stirn. »Aber Paddy hat oft Halsschmerzen; vielleicht ist es nichts Ernstes.«

»Ich hab' Sie und Brendan von so vielen Husten und Krankheiten geheilt, da werd' ich Paddy wohl allein durchkriegen. Sie brauchen gar nich' erst nach so 'nem neunmalklugen teuren Doktor zu suchen.« Jamie war aufrichtig entrüstet, daß man es wagte, ihre Fähigkeiten anzuzweifeln.

Paddy schniefte laut und nieste dann, so daß seine dunklen Locken über das Kissen wirbelten. »Ich will nicht im Bett bleiben, Mara«, beschwerte er sich. »Gestern am Fluß war es so schön! Don Andres hat gesagt, ich darf auf einem eigenen Pony reiten wie die anderen Kinder.«

»Ach ja, hat er das gesagt?« fragte Mara erstaunt. Ihr Blick verriet Zweifel. »Da habe ich allerdings auch noch ein Wörtchen mitzureden. Ich hoffe, du hast nicht geflunkert, wie gut du reiten kannst, Paddy.«

»Ich bin kein Baby mehr, Mara«, erwiderte Paddy ärgerlich. Er schaute sie vorwurfsvoll an. »Du gönnst mir überhaupt keinen Spaß.«

»Paddy!« Mara wirkte verletzt. »Wie kannst du nur so etwas sagen? Du solltest dich bei mir entschuldigen, Padraic.«

»Nehmen Sie's dem Kleinen nich' übel, er fühlt sich doch nur schlecht«, versuchte Jamie Mara zu besänftigen.

Paddy schob schmollend die Unterlippe vor und starrte auf den Ärmel seines Nachthemds. Er weigerte sich, Mara in die Augen zu sehen.

»Gut, junger Mann, wenn du so denkst, kann ich ja gehen«, sagte Mara ungeduldig und rieb sich ihre pochende Schläfe. Sie war nicht in der Stimmung, eine von Paddys Launen über sich ergehen zu lassen. »Achte darauf, daß er im Bett bleibt, Jamie. Ich komme heute nachmittag noch einmal vorbei.«

Ohne sich noch einmal umzudrehen, marschierte Mara zur Tür, aber bevor sie sie erreicht hatte, rief Paddy ihr nach.

»Mara, ich hab's nicht so gemeint, bitte sei nicht böse«, schluchzte er. Seine Lippen bebten vor Angst, daß seine geliebte Mara ihn ebenso kalt und unnachgiebig anschauen könnte, wie sie andere Leute ansah.

Mara drehte sich um und kehrte ans Bett zurück. Paddy hatte sich vor Angst auf die Knie erhoben und streckte ihr seine Arme entgegen. Mara drückte ihn fest an sich und küßte ihn auf beide heiße Wangen, bevor sie ihn wieder mit den warmen Decken zudeckte.

»Ach, Paddy, mein Lieber«, murmelte sie leise, »wenn du nicht so ein Lauser wärst, würde ich dich wahrscheinlich gar nicht so liebhaben.«

Paddy pflanzte einen feuchten Kuß auf Maras Wange und sank in die Kissen zurück, ein zufriedenes Lächeln auf dem Gesicht.

Jamie knurrte mißbilligend. »Eines Tages wird jemand Sie ebenso um den Finger wickeln, wie Sie es immer mit uns tun, Mara O'Flynn«, prophezeite sie.

»Ich glaube kaum«, antwortete Mara mit einer arroganten Kopfbewegung. Ein selbstgefälliges Lächeln umspielte ihre Lippen.

Nachdem sie Paddy noch versprochen hatte, bald zurückzukommen, verließ sie das Zimmer und machte sich auf den Weg zum Eßzimmer, wo sich um diese Zeit die Familie zum Frühstück versammelte.

Als Mara den Raum betrat, wirkte sie sehr diskret und damenhaft. Sie trug ein zimtfarbenes Kleid mit hohem Kragen und kleinem weißen Spitzenbesatz, der zu den Spitzen an ihren Ärmeln paßte. Mit ernster

Miene grüßte sie Brendan, der gerade eine Tasse starken schwarzen Kaffee trank und ihr mit angestrengter Miene zunickte, bevor er die heiße Flüssigkeit hinunterschluckte.

»Morgen, meine Liebe«, hieß er sie willkommen, als sie sich neben ihm am halbleeren Tisch niederließ. Zufällig hatte Brendan heute auch einen braunen Gehrock gewählt, den er zusammen mit einer champagnerfarbenen Weste trug. Jedem aufmerksamen Beobachter mußte die Ähnlichkeit zwischen Bruder und Schwester ins Auge fallen.

»Du siehst nicht gut aus«, stellte er offenherzig fest, als er ihre leichte Gesichtsrötung sah.

»Wieder diese verdammten Kopfschmerzen«, flüsterte Mara leise und schenkte Doña Ysidora ein freundliches Lächeln, während sie das ihr angebotene Rindfleisch ablehnte.

»Sie sind viel zu dünn, Amaya«, erklärte Doña Ysidora ernst und mit einem mißbilligenden Blick auf das Mädchen, das an seinem Kaffee nippte. »Sie brauchen mehr Fleisch auf den Knochen, dann werden Sie glücklicher und zufriedener – wie Doña Jacinta vielleicht«, fügte sie spitz hinzu, denn letztere neigte eindeutig zur Pummeligkeit.

Doña Jacinta lächelte nur und nahm sich noch etwas Ei. »Luís gefällt es«, bemerkte sie gelassen, dann warf sie Brendan einen vieldeutigen Blick zu und fügte verschmitzt an: »Und anderen Männern vielleicht auch.«

Brendan beeilte sich, die *tortilla* in seinem Mund mit einem kräftigen Schluck Kaffee hinunterzuspülen und antwortete galant: »Madame, Sie sind die Verkörperung des europäischen Schönheitsideals. Um die Wahrheit zu sagen, Sie ähneln unserer lieben Königin Victoria ganz erstaunlich. Sie ist auch eine kleine, äh, wohlgeformte Dame. Und charmant, sehr charmant«, fügte er hinzu, als wollte er eine persönliche Bekanntschaft andeuten.

»Sie sind der Königin von England begegnet?« hauchte Doña Jacinta sichtlich beeindruckt.

»Nun, wir sind einander bei einigen offiziellen Anlässen begegnet«, erklärte Brendan bescheiden.

Mara grinste in ihre Kaffeetasse und fragte dann unschuldig: »War einer dieser Anlässe nicht ein Theaterbesuch?«

Brendan gab vor, sich zu konzentrieren. »Ich glaube, du hast recht, meine Liebe«, antwortete er ihr schließlich ganz ernsthaft.

Das Lächeln lag immer noch auf Maras Lippen, als Nicholas Chantale und Don Andres eintraten. Der Franzose war einfach gekleidet und hatte Don Andres offenbar auf seinem morgendlichen Ausritt begleitet. Er trug staubige, kniehohe Stiefel, und unter seinem dunkelgrünen Reitgewand waren eine Lederweste und ein geknotetes Halstuch zu sehen. Seine schwarzen Locken waren windzerzaust, und als er über eine Bemerkung Don Andres' lachte, zeigte er eine Reihe blendend weißer Zähne. Es war eines der betörendsten Lächeln, die Mara je gesehen hatte. Die zynische Überheblichkeit verschwand in diesem Augenblick von seinem Gesicht, und seine Lippen teilten sich wie bei einem kleinen Jungen zu einem offenen, entwaffnenden Grinsen. Es war charmant und gefährlich zugleich. Denn weil es so natürlich und unaffektiert war, wirkte es viel sinnlicher und einnehmender als ein eingeübtes, verführerisches Lächeln.

Nicholas ließ sich gegenüber Brendan und Mara nieder und füllte seinen Teller. Dann begann er mit herzhaftem Appetit sein Frühstück zu verzehren, wobei er die beiden intensiv musterte.

»Ich glaube nicht, daß wir einander bereits begegnet sind«, sagte er plötzlich zu Brendan.

»Nein, wir hatten noch nicht das Vergnügen, Sir«, antwortete Brendan leichthin. »Brendan O'Sullivan, zu Ihren Diensten.«

»Sie sind Ire?« In Nicholas' Augen, die Sekunden zuvor nur ganz allgemeines Interesse gezeigt hatten, blitzte Neugierde auf.

Brendan nickte leicht. Seine Antwort war wohlbedacht. »Nur väterlicherseits, Sir, obwohl ich in England geboren wurde. Der Name ist das einzig Irische an mir. Ansonsten bin ich so englisch wie die Brücke von London«, lachte er laut. Dann schaute er den Fremden genauer an und fragte scheinbar beiläufig: »Wie war gleich Ihr Name, Sir?«

»Nicholas Chantale«, antwortete jener, den Blick fest auf Mara gerichtet.

Brendan spürte instinktiv, daß mit diesem Mann nicht zu spaßen war. Er wußte nicht, warum er so empfand, aber er hatte das Gefühl, daß von dem Fremden Gefahr ausging. Er stöhnte insgeheim auf, als er Maras leichtes Lächeln und den Glanz in ihren Augen bemerkte. Verdammt! Er würde sich mit ihr bei nächster Gelegenheit unterhalten und sie eindringlich vor dem Franzosen warnen müssen. Er war eine Nummer zu groß für sie, und es wäre verdammt ärgerlich, wenn er ihnen alles vermasseln würde.

»Gestatten Sie, aber Sie sehen Miss Vaughan erstaunlich ähnlich«, bohrte Nicholas neugierig nach.

»Das ist nicht verwunderlich. Sie ist Señor O'Sullivans Cousine«, klärte ihn Don Andres auf. »Señor O'Sullivan hat Doña Amaya aus England hierher begleitet.«

»Dann sind Sie gerade erst aus England gekommen? Ich habe angenommen, Sie wären gebürtige Kalifornierin. Dabei sehen Sie, wenn ich es mir recht überlege, typisch englisch aus.«

»*Sí*, Doña Amaya und Señor O'Sullivan sind vor weniger als einem Monat eingetroffen. Don Luís reiste eigens nach England, um sie nach Kalifornien zurückzubringen, wie es ihre Eltern gewünscht hatten.«

»Also«, stellte Nicholas fest, »sind Sie hier ebenso fremd wie ich.«

»Ja, das könnte man sagen, Mister Chantale«, antwortete Brendan steif. Der Franzose interessierte sich für seinen Geschmack ein wenig zu sehr für ihre Vergangenheit.

»Wir fürchteten schon, Amaya würde nicht nach Kalifornien zurückkommen wollen. Wir waren ebenso überrascht wie erfreut, als sie zusammen mit Don Luís eintraf«, mischte sich Doña Ysidora ins Gespräch. »Und sie ist zu einer schönen und charmanten jungen Frau herangewachsen.«

Doña Feliciana schaute mürrisch auf ihren Teller. »Ich glaube nicht, daß Doña Amaya in Kalifornien bleibt. Sie gehört nicht hierher.«

»*Silencio*, Feliciana«, wies Doña Ysidora sie zurecht.

»Ich meinte nur, sie wird hier nicht glücklich werden«, erklärte Feliciana trotzig und schenkte Mara einen finsteren Blick. »Außerdem sieht sie aus, als ginge es ihr nicht gut. Sind Sie krank, Doña Amaya?« fragte sie mitleidlos.

Don Andres studierte betroffen Maras Gesicht. »Doña Amaya, stimmt das? Fühlen Sie sich nicht wohl?«

Mara schüttelte den Kopf. »Ich habe nur ein wenig Kopfschmerzen, aber sie werden bald vergehen.«

»Sie waren gestern zu lange in der Sonne, Amaya. Sie müssen in Zukunft vorsichtiger sein«, riet Doña Ysidora. »Und bald werden wir uns über die Zukunft unterhalten müssen, Amaya«, fügte sie mit einem vielsagenden Seitenblick auf ihren Sohn hinzu.

Mit einem unterdrückten Schluchzen sprang Doña Feliciana auf und lief aus dem Zimmer. Don Andres blickte seine Mutter vorwurfsvoll an, dann entschuldigte er sich und folgte Feliciana.

»Etwas scheint die junge Dame in Aufruhr versetzt zu haben«, bemerkte Nicholas. »Hoffentlich war es nichts, das ich gesagt habe?«

Doña Ysidora schüttelte den Kopf mit dem schweren, schwarzen Haar. »Nein, *Señor*, das Kind hat Probleme. Sie träumt zuviel. Ich glaube, ich werde sie bald in einen Konvent schicken müssen. Dort wird sie lernen, geduldig und demütig zu sein. Und das ist nötig, bevor sie das Gelübde ablegt.«

Mara schauderte, als sie Doña Ysidoras entschlossene Miene sah. Die arme Feliciana!

»Und wo haben Sie in England gelebt, Miss Vaughan?« riß Nicholas Chantales Stimme sie aus ihren Gedanken.

»Ich wuchs im Norden auf, Mister Chantale, in den wilden Hochmooren Yorkshires, in der Nähe von Haworth. Wahrscheinlich haben Sie nie von diesem Ort gehört, wahrscheinlich haben Sie sogar niemals die komfortable Stadt London verlassen«, antwortete Mara liebenswürdig. Dann kramte sie aus einem Roman von Charlotte Brontë ein paar Fakten über die Region zusammen. »Es ist ein trostloser Ort, wenn sich der graue Winterhimmel darüber wölbt, der Wind durch den Kamin pfeift und sich das weite Moor bis zum Horizont erstreckt. Aber Sie können sich gar nicht vorstellen, wie lieblich mir die weiten, grünen Hügel scheinen«, seufzte sie, und ihr Blick verklärte sich.

Brendan hüstelte warnend. Er lächelte ihre Gastgeberin an und bedankte sich überschwenglich für das vorzügliche Frühstück. »Aber ich werde auf meine Figur achten müssen, wenn wir noch länger hierbleiben, sonst bekomme ich meinen Rock bald nicht mehr zu. Entschuldigen Sie uns bitte. Wir müssen nach meinem Sohn sehen, er hat nämlich Fieber.«

Doña Ysidora nickte verständnisvoll und bot ihnen an: »Wenn Sie Hilfe oder Medizin benötigen sollten, stehe ich selbstverständlich zu Ihrer Verfügung. Aber Sie werden doch hoffentlich die Feier heute nachmittag nicht versäumen? Wir wollen einen Stierkampf organisieren.«

»Das würde ich mir um nichts in der Welt entgehen lassen«, versicherte ihr Brendan. Mit einem alle einschließenden Lächeln geleitete er Mara aus dem Raum und fort von dem neugierigen Franzosen.

»Das war verdammt dumm von dir, Schwesterherz«, warf Brendan Mara vor, als sie den sonnendurchfluteten Patio überquerten. »Der Franzose ist kein Narr. Du kannst die Kalifornier vielleicht hinters

Licht führen, aber diese grünen Augen durchschauen alles. Außerdem hat er für meinen Geschmack viel zu viele Fragen gestellt«, ergänzte er. »Er ist verdammt neugierig, wenn du mich fragst.«

Mara schaute Brendan belustigt an. »Du kannst mir vertrauen. Ich bin keine Närrin, mein Lieber.« Sie lachte leise. Ihre Augen wurden schmal, als sie neckend bemerkte: »Man könnte fast den Eindruck haben, du hättest Angst vor ihm. Ich kann es nicht fassen!«

»Noch lachst du, Schwesterherz, aber ich kenne diese Sorte Mensch.« Auf Brendans Stirn stand eine tiefe Sorgenfalte. »Ich habe schon mit Männern wie dem Franzosen am Spieltisch gesessen und zugesehen, wie sie tausend Pfund setzten, ohne mit der Wimper zu zucken. Durch ihre Adern muß Eiswasser fließen, denn jeder normale Mensch würde vor Aufregung sein Hemd durchschwitzen. Diese arroganten Bastarde nehmen sich immer, was sie wollen, und sie kümmern sich niemals um die Konsequenzen. Er ist ein Abenteurer, Schwesterherz, keiner von deinen schwächlichen, wohlerzogenen, höflichen Londoner Gentlemen. Mit so jemandem hast du es noch nie zu tun gehabt.«

Mara lächelte nur über seine Worte. »Du glaubst also, daß er mich zu einem Duell der Worte fordern könnte, mein lieber Brendan, und daß mein scharfer Witz nicht gegen ihn ankäme?«

»Ich glaube, daß unser Franzose dich in Windeseile wie ein Hühnchen tranchiert hätte. Im Vergleich zu ihm bist du ein Schulmädchen.«

»Nur du wärst ihm wahrscheinlich gewachsen?« fragte Mara zuckersüß.

»O nein«, gestand ihr Brendan frei heraus. »Ich weiß, wann ich meinen Meister gefunden habe. Das heißt nicht, daß ich ihm ausgeliefert wäre; aber ich würde anders mit ihm umgehen. Vor allem würde ich jede direkte Konfrontation meiden. Ich würde mich lieber dumm stellen. Dann wird er vielleicht unvorsichtig. Du solltest meinen Rat beherzigen und ihn in Ruhe lassen.«

Als Mara nicht reagierte, lachte er kurz und freudlos auf. »Ich weiß gar nicht, warum ich dir das sage, du hast noch nie auf mich gehört! Du bist zu arrogant, Mara, du kennst deine Fehler nicht und kannst dir nicht vorstellen, daß es Menschen gibt, die ebenso falsch und skrupellos sind wie du. Ich wäre gern dabei, Schwesterherz, wenn eines Tages jemand deinen Stolz besiegt.«

Mara zuckte nur wortlos mit den Achseln, ließ Brendan in der Sonne stehen und ging, um nach Paddy zu sehen. Als sie ihm eine Geschichte vorgelesen hatte und er wieder eingeschlafen war, hatte sie Brendans Worte bereits wieder vergessen.

Wenig später spazierte sie unter der Galerie entlang und genoß im Schatten der Arkaden die frische Luft. Auch heute würde es wieder unerträglich heiß werden. Plötzlich blieb ihr Rock an einem Kaktusstachel hängen und hielt sie auf. Sie beugte sich herunter, um ihn zu lösen. Mara befreite ihren Rock aus den Fängen der Pflanze, warf einen Blick durch die offene Tür und betrat den Raum.

Offensichtlich war dies Don Andres' Arbeitszimmer, denn an der Wand waren hohe Regale angebracht, und ein schwerer Schreibtisch thronte mitten im Raum. Davor hatte man ein paar bequem aussehende Sessel gestellt, und an einer Wand war eine große geschnitzte Truhe zu sehen. Das Zimmer diente offensichtlich zugleich als Büro, denn Jeremiah Davies stand vor einer großen, an der Wand aufgehängten Karte. Er hatte Mara den Rücken zugewandt und sie bis jetzt noch nicht bemerkt. Sein Blick wanderte zwischen der Karte und einem Bogen Papier, den er in der Hand hielt, hin und her.

Mara mußte ein Geräusch gemacht haben, denn plötzlich drehte sich Jeremiah um und starrte sie erschrocken an. Er wirkte irgendwie schuldbewußt.

»Doña Amaya, kann ich Ihnen behilflich sein?« fragte er höflich, während er das Papier unauffällig unter einen Stapel auf dem Schreibtisch zu schieben versuchte.

»Nein. Ich bin nur zufällig vorbeigekommen und habe Sie gehört«, antwortete Mara. »Ich hoffe, ich habe Sie nicht gestört. Sie waren so beschäftigt. Es tut mir aufrichtig leid, daß ich Sie abgelenkt habe.«

»Das braucht Ihnen keinesfalls leid zu tun, Doña Amaya«, wehrte Jeremiah Davies schnell ab. »Ich habe mir nur die Karte angesehen, um festzustellen, wohin Don Andres' Vieh getrieben werden soll. Nur so kann ich die *vaqueros* an die richtige Stelle dirigieren.«

Der Mann besaß wirklich eine atemberaubende Frechheit – in ihrer Gegenwart noch vom Viehtreiben zu sprechen. Mara zwang sich, höfliches Interesse zu heucheln. Vielleicht wollte er sie nur aushorchen, in der Hoffnung, daß sie verriet, was sie über ihn wußte.

Jeremiah trat von der Karte zurück und schaute sich prüfend im Raum um, als wollte er sichergehen, alles so zurückzulassen, wie er es vorgefunden hatte. Mara beobachtete ihn mißtrauisch und fragte sich, was er wohl vorhatte. Sie wollte gerade gehen, als sie Don Andres' Stimme hörte.

»Doña Amaya, das trifft sich vorzüglich, ich würde mich gern mit Ihnen unterhalten.« Er lächelte sie an. Dann schaute er an ihr vorbei, bemerkte den Amerikaner und zog seine Stirn in fragende Falten. »*¿Sí*, Jeremiah? Ich wußte gar nicht, daß es etwas zu besprechen gibt.« Seinem Sekretär schien die Situation großes Unbehagen zu bereiten.

»Ich habe einige Papiere bei mir. Ich wollte Sie nicht stören, Don Andres«, entschuldigte er sich nervös, »aber ich brauche Ihre Unterschrift.«

»Kommen Sie später wieder, Jeremiah, dann werden wir uns darum kümmern«, beschied ihm Don Andres gleichgültig und wandte sich wieder Mara zu. »Bitte setzen Sie sich doch, Doña Amaya«, lud er sie ein.

Jeremiah Davies hüstelte auffällig, um die Aufmerksamkeit seines Chefs auf sich zu ziehen. »Verzeihen Sie, Don Andres, aber ich brauche Ihre Unterschrift sofort. Es wird auch nicht lange dauern«, fügte er überredend hinzu.

»Worum handelt es sich denn?« wollte Don Andres wissen, den Stift bereits gezückt und bereit zur Unterschrift.

Jeremiah lächelte und erklärte leichthin: »Es sind nur ein paar Rechnungen und Bestellungen, die wir heute noch losschicken müssen, außerdem ein paar Briefe, die Sie gestern diktierten. Nichts Besonderes. Ach ja, und die Erklärung, daß die Parzelle verkauft werden soll.«

Don Andres zog fragend die Augenbrauen hoch, als er von dem Papier aufblickte, das er soeben unterschrieben hatte. »Und warum war es dann so wichtig, daß ich diese Dokumente sofort unterschreibe?« wollte er wissen.

Der Amerikaner trat unruhig von einem Fuß auf den anderen und schien ein wenig aus der Fassung. »Haben Sie vergessen? Ich bin die ganze nächste Woche nicht auf dem *rancho*, Don Andres. Ich muß uns eine Weide in San Mateo mieten, weil wir das Vieh demnächst nach San Francisco treiben wollen, und ich muß noch andere Gänge für Sie erledigen«, erklärte er. Nervös beobachtete er Don Andres, der die restlichen Dokumente unterschrieb, ohne mehr als einen flüchtigen Blick darauf zu werfen.

Schließlich legte Don Andres seinen Stift mit einer endgültig wirkenden Geste nieder. »Das reicht für heute, Jeremiah. Alles andere muß warten«, beschloß er und lächelte Mara an. »Verzeihen Sie die Unterbrechung, Doña Amaya.«

Er entließ Jeremiah mit einer beiläufigen Handbewegung, der in Windeseile die Papiere zusammenklaubte und nach einem ehrerbietigen Blick auf den Kalifornier aus dem Raum eilte. Mara trat an die Karte, die der Amerikaner vor wenigen Minuten studiert hatte, und betrachtete sie neugierig.

»Das ist schön!« bemerkte sie überrascht.

»*Gracias*, es freut mich, daß Sie so urteilen«, freute sich Don Andres aufrichtig über ihr Lob. »Es ist ein *diseño* des ranchos Villareale, das mein Großvater eigenhändig gezeichnet hat.«

Mara betrachtete das farbenprächtige Gemälde, auf dem die Grenzen des *rancho* mit gemalten Bäumen, Felsen und anderen leicht erkennbaren Landschaftszeichen markiert waren.

»Und das ist alles Ihr Land?«

Don Andres nickte stolz. »*Sí*, das Land, auf dem die *hacienda* steht, und das halbe Tal wurde den Villareales vom spanischen König überlassen. Der Großteil des Besitzes wurde uns allerdings von der mexikanischen Regierung Ende der dreißiger Jahre gewährt. Nachdem die Missionen säkularisiert worden waren, wurden ihre Güter und Ländereien aufgeteilt. Damals hatten wir noch viel mehr Vieh, *vaqueros* und Indianer, aber auch eine viel größere Familie zu ernähren. Wir brauchten dieses Land, und es lag brach«, erläuterte ihr Don Andres.

»Nach dem amerikanisch-mexikanischen Krieg fürchteten wir, daß wir enteignet werden könnten. Aber im Vertrag von Guadalupe Hidalgo wurde unser Eigentum auch von der amerikanischen Regierung anerkannt. Es hieß, wir könnten unser Land behalten, und wir glaubten ihnen«, ergänzte er traurig. »Und heute? Niemand scheint sich an diese Verträge zu erinnern. Man verlangt von uns, daß wir unser Land der Regierung der Vereinigten Staaten überlassen, damit sich hier amerikanische Siedler niederlassen können.«

Don Andres schüttelte müde den Kopf, aber dann lachte er plötzlich laut und selbstbewußt. »Aber genug davon. Jammern bringt nichts, wie *mi madre* immer sagt. Ich wollte mit Ihnen über etwas anderes sprechen. Einen Augenblick, bitte.«

Mara wandte ihren Blick wieder der Karte zu und fragte sich insgeheim, welches Schicksal diesem freundlichen Kalifornier wohl beschieden sein mochte.

»Amaya, das hier wollte ich Ihnen zeigen«, sagte Don Andres leise hinter ihr.

Mara hörte das leichte Beben in seiner Stimme und drehte sich um. Der Deckel der geschnitzten Truhe war hochgeklappt, und Don Andres hielt ein kleines goldenes Kästchen in der Hand. Dann drehte er einen winzigen goldenen Schlüssel in seinem Schloß. Er hob den Dekkel und enthüllte ein juwelenbesetztes goldenes Kreuz, das auf roten Samt gebettet war.

Mara stockte der Atem. Sie hatte noch nie etwas so Schönes gesehen. In der Mitte des Kreuzes waren große Rubine eingefaßt, umgeben von kleineren Rubinen und Perlen.

»Das gehört Ihnen, Amaya«, eröffnete ihr Don Andres. Ein wohlmeinendes Lächeln lag auf seinem Gesicht, während er ihre Reaktion beobachtete.

»Mir?« fragte Mara ungläubig.

»*Sí*, es ist seit Jahrhunderten im Besitz der Familie Quintero.«

Mara schaute ihn verwirrt an. »Aber warum geben Sie es mir? Ist nicht Don Luís der rechtmäßige Besitzer?«

Don Andres murmelte etwas Unverständliches und schüttelte den Kopf. »Das Kreuz gehörte Ihrer Mutter, die es ihrerseits von ihrer Großmutter geschenkt bekam«, erklärte er. Er wich Maras Blick aus, als würde er ihre nächste Frage bereits ahnen.

»Aber warum haben Sie es und nicht Don Luís?«

»Sie müssen verstehen, daß ich das nur schwer beantworten kann. Don Luís erhielt das Kreuz nicht, weil sonst nicht sicher gewesen wäre, daß Sie es erhalten würden. Don Luís ist ein Spieler, und leider gewinnt er nicht allzuoft. Er hat schon viel verloren, darunter viele Kostbarkeiten, denen er nachgeweint hat, nachdem er sie nicht mehr besaß. Er ist hoch verschuldet. Es tut mir leid, Amaya.«

»Also ist Don Luís wütend auf Sie, weil Sie das Kreuz haben«, wiederholte Mara nachdenklich. Allmählich konnte sie Don Luís besser verstehen.

»*Sí*, deshalb und aus anderen Gründen. Er glaubt, ich hätte ihm Unrecht getan, obwohl mir das Kreuz von *mi padre* übergeben wurde und ich durch ein Versprechen gebunden bin. Don Luís wirft mir auch anderes vor, aber das betrifft Sie nicht, Doña Amaya. Es ist mir eine Ehre, Ihnen das Kreuz der Quinteros zu übergeben.«

Mara seufzte. Zum erstenmal bedauerte sie, nicht tatsächlich Amaya

Vaughan und damit rechtmäßige Erbin dieses Kreuzes zu sein. Damit hätten sich all ihre Probleme auf einen Schlag lösen lassen.

»Gefällt es Ihnen nicht?« fragte Don Andres, der Maras Bedauern falsch auffaßte.

»Ich kann es nicht annehmen, Andres«, antwortete ihm Mara schweren Herzens. Als er sie fassungslos anstarrte, erklärte sie schnell: »Es ist zu wertvoll. Sie müssen es in der Truhe aufbewahren, dort ist es sicher.«

»Ah, ich glaube, ich verstehe«, sagte er leise. »Gewisse Verwandte könnten ihre Autorität in die Waagschale werfen und das Kreuz an sich nehmen.«

Mara lächelte ihn zustimmend an, obwohl sie nicht genau wußte, vor welchen Verwandten sie das Kreuz eigentlich schützen wollte. Sie konnte sich Brendans gierigen Blick nur zu gut ausmalen. Und Don Luís – nun, das war ein ganz anderes Problem.

»Verstehen Sie, ich würde nicht schlafen können, wenn ich dieses Kreuz nicht an einem sicheren Ort wüßte«, sagte Mara. Sie war erleichtert, die Verantwortung für dieses unbeschreiblich wertvolle Erbstück nicht übernehmen zu müssen.

»Natürlich. Ich werde es auch weiterhin gut behüten, wie ich es schon all die Jahre behütet habe. Auch wenn es hier auf dem Rancho Villareale keine Diebe gibt«, erwiderte Don Andres zuversichtlich. Er legte das Kreuz in die Goldschatulle zurück und verschloß sie. Dann versenkte er beides in der großen Holztruhe an der Wand. »Wenn Sie es einmal tragen möchten, fragen Sie mich einfach. Es wäre mir ein Vergnügen, es Ihnen zu bringen.«

»Danke, Don Andres. Aber jetzt muß ich mir eine Haube holen, da wir den ganzen Tag in der Sonne sein werden«, wollte sich Mara verabschieden, »sonst bekomme ich noch überall im Gesicht Sommersprossen.«

Don Andres schüttelte den Kopf. »Auch das könnte Ihre Schönheit nicht beeinträchtigen, Doña Amaya.« Dann hielt er inne, als würde er nach den richtigen Worten suchen. »Ich glaube, es wird bald Zeit, sich zu entscheiden, Doña Amaya, ob Sie in Kalifornien bleiben möchten oder nicht.«

Er hob die Hand, um einer Antwort ihrerseits zuvorzukommen. »Bitte, sagen Sie nichts, Sie müssen sich das sehr gut überlegen. Aber wie immer Sie sich entscheiden ... ich werde mich fügen.«

Mara schaute diesen ruhigen kalifornischen *ranchero* verunsichert an. Wider Willen war er ihr sympathisch. Sie war noch nie einem so selbstlosen Menschen begegnet.

Wie leicht war es doch für Brendan und sie, seine Gastfreundschaft auszunutzen. Wie leicht wäre es auch, weiterhin Amaya Vaughan zu spielen und einen reichen *ranchero* zu heiraten. Paddy hätte endlich eine richtige Familie, und sie könnte den Rest ihrer Tage in diesem friedlichen Tal verleben. Mara seufzte. Das alles waren nur Träumereien. Ihr Instinkt sagte ihr, daß ihr ein anderes Schicksal beschieden war.

»Warum schauen Sie so ernst?« fragte Don Andres. »Sie scheinen traurig zu sein.«

Mara rang sich ein Lächeln ab. »Traurig? Nein, Don Andres. Ich habe mich nur in einen törichten Tagtraum verloren, das ist alles.«

»Träume sind niemals töricht«, widersprach ihr Don Andres mit einem gutmütigen Lächeln.

Mara zuckte mit den Achseln und ging langsam zur Tür. Dann drehte sie sich noch einmal zu dem Kalifornier um und bemerkte zynisch: »Träume sind Luxus, Don Andres. Sie zaubern einem keine Schuhe an die Füße und kein Essen in den Magen, sondern verleiten nur zu falschen Hoffnungen.«

»Für eine so junge Frau sind Sie reichlich zynisch und abgeklärt«, bemerkte Nicholas Chantale lässig von der Tür her.

Mara musterte den Franzosen eindringlich , das Kinn trotzig vorgeschoben. »Sind Sie denn ein Träumer, Monsieur Chantale? Ich hätte Sie nicht dafür gehalten. Im Gegenteil, Sie wirken wie ein Mensch, der alle Illusionen der Jugend verloren hat.«

Nicholas Chantale richtete seinen sehnigen Körper im Türrahmen auf und erwiderte Maras Blick, ohne mit der Wimper zu zucken.

»Jetzt überraschen Sie mich aber, Miss Vaughan. Ich dachte, einem so wohlbehüteten englischen Fräulein würde jeder Wunsch von den Augen abgelesen«, widersprach er ihr. »Wollen Sie etwa behaupten, Sie hätten nicht wie eine Märchenprinzessin gelebt?«

Mara konnte ihren Ärger kaum zähmen. So hatte man sie noch nie behandelt. »Wir sind nicht immer, was wir scheinen, *Monsieur*«, erwiderte sie kühl. Dann schenkte sie Andres ein warmes Lächeln, wandte sich wieder dem Franzosen zu und wartete erhobenen Hauptes darauf, daß er zur Seite trat.

»Wollen Sie mir damit zu verstehen geben, ich soll Sie nicht nach

Ihrem Äußeren beurteilen, Miss Vaughan?« fragte Nicholas mit einem sardonischen Lächeln. Dann gab er ihr den Weg frei.

»*Monsieur*, auf Ihr Urteil lege ich nicht den geringsten Wert«, gab ihm Mara zu verstehen. Ihr Tonfall ließ erkennen, daß seine persönliche Meinung für sie ohne jeden Belang war.

Mit einem hoheitsvollen Kopfnicken verließ Mara den Raum und schritt über die Galerie davon.

»Du scheinst ja sehr mit dir zufrieden zu sein, meine Liebe«, riß Brendan sie aus ihren Gedanken.

»Brendan«, sagte sie schnell und ohne auf seine Bemerkung einzugehen, während sie ihn in sein Zimmer geleitete, »ich glaube, wir sind hier in einer Schlangengrube gelandet.«

Brendan studierte ernst ihr Gesicht. »Und was hast du herausgefunden? Man darf dir doch keine Sekunde lang den Rücken kehren! Du hast dich wieder mit dem Franzosen eingelassen, stimmt's?«

Mara hielt seinem Blick ungerührt stand und antwortete vielsagend: »Unter anderem, mein lieber Brendan. Aber eigentlich wollte ich dir erzählen, daß ich Jeremiah Davies in Don Andres' Büro überrascht habe. Er führt bestimmt nichts Gutes im Schilde. Außerdem geruhte unser Wohltäter Don Luís uns zu verschweigen, daß Doña Amaya ein juwelengeschmücktes Goldkreuz erben soll, das mehr wert ist, als viele Menschen in ihrem ganzen Leben verdienen.« Sie genoß den ungläubigen Blick ihres Bruders.

»Verdammt! Ein Goldkreuz, sagst du, Schwesterherz?«

Mara lächelte leichthin. »Auch Don Luís hat anscheinend seine kleinen Geheimnisse.«

»Nun, dann könntest wenigstens du Brendan alles über dieses Kreuz erzählen«, schlug ihr Brendan vor. Er schaute sie nachdenklich an und ließ sich dann auf der Bettkante nieder.

»Anscheinend ist Don Luís einem kleinen Spielchen ab und zu nicht abgeneigt, aber er zeichnet sich dabei nicht durch allzuviel Glück aus. Schon viele alte Familienstücke sind ihm durch die Finger geronnen. Darum hat Amayas Vater das Erbe seiner Tochter den Villareales anvertraut. Vor ein paar Minuten durfte ich einen Blick auf dieses unbeschreiblich wertvolle Stück werfen. Außerdem hat man mir soeben einen etwas halbherzigen Heiratsantrag gemacht, sollte ich mich dazu entschließen, auf dem Rancho Villareale zu bleiben.«

»Langsam wird es hier interessant. Wo ist das Kreuz? Ich würde es mir gern einmal ansehen«, sagte Brendan mit einem verräterischen Glanz in den Augen.

»Tut mir leid, mein Lieber, aber Don Andres hat es wieder weggeschlossen«, antwortete Mara unschuldig, als könnte sie nichts daran ändern.

»Ach nein«, grummelte Brendan. Er warf Mara einen mißtrauischen Blick zu, als sie nichts weiter sagte. »Und du hast nicht das geringste damit zu tun, daß das so ist, nicht wahr, meine liebe Mara?« Brendan kannte die Antwort auf diese Frage schon, als er das Zucken um ihre Mundwinkel bemerkte. »Himmel, du bist wirklich ein mißtrauisches Weib. Sogar von deinem eigen Fleisch und Blut denkst du nur Schlechtes«, rief er aus. Vor Entrüstung erstarrte sein Gesicht zu einer pathetischen Maske.

»Ich wollte dich nur vor dir selbst schützen, Brendan. Die Versuchung wäre einfach zu groß gewesen.« Mara ließ sich von seiner dramatischen Vorstellung überhaupt nicht beeindrucken; zu oft hatte sie diese Mienen und Gesten auf der Bühne gesehen. »Wir sind vielleicht Lügner, aber wir sind noch keine Diebe.«

Brendan wand sich unter ihren offenen Worten. »Bitte, Schwesterherz, mußt du das so ausdrücken? Ich gebe ja zu, daß wir hin und wieder die Wahrheit etwas ausschmücken, daß wir in der Vergangenheit sogar ab und zu die Tatsachen etwas verdreht haben, aber –«

»Du lügst, daß sich die Balken biegen, mein lieber Brendan«, fiel ihm Mara ins Wort.

»Ich finde«, fuhr Brendan ungerührt fort, »*wir* wären Narren, wenn wir jene Narren ungeschoren ließen, die es uns so einfach machen. Und da uns die Schauspielerei nun einmal im Blut liegt, warum sollten wir unsere Talente nicht nutzen?« Brendan schien einfach keine Gewissensbisse zu kennen. »Aber ich bin keinesfalls ein Dieb. Auch ich habe Prinzipien, meine Liebe.«

»Dann solltest du dich auch besser daran halten, denn unser kalifornischer Freund hat ebenfalls ein Auge auf dieses Kreuz geworfen. Er besitzt anscheinend immer noch etwas Familiensinn, denn er will es unbedingt in die Hände bekommen. Er würde dafür sogar lügen. Als er mich danach fragte, bezeichnete er es als ›Kleinigkeit‹.«

»Er muß uns wirklich für dumm halten«, bemerkte Brendan mißgelaunt. »Ich weiß nicht, welches Spiel der alte Fuchs spielt, aber mir gefällt das langsam nicht mehr.«

»Ich vermute, er wird bald zur Tat schreiten, Brendan, und ich werde froh sein, dann von hier zu verschwinden«, prophezeite Mara und drückte damit auch das aus, was ihren Bruder bewegte.

Mara runzelte die Stirn, während rund um den *corral* Jubel aufbrandete. Von der Plattform aus, die man extra für diesen Nachmittag aufgebaut hatte, konnte Mara die ganze Arena überblicken und den Kampf der beiden blutrünstigen Tiere mitverfolgen. Das heisere Brüllen des Stieres und die Schreie des riesigen Grizzlys waren ohrenbetäubend. Sie waren mit einer schweren Kette an den Beinen aneinandergefesselt, so daß keiner dem anderen ausweichen konnte. Angewidert wandte Mara ihren Blick ab. Mit einem tiefen Gurgeln stürzte sich der Grizzly auf den Stier. Er versuchte, auf dessen ungeschützten Nacken zu springen, aber der Stier hatte das geahnt, schwenkte plötzlich den Kopf und spießte den Grizzly mit seinem Horn an der Schulter auf. Vor Schmerz holte der Bär aus und zerfetzte mit einem Prankenschlag die Zunge des Rindes, die ihm aus dem Maul hing.

Mara wurde übel, nicht nur wegen des Blutbads zu ihren Füßen, sondern auch, weil die Kalifornier dieses Schauspiel offensichtlich genossen. Sie machte Brendan ein Zeichen und entschuldigte sich. Bleich, ein Taschentuch vor den Mund gepreßt, verließ sie die Arena.

Einen Augenblick lang mußte sie die Augen vor der grellen Sonne schließen, und sie spürte, wie ihre Kopfschmerzen nachließen. Sie strauchelte, aber bevor sie stürzen konnte, schloß sich eine feste Hand um ihren Ellenbogen. Mara schaute auf, ein Wort des Dankes auf den Lippen, als ihr Blick von den wachsamen grünen Augen des Kreolen erwidert wurde.

»Sie machen sich nichts aus diesem Sport?« fragte er beiläufig, ohne sie aus seinem Griff zu entlassen.

»Das ist für mich kein Sport«, antwortete Mara und befreite ihren Arm.

»Sie überraschen mich.«

Mara schaute ihn verständnislos an. »Warum?«

Nicholas zuckte mit den Achseln. »Vielleicht habe ich mich getäuscht, aber ich hielt Sie für eine sehr willensstarke, entschlossene und selbstbewußte Frau. Sie besitzen eine gewisse Härte, eine Strenge, die bei Frauen selten ist.« Nicholas' dichte Wimpern verbargen den ironischen Glanz in seinen Augen.

»Sie finden mich also hart und unweiblich?« fragte Mara, ohne sich ihre Verstimmung anmerken zu lassen. »So hat man mich noch nie beschrieben, *Monsieur*. Stärke ist nicht immer mit Härte gleichzusetzen.«

»Bitte, vergessen Sie, was ich eben gesagt habe. Ich habe Sie verärgert«, lächelte Nicholas.

»Mich verärgert? Keineswegs«, leugnete Mara, obwohl sich bereits Zornesflecken auf ihren Wangen abzeichneten.

»Dann beweisen Sie, daß Sie mir nicht böse sind, *Mademoiselle*, und begleiten Sie mich auf einem kleinen Ausritt.« Das jungenhafte, offene Grinsen bezauberte sie. Und das war von ihm beabsichtigt.

Mara zögerte nur einen winzigen Augenblick, dann nahm sie die Einladung an. »Vielen Dank. Das tue ich gern, Mister Chantale«, sagte sie so freundlich, wie sie noch nie mit ihm gesprochen hatte.

Ja, ich werde mit ihm reiten, dachte Mara wenig später wütend, während sie sich in ihr Reitzeug quälte.

»Monsieur Chantale wird noch einiges über Mara O'Flynn lernen müssen, bevor ich mit ihm fertig bin«, murmelte sie vor sich hin, als sie den kleinen Strohhut zurechtrückte.

»Was haben Sie gesagt?« wollte Jamie wissen, die gerade die Kleider aufsammelte, welche Mara achtlos auf den Boden geworfen hatte. »Hier is' Ihr anderer Hut«, erklärte sie dann und hielt ihr den schwarzen Biberhut mit dem Schleier hin. »Tragen Sie doch den, der sieht viel hübscher aus.«

»Es ist zu heiß, Jamie. Mir platzt bald der Kopf vor Hitze, und meine Haut dörrt aus. Es ist so trocken. Regnet es hier eigentlich nie?« fragte sie verzweifelt. Dann ließ sie sich auf der Bettkante nieder und hob einen Reitstiefel auf. »Hilf mir bitte, Jamie«, sagte Mara und schob ihren Fuß in den engen Schaft.

Jamie hatte den linken Stiefel aufgehoben, ließ ihn aber wieder fallen, um Mara behilflich zu sein. Nachdem sie den Fuß erfolgreich in den Stiefel gepreßt hatten, bückte sich Mara nach dem zweiten. Mit einem Aufschrei fuhr sie zurück. Zwei Scheren schoben sich langsam aus dem Stiefelschaft, gefolgt von einem Skorpion, der in seinem dunklen Versteck aufgeschreckt worden war.

»O mein Gott«, flüsterte Mara mit zittriger Stimme, während die vielbeinige Kreatur über den Boden krabbelte. »Was zum Teufel ist das für ein Biest?«

»Was immer es auch ist, es wird nich' mehr lange hier sein«, versprach Jamie entschlossen. Sie nahm eine leere Schale vom Tisch und ließ den Skorpion hineinklettern. Dann schlurfte sie hinüber zum Fenster und schleuderte das gefährlich aussehende Tier durch die Gitterstäbe hinaus.

Ein leichter Schauer lief Mara über den Rücken, als sie ihren Fuß in die dunkle Röhre des Stiefels gleiten ließ. Dann erhob sie sich und stampfte noch einmal auf. Sie nahm ihre eleganten Reithandschuhe und ging zur Tür, nervös mit der Peitsche gegen ihren Schenkel klopfend. »Eine verdammt ungastliche Gegend.«

»Das hab' ich schon gesagt, als wir vor San Francisco lagen«, brummte Jamie. Dann rief sie Mara nach: »Wecken Sie Paddy nich' auf. Er ist eben erst eingeschlafen.«

Mara bekundete mit einer kurzen Handbewegung, daß sie verstanden hatte, und machte sich auf den Weg zu den Ställen. In Gedanken war sie bereits bei dem Kreolen. Sie wußte schon, wie sie ihn kleinkriegen würde. Er war schließlich auch nur ein Mann.

Sie ritten westwärts auf eine niedrige Hügelkette zu, die mit blühenden Eichen und Roßkastanien bewachsen war. Die Blüten ragten wie riesige weiße Kerzen zwischen den grünen Blättern auf. Als sie höher ritten, kamen sie an einem gepflegten Weingarten vorbei. Mara beobachtete Nicholas Chantale aus den Augenwinkeln heraus und mußte widerwillig zugeben, daß er ein ausgezeichneter Reiter war. Er ritt auf einem großen, muskulösen Hengst mit wehender Mähne und fliegendem Schweif.

Mara folgte Nicholas in den kühlen Schatten eines Eichenhains. Ein paar schlanke Fichten erhoben sich hoch über das Laubdach, als wollten sie Wache über ihre kleineren Geschwister halten. Tief unter ihnen lagen die Obstgärten, in denen Äpfel, Pfirsiche, Pflaumen und Aprikosen wuchsen. Hinter dem *rancho* folgten die Gemüsegärten der Villareales.

Nicholas war bereits abgestiegen, als Mara in den Schatten der Bäume ritt, und wartete darauf, ihr beim Absteigen behilflich sein zu können. Mara fühlte, wie sich seine Hände um ihre Taille schlossen, als er sie aus dem Sattel hob. Sie legte ihre Hände auf seine Schultern und ließ sich in seine Arme gleiten. Einen Augenblick lang hielt er sie vor sich, so daß ihre Gesichter nur wenige Zentimeter voneinander entfernt waren. Unverwandt schaute er ihr in die Augen. Mara bemerkte die feinen Linien, die sich von seinen Augenwinkeln ausbreiteten, und sah, wie dicht die schwarzen Wimpern wuchsen, hinter denen sich die grünen Augen verbargen. Langsam folgte ihr Blick dem klassischen Schwung seiner Lippen, bis sich sein Mund zu einem ironischen Lächeln verzog. Mara fühlte sich ertappt und wand sich aus seinem Griff. Er ließ sie sofort los – als könnte er es gar nicht erwarten, mich aus seinen Armen zu entlassen, dachte sie und hob hochmütig das Kinn. Als sie sich von ihm entfernte, hatte sie das seltsame Gefühl, eine Niederlage erlitten zu haben.

Nicholas folgte ihr unablässig mit dem Blick, während sie durch das Gehölz wanderte. Nichts entging ihm, vom Saum ihres Rocks bis zu ihrem Strohhut.

Mara wandte sich um und registrierte den neugierigen Glanz in seinen Augen. Sie beschloß, ihm etwas zum Nachdenken zu geben. Ein leichtes Lächeln huschte über ihre Lippen, als sie zu einer riesigen Eiche hinüberschlenderte, deren einer Ast nach unten gebogen war, so daß er fast den Boden streifte und eine Art natürliche Bank bildete. Mara setzte sich auf die rauhe Rinde, strich ihr Kleid mit fast kindlicher Sorgfalt glatt und machte es sich bequem. Sie lehnte sich gegen die Äste, beugte sich aber sofort wieder vor, als sie ihre Stachligkeit spürte.

Nicholas grinste und lehnte sich gegen den mächtigen Stamm der Eiche. »Ein wunderschöner Baum, nicht wahr?« fragte er.

Mara nickte und schaute desinteressiert in das Laubdach über ihr.

»Sie benehmen sich nicht gerade wie ein Mädchen vom Land, Miss Vaughan«, fuhr Nicholas beiläufig fort. »Sie scheinen eher in London oder vielleicht Paris zu Hause zu sein.«

Mara lächelte ihn an. »Ich scheine Ihnen wirklich Rätsel aufzugeben, Mister Chantale. Macht Ihnen das so zu schaffen?«

»Nicht wirklich, *Mademoiselle*«, antwortete Nicholas listig. »Ich löse nur gern Rätsel.«

»Und Sie finden natürlich immer die Lösung. Wie zuversichtlich Sie doch sind«, antwortete Mara gewandt. »Aber leider werde ich Sie enttäuschen müssen, denn ich habe keine Geheimnisse«, erklärte sie ihm direkt. Ihre braunen Augen schauten ihn offen an.

»Sie kennen nicht zufällig jemanden namens Julian?« fragte Nicholas unvermittelt. Sein Körper versteifte sich, während er auf Maras Antwort wartete. Er registrierte die Reaktion der jungen Frau mit größter Aufmerksamkeit.

»Julian?« Mara überlegte. »Ich glaube nicht«, antwortete sie unschuldig, denn der Name sagte ihr tatsächlich nichts. »Es tut mir leid, aber wie ich Ihnen bereits gesagt habe, lebte ich sehr zurückgezogen auf dem Land. Ist er Ihr Freund?«

»Es ist nicht wichtig«, log Nicholas, ohne sich seine Enttäuschung anmerken zu lassen. Julians Name schien bei ihr tatsächlich nichts auszulösen. »Und Sie werden die nächste Villareale?«

Mara hatte diese Frage nicht erwartet und schaute ihn überrascht an. »Das werden Don Andres und ich selbst entscheiden. Wir sind noch nicht soweit.«

»Verzeihen Sie, aber ich dachte, Sie seien extra nach Kalifornien gekommen, um unseren hübschen *ranchero* zu heiraten. Und wenn mich nicht alles täuscht, hätte er nichts dagegen einzuwenden.«

»Vielleicht«, antwortete Mara knapp. »Aber wie ich bereits sagte, ich habe mich noch nicht entschieden. Und jetzt möchte ich nicht mehr darüber sprechen«.

Nicholas beugte sich mit einem angedeuteten Nicken ihren Wünschen. »Natürlich, *Mademoiselle*. Worüber möchten Sie denn sprechen?«

»Vielleicht über Sie, *Monsieur*«, schlug Mara freundlich vor. »Zum Beispiel würde mich interessieren, ob Sie eine Geliebte mit gebrochenem Herzen oder ein treues Weib samt einer liebenden Familie zurückgelassen haben, als Sie nach Kalifornien abreisten, um Ihr Glück zu machen.«

Nicholas grinste sie breit an. »Wenn Sie etwas wissen wollen, Miss Vaughan, können Sie ganz schön direkt sein.«

»Warum auch nicht? Ausflüchte gebraucht nur jemand, der etwas zu verbergen hat. Es ist viel einfacher, direkt zu sein.«

»Da stimme ich Ihnen zu, auch wenn es Menschen gibt, die der Versuchung nicht widerstehen können, andere in die Irre zu führen.«

Mara lächelte. Dieser Wortwechsel war ganz nach ihrem Geschmack. »Ah ja? Genau das tun Sie aber, *Monsieur*, denn eben jetzt weichen Sie meiner Frage aus.«

Zum erstenmal trat Wärme in Nicholas' Augen. »Sie haben mich ertappt«, lachte er, stieß sich vom Baumstamm ab und setzte sich neben Mara auf den Ast. Aufgrund der sanften Neigung des Astes drückte sich seine Hüfte an ihre, so daß er sich mit seinem Arm hinter ihr abstützen mußte. Er machte keine Anstalten, von ihr abzurücken.

»Aber um Ihre Frage zu beantworten, ich habe weder Frau noch Familie zurückgelassen. Auch weinen mir keine Legionen von Frauen mit gebrochenem Herzen nach.«

»Das kann ich kaum glauben«, forderte ihn Mara heraus. Sie schaute ihm ins Gesicht, wandte sich aber unter seinem kritischen Blick schnell wieder ab. Sein warmer Atem streifte ihr über den Nakken. Er lachte.

»Sie schmeicheln mir, *Mademoiselle*«, flüsterte er ihr ins Ohr. »Aber hätte eine Frau wie Sie in meinen Armen gelegen – dann wäre ich vielleicht niemals fortgegangen.«

Mara fixierte angestrengt die Hügel in der Ferne und versuchte, seinen verführerischen Tonfall zu ignorieren. »Sie können mir doch nicht erzählen, daß ein schmucker Kerl wie Sie keine Geliebte hat, die ihm nachweint.«

»Ich bin seit fünfzehn Jahren nicht mehr in New Orleans gewesen, *Mademoiselle*«, antwortete Nicholas kurz angebunden.

Erstaunt wandte sich Mara um und ertappte ihn dabei, wie er mit nachdenklicher Miene auf den Boden starrte. Es lag mehr darin als bloße Verbitterung oder Zorn. Sie strahlte Traurigkeit aus. Aber gleich hatte er sich wieder in der Gewalt und grinste sie frech an.

»Aber Sie haben doch bestimmt nicht nur einen jungen Mann zurückgelassen, der glaubte, Ihr Herz gewonnen zu haben?« fragte er provozierend. »Eine so begehrenswerte Frau wie Sie muß viele Verehrer haben.«

Mara zog die Stirn kraus. »Sie scheinen aus mir unbedingt eine Kokotte machen zu wollen. Ich frage mich, was eine solche Frau wohl tun würde, wenn sie mit Ihnen an einem so abgeschiedenen Ort zusammen wäre.« Mara schaute ihn unschuldig an, als machte sie sich tatsächlich Gedanken darüber.

»Wenn sie mit mir zusammen hier wäre, bräuchte sie nicht lange zu überlegen, was sie tun soll«, antwortete Nicholas. »Ich würde keinen Zweifel daran lassen, was ich erwarte.«

Mara erkannte zu spät, daß sie sich selbst in eine Falle manövriert hatte. Noch bevor sie die Bedeutung dieses Satzes begriffen hatte, legte er seine Hand um ihre Schulter und drehte mit sanfter Gewalt ihr Gesicht zu sich herum. Seine andere Hand strich langsam von der Taille herauf über die Knöpfe ihrer Bluse, die sie unter ihrer Reitjacke trug, verhielt kurz auf ihrem Hals und schmiegte sich dann um ihr

Kinn. Seine Augen waren hinter den dichten Wimpern fast ganz verborgen, doch sie sah das Feuer darin, als er sich zu ihr herabbeugte.

Mara war darauf gefaßt, daß sich seine Lippen auf ihre legten, statt dessen spürte sie seinen Mund an ihrem Hals. Er hielt ihren Nacken in festem Griff, so daß sich die bloße, empfindsame Haut ihres Halsansatzes seinen Lippen darbot. Ein Schauer überlief sie, als sein Mund ihre Halsschlagader entlangglitt und sein Atem über die feinen Härchen strich, bis er an ihrem Ohr anlangte. Er liebkoste es mit seiner Zunge, bevor sein Mund weiter über ihre Wange wanderte, bis zu den Augen, deren Lider sich unter der Berührung schlossen. Dann endlich fand sein Mund ihren, doch zu ihrem großen Erstaunen war er kühl und fest, nicht heiß und feucht, wie sie es bisher gekannt hatte. Die anderen Männer waren ungeduldig gewesen und hatten es kaum erwarten können, sie zu berühren, der Kreole hingegen ließ sich Zeit und verstand es offensichtlich, sie zu verführen. Jetzt hielt er sie mit beiden Armen und drückte sie an sich, bis sie seiner Bewegung nachgab und ihre Hüften gegen seinen Schoß preßte. Zu ihrer eigenen Überraschung war Mara vollkommen entspannt. Sie fühlte nichts von dem Abscheu oder Widerwillen, der sie jedesmal überkommen hatte, wenn einer ihrer Verehrer sich aufgedrängt hatte. Als seine Zunge sich einen Weg in ihren Mund bahnte, versteifte sie sich. Sofort lösten sich seine Lippen von den ihren, und er bedeckte ihr Gesicht mit sehnsüchtigen Küssen. Zu ihrer Bestürzung merkte sie, daß sie nach seinem Mund verlangte. Zum erstenmal in ihrem Leben suchte sie den Kuß eines Mannes. Mara hob die Lider, die schwer waren vor Leidenschaft – und zuckte zurück, als sie Nicholas' triumphierende Miene sah. Wütend zerrte Mara ihren Mund von seinem, kämpfte sich aus seinem Griff und sprang von dem Ast. Ohne sich umzudrehen, ging sie bis zum Rand des Hains. Ihr Gesicht glühte nicht nur von der brennenden Sonne.

Nicholas beobachtete sie aufmerksam, ohne sich aus seiner Lage zu bequemen. Schließlich stand er mit einem Seufzen auf. Auf dieses Geräusch hin drehte sich Mara um und schaute ihn an. Ihr Hut saß schief auf ihrem Kopf, und mißtrauisch verfolgte sie jede seiner Bewegungen. Er war überrascht, als er sah, wie verletzlich der Mund wirkte, den er soeben liebkost hatte.

»Sie küssen miserabel«, sagte er grob. Ihre fast kindliche Bestürzung irritierte ihn so, daß er sie absichtlich verletzte.

Mara zuckte zusammen, als hätte er sie geohrfeigt. Sie atmete tief durch und antwortete mühsam: »Haben Sie etwas anderes erwartet? Ich stamme nicht aus den Straßen von London, Paris oder Liverpool – Sie dagegen scheinen sich dort wesentlich öfter aufgehalten zu haben als in guter Gesellschaft. Sie beleidigen mich, Sir.«

Nicholas deutete eine Verbeugung an. »Ich bitte um Vergebung, Miss Vaughan«, entschuldigte er sich kühl und hob ihre Handschuhe vom Boden auf. »Sie haben recht. Wahrscheinlich habe ich tatsächlich zu lange in unzivilisierten Gegenden gelebt. Ich hätte eine wirkliche Dame erkennen müssen.«

Er hielt ihr die Handschuhe hin, aber Mara zögerte einen Augenblick, bevor sie ihre Hand ausstreckte. Dann schnappte sie danach und hielt sie fest umklammert. Doch ehe sie zurücktreten konnte, spürte sie seine Hand auf ihrer Wange. Schnell und leidenschaftslos rückte er ihren Hut zurecht.

»Er saß schief«, erklärte er knapp.

»Ich glaube, wir sollten jetzt zurück zum *rancho* reiten«, antwortete Mara. Sie wich seinem Blick aus und ging zu ihrem Pferd.

»Erlauben Sie mir, Ihnen behilflich zu sein, Miss Vaughan?« fragte Nicholas scheinbar freundlich. Mara entging sein zorniger Blick.

»Natürlich«, erwiderte Mara herablassend. »Ich habe nicht die Absicht, zu Fuß zurückzugehen.«

»Ich werde versuchen, meine Triebe zu zügeln, Ma'am«, antwortete Nicholas ironisch. Dann legte er seine Hände um Maras Taille und hob sie mühelos auf den Rücken ihres Pferdes. »Aber werden auch Sie Ihren Anstand bewahren können?«

Mara schleuderte zornige Blicke auf den unverschämten Kreolen herab. Ihre Finger spielten um den Schaft ihrer Reitgerte, und Vorfreude stieg in ihr auf, als sie sich überlegte, wie sie ihn für seine Unverschämtheit bestrafen würde.

»Das würde ich nicht tun, *mademoiselle*«, sagte Nicholas warnend und trat einen Schritt zurück. »Oder Sie würden bald am eigenen Leibe erfahren, wie man in einem Saloon oder Bordell behandelt wird.«

Maras Hand krampfte sich um den Peitschenstiel. Erbost und ruppig wendete sie ihr Pferd, so daß seine Hinterflanke über Nicholas' Brust streifte.

»Nehmen Sie sich in acht, Mister Chantale, denn diesmal sind Sie an die Falsche geraten«, warnte ihn Mara mit einem höhnischen Lächeln.

Sie gab dem Pferd die Fersen, und kurz darauf hatte sie das kleine Wäldchen hinter sich gelassen.

Mara hörte das Donnern der Hufe, bevor sie ihn sah. Dann hatte er sie erreicht und wich nicht mehr von ihrer Seite, während sie über die Hügelkuppe galoppierten. Sie ignorierte ihn, bis sie beide in einen Hohlweg einritten, Maras Pferd auf dem unterspülten Boden strauchelte und gegen seines rutschte. Mara riß an den Zügeln und konnte sich nur mit knapper Not im Sattel halten. Die Nüstern des Pferdes berührten den Boden, und es wieherte nervös.

Nachdem sie das Tier wieder unter Kontrolle hatte, drehte sich Mara wutentbrannt zu dem Kreolen um, der unbeschadet aus der Kollision hervorgegangen war. Jetzt verlor sie endgültig die Beherrschung und holte weit mit der Reitpeitsche aus.

»Du verdammter Trottel, für wen hältst du dich eigentlich, daß du mir so auf die Pelle rückst?« schrie Mara ihn an. »Du hirnverbrannter Idiot, du bist –«

Sie hielt abrupt in ihrer Tirade inne, als sie seine verwunderte Miene sah.

»Die junge Dame verfügt aber über einen ganz erstaunlichen Wortschatz«, sagte Nicholas kalt und mit stählernem Blick. Er starrte in ihr bleiches Gesicht, und grausame Befriedigung grub sich in seine Züge.

»Sie werden mir vergeben«, sagte Mara, die sich bereits wieder in der Gewalt hatte. »Aber nachdem ich annahm, Sie seien mit einer derartigen Sprache besser vertraut, habe ich nur versucht, mich Ihnen verständlich zu machen.«

»Ich glaube, ich habe sehr wohl verstanden, Miss *Vaughan*«, antwortete Nicholas mit einem undurchsichtigen Lächeln.

Mara zuckte mit den Achseln und versuchte das beunruhigende Gefühl zu ignorieren, das sich in ihr breitmachte, dann setzte sie ihr Pferd wieder in Trab. Auf dem Rückweg zum *rancho* kreisten ihre Gedanken nur darum, wie sie sich an diesem arroganten Kreolen rächen konnte. Und sie würde sich rächen, das schwor sie, als sie durch das Gatter in den Hof des *rancho* einritten.

Aber diese Pläne waren schwerer in die Tat umzusetzen, als sie gedacht hatte. Das mußte sich Mara eingestehen, als sie an Paddys Bettkante saß und ihm eine Geschichte erzählte, damit er einschlief. Der Abend war bisher entmutigend verlaufen. All ihre Ränke hatten sich in Luft aufgelöst, weil sie hilflos mitansehen mußte, wie der Kreole Feliciana umgarnte. Er ignorierte Mara vollkommen und spielte statt dessen der unerfahrenen Kalifornierin den hinreißenden Verehrer vor. Wie sollte sie sich an diesem Mann rächen, wenn er tat, als gäbe es sie überhaupt nicht?

Mara betrachtete Paddys Gesicht. Es war noch heiß, aber sein Atem ging bereits leichter. Dann stand sie auf, streckte sich müde und stopfte Paddys Decke unter seine Schultern. Auf Zehenspitzen schlich sie aus dem Raum, damit Jamie nicht aufwachte.

Als sie die Galerie betrat, hielt Mara inne. Sie lehnte sich an einen der Pfeiler und schaute hinauf in den klaren dunklen Himmel, in dem ein paar vereinzelte Sterne funkelten. Gemächlich wandelte sie unter dem schützenden Dach entlang. Auf dem *rancho* war es ruhiger als sonst. Sie hörte Gelächter aus dem äußeren Hof bei den Stallungen, aber die meisten Gäste hatten sich bereits zurückgezogen. Mara setzte sich auf die Bank am Brunnen und ließ ihre Finger durch das kühle Wasser gleiten. Gegenüber sah sie die dunklen Fenster des Zimmers, in dem der Kreole wohnte. Sie fragte sich, was er wohl gerade machte.

Don Luís starrte den großen Franzosen ungläubig an, ohne sein Entsetzen verhehlen zu können. »Ich glaube, ich – ich verstehe nicht, *Señor*«, wehrte er mit einem unsicheren Lachen ab.

Nicholas lächelte freudlos zurück. »Ich weiß, daß Sie mich für verrückt halten müssen, aber sind Sie vollkommen davon überzeugt, daß diese Frau, die sich Amaya Vaughan nennt, Ihre Nichte ist? Ich habe den Verdacht, daß sich eine Schauspielerin als Ihre lang vermißte Verwandte ausgibt. Ihr wirklicher Name ist Mara O'Flynn.«

Don Luís schluckte nervös. Seine dunklen Augen wichen dem Blick dieses seltsamen Mannes aus, der seine Gedanken zu lesen schien. *¡Madre de Dios!* Was sollte er jetzt tun?

»Ich weiß nicht, was ich dazu sagen soll. Was Sie sagen, ist absurd! Daß sich eine fremde Frau als meine Nichte ausgeben soll – das ist unmöglich, *Señor*, absolut unvorstellbar.« Don Luís reckte sein Kinn vor, als hätte man ihn beleidigt.

»Don Luís, bitte, ich möchte Ihnen keinesfalls einen Vorwurf machen. Ich würde nur gern erfahren, wie Sie Ihre Nichte gefunden haben«, versuchte Nicholas zu erklären. Er spürte, daß er den Kalifornier in seinem Stolz verletzt hatte. »Immerhin muß man bedenken, daß sie noch ein kleines Kind war, als Sie ihr das letzte Mal begegneten.«

»*Sí*, aber ich habe mich auf keinen Fall geirrt. Sie ist meiner lieben Schwester sehr ähnlich«, versicherte ihm Don Luís, »und ich habe sie bei sich zu Hause angetroffen, zusammen mit ihrer Tante und ihrem Onkel. Ein Irrtum ist ausgeschlossen, *Señor*. Sie ist Amaya Vaughan, das schwöre ich bei meiner Ehre. In England wußte niemand, daß ich die Absicht hatte, Amaya zu holen, wozu also sollte eine solche Täuschung gut sein? Sie müssen sich irren«, schloß Don Luís fast tröstend und schüttelte bedauernd den Kopf.

Nicholas zog das goldene Amulett aus seiner Tasche, öffnete es und reichte es Don Luís. »Wollen Sie immer noch behaupten, daß Mara O'Flynn und Amaya Vaughan nicht ein und dieselbe Person sind?«

Don Luís starrte auf Mara O'Flynns Porträt, ohne eine Gefühlsregung erkennen zu lassen. »*Dios*, da besteht allerdings eine gewisse Ähnlichkeit, *Señor*«, lachte er nervös. »Aber trotzdem können die beiden nicht dieselbe Person sein. Wie auch? Ich weiß nicht, wer diese Frau ist oder warum Sie ihr Bild bei sich tragen, aber ich schwöre, daß es sich um zwei verschiedene Menschen handelt. Außerdem gibt es Dinge, die nur Amaya wissen kann und weiß. Eine Hochstaplerin würde sich bestimmt schnell verraten. Es tut mir leid, *Señor*, aber Sie irren sich.«

»Sie sind also davon überzeugt, daß Amaya Ihre Nichte ist? Es tut mir leid, daß ich Sie belästigt habe, Don Luís«, erklärte Nicholas, obwohl ihn die Antwort keineswegs befriedigte. Die Ähnlichkeit war einfach zu groß, und außerdem stellte »Amaya« von Zeit zu Zeit eine vollkommen andere Persönlichkeit zur Schau.

»Sind Sie ein persönlicher Freund dieser Frau?«

»Nein, Miss O'Flynn und ich hatten noch nicht das Vergnügen. Aber ich ... kenne sie.«

»Aber *Señor*, wie können Sie so sicher sein, daß es sich um diese Frau handelt, wenn Sie ihr noch nie begegnet sind? Aufgrund so unsicherer Anhaltspunkte eine solche Anschuldigung zu machen, ist wirklich ziemlich unverschämt«, beschwerte sich Don Luís. »Ich muß Sie doch sehr darum bitten, meine Nichte mit solch absurden Verdächtigungen zu verschonen. Das würde sie nur beunruhigen und Ihre Gastgeber, die Villareales, sehr verärgern«, versuchte Don Luís den Franzosen einzuschüchtern.

Nicholas' grüne Augen verengten sich. »Das klingt fast, als wollten Sie mir drohen, Don Luís«, sagte er gefährlich leise.

Don Luís riß abwehrend die Arme hoch und leugnete das in aller Liebenswürdigkeit. »Aber ganz gewiß nicht! Es geht mir nur um Ihre Sicherheit und Ihr reines Gewissen. Wir Kalifornier sind sehr stolz auf unsere Ehre, und wenn Sie Doña Amayas Identität in Frage stellen, dann verunglimpfen Sie damit zugleich das Haus der Villareales.«

»Ich werde das nicht vergessen.« Nicholas nickte ihm zum Abschied zu und verschwand im dunklen Innenhof.

Don Luís sank in einen Sessel. Er schaute auf seine Hände und stellte fest, daß sie zitterten – vor Furcht? Nein, er fürchtete sich nicht vor dem Fremden; nur daß er soviel wußte, beunruhigte ihn. Auf keinen Fall durften die O'Flynns erfahren, daß der Franzose ihre Tarnung durchschaut hatte. Sie wurden ohnehin langsam nervös. Wenn jetzt zusätzliche Probleme auftauchen sollten, würden sie in Windeseile wie die Kojoten in die Berge verschwinden.

Er hatte die beiden zwar immer noch unter Kontrolle, aber man wußte nie genau, wie sie reagieren würden. Und wenn sie dann noch erfahren würden, daß er bankrott war, mindestens tausend englische Pfund Schulden hatte und sie auf keinen Fall bezahlen konnte, würde die Situation explosiv werden. Erst wenn er das Kreuz verkauft hatte, würde sich das Blatt wieder wenden.

Ja, dachte Don Luís befriedigt, bald gehört wieder mir, was mir zusteht. Es war dumm gewesen, die Ländereien zu verspielen, aber was war ihm damals schon anderes übriggeblieben? Er hatte das Geld gebraucht, um alte Schulden zu bezahlen; außerdem hatte er nicht damit gerechnet zu verlieren. Don Andres hatte zwar vorgegeben, die Wette auf das Pferderennen nicht annehmen zu wollen, aber Don Luís wußte, daß er schon immer ein Auge auf das Land der Quinteros geworfen hatte. Später hatte Don Andres ihm zwar angeboten, die Wette für ungültig zu erklären, aber das war eine noch größere Beleidigung gewesen.

Darum war er schließlich nach England gereist, um seine Nichte zurückzuholen. Wenn er erst das Kreuz besaß, konnte er sein Land zurückkaufen und wäre wieder ein ehrbarer Mann. Außerdem hatte er es genossen, welchen Aufruhr die unerwartete Ankunft seiner Nichte im Haushalt der Villareales ausgelöst hatte; denn jeder wußte, daß Doña Feliciana Don Andres' auserwählte Braut war. Die meisten hatten das alte Abkommen zwischen Don Pedro und Doña Amayas Vater längst vergessen.

Don Luís lächelte selbstzufrieden, als er sich vorstellte, wie Doña Amaya Don Andres einen Korb geben würde, um nach England zurückzukehren. Don Andres wäre nicht nur vor all seinen Freunden und seiner gesamten Familie bloßgestellt, ihm würde auch das Herz brechen. Mara O'Flynn war eine sehr einnehmende Doña Amaya, und ihm waren Don Andres' Blicke, wenn sie den Raum betrat, nicht entgangen. Er folgte jeder Geste, hing an ihren Lippen, wenn sie sprach. *Sí*, wäre Mara O'Flynn tatsächlich Amaya Vaughan, bräuchte sie sich keine Gedanken über ihre Zukunft zu machen.

Aber die O'Flynns mußten sich sehr wohl Gedanken über ihre Zukunft machen. Es hätte alles vereinfacht, wenn er ihnen von Anfang an die Wahrheit gesagt hätte, aber es war zu bezweifeln, daß Señor O'Flynn ihm geholfen hätte, sein Land zurückzubekommen, nachdem er selbst gerade seine gesamten Ersparnisse verloren hatte. Bis der Franzose aufgetaucht war, war ja auch alles gutgegangen. Bald wäre das Kreuz in seinem Besitz, dann würde er den O'Flynns die Wahrheit sagen und sie bitten, sich noch ein wenig zu gedulden. Natürlich würden sie sich gedulden, sonst würden sie nicht bezahlt. Bis dahin durfte er keinesfalls ihr Mißtrauen wecken. Er konnte nur hoffen, daß der Franzose seinen Rat beherzigte.

Nicholas schlenderte langsam über den Hof. Das Gespräch mit Don Luís hatte ihn nicht befriedigt. Er war immer noch nicht überzeugt, daß Amaya Vaughan nicht Mara O'Flynn war, gleichgültig, was der Kalifornier behauptete. Wenn er es nur irgendwie beweisen könnte...

Als er am Brunnen vorbeikam, sah er unwillkürlich hin, denn das leise Plätschern weckte bei ihm vergessene Erinnerungen an einen anderen Brunnen in einem anderen Hof. Während er nachdenklich in das Wasser schaute, bewegte sich ein Schatten auf der anderen Seite. Er umrundete den Brunnen und erkannte sofort die arrogante Kopfhaltung.

»Sie betrachten die Sterne, *Mademoiselle*?« fragte Nicholas.

Mara drehte sich erschreckt um. »Wahrscheinlich haben Sie geglaubt, ich sitze vor einer Kristallkugel und versuche, einen Fluch über Sie zu beschwören«, gab sie zurück, entschlossen, sich von seinem freundlichen Ton nicht irreführen zu lassen.

»Wären wir hier in New Orleans, hielte ich das gar nicht für ausgeschlossen«, antwortete Nicholas. Er beschloß, ihre sarkastische Reaktion zu ignorieren und mehr über diese merkwürdige Frau herauszufinden.

Mara lächelte. »Falls Sie andere auch so behandeln wie mich, dürfen Sie sich nicht wundern, wenn Ihnen jemand Böses wünscht.«

Nicholas schwieg einen Augenblick, bevor er mit vollkommen leidenschaftsloser Stimme antwortete: »Vor langer, langer Zeit hatte ich das Gefühl, verflucht zu sein. Jedenfalls wünschte mir jemand Böses.«

»Und stehen Sie immer noch unter diesem Fluch?« Mara versuchte, seine Miene in der Dunkelheit zu lesen.

»Auch eine lebhafte Erinnerung an die Vergangenheit kann manchmal ein Fluch sein, *Mademoiselle*«, antwortete Nicholas. »Haben Sie das nicht auch schon erlebt?«

Mara zuckte lediglich mit den Achseln. Sie wollte ihn nicht wissen lassen, daß er an eine offene Wunde gerührt hatte. »Das klingt, als hätten Sie keine angenehmen Erinnerungen an New Orleans. Haben Sie keine Familie dort?«

»Keine, die mich aufnehmen würde, *Mademoiselle*. Aber Sie irren sich, ich habe äußerst angenehme Erinnerungen an meine Geburtsstadt. Keine Stadt der Welt gleicht New Orleans, und ich bin weit herumgekommen. Selbst Paris verblaßt neben dem Vieux Carré, wenn Sie durch die Esplanade gehen. Das ist eine breite Avenue mit vornehmen Ziegelhäusern, deren schmiedeeiserne Balkone über die Straße ragen. Hinter den hohen Gattern findet man bisweilen einen abgeschiedenen Hof wie jenen, in dem wir jetzt gerade sitzen. Ein kleiner Brunnen plätschert, der Patio ist mit gelben Ziegeln ausgelegt, Magnolien und Gardenien verströmen ihren Duft, und zart blühende Rosen laden Sie ein, einen Augenblick zu verweilen.«

»Aber Sie haben die Stadt verlassen?« fragte Mara neugierig.

»Ja, ich habe New Orleans verlassen, Miss Vaughan«, antwortete Nicholas knapp. »Möchten Sie wissen, warum?«

Mara schüttelte den Kopf. Sein Tonfall mißfiel ihr. »Bitte, das geht mich wirklich nichts an.«

»Glauben Sie? Vielleicht doch«, erklärte Nicholas geheimnisvoll. »Auf jeden Fall möchte ich es Ihnen erzählen, Miss Vaughan. Ich möchte, daß Sie wissen, in welcher Gesellschaft Sie sich befinden und wozu ich fähig bin.« Nicholas' Stimme war hart, dann lehnte er sich zu ihr hinüber und fuhr leise fort: »Man hat mir einen Mord zur Last gelegt, *Mademoiselle*.«

Auf Maras erschreckten Laut hin lachte Nicholas gefühllos. »Macht Ihnen das angst? Das sollte es auch, *Mademoiselle*. Aber wahrscheinlich fragen Sie sich, warum ich nicht gehenkt wurde. Es geschah während eines Duells, und auch wenn sich die Einstellung langsam ändert, so ist es immer noch umstritten, ob Duelle ein Verbrechen sind oder nicht. In einer konservativen Gesellschaft wie der kreolischen, wo die persönliche Ehre um jeden Preis verteidigt werden muß, wird das Duell im allgemeinen akzeptiert. In meiner Familie und unter meinen Freunden galt das allerdings nicht, und so wurde ich verstoßen«, erklärte Nicholas. Dann lächelte er traurig und fügte hinzu: »Nur ein großer, dickschädeliger Schwede hielt zu mir.«

»Das verstehe ich nicht. In England trafen sich die Kontrahenten im Morgengrauen, um ihre Meinungsverschiedenheiten auszutragen. Ich fand die Vorstellung immer sehr zivilisiert.«

»Es ist niemals zivilisiert, einen Menschen zu töten. In New Orleans traf man sich unter den Eichen. Normalerweise wurden dort am Morgen, nachdem die Gegner wieder nüchtern waren, die Fehden mit Pistole oder Degen ausgetragen. Wenn es sich allerdings um eine dringende Angelegenheit handelte, die nicht bis zum Morgengrauen warten konnte, kämpften wir im Garten von Père Antoine bei der Kirche von St. Louis. Meist ging es um einen angeblich falsch ausgesprochenen Namen oder um eine *aerzerone*, mit der jemand im Ballhaus getanzt hatte, das nur wenige Schritte entfernt lag. Sehr praktisch, nicht wahr?« fragte Nicholas. »Ich frage mich, ob Sie sich vorstellen können, auf wie vielen Grabsteinen der Friedhöfe steht: *›Pour garder intact le nom de la famille‹* oder ›Opfer seiner Ehre‹. Sie wären bestimmt überrascht, *Mademoiselle*.«

»Was ist eine *aerzerone*?« wollte Mara wissen.

»Das Kind eines weißen Vaters und einer mulattischen Mutter.«

»Und Sie haben sich oft wegen einer Frau duelliert?« Mara war wider Willen fasziniert.

»Ich war ein sehr hitzköpfiger junger Mann, nicht anders als die vielen jungen Heißsporne, die sich in jede schöne Frau verlieben, sobald sie sie zu Gesicht bekommen. Ich machte viele dumme Fehler mit vielen tragischen Konsequenzen«, fügte er ernst hinzu. »Aber Sie wollten etwas über New Orleans erfahren, Miss Vaughan, nicht über meine Jugend.

New Orleans liegt im Mississippidelta, einem flachen Sumpfgebiet mit hohem Riedgras, über das der Golfwind hinwegweht. Es wird von *bayous*, schlafenden Wassern voller Seerosen und heimtückischer Strömungen, durchzogen. Zypressen, deren Stämme mit grauem, auf dem Wasser treibenden Moos behangen sind, scheinen immer tiefer im Schlamm zu versinken.

Man sollte uns dazu gratulieren, daß wir auf einem so unwirtlichen Fleck einen der wichtigsten Häfen im gesamten Golf von Mexiko errichtet haben. Und einen der interessantesten dazu, *Mademoiselle*, denn bei uns mischen sich viele Kulturen. Zum Beispiel gibt es bei uns noch Sklaven, die aus Afrika dorthin verschleppt wurden. Meine Vorfahren dagegen stammen aus Frankreich, wo es nach der Revolution viele Adlige vorzogen, sich nach New Orleans abzusetzen, als sich köpfen zu lassen. Diese französischen Aristokraten importierten einen höchst kultivierten Lebensstil, den sie aus Versailles und Paris gewohnt waren. Sie waren nicht gewillt, diesen Komfort im Exil aufzugeben. Neben dieser Noblesse und den Extravaganzen unserer europäischen Vorfahren haben wir noch etwas Exotik ererbt, da viele Franzosen vor dem Sklavenaufstand in Santo Domingo nach New Orleans flohen. Unglücklicherweise schleppten sie mit ihren Bediensteten auch den Aberglauben bei uns ein. Der Voodooglaube verbreitet sich wie eine heimtückische Krankheit unter den Sklaven und leider auch unter vielen Kreolen«, erklärte Nicholas mit verächtlichem Lachen.

Mara zitterte, denn eine kühle Brise strich ihr über die Schulter. »Und Sie glauben nicht daran?«

»Das Gehirn ist ein seltsames Organ, Miss Vaughan. Es gibt sich gern Täuschungen hin, wenn man es nur läßt. Ich glaube, ich bin stark genug, einer solchen Versuchung zu widerstehen. Der Gedanke, daß jemand anderes mein Leben und meine Gefühle kontrollieren könnte, gefällt mir nicht. Ich glaube, Ihnen würde das auch nicht zusagen.«

»Da haben Sie ganz recht, Mister Chantale, ich habe mein Leben immer in der Hand«, erwiderte Mara. »Aber verraten Sie mir doch, wie man sich in New Orleans vergnügt.«

»Sie klingen, als würden Sie daran zweifeln, aber wir sind mindestens so kosmopolitisch wie London oder Paris. Es gibt in New Orleans mehrere Theater und eine Oper, jede Nacht *bals de societé*, erlesene Soireen. Nachmittags trinkt man Kaffee oder Wein bei Vincent's oder in einem der anderen Cafés rund um den Place d'Armes.

Und die Küche von New Orleans findet nirgends ihresgleichen. Auf den großen Festen, wo wir all unsere Verwandten trafen, gab es Truthahn, Langusten und Austern, Forelle aus den *bayous*, Rotbarsch aus dem Golf, gekochten Schinken in Champagner, frisches Gemüse vom Markt, Pariser Kuchen, Lafayette-Torten, Sorbets und Minzplätzchen. Dazu tranken wir Madeira, Rotwein oder Champagner.

Wenn die Saison zu Ende war, zogen wir uns auf unsere Plantagen zurück und ritten auf der Old River Road unter den Eichen am Fluß entlang. Am einen Ufer des Mississippi erstreckten sich saftige grüne Wiesen, während sich auf dem anderen die ehrwürdigen säulengeschmückten Häuser und die blühenden Gärten der Plantagenbesitzer ausdehnten. Merkwürdig, daß man solche Dinge erst zu schätzen lernt, wenn sie einem genommen werden.« Nicholas sprach eher zu sich selbst als zu ihr.

»Sie vermissen es.« Mara war von seinem Heimweh merkwürdig berührt.

»Vermissen?« fragte Nicholas scharf. Mara konnte ahnen, daß er im Dunkeln mit den Achseln zuckte. »Vielleicht. Aber wenn man sich gern an etwas erinnert, bedeutet das nicht unbedingt, daß man dorthin zurückkehren möchte. New Orleans hat auch seine Schattenseiten, *Mademoiselle*. Wie die Menschen auch«, fügte er kalt hinzu und machte damit deutlich, daß er auf ihr Mitgefühl keinen Wert legte.

»Verzeihen Sie, daß ich Sie für so naiv hielt, *Monsieur*. Natürlich haben Sie als Mann von Welt keinen Sinn für Emotionen«, entschuldigte sich Mara sarkastisch.

»Doch, ich habe durchaus Gefühle, *Mademoiselle*«, versicherte ihr Nicholas. »Ich habe versucht, mein Herz davor zu verschließen, aber es gelang mir nicht. Als Junge mußte ich mit ansehen, wie meine Mutter starb, als die Pest in New Orleans wütete. Ganze Familien wurden über Nacht ausgelöscht. Karren und Kutschen voller Leichen rollten pausenlos durch die verlassenen Straßen der Stadt.

Manche allerdings behaupten, viel schlimmer als die Pest seien die Amerikaner, die in die Stadt drängen, seitdem Louisiana an die Vereinigten Staaten verkauft wurde. Ich frage mich, welche Löcher die Amerikaner in das Vieux Carré gerissen haben, seit ich fort bin.« überlegte Nicholas. »Wir sonderten uns von ihnen ab. Man hielt sie für ungehobelt und barbarisch – Menschen, die ohne Rock auf die Straße gehen. Außerdem«, fügte er mit einem Lachen hinzu, »waren sie Händler. Sie arbeiteten, *Mademoiselle*, und das ist für einen Kreolen unvorstellbar.«

»Aber Sie arbeiten doch auch, oder nicht?« unterbrach ihn Mara. »Sie gehören doch auch zu jenen, die ihr Glück in den Goldminen suchen?«

»Wenn meine kreolischen Freunde mich so sehen könnten – mit freiem Oberkörper, schwieligen Händen, bis zum Bauch im eiskalten Wasser, um nach Gold zu suchen –, sie würden nicht glauben, daß das tatsächlich der elegante Nicholas de Montaigne-Chantale sein soll«, lachte Nicholas fröhlich. »Wahrscheinlich würden sie mich zum Duell herausfordern, weil ich die kreolische Ehre beflecke.«

»Sie sind also kein feiner kreolischer Gentleman mehr?« fragte Mara.

»Ich dachte, das hätte ich Ihnen bereits deutlich gemacht, *Mademoiselle*, aber anscheinend begreifen Sie nicht so schnell«, antwortete Nicholas. »Ich mußte meine guten Manieren und meine feine Sprache ablegen, als ich auf einem Mississippidampfer anheuerte. Weder mein vorzügliches Benehmen noch meine vornehme Abstammung, nur Muskeln und Schweiß würden meinen Lebensunterhalt sichern. Nicht nur mein Name, auch mein Denken wurde amerikanisch. Heute würde ich in New Orleans besser in die Viertel der Amerikaner passen oder vielleicht sogar«, fügte Nicholas beiläufig hinzu, wobei die Dunkelheit seine Miene, nicht aber seinen abfälligen Tonfall verbarg, »in den Irish Channel, wo alle Iren leben. Dort gab es so viel Streit, daß ständig irgendwo eine frischgebackene Witwe Totenwache hielt. Ein wirklich streitlustiges Volk, diese Iren, meinen Sie nicht auch, Miss Vaughan?«

Mara schwieg lieber, als sich zu verraten. Liebend gern hätte sie dem Kreolen demonstriert, wie gut die Iren im Streiten waren.

»Ach – bitte, vergeben Sie mir. Ihr Cousin, Mister O'Sullivan, ist zur Hälfte Ire, nicht wahr? Ich hoffe, ich habe Sie nicht beleidigt«, entschuldigte er sich. Wieder hörte Mara den leisen Spott in seiner Stimme.

»Keineswegs. Ich bin überzeugt, daß nicht einmal Brendan Sie wegen Ihres schlechten Benehmens zum Duell fordern würde. Gute Nacht, Mister Chantale«, verabschiedete sich Mara scheinbar liebenswürdig. Aber bevor sie sich abwenden und gehen konnte, packte Nicholas' Hand sie am Gelenk.

»Nachdem ich in Ihren Augen ohnehin meinen guten Ruf verloren habe, *Mademoiselle*«, sagte er mit seidenweicher Stimme und zog sie näher zu sicher heran, »werde ich Sie auch nicht enttäuschen. Ich werde es nach Kräften ausnutzen, eine so schöne Frau in den Armen zu halten.«

Mara konnte in der Dunkelheit sein Antlitz nicht erkennen, aber sie spürte, wie seine warmen Arme ihre Taille und Schultern umschlangen, und als sie gegen seinen muskulösen Brustkorb gepreßt wurde, fühlte sie eine merkwürdige Sehnsucht in sich aufsteigen. Seine Lippen liebkosten ihren Mund, und sein warmer Atem vermischte sich mit ihrem. Dann verstärkte er den Druck, und er begann sie zu küssen. Sein Mund preßte sich auf ihren, bis sich ihre Lippen teilten und sie spürte, wie seine Zunge sich in ihren Mund vortastete.

Maras schlanke, nackte Arme legten sich um seinen Hals, und ihre Finger spielten mit seinem dichten schwarzen Haar, das über seinen Hemdkragen fiel. Sie erwiderte seinen Kuß, imitierte ihn, da sie sich noch gut an seinen spöttischen Kommentar vor wenigen Stunden erinnerte. Und anscheinend imitiere ich ihn sehr gut, dachte Mara triumphierend, als sich seine Arme noch fester um ihre Taille schlossen und er ihren schlanken Leib gegen seinen drückte. Schließlich löste er seine Lippen von ihren und schmiegte sein Gesicht an ihren Hals. Er atmete tief ihren Duft ein und flüsterte dann in ihr Ohr: »Ich habe mich geirrt, Sie lernen schnell, *Mademoiselle*.«

Ein leichtes Lächeln spielte in der Dunkelheit um Maras Mund. Sie löste ihre Arme von seinem Hals und lehnte sich spielerisch gegen seine Brust, gerade als er wieder ihren Mund zu suchen begann. Irritiert hob er den Kopf, und in diesem Moment schlug Mara zu. Das Klatschen ihrer Hand auf seiner Wange schallte durch den ganzen Hof.

»Eine kleine Nachhilfe, Mister Chantale, damit Sie lernen, niemals Ihren Feind zu unterschätzen«, erklärte ihm Mara mit nervös zitternder Stimme.

»Ich wußte nicht, daß wir Feinde sind«, antwortete Nicholas kalt und rieb sich die Wange. »Aber vielen Dank für die Warnung.«

»Jedenfalls muß noch wesentlich mehr Zeit vergehen, bevor wir einander besser kennenlernen«, antwortete Mara hochmütig. Sie trat zurück, aus der Reichweite seiner Arme.

»Ich werde das nicht vergessen und Ihnen den Gefallen tun. Aber warten Sie nicht zu lange, *Mademoiselle*, denn meine Zeit ist begrenzt.

Sonst werde ich mich nach einer anderen Zerstreuung umsehen müssen«, erklärte ihr Nicholas gelangweilt. Dann wandte er sich ab und ließ Mara allein in der Dunkelheit zurück. Sie fühlte sich, als hätte er sie geschlagen, nicht umgekehrt.

Denn was wir seh'n und schau'n,
ist nur der Traum in einem Traum.

EDGAR ALLAN POE

Kapitel 5

Gitarren- und Violinenklänge schwebten durch den Hof. Fackeln warfen tanzende Schatten über die Gesellschaft, die sich in kleinen Gruppen im Patio und unter der langen Galerie versammelt hatte. Gelächter und Stimmen erfüllten die kühle Nachtluft, die nach den Blumen aus den zahllosen Beeten duftete.

Don Luís' schwarze Augen glühten im Licht der Fackeln und vor Gier nach dem juwelenbesetzten Kreuz, das an einer Goldkette zwischen Maras Brüsten ruhte. Ihr eng tailliertes Gewand lenkte den Blick auf das Kreuz und betonte zugleich die weichen, von Seide umschmeichelten Formen ihres Körpers.

Es war Brendans Idee gewesen, Don Luís damit zu überraschen, daß Mara das Kreuz trug. Don Luís würde sehnsüchtig auf das so nahe und doch unerreichbare Stück schauen müssen, das er seit so langer Zeit begehrte. Auf diese Weise würde er auch einmal die Qualen kennenlernen, die Brendan verspürte, wenn er aus dem *rancho* hinaus auf die Berge der Sierra Nevada blickte. Es war eine teuflische Rache.

»Es macht mich sehr glücklich, daß Sie das Kreuz tragen, Doña Amaya«, flüsterte Don Andres Mara ins Ohr. »Sie erwecken es zum Leben«, fügte er mit einem langen Blick auf ihre sanft gerundeten Brüste hinzu.

Mara schaute ihm tief in die Augen, wobei in ihren ein Funken Wärme aufblitzte. »*Gracias*, Don Andres«, murmelte sie. Als sie an ihm vorbeischaute, wurde ihr Blick noch wärmer und ihr Lächeln verführerischer, denn sie sah direkt in Nicholas Chantales grüne Augen. Don

Andres hielt die Luft an, so bezaubernd war ihr Gesicht in diesem Moment. Mara selbst merkte gar nicht, daß ihr Blick sinnlich wurde und ihre Lippen sich zu einem einladenden Lächeln teilten, während sie nachdenklich den Kreolen beobachtete.

Andres lenkte ihre Aufmerksamkeit wieder auf sich, indem er ihr etwas ins Ohr flüsterte und Mara zum Lachen brachte. Dadurch wurde Doña Ysidora auf sie aufmerksam, die nahebei saß, den Kopf mit einer Spitzenmantilla bedeckt, die sie über ihre linke Schulter gelegt hatte. Ihr unförmiges schwarzes Gewand hatte sie abgelegt; statt dessen trug sie ein gelbes Seidenkleid mit Spitzenbesatz.

Die Trauerzeit für Doña Felicianas Vater war offensichtlich zu Ende, denn letztere war ebenfalls in ihrem farbenfrohesten Kleid erschienen. Ihre Schultern lagen über dem engen Mieder ihrer blaßblauen Bluse frei. Feliciana hatte sich ein rotes Seidentuch um die Taille geschlungen und an der Seite verknotet. Das fransige Ende hing bis zum Saum ihres weißen Musselinrocks herab, der mit Volants besetzt und mit bunten Bändern und Goldspangen verziert war.

Feliciana schaute eifersüchtig zu Mara und Don Andres hinüber. Wütend ließ sie ihren Fächer zuschnappen, als Mara eine Hand auf Don Andres' Arm legte und ihm vertraulich ihren Kopf zuneigte.

Plötzlich stimmten die Musikanten ein fröhliches Stück an, und Mara und Andres schauten auf. Andres' Mund öffnete sich in wortloser Überraschung, als er Felicianas schlanke Fesseln sah, die in weißen Seidenstrümpfen steckten. Das Mädchen lüpfte verführerisch seinen Rock und begann über den Hof zu tanzen. Mit ihren blauen Seidenschuhen steppte sie einen schnellen Rhythmus auf das Pflaster.

Sie hob ihre bloßen Arme über ihren Kopf, so daß sich der dünne Stoff ihrer Bluse über ihren kleinen, festen Brüsten spannte. Die Schärpe schwang in einem weiten Kreis herum, als sie sich zu drehen begann, und ihr Rock wölbte sich glockenförmig über den schlanken Beinen. In der Hand schüttelte sie ein Tamburin, dessen Schellengeklirr den Tanz noch exotischer machte.

Felicianas Publikum verfolgte schweigend ihre Darbietung. Paralysiert wäre treffend, dachte Mara erheitert, als sie Andres' fassungsloses Gesicht sah und die Mißbilligung in Doña Ysidoras Miene erkannte. Brendan dagegen amüsierte sich königlich, denn Feliciana schien ausschließlich für ihn zu tanzen. Sie senkte vor ihm eine Schulter und warf ihm einen aufreizenden Blick zu, bevor sie von neuem herumwirbelte.

Der Kreole schien sich ebenfalls nicht an Felicianas Einlage zu stören, stellte Mara fest. Er lehnte an einem der Holzpfeiler und verfolgte Felicianas Vorführung mit Interesse.

Feliciana tanzte jetzt an Don Andres heran, mit lachendem, rebellischem Gesicht. Einen Augenblick drohte sie aus dem Takt zu kommen, als sie seinen Zorn bemerkte. Dann verdoppelte sie ihre Anstrengungen und beschleunigte das Tempo noch. Immer schneller drehte sie sich, den Kopf und die Schultern zurückgeworfen, so daß ihre langen Zöpfe sie wie schwarze Schlangen umkreisten. Wie ein Wirbelwind tanzte sie über den Hof, bis sie am Rande des Patios abrupt innehielt. Trotzig funkelte sie Don Andres an. Ihre Brüste hoben und senkten sich schwer unter dem dünnen Stoff. Zum erstenmal zeigte sie, was für eine leidenschaftliche Frau in ihr steckte.

Für Don Andres war es eine überraschende Erkenntnis, daß sich hinter dem Mädchen, das er kannte, eine reife Frau verbarg. Ihr Blickwechsel wurde jedoch von tosendem Applaus unterbrochen. Obwohl sie gänzlich unvorbereitet aufgetreten war, hatte Feliciana eine hervorragende Leistung vollbracht und den Kaliforniern viel Freude bereitet. Mara hatte sich auf eine Bank gesetzt, als Feliciana zu ihrer Gruppe herübergeschlendert kam, um sich für den Beifall zu bedanken. Für Mara hatte sie nur einen geringschätzigen Blick übrig. Sie trat einen Schritt zurück und knickste tief.

Mara bemerkte als erste die Flammen, die am Saum von Felicianas Kleid leckten. Jemand hatte unvorsichtigerweise eine Fackel auf dem Boden abgelegt, und der dünne Stoff ging sofort in Feuer auf.

Felicianas Entsetzensschrei lähmte die erschrockenen Kalifornier eine Sekunde, und in dieser Zeit begann Feliciana voller Panik loszulaufen. Sie versuchte vergeblich, den heißen Flammen zu entkommen, die an ihrem Rock hochleckten.

Ohne zu überlegen, was sie tat, sprang Mara auf und rannte Feliciana nach. Durch Felicianas panische Reaktion wurde der Brand nur noch mehr angefacht. Feliciana schien vollkommen den Kopf verloren zu haben. Mara streckte ein Bein aus und brachte das Mädchen so auf den Fliesen des Patios zu Fall. Dann versuchte sie, die Flammen zu löschen, indem sie Feliciana mit aller Kraft auf dem Boden hin und her rollte. Ihre Hände schmerzten von der Hitze, aber sie achtete nicht darauf. Endlich kippte jemand Wasser über beide Frauen und erstickte auf diese Weise das Feuer. Harmloser Qualm stieg aus dem verschmorten

Stoff auf. Mara blickte dankbar hoch und sah in Nicholas Chantales grüne Augen. Er half ihr auf und klopfte dann die Reste von Felicianas Kleid ab, um sicherzugehen, daß die gesamte Glut gelöscht war.

Feliciana stöhnte im Schock, und die Kalifornier drängten sich, leise und aufgeregt flüsternd, um sie. Don Andres bahnte sich einen Weg durch die Menge und hob sein Mündel auf den Arm. Doña Ysidora erteilte wie ein Sergeant Befehle und schickte die Diener los, alle nötigen Maßnahmen zu treffen.

Als sich Don Andres mit Feliciana auf dem Arm umdrehte, sah er in Maras Augen. Er zögerte einen Moment und sagte dann: »Wir werden diese Schuld Ihnen gegenüber niemals einlösen können, Doña Amaya. Sie haben Feliciana das Leben gerettet. Sie wäre aus dem Hof hinausgelaufen, wenn Sie sie nicht aufgehalten hätten, und dann –« Er hielt inne, weil ihm die Vorstellung die Worte raubte. Mit dankbarem Gesicht trat er aus der versammelten Gesellschaft heraus, das bewußtlose Mädchen immer noch auf dem Arm.

Mara sank in den Arm, der sich um ihre Taille gelegt hatte und sie stützte. Erschöpft lehnte sie den Kopf an eine Schulter und schaute dann auf in Nicholas' Augen.

»Sie haben sehr tapfer gehandelt«, sagte er ruhig. Endlich einmal war sein Tonfall frei von jedem Sarkasmus. »Die meisten Menschen hätten nicht so schnell reagiert. Don Andres hat recht, Sie haben der Kleinen das Leben gerettet.«

Mara zuckte mit den Achseln. Sie fühlte sich nicht wohl in ihrer Rolle als Heldin, der allenthalben dankbare Blicke zugeworfen wurden. Einige Kalifornier hatten Tränen in den Augen.

»Haben Sie sich etwas getan?« fragte Nicholas. Er drehte sie in seinen Armen herum und untersuchte erst ihre Hände, dann ihr Gesicht und die Schultern. Ihr Gesicht war rauchgeschwärzt, und ein paar Haarsträhnen waren angesengt, aber sie war nicht ernsthaft verletzt.

»Meine Hände schmerzen ein bißchen, und mein Kleid ist ruiniert, aber sonst ist alles in Ordnung.« Mara schaute hinab auf ihren angeschmorten Rock und rümpfte die Nase über den Gestank.

Nicholas führte Mara aus dem Patio und über den Hof, als sich ihnen Brendan in den Weg stellte.

»Ich werde mich um Amaya kümmern, Chantale«, erklärte Brendan arrogant und packte Mara am Oberarm. »Komm mit, meine Liebe. Jamie wird dich verarzten.«

Nicholas löste seine Hand von Maras Taille, verbeugte sich ironisch vor Brendan, wandte sich dann um und verschwand in der Dunkelheit.

»Warum warst du so grob, Brendan?« fragte Mara scharf. Es ärgerte sie ein wenig, daß sich Nicholas durch Brendans Auftritt so leicht hatte abschrecken lassen.

»Mein Gott, Mara, du hättest getötet oder für den Rest deines Lebens verunstaltet werden können«, warf ihr Brendan ungestüm vor, ohne auf ihre Frage einzugehen. Er rieb sich mit einer Hand über seine schweißnassen Brauen. »Himmel, ich bin um Jahre gealtert, als ich dich loslaufen sah. Ich wollte meinen Augen kaum trauen. Jedenfalls habe ich dich gründlich verkannt, Schwesterherz. Ich hatte keine Ahnung, daß du auf Heldentaten aus bist. Das war verdammt unvorsichtig«, murmelte er leise. Nicht einmal vor sich selbst mochte er zugeben, daß er zu Tode erschrocken war, als er mit ansehen mußte, wie Mara die Flammen mit bloßen Händen zu löschen versuchte. Zum erstenmal war ihm klargeworden, wieviel er für seine Schwester empfand.

»Und was hätte ich tun sollen? Feliciana vor meinen Augen verbrennen lassen?« gab Mara aufgebracht zurück.

»Nein, natürlich nicht«, antwortete Brendan verlegen und tatsächlich beschämt, »aber jemand anders hätte das übernehmen können. Der Franzose zum Beispiel. Er scheint überall zu sein«, klagte er, während er Mara in ihr Zimmer geleitete. »Der Teufel soll ihn holen. Ich hab' mit ihm über die Goldminen geredet. Er war dort. Weißt du, was er mir erzählt hat?« Seine Stimme klang ungläubig.

Mara schaute ihn unsicher an. »Nein. Was hat Nicholas gesagt?«

Brendan warf ihr einen mißtrauischen Blick zu. »Ach, wir nennen ihn schon Nicholas? Der Franzose ist wirklich schnell, das muß man ihm lassen. Aber bei dir wird er keinen Erfolg haben, oder, Schwesterherz? Du bist zu klug, um auf seine schönen Sprüche hereinzufallen, nicht wahr, Liebes?« warnte er sie. »Aber du wolltest wissen, was er zu mir gesagt hat. Ich frage ihn, wie die Minen so sind und wieviel Gold er schon gefunden hat. Ich sage, wenn ich erst einmal dort bin, werde ich bestimmt bald ein Vermögen zusammenhaben. Er schaut mich bloß mit seinen kalten grünen Augen an und lächelt verächtlich – über *mich*! Dann sagt er, daß das Leben dort oben härter sei, als ich es mir vorstellen könne. Während der Regenzeit in der High Sierra, bei den Wanderungen durch endlose Schneeweiten, bei der Goldsuche, wo die Menschen wie wilde Hunde in der Erde scharren, sei schon mancher aufrechte Mann zerbrochen«, schnaubte Brendan. Ohne Unterbrechung zitierte er das Gespräch, während Jamie mit einer Schüssel voll Bandagen und Arzneiflaschen eintrat: »›Es ist die Hölle, Mister O'Sullivan. Nur die wenigsten werden dort reich, und sie verspielen ihren Gewinn im nächsten Ort. Sind Sie dafür geschaffen?‹ fragt er mich, als würde er daran zweifeln. Verdammt noch mal, für wen hält er sich eigentlich?«

Mara lag in einem Sessel und starrte müde in die Luft, während sie mit halbem Ohr Brendans Tiraden folgte. Jamie salbte ihre Handflächen ein und wischte mit einem feuchten Tuch ihr Gesicht sauber.

»Am besten zieh'n Sie sich gleich aus. Master Brendan, Ihr Stück is' zu Ende. Sehen Sie nich', daß die Zuschauer fast einschlafen?« fragte Jamie und setzte die Schüssel mit schmutzigem Wasser neben der Tür ab.

Brendan seufzte beleidigt und warf Jamie einen bösen Blick zu.

»Ich –« setzte er an, unterbrach sich aber, als er ein Geräusch an der Tür hörte. »Was zum Teufel –? Das ist bestimmt wieder dieser lästige Franzose. Jetzt reicht es mir endgültig«, fluchte er und hob die Schüssel hoch, die Jamie gerade abgestellt hatte. Bevor Jamie oder Mara ihn daran hindern konnten, riß er die Tür auf und schüttete das Schmutzwasser in hohem Bogen hinaus.

Ein unterdrückter Fluch war von draußen zu hören, gefolgt von einem erstickten *»¡Madre de Dios!«*

Mara unterdrückte ein hysterisches Lachen, als Don Luís ins Zimmer trat. Sein dunkles Haar klebte an seinem Schädel, und Wasser tropfte von seiner Nase herab.

Brendan blieb einfach stehen, die Schüssel immer noch in der Hand, und stellte sich dem wütenden, nassen *Don.* »Verdammt unvorsichtig von mir, Don Luís. Bitte, verzeihen Sie mir ergebenst«, erklärte er ohne jedes Bedauern.

Mara biß sich nervös auf die Lippe und mußte sich mit aller Kraft beherrschen, um nicht laut loszuprusten, als sie die Pfütze bemerkte, die sich um Don Luís' Schuhe bildete.

»Bitte verzeihen Sie mir, wenn ich störe«, sagte Don Luís mit eisiger Stimme, »aber ich wollte mir nur holen, was mir zusteht.«

Mit quietschenden Schuhen trat er vor Maras Stuhl. Als er das komische Geräusch hörte, verzog sich Don Luís' Gesicht zu einer Leidensmiene.

»Das Kreuz bitte«, sagte er kurz angebunden und streckte ihr seine offene Hand entgegen.

»Natürlich, Don Luís«, beruhigte ihn Mara mit einem leichten Lächeln. Dann hob sie die Kette über ihren Kopf und reichte sie ihm.

Don Luís entspannte sich sichtbar, als er das wertvolle Stück endlich in Händen hielt. »Sie haben Ihren Spaß gehabt, Señor O'Flynn, und Ihre kleinen Spielchen gespielt. Aber vergessen Sie nicht«, warnte er ihn, »daß Sie noch nicht bezahlt worden sind, und daß ich derjenige bin, der Sie bezahlen wird.«

»Na, na, Don Luís«, besänftigte ihn Brendan. »Wir haben Sie nur ein bißchen geneckt, mehr nicht. Sie haben das Kreuz. Wem hat die kleine Überraschung schon geschadet?«

»*Sí*, jetzt habe ich es. Aber unglücklicherweise«, fügte Don Luís hinzu und wirkte plötzlich verlegen, während er nach den geeigneten Worten suchte, »habe ich mein Land immer noch nicht.«

Brendan zuckte mit den Achseln. Gleichgültig sagte er: »Nun, ich weiß zwar nicht, worum genau es bei Ihrem Geschäft geht, aber Mara braucht Don Andres nur um etwas zu bitten, und er wird ihren Wunsch erfüllen. Er wird alles für sie tun, vor allem nach dem Vorfall heute nacht. Meiner Ansicht nach ist der Vertrag unsererseits erfüllt, Don Luís, und es ist Zeit für uns zu scheiden.« Er streckte ihm die Hand entgegen und rieb in einer suggestiven Geste die Finger gegeneinander.

Don Luís starrte Brendan schweigend an und versuchte, die Reaktion des Iren auf seine nächste Ankündigung abzuwägen. »Ich fürchte, Señor O'Flynn, daß ich erst dieses Kreuz verkaufen muß, um Sie auszahlen zu können.«

Brendans Lächeln erstarb, und seine Lippen verschlossen sich zu einem schmalen Spalt. Wütend fixierte er den Kalifornier. »Das nennt man betrogen, beschissen und reingelegt. Mann, Sie haben es wirklich verstanden, mich zum Narren zu halten«, erklärte er mit mühsam gezügelter Stimme. Die Knöchel seiner geballten Faust schimmerten weiß.

Don Luís bemerkte das und breitete besänftigend seine Hände aus. »Ich glaube nicht, daß wir unseren Konflikt mit brutaler Gewalt lösen sollten, Señor O'Flynn. Ich bin ein alter Mann, und Sie sind mir an Kraft weit überlegen. Außerdem würde das die anderen Mitglieder dieses Haushalts nur auf unsere Meinungsverschiedenheit aufmerksam machen. Es ist außerdem gar nicht nötig«, beeilte er sich zu sagen, falls der Ire rationalen Argumenten nicht mehr zugänglich war, »denn Sie werden voll ausbezahlt werden, das verspreche ich Ihnen. Sie brauchen nur zu warten, bis ich mit dem Geld zurück bin, dann werden Sie Ihren Lohn erhalten und können den *rancho* verlassen. So einfach ist das.«

»Nichts ist so einfach, Don Luís.« Zum erstenmal mischte sich Mara in das Gespräch ein. »Wie lange wird unser Besuch noch dauern?«

Don Luís zuckte mit den Achseln. Sein Lächeln fiel ihm diesmal leichter, denn dieses Mitglied der O'Flynns war in seinen Augen längst nicht so bedrohlich. »Ich kann nichts Genaues sagen, aber jedenfalls weniger als eine Woche.«

»Der Teufel soll Sie holen«, fiel ihm Brendan wutentbrannt ins Wort. »Sie glauben doch nicht, daß ich noch länger hier herumsitze, nachdem ich erfahren habe, daß Sie kein –«

»Und wie lange wird es dauern, bis Sie Ihr Land zurückhaben?« fuhr Mara ungerührt fort. »Ich vermute, das hängt davon ab, ob Amaya Andres heiratet. Sie brauchten mich als Ihre Nichte, um an das Kreuz zu kommen. Jetzt können Sie es verkaufen und mit den Einnahmen Don Andres' ein Stück seines Besitzes abkaufen«, fügte sie zusammen.

Don Luís wich Maras Blick aus und schaute verlegen auf ein Heiligenbild, das an der Wand hing. Widerwillig gestand er den O'Flynns, in welch widrige Umstände er sich gebracht hatte.

»Señor O'Flynn«, begann er, »ich glaube, unter den gegebenen Umständen werden Sie einsehen, daß ich Sie täuschen mußte, um mich Ihrer Hilfe zu versichern. Ich war gezwungen, mein Land bei einer idiotischen Wette aufs Spiel zu setzen. Unglücklicherweise verlor ich«, erklärte Don Luís steif. »Sie wären wahrscheinlich nicht begeistert von der Vorstellung gewesen, mir zu helfen. Immerhin hatte ich Ihnen gerade Ihr ganzes Geld abgenommen. Deshalb durfte ich Ihnen nicht verraten, daß ich Sie nicht bezahlen konnte.«

»Na ja«, murmelte Brendan sarkastisch, »wenigstens satteln wir endlich mal das richtige Pferd. Ganz recht, ich hätte keinen Finger für Sie gerührt. Können Sie uns nicht mit dem Geld bezahlen, daß Sie uns auf dem Schiff abgeknöpft haben?« Brendan schob sein Kinn forsch vor. »Es war eine ganz hübsche Summe.«

Don Luís schüttelte traurig den Kopf. »Leider habe ich das ganze Geld verspielt, als Sie und die anderen einen Ausflug machten, an dem ich nicht teilnahm. Ich wollte meinen ehemaligen Besitz begutachten und ... nun, ich begegnete einigen meiner ehemaligen Arbeiter, und wir spielten ein paar Runden Monte. An manchen Tagen hat man einfach kein Glück.«

Brendan warf ihm einen haßerfüllten Blick zu. »Mein Glück hat mich jedenfalls verlassen, seit ich Ihnen begegnet bin.«

»Aber meines hat sich gewendet, Señor O'Flynn, seit ich Ihnen begegnet bin. Ich wollte tatsächlich das Land mit dem Geld zurückkaufen, das mir das Kreuz einbringen würde. Deshalb fuhr ich nach England, um meine Nichte zu holen. Ich dachte, ich könnte mir alles zurückholen. Als sie sich weigerte, mit mir zu kommen, dachte ich, ich hätte alles verloren – mein Land, das Kreuz, einfach alles.« Er ließ seinen Blick zwischen den O'Flynns hin und her wandern. »Als ich Ihr Geld gewonnen hatte, Señor O'Flynn, und Ihre wunderschöne Gefährtin kennenlernte, kam mir der Gedanke, die Villareales zu täuschen.« Er lachte leise. »Warum sollte ich nicht das Beste aus einer solchen Gelegenheit machen?«

»Und was geschieht, wenn Sie Ihr Land zurückgekauft haben?« wollte Mara wissen. »Wie kommen Brendan und ich hier heraus?«

»Sie werden Don Andres einen Korb geben, wenn er um Ihre Hand anhält, und erklären, daß Sie nach England zurückkehren möchten. Die Villareales werden nie erfahren, daß man sie getäuscht hat.«

»Mir gefällt das nicht«, murrte Brendan. »Das sind mir zu viele Lügen und Täuschungen. Irgendwann vergißt jemand seinen Text, und wir müssen es ausbaden. Ich bin noch nie gern länger geblieben als erwünscht, und ich gehe lieber auf meinen eigenen zwei Beinen, als daß ich mich hinauswerfen lasse.«

»Sie brauchen keine Angst zu haben, daß man Sie entdeckt«, versicherte ihm Don Luís, obwohl ihm das Gespräch mit dem Franzosen einfiel. Doch der Mann hatte schließlich nur eine Vermutung geäußert. Was konnte er schon unternehmen? »Jedenfalls dürfen Sie bei Don Andres keinen Verdacht erwecken. Er wird mir das Land gern verkaufen, wenn er glaubt, daß ich bald zur Familie gehören werde.«

»Na, *wir* werden ihm wohl kaum verraten, daß wir Hochstapler sind«, erklärte Brendan zynisch und lächelte Don Luís humorlos an.

»Vergessen Sie nicht, wenn alles gutgeht, werden Sie großzügig entlohnt und können den *rancho* innerhalb der nächsten Woche verlassen. Ich werde im Morgengrauen abreisen«, erklärte Don Luís.

Mit einem angedeuteten Kopfnicken verließ er das Zimmer, das Kreuz unter seiner nassen Jacke verbergend.

»Verdammt!« fluchte Brendan, als sich die Tür hinter dem Kalifornier geschlossen hatte. »Wer hätte gedacht, daß dieses alte Schlitzohr auch uns aufs Kreuz legt?« Er war wütend, aber auch verlegen, weil er, wie er es sah, von einem Amateur geschlagen worden war.

»Wir können ohnehin nichts tun, Brendan, also solltest du dich damit abfinden und eine weitere angenehme Woche genießen«, riet ihm Mara.

»Mich damit abfinden? Wir sollten packen und abhauen. Aber zuvor lassen wir Don Andres noch eine freundliche Warnung zukommen. Ich würde zu gern Don Luís' Gesicht sehen, wenn er zurückkommt, und wir sind verschwunden. Statt dessen weigert sich Don Andres, ihm sein Land zu verkaufen, und Raoul sitzt hinter Gittern!«

»Du weißt, daß das nicht geht. Wir haben immer noch kein Geld, oder hast du das vergessen? Außerdem möchte ich mit Paddy nicht reisen, bevor er wieder gesund ist.« Mara wollte sich keinesfalls wieder auf einen von Brendans Plänen einlassen.

»Wenn mich jemand gefragt hätt', ich hab' gleich gewußt, daß es ein Fehler war, aus Dublin abzureisen«, mischte sich Jamie ein, die der Szene schweigend gelauscht hatte. »Dumme Idee, in dieses Heidenland zu fahren. Hier wird's nur Ärger geben«, prophezeite sie mit einem unheilschwangeren Blick auf die O'Flynns. »Ich bin zu alt für all diesen Blödsinn. Und jetzt raus mit Ihnen, Brendan«, befahl sie.

Brendan warf Mara über die Schulter einen hilflosen Blick zu, während er sich von der kleinen Irin hinausschieben ließ. »Was bedeutet schon eine Woche mehr oder weniger in unserem Leben, was, Schwesterherz? Nachdem wir schon so lange gewartet haben, können wir auch noch etwas länger warten, oder?« seufzte er.

Die nächsten Tage standen im Zeichen einer Hitzewelle. Die Sonne sengte gnadenlos auf das ziegelgedeckte Dach der *hacienda* herunter. Nachts fiel die Temperatur etwas. Dann wehte eine kühle Brise durch das Tal und brachte Erleichterung. Mara schien es, als wollte die Woche nie vergehen. Sie litt unter Brendans Ungeduld ebenso wie unter den chronischen Kopfschmerzen, die sie selbst im Schlaf noch plagten.

Don Luís hatte, wie angekündigt, die *hacienda* am nächsten Morgen verlassen, und Jeremiah Davies war ebenfalls verschwunden. Aber der Kreole war immer noch da und widmete sich Mara ausgiebig. Sie hatte schließlich das Gefühl, er würde sie umwerben, denn er wich selten von ihrer Seite, allen feindseligen Blicken Don Andres' zum Trotz, der immer noch unter Maras Bann stand.

Als Mara unter dem schattenspendenden Vordach saß, dachte sie über diese Entwicklung der Dinge nach. Sie mußte sich eingestehen, daß ihr die neue Rolle Freude bereitete. Zum erstenmal wurde sie von einem Mann, der sie begehrte, mit Respekt behandelt. Von der Schauspielerin Mara O'Flynn war von vornherein erwartet worden, daß sie die Aufmerksamkeiten ihrer Bewunderer ohne Widerspruch entgegennahm. Irgendwann würde sie schließlich die Geliebte eines reichen Gönners werden und all die Vorteile nutzen, die sich ihr in einer solchen Position boten, jedenfalls solange ihr Liebhaber sie begehrte. Schon von ihrer Geburt an stand ihr Lebenslauf fest. Es gab nur zwei Arten von Frauen: gute und böse. Und es war unmöglich, jene Grenzen zu überschreiten, die eine engstirnige Gesellschaft zog. Dabei haben sie sich alle geirrt, dachte Mara wütend. Denn obwohl sie auf der Bühne stand und jeder junge Londoner Schnösel sie für Freiwild halten durfte, wenn er eine schöne Frau und etwas für eine kleine Affäre suchte, hatte sie noch nie mit einem Mann das Bett geteilt. Aber natürlich würde ihr das niemand glauben.

Mara lächelte versonnen. Zum erstenmal in ihrem Leben betrachtete ein Mann sie als etwas ganz Besonderes. Sie war keine Ware, sondern ein menschliches Wesen mit Gefühlen, die es zu respektieren galt. Ihr Lächeln erstarb jedoch, als ihr einfiel, daß sie nach dieser Woche nicht länger Doña Amaya Vaughan, sondern wieder Mara O'Flynn sein würde. Und damit war auch ihre Ehrbarkeit zu Ende. Was würde der Kreole wohl von ihr halten, wenn er wüßte, wer sie wirklich war? Würde er sie trotzdem akzeptieren? Oder würde er das Schlimmste annehmen? Sein harter, kalter Blick war in den letzten Tagen spürbar wärmer geworden. Würde er sie dann verachten oder, schlimmer, nur noch ihren Körper begehren, ohne an Liebe zu denken? Vielleicht würde er immer noch mit ihr zusammensein wollen, aber eine Heirat käme bestimmt nicht in Frage. Schließlich stammte er aus einer aristokratischen Familie in New Orleans. Wenn er heiratete, dann jemanden von gleichem Stand und kein Mädchen mit befleckter und zweifelhafter Vergangenheit.

Ach, zum Teufel mit ihnen allen, dachte Mara zornig. Wenn Brendan wirklich reich wurde, dann konnten sie tun und lassen, was ihnen gefiel, und wären nie wieder von anderen Menschen abhängig.

»Mara! Mara!«

Erschrocken hob Mara den Kopf, als sie die kindliche Stimme hörte, und sah Paddy quer über den Hof auf sich zulaufen.

»Warum bist du denn nicht im Bett, Paddy?« fragte sie, als er neben ihr auf die Bank sprang, eine dicke Schnitte frischgebackenen Brotes in der Hand. Marmelade tropfte über den Rand, wo die kleinen Zähne abgebissen hatten, und um Paddys Mund war ein dunkelroter Rand.

»Woher hast du das?« fragte Mara neidisch und dachte an die langweiligen *tortillas*, die sie zum Frühstück gegessen hatte.

»Jamie hat es mir gemacht, weil ich krank war«, erklärte ihr Paddy wichtigtuerisch. Er war immer noch ein bißchen heiser.

»Und solltest du nicht in deinem Zimmer bleiben? Ich möchte nicht, daß du wieder krank wirst«, tadelte ihn Mara gereizt. Selbst unter dem schützenden Vordach spürte sie die Hitze.

»Da ist es so langweilig. Jamie ist schlecht gelaunt, und Papa schimpft, wenn ich etwas sage. Und du hast mich auch nicht besucht. Du bist immer mit *ihm* zusammen«, beklagte sich Paddy und deutete auf Nicholas Chantale, der sich ihnen eben näherte. Seine großen braunen Augen schauten vorwurfsvoll auf den stattlichen Kreolen.

Maras Blick folgte seiner Geste, und ihr Puls ging schneller, als sie in Nicholas' grüne Augen sah. »Paddy«, flüsterte sie schnell, »bitte vergiß nicht, mich Amaya zu nennen.«

Paddy lächelte, was Mara zu einem Stirnrunzeln veranlaßte, denn seine Miene erinnerte fatal an Brendans.

»Vielleicht, vielleicht auch nicht«, antwortete er und biß von seinem Brot ab.

Mara schaute wütend auf seinen gesenkten Kopf hinunter und unterdrückte den Wunsch, an einer seiner dunklen Locken zu ziehen. Als Nicholas sie erreicht hatte, sah Mara auf. Der Zorn war aus ihrem Gesicht wie weggewischt. Sie lächelte. Er kam von einem Ausritt, und der Geruch von Pferden und Leder mischte sich mit dem Schweiß, der über seinen Brustkorb rann, wo unter seinem offenen Hemd nackte Haut und dunkles Haar zu sehen waren.

Nicholas schaute sie an, und ein Lächeln spielte um seinen Mund. Sie bot ein Bild der Kühle in ihrem changierenden hellgrünen Seidenkleid, von dessen leuchtender Farbe sich das zarte Rosa eines Rosenmusters abhob, das in den Stoff eingewebt war. Nicholas drehte sich um, ging zu einem Rosenbusch und pflückte eine einzelne Blüte aus den Dornenzweigen. Mit Vorfreude in den Augen beugte er sich dann über Mara, einen Fuß neben sie auf die Bank gestützt. Mit Leichtigkeit wob er die Blüte in den dichten Haarschopf in ihrem Nacken.

Nicholas' Augen wanderten von der rosafarbenen Blüte zu ihrem Mund, und er sagte mit sanfter Stimme: »Eine kastilische Rose, deren Schönheit nur von Ihrer Lieblichkeit übertroffen wird.«

Mara konnte den Blick nicht von seinen grünen Augen wenden. Mit jeder Faser ihres Körpers spürte sie die Nähe der muskulösen Hüfte, die beinahe ihre Schulter berührte. Hätte sie es gewagt, hätte sie seinen Schenkel liebkosen können. Statt dessen berührte Mara die Rose, aber sie mußte ihre Gedanken schlecht verborgen haben, denn plötzlich schlossen sich seine Finger über ihren. Er drückte ihre Hand sanft gegen seine Lippen. Mit einem herausfordernden Blick legte er sie dann gegen seine Wange und erklärte: »Mir ist es lieber, wenn Sie meine Wange auf diese Weise berühren.«

»Sie sind äußerst galant heute morgen«, bemerkte Mara, als er ihre Hand losließ. Sie prickelte stärker als an jenem Abend, an dem sie ihn geohrfeigt hatte.

»Wenn Sie es sich gestatten würden, mich besser kennenzulernen«, erklärte ihr Nicholas langsam, »würden Sie entdecken, daß ich sehr zärtlich und liebevoll sein kann.«

Bevor Mara eine passende Antwort parat hatte, hatte Nicholas Paddy bemerkt, der schweigend neben dem Mädchen saß. »Ich glaube, diesen jungen Mann kenne ich noch nicht, obwohl er mir sehr vertraut erscheint.« Er nahm Paddy genau in Augenschein, der unter seinen Blicken unruhig hin und her rutschte.

»Das ist der Sohn meines Cousins Brendan. Er heißt Padraic. Begrüße Mister Chantale, Paddy«, wies ihn Mara an, aber auf die Reaktion des Jungen war sie nicht gefaßt.

»Ich mag dich nicht«, sagte Paddy mit kleiner, kindlicher Stimme, den Unterkiefer kampflustig vorgereckt.

Nicholas war auf diesen Überraschungsangriff ebenfalls nicht vorbereitet, aber nach einer Sekunde begann er lauthals zu lachen. »Ich wüßte gern, wie viele Menschen ihr Vermögen dafür gegeben hätten, mir das einmal so geradeheraus sagen zu können.«

Paddy ließ seinen Blick argwöhnisch zwischen Mara und dem bedrohlichen Fremden hin- und herwandern, der seiner geliebten Pflegemutter anscheinend so gut gefiel und der sie sogar geküßt hatte. Mit kindlichem Zorn schmiß er die Überreste seines Marmeladenbrotes gegen Nicholas' Brust, wo die Marmelade einen großen roten Fleck auf dem weißen Leinenhemd hinterließ.

»Paddy!« entfuhr es Mara.

Aber Paddy hatte seinen Gegner ebensogut eingeschätzt wie sein Ziel und war schon von der Bank gesprungen. So schnell ihn seine kleinen Beine tragen konnten, floh er über den Hof davon.

Nicholas' Miene war ernst, und seine Lippen bildeten eine dünne Linie. Er blickte von dem Fleck auf. »Ich hoffe, Sie hatten nichts mit diesem Attentat zu tun?« fragte er leise und sarkastisch, ein humorloses Lächeln auf dem Gesicht.

Langsam erhob sich Mara. Sie suchte immer noch nach den richtigen Worten. Aber plötzlich regte sich Schadenfreude in ihr, als sie den größer werdenden Fleck betrachtete. Sie machte den Fehler, ihm direkt in die Augen zu sehen, obwohl in ihren noch diebische Freude blitzte. Als Nicholas das bemerkte, packte er sie am Oberarm und stellte sich ihr in den Weg.

»Sie finden das komisch?« wollte er zornig wissen, aber Mara glaubte den Anflug eines Lächelns in seinem Gesicht zu erkennen. »Vielleicht verginge Ihnen der Spaß, wenn ich Ihnen mein Hemd zum Waschen gäbe?«

Als Mara sich vorstellte, wie sie sein Hemd wusch, konnte sie ihr Lächeln nicht länger unterdrücken. »Dann wäre Ihr Hemd nicht mehr zu gebrauchen. Aber ich kann es für Sie waschen lassen, wenn Sie das wünschen.«

Mara untersuchte den Fleck und schüttelte naserümpfend den Kopf. Ein Marmeladetropfen war mitten auf seiner Brust, zwischen den Haaren und auf dem nackten Fleisch gelandet. Bevor sie wußte, was sie tat, schaufelte sie den Tropfen auf ihre Fingerspitze und leckte ihn ab.

»Nicht schlecht. Vielleicht ein bißchen salzig, aber nicht schlecht«, erklärte sie sanft und schaute ihm in die Augen.

Nicholas erwiderte ihren Blick. Dann nahm er ihre Hand und leckte langsam und genießerisch den Rest Marmelade von ihrer Fingerspitze. Mara rückte näher an ihn heran, ohne ihre Augen von seinen zu lassen, aber sie zuckte zurück, als sie Schritte hörte.

Don Andres warf Nicholas einen eiskalten Blick zu, als er auf sie zukam und sah, wie nahe sie beieinanderstanden. »Ist etwas nicht in Ordnung?« fragte er höflich, aber mit kaum verhohlener Wut.

»Nichts, was nicht reingewaschen werden könnte, Don Andres«, antwortete Nicholas gleichmütig.

»Mister Chantale hat sich bedauerlicherweise mit Marmelade bekleckert«, erklärte Mara lahm und versuchte, ihre Fassung wiederzugewinnen. Daß sie sie überhaupt verloren hatte, machte ihr am meisten zu schaffen.

»Meine Diener werden sich darum kümmern, Señor Chantale«, bot ihm Don Andres an. »Ich möchte nicht, daß Sie irgendwelche Schäden zu beklagen haben, wenn Sie abreisen.«

Nicholas lächelte ihn an. Sein ernster Blick verriet, daß er den Wink verstanden hatte.

»Dann brauche ich das Hemd bis Ende der Woche wieder. Es sei denn«, schränkte Nicholas ein, »Sie brauchen mein Zimmer schon eher.«

Don Andres seufzte. Er mußte sich seine Niederlage eingestehen. Es wäre äußerst unhöflich, einen Gast so offensichtlich hinauszuwerfen.

»Natürlich sind Sie willkommen, solange Sie bleiben möchten«, erklärte Don Andres gekünstelt freundlich.

»Vielen Dank«, antwortete Nicholas ebenso freundlich. »Ich werde Ihre Gastfreundschaft nicht über Gebühr beanspruchen. Würden Sie mich jetzt bitte entschuldigen?«

Mara schaute Nicholas nach, der zu seinem Zimmer stolzierte.

»Der Franzose hat Sie doch hoffentlich nicht belästigt, Doña Amaya?« fragte Don Andres, der Maras Unsicherheit bemerkt hatte.

»Nein, eigentlich nicht.« Mara hielt inne. »Jedenfalls nicht mehr als üblich.«

»Ich könnte ihn wegschicken«, erbot sich Don Andres.

»Nein!« entfuhr es Mara. »Ich meine, das ist wirklich nicht notwendig, Don Andres. Bitte nicht«, bat sie. Das Flehen in ihrer Stimme überraschte sie selbst.

»Wie Sie wünschen, Doña Amaya. Aber wenn er Sie weiterhin belästigt, werde ich nicht zögern, ihn hinauszuwerfen.« Don Andres' Augen leuchteten, als er sich dieses erfreuliche Ereignis vorstellte.

»Wie geht es Feliciana?« fragte Mara, bemüht, das Gespräch auf ein anderes Thema zu lenken.

»Sie ist immer noch sehr schwach«, antwortete Don Andres. Sein Tonfall ließ erkennen, daß er allem Zorn zum Trotz sein junges Mündel liebte.

»Sie mögen sie sehr gern, Don Andres«, stellte Mara fest.

»Natürlich, sie gehört zu unserer Familie«, antwortete Don Andres. »Aber lassen Sie uns von etwas anderem sprechen.«

Mara gestattete ihm, das Thema zu wechseln, und machte sich auf einen ereignislosen Nachmittag gefaßt. Aber dennoch wurde sie das Gefühl nicht los, daß sich die Dinge langsam auf einen Höhepunkt zuentwickelten.

Mara rollte sich auf den Bauch und vergrub ihr Gesicht im Kissen. Es war heiß und stickig, und sie konnte kaum atmen.

Es hatte keinen Sinn, sich zum Schlafen zu zwingen. Sie setzte sich auf und rieb mit den Fingerspitzen ihre klopfenden Schläfen.

Dann warf sie das dünne Leintuch zurück, mit dem sie sich zugedeckt hatte, stellte die Füße auf den Boden und zog einen Morgenrock über ihren nackten Körper. Barfuß tapste sie zu ihrem Schreibtisch und tastete nach ihrer Uhr.

Erst zwei Uhr, noch Stunden bis zur Morgendämmerung. Mara wollte etwas Wasser aus dem Krug in die Schüssel schütten, aber schon als sie ihn hochhob, spürte sie, daß er leer war. Sie wischte sich eine Haarsträhne aus dem Gesicht und überlegte, wie sie ihre erhitzten Wangen kühlen könnte.

Die *hacienda* ist so ruhig, dachte Mara, während sie in ihrem Zimmer stand. Nur das leise Plätschern des Brunnens im Innenhof war zu hören. Mara lächelte und machte sich dann auf den Weg in den Hof. Die milde Nachtluft war belebend wie junger Wein. Mara ließ sich auf dem Brunnenrand nieder und schöpfte eine Handvoll Wasser, das sie sich ins Gesicht spritzte. Mit einem Taschentuch trocknete sie sich wieder ab, dann atmete sie erleichtert die kühle, wohlriechende Nachtluft ein.

Mit einem Seufzer des Bedauerns machte sie sich auf den Rückweg zu ihrem Zimmer. Leise schlüpfte sie in den Hausgang. Sie gähnte ausgiebig und schloß für eine Sekunde die Augen. Dann setzte sie ihren Weg fort, bis sie plötzlich gegen etwas Hartes, Unbewegliches prallte und zur Seite geschleudert wurde.

»Was zum Teufel –«

Sie wurde von festen Händen gepackt, die sie vor einem Sturz bewahrten. Sie strichen über ihre weichen Brüste und legten sich um ihre Taille.

»Ist alles in Ordnung?«

»Mir ist nichts passiert«, antwortete Mara rauh. Schon bevor sie die Stimme gehört hatte und ohne daß sie sein Gesicht sah, wußte sie instinktiv, daß es Nicholas war.

»Sind Sie sicher, daß Sie sich nichts getan haben?« fragte er noch einmal. Mara hätte schwören können, daß er tatsächlich besorgt war. »Ich muß Ihnen ja die Luft aus den Lungen gepreßt haben. Aber Sie waren so leise. Kommen Sie, ich gebe Ihnen etwas zu trinken. Ihre Hände sind ja eiskalt«, bemerkte er und führte sie von ihrer Tür weg zu seinem Zimmer. »Wenn es Ihnen nichts ausmacht, können Sie zu mir hereinkommen. Ich habe etwas Cognac. Der sollte Sie aufwärmen.«

Sein Zimmer war dunkel, und Mara blieb an der Tür stehen. Sie versuchte, das nervöse Kribbeln zu ignorieren, das über ihren Rücken lief. Als Nicholas die Kerzen entzündet hatte, erstrahlte der Raum in weichem Licht, das die dunklen Möbel warm wirken ließ und die Ecken im Schatten beließ. Mara hörte leises Gläserklirren. Nicholas drehte sich um, einen Cognacschwenker in der Hand, und erstarrte. Jetzt erst sah er sie.

Mara hielt den Atem an. Sein Blick glitt von ihren Schultern zum geöffneten Kragen, in dem sich die helle Rundung ihres Busens zeigte. Maras Gesicht brannte vor Scham, als sie ihren Morgenrock zusammenraffte und den Gürtel fester um die Taille zog. Er war sich der Tatsache bewußt, daß sie nackt unter dem Kleid war, das spürte sie nur allzu deutlich.

Nicholas näherte sich ihr langsam und blieb dicht vor ihr stehen. Mara nahm das Glas aus seiner Hand und hoffte, daß sie der Alkohol tatsächlich beruhigen würde. Sie sah ihm ins Gesicht, als sie am Cognac nippte, und er erwiderte ihren Blick. Schnell wandte sie sich ab und kippte den Rest in einem Zug hinunter. Was stimmte nicht mit ihr? Hatte sie sich nicht gewünscht, daß er sie so anschauen möge? Hatte sie nicht mit ihm kokettiert, ihn herausgefordert? Er war anders als die anderen Männer, und sie mußte sich eingestehen, daß auch sie sich verändert hatte. Er hatte sie ebenso verführt und bezaubert, wie sie früher die Männer verhext hatte.

Dann nahm er ihr das leere Glas aus der Hand und stellte beide Gläser nebeneinander auf dem Tisch ab. Mara schaute auf ihre nackten Füße, als sähe sie sie zum erstenmal. Sie fühlte sich schwach. Das war ihr noch nie widerfahren. Dieser Mann war ihr ganz entschieden überlegen, und sie hatte das dumpfe Gefühl, sie hätte Brendans Warnung lieber beherzigen sollen.

»Sie erstaunen mich, Amaya«, flüsterte er ihr ins Ohr, und sein warmer Atem strich über ihren Nacken. »Ich hätte gewettet, ein sauberes englisches Mädel geht in einem züchtigen Nachthemd schlafen, damit ihr unschuldiger Körper bis obenhin in feines Leinen gehüllt ist.« Seine Hand rutschte unter ihren losen Ärmel und glitt an ihrem Arm aufwärts. »Aber hier stehen Sie vor mir, in feinste Seide gekleidet, die Ihre Reize nur noch hervorhebt.«

»Haben Sie schon viele anständige englische Mädchen so in ihr Bett gebracht?« Mara brachte mit Mühe ein sardonisches Lächeln zustande. Als er den Kopf schüttelte, zuckte sie mit den Achseln. »Woher wollen Sie dann wissen, was eine Frau wie ich im Bett trägt?«

»Eine Frau wie Sie?« wiederholte er und begutachtete sie kritisch. »Und was für eine Frau sind Sie? Oder sind Sie noch ein Kind, das nur vorgibt, eine Frau zu sein?«

Zornesröte stieg in Maras Wangen. Aber bevor sie ihm eine angemessene Antwort geben konnte, fuhr er unaufhaltsam fort: »Ihr Herz schlägt wie wild. Warum? Erregung? Furcht? Versetze ich Sie in Aufruhr, meine Liebe?« Er ließ seine Hand von ihrem Arm auf ihre Schulter wandern. Dann schlüpfte er in ihren Morgenrock, umfaßte ihre nackte Brust, und sein Daumen rieb gegen die weiche Brustwarze, bis sie sich aufstellte. Seine andere Hand glitt ihren schlanken Rücken hinab, bis sie auf der Rundung ihres Gesäßes zu liegen kam.

Mara schaute ihm in die schmalen Augen. Ihre Pupillen weiteten sich überrascht, als er mit der Hand ihre Hüfte gegen seinen Unterleib preßte, bis sich ihr weiches Fleisch an seinen harten Körper schmiegte. Ihr Atem ging schneller. Keinesfalls würde sie ihm verraten, wie unerfahren sie wirklich war. Zaghaft hob sie die Arme und legte sie dann um seinen Hals. Ihre Finger verschränkten sich hinter seinem Kopf, und sie legte ihren Kopf in den Nacken. Ihre Lippen öffneten sich, während sie seinen Blick erwiderte.

Nicholas ließ es zu, daß Mara seinen Kopf zu sich herunterzog, bis sich ihre Lippen berührten. Mara fühlte Nicholas' Zunge über ihren Mund lecken, dann erwiderte sie seine Liebkosungen. Sie genoß es, wie seine samtige Zunge ihren Mund erforschte. Unter seinen geübten Händen wurde ihr Verlangen immer stärker; Wogen der Erregung überfluteten ihren Körper, als er sie wieder gegen seinen harten Leib drückte. Seine Lippen strichen über ihren Hals und hinterließen eine Feuerspur. Seine Hände lösten ihren Gürtel, teilten ihr Gewand, ohne daß sie sich dessen bewußt wurde, und offenbarten ihm die Schönheit ihres Körpers.

Mara erschauerte, als sie spürte, wie ihr Morgenrock über ihre Schultern geschoben wurde und zu ihren Füßen niederfiel. Die kühle Nachtluft umschmeichelte ihre Haut.

Nicholas sog ihren Duft tief ein, sein Gesicht gegen ihre Brüste gedrückt, während seine Hände über ihre schmale Taille und ihren straffen Bauch wanderten. Mit seinem Knie teilte er ihre Schenkel und preßte sie an sich, so daß sie seine wachsende Leidenschaft spürte.

Ungeduldig zog Mara seinen Kopf zu ihrem herauf, suchte seine Lippen, wollte ihn berühren und liebkosen. Sie stellte sich auf die Zehenspitzen, um ebenso groß zu sein wie er, und rieb mit ihrem Busen gegen seinen Brustkorb.

»Du bist eine wunderschöne Frau, das habe ich schon immer geahnt«, flüsterte Nicholas. Er hob Mara in seine Arme und trug sie zum Bett. Sanft legte er sie nieder. Maras dunkles Haar strömte über ihre Schultern, verbarg ihre Brüste vor seinen alles enthüllenden Blicken. Gefangen in ihrer Leidenschaft, hörte sie seine Worte kaum.

Mit beiläufiger Leichtigkeit zog er sich aus, stand schließlich splitternackt vor ihr, ohne sich seiner Nacktheit zu schämen. Ihre großen Augen wanderten wie hypnotisiert über seinen Körper, bewegten sich von den breiten Schultern und dem behaarten Brustkorb über seinen festen Bauch und das Haargewirr bis zu den schlanken Hüften und seiner stolzen Männlichkeit, folgten dann seinen muskulösen Schenkeln bis zu den Füßen, die fest und leicht gespreizt auf dem Boden standen.

Mit der Geschmeidigkeit einer Katze kam er ans Bett und betrachtete scheinbar endlos lang Maras Körper, der vor ihm lag, bevor sich die Matratze unter seinem Gewicht senkte. Seine Hände schoben ihr Haar beiseite, dann senkte er seine Lippen auf die nun entblößten, rosenblütigen Brüste. Er legte sich neben sie aufs Bett, schmiegte seinen kraftvollen Körper an ihren und rollte sich schließlich auf sie. Mara starrte in seine grünen Augen, versank wie besinnungslos in ihrer glühenden Tiefe. Sie konnte ihr Verlangen kaum noch kontrollieren. Unter dem sanften Druck seiner Hände, die ihre schlanken Schenkel streichelten, fühlte sie sich schwach und willenlos. Sie drängte sich ihm entgegen, und er begann, seine Haut an ihrer Hüfte zu reiben.

Mara seufzte erleichtert, als sich sein Mund wieder über ihrem schloß. Seine Küsse wurden mit wachsender Leidenschaft tiefer. Aber er verlor nie die Kontrolle, während er sie küßte und mit ihrem glühenden, hingebungsvollen Körper spielte. Endlich teilte Mara ihre Schenkel und nahm ihn in sich auf. Auf ihren überraschten Schmerzensschrei hin hielt er inne. Er wollte sich schon aus ihr zurückziehen, doch Mara schlang ihre Beine um seinen Leib, drängte ihn weiterzumachen, bis seine rhythmischen Bewegungen sie zu einer Ekstase brachten, die so atemberaubend war, daß sie fürchtete, ohnmächtig zu werden. Sie schrie auf. Sie merkte nicht, was mit ihm geschehen war, so entflammt war sie selbst. Auch nachdem er sich von ihr gelöst hatte, war er zärtlich zu ihr, ließ seine Finger mit ihrem dichten Haar spielen. Er liebkoste ihr Gesicht mit leichten Küssen und leckte die salzigen Tränen von ihren erhitzten Wangen.

Mara erwiderte seine Küsse voller Leidenschaft, strich eine Strähne aus seinem Gesicht und drängte ihre Brüste gegen seinen Leib. Sie vergrub ihr heißes Gesicht an seinem Hals. »Ich liebe dich, Nicholas«, flüsterte sie schüchtern, so daß ihre Zunge an seinem Ohr kitzelte.

Mit einem tiefen Seufzer löste sich Nicholas aus ihrer Umarmung und nahm eine seiner Zigarren vom Nachttisch. Nachdem er sie angezündet hatte, setzte er sich auf, so daß er am Kopfende des Bettes lehnte, und schob sich ein Kissen in den Rücken, um es bequemer zu haben. Mara betrachtete ihn neugierig. Schweigend starrte er in die Dunkelheit. Das Licht der flackernden Kerzen tanzte über sein Gesicht, aber es wirkte dadurch nicht weicher. Im Gegenteil, die hohen Wangenknochen und der markante Unterkiefer wurden noch zusätzlich hervorgehoben. Plötzlich sah er fast grausam aus.

»Nicholas«, machte ihn Mara unsicher auf sich aufmerksam. Sie rieb mit ihren Fingern langsam über sein dichtes, drahtiges Brusthaar.

Nicholas zog heftig an seiner Zigarre. Dann schlang er seinen Arm um Mara und zog sie zu sich hoch, bis ihr Kopf dicht unter seinem Kinn auf seiner Brust zu liegen kam. Mara entspannte sich, einen Schenkel vertraulich über seinen Schoß gelegt. Sie rieb ihre Wange an seiner Haut und lauschte dem langsamen Schlag seines Herzens.

»Ich glaube, ich habe schon einmal zugegeben, daß du mich verwirrt hast, aber jetzt... hmm... Ich muß gestehen, daß ich mich ganz und gar in dir getäuscht habe. Ich glaube, ich muß mich bei dir entschuldigen«, schloß Nicholas abrupt.

Mara schmiegte sich an ihn. In ihren Augen glomm immer noch ein warmes Feuer. »Entschuldigen?« fragte sie träge.

»Ja. Es tut mir leid wegen heute nacht.«

Mara stieß sich erschrocken von ihm ab. Fassungslos wischte sie sich eine Strähne aus dem Gesicht. »Es tut dir leid, daß du mich geliebt hast?« fragte sie verwirrt. Ihre Lippen zitterten verletzt, und sie befeuchtete sie nervös mit ihrer Zunge.

Nicholas lächelte sie an. Unfähig, der Versuchung zu widerstehen, senkte er seinen Mund auf ihren und küßte sie innig, bis das Feuer der Leidenschaft wieder in seinen Lenden aufloderte.

»Nein, es tut mir nicht leid, daß ich dich geliebt habe. Das habe ich sehr genossen«, erklärte Nicholas und zeichnete mit seinem Finger ein zartes Muster auf die Innenseite ihres Schenkels. »Es tut mir leid, daß du noch Jungfrau warst. Alles an dir, deine arrogante Kopfhaltung, deine Bewegungen, das ironische Lächeln, all das treibt einen Mann in den Wahnsinn, es sei denn, er kann dich erobern. Du wirkst sehr weltgewandt. Deshalb dachte ich, du seist wesentlich erfahrener, als du es tatsächlich bist.«

»Jetzt bin ich erfahren«, widersprach ihm Mara und kuschelte sich wieder an ihn. Sie knabberte an der festen Haut seiner Brust und biß ihn dann zärtlich in die Schulter.

Nicholas drückte seine Zigarre aus. Dann wandte er sich wieder Mara zu und drückte sie an sich. Sie hörte ein tiefes, leises Lachen aus seiner Brust aufsteigen, dann sagte er: »Du hast gerade erst die einfachsten Grundtechniken erlernt, *ma petite*«.

Mara schaute ihm tief in die Augen. »Und wirst du mich weiter unterrichten, Nicholas?« hauchte sie mit belegter Stimme und strich mit ihren Lippen über seine Kehle.

Nicholas fuhr sich mit einer Hand durchs Haar und zeigte eine ironisch unentschlossene Miene. »Ich weiß nicht, ob ich dir damit einen Gefallen tue. Oder ob dein zukünftiger Gatte meine Unterweisungen zu schätzen werden weiß. Du wirst bestimmt eine phantastische Ehefrau. Aber leider nicht meine.«

Mara biß sich auf die Unterlippe. Es verletzte sie, daß er sich überhaupt vorstellen konnte, wie sie mit einem anderen Mann zusammen war. Sie küßte seine kräftige Schulter, dann trat ein weiches Lächeln auf ihre Lippen, und sie drängte sich auf ihn, überraschte ihn mit ihrer plötzlichen Attacke. Genüßlich rekelte sie sich auf seinem Körper. Sie spürte, wie er unter ihren Schenkeln zu neuer Kraft erwachte, und fixierte seine grünen Augen mit leicht zweifelndem Blick, bevor sie fragte: »Bist du sicher, daß du nicht der richtige Mann für mich bist?«

»Wenn ich immer noch der Gentleman wäre, zu dem ich erzogen wurde«, seufzte Nicholas, »würde ich dich wahrscheinlich bitten, mich zu heiraten, aber ich bin wirklich nicht der richtige Mann für dich, *ma petite*. Mein Leben ist nichts für dich. Du wärst hier auf dem *rancho* zusammen mit dem guten Don Andres viel glücklicher. Er wird dir all die Liebe geben, die du verdienst. Und er wird deine Liebe erwidern, Amaya. Das kann ich dir nicht geben«, gestand Nicholas ehrlich.

Mara schluckte schwer. »Du empfindest nichts für mich?« flüsterte sie mit rauher Stimme.

Nicholas hob ihr traurig gesenktes Gesicht hoch. »Du ziehst mich mehr an als jede andere Frau seit langer Zeit, Geliebte. Du bist eine wunderschöne, eine wahre Hexe, und ich verzehre mich danach, dich zu lieben«, erklärte er ihr und schaute ihr unverwandt in die tiefbraunen Augen, »aber mehr kann ich dir nicht versprechen. Kannst du das verstehen?«

Mara biß sich auf die Lippe und nickte. »Ich werde nichts verlangen –«

Nicholas schnitt ihr das Wort ab, indem er ihren Mund mit seinem bedeckte, seine Zunge hineinwandern ließ, mit seinen Händen ihr Gesäß umfaßte und sie an sich preßte, bis seine Leidenschaft wieder vollends erwacht war.

Später löste sich Mara von seinen Lippen und betrachtete sein markantes Gesicht. Seine Lippen waren weich nach dem Liebesakt und verzogen sich zu einem sanften, erfüllten Lächeln, während seine dichten Wimpern seine Gedanken verbargen.

»Was hast du damit gemeint, als du sagtest, ich habe dich verwirrt?« fragte Mara, die sich plötzlich an seine Worte erinnerte. »Mir kam es vor, als hätte dich schon bei unserer ersten Begegnung irgend etwas irritiert. Vielleicht hast du dein ganzes Leben lang von mir geträumt«, mutmaßte sie herausfordernd, »und warst fassungslos, als die Frau deiner Träume vor dir stand?«

Nicholas lächelte und ließ seine Hände auf ihren weichen Brüsten zur Ruhe kommen. Dann erhob er sich widerstrebend mit einem Seufzer und ging zu seiner Jacke, die er über einen Stuhl geworfen hatte. Verunsichert beobachtete Mara, wie er etwas aus der Tasche zog.

Begehrlich nahm sie seinen Anblick in sich auf, als er langsam zum Bett zurückkehrte.

»Ich weiß nicht, ob ich von dir geträumt habe oder nicht, obwohl es mich nicht überraschen würde, wenn mich dieses Bild bis in meine Träume verfolgt hätte«, sagte er unergründlich. »Denn es hat mich jedenfalls nicht losgelassen. Das Gesicht hätte deins sein können.«

Er hielt ihr das goldene Medaillon entgegen und ließ es aufschnappen, als er es in ihre Handfläche legte. Mara erblickte ihr Porträt. Sie fühlte, wie sich die Muskeln in ihrem Gesicht verhärteten. Ihr Lächeln und ihre goldenen Augen strahlten ihr entgegen – und daneben blickte sie ein blaues Augenpaar an, an das sie sich so gut erinnerte.

Nicholas beobachtete Mara aufmerksam, bemerkte aber keine Regung oder Unbehagen an ihr. »Jetzt wirst du verstehen, warum ich so verblüfft war, als ich dich zum erstenmal sah. Du könntest ihre Doppelgängerin sein.«

»Wer ist sie?« brachte Mara hervor. Sie sprach so leise, daß sich Nicholas vorbeugen mußte, um sie zu verstehen.

»Ich möchte dich nicht beleidigen, mein Engel, aber sie ist eine Schauspielerin namens Mara O'Flynn«, antwortete er knapp.

Als sie den verächtlichen Klang seiner Stimme hörte, schaute Mara auf. Seine grünen Augen blickten mit grausamer Kälte auf das Bildnis im Medaillon.

»Du haßt sie, nicht wahr?« Es war eine Feststellung, keine Frage.

»Ich habe mir geschworen, sie aufzuspüren und mich an ihr zu rächen«, erklärte Nicholas und ließ seinen Blick zu Julians Bild wandern.

»Wer ist der Junge?« Mara zwang sich, ruhig zu bleiben.

»Mein Neffe«, antwortete Nicholas kurz angebunden und nahm Mara das Medaillon wieder aus der Hand. Mara senkte den Blick und starrte auf ihre Schenkel. Ihr Gesicht war hinter ihrem dichten Haar verborgen. »Warum willst du dich rächen? Was hat sie dir getan?«

Nicholas fixierte immer noch das Bild in dem Medaillon und antwortete beiläufig: »Das tut nichts zur Sache. Da du ja nicht Mara O'Flynn bist, hast du nichts zu befürchten.«

Maras Lippen bebten, und sie mußte alle Kraft aufbieten, um nicht aufzuspringen und aus dem Zimmer zu rennen. Gott... Wenn er erfuhr, wer sie wirklich war? Mara riskierte einen Blick unter ihrem Haar hervor und schluckte nervös, als sie seinen Gesichtsausdruck sah.

Sie ballte die Fäuste unter der Decke, als ihr klarwurde, in welcher Situation sie sich befand. Sie hatte sich in den *Onkel* dieses verdammten Buben verliebt! Sie rieb unruhig ihre Schläfen und fragte sich, was sie tun sollte. Sie wußte nur eins – sie konnte keine Sekunde länger in seinem Bett bleiben und das Versteckspiel fortsetzen.

Mara zuckte zusammen, als sie Nicholas' Arm spürte, der sich um ihre Schulter legte, bis seine Hand unter ihrer Brust lag. Er küßte sie zärtlich auf Schulter und Hals und schob mit den Lippen ungeduldig ihr schweres, seidiges Haar beiseite.

»Aber genug von der Vergangenheit«, flüsterte Nicholas ihr ins Ohr und knabberte an ihrem Ohrläppchen. »Jetzt sollten wir uns miteinander beschäftigen, nicht mit einer Frau, die uns beide nichts angeht.«

Mara schluckte schwer, als er sich, ohne es zu wissen, so zum Narren machte. Sie schauderte, als sie sich seinen glühenden Zorn vorzustellen versuchte, und schwor, über alle Berge zu sein, bevor er durch irgendeinen Zufall von ihrer wahren Identität erfahren konnte.

Sie wehrte sich, als er sie an seine nackte Brust ziehen wollte, seine Hand ihre weiche Hüfte umschmeichelte und er sein Gesicht in ihrem duftenden Haar vergrub. »Bitte, Nicholas, nicht«, bettelte sie, während sie sich aus seinem Griff zu befreien versuchte.

Auf diese Worte hin löste Nicholas seine heißen Lippen von ihrer Schulter und drehte sie in seinen Armen herum, bis sie auf seiner Brust zu liegen kam und er in ihr bleiches Gesicht schaute. Ihre goldenen Augen leuchteten ihn an. Er hätte schwören können, daß er Angst darin aufblitzen sah, bevor sich die schweren Lider darüber senkten.

»Nein?« fragte er leise, senkte seinen Mund auf ihre Lippen und küßte sie, trank ihre Süße, nach der er mit seiner Zunge forschte.

Aber Mara ertrug seine Zärtlichkeit nicht länger. Sie versuchte, sich von seinen Lippen zu lösen, obwohl sein sinnlicher Mund den ihren gefangenhalten wollte und Wogen der Leidenschaft ihren Körper überfluteten, denen sie kaum noch widerstehen konnte, so sehr verlangte sie danach, sich seinen Liebkosungen hinzugeben.

Sie zwang sich, die Augen zu öffnen, und kehrte in die Wirklichkeit zurück. Die Morgendämmerung erhellte bereits den Horizont, und bald würden die ersten Sonnenstrahlen durch das Fenster fallen. Als er endlich ihren Mund freigab und seinen Kopf senkte, um mit den Zähnen an ihren Brüsten zu spielen, bat Mara mit schwacher Stimme:

»Es wird schon hell, Nicholas, ich muß gehen. Bitte, laß mich gehen. Niemand darf sehen, daß ich aus deinem Zimmer komme. Bitte, Nicholas«, wiederholte Mara hilflos. Sie rang überrascht nach Luft, als er sie fürwitzig an ihrer intimsten Stelle berührte und sie an sich zog, um ihr sein Verlangen zu zeigen.

»Und wenn ich dich nicht lasse?« fragte er leise und drückte ihren nackten Körper an seinen. »Ich glaube, ich halte dich einfach den ganzen Tag in meinem Zimmer gefangen und liebe dich von morgens bis abends.«

»Du würdest mich nicht so bloßstellen, Nicholas.« Mara hörte die Verzweiflung in ihrer eigenen Stimme und zwang sich, seinen Blick zu erwidern.

Nicholas lächelte bedauernd. »Nein, ich glaube, ich bin immer noch zu sehr Gentleman.« Er seufzte, als er Mara aus seinen Armen entließ, und lehnte sich dann in die Kissen zurück. Mit einem amüsierten Schmunzeln verfolgte er, wie sie sich aus den Laken kämpfte und aufstand.

Als Mara ihren Morgenrock vom Boden aufhob, spürte sie seine Blicke auf ihrem Rücken brennen. Sie drehte sich um und zog den Stoff über ihrem nackten Körper zusammen, sah dabei, wie seine Augen über ihre Figur wanderten, besitzergreifend und wohlgefällig.

Mühsam riß sie sich von seinem Anblick los und sagte: »Ich gehe.«

Aber bevor sie die Tür erreicht hatte, war Nicholas aufgesprungen und hatte sie eingeholt. Sie spürte seinen Körper durch die feine Seide hindurch. Seine Arme schlangen sich um ihren Bauch, drückten ihren Körper fest gegen seine Brust und seine Hüften. Zarte Küsse bedeckten ihren Nacken und Hals, während gleichzeitig seine Hände unaufhaltsam unter ihre dünne Seidenumhüllung wanderten. Er liebkoste ihre empfindlichen Brüste. Sanft, aber entschieden hob Nicholas ihr Kinn, bis ihr Kopf an seiner Schulter lag und sich seine Lippen über ihrem Mund schlossen.

»Nur damit du mich nicht vergißt, *ma petite*«, flüsterte er. Endlich ließ er sie los, nur seine Hand ruhte noch auf ihrem Gesäß, als er die Tür öffnete und hinausspähte, ob sich jemand im Gang befand. Daraufhin drehte er sie noch einmal zu sich herum und küßte sie langsam und bedacht, bevor er sie entließ.

Mara stand eine Sekunde wie verloren in dem dunklen Gang, nachdem er die Tür hinter ihr geschlossen hatte. Ihre Lippen prickelten immer noch von seinem Kuß. Dann lief sie wie von Hunden gehetzt quer über den Hof zu ihrem Zimmer.

Sie ließ sich auf ihr Bett fallen und verbarg ihr Gesicht in den Händen. Welches grausame Schicksal mußte ausgerechnet Nicholas Chantale in ihr Leben treten lassen?

»Verdammt, verdammt, verdammt«, fluchte Mara mit erstickter Stimme, während sie die Ereignisse der Nacht aus ihrem Gedächtnis zu löschen versuchte. Aber es war unmöglich. Der Kreole war ein Teil ihrer selbst geworden.

Maras bitteres Lachen wurde von der Matratze erstickt. Sie erkannte, daß Nicholas sich bereits gerächt hatte, ohne daß er es wußte. »Und zwar grausamer und vernichtender, als er es je hätte planen können«, flüsterte Mara. »Denn ich habe mich in dich verliebt, so wie sich Julian damals in mich verliebte. Und du wirst nicht besser zu mir sein, als ich zu ihm war.«

Mara schloß die Augen und verbannte Nicholas' Gesicht aus ihren Gedanken. Sie wünschte, die Ereignisse dieser Nacht wären nur ein Traum gewesen, aus dem sie bald erwachen würde. Aber das war sie nicht, denn ihre Haut kribbelte immer noch an jenen Stellen, wo er sie berührt hatte.

»Warum ist denn niemals etwas, wie es scheint?« murmelte Mara in ihr Kissen, als sich ihre Augen endlich vor Erschöpfung schlossen und sie in einen unruhigen Schlaf fiel.

Jeder Abschied sollte kurz sein

BYRON

Kapitel 6

Als Mara die Augen öffnete, schien die Sonne hell in ihr Zimmer. Sie hörte die Vögel singen. Genüßlich rollte sie sich zur Seite und hatte den vergangenen Abend fast vergessen, als sie ihre wehen Brüste spürte und die leichten Flecken überall auf ihrer Haut sah.

Sie wollte gerade aufstehen, als jemand an die Tür klopfte. Schnell schlüpfte sie wieder ins Bett und deckte sich bis an die Schultern zu. Wahrscheinlich war es die Dienerin, die ihr jeden Morgen eine Tasse Schokolade brachte. Statt dessen trat Feliciana ein.

Mara beobachtete mißtrauisch, wie Feliciana die Tasse unbeholfen mit ihren verbundenen Händen abstellte. Ihre dunklen Augen erwiderten Maras fragenden Blick kein einziges Mal. Dann trat die Kalifornierin vom Bett zurück.

»Das ist aber ungewöhnlich, muß ich sagen«, begrüßte Mara sie kalt. Sie ließ ihre schlechte Laune an der jungen Frau aus, die sie ohnehin nicht besonders leiden konnte.

»Ich muß ... etwas ... beichten«, begann Doña Feliciana zaghaft und mit schamgeröteten Wangen.

»Zum Beichten sind Sie hier aber falsch. Die Kirche ist nebenan«, erwiderte Mara mitleidslos. »Vielen Dank für die Schokolade, aber ich habe ziemliche Kopfschmerzen und einfach keine Lust auf irgendwelchen Tratsch. Wenn es Ihnen also nichts ausmacht?«

Feliciana vergaß für eine Augenblick ihre Brandwunden, rang betreten die Hände und verzog gleich darauf vor Schmerzen das Gesicht. Sie war noch nicht angezogen, sondern trug lediglich einen Morgenrock über ihrem langen weißen Nachthemd. Ihr Haar lag offen über ihren Schultern. »Ich bin daran schuld, daß Sie gelitten haben, seit Sie auf dem *rancho* sind«, gestand sie mit glühendrotem Gesicht. Sie wandte den Blick sofort wieder von Mara ab, deren Interesse jetzt geweckt war.

»Wie meinen Sie das?« fragte sie ruhig.

»Sie sind von Ihrem Pferd gefallen, *sí*? Ich habe den Gurt lose gemacht. Sie haben niemandem was gesagt, aber ich habe den Skorpion in Ihren Stiefel getan.« Sie hielt verlegen inne und fragte dann: »Sie haben Kopfweh, *sí*? Sie haben nicht gut geschlafen? Ich habe zerstampften Lorbeer unter Ihr Kissen gesteckt und den Saft dorthin gerieben, wo Sie Ihre Wange haben. Es tut mir leid. Ich bitte – nein, ich flehe Sie an, mir zu verzeihen. Es war falsch von mir, aber ich habe Sie so gehaßt. Sie haben alles, was eine Frau sich wünscht. Sie wollen mir Andres wegnehmen. Das habe ich einfach nicht ertragen.« Felicianas dunkle Augen bettelten um Vergebung. »Sie haben mir das Leben gerettet. Sie mußten das nicht tun, aber Sie haben es getan. Ich war so böse zu Ihnen, und Sie haben soviel für mich getan.«

Mara lachte kurz auf, als sie erfaßte, wieviel in der scheinbar so farblosen Feliciana steckte. Sie und Brendan hatten alle hier unterschätzt. Sie waren so überheblich gewesen und so sehr in ihre raffinierten Pläne verstrickt, daß sie die einfachsten und offenkundigsten Feindseligkeiten übersehen hatten. Jedenfalls war sie erleichtert, daß Jeremiah und Raoul nicht hinter dem Unfall steckten; in diesem Fall hätte sie in größerer Gefahr geschwebt, da sie von deren Verbrechen wußte. Statt dessen handelte es sich nur um einen Streich eines eifersüchtigen Mädchens.

»Sie müssen mir ebenfalls verzeihen«, eröffnete ihr Mara, »denn ich habe mich in Ihnen getäuscht, Feliciana. Ich hielt Sie für ein schwächliches Wesen, an das man keinen Gedanken zu verschwenden braucht.«

»Ich verstehe nicht«, sagte Feliciana und trat näher ans Bett. Maras zynisches, amüsiertes Lächeln irritierte sie. »Sie vergeben mir? Bitte.«

»Natürlich«, sagte Mara, die es plötzlich leid war, ständig mit den Gefühlen anderer Menschen zu spielen. »Solange mir keine weiteren unerklärlichen Unfälle zustoßen. Und Sie werden auch dafür sorgen, daß meine Kopfschmerzen aufhören, nicht wahr? Aber nachdem ich nicht vorhabe, mich noch lange hier aufzuhalten, wird das sowieso kein Problem sein«, fügte Mara leise hinzu.

Feliciana nickte eifrig. »*Sí*, und Sie hassen mich nicht? Ich habe nichts mehr dagegen, daß Sie Andres' Frau werden und den *rancho* kriegen, wenn Sie möchten«, versicherte ihr Feliciana mit bebender Stimme. Sie war sichtlich betreten wegen ihrer Missetaten.

»Bitte«, seufzte Mara und hob abwehrend eine Hand. »Es ist alles verziehen, obwohl ich glaube, ich sollte wirklich *Sie* um Entschuldigung bitten. Bitte hören Sie auf.« Sie wünschte, Feliciana würde gehen, nachdem sie ihr Gewissen erleichtert hatte, und sie allein lassen.

»Ich verstehe nicht immer, was Sie sagen, Doña Amaya«, antwortete Feliciana verwirrt. »Aber wenn Sie mir verzeihen, dann kann ich ins Kloster gehen und mein Leben Gott weihen.«

Mara studierte nachdenklich das Antlitz der jungen Kalifornierin. »Ich würde Ihnen raten, noch eine Weile zu warten, bevor Sie sich entschließen, für den Rest Ihres Lebens Schwarz zu tragen. Wer weiß, was noch alles passieren kann?« Sie stellte sich Felicianas Zukunft auf der *hacienda* und an der Seite von Don Andres vor. Bestimmt wäre sie bald Mutter einer Schar kleiner Villareales.

Mara sollte sich ihrer schicksalhaften Worte schon bald erinnern.

Der Tag verlief ohne weitere Ereignisse, obwohl Brendan Nicholas und Mara während des Mittagessens neugierig beobachtete. Er ahnte, daß etwas Einschneidendes zwischen ihnen vorgefallen war, und er war sich nicht sicher, ob ihm das gefiel.

»Ein verdammt aufdringlicher Kerl«, beklagte sich Brendan später, als er mit Mara ausritt. Er warf einen Blick über die Schulter zu dem Kreolen, der in gebührendem Abstand hinter ihnen ritt, und heftete dann den Blick auf Maras Gesicht. »Was geht zwischen euch eigentlich vor? Er sieht dich schon den ganzen Tag über so unverschämt an.«

Mara zog höhnisch eine Braue hoch. »*Du* beklagst dich darüber, daß jemand unverschämt ist? Ich traue meinen Ohren nicht!« Sie versuchte ihre Verlegenheit mit übertriebenem Sarkasmus zu überspielen.

Brendan schnaubte verächtlich. »Jeder Idiot merkt das.«

Mara lächelte überheblich. »Und du bist ganz bestimmt kein Idiot, oder, Brendan? Aber vielleicht ein bißchen zu phantasievoll. Was meinst du mit ›merkt das‹?«

»Er zieht dich mit den Augen aus, verdammt noch mal! Er verschlingt dich mit Blicken, als würde er dich in- und auswendig kennen. Ich finde das einfach unanständig.«

»Das ist lächerlich, Brendan«, schnauzte Mara ihn mit knallrotem Gesicht an.

»Ich bin also lächerlich?« fragte Brendan zurück. »Tu mir nur einen Gefallen und laß dich nicht mit dem Franzosen ein. Das bringt nur Ärger, glaube mir. Außerdem ist er nicht mal reich. Er ist deine Zeit nicht wert, meine Liebe«, gab er ihr zu bedenken.

»Hör zu, ich muß etwas mit dir besprechen«, wechselte Mara das Thema. »Können wir nicht schon heute vom *rancho* verschwinden? Müssen wir warten, bis Don Luís zurückkommt? Woher wissen wir, ob er überhaupt zurückkommt? Vielleicht hat er uns ja wieder einen Bären aufgebunden. Du möchtest doch so bald wie möglich zu den Goldminen?«

Brendan starrte sie verständnislos an. »Was zum Teufel ist in dich gefahren? Wie sollen wir denn deiner Meinung nach verschwinden – zu Fuß? Und wie sollen wir das unserem Gastgeber erklären? Und wo sollen wir schlafen? Erwartest du, daß man uns die Hotelrechnungen erläßt, weil wir so nett aussehen? Ich glaube nicht, meine Liebe. Ständig hast du mir erklärt, ich soll geduldig sein. Und jetzt plötzlich kriegst du Fracksausen?« Er beäugte sie mißtrauisch. »Hat das vielleicht etwas mit dem Franzmann zu tun? Hat er etwas herausgefunden?«

Mara kaute unentschlossen auf ihrer Unterlippe herum. Sollte sie ihm alles verraten? Er war so impulsiv, und sie wollte es keinesfalls auf eine Auseinandersetzung zwischen Nicholas und ihrem Bruder ankommen lassen.

»Du kannst es mir ruhig verraten. Du hast mich noch nie anlügen können.« Brendan seufzte pathetisch.

»Gut, Brendan, du sollst die Wahrheit erfahren«, ergab sich Mara in ihr Schicksal. »Der Kreole kennt mich aus London. Er hat vermutet, ich sei eine Schauspielerin namens Mara O'Flynn. Er hat mich auf der Bühne gesehen.«

»Zum Teufel mit ihm!« wetterte Brendan.

»Jedenfalls hatte er Verdacht geschöpft. Ich habe ihn zwar davon überzeugen können, daß ich nicht Mara O'Flynn bin, aber wahrscheinlich habe ich seine Zweifel nur für eine gewisse Zeit ausgeräumt. Und es würde uns ganz bestimmt nicht bekommen, wenn er die Wahrheit herausfände.«

Brendan überlegte: »Schlimmstenfalls müssen wir ihn halt ins Vertrauen ziehen und mit einem Batzen Geld zum Schweigen bringen. Der Lump würde bestimmt darauf eingehen.«

»Nein!« wehrte Mara entsetzt ab. »Du darfst ihm keinesfalls die

Wahrheit verraten. Er haßt die O'Flynns und würde uns bestimmt bloßstellen. Wahrscheinlich würde er sogar dafür sorgen, daß wir hinter Gitter wandern.«

Brendan runzelte nachdenklich die Stirn. »Ich kann mich überhaupt nicht an ihn erinnern. Wir sind ihm doch noch nie begegnet, oder? Warum sollte er uns hassen? Ich bin ein friedliebender Mensch, und niemand hegt einen Groll gegen Brendan O'Flynn.« Er überdachte ihre Äußerung noch einmal und schaute Mara dann vorwurfsvoll an. Sie errötete augenblicklich. »Oder haßt er vielleicht Mara O'Flynn und gar nicht ›die O'Flynns‹, wie du es ausdrückst, Schwesterherz? Er ist nicht zufällig einer deiner abgelegten Verehrer? Nein«, beantwortete er sich diese Frage selbst mit einem rauhen Lachen, »ich kann mir nicht vorstellen, daß sich der Kreole von einer Frau zum besten halten läßt, also muß er ... laß mal überlegen ... Ist er vielleicht der Freund eines Freundes, der eine offene Rechnung begleichen will?« riet Brendan, nicht ahnend, wie nahe er damit der Wahrheit kam.

»Ich schwöre dir, daß ich ihm noch nie begegnet bin und wirklich nicht weiß, was er gegen mich hat«, log Mara. Sie zog es vor, Brendan nicht die ganze Wahrheit zu verraten. »Aber du kannst verstehen, daß ich keine Lust habe, in der Nähe zu sein, wenn er herausfindet, daß ich Mara O'Flynn bin.«

»Ich würde mir nicht allzu viele Sorgen machen, denn Don Luís muß in den nächsten Tagen zurückkehren. Und was kann er schon unternehmen, solange wir hier sind? Don Andres würde es bestimmt nicht zulassen, daß seine angebetete Amaya verleumdet wird. Er würde den Kreolen wahrscheinlich Hals über Kopf rausschmeißen!« erklärte Brendan voll heimlicher Vorfreude.

Mara nickte zustimmend, ohne Brendan anzusehen. Wie hätte sie ihm erzählen können, daß sie sich in Nicholas verliebt hatte? Er würde sie auslachen, sich über ihre Schwäche lustig machen, es auskosten, daß die stolze und überhebliche Mara endlich ihren Meister gefunden hatte. Brendan konnte, wenn er wollte, grausam und verletzend sein. Und dafür wollte sie ihre Liebe zu Nicholas nicht hergeben.

»Hoffentlich hast du recht, und uns bleibt noch genug Zeit«, murmelte Mara ohne rechte Überzeugung, als sie ihre Pferde wendeten und zur *hacienda* zurückritten.

»Du brauchst keine Angst zu haben. Das sprichwörtliche Glück der O'Flynns ist mit uns, ich spüre es genau«, tröstete Brendan sie lachend.

Den ganzen Abend über wich Brendan seiner Schwester nicht von der Seite, so daß Nicholas keine Gelegenheit bekam, sich mit ihr zu unterhalten. Als er es dennoch einmal versuchte, spielte Brendan sich sofort in den Vordergrund, riß die Unterhaltung an sich und fiel den anderen ständig ins Wort. Schließlich wandte sich Nicholas mit einem leichten Achselzucken ab, und für den Rest des Abends mußte sich Mara mit dem Anblick seines breiten Rückens zufriedengeben. Ihre Finger drängten danach, mit den dunklen Locken zu spielen, die über seinen Kragen fielen.

Mara war nicht klar, ob sie damit rechnen sollte, daß jemand nach Mitternacht an ihre Tür klopfen würde, deshalb wußte sie auch nicht, ob sie enttäuscht oder erfreut darüber war, als sich nichts Derartiges ereignete. Sie ignorierte die Tatsache, daß sie sich über eine Stunde lang gekämmt hatte, bis ihr Haar im Kerzenlicht glänzte, und daß sie ihr Lieblingsparfum zwischen ihre Brüste und an ihr Handgelenk getupft hatte. Schließlich gab sie es auf zu warten und blies alle Kerzen aus, außer der einen, die neben ihrem Bett brannte. Als Mara die Decke zurückschlug, bemerkte sie, daß etwas unter ihrem Kissen steckte. Neugierig hob sie es an und entdeckte eine einzelne Rose.

Wie hatte er das geschafft? Wie hatte er sie in ihr Bett geschmuggelt? Als sie unter die Decke schlüpfte, hörte sie etwas rascheln. Sie tastete danach, bis ihre Hand ein Blatt Papier faßte. Sie lächelte, als sie die schnell hingeschriebene Botschaft las:

Weil ich nicht weiß, ob dein Wachhund auch dein Bett hütet, muß diese eine glückliche Rose heute meinen Platz einnehmen. Bon nuit, ma petite, und träum von mir!

Dieser Teufelskerl, dachte Mara schmunzelnd, hob die Rosenblüte an ihre Nase und atmete tief den betörenden Duft ein. Dann löschte sie die letzte Kerze und kuschelte sich unter ihre Decke. Sie küßte die weichen Blütenblätter und legte die Rose zwischen ihre Brüste. Schließlich rollte sie sich zur Seite und schlief ein, um von Nicholas zu träumen.

Am folgenden Morgen war Mara schon angekleidet, als laute Stimmen von draußen durch ihr Fenster drangen. Neugierig ging sie hinaus auf den Hof. Vielleicht war ja Don Luís zurückgekehrt.

Auch Brendan war aus seinem Zimmer getreten und stand bereits am Rande des Patios, von wo aus er interessiert das Schauspiel verfolgte, das sich ihm darbot.

Als sich Mara ihm näherte, schaute er von dem Apfel auf, den er mit seinem Taschenmesser schälte, und fragte beiläufig: »Was hältst du davon, Schwesterherz?«

Maras Augen wurden groß, als sie die kleine Gruppe musterte, die sich beim Brunnen versammelt hatte. Die faszinierendste Gestalt war Jeremiah Davies, der endlich einmal im Mittelpunkt stand. Alle Augen waren auf ihn gerichtet.

Er trug einen sehr eleganten Gehrock mit Samtkragen und Manschetten, und als er eine schwere Golduhr aus seiner Tasche zog, konnte Mara das Satinfutter seiner Jacke und die fein gestreifte Seide seiner Weste sehen. Eine Krawattennadel steckte in seinem Halstuch, und an seinen Fingern prangten mehrere Ringe. Ungeduldig schlug er mit dem Ebenholzstock, dessen Achtkopf er fest umklammert hielt, gegen das glänzende Leder seiner Stiefel. Sein strohblonder Kopf steckte jetzt unter einem hohen Seidenzylinder. Erst als Doña Ysidora sich neben ihrem Sohn aufbaute, lüpfte Jeremiah den Hut und verbeugte sich.

»Man könnte fast meinen«, murmelte Brendan versonnen, »unser guter Jerry hätte eine Erbschaft gemacht. Ich frage mich, wie er plötzlich zu soviel Geld kommt. Ich wußte gar nicht, daß Viehdiebstahl so lukrativ ist.«

»Du bist offensichtlich nicht der einzige, der sich über seinen plötzlichen Reichtum wundert«, sagte Mara, der die ungläubigen und verwirrten Mienen der Kalifornier nicht entgangen waren. Jetzt hatten sich auch Raoul, Feliciana, Doña Jacinta und andere Gäste zu der Gruppe gesellt.

In Jeremiahs Windschatten warteten zwei aufgetakelte Frauen. Sie trugen schreiend bunte Kleider, die mit Rüschchen und Bändern überladen waren, und ihre Gesichter waren mit einer dicken Schicht Schminke bedeckt, ohne daß sie dadurch ihre Falten hätten vertuschen können.

»Jerry hat aber nette Freunde gefunden«, bemerkte Brendan und deutete auf die drei hünenhaften Kerle, die sich um Jeremiah Davies und seine weibliche Begleitung scharten. »Sie sehen aus wie Schuldeneintreiber«, ergänzte er mit eindeutiger Mißbilligung. »Höchst unangenehme Menschen.« Dann warf er einen Blick in den Gang hinter ihnen, und ergänzte sarkastisch: »Und da wir gerade von unangenehmen Menschen sprechen ...«

Mara war von der Szene so gebannt gewesen, daß sie nicht bemerkt hatte, wie sich Nicholas ihnen näherte. Sie machte fast einen Satz, als seine Hand beiläufig ihren Arm berührte, und unter ihrer Haut begann es zu kribbeln, als sie ihm in die Augen sah.

Brendan musterte den Kreolen verächtlich. Dann machte er eine Kopfbewegung zu den drei Halsabschneidern hin. »Ihre Freunde?«

Nicholas grinste und schien zu überlegen. »Nein, aber den mit dem halben Ohr kenne ich. Patrick O'Casey, wahrscheinlich ein Ire, meinen Sie nicht auch?« fragte er mit leisem Spott zurück.

Brendan hackte mit dem Messer in einen Apfelschnitz und stopfte ihn sich in den Mund, bevor er sich denselben mit einer scharfen Antwort verbrennen konnte.

»*¡Madre de Dios!* Das kann ich nicht glauben«, hörte Mara Don Andres ausrufen. Sein braunes Gesicht wurde bleich.

»Sie sollten es aber lieber glauben, Don Andres«, antwortete Jeremiah überheblich. Seine blauen Augen glänzten heimtückisch. »Ich kam als Freund hierher. Nachdem wir nun Nachbarn sind, sollten wir keine Feindseligkeiten gegeneinander hegen. Hier ist die Urkunde, die beweist, daß das Land mir gehört«, erklärte er mit triumphierendem Lächeln. »Alles ist vollkommen legal. Sie haben das Geld, ich habe das Land und die Urkunde.«

»Aber das ist unmöglich!« rief Don Andres aus. »So etwas würde ich niemals unterschreiben. Sie hatten lediglich das Recht, ein kleines Stück Land im Südosten zu verkaufen, aber nicht dieses hier. Was haben Sie getan?«

»Sie haben die Dokumente selbst unterzeichnet. Der Handel ist ganz rechtmäßig, das versichere ich Ihnen.« Jeremiah lächelte den Kalifornier mitleidig an. »Ich habe sogar eine Zeugin.« Er schaute zu Mara. »Amaya Vaughan.«

Maras Unterkiefer klappte herunter. Ungläubig schüttelte sie den Kopf, als Don Andres' sie verwirrt anblickte.

»Haben Sie schon vergessen, Miss Vaughan? Sie waren dabei, als Don Andres die Papiere für mich unterzeichnete. Er beauftragte mich, das Land zu verkaufen, damit er seine Steuern bezahlen kann.«

»Ich – ich war im Büro«, gab Mara zögernd zu, »aber ich habe nicht gesehen, was Sie unterschrieben.«

»Sehen Sie!« jubelte Jeremiah. »Sie würde vor Gericht bezeugen müssen, daß Sie aus freiem Willen unterschrieben haben, daß kein Zwang ausgeübt wurde.«

Jeremiah Davies ließ seinen Blick durch die Runde schweifen und erklärte mit breitem Grinsen: »Ich bin also rechtmäßiger Eigentümer des nächsten Tales und der *hacienda*, die sich dort befindet, der Casa Quintero. Ich werde mir allerdings einen neuen, amerikanischen Namen ausdenken müssen«, erklärte er mit einem verächtlichen Seitenblick auf Raoul Quintero, der wie zu Stein erstarrt vor Jeremiah Davies stand.

Doña Jacinta stieß einen kleinen Seufzer aus und fiel in Ohnmacht. Ihr rundlicher Körper sank fast geräuschlos zu Boden. Doña Ysidora rief nach ihren Dienern, während ein paar kräftige Männer Doña Jacinta auf eine Bank legten.

Mara spürte Brendans Blick, noch bevor sie sich zu ihm umdrehte und ihn anschaute. Ihre Mienen spiegelten ihrer beider Gedanken wider.

»Himmel«, flüsterte Brendan bleich, als ihm die Konsequenzen dieser Entwicklung klarwurden. Wenn Don Luís in wenigen Tagen zurückkehrte, würde er entdecken, daß ihm sein Land weggenommen worden war.

Brendans Panik begann sich auf Mara zu übertragen, vor allem, als sie sich bewußt wurde, daß Nicholas hinter ihnen stand. Mara sah aus dem Augenwinkel zu ihm auf, aber er schien ihre und Brendans Nervosität nicht zu bemerken.

»Wie Sie sehen, *Don* Andres«, schloß Jeremiah gehässig und selbstgefällig, den Brustkorb stolz vorgeschoben, »können Sie überhaupt nichts unternehmen. Es wäre höchst töricht, mir Schwierigkeiten zu bereiten.«

Don Andres' immer freundliches Gesicht war wutverzerrt. »Sie sind wahnsinnig! Wie können Sie glauben, mit diesem Diebstahl durchzukommen?«

Jeremiah grinste. Seit er sich für einen Landbesitzer hielt, war von seiner früheren Unterwürfigkeit nichts mehr zu spüren. »Sie können natürlich vor Gericht gehen und versuchen zu beweisen, daß ich Sie hintergangen habe. Aber dieser Rechtsstreit würde Jahre dauern. Sie würden sich teure Anwälte nehmen müssen. Wer würde sie bezahlen? Sie könnten sie nur entlohnen, indem Sie ihnen Ihr Land abtreten, und so würden Sie schließlich mehr verlieren, als es jetzt der Fall ist«, warnte Jeremiah.

»*Dios*, ich kann es einfach nicht glauben«, murmelte Don Andres. »Wie konnten Sie mir das antun, Jeremiah? Was habe ich Ihnen getan, daß Sie mich so hassen?« Er schüttelte den Kopf. Dann kam ihm plötzlich ein Gedanke, und mit zusammengekniffenen Augen fragte er: »Woher haben Sie das Geld? Wie können Sie es sich leisten, Land zu kaufen? Sie sind nicht reich. Und diese Kleider, diese Frauen?« Er machte eine verächtliche Geste in Richtung der beiden Schönheiten an Jeremiahs Seite. »Wie?«

Jeremiah lächelte und warf Raoul einen verstohlenen Blick zu. »Wir haben alle unsere kleinen Geheimnisse.«

Das war zuviel für Raoul. Er konnte sein schlechtes Gewissen nicht mehr ertragen und schrie los: »Du Hund! Du hast mich belogen! Du hast mein Land gestohlen! Du wirst niemals in der Casa Quintero wohnen!« Als er Don Andres anschaute, vergaß er vollkommen, welche Rolle er bei dem Viehdiebstahl gespielt hatte, und gestand: »Er stiehlt dein Vieh, Don Andres! Deshalb ist er so reich. Er ist ein Dieb! Man muß ihn hängen!«

»Beweis es doch«, knurrte Jeremiah. »Wer wird einem betrunkenen Muttersöhnchen schon glauben?«

Raoul stieß einen heiseren Schrei aus und stürzte sich wie ein Stier in der Arena auf den Amerikaner. Er tastete ungeschickt nach seinem Messer, aber bevor er auch nur in die Nähe seines Opfers gelangen konnte, traf ihn die Faust eines der Leibwächter ins Gesicht. Der junge Kalifornier wurde mit einer solchen Gewalt nach hinten geschleudert, daß sein Kopf mit einem dumpfen Knall auf einen der Holzpfeiler der Galerie auftraf. Es klang wie ein Pistolenschuß. Raoul sank bewußtlos zu Boden, und dunkelrotes Blut begann aus seinem Hinterkopf und seiner Nase zu sickern.

»¡Madre de Dios!« rief Don Andres aus, eilte zu Raoul und kniete neben ihm nieder. Kurz darauf erhob er sich langsam und verkündete mit zitternden Knien: »Er ist tot.«

Als er sich wieder unter Kontrolle hatte, ging er langsam auf den Amerikaner zu, aber Doña Ysidora verstellte ihm den Weg.

»Andres, mein Sohn«, weinte sie, »bitte unternimm jetzt nichts. Wem hilft es, wenn du dich von diesen Tieren zerfleischen läßt?«

»Hören Sie auf Ihre *madre*, Don Andres«, warnte ihn Jeremiah nervös und schaute auf die wütenden Gestalten, die sich um ihn und seine Leibwache drängten. »Es war Notwehr. Er wollte mich erstechen. Sie haben es alle gesehen.«

Don Andres wandte seinen Blick nicht von dem Amerikaner. Die anderen Kalifornier stellten sich hinter ihm auf. Sie würden ihn unterstützen, was immer er auch unternehmen mochte. Die Damen zogen sich hastig in den sicheren Hausgang zurück.

Die drei Ganoven, die Jeremiah Davies zu seinem Schutz angeheuert hatte, machten sich bereit, ihr Geld zu verdienen. In ihren Mienen spiegelten sich Haß und Vorfreude, während sie sich vor ihrem Geldgeber aufbauten.

Plötzlich knallte ein Pistolenschuß. Er hallte im Hof nach und wirkte wie ein Glockenschlag, der die Gläubigen zur Messe ruft. Mara und Brendan sprangen beiseite, denn er war direkt neben ihnen losgegangen. Überrascht und eingeschüchtert starrten sie auf die rauchende Pistole, die lässig in Nicholas' Hand hing.

»Verzeihen Sie mir, daß ich mich in Angelegenheiten einmische, die mich eigentlich nichts angehen«, entschuldigte sich Nicholas, »aber es hat bereits einen Toten gegeben, und ich glaube nicht, daß Sie Ihren Streit vor den Augen der Damen austragen sollten.«

Einer der Schläger tastete unauffällig nach dem Revolver, der in seinem Gürtelhalfter hing. Aber bevor sich seine Finger über dem Kolben schließen konnten, feuerte Nicholas erneut. Diesmal streifte sein Schuß die Hand des Mannes und hinterließ eine blutige Spur.

»Ich glaube, es ist an der Zeit, daß Sie und der Kleine sich verabschieden«, riet Nicholas kaltblütig. »Und die *Damen* ebenfalls!« fügte er mit einem höhnischen Lächeln hinzu, als sie protestieren wollten.

»Sí!« stimmte Don Andres zu, der einsah, daß dies die beste Lösung war. »Verlassen Sie augenblicklich mein Land!« Insgeheim schwor er, daß er und seine Freunde sich zu gegebener Zeit rächen würden.

»Es ist mir ein Vergnügen, Don Andres«, erklärte Jeremiah. Dann schenkte er Nicholas und den zornigen Kaliforniern einen haßerfüllten Blick, bevor er mit seinem zwielichtigen Gefolge verschwand.

Brendan hüstelte, um Maras Aufmerksamkeit auf sich zu lenken. Er gab ihr ein diskretes Zeichen, ihm zu folgen. Als Mara sich in Bewegung setzte, hielt Nicholas sie auf. Sein Blick bremste sie so abrupt, als hätte er sie mit der Hand festgehalten.

»Ich möchte mich noch mit dir allein unterhalten«, sagte er leise.

Mara schluckte nervös. »Ich muß nach meinem Neffen sehen. Wahrscheinlich hat ihn der Schuß erschreckt«, wehrte sie ab. »Später?«

»Gut, später«, willigte Nicholas ein und bedachte sie mit einem fast zärtlichen Blick.

Brendan wartete in Paddys Zimmer, wo er unruhig auf und ab marschierte, als Mara eintrat. Sie ignorierte ihn und ging gleich zu Paddy, der mit großen Augen mitten im Zimmer stand, seine rot-weißen Zinnsoldaten in verschiedenen Formationen um sich herum verteilt. Doch die imaginäre Schlacht war vergessen. »Was ist passiert? Ist jemand erschossen worden?« fragte er aufgeregt.

»Es war nur ein Unfall, Paddy, sonst nichts«, erwiderte Mara mit fester Stimme. »Ein Schuß hat sich versehentlich gelöst.«

»Aber ich habe zwei Schüsse gehört, Mara«, widersprach Paddy.

»Himmel«, schnaufte Jamie erleichtert, »ich dacht' schon, Sie hätten es endgültig zu weit getrieben. Hätt' mich ja nich' gewundert, wenn Sie mittendrin in dem Schlamassel gesteckt hätten.«

Brendan warf ihr einen beschwörenden Blick zu, hielt in seinem Marsch inne und fuhr sich mit der Hand durchs Haar.

»Was sollen wir jetzt tun?« fragte Mara hilflos.

»Was zum Teufel glaubst du denn? Wir hauen ab, bevor noch mehr Blut vergossen wird«, verkündete Brendan entschlossen. »Es würde mir gar nicht gefallen, wenn meins darunter wäre.«

»Will dich jemand erschießen, Papa?« fragte Paddy ehrfürchtig, verstummte aber unter dem drohenden Blick seines Vaters.

»Wir pfeifen auf das Geld, Schwesterherz. Ich glaube, wir sollten von der Bühne verschwinden, bevor der Vorhang fällt. Ich habe keine Lust, in der Nähe zu sein, wenn Don Luís erfährt, daß sein Land, hinter dem er seit Jahren her ist, bereits verkauft ist. Er wird uns alle mit ins Unglück reißen wollen, und am schmerzhaftesten wird es Don Andres treffen, wenn er ihm verrät, daß er ihn mit einer falschen Amaya hinters Licht geführt hat. Auch der gute Jerry wird sich nicht lange an seinem Reichtum freuen können. In diesem weiten Land sind schon viele Menschen einem unglücklichen Zufall zum Opfer gefallen.«

Mara nickte wie betäubt. »Fang an zu packen, Jamie«, befahl sie dann. »Was ist denn?« fragte sie irritiert, als Jamie keine Anstalten machte, sich zu rühren.

»Und dann trag' ich das ganze Gepäck auf meinem Rücken nach San Francisco oder wie?« fragte Jamie.

Mara wandte sich erwartungsvoll an Brendan, aber der zuckte nur mit den Achseln. »Schau mich nicht so an. Ich kann nicht auf alles eine Antwort haben.«

Mara seufzte wütend. »Ausgerechnet jetzt fällt dir nichts mehr ein«, beschwerte sie sich und klopfte mit dem Fuß auf den Boden.

Brendan zog eine Zigarre aus der Rocktasche und zündete sie an. Dann stieß er unvermittelt einen Schrei aus: »Ich hab's!«

Mara verfolgte mißtrauisch und neugierig zugleich, wie er eine große Rauchwolke ins Zimmer blies und sich ein Lächeln auf seinem Gesicht ausbreitete.

»Du wirst deine Schuld von Don Andres einfordern, Schwesterherz.«

»Er schuldet mir nichts«, widersprach Mara.

»Doch, er schuldet dir Felicianas Leben. Oder hast du schon vergessen, wie du mit Löwenmut die junge Frau vor dem Feuertod errettet hast? Er wird dir jeden Wunsch erfüllen, Schwesterherz.«

»Aber was soll ich ihm sagen?«

»Alles, was du willst – außer der Wahrheit. Ich möchte mich nicht allzusehr auf unser Glück verlassen«, riet ihr Brendan.

Mara nickte geistesabwesend, trat ans Fenster und schaute hinaus in den Hof. Was sollte sie Don Andres sagen? Der Hof lag verlassen. Sogar der Blutfleck, wo Raoul sein Leben gelassen hatte, war beseitigt worden. Jede Erinnerung an sein tragisches Ende war ausgelöscht. Mara starrte immer noch auf diese Stelle, als sie eine elegante Gestalt in den Hof treten sah.

Sie schnappte erschrocken nach Luft, so daß auch Brendans Aufmerksamkeit geweckt wurde. »Zu spät!«

Brendan blickte Mara in dem Augenblick über die Schulter, als der Mann in der *hacienda* verschwand. »Himmel! Was für ein unwillkommener Auftritt!« flüsterte er. »Ausgerechnet Don Luís!«

»Brendan, was sollen wir jetzt tun?« jammerte Mara. Zum erstenmal in ihrem Leben bekam sie es mit der Angst zu tun – vor allem, wenn sie an zwei harte, grüne Augen dachte.

»Wir lassen alles stehen und liegen und machen, daß wir fortkommen«, erklärte er. Jetzt war nicht die Zeit für Heldenmut. »Ich glaube zwar nicht, daß er uns wirklich gefährlich wird. Aber trotzdem möchte ich lieber weit weg sein, wenn die Wahrheit herauskommt.«

»Das nenn' ich mal 'n klares Wort«, sagte Jamie und begann, ihre verstreuten Habseligkeiten zusammenzusammeln. »Wir können unser Gepäck immer noch holen lassen, wenn sich die Lage beruhigt hat.«

»Wir dürfen nicht mehr einpacken, als wir auf dem Pferd mitnehmen können«, wies Brendan sie von der Tür aus an. »Ich werde uns Reittiere besorgen. Wir treffen uns in fünfzehn Minuten im Stall. Und versuch dich unauffällig zu verhalten, ja, Mara? Ich möchte nicht gern als Pferdedieb gehenkt werden.«

Mara brachte ein gequältes Lächeln zustande. »Ich werde so harmlos wirken, als würden wir nur einen kleinen Ausflug machen.« Dann wandte sie sich an Jamie. »Beeil dich. Wir haben keine Zeit, alles zusammenzulegen.« Sie ging zur Tür und beobachtete nervös, wie Jamie langsam und sorgfältig Paddys Jacke und Hose zusammenfaltete.

»Kümmern Sie sich um Ihren Kram und lassen Sie mich nur machen. Und versuchen Sie bloß nich', selbst zu packen. Das hält uns nur auf«, gab Jamie zurück, ohne auch nur aufzublicken.

Mara eilte durch den Gang zu ihrem Zimmer. Brendan hatte gar keine Ahnung, in welcher Gefahr sie schwebten. Sie dachte an Nicholas' Racheschwur. Gerade wollte sie ihre Tür öffnen, als sie erregte Stimmen hörte. Sie drangen aus dem Arbeitszimmer, das nur ein paar Türen weiter war. Mara zögerte kurz und schlich sich dann auf Zehenspitzen an die offene Tür von Don Andres' Arbeitszimmer. Kurz davor blieb sie stehen. Da das Gespräch auf spanisch geführt wurde, verstand sie nicht, worum es ging. Der Tonfall aber ließ wenig zu rätseln. Als Mara ihren Namen hörte, ihren wirklichen Namen, wußte sie, daß das Spiel vorbei war.

In Windeseile floh sie in ihr Zimmer und warf das Nötigste in einen Koffer. Dann begann sie, ihr Kleid aufzuhaken. Sie betete insgeheim, daß Jamie auftauchen würde, um ihr zu helfen. Es schien Ewigkeiten zu dauern, bis sie die Verschlüsse geöffnet hatte. Endlich hatte sie den letzten Haken gelöst und zerrte das Kleid über ihren Kopf.

Gerade hatte sie ihr Reitzeug zusammengesucht, als jemand klopfte. Mara hielt den Atem an, und ihr Herz begann wie wild zu klopfen, dann aber hörte sie Brendans geheimes Klopfzeichen. Erleichtert seufzend öffnete sie die Tür. Doch ihr Lächeln gefror, als sie sah, wer vor ihr stand.

»Nicholas«, flüsterte Mara unhörbar.

Sie machte einen Schritt zurück, und er folgte ihr ins Zimmer. Dann schloß er die Tür mit einem endgültig klingenden Geräusch hinter sich.

Mara spürte den Haß und den Zorn, die in ihm loderten, noch bevor sie seine Stimme hörte. Sie traf sie wie ein Peitschenhieb.

»Mara O'Flynn«, sagte er leise, »jetzt habe ich dich doch noch gefunden. Ich habe deinem... *Cousin*« – Nicholas betonte das Wort vielsagend – »zu danken, daß er mir so leicht Zugang zu deinem Zimmer verschaffte. Ich habe gehört, wie er jeden Abend an deine Tür klopfte.«

Mara leckte sich hektisch über die Lippen und machte einen Schritt zurück, um den Abstand zwischen ihnen zu vergrößern. Aber Nicholas folgte ihr augenblicklich.

Er begutachtete ihren kaum bekleideten Körper, registrierte, wie sich ihre Brust über dem Spitzenkorsett heftig und unregelmäßig hob und wie ihre Lippen bebten. Langsam wanderte sein Blick über ihre schmale Taille und die runden Hüften zu den schlanken, hellen Schenkeln hinab, die sich unter ihrem Unterhöschen zeigten.

Er machte einen Schritt auf sie zu und hielt ihr etwas hin. »Warum ziehst du das nicht an, *ma petite*?« fragte er leise und mit einem grausamen Lächeln.

Mara blickte bestürzt auf den dicken roten Samt, der über seinem Arm hing, und beobachtete entsetzt, wie er ihn entfaltete. Sie schnappte nach Luft, als sie das rote Samtkleid erkannte, das Jamie an jenem unheilvollen Tag Julian zurückgegeben hatte.

»Vielleicht erinnerst du dich noch daran. Es hat dir gehört, nicht wahr, Mara O'Flynn?« Nicholas sprach ihren Namen langsam, beinahe genießerisch aus. »Schade, daß es nie getragen wurde. Zieh es an«, befahl er grob und warf es ihr zu.

Mara fing es instinktiv auf, und ihre Augen weiteten sich voller Schrecken, als sie das weiche Material auf der Haut spürte. Nicholas funkelte sie voller Rachsucht an.

»Ich habe mich immer gefragt, wie du wohl darin aussehen würdest«, sagte er fast gefühlvoll, aber immer noch bedrohlich.

Mara wich weiter zurück und ließ das Kleid fallen. Sie schaute ihn verstört an.

»Wie hast du es herausgefunden?« fragte sie mit versagender Stimme. »Hat es dir Don Luís verraten?«

Nicholas lächelte freudlos. »Du hättest nicht so schnell fortlaufen sollen, als du an Don Andres' Tür lauschtest. Ich habe dich gesehen, aber bevor ich dich rufen konnte, warst du schon verschwunden. Ich folgte dir und wurde Zeuge einer äußerst aufschlußreichen Unterhaltung im Arbeitszimmer«, erklärte er kalt. »Habe ich dir eigentlich verraten, daß ich spanisch spreche? Eigentlich ist es ja keine große Überraschung für mich, daß du bei einer solchen Verschwörung mitmachst. Immerhin kenne ich deine Vergangenheit. Aber es hat mich trotzdem überrascht, wie tief du in dieses Falschspiel verstrickt bist. Ein Leben an deiner Seite muß ein ständiger Kampf sein. Kein Wunder, daß Don Luís so miserabel aussieht. Abgesehen davon, daß sein Land weg und sein Sohn tot ist, muß es ihn den letzten Nerv gekostet haben, auf dich und deinen Cousin aufzupassen«, überlegte er. »Jetzt verstehe ich allerdings auch, warum er nicht zugeben wollte, daß du Mara O'Flynn bist. *Mon Dieu*, ich muß ihn zu Tode erschreckt haben, als ich deinen Namen erwähnte.«

»Du hast mit Don Luís über mich gesprochen?« fragte Mara. Wie zu sich selbst fügte sie hinzu: »Und er hat uns keinen Ton davon gesagt?«

»Es war mein Glück, daß er euch nicht mehr vertraut hat, als ich es tue. Wahrscheinlich wärst du längst über alle Berge und hättest nie das zweifelhafte Vergnügen gehabt, mir die Wahrheit zu gestehen.«

»Du kannst mir nichts tun«, erklärte ihm Mara tapfer. Sie hoffte inständig, daß Jamie oder Brendan auftauchen würden.

»Tatsächlich?« Nicholas' Augen verengten sich zu schmalen Schlitzen. »Wir beide haben noch eine Rechnung zu begleichen, und heute ist Zahltag für dich.«

»Es tut mir leid wegen deines Neffen. Wie hätte ich ahnen sollen, daß er sich meinetwegen umbringt?« fragte Mara schuldbewußt. Weil sie ängstlich auf die Tür starrte, entging ihr Nicholas' überraschter Blick.

»Ja, du hast ihn umgebracht.« Nicholas zog es vor, sie in dem Glauben zu lassen, sie hätte einen Jungen in den Tod getrieben. Mochte sie das mit ihrem Gewissen austragen – wenn sie eines hatte, was er bezweifelte. »Wie fühlt man sich als Mörderin?«

Mara rang nach Atem. »Ich habe ihn nicht getötet! Es war nicht meine Schuld, Nicholas!«

»Vielleicht hast du ihm die Pistole nicht an die Brust gesetzt«, sagte Nicholas hart, »aber du hast sie ihm in die Hand gedrückt.«

Er schaute hinunter, wo das Kleid zu Maras Füßen lag. »Ich glaube, ich habe es verdient, Mara O'Flynn einmal in voller Schönheit zu sehen, findest du nicht? Zieh es an.«

»Nein«, widersprach Mara heiser.

»Wie du willst«, sagte Nicholas grimmig. Ohne jede Vorwarnung packte er Maras Arm. Sie erschrak so, daß sie nicht einmal aufschrie. Dann wirbelte er sie herum, hob das Kleid auf und zog es ihr über den Kopf. Er zerrte es über ihre Schulter und raffte es in der Taille zusammen. Sie spürte seine Finger über ihren Rücken wandern, als er den Verschluß zuhakte. Ihr Haar hatte sich in dem Tumult gelöst und lag jetzt offen auf ihren Schultern.

»Du hast dich bestimmt königlich amüsiert, als ich dir das Medaillon und das Bild zeigte.« Mara spürte seinen heißen Atem in ihrem Nacken. »Ich hätte meinem Instinkt trauen sollen, als ich dich sah. Ich wußte sofort, daß du Mara O'Flynn bist.«

»Wo hast du mich gesehen?« flüsterte Mara.

»In einem Hotel in Sacramento City. Du warst wahrscheinlich gerade in Kalifornien angekommen.«

Mara biß sich auf die Lippen, als er das Kleid zusammenzog. Dann spürte sie das kalte Metall des Medaillons auf der Haut zwischen ihren Brüsten und zuckte zusammen.

Er drehte sie wieder herum und hielt sie auf Armeslänge von sich, um sie mit grimmiger Zufriedenheit zu betrachten.

Das Mieder war tief ausgeschnitten und schulterfrei, das Dekolleté gewagter als alles, was Mara bisher getragen hatte. Nur knapp bedeckte der weiche Samt ihren Busen, der durch das steife Korsett noch hervorgehoben wurde. Im Kontrast zu dem burgunderroten Stoff schien ihre Haut fast durchsichtig zu sein. Das Kleid schmiegte sich an ihren Körper und fiel dann in schweren Falten an ihren Beinen herab.

»Es paßt ganz ausgezeichnet, finde ich«, stellte Nicholas zynisch fest. »Du bist die geborene Schauspielerin, Mara O'Flynn. Du hältst all jene armen Trottel zum Narren, die deinen weichen, verführerischen Lippen glauben und die deinen warmen, goldenen Augen verfallen.«

Nicholas drückte sie an sich, und seine Finger gruben sich in ihre weichen Arme, bis ihr die Tränen in die Augen stiegen. »Hast du auch gespielt, als ich dich in meinen Armen hielt und dich liebte, Mara O'Flynn? Hast du mir deine Leidenschaft auch nur vorgespielt? Oder warst diesmal du« – Nicholas hielt kurz inne und blickte ihr tief in die Augen – »das Opfer?«

Mara wand sich unter seinem grausamen Blick und versuchte verzweifelt, in die Realität zurückzufinden. Nicholas durfte auf keinen

Fall erfahren, wie tief er sie verletzte. Wenn er ahnte, wie sehr sie ihn liebte, würde seine Rache gnadenlos sein, denn in ihrer Liebe war sie ihm schutzlos ausgeliefert.

»Sieh mich an, Mara O'Flynn«, befahl Nicholas grob. Seine Finger schlossen sich unter ihrem Kinn und drehten ihr Gesicht, so daß sie ihm in die Augen sehen mußte. »Glaubst du, die stolze Mara O'Flynn, diese brillante Schauspielerin und wunderschöne Verführerin, ist in ihre eigene Falle gelaufen? Vielleicht liebst du mich ja wirklich?« überlegte Nicholas mit seidenweicher Stimme. »Dann tust du mir leid, Mara O'Flynn.«

»Ich liebe dich nicht«, flüsterte Mara mit gebrochener Stimme. Ihr Gesicht erinnerte Nicholas an gemeißelten Marmor, so glatt und gefühllos war es.

»Nein«, stimmte ihr Nicholas mit einem kalten Lächeln zu. »Du kannst gar nicht lieben. Aber diesmal war der Einsatz zu hoch für dich. Du hast deinem Charme zu sehr vertraut, du konntest dir nicht vorstellen, daß es einen Mann gibt, der ihm nicht erliegt. Daß du ihm nur für ein paar amüsante Stunden gut bist. Diese Grube hast du dir selbst gegraben, Mara.«

Maras Haut brannte, als stünde sie in Flammen, und seine Worte trafen sie wie ein vergifteter Pfeil mitten ins Herz.

»Wie fühlt man sich, wenn man sich selbst zum Narren gemacht hat, Mara O'Flynn?« fragte Nicholas weiter. »Bis jetzt hast du die Männer, die du quältest, immer verachtet. Ich kann immer noch kaum glauben, daß du tatsächlich noch unschuldig warst. Schmerzt es dich, wenn der Mann, dem du dich schließlich hingabst, deinen Namen in den Schmutz zieht? Ist es nicht ein Witz, daß du deine Unschuld ausgerechnet an Nicholas Chantale verlieren solltest, jenen Mann, der deinen Namen verfluchte, dein Gesicht nur mit Abscheu betrachtete und sich nichts sehnlicher wünschte, als an dir Rache zu nehmen? Ich habe dir etwas geraubt, das du nur einmal geben kannst. Es tut mir nur leid, daß ich damals nicht wußte, wer du wirklich bist, Mara O'Flynn. Sonst wäre ich nicht so sanft gewesen«, sagte er kalt.

Sie hatten beide nicht gemerkt, wie die Tür leise geöffnet wurde und eine Gestalt sich von hinten an den Kreolen heranschlich. Maras Aufschrei kam zu spät, als sie den schweren Pistolenknauf auf Nicholas' Kopf niedersausen sah. Nicholas schaute sie eine Sekunde lang verblüfft an, sank dann in ihre Arme und riß sie mit sich zu Boden.

»Dreckiges Schwein«, spie Brendan aus und schaute geringschätzig auf den bewußtlosen Nicholas Chantale. »Vielleicht hat er Grund gehabt, dich zu hassen, aber niemand behandelt eine O'Flynn wie Dreck.« Brendans Zornesfalten glätteten sich, als er Maras betroffene Miene sah. »Ich glaube, du hast genug durchgemacht, Schwesterherz. Komm, es ist Zeit zu gehen.«

Mara sah in Nicholas' bleiches Gesicht und betastete mit zitternden Fingern seinen Hinterkopf. Als sie ihre Hand zurückzog, war sie blutig.

»Um Gottes willen, Brendan, du hast ihn umgebracht«, kam es über ihre Lippen.

Brendan runzelte die Stirn. »Ganz bestimmt nicht, ich habe ihn nur ein bißchen getätschelt«, widersprach er. »Er lebt, aber er wird ordentlich Kopfschmerzen haben, wenn er aufwacht, und ich habe keine Lust, dann in der Nähe zu sein.«

Mara betastete Nicholas' Gesicht, zog seine Lippen mit dem Zeigefinger nach und befühlte seine seidenweichen Wimpern, als wollte sie seinen Anblick nie vergessen.

»Los, Mara«, drängte Brendan ungeduldig. Seine Augen verengten sich, denn erst jetzt bemerkte er ihr rotes Kleid. »Was zum Teufel hast du da an?«

Brendan half ihr aufzustehen. Mühsam zog sie ihr Kleid unter Nicholas' schwerem Körper hervor. »Ich ziehe mich so schnell um, wie ich kann, Brendan«, erklärte sie ihm atemlos.

Brendan sah sich im Zimmer um, nahm dann den Gürtel von Maras Kleid und verschnürte Nicholas' Hände hinter seinem Rücken. »Ich bin quasi mit Don Luís zusammengestoßen, der in den Stall gerannt kam. Er taumelte und preßte sich beide Hände an die Brust. Wirklich eine dramatische Erscheinung. Ich glaube, er hat mich nicht einmal erkannt. Bist du fertig?« fragte er, während sich Mara in ihr Reitzeug zwängte.

»Ich komme gleich«, antwortete sie, immer noch außer Atem. Sie setzte sich, um sich die Stiefel überzustreifen. »Hol schon Paddy und Jamie. Ich komme in einer Minute.«

Nachdem Brendan gegangen war, zog sich Mara schnell fertig an. Sie schloß ihren Koffer, sah sich noch einmal im Zimmer um und blickte dann auf Nicholas, der immer noch reglos am Boden lag. »O Nicholas«, flüsterte sie, und in ihren Augen stand ein namenloser Schmerz, den sie niemandem zeigen durfte, »wenn du wüßtest, wie sehr du dich gerächt, wie tief du mich verletzt hast. Ich liebe dich so sehr. Aber das wirst du nie erfahren.«

Dann öffnete sie die Tür, blickte noch einmal zurück und schloß sie hinter sich. Paddy, Jamie und Brendan waren nirgendwo zu sehen, deshalb nahm sie an, daß sie bereits zum Stall vorgegangen wären. Aber als sie dort ankam, sah sie Brendan betreten neben Jamie stehen, die den Kopf tief zwischen die Schultern gezogen hatte, während Paddy neugierig auf Don Andres und ein paar *vaqueros* schaute, die sich vor ihnen aufgebaut hatten.

»Don Andres«, sagte Mara so, als würde ihr diese Begegnung nichts ausmachen.

»Sie verlassen uns, Doña Ama –«, begann Don Andres, um sich dann mit einem gequälten Lächeln zu verbessern: »Verzeihen Sie, ich sollte lieber Mara sagen, nicht wahr?«

»Ja, Mara O'Flynn«, bestätigte Mara hoch erhobenen Hauptes. Sie versuchte, ihren Stolz wiederzufinden, den ihr Nicholas wenige Minuten zuvor geraubt hatte.

»Es ist das beste, wenn Sie und Ihre Verwandten den *rancho* verlassen, bevor meine Familie und Freunde von diesem Betrug erfahren«, erklärte Don Andres zu Maras Überraschung. Seine Stimme war kalt. »Ich kann Ihnen noch nicht einmal die Schuld an Ihrem Verhalten geben. Don Luís hat den Plan ausgeheckt, und er hätte auch als einziger davon profitiert. Es sei denn, Sie hätten mein Angebot angenommen. Aber ich glaube, das hatten Sie nicht vor, *sí*? Leider werden Sie für Ihre Arbeit keinen Lohn erhalten. Don Luís hat einen Zusammenbruch erlitten. Deshalb wurde ich in den Stall gerufen, und hier erfuhr ich auch von Ihren Reiseplänen. Don Luís hat einen höheren Preis für seine Taten zahlen müssen, als er sich vorstellen konnte. Aber auch ich bin verantwortlich für das, was geschehen ist. Ich habe mir nicht nur Don Luís' Land stehlen lassen, ich schäme mich auch für meine Gefühle Ihnen gegenüber. *Dios*, was für ein Narr bin ich gewesen.«

Mara biß sich auf die Lippe. »Sie hatten keine Chance gegen unsere vereinten Anstrengungen. Mit soviel Falschheit konnten Sie nicht rechnen. Machen Sie sich keine Vorwürfe. Irgendwann wären Sie meiner bestimmt überdrüssig geworden und hätten erkannt, daß Sie in Wahrheit Feliciana lieben. Mir ist nicht entgangen, wie Sie sie angesehen haben. Vergessen Sie mich und all das Unglück, das ich über Ihr Haus gebracht habe«, bat ihn Mara aufrichtig. »Ich habe mein Glück verspielt. Bewahren Sie Ihres, Don Andres.«

Don Andres schaute Mara tief in die Augen. Sein verletzter Stolz, sein Zorn und seine Trauer rangen mit der Faszination, die diese Frau immer noch auf ihn ausübte.

»Wie Ihr Bruder so richtig bemerkte, bin ich Ihnen noch etwas schuldig. Deshalb lasse ich Sie ziehen. Ich werde Ihnen Pferde geben, und meine *vaqueros* werden Sie bis zu Ihrem Ziel begleiten. Ich werde auch dafür sorgen, daß Ihr Gepäck nachgesandt wird.«

Mara hörte Brendan erleichtert aufatmen. Sie nickte Don Andres zum Abschied zu und folgte ihrem Bruder zu ihrem Pferd. Jamie wurde auf ein zahmes, aber kräftiges Pony gesetzt, während Paddy vor Brendan Platz nahm.

Don Andres selbst half Mara beim Aufsteigen. Einen Moment lang stand er mit verschlossener Miene neben ihr, dann verbeugte er sich knapp, trat zurück und versetzte dem Tier einen leichten Schlag auf die Hinterbacke.

Als sie durch das offene Gatter des *ranchos* ritten, drehte sich Mara noch einmal um. Don Andres stand ganz allein vor dem Stall. Plötzlich hob er einen Arm, und Mara glaubte, durch die Staubwolken noch seine Worte zu hören:

»¡Vaya con Dios!«

Geh mit Gott, wünschte er ihnen trotz allem Leid, das sie ihm beschert hatten. Es war wesentlich wahrscheinlicher, daß sie den Teufel zum Reisegefährten haben würden, dachte Mara, als sie den *vaqueros* über die Hügel folgten und das Valle d'Oro hinter sich ließen.

Nach einem anstrengenden Tagesritt erreichten sie Sonoma, wo sie sich im Blue Wing Inn einmieteten. Das Hotel lag direkt am Platz, um den sich niedrige, ziegelgedeckte *adobe*-Gebäude zogen.

Mara packte gerade ihren Koffer aus, als Brendan ins Zimmer trat.

»Ich habe mich eben gefragt, wie wir wohl unsere Rechnung hier bezahlen wollen«, begrüßte ihn Mara. Sie faltete einen Schal und legte ihn auf das Bett.

»Ich habe genug Geld. Deswegen brauchst du dir keine Sorgen zu machen«, versicherte ihre Brendan. »Ich habe mit Raoul ein paar Runden Poker gespielt, das reicht für die nächsten Tage.« Er hielt inne und räusperte sich dann nervös. »Jedenfalls werdet ihr, Paddy, Jamie und du, damit nach San Francisco kommen.«

Mara stutzte. Ein Schauer lief ihr über den Rücken. »Was soll das heißen?« fragte sie geradeheraus.

»Das heißt, daß ich in die Sierra Nevada gehe, wie ich es von Anfang an hätte tun sollen.«

»Und was sollen wir tun, während du in den Bergen bist?« fragte Mara. Sie versuchte, sich ihre Angst nicht anmerken zu lassen.

»Ihr bleibt solange in San Francisco«, erklärte Brendan leichthin. »Die Goldgräberlager sind nichts für euch. Das Leben dort oben ist verdammt rauh. Du würdest das Paddy nicht zumuten wollen. Er würde den Winter nicht überleben. Die Schneewehen sind dort manchmal über sieben Meter hoch.«

»Und wie willst du unter all dem Schnee Gold finden?« fragte Mara sarkastisch. »Warum wartest du nicht bis zum Frühling?«

»Dann ist es zu spät. Ich habe noch mehrere Monate Zeit, bevor der Winter kommt. Wenn die erste Schneeflocke fällt, bin ich schon längst ein reicher Mann«, versicherte er ihr. »Hör zu, Schwesterherz, das ist unsere einzige Chance. Ich kann dich und Paddy nicht mitnehmen. Es tut mir leid, daß ich euch nicht mehr Geld geben kann«, sagte er. Er wurde tatsächlich rot, als er Mara einen kleinen Beutel reichte. »Aber mehr habe ich nicht. Ich habe bereits abgeklärt, daß ihr hierbleiben könnt, bis unser Gepäck nachkommt, und ich habe eure Fahrt nach San Francisco bezahlt.«

Mara starrte wie betäubt auf den kleinen, leichten Lederbeutel. Sie konnte es einfach nicht fassen. Brendan verließ sie. Mara schaute ihm in die Augen. Sie wußte, daß er seinen Entschluß um keinen Preis rückgängig machen würde. Er würde weggehen, was immer sie auch einwenden mochte. »Wann?« fragte sie nur.

»Morgen früh«, antwortete er. Seine Stimme bebte vor Aufregung. »Ihr wartet in San Francisco auf mich, und sobald ich reich bin, komme ich nach. Sieh zu, daß ihr irgendwo unterkommt, ich finde euch dann schon.«

»Wie denn?« fragte Mara ruhig.

»Mara, meine Liebe« – Sie bemerkte das schelmische Funkeln in seinen Augen – »du hast es schon immer verstanden, auf dich aufmerksam zu machen.«

»Versuch, nicht in Schwierigkeiten zu kommen, Brendan«, sagte sie leise.

Brendan war bereits an der Tür, aber er kehrte noch einmal um und umarmte sie kurz und unbeholfen. Dann zwinkerte er ihr zum Abschied zu und marschierte fröhlich hinaus.

Mara setzte sich auf die Bettkante. Ihre Schultern sanken herab, sie fühlte sich müde und verzweifelt. Alles war schiefgegangen. Das Unternehmen war von Anfang an ein Fiasko gewesen. Und wären sie nie auf den *rancho* gekommen, hätte sie Nicholas vielleicht nie getroffen.

Nicholas. Warum liebte sie ihn? Sie, die sich immer über die angeblich liebestollen Männer lustig gemacht hatte, hatte sich in einen Mann verliebt, der sie verachtete. Er hat mich zwar am Leben gelassen, dachte Mara, doch nun muß ich mit all meinen Schmerzen leben lernen. Nicholas hatte sich wahrhaftig an ihr gerächt.

Nie wieder würde sie ihren Erinnerungen entkommen können. Sie fragte sich, wie es ihm gehen mochte. Was tat er jetzt wohl?

Nicholas entfernte sich immer weiter vom Rancho Villareale. Er war auf dem Weg nach Sacramento City. Auch er dachte mit düsterer Miene über die Vergangenheit nach.

Er war aus der Bewußtlosigkeit erwacht, verschnürt wie ein Paket, mit einer dicken Beule am Hinterkopf und leergeräumten Taschen. Die O'Flynns waren inzwischen über alle Berge. Schließlich war es ihm gelungen, sich zu befreien; er hatte seine geschwollenen Gelenke massiert und war zur Tür gehumpelt. Die ganze *hacienda* war in Aufruhr.

Binnen weniger Minuten hatte er seine Habseligkeiten zusammengepackt und seinen Gastgeber ausfindig gemacht. Don Andres war zusammen mit Doña Ysidora in seinem Arbeitszimmer. Letztere war wieder ganz in Schwarz gekleidet, und ihr Gesicht war mindestens ebenso düster wie ihr Kleid. Ihre Rede wurde von heftigen Gesten begleitet.

»Und was geschieht jetzt?« verlangte sie zu wissen. »Don Luís ist ein kranker Mann. Wie soll er sie ernähren? Ihr Schmerz überwältigt sie, mein Sohn. Ich mache mir Sorgen. Natürlich werden wir die beiden bei uns aufnehmen, obwohl sich Don Luís so unehrenhaft verhalten hat.«

Don Andres schüttelte traurig den Kopf. »Das wird nicht nötig sein.«

Doña Ysidora fixierte ihren Sohn ungläubig. Dann fragte sie scharf: »Was soll das heißen? Wo sollen Jacinta und Luís denn leben? Ihr *rancho* wurde von diesem« – ihre Lippen verengten sich in unterdrücktem Zorn – »diesem Judas gestohlen. Ich kann immer noch nicht verstehen, wie ein Mensch, der solange unter uns gelebt hat, uns so betrügen konnte. Und sogar Luís wollte uns hintergehen. Er hätte ja ohne weiteres auf seinen *rancho* zurückkehren können. Du hättest ihm sein Land wieder verkauft. Wir hätten schon eine Lösung gefunden.«

»Don Luís und Doña Jacinta brauchen unsere Hilfe nicht, *madre*«, widersprach ihr Don Andres und lächelte traurig. »Du vergißt das Kreuz. Don Luís wollte damit sein Land zurückkaufen. Sie werden beide nach Monterrey zurückkehren. Dort ist Jacinta zu Hause. Sie hat dort viele Verwandte und wird ein Haus in der Stadt kaufen, denn Don Luís wird sein Bett wahrscheinlich nie wieder verlassen.«

»Verzeihen Sie, Don Andres«, unterbrach ihn Nicholas von der Tür her. »Es ist Zeit für mich zu gehen. Sie werden in der nächsten Zeit keine Fremden unter Ihrem Dach haben wollen. Ich danke Ihnen aufrichtig für Ihre Gastfreundschaft.«

Don Andres nickte höflich. »Es war mir ein Vergnügen, Señor Chantale, obwohl Sie natürlich so lange bleiben können, wie Sie möchten.« Selbst jetzt war er noch ein liebenswürdiger Gastgeber. »Aber in diesen traurigen Tagen wird es für uns nichts zu feiern geben.«

»Ich danke Ihnen vielmals«, lehnte Nicholas ab, »aber ein Freund erwartet mich in Sacramento City. Außerdem habe ich noch eine Rechnung zu begleichen.«

Jetzt ritt er unter der sengenden Sonne, die bereits im Westen stand, den Weg über die Hügel entlang und dachte über die Rechnung nach, die er noch begleichen wollte. Die O'Flynns hatten ihn hereingelegt – sie waren wirkliche Meister in der Kunst der Verstellung. Er rieb vorsichtig über den Buckel an seinem Hinterkopf und stellte sich mit einem wütenden Lächeln vor, wie er das makellose Gesicht Brendan O'Flynns zurichten würde. Und was sollte mit Mara O'Flynn geschehen? Er ließ sich den Namen auf der Zunge zergehen, während er ihr schönes Antlitz vor sich sah.

Nun, dachte Nicholas, und seine Augen funkelten vor Vergnügen, irgendwann werden mir die O'Flynns wieder über den Weg laufen. Und dann werden sie diese Rechnung auf Heller und Pfennig bezahlen.

Tage voll Melancholie kommen nun,
die traurigsten im Jahr
Die Winde jagen, der Wald steht kahl,
die Felder sind aller Früchte bar

William Cullen Bryant

Kapitel 7

Mara eilte über den mit Holzplanken bedeckten Gehweg. Der Klang ihrer Schritte wurde durch die dicke Dreckschicht an ihren Stiefeln gedämpft. Ein kalter Nordwestwind drückte in scharfen Böen den schweren Wollmantel an ihren Leib. Aber wenigstens hatte der Wind den Morgennebel, der in feinen Schwaden über der Stadt gelegen hatte, in die Hügel rund um die San Francisco Bay getrieben.

Mehr als ein Jahr war vergangen, seitdem sie in New York City Segel gesetzt hatten. Bald würde es wieder Frühling werden. In nicht einmal einem Jahr war die Stadt auf doppelte Größe angewachsen, und die Hütten wurden langsam von stabileren, zweistöckigen Gebäuden aus Holz und Stein verdrängt.

Die Straßen waren wie damals voller Menschen – Mexikaner, Europäer und Kanaken aus Hawaii; Malaien, Chilenen und Yankees aus den amerikanischen Oststaaten. Sie alle vereinte das gleiche Ziel – reich zu werden. Das Goldfieber wütete immer noch in der Stadt. Jeden Tag kamen Scharen von Neuankömmlingen auf unzähligen Schiffen durch das Golden Gate gesegelt. Matrosen und Abenteurer waren gleichermaßen erpicht auf frische Kost, die sie solange hatten entbehren müssen, und auf alle Reize, die ihnen die junge Stadt zu bieten vermochte. Aus der anderen Richtung strömten erschöpfte Goldsucher in die Stadt, die ihr Gold ebenso hektisch wieder ausgaben, wie sie es gesucht hatten.

Mara kam an eine Straßenkreuzung und sah sich vor einem Meer von Schlamm, das sich zwischen ihr und der anderen Straßenseite erstreckte. Ein paar Kisten und Kästen waren als Trittpfad in den Sumpf gesenkt worden, aber die Regengüsse der letzten Nacht hatten die meisten der Kisten weggespült, so daß große Löcher in dem Übergang klafften.

Mara schaute zurück zum Portsmouth Square und zum Postamt, wo sich Hunderte Menschen drängelten, die alle auf einen lang ersehnten Brief hofften. Zweimal im Monat nach der Ankunft des Postdampfers wuchs die Menge der Wartenden auf über fünfhundert an. Mara wußte nicht, warum sie dorthin gegangen war. Sie hatte schon vorher gewußt, daß kein Brief von Brendan auf sie wartete. Aber sie hatte die Hoffnung immer noch nicht aufgegeben.

Seit sie sich im Sommer so plötzlich getrennt hatten, hatte Mara nichts mehr von Brendan gehört. Den Herbst und Winter über hatte er irgendwo in der Sierra Nevada nach Gold gesucht. Er war schon so lange fort, daß sie sich manchmal fragte, ob er überhaupt noch am Leben war. Mara dachte an den langen Winter, den sie, Paddy und Jamie in San Francisco verbracht hatten, wo es entweder regnete oder Nebel lag und wo der eisige Wind nie nachzulassen schien. Sie hatten wenigstens ein Dach über dem Kof gehabt. Aber wie war es ihrem Bruder wohl in den Bergen ergangen? Armer Brendan.

Sie wurde von zwei betrunkenen Goldsuchern aus ihren schwermütigen Gedanken gerissen. Die beiden stolperten über die schlammige Straße direkt auf sie zu. Einer war mit breiten Hosenträgern ausgerüstet, die seine unförmige Hose zusammen mit einem breiten Gürtel um seinen Leib hielten. Ein Colt ragte aus einem Halfter. Der andere trug neben Gewehr und Revolver noch ein Messer, das an seiner Hose befestigt war. Die beiden schienen den Nieselregen gar nicht wahrzunehmen, sondern kämpften sich fröhlich durch den Schlamm. Sie sangen lauthals ein lustiges Lied, als wollten sie die ganze Stadt an diesem akustischen Genuß teilhaben lassen:

Ich hev im Hafen een Veermaster sehn,
Duda, duda,
Die Masten so scheep as 'n Schiffer sin Been,
Duda duda day

Then blow, winds blow,
to Californioh.

There's plenty of gold so I've been told
On the banks of Sacramento.

Als sie Mara bemerkten, die sie verächtlich beobachtete, wechselten sie rasch Melodie und Text:

Die Mädels sind lieb, die Mädels sind nett,
Doch manchmal fehlt ihnen ein warmes Bett.
Sie malen sich gerne die Lippen an,
Doch wehe, es kommt und küßt sie ein Mann!

Mit breitem Grinsen blieben sie direkt vor Mara stehen. Aus blutunterlaufenen Augen begutachteten sie die schlanke Gestalt in dem tabakbraunen mit blaßgoldenen Bändern verzierten Mantel.

»Das hübscheste Wesen von San Francisco!« krähte einer und verbeugte sich so tief, daß er fast vornüberkippte. »Siehst fast so aus, als könnte ich« – er hielt inne, dachte kurz nach und griente dann triumphierend – »der gute George Abraham West, der jungen Dame behilflich sein.«

»Das glaube ich nicht, vielen Dank«, antwortete Mara abweisend.

Der Freund des Trinkers heulte vor Lachen auf, donnerte seinem Freund den Ellenbogen in die Rippen und äffte sie dann nach: »›Das glaube ich nicht, vielen Dank.‹ Verdammt, das nenn' ich mir eine wahre Dame«, gluckste er. »Glaub mir, mein Freund, diese Lady weiß, was sie von einem Mann wie dir zu erwarten hat.«

Damit trat er vor seinen Kumpan, dem der Mund vor Staunen offenstand, zog seinen Hut, offenbarte ein paar ausgebleichte Haare und stellte sich vor: »Freddie Watson, Madam, geboren in Hörweite der Glocken von Big Ben, aber erst vor wenigen Jahren nach Sidney übergesiedelt. Es gab da«, bei diesen Worten zwinkerte er ihr vielsagend zu, »ein kleines juristisches Mißverständnis.«

Ein ziemlich großes Mißverständnis eher, korrigierte Mara insgeheim, während sie sein wettergegerbtes Gesicht und seine bauernschlaue Miene musterte.

»Wie wär's, Herzchen, wenn wir uns mal 'n bißchen zusammenkuscheln«, schlug er ihr vor. »So 'n schönes Stück wie dich hab' ich nich' mehr gesehen, seit ich unfreiwillig aus London abreisen mußte. Ich hab' genug Geld, du brauchst mir nur deinen Preis zu sagen.«

Mara wandte sich angewidert von den beiden Trunkenbolden ab.

»Sie weiß, was sie von einem Mann wir dir zu erwarten hat!« machte sich sein Freund über ihn lustig. »Sie weiß, was für 'n Stinktier du bist, würd' ich sagen.«

Aber sein Kumpan hörte ihm nicht zu. Wutentbrannt glotzte er auf die schlanke Gestalt, die sich zum Gehen wandte. »Du bist dir wohl zu gut für jemanden wie Freddie Watson, was? Solche wie dich hab' ich in London oft genug gesehen. Die Weiber haben sogar die Straßenseite gewechselt, wenn ich gekommen bin«, schrie er mit einem gehässigen Flackern in den Augen. Er stellte einen Fuß auf den Brettersteg und grabschte nach Maras Mantel, um einen Augenblick später rückwärts in den Schlamm zu segeln – befördert von einem kräftigen Stiefelabsatz.

Mühsam richtete er sich in dem glitschigen Schlamm wieder auf und setzte schon zu lautem Gebrüll an, als ihm auffiel, wie schweigsam sein Freund plötzlich geworden war. Er folgte dessen Blick und mußte erkennen, daß der Stiefel, der seinen unerwarteten Sturz ausgelöst hatte, zum Fuß eines wahren Riesen gehörte.

»Nachdem Sie eben davon sprachen, die Straßenseite zu wechseln...«, schlug der Fremde mit ruhiger, tiefer Stimme vor. Ein Mann von dem Format eines Berges brauchte seine Stimme nur äußerst selten zu erheben.

Schweigend, aber höchst zufrieden verfolgte Mara, wie die beiden Zecher sich aufrappelten und schleunigst das Weite suchten.

Dann wandte sie sich ihrem Retter zu. Sie sah zu dem Hünen auf, und ein Lächeln umspielte ihre Lippen, als sie sagte: »*Die beiden* haben jedenfalls gewußt, was *sie* von einem Mann wie Ihnen zu erwarten haben.«

Auf dem Gesicht des Riesen breitete sich ein warmes Grinsen aus. »Ein Mann von meinem Format kann einen kleineren leicht einschüchtern.«

»Vielen Dank jedenfalls«, erklärte Mara freundlich.

»Es war mir ein Vergnügen, Madam. Wenn ich Ihnen noch behilflich sein kann«, fügte er zögernd hinzu. »Ich glaube, Sie wollten die Straße überqueren.«

Bevor Mara wußte, was ihr geschah, wurde sie hochgehoben und über den modrigen See hinweggetragen. Mara schaute fassungslos in das breite Gesicht, unentschlossen, ob sie dankbar oder empört sein sollte. Aber als sie in seine klaren blauen Augen blickte, entspannte sie sich. Instinktiv spürte sie, daß sie von diesem Mann nichts zu befürchten hatte. Er trug hellgraue Hosen, die er vor nicht allzulanger Zeit gekauft haben mußte, und einen dunkelblauen Gehrock über einer fröhlichen Weste mit Schottenmuster. Sein dichtes blondes, wenn auch struppiges Haar glänzte kraftvoll, und seine Oberlippe lag unter einem immensen Schnurrbart verborgen. Das rotwangige Gesicht endete in einem starken Unterkiefer und einem kräftigen Hals.

Er setzte Mara sachte auf dem gegenüberliegenden Gehweg ab, nachdem er alle Umstehenden prophylaktisch mit finsteren Blicken eingeschüchtert hatte. Er erinnerte Mara an einen überdimensionierten Wachhund.

»Ich komme jetzt schon allein zurecht«, versicherte sie ihm. »Ich bin lange genug in San Francisco, um zu wissen, wie ich mich verteidige, vor allem mit meinem kleinen Freund hier«, fügte sie mit einem gefährlichen Blitzen in den Augen hinzu. Sie öffnete ihre Tasche, in der ein kleiner perlmuttbesetzter Derringer ruhte.

Die blauen Augen des Blonden verengten sich überrascht. »Ja, Madam, ich bin sicher, er würde sich in aller Lautstärke für Sie einsetzen. Aber es ist immer gut, zusätzlich einen großen Freund zu haben«, fuhr er fort, »auch wenn Sie sich selbst zu helfen wissen.«

»Das weiß ich allerdings«, antwortete Mara fröhlich, drückte ihre Tasche wieder zu und bahnte sich ihren Weg durch die Menge. Sie spürte eine Hand an ihrem Ellenbogen und begriff, daß der Hüne sie auch weiterhin begleiten wollte. Sein Anblick ließ alle Entgegenkommenden bereitwillig ausweichen. »Ich kann mich wirklich um mich selbst kümmern«, erklärte ihm Mara noch einmal und verrenkte ihren Hals, damit sie ihm ins Gesicht sehen konnte.

»Ich habe sowieso nichts Besseres zu tun, Madam. Ich dachte, ich kann Sie ja ein bißchen begleiten«, erwiderte er mit breitem Grinsen. Mara konnte es ihm einfach nicht abschlagen.

»Vielen Dank«, antwortete sie deshalb.

Schließlich hatten sie die Pension erreicht, in der Mara, Paddy und Jamie hausten. »Jetzt werde ich Sie verlassen. Vielen Dank und auf Wiedersehen.«

Der Riese betrachtete interessiert das einfache zweistöckige Gebäude, das aus Holz und Stein erbaut war. Es war ganz entschieden ein ehrbares Haus.

»Es war mir ein Vergnügen, Madam. Wenn Sie mich jemals brauchen sollten – ich heiße Karl Svengaard, aber meine Freunde nennen mich nur den Schweden.«

»Das werde ich nicht vergessen«, sagte Mara und lächelte ihn noch einmal freundlich an. Dann nickte sie knapp und trat ein.

Der Schwede hielt ihr die Tür auf und rief ihr noch nach: »Ich wohne im Parker House in Kearny.«

Mara drehte sich noch einmal zu ihm um. »Auf Wiedersehen, Schwede.«

Der Schwede stand noch kurz vor der geschlossenen Tür, bevor er sich umdrehte und den Weg zurückging, den sie gekommen waren. Eine feine Frau, dachte er. Sie gehört vielleicht nicht zur vornehmsten Gesellschaft, aber sie ist ganz bestimmt eine Dame. Und deshalb leider nichts für mich. Sie war eher etwas für Nicholas, dachte er grinsend und stellte sich vor, wie der Kreole sie mit seinen grünen Augen in Bann schlagen würde. Aber Nicholas würde sie schon selbst finden müssen. Der Schwede lachte laut auf und trat in einen Saloon, aus dem laute Musik und Gelächter drangen.

Mara zitterte, als sie die Tür hinter sich schloß. In der Halle war es kaum wärmer als draußen; der Wind pfiff durch die zahllosen Ritzen und Spalten in den Holzwänden.

Als sie sich die Handschuhe auszog und ihre Haube ablegte, bemerkte sie die Besitzerin der Herberge, die schweigend im Hintergrund wartete. Als sie Maras Blick bemerkte, lächelte sie. Ihr verhärmtes Gesicht wurde weicher, sie schloß die Küchentür hinter sich und kam auf sie zu.

»Schönen Tag, Miss O'Flynn«, begrüßte sie Mara. »Lassen Sie sich helfen.«

»Vielen Dank, Missis Markham«, seufzte Mara, als ihr die Frau den schweren Mantel abnahm.

»Bitte nennen Sie mich doch Jenny«, verbesserte Mrs. Markham. »Ich habe das Gefühl, Sie besser zu kennen als sonst jemanden in der Stadt. Immerhin wohnen Sie hier schon länger als alle anderen Gäste.«

»Vielen Dank. Ich heiße übrigens Mara«, antwortete sie der Frau, die höchstens fünf Jahre älter war als sie selbst. Mara hatte sich oft überlegt, daß Missis Markham eine wirklich attraktive Frau wäre, wenn sie nur öfter lächeln würde. Leider gab es für sie wenig Grund zum Lachen. Sie war von der Morgendämmerung bis Mitternacht auf den Beinen, denn sie mußte ihre Pension führen und gleichzeitig ihre drei kleinen Kinder versorgen. Mara schüttelte den Kopf. Jenny Markham war kaum alt genug, um Mutter von drei lausbübischen Strolchen zwischen drei und sieben Jahren zu sein. Ihr feines Gesicht unter dem unzähmbaren roten Haarschopf sah so jung und unschuldig aus, als dürfte sie eigentlich keine Sorgen kennen.

Jetzt wich Jenny Markham Maras Blick verlegen aus, und Röte stieg ihr ins Gesicht. Schüchtern knetete sie Maras Umhang in ihren Händen. »Es wäre mir natürlich eine Ehre, Miss O'Flynn, aber irgendwie finde ich es nicht richtig, einen zahlenden Gast mit Vornamen anzusprechen.« Sie zuckte mit den Achseln und lächelte hilflos. »Ich hoffe, Sie nennen mich trotzdem Jenny.«

»Natürlich«, antwortete Mara mit einem ironischen Lächeln. Sie nahm Jenny den Mantel ab, die noch röter wurde, als sie Maras Gesichtsausdruck bemerkte. »Wenn Sie mich jetzt entschuldigen wollen. Ich wollte Paddy ein paar Süßigkeiten bringen.«

»Oh, Jamie ist vor kurzem ausgegangen, Miss O'Flynn«, rief Jenny Markham ihr nach. »Sie hat Paddy und zwei von meinen Buben mitgenommen. Sie wollte dem Jungen ein Paar neue Schuhe kaufen.«

»Das habe ich vollkommen vergessen«, sagte Mara, der es jetzt wieder einfiel.

»Ach, Miss O'Flynn«, sprach Jenny aufgeregt weiter, »ich habe mir eben eine Tasse Kaffee gemacht. Wenn Sie mir vielleicht Gesellschaft leisten möchten... das würde mich sehr freuen.«

Mara schaute sie verwirrt an. Aber allein die Vorstellung von frischem Kaffee ließ ihr das Wasser im Mund zusammenlaufen, deshalb nickte sie und folgte ihrer Gastgeberin in das Zimmer, das den Gästen als Speisesaal diente. Ein langgezogener Tisch, an dem dreißig bis vierzig Gäste Platz fanden, erstreckte sich quer durch den ganzen Raum, mit je einer langen Bank auf beiden Seiten. Auf dem Tisch standen Stapel von Tellern, Tassen und Schalen sowie ein Kasten mit einfachem Besteck.

Ein Tablett mit einer Kaffeekanne aus Ton, zwei Tassen und Untertassen sowie einer Zuckerdose war an einem Ende des Tisches abgestellt worden, daneben ein Teller mit ein paar Kuchenstückchen.

Mara setzte sich. Langsam wurde sie neugierig, denn Jenny hatte sie offensichtlich erwartet.

»Ich wollte Sie abfangen, wenn Sie zurückkommen«, beantwortete Jenny Maras unausgesprochene Frage, »damit wir uns einmal unterhalten können. Mein Jüngster schläft gerade, und die beiden anderen sind ja aus dem Haus, deshalb habe ich endlich einmal ein paar Minuten für mich.«

»Über was unterhalten?« fragte Mara und sah zu, wie Jenny den Kaffee einschenkte.

Jenny schaute tief in ihre Tasse. Das Thema war ihr sichtlich unangenehm. »Wissen Sie, als ich eben gesagt habe, daß ich Sie lieber Miss O'Flynn nennen würde, dann nicht, weil Sie eine Schauspielerin sind und im Eldorado arbeiten.« Jetzt sah sie Mara offen in die Augen.

Maras Blick wurde wärmer, als sie Jennys unbeholfene Erklärung hörte.

»Als Sie hierherkamen und ein Zimmer wollten«, sagte Jenny nervös, »da hatte ich keine besonders gute Meinung von Ihnen.«

»Das habe ich mir schon gedacht«, kommentierte Mara trocken und nahm einen Schluck von ihrem Kaffee.

Jenny begutachtete ausgiebig Maras elegante Kleidung. Das dunkelbraune Samtjäckchen wurde von teuren Perlmuttknöpfen zusammengehalten, Kragen und Ärmel waren mit Spitzen verziert. Dann schaute sie mit abfälliger Miene an ihrem eigenen schlichten Wollkleid und der weißen Schürze herab. »Wahrscheinlich war ich einfach eifersüchtig. Sie waren so hübsch und so gut angezogen, daß ich Sie einfach nicht leiden konnte. Ich habe gedacht, daß Sie eine Menge Freunde haben müssen und bestimmt ziemlich hochnäsig sind. Aber noch nie hat Sie jemand besucht. Und ich habe Sie noch nie mit einem Mann gesehen – außer heute«, korrigierte sich Jenny, als ihr das blonde Gesicht wieder einfiel, das kurz zuvor zur Tür hereingestreckt worden war.

»Der sanfte Riese«, lachte Mara, als sie ihren Retter im Geist vor sich sah. »Er war mir behilflich, indem er zwei liebestolle Säufer aus meinem Weg räumte. Er sagt, man nennt ihn den Schweden.«

Jenny lächelte verständnisvoll. »Selbst wenn ich mit meinen drei Rotschöpfen durch die Straßen gehe, bekomme ich an jeder Ecke einen Heiratsantrag. Ich habe mich in Ihnen getäuscht«, gestand sie offen, »und ich hoffe, Sie können mir vergeben. Ich weiß, daß Sie ein guter Mensch sind, das sehe ich daran, wie Sie den Jungen behandeln. Sie lieben ihn sehr, und irgendwie muß man ja schließlich überleben. Könnten Sie und ich nicht Freundinnen werden?«

»Das würde mir gut gefallen, Jenny«, antwortete Mara, »aber erwarten Sie nicht zuviel von mir, und machen Sie mich nicht zur Heiligen.

Ich bin nicht immer nur nett, und ich habe eine Menge Fehler gemacht«, erklärte sie abwehrend.

»Jeder Mensch hat Dinge erlebt, die er am liebsten vergessen würde«, tröstete Jenny sie mit schmerzerfülltem Blick.

»Mein Bruder sagt in solchen Fällen immer: ›Mir sitzt der Teufel im Genick, ich kann nichts dafür.‹ Und außerdem sind wir Iren.« Mara lachte.

»Diese Entschuldigung kann ich leider nicht vorbringen. Aber ich hätte damals bestimmt eine gute Irin abgegeben, als John mir erklärte, daß wir nach Kalifornien ziehen würden«, vertraute ihr Jenny mit einem schüchternen Lachen an. »Er hatte einfach die Farm verkauft. Ich war völlig von den Socken. Mir gefiel es gut in Ohio, und seine Verwandten lebten ganz in der Nähe. Es ging uns gar nicht schlecht, fand ich. Aber Johnny wurde irgendwie rastlos. Er wollte mehr aus seinem Leben machen. Reich wären wir mit der Farm nie geworden. Aber wir waren glücklich und hatten immer genug zum Leben.«

»Jetzt sind Sie Witwe, nicht wahr?« fragte Mara schüchtern.

Jenny nickte heftig, und zahllose Löckchen fielen ihr in die Stirn. »Ja, seit ungefähr einem Jahr. Seltsam, wie schnell man jedes Zeitgefühl verliert, wenn man sich nichts mehr von der Zukunft erwartet. Man lebt einfach so vor sich hin«, überlegte sie traurig. Dann nahm sie einen Schluck Kaffee und fuhr fröhlicher fort: »Wahrscheinlich sind Sie um Kap Hoorn gesegelt, wenn Sie aus Irland kommen. Viele Leute sagen, das sei die schlimmste Reiseroute. Aber lassen Sie sich bloß von niemandem einreden, über Land zu fahren. Johnny und ich haben das gemacht. Wir schlossen uns einem Wagenzug an, der in Council Bluffs startete. Wir hatten einen Wagen, zwei Ochsen und einen Haufen Vorräte für die Reise.« Jenny schnitt eine Grimasse, als sie sich an die Fahrt erinnerte. »Die meisten unserer Möbel endeten als Feuerholz. Im Mai fuhren wir in Iowa los. Wir mußten jeden Tag mindestens sechzehn Meilen fahren, wenn wir vor dem Wintereinbruch über die Berge sein wollten. Natürlich fürchteten wir uns davor, daß uns Indianer angreifen könnten, aber die Stürme und die Krankheiten machten mir viel mehr Angst. Eine Menge Leute starben an der Cholera. Einmal starben zwanzig Menschen in einer Nacht. Ich hatte das Gefühl, daß wir nur noch Gräber schaufelten. Wir hatten keinen Arzt bei uns und konnten kaum etwas gegen die Krankheit tun.«

Sie schüttelte den Kopf. »Aber wir durften nicht stehenbleiben. Wir konnten auch nicht zurück. Wir hatten kein Zuhause mehr. Irgendwann hatten wir es schließlich geschafft; John und ich und die drei Kleinen waren in Kalifornien.«

Jenny stellte ihre leere Tasse auf dem Tisch ab. Als sie Maras leere Tasse bemerkte, füllte sie beide wieder auf und bot ihrem Gast ein Stück Kuchen an.

»Was ist Ihrem Mann zugestoßen?«

Jenny lächelte mit zitternden Lippen. »Irgendwie ist das Leben einfach ungerecht. Mein Mann ist durch die Hölle gegangen und hat sie überlebt, nur um dann in San Francisco von einem kutscherlosen Obstwagen überfahren zu werden. Dabei wollte er bloß ein bißchen frische Luft schnappen. Es erscheint so sinnlos.«

»Es tut mir leid, Jenny«, sagte Mara und nahm Jennys Hand. Noch nie hatte Mara eine Fremde getröstet.

»Na, es ist nun mal geschehen, und jetzt muß ich eben allein zurechtkommen.«

»Haben Sie nie daran gedacht, nach Hause zurückzukehren?«

Jenny schüttelte den Kopf. »Ich habe daran gedacht, aber was würde mich dort erwarten? Meine Verwandten sind tot, und Johnnys Verwandte sind zu alt und zu arm, um mich und die Kinder zu unterstützen. Ich kann genausogut hierbleiben.«

Jenny stand auf, als die Haustür geöffnet wurde und sie Stimmen hörte. Mara hob ihren Mantel und die Haube auf, als sie Jamies schrille Stimme erkannte.

»Ich sollte besser mal nach Paddy sehen. Vielen Dank für den Kaffee und für das Gespräch.«

»Ich bin froh, daß wir so miteinander sprechen konnten, Mara«, erklärte Jenny, die beschlossen hatte, sich über alle Konventionen hinwegzusetzen. »Haben Sie schon etwas von Ihrem Bruder gehört?«

»Nein, und das werde ich wohl auch nicht«, antwortete Mara. »Brendan wird wahrscheinlich eines Tages einfach vor der Tür stehen.«

Als Mara zur Tür ging, wurde sie beinahe von zwei kleinen Jungen überrannt. »Tschuldigung!« rief der Ältere außer Atem, schlüpfte an ihr vorbei und rannte zu Jenny. »Gordie und ich haben auch neue Stiefel gekriegt, Mama! Die gleichen wie Paddy!«

Paddy folgte seinem Freund auf dem Fuß, aber Mara hielt ihn auf, als er in ihr Kleid rumste. »Paddy, du weißt, wie man einen Raum betritt!« ermahnte sie ihn entrüstet.

»Tschuldigung, Mara«, erklärte Paddy schnell, dann grinste er sie an: »Hast du schon meine neuen Stiefel gesehen?«

Mara betrachtete betont aufmerksam und gründlich Form und Farbe des Schuhwerks. »Sehr hübsch, Paddy«, fällte sie schließlich ihr Urteil. Stiefel waren in den schlammigen Straßen jedenfalls praktischer als Schuhe.

Jamie war ebenfalls ins Zimmer getreten und stand nun hinter den drei Jungen, die Jenny ihre neuen Stiefel vorführten. Jenny und Mara fragten sich gleichermaßen, womit Jamie wohl drei Paar Schuhe bezahlt hatte.

Jennys Blick wanderte zwischen Mara und Jamie hin und her, dann schüttelte sie bedauernd den Kopf. »Ich kann mir das leider nicht leisten. Es tut mir leid, Jungs, aber ihr müßt sie zurückgeben«, erklärte sie ihnen.

»Moment mal«, unterbrach Jamie die Protestschreie der beiden Kinder. »Das is' nich' nötig. Ich hab' sie günstiger gekriegt. Der Händler hat 'ne ganze Wagenladung Kinderschuhe gekauft und kriegt sie nich' los. Sie waren wirklich billig, Madam«, versicherte Jamie der rothaarigen Frau, »und die Jungs konnten alle drei neue Stiefel gebrauchen. Ich dacht', ich nutze die Gelegenheit. Sie können das Geld Miss Mara auch später geben. Es eilt nich'.«

Jenny schaute in die flehenden Gesichter ihrer Kinder und nickte. »Gut, aber geben Sie mir bitte eine Rechnung, Jamie. Und vielen Dank«, fügte sie mit einem freundlichen Lächeln hinzu. Die drei Kinder begannen, fröhlich im Zimmer herumzuspringen. Gordie und Paul versuchten, den irischen Jig zu kopieren, den Paddy ihnen vortanzte.

»Wirklich billig«, flüsterte Mara Jamie zu, als sie den Raum verlassen hatten. »Wenn es die aus dem Schaufenster des Ladens um die Ecke sind, haben sie mindestens vierzig Dollar gekostet.«

»Nur fünfundzwanzig«, gestand Jamie. »Sie waren herabgesetzt, weil sie so klein waren, und die Jungs brauchten dringend welche.«

»Wahrscheinlich hast du recht«, stimmte ihr Mara zu. Sie bemerkte nicht Jamies überraschten Blick, denn die alte Frau hatte fest mit einer langen Diskussion über diese scheinbar unnötige Ausgabe gerechnet. Sie schüttelte irritiert den Kopf, bevor sie Mara die Treppe hinauf folgte.

»Ich werde meinen Kunden eben noch verführerischer zulächeln und ihnen noch länger in die blutunterlaufenen Augen schauen müssen, um das wieder hereinzuarbeiten. Du kannst dir gar nicht vorstellen, wieviel sie es sich kosten lassen, daß man ein Glas mit ihnen trinkt.«

»Es gefällt mir gar nich', daß Sie da arbeiten«, erklärte Jamie ihr wie so oft. »Und der Kerl, für den Sie arbeiten, gefällt mir noch weniger.«

»Jamie«, widersprach Mara ihr ungeduldig, »du weißt genau, daß ich beim Theater nicht genug verdiene, um uns drei zu ernähren. Ich kriege in einer Nacht an einem von Jacques' Spieltischen mehr als in einem halben Jahr auf der Bühne. Er bezahlt mich gut, Jamie. Ich habe keinen Grund zu klagen.«

»Mir gefällt das trotzdem nich'. Es is' einfach nich' anständig, sich von all diesen Männern angrabschen und anglotzen zu lassen«, mekkerte Jamie weiter, während sie Maras Abendkleid ausschüttelte und ihre Garderobe zurechtlegte.

»Glaubst du etwa, mir gefällt das?« fragte Mara aufgebracht. Sie blickte hinaus in den Regen. Bald würde die ganze Straße unter Wasser stehen. »Aber es dauert bestimmt nicht mehr lange, dann kommt Brendan zurück. Er wird kommen, Jamie, warte nur ab.«

»Kommen Sie, *Monsieur*, setzen Sie, vielleicht ist *ce soir* die Nacht Ihres Lebens und dies Ihre Glückszahl«, rief Mara mit vorgetäuschtem französischen Akzent. Sie drehte das Rouletterad und beobachtete mit zynischer Erheiterung, wie die Goldsucher gebannt dem Lauf der Kugel folgten. Das Elfenbeinkügelchen rotierte am Rand, bis es endlich in ein Zahlenkästchen fiel. »Tut mir leid, *Monsieur*, 'eute ist nicht Ihr Glückstag.«

Der kommt auch selten genug, dachte Mara, während sie das Gold zusammenrechte und das Rad von neuem in Drehung versetzte. Am Ende des Raums spielte eine kleine Kapelle, und Tänzerinnen boten auf der Bühne ihre Reize dar, zum großen Vergnügen ihrer Zuschauer. An den tapezierten Wänden hingen Spiegel und verführerische Bilder, während bordeauxrote Vorhänge die Fenster verdeckten. Die rauchgeschwängerte Luft roch nach einer Mischung von Whiskey, Schweiß, Parfum und dem Zunder, an dem sich die Raucher ihre Zigarren anzündeten.

Mara wurde aus ihren Gedanken gerissen, als jemand ihre nackte Schulter küßte. Sie drehte sich blitzschnell um, bereit, eine scharfe Bemerkung loszulassen, und blickte direkt in Jacques d'Aroys dunkle Augen.

Er zeigte die Andeutung eines Lächelns, als er Maras feindseligen Blick bemerkte. »Mara«, tadelte er sie leise, »Sie sind so abweisend zu dem armen Jacques. Dabei lächeln Sie für all diese Idioten.«

»Dafür werde ich schließlich bezahlt«, erwiderte Mara kalt. Sie befreite ihren Arm aus dem liebkosenden Griff seiner Hand.

»Wenn Sie ein bißchen netter zu mir wären, könnte ich Sie noch besser bezahlen, *ma petite*«, erklärte ihr Jacques sehr leise. In seinen dunklen Augen flackerte Verlangen. Sein Blick schien sich in Maras Haut zu brennen, während er der sanften Rundung ihrer Brüste im Dekolleté des roten Samtkleids folgte, das sie heute nacht zum erstenmal trug.

Mara verfluchte sich insgeheim dafür. Sie wußte, daß es ein Fehler gewesen war, dieses Kleid anzuziehen. Seit sie es zum erstenmal in London gesehen hatte, hatte es ihr nichts als Ärger gebracht. Sie war sprachlos gewesen, als Jamie es aus ihrem Koffer geholt hatte. Es mußte immer noch in ihrem Zimmer gelegen haben, als Don Andres' Diener ihre Sachen zusammenpackten. Natürlich hatte man angenommen, es würde ihr gehören. Jamie hatte fast einen Entsetzensschrei ausgestoßen, denn sie hatte das Kleid zum letztenmal gesehen, als sie es an jenem schicksalsträchtigen Tag vor so vielen Jahren seinem Besitzer zurückbrachte. Als sie erfuhr, wer Nicholas wirklich war, hatte sie sich auf die Bettkante sinken lassen und sprachlos den Kopf geschüttelt.

Mara hatte es angezogen, weil sie einmal etwas anderes tragen wollte als die ewig gleichen Kleider, in denen sie arbeitete. Und auch, um sich zu beweisen, daß sie Nicholas vergessen konnte, daß ihr die Erinnerungen, die sie mit diesem Kleid verband, nichts mehr bedeuteten. Aber sie hatte sich geirrt. Der weiche Samt auf ihrer Haut weckte in ihr die Erinnerung an Nicholas' Hände, die sie gestreichelt hatten – und die sie so grausam gepackt hatten, als er erfuhr, wer sie wirklich war.

»Nein danke, Jacques«, antwortete Mara zuckersüß. »So verzweifelt bin ich noch nicht, und Ihre *petite* bin ich auch nicht.«

Jacques' Lächeln verzerrte sich zu einem widerwärtigen Feixen. »Eines Tages wirst du mich wollen, Mara, und dann wirst du um mich betteln müssen. Aber bis dahin, *ma petite*«, erklärte er selbstbewußt, »wirst du deine Arbeit tun, oder du fliegst.«

»Ich tue meine Arbeit gut, Jacques«, widersprach ihm Mara angespannt. »Und außerdem würde es Ihnen wahrscheinlich nicht gefallen, wenn ich für die Konkurrenz arbeitete, oder? Und Ihnen das Geschäft vermiese. Denn das würde ich ganz bestimmt.«

Jacques starrte sie haßerfüllt an. Sie schenkte ihm ein bezauberndes, aber herablassendes Lächeln. »Niemand würde eine Frau mit einem Narbengesicht anstellen ... *ma petite*!« Jacques strich sacht über Maras alabasterfarbene Wange. »Ich verstehe nicht, warum du hier unten deine Zeit vertust, wo du oben mit einem Kunden in einer Stunde fünfhundert Dollar verdienen könntest. Es ist töricht von dir, *ma petite*, daß du viel Wert darauf legst, mit wem du dein Bett teilst.«

»Ich bin keine Kurtisane, Jacques«, erklärte ihm Mara kalt und blickte tapfer in sein aufgeschwemmtes Gesicht. Jetzt hatte sie Angst vor dem Franzosen. Bis jetzt hatte sie alle seine Avancen abwehren können, denn er wußte, wieviel sie wert war. Aber im Lauf der Zeit war er reicher und kühner geworden. Mara ahnte, daß sie ihn bald nicht mehr würde abwimmeln können.

»Kommen Sie, ich möchte, daß Sie an den Farotisch gehen. Ein paar Herren wünschen, daß Sie die Karten geben«, befahl Jacques und gab einer anderen Frau ein Zeichen, Maras Platz am Roulettetisch zu übernehmen.

Mara folgte ihrem Arbeitgeber. Sie spürte, daß alle Augen auf ihrem enthüllenden roten Kleid ruhten.

Wenig später setzte sie sich an den mit grünem Filz bespannten Tisch und bedankte sich mit einem Lächeln bei den Herren ihr gegenüber für das Glas Champagner, das neben ihrem linken Arm abgestellt wurde. Sie legte alle Pik-Karten eines Spieles in Folge aufgedeckt auf den Tisch und wartete, bis die Spieler ihren Einsatz auf einer Karte ihrer Wahl plaziert hatten. Dann stellte sie den automatischen Kartengeber vor sich hin und zog jeweils zwei Karten heraus, die über Gewinn oder Verlust entschieden. Hatte ein Mann auf die Pik-Acht gesetzt, und die Herz-Acht erschien als erste Karte, hatte er verloren. Tauchte keine Acht in dem Kartenpaar auf, blieb der Einsatz bestehen. Wenn aber die zweite Karte eine Acht war, hatte er gewonnen, und die Bank mußte zahlen.

Mara arbeitete schon über zwei Stunden als Kartengeberin und wurde langsam müde. Der Lärm und die schlechte Luft machten ihr zu schaffen. Ein paar Kunden waren es leid, ständig zu verlieren, und hatten bereits den Tisch gewechselt. Mara machte eine kurze Pause, während der sie einen Schluck Champagner nahm und die freien Plätze von neuen Spielern besetzt wurden. Sie schaute ihren neuen Kunden nicht ins Gesicht, denn nach einiger Zeit konnte sie eines vom anderen nicht mehr unterscheiden.

»Messieurs, faites vos jeux«, verkündete Mara und füllte den automatischen Kartengeber wieder auf. »Vielleicht 'aben Sie 'eute nacht Glück, vielleicht gewinnt *Monsieur* 'eute ein Vermögen, versuchen Sie Ihr *bonheur*!«

Mara schaute mit einem animierenden Lächeln zu jenem Spieler auf, der eben Platz genommen hatte. Ihr Lächeln erstarb, als sie in zwei kalte grüne Augen blickte, die sie nur allzugut kannte.

»Na so was, ich wußte gar nicht, daß du auch Französin bist«, erklärte Nicholas Chantale sarkastisch. »Ich dachte, du wärst nur Irin, Engländerin und Spanierin. Du hast wirklich eine bewegte Vergangenheit, Mara. Oder heißt du inzwischen anders? Vielleicht Angelique oder Desirée?« Er lachte, als er ihren Schreck bemerkte.

»Los jetzt. Ich habe schon gesetzt. Teilen Sie aus!« mischte sich der Spieler rechts von Nicholas ein.

»Ja, *Mademoiselle*, bitte vergeuden Sie keine Zeit«, stimmte ihm Nicholas mit einem hinterhältigen Grinsen zu. »Wenn Sie Wert auf ein anständiges Trinkgeld legen.«

Mara biß die Zähne zusammen und teilte die Karten aus. Mit wachsendem Mißfallen mußte sie zusehen, wie Nicholas Spiel auf Spiel gewann.

»Die *Mademoiselle* ist offensichtlich auch Wahrsagerin«, verkündete Nicholas lachend, als er eine Stunde später seinen Gewinn einstrich. »Sie hat mir prophezeit, daß ich heute nacht Glück haben würde.«

Nicholas packte Mara am Handgelenk und fügte so leise hinzu, daß nur sie es hören konnte: »Und ich bestehe darauf, daß *Mademoiselle* mit mir zu Abend speist.«

»Das werde ich nicht«, widersprach Mara verkrampft und versuchte, ihre Hand zu befreien. Als sie sich hilfesuchend umschaute, bemerkte sie Jacques, der das Schauspiel aufmerksam verfolgte.

»Gibt es Probleme?« fragte er schleimig und glitt hinter Maras Stuhl. »Ich versichere Ihnen, *Monsieur*, daß an meinen Tischen ehrlich gespielt wird. Meine Angestellten sind über jeden Verdacht erhaben. Wenn man Sie betrogen hat, werde ich sofort für Ordnung sorgen.«

Mara schaute Jacques überrascht an. So unterwürfig kannte sie den Saloonbesitzer gar nicht. Er küßt Nicholas praktisch die Füße, dachte sie angewidert.

»Das wird nicht nötig sein. Wie Sie sehen, kann ich mich nicht beklagen«, antwortete Nicholas und deutete auf den Haufen vor sich. »Aber ich würde die Dame gern auf ein Glas einladen. Es wird sich für sie lohnen, und für Sie auch, *Monsieur.*« Nicholas' Stimme war seidenweich. »Ich nehme an, Sie partizipieren an den Trinkgeldern der Dame?«

Jacques rang sich ein Lächeln ab, aber seine Augen verrieten seinen Zorn über Nicholas' verächtliche Bemerkung. Widerwillig nickte er. »Die *Mademoiselle* wird Sie gern begleiten, *Monsieur.* Gehen Sie«, befahl er Mara. »Michelle wird den Tisch übernehmen.«

Mara blieb keine Wahl, wenn sie keine Szene machen wollte. Ohne daß Nicholas den Griff um ihr Handgelenk gelockert hätte, stand sie auf und folgte ihm an einen Tisch in der Ecke. Sie versuchte sich möglichst abweisend zu verhalten und lehnte das angebotene Glas Champagner brüsk ab.

»Ich habe mir extra einen Tisch an der Wand ausgesucht«, eröffnete Nicholas das Gespräch. Mara war erstaunt, wie wütend er klang. »Nur für den Fall, daß dein *Cousin* plötzlich wieder auftaucht.«

»Er wollte mich nur vor dir beschützen«, verteidigte Mara Brendan. »Außerdem ist er mein Bruder.«

»Das hätte ich mir denken können – bei seinem miesen Charakter«, höhnte Nicholas. »Ihr O'Flynns habt wirklich keinerlei Ehrgefühl. Einen Mann von hinten niederzuschlagen und ihn dann noch zu bestehlen!«

Mara befeuchtete sich die Lippen mit der Zunge, denn plötzlich war ihr Mund wie ausgetrocknet. Ihr fiel das Geld wieder ein, das Brendan ihr in Somona gegeben hatte. Sie konnte ihre Verwirrung und Beschämung nicht verbergen, als sie wieder aufsah. »Das – das wußte ich nicht, Nicholas. Ich schwöre es. Du mußt mir glauben. Ich wußte nicht, daß Brendan es von dir hatte. Ich hätte dein Geld niemals genommen. Das weißt du.«

Nicholas klatschte anerkennend in die Hände und grinste ironisch. »Deine Unschuld ist brillant gespielt, meine Liebe. Mit genau dem richtigen Quentchen Angst in deinen bezaubernden goldenen Augen.«

»Du gemeiner Schuft«, beschimpfte ihn Mara leise. Sie versuchte verzweifelt zu verbergen, wie sehr sie ihn liebte und wie sehr sie seine hämische Antwort traf. »Für wen hältst du dich eigentlich, daß du glaubst, mir ständig nachstellen zu können?« fragte sie ihn mit bebender Stimme. Sie fummelte in ihrer Geldbörse herum und zerrte das Geld heraus, das sie an diesem Abend eingenommen hatte. Mit einer Geste, die verletzten Stolz verriet, schob sie Nicholas den Stapel zu. »Das sollte dich mehr als entschädigen.«

»Ts, ts.« Nicholas lächelte zufrieden und ignorierte das Angebot. »Dein irisches Temperament geht wieder mal mit dir durch, *ma petite*. Sehr aufschlußreich, also fahre bitte fort. Vielleicht lerne ich endlich die wahre Mara O'Flynn kennen.«

Mara schnaubte wutentbrannt. »Laß mich in Ruhe, Nicholas. Hast du dich nicht schon genug gerächt?«

Nicholas betrachtete Maras feingeschnittenes Gesicht. Obwohl sie schmaler geworden war, war sie schöner denn je. Sie schaute ihn zornig an, und ihre Unterlippe zitterte leicht. »Vielleicht möchte ich noch mehr von dir als deine Jungfernschaft«, äußerte er versonnen. Seine grünen Augen waren kalt und hart wie Smaragde.

Maras Hand schloß sich um den schlanken Kristallstiel ihres Champagnerglases. Mit einer einzigen Bewegung schüttete sie den gesamten Inhalt Nicholas ins Gesicht. Wie betäubt sah sie den Champagner auf sein weißes Hemd tropfen, wo sich nasse Flecken ausbreiteten. Sie erhob sich schwankend, während er ein Taschentuch zückte und sich den Champagner aus dem Gesicht wischte, ohne seinen Blick von ihr zu nehmen.

»Du enttäuschst mich nie, Mara«, sagte er.

Mara hörte ihn bereits nicht mehr. Sie hatte sich umgedreht und bahnte sich einen Weg durch die Menschenmenge. Doch gerade als sie den Hinterausgang erreicht hatte, schloß sich eine Hand fest um ihren Arm. Als sich Mara umdrehte, sah sie fast erleichtert, daß Jacques d'Arcy sie aufgehalten hatte.

»Mon Dieu!« rief er aus und zog sie in den dunklen Hausgang. »Ich habe meinen Augen nicht getraut, als ich sah, wie Sie Chantale den Champagner ins Gesicht schütteten. Ich würde mein Leben darauf wetten, daß ihm das noch nie passiert ist, oder daß der Betreffende es nicht überlebt hat.«

»Sie kennen Nicholas?« fragte Mara dumpf.

»Nicholas also?« Jacques Augen verengten sich. Er musterte ausgiebig ihr bleiches, angespanntes Gesicht. »Ich würde gern mehr über Ihre Verbindung zu diesem Mann hören, den Sie offensichtlich nicht leiden können und den Sie sogar fürchten. Aber um Ihre Frage zu beantworten«, fuhr Jacques mit einem bedauernden Blick fort, »*oui*. Jeder in New Orleans kennt Nicholas de Montaigne-Chantale. Als ich ihn vor einigen Jahren in Paris sah, hatte er das de Montaigne abgelegt. Er gehört zu einer der reichsten und vornehmsten Familien in Louisiana. Oder gehörte, bevor man ihn aus der Stadt warf. Die Plantage der Montaigne-Chantales, Beaumarais, war im ganzen Staat berühmt.«

»Nicholas erzählte mir, daß er New Orleans wegen eines Duells verlassen mußte«, sagte Mara.

Jacques lächelte. »Nun, es war kein gewöhnliches Duell, *ma chérie*.« Er senkte seine Stimme vertraulich. »Er tötete seinen Bruder François, den zukünftigen Erben des Montaigne-Chantale-Vermögens und Verlobten der wunderschönen Amaryllis Sandonet. Doch wie zu hören war, liebte sie in Wahrheit Nicholas. Man munkelte, die bezaubernde Amaryllis sei Nicholas' Geliebte gewesen, bevor ihr Vater sie mit dem Erben von Beaumarais verlobte. Angeblich wollte Amaryllis Beaumarais *und* Nicholas, und angeblich setzten die beiden ihre Affäre fort – natürlich im geheimen.« Jacques zwinkerte. »Und eines Tages vor der Heirat duellierten sich die beiden Brüder. Worüber sie sich stritten, wurde nie publik. Nicholas behauptete immer, sie hätten nur geübt. Aber wie hätte er leichter einen lästigen Rivalen loswerden können? Nicholas' Vater verbannte seinen Sohn von Beaumarais. Er ignorierte ihn sogar, wenn sie sich in der Stadt begegneten. Nach einiger Zeit waren dem verfemten Nicholas alle Türen in New Orleans verschlossen. Eine traurige Geschichte, *non*?«

Mara hatte ihm gebannt zugehört und schüttelte schließlich den Kopf. »Er hat seinen Bruder umgebracht? Das kann ich nicht glauben«, flüsterte sie.

Jacques faßte ihr unters Kinn und hob ihren Kopf. »Sie lieben ihn, nicht wahr?«

»Nein!« stritt Mara entschieden ab.

»Pah! Sie lügen!« fauchte Jacques. In seinen dunklen Augen loderte ein seltsames Feuer, als er fortfuhr: »Aber was empfindet Chantale für Sie, *ma chérie*? Das ist die Frage!«

»Er bedeutet mir nichts«, begann Mara zu weinen und packte Jacques am Arm, damit er ihr zuhörte. »Und ich bedeute ihm noch weniger. Er haßt mich. An Ihrer Stelle würde ich mit ihm nicht über mich sprechen.«

Jacques lächelte gehässig und drängte sich an Mara. Schließlich preßte er sie mit seinem Körper gegen die Wand. »In Zukunft wirst du netter zu deinem Verehrer Jacques sein, *non*? Du bist klug genug, um zu wissen, wer deine Freunde sind.«

»Was soll das heißen?« fragte Mara und versuchte, ihr Gesicht wegzudrehen. Aber seine Finger hatten ihr Kinn immer noch im Griff.

»Ganz einfach, *ma chérie*. Du möchtest doch nicht, daß Monsieur Chantale erfährt, wo du wohnst, nicht wahr?« fragte Jacques mit honigsüßer Stimme. In seinen Augen glitzerte Begierde, als er seine Lippen auf ihre senkte.

Lüstern preßte sich sein Mund auf ihren. Mara konnte unter ihren Lippen seine Zähne spüren. Immer fester drängte er sich an sie. Er ließ an seiner Leidenschaft keinen Zweifel. Schließlich gelang es Mara, ihre Lippen zu befreien, aber als sie nach Luft schnappte, spürte sie Jacques' gierigen Mund bereits auf ihrem Hals. Ungeduldig zerrte er den roten Samt von ihrer Schulter, so daß ihre zarte, weiche Haut freilag.

Als sie seine Zunge auf ihrem Busen spürte, ertrug sie es nicht mehr. Mit aller Kraft ließ sie ihr Knie zwischen seine Beine schnellen. Jacques erstarrte überrascht und sank dann mit einem schmerzhaften Ächzen zu Boden. Mara befreite sich von ihm und eilte den Gang hinunter.

»Sie müssen sich eine andere suchen. Ich kündige!« schrie sie ihm aus sicherer Entfernung zu. »Meinetwegen können Sie Nicholas erzählen, was Sie wollen. Das kümmert mich einen Dreck, Hauptsache, ich muß nicht mehr mit Ihren schmutzigen Pfoten zu tun haben. *Bon soir*, Monsieur d'Arcy«, verabschiedete sich Mara haßerfüllt. Dann trat sie hinaus an die frische Luft und schmetterte die Tür hinter sich zu.

Am nächsten Morgen war Mara nicht mehr ganz so überzeugt, richtig gehandelt zu haben. Jacques würde ihr das bestimmt nicht vergessen. Aber als sie sich an die Berührung seiner Lippen erinnerte, schauderte sie angeekelt.

Über Jacques d'Arcy würde sie sich später Gedanken machen, beschloß Mara, als sie die Treppe hinunterstieg. Mit ihren Ersparnissen kam sie mindestens einen Monat lang aus, und außerdem legte sie keinen Wert darauf, Nicholas noch einmal über den Weg zu laufen – vor allem, weil er jetzt noch einen Grund mehr hatte, ihr böse zu sein.

Mara zog sich das Tuch fester um die Schultern, damit ihr in ihrem einfachen, aber eleganten blauweißen Seidenkleid wärmer wurde.

Aus dem Raum, den Jenny als Salon bezeichnete, drangen Kinderstimmen. Jenny saß neben dem Feuer, in ihrem Schoß einen Stapel Wäschestücke. Als Mara eintrat, schaute sie auf. Eine Nadel mit eingezogenem Faden ragte aus ihrem Mundwinkel. Sie nahm sie heraus und zuckte mit den Achseln: »Wenn ich nicht koche oder wasche, dann flicke ich. Vor allem«, sagte sie und deutete auf ihren Jüngsten, der unter dem Sofa nach einem Spielzeug suchte, »wenn sie den ganzen Tag auf den Knien herumrutschen.«

Paddy hatte sich Jennys älteren Buben angeschlossen und spielte mit deren Zinnsoldaten. Mara arbeitete sich auf Zehenspitzen zwischen den Fronten hindurch, bis sie zu Jenny gelangte. »Wahrscheinlich müssen sich Jungs schmutzig machen, damit sie sich wohl fühlen«, bemerkte sie, als sie sich Jenny gegenüber niederließ.

»He! Damit bin aber hoffentlich nicht ich gemeint!« donnerte eine tiefe Stimme hinter dem Sofa hervor. Mara drehte sich verblüfft um und entdeckte den Schweden, der seinen Kopf hinter der gepolsterten Lehne vorstreckte. »In meiner Jacke ist bestimmt kein Loch, und ich werde verflucht – Verzeihung, Madam – sorgfältig darauf achten, daß ich mir meine neue Hose nicht schmutzig mache.« Der Schwede richtete sich zu voller Größe auf und kam hinter dem Sofa hervor. Der kleine Soldat verschwand beinahe in seiner riesigen Hand.

»Und jetzt paß auf, daß der Kamerad nicht wieder desertiert«, warnte er Peter, der sich dankbar den bunt bemalten Zinnsoldaten schnappte.

»Los, Peter«, rief Gordie im gleichen Augenblick, »du hältst den ganzen Krieg auf.«

Der Schwede lächelte breit und machte einen großen Schritt über ein Dragonerregiment. Mit Leichtigkeit hob er einen Stuhl hoch, stellte ihn neben Mara ab und setzte sich. »Man sieht gleich, welche drei von Missis Markham sind. Das rote Haar ist unverkennbar. Und wem der kleine Dunkle gehört, ist auch kein Geheimnis. Er hat mir die Hölle heiß gemacht, als ich auf einen seiner Infanteristen getreten bin.« Der Schwede lachte. »›Der Teufel soll dich holen‹, schimpfte er. Verdammt und zugenäht, er kann schon fluchen wie ein Alter!« Dann schaute er verlegen von Mara zu Jenny und wieder zurück. »Verzeihung, meine Damen. Ich sollte wohl ebenfalls auf meinen Wortschatz achten.«

»Machen Sie sich keine Gedanken, Mister Svengaard«, beruhigte ihn Jenny. »Ich habe mich inzwischen daran gewöhnt. In einer Goldgräberstadt müßte man sich Tag und Nacht die Ohren verstopfen, wenn man das nicht hören will.«

»Und Paddy hat seine Schimpfworte wahrscheinlich bei mir aufgeschnappt, also kann ich Ihnen bestimmt keine Vorwürfe machen«, ergänzte Mara mit einem kleinen Lächeln.

Der Schwede grinste beruhigt und ohne den Blick von Mara zu wenden.

Jenny seufzte unhörbar, als sie sah, welche Bewunderung der Riese Mara entgegenbrachte. Sie biß sich auf die Lippe, als sie sich versehentlich mit der Nadel in den Finger stach. Geschieht mir recht, warum hänge ich auch meinen Tagträumen nach, dachte sie betrübt. Welcher Mann würde schon eine Witwe mit drei Kindern zur Frau nehmen? Aber sie konnte sich und ihre Söhne auch aus eigener Kraft durchbringen, bis sie den Richtigen finden würde, und bis dahin mußte sie eben allein bleiben. Trotzdem nahmen ihre blauen Augen die breiten Schultern und die sanfte Miene des Schweden sehnsüchtig in sich auf.

»Bleiben Sie in San Francisco, Schwede?« wollte Mara wissen. Sie fragte sich, ob er vielleicht einen Laden oder ein Geschäft in der Stadt besaß.

»Jetzt lebe ich hier. Vielleicht bleibe ich für immer – wer weiß? Aber ich bin erst vor kurzem aus der Sierra zurückgekommen«, erklärte er ihr und fügte beiläufig hinzu: »Mein Partner und ich sind auf eine Goldader gestoßen, und das wollten wir feiern.«

In Maras Augen glühte ein Funken auf. Sie beugte sich interessiert vor, und der Schwede war ein bißchen enttäuscht darüber. Er rechnete fest damit, daß sie sich gleich danach erkundigen würde, wie reich er war. Doch zu seinem Erstaunen fragte sie: »Kennen Sie vielleicht einen Mann namens Brendan O'Flynn? Er ist letzten Sommer in die Berge gegangen. Vielleicht sind Sie ihm ja begegnet oder haben von ihm gehört?«

Der Schwede schüttelte bedauernd den Kopf. »Tut mir leid, aber ich kenne ihn nicht. O'Flynn? Ihr Ehemann, nicht wahr?« fragte er, unfähig, seine Enttäuschung zu verbergen.

»Nein, mein Bruder, Paddys Vater«, erklärte Mara.

»Ich verstehe«, strahlte der Schwede erleichtert. »Aber daß ich mich nicht an seinen Namen erinnere, bedeutet nicht, daß ich ihm nicht begegnet sein könnte. Man trifft dort oben auf so viele Männer, daß man nach einer Weile nicht einmal mehr nach dem Namen fragt. Ich kann verstehen, daß Sie sich Sorgen um ihn machen, Miss O'Flynn, aber das brauchen Sie nicht. Die Lager sind nicht halb so schlimm, wie sie beschrieben werden.«

Mara studierte den riesigen Schweden nachdenklich und fragte sich, ob so ein Mann überhaupt etwas schlimm finden konnte. »Brendan ist nicht so robust wie Sie«, versuchte Mara ihre Ängste zu erklären, ohne daß sie den Schweden beleidigte, »er ist schmaler und –«

»Feiner, Madam«, ergänzte der Schwede lachend. »Kein so großer, schwerfälliger Ochse wie ich.«

Mara mußte lächeln. »So hätte ich es nicht gerade ausgedrückt. Aber Brendan ist mit physischer Arbeit nicht vertraut. Er wurde als Gentleman erzogen und verdiente sein Geld bisher als Schauspieler. Ich wage zu bezweifeln, daß er je zuvor eine Schaufel in der Hand gehalten hat.«

Der Schwede lachte, denn er erinnerte sich an all die ehemals feinen Herren, die schwitzend und fluchend dort oben nach Gold suchten. »Schon viele Männer haben ihre Seidenweste gegen ein Flanellhemd und ihre Lackschuhe gegen schwere Stiefel getauscht. Ich sehe keinen Grund, warum Ihr Bruder das nicht auch schaffen sollte. Vielleicht wird es eine schwere Lektion, aber er wird es lernen.«

Mara runzelte die Stirn, denn ihr fiel ein anderer Mann ein, der ihr erzählt hatte, wie er seine feinen Manieren losgeworden war. Und sie hatte sich persönlich davon überzeugt, daß ihm das gelungen war. »Wahrscheinlich haben Sie recht.«

»Das habe ich. Mein Freund war früher mal ein richtiger Geck, aber das würde ihm heute niemand mehr ansehen. Natürlich würden die feinen Damen von New Orleans Nicholas heute noch anziehender finden als früher. Und schon damals war alles, was einen Rock trug, hinter ihm her«, erklärte der Schwede mit einem versonnenen Lächeln. Er hielt inne, als er Maras erstarrte Miene sah.

»Was ist denn, Miss O'Flynn?« fragte er betroffen. Hoffentlich hatte er sie nicht beleidigt.

Mara zögerte, bevor sie fragte: »Ihr Freund heißt nicht zufällig Nicholas Chantale?«

Der Schwede nickte. Zu seiner Überraschung seufzte sie enttäuscht. »Kennen Sie ihn?« fragte er und schüttelte gleich darauf den Kopf. »Natürlich kennt Nicholas eine so schöne Frau wie Sie. Kein Wunder, daß Sie ihn nicht erwähnt haben, ich habe ja auch nicht über ihn gesprochen.« Der Schwede sah sie betreten an.

»Dann wissen Sie nichts über mich?« forschte Mara vorsichtig nach.

Der Schwede schaute sie verständnislos an. »Was sollte ich denn über Sie wissen, außer daß Sie eine der schönsten Frauen sind, die mir je begegnet sind?« antwortete er aufrichtig.

»Ich fürchte nur, Nicholas denkt da ein wenig anders«, antwortete Mara. Sie hatte beschlossen, dem Schweden die ganze Wahrheit zu sagen, damit Nicholas keine Gelegenheit hatte, ihn auf seine Seite zu ziehen.

»Das kann ich mir nicht vorstellen«, protestierte der Schwede. »Nicholas ist schließlich nicht blind. Er weiß Schönheit zu schätzen. Und ohne Ihnen nahetreten zu wollen, ich glaube nicht, daß Sie ihn abweisen würden, denn Nicholas kann sehr entschlossen sein.«

Mara lächelte unsicher. »Das habe ich bereits herausgefunden. Leider. Nicholas kann aber auch sehr nachtragend sein, und wenn er jemanden haßt oder der Meinung ist, daß noch eine Schuld aussteht, dann ist er ein erbarmungsloser Gläubiger, nicht wahr?«

Der Schwede beobachtete sie schweigend. Ihm war aufgefallen, daß sie die Fassung verlor, sobald sie über Nicholas sprach. Er warf Jenny einen Blick zu, die zu seiner großen Erleichterung in ihre Arbeit vertieft schien. Dann wandte er sich wieder Mara zu und beugte sich vor. »Sie brauchen mir nichts zu erzählen, wenn Sie das nicht möchten, aber ich begreife nicht, warum Nicholas Ihnen etwas Böses wünschen sollte oder Ihnen schaden will. Er ist ein vernünftiger und ehrlicher Mann, trotz aller gegenteiligen Gerüchte.«

Mara lachte kurz auf und wich dem Blick des Schweden aus, als sie gestand: »Er hat allen Grund, mich zu hassen. Ich ... bin schuld an dem Tod – nein, an dem Selbstmord seines Neffen Julian. Er hat sich vor ein paar Jahren in London umgebracht. Nicholas hat sich geschworen, daß ich dafür büßen muß. Und ich habe gebüßt.«

Mara hob den Blick. Zu ihrer Überraschung schaute sie der Schwede verwirrt an. »Das verstehe ich nicht, Miss O'Flynn. Haben Sie Nicholas auch wirklich richtig verstanden? Der einzige Neffe namens Julian, den Nicholas hat, lebt doch noch.«

Mara blieb der Mund offenstehen. »Lebt? Julian lebt noch? Er hat sich nicht erschossen?« wiederholte sie fast lautlos. »Und all die Jahre dachte ich, ich hätte ihn in den Tod getrieben.«

Plötzlich begannen Maras Augen zornig zu funkeln. Ihr war wieder eingefallen, daß Nicholas sie absichtlich in diesem Glauben gelassen hatte. »Er hat mir nicht verraten, daß Julian noch lebt«, erklärte sie lauter und schaute dem Schweden ins Gesicht. »Dieser Schuft! Warum haßt er mich so sehr, daß er mir so etwas antut?«

Mara schaute zu Jenny hinüber, die inzwischen ihre Arbeit niedergelegt hatte. Sie lauschte ganz offensichtlich ihrem Gespräch. »Sie können genausogut die ganze Wahrheit erfahren. Es ist besser, wenn ich es selbst erzähle, als wenn Sie es von jemand anderem erfahren.«

»Ich kann auch hinausgehen«, erbot sich Jenny verlegen und stand auf.

»Nein, bitte.« Mara machte eine Geste, sich wieder zu setzen. »Ich habe Ihnen schon einmal erklärt, daß ich Fehler gemacht habe. Nun, dies war mein schlimmster. Ich war der Grund, warum sich ein junger Mensch das Leben nahm – oder zumindest nehmen wollte«, korrigierte sich Mara. »Ich dachte, er *hätte* sich umgebracht. Zumindest hat er es versucht, und zwar meinetwegen. Ich habe ein grausames Spiel mit ihm getrieben, habe ihn gequält, ihn zum Narren gehalten.« Mara sah die beiden flehend an. »Aber ich habe für meine Sünden gebüßt, und Nicholas hat sich grausam an mir gerächt. Warum muß ich weiter bezahlen?« Sie wandte sich an den Schweden. »Sie können Nicholas ruhig verraten, wo ich wohne. Irgendwann findet er mich sowieso. Und wenn Sie uns lieber nicht mehr besuchen wollen, kann ich Ihnen deswegen keinen Vorwurf machen. Schließlich ist Nicholas Ihr Freund.«

Der Schwede rieb sich verlegen das Kinn. »Vielen Dank, daß Sie so ehrlich sind. Sie hätten mir das nicht erzählen brauchen, deshalb bewundere ich Ihre Aufrichtigkeit.«

Mara mußte lachen. »Sie sind der erste, der mich deswegen bewundert. Ich bin leider nicht besonders gut, was Geständnisse betrifft. Ich bin ziemlich aus der Übung.«

»Nun, niemand gibt gern zu, daß er einen Fehler gemacht hat. Ich jedenfalls nicht«, lachte der Schwede und löste so die Spannung. »Sie sind Nicholas nicht zufällig gestern nacht begegnet?«

Mara nickte. »Doch. Warum?«

»Er war nämlich so schlecht gelaunt, daß ich fast neugierig wurde. Aber Nicholas spricht niemals über seine Gefühle. Was zwischen Ihnen und Nicholas vorgefallen ist, geht mich nichts an«, erklärte der

Schwede. Aber insgeheim beschloß er, sich Nicholas' Version ebenfalls anzuhören.

»Nachdem ich mein Gewissen schon erleichtert habe, kann ich Ihnen auch noch von unserer letzten Auseinandersetzung erzählen. Durch meine Schuld wurde ihm Geld gestohlen. Ich hatte zwar keine Ahnung, daß das passiert war – nicht, daß er mir das glauben würde –, aber seitdem ist er noch wütender auf mich. Wahrscheinlich wird er mir nie vergeben.« Mara schaute Jenny in die Augen und zuckte mit den Achseln. »Ich habe ja gesagt, daß ich kein Engel bin. Wollen Sie immer noch mit mir befreundet sein?«

Jenny strich sich eine rote Locke aus der Stirn und lächelte nachsichtig. Zum erstenmal hatte die schöne Irin gezeigt, wie verletzlich sie hinter ihrer schützenden Maske der Überheblichkeit eigentlich war. »Dafür sind Freunde schließlich da. Sie sollen einander in schweren Zeiten beistehen und«, fügte sie offen hinzu, »die Fehler des anderen akzeptieren. Denn wir sind weiß Gott alle nicht makellos.«

»Vielen Dank.« Diese Treue beschämte Mara beinahe.

»Na ja, ich mach' mich mal lieber auf den Weg«, erklärte der Schwede bedauernd und erhob sich. »Ich würde gern wieder vorbeikommen, wenn ich darf«, fragte er unsicher. Sein Lächeln wurde breiter, als Mara nickte.

Während der nächsten Woche setzte der Schwede seine Besuche fort, als hätte das Gespräch nie stattgefunden. Mara wußte nicht, ob er sich mit Nicholas darüber unterhalten hatte. Der riesige Hüne zeigte ihr offen seine Bewunderung. Eines Abends lud er sie zum Essen ein, und Mara nahm an. Sie wußte, daß sich damit ihre Beziehung ändern würde, und sie wollte herausfinden, ob sie für den Schweden mehr als bloße Freundschaft empfand.

Sie trug ein hellgrünes Brokatseidenkleid mit Brüsseler Spitzen, die das Dekolleté und die Schultern umrahmten. Ein Kranz künstlicher Blumen saß wie eine Krone auf ihrem Kopf. Der Schwede entpuppte sich als perfekter Gastgeber und unterhielt sie während des Essens mit amüsanten, wenn auch vielleicht etwas ausgeschmückten Anekdoten aus seiner Vergangenheit. Mit ausgesuchter Höflichkeit erfüllte er ihr jeden Wunsch.

Als sie wieder im Gang der Pension unter der flackernden Öllampe standen, bedankte sich Mara bei dem Schweden für den wunderschönen Abend.

»Ich habe Nicholas nicht verraten, daß ich mich mit Ihnen treffe«, gestand ihr der Schwede. »Er ist mein bester Freund, und er könnte Sachen über Sie sagen, die mir nicht gefallen. Er kann sehr beleidigend sein – sogar gemein –, wenn er jemanden auf dem Kieker hat. Ich möchte nicht, daß er zwischen uns steht.«

»Ich verstehe.« Mara begriff, in was für einer schwierigen Lage sich der Schwede befand. Dann streckte sie ihm die Hand entgegen und sagte leise: »Gute Nacht, Schwede.«

Die riesenhafte Hand des Schweden schloß sich um ihre. Er sah sie bittend an und hauchte ihren Namen. Dann zog er sie in seine Arme und legte seinen Mund auf ihren.

Sein Kuß war zuerst zärtlich, aber als er ihre Reaktion spürte, faßte er sie fester und drückte sie inniger an sich. Seine Lippen strichen hungrig über ihre, und er atmete tief den süßen Duft ihrer Haut ein.

Mara ließ es mit sich geschehen, sie versuchte sogar, seinen Kuß zu erwidern, aber es war hoffnungslos. Sie empfand nichts von dem, was sie fühlte, wenn Nicholas sie in seinen Armen hielt.

Dann trennten sich die Lippen des Schweden wieder von ihren. Als er ihr ins Gesicht sah, erfüllten sich seine schlimmsten Befürchtungen. Kein Funken Leidenschaft regte sich in ihren Augen. Er schüttelte traurig seinen gewaltigen Kopf. »Es hat keinen Zweck, oder?«

Mara sah ihm in die blauen Augen. Sie konnte ihn nicht anlügen oder ihm etwas vorspielen. »Es tut mir leid, Schwede«, sagte sie sanft.

Der Schwede lächelte gequält. »Ich habe mich selbst zum Narren gemacht. Ich wußte vom ersten Tag an, daß Sie nichts für mich sind, aber manchmal träumt man einfach«, sagte er schroff. »Es ist Nicholas, nicht wahr?«

Mara starrte ihn schweigend an. In ihrem Gesicht spiegelten sich Verwirrung und Angst. »Ist das so offensichtlich?« fragte sie schließlich mit zitternder Stimme.

»Nein, das ist es nicht«, beruhigte sie der Schwede, »aber weil ich selbst verliebt in Sie bin, bin ich auch sehr einfühlsam. Es soll unser Geheimnis bleiben.«

»Vielen Dank«, sagte Mara erleichtert. Sie nahm die erste Treppenstufe und drehte sich dann noch einmal um. »Ich hoffe, wir werden trotzdem Freunde bleiben?«

Der Schwede nickte und rang sich zu einem Grinsen durch. »So leicht werden Sie mich nicht los.«

»Das höre ich gern«, lächelte sie.

Und als Mara am nächsten Morgen die Treppe herunterkam, saß er bereits bei einer Tasse Kaffee im Salon und lachte mit Jenny über Peters Gekasper.

»Guten Morgen«, begrüßte ihn Mara freundlich. Nichts ließ erkennen, daß sie eine schlaflose Nacht verbracht hatte. »Endlich scheint mal wieder die Sonne.« Sie schenkte sich eine Tasse Kaffee ein und freute sich schon auf die nächste Stunde, die sie mit angenehmen Plaudereien verbringen würde. Das war schon fast zu einem Ritual geworden, seit der Schwede sie besuchte.

Mara lachte gerade über eine der zahllosen Anekdoten, die der Schwede in petto hatte, als eine laute Stimme aus dem Gang Maras Namen rief.

»Bitte entschuldigen Sie mich einen Augenblick«, sagte Mara. Sie eilte aus dem Zimmer, denn sie hatte die Stimme bereits als die von Jacques d'Arcy identifiziert. Doch als sie in den Gang trat und den Mann neben Jacques erblickte, kam sie ins Straucheln.

Man nannte ihn den Grafen. Niemand kannte seinen wirklichen Namen. Er war höchst elegant gekleidet, aber sein hinterhältiges Aussehen wirkte nur abstoßend. Er war nicht so groß wie der Schwede, aber er wirkte zäh und drahtig. Sein mißtrauischer Blick warnte jeden davor, sich mit ihm anzulegen. Noch nie hatte dem Grafen etwas nachgewiesen werden können, aber Mara wußte, daß die vielen Gerüchte, die über ihn kursierten, wahr waren. Zu oft schon waren Jacques' Widersacher auf mysteriöse Weise zu Tode gekommen oder hatten einen Unfall erlitten, der sie für Monate aus dem Verkehr zog.

»Was wollen Sie?« erkundigte sich Mara tapfer.

»Du weißt doch ganz genau, was ich will, *ma petite*«, antwortete Jacques mit einem haßerfüllten Flackern in den Augen. »Wir beide haben noch ein Hühnchen miteinander zu rupfen. Ich würde dir raten, kein unnötiges Aufsehen zu machen«, zischte er. »Du möchtest doch nicht, daß deinem kleinen Jungen etwas zustößt, oder? Also komm mit Jacques und dem Grafen, klar?«

Die Augen des Grafen zeigten keinen Funken Gefühl. Sie erinnerten Mara an die eines Reptils. Gebannt beobachtete sie, wie die Hand des Grafen in seine Jackentasche glitt und eine Sekunde später mit einem scharfen, glänzenden Messer wieder auftauchte. Sein Daumen liebkoste den Elfenbeinknauf. Mara drohten die Beine zu versagen.

Jacques schüttelte mitleidig den Kopf. Ein sadistisches Lächeln verzerrte sein Gesicht, als er sagte: »Du mußt noch deine Lektion lernen, *ma petite*, fürchte ich. Denn keine Frau weist mich ungestraft ab. Vielleicht wirst du dich später einmal nach meinen Küssen sehnen, wenn sich die Männer voller Abscheu von deinem entstellten Gesicht abwenden. Aber dann werde ich dich um meine Liebe winseln lassen, und selbst ich werde dich dann nicht anschauen können, denn der Graf ist für seine gründliche Arbeit bekannt. Vielleicht aber überlege ich es mir doch noch anders, wenn du sehr nett zu mir und dem Grafen bist.« Jacques' Augen wanderten langsam über Maras Körper, und sein Lächeln verriet nur allzu deutlich seine Absichten. »Also mach keine Schwierigkeiten, *ma petite*«, warnte er sie. Dann nahmen er und der Graf sie in ihre Mitte.

»Selbst wenn sie keine Schwierigkeiten macht, ich mache ganz bestimmt welche«, verkündete eine ruhige Stimme hinter Mara.

Noch nie war Mara so froh gewesen, die Stimme des Schweden zu hören. Sie spürte seine Kraft fast körperlich, als er sich an ihr vorbeidrückte.

Jacques und den Grafen schien der Auftritt eines so mächtigen Gegners vollkommen aus dem Konzept zu bringen.

»Immer mit der Ruhe, mein Freund«, erklärte Jacques mit falscher Freundlichkeit, während er vorsorglich einen Schritt zurück machte und dem Grafen den Vortritt ließ. »Das ist eine private Angelegenheit. Nur ein kleines Geschäft zwischen mir und der Dame, nichts von Bedeutung.«

Der Schwede lächelte grimmig. »Erstens bin ich nicht Ihr Freund. Zweitens macht die Dame mit Ihnen bestimmt keine Geschäfte. Und drittens sind Sie und Ihr Freund verschwunden, bevor ich bis drei gezählt habe, ist das klar?«

»Sie kommen sich wohl sehr mutig vor. Der Graf läßt aber so nicht mit sich reden«, warnte Jacques. Sein schmales Lächeln verzog sich zu einer grotesken Grimasse, als er dem Grafen zunickte.

Jacques hatte den Mund so voll genommen, weil er sich auf den Grafen verlassen konnte. Dieser war berühmt dafür, einen Mann in Sekundenschnelle außer Gefecht zu setzen. Aber Jacques hatte den Schweden unterschätzt. Er hätte nie gedacht, daß sich ein so plumper Riese so behende bewegen und so schnell reagieren könnte.

Der Schwede sah die Attacke des Grafen kommen. Im selben Augenblick, als der Graf den Arm hob und die Messerklinge gefährlich aufblinkte, packte der Schwede sein Handgelenk und drehte es blitzschnell herum, bis die Knochen in einem vollkommen unnatürlichen Winkel standen und Mara ein scharfes Krachen hörte, gefolgt von einem lauten Schmerzensschrei. Die Waffe des Grafen landete zwischen zwei Dielenbrettern, wo sie steckenblieb, bis der Schwede auf sie trat.

Jacques hielt nichts davon, unnötig Zeit zu verlieren. Als er sah, daß sich das Blatt gewendet hatte, beschloß er, sich schleunigst zu verabschieden. Aber er hatte zu lange gezögert. Denn als er die Vordertür erreicht hatte, wurde er plötzlich von einer massigen Hand am Hosenboden hochgehoben und in die Luft geworfen. Er segelte kopfüber in den stinkenden Straßenschlamm.

»Und vergessen Sie nicht«, donnerte der Schwede auf die schlammbedeckte Gestalt hinunter, »wenn der Dame ein Haar gekrümmt wird, wenn Sie sich ihr auch nur nähern, werde ich Ihnen bei lebendigem Leibe das Herz aus der Brust reißen und es den Koyoten vorsetzen, während die Geier sich an Ihren Augen laben können.«

»Himmel«, kommentierte eine Stimme ironisch, »ich hoffe nur, wir stehen auf derselben Seite.«

Der Schwede drehte sich um und schaute in das schmale, sonnengebräunte Gesicht eines dünnen Mannes, der neben dem Eingang stand. Seine Augen verengten sich mißtrauisch, denn irgendwie kam ihm der Fremde bekannt vor.

Mara bemerkte den irritierten Blick des Schweden und kam zu ihm, um zu sehen, was er so interessant fand. »Brendan!« jubelte sie dann, warf sich ihrem Bruder in die Arme, schlang ihre Hände um seinen Hals und küßte ihn völlig außer sich ab.

»Brendan! Ach, Brendan! Du lebst!« flüsterte Mara. Sie konnte es immer noch nicht fassen, daß er wieder da war.

»Nun, es war schwer genug, dich aufzuspüren. Aber als ich den Aufruhr hier sah, wußte ich gleich, daß ich dich gefunden habe, Schwesterherz.« Brendan lachte, hob sie hoch und wirbelte sie herum.

»Papa!« rief Paddy und drängelte sich an Jenny vorbei.

Brendan ließ Mara los und umarmte Paddy, der auf ihn zustürmte und ihn fast umwarf. »Himmel, du bist aber gewachsen, seit ich dich das letzte Mal gesehen habe.« Er lachte und schaute Paddy ins Gesicht.

Jacques schaffte es, in diesem Durcheinander ungesehen zu entkommen, aber als Jenny sie bat, ihr Wiedersehen doch drinnen zu zelebrieren, erinnerte sich der Schwede an den Grafen und lehnte bedauernd ab.

»Ich werde statt dessen diesen ungebetenen Gast hier beiseite schaffen«, erklärte er mit einer Kopfbewegung zu dem Grafen, der wieder die ersten Lebenszeichen von sich gab und schmerzvoll stöhnte. »Sie werden doch nicht wollen, daß er Ihre Party stört.«

Mara befreite sich aus Brendans Arm und eilte zu dem Schweden. »Ich weiß gar nicht, wie ich Ihnen danken kann, Schwede. Ich stehe tief in Ihrer Schuld.« Plötzlich stellte sie sich auf die Zehenspitzen und hauchte ihm einen zarten Kuß auf die haarige Wange. Dann schaute sie ihn dankbar und glücklich an.

Brendan und Jenny waren von Maras unerwarteter Gefühlsdemonstration mindestens so überrascht wie der Riese selbst. Aber als das Stöhnen des Grafen lauter wurde, verkniff sich der Schwede jedes weitere Wort, schulterte die schlaffe Gestalt wie einen Sack Kartoffeln und stapfte mit einem freundlichen Nicken aus dem Haus.

»Mann!« erklärte Brendan erstaunt. »Bin ich froh, daß du dich mit diesem Berg so gut verstehst, Schwesterherz. Wer ist das?«

»Man nennt ihn den Schweden, aber ich bin nicht sicher, ob ich mich auch weiterhin so gut mit ihm verstehen werde«, antwortete Mara nachdenklich. »Er ist nämlich ein Freund von Nicholas Chantale. Und an den erinnerst du dich doch noch, oder, mein Lieber?«

»Der Teufel soll ihn holen!« Brendan schnitt eine Grimasse. »Ich wußte doch, daß da irgendwo der Wurm drin ist.«

»O Brendan, es tut so gut, wieder deine Stimme zu hören«, lachte Mara. Dann schaute sie ihn gründlich an. Sie sah, daß sein Gesicht unnatürlich dünn war und seine Schultern kraftlos herabhingen. Er sah müde aus, als wäre er krank gewesen und hätte sich noch nicht ganz erholt. Und obwohl sein Gesicht sonnengebräunt war, wirkte es gelblich und ungesund. Mara bemerkte auch die Schweißperlen auf seiner Stirn, als er sich auf dem Sofa niederließ.

»Du bist krank gewesen, Brendan?« fragte Mara besorgt.

»Das hat nichts zu bedeuten, meine Liebe«, versicherte ihr Brendan. »Ich habe mich nur erkältet. Das passiert fast jedem da oben. Und wenn man bedenkt, was für eine Hölle es ist, bin ich froh, daß ich überhaupt noch lebe.«

»Master Brendan!« rief Jamie von der Tür her. Sie schüttelte mißbilligend den Kopf. »Er hält natürlich wieder Hof, scherzt mit den Damen, läßt keinen zu Wort kommen – ach, es tut gut, Sie wiederzusehen!« begrüßte sie ihn mit einem unterdrückten Lachen. Dann sah sie ihn scharf an und sagte: »Sie haben nich' genug gegessen und nich' auf sich achtgegeben. Himmel, Sie sehen aus wie der Tod auf Latschen!«

»Du wirst es nie lassen können, mich zu bemuttern, nicht wahr, Jamie?« lachte Brendan. Es freute ihn, daß sie sich immer noch um ihn sorgte, auch wenn ihm ihre Fürsorge oft lästig gewesen war.

»Sie brauchen was Kräftiges zu essen. Wie wär's mit 'ner Tasse Kaffee? Es gibt auch frisches Brot und –«

»Schon gut, Jamie«, unterbrach Mara sie. »Jenny macht ihm schon etwas. Und seinem Duft nach zu schließen, hat Brendan schon eine Rast eingelegt, um sich einen Whiskey und ein Bad zu gönnen«, vermutete sie.

»Schwesterherz, du kannst froh sein, daß du mich nicht gesehen hast, als ich in San Francisco ankam. Ich sah aus wie ein Grizzly und roch noch schlimmer«, schilderte ihr Brendan voll Entsetzen. »Und du kannst es einem Mann nicht verwehren, daß er sich den Staub aus dem Mund spült.«

»Ich werd' Missis Markham helfen«, erklärte Jamie und schlurfte eilig aus dem Zimmer.

Mara betrachtete seine eleganten Hosen und neuen Schuhe. »Jetzt könnte man fast meinen, du warst auf einem Spaziergang durch den Saint-James-Park und nicht in den Minen. Seit wann bist du in San Francisco? Ganz bestimmt bist du nicht in diesen Kleidern angekommen!«

Brendan lachte. »Stimmt, Schwesterherz. Bei meiner Ankunft trug ich ein äußerst elegantes Flanellhemd und Sackhosen mit modischen Hosenträgern – und dazu den zottigsten, struppigsten Bart diesseits der Rocky Mountains«, verkündete er dramatisch. »Meine Liebe, du hättest mich bestimmt nicht erkannt und wahrscheinlich auch nicht erkennen wollen.«

»Woher hast du dann die Kleider?« wollte Mara wissen.

»Wenn ein Mann genug Gold in seinen Taschen hat, ist einfach alles möglich«, antwortete Brendan mit einem selbstzufriedenen Lächeln. »Ich brauche nur mit den Fingern zu schnippen, und jeder Wunsch wird mir erfüllt. Ein Schneider näht mir über Nacht einen neuen Anzug. Und währenddessen speise ich Hummersalat und Rinderfilet in

Pilzsoße, trinke Champagner und lasse mir dann ein schönes Mädchen aufs Zimmer kommen.«

»Brendan«, fragte Mara atemlos, »bist du reich?«

»Allerdings«, antwortete Brendan wie nebenbei. Aber seine Augen strahlten.

Mara starrte ihn eine Minute lang schweigend an. Sie konnte einfach nicht glauben, was sie da hörte. Wie konnte das auch wahr sein? Sie waren tatsächlich reich. Brendan hatte ein Vermögen gemacht. Unfaßbar! Bestimmt würde sie gleich aus diesem wunderschönen Traum erwachen.

»Nein, es ist wahr, Schwesterherz«, riß Brendan sie aus ihren Gedanken, die er richtig gelesen hatte. »Ich würde dich nicht anlügen. Wir sind reich. Himmel, wir sind tatsächlich reich!«

»O Brendan, Brendan, du hast es geschafft!« Mara weinte vor Freude und Stolz, während er den Kopf zurückwarf und laut lachte, bis sein Gesicht rot anlief. Sie tauschten einen Blick, denn sie brauchten nicht auszusprechen, was beide in diesem Augenblick dachten. Endlich konnten sie ihre Vergangenheit vergessen.

Wie schön die Sonne auch scheint,
sie muß doch untergehn

Ferdinand Raimund

Kapitel 8

María Velasquez stand in ihrem rosafarbenen Boudoir und ließ den Blick über die elegante Einrichtung schweifen, die ihre eigene Schönheit noch hervorhob. Spiegel mit vergoldeten Rahmen an allen Wänden reflektierten das Licht des prächtigen Kristallüsters, der über dem weichen Teppich in der Mitte des Zimmers hing. Weiße Seidengardinen und schwere rote Samtvorhänge waren vor die Fenster gezogen. Rosenholzsessel mit seidenem Bezug und eine weich gepolsterte Chaiselongue waren geschickt über den Raum verteilt. Dominiert wurde der Raum jedoch von einem riesigen Himmelbett, das mit rotem Samt bezogen war und alle Blicke auf sich zog. Die rote Tagesdecke und das Fell, das zusammengefaltet am Fußende lag, ließen es all jenen Männern, die aus der eisigen Sierra zurückkehrten oder gerade eine lange Seereise hinter sich hatten, wie einen Hort und sicheren Hafen erscheinen. Der Raum und die Frau standen jedem zur Verfügung, der genug Gold in seinen Taschen hatte.

María Velasquez überzeugte sich immer davon, daß sie sich dieses Vergnügen auch leisten konnten, bevor sie sich ihnen hingab. Zeit war Geld in dieser Stadt voller zahlungskräftiger Kunden. Sie schaute aus dem Fenster auf den Regen, der in heftigen Böen gegen die mit Schindeln verkleideten Mauern trieb. Sie zog eine Schnute, wandte sich vom Fenster ab und schlang ihren durchsichtigen seidenen Morgenrock um ihren hellhäutigen Körper.

San Francisco war beinahe eine Enttäuschung gewesen, als sie vor kaum einem Monat aus Europa hier angekommen war. Aber sie hatte bald hinter die schäbige Fassade geblickt und jene Goldmine entdeckt, die sich ihr in dieser Stadt bot. Hier war alles möglich, vor allem für eine ehrgeizige Frau wie María Velasquez.

Mit einem verführerischen Hüftschwung – eine einstudierte Bewegung, die ihr längst in Fleisch und Blut übergegangen war – schlenderte María zu dem großen Wandschrank hinüber, dessen Türen nur angelehnt waren. Sie öffnete sie ganz und starrte mißmutig auf die farbenfrohe Kollektion von Abendkleidern, die ihr zur Auswahl stand. Ihr berechnender Blick glitt über Seide, Satin und Samt, bis er auf einem tief ausgeschnittenen roten Seidenkleid zur Ruhe kam, das mit schwarzem Samt verziert war. Sie zog das Gewand aus dem Schrank und breitete es auf dem Bett aus. Ihr Amethystcollier mit den dazugehörigen Ohrringen und ihr dunkelrotes, mit Nerz besetztes Samtcape würden ausgezeichnet dazu passen. Sie gab sich heute besonders viel Mühe mit ihrer Abendgarderobe, denn sie würde mit jemand ganz Besonderem dinieren, und sie legte es darauf an, ihren Gastgeber zu betören. Jacques d'Arcy würde es ganz bestimmt noch weit bringen. Außerdem besaß er Stil und Manieren, was man von den meisten Männern in dieser Stadt nicht gerade behaupten konnte.

María war vor ihrer Abreise die Geliebte von Prinzen und Grafen, Generalen und Bankiers gewesen, Männern, die es in Europa zu Wohlstand und Einfluß gebracht hatten. Wie ihr Vorbild Lola Montez hatte sie über ihre Liebhaber sogar Einfluß auf die Politik genommen. Sie hatte in Luxus gelebt, und immer hatten genug Bedienstete zu ihrer Verfügung gestanden, um ihr jeden Wunsch zu erfüllen. Aber irgendwann hatte sie es nicht mehr über sich gebracht, sich diesen alten, verderbten Lüstlingen hinzugeben, nur um an deren Geld zu kommen.

María Velasquez läutete ihrem Dienstmädchen und schwor sich, daß in San Francisco alles anders werden würde.

Sie würde es ihnen allen zeigen und als reiche Frau nach Europa zurückkehren. María stampfte ungeduldig auf. Wo blieb denn das verdammte Gör? Sie läutete noch einmal, bis sich die Tür öffnete und das Mädchen mit betretenem Gesicht vor ihr stand.

María nahm ihre Haarbürste vom Frisiertisch und schleuderte sie auf das eingeschüchterte Ding, das ihr als Dienstmädchen diente. Die Bürste traf es an der Schulter, bevor es sich ducken konnte. Das blasse Mädchen zuckte schmerzerfüllt zusammen und biß sich auf die Unterlippe, bevor sie sich ängstlich ihrer wutentbrannten Herrin näherte.

»Wo hast du gesteckt?« tobte María. »Du sollst dich um mich kümmern, nicht um irgendeinen liederlichen Don Juan aus dem Hafen!« Das Mädchen war fast noch ein Kind. Sein Körper war kaum entwikkelt, und das blonde Haar umrahmte in langen Strähnen sein schmales Gesicht.

»A-aber...«, wollte sich das Mädchen mit tränenerstickter Stimme rechtfertigen.

»Ich will keine deiner Lügen hören, Ellen. Es ist abscheulich, wie du allem hinterherläufst, was Hosen trägt. Du solltest dich wenigstens dafür bezahlen lassen«, ergänzte María gehässig. »Jetzt laß mir mein Bad ein und leg meine Abendgarderobe bereit.«

Betreten befolgte Ellen ihre Befehle.

»Vergiß nicht wieder, das Wasser zu parfümieren, du Trampel«, setzte María ihr weiter zu. »Und wehe dir, wenn es nicht heiß genug ist. Dann verkaufe ich dich an eines der Häuser an den Docks. Die Matrosen werden dich schon lehren zu gehorchen«, drohte sie, ohne von ihrem Schmuck aufzusehen. Sie sah nicht einmal, wie sich ihre eingeschüchterte Dienerin vor Angst die Hand auf den Mund preßte.

Als María schließlich den Kopf hob, stand Ellen immer noch wie angewurzelt da. »Was ist denn? Bist du aus Holz? Beweg' dich, Mädchen. Wenn du mir den heutigen Abend verpatzt, prügle ich dich grün und blau.« Erschrocken rannte das Mädchen aus dem Zimmer. Zufrieden widmete María sich wieder ihren Juwelen und dem kommenden Abend.

»Schwesterherz!« rief Brendan ungeduldig vom Fuß der Treppe her. »Bist du endlich angezogen? Ich würde nämlich gerne noch vor dem Morgengrauen etwas in den Magen bekommen.«

Mara, die sich eine Etage höher befand, ignorierte sein Drängen und tupfte sich Parfum hinter die Ohren und in die Vertiefung zwischen ihren Brüsten. Wie sehr sich doch ihr Leben verändert hatte, seit Brendan zurückgekehrt war. Seltsam, was ein Klumpen Metall alles ausrichten konnte. Denn darüber war Brendan eines Nachts gestolpert – einen großen Nugget im Wert von fünfundvierzigtausend Dollar.

Brendan war obenauf. Mara hatte ihn noch nie so glücklich gesehen – und so krank. Er hatte sein Glück mit seiner Gesundheit bezahlen müssen. Nässe und Kälte, exzessives Trinken und unregelmäßiges Essen hatten seinen fragilen Körper angegriffen. Aber Brendan weigerte sich beharrlich, etwas kürzer zu treten, bis er wieder ganz gesund war. Er erfreute sich seines neuen Reichtums mit einer verschwenderischen Freigiebigkeit, die ihn bereits Tausende Dollar gekostet haben mußte.

Nicht, daß Mara Grund zur Beschwerde gehabt hätte, denn auch sie profitierte von seiner Großzügigkeit. Er hatte ihr eine komplette neue Ausstattung gekauft: Kleider und Mäntel, Hüte und Schuhe, Schmuck und auch hübschen Tand, der ihr ins Auge gefallen war. Mara machte sich Sorgen, denn sie war der Meinung, sie sollten sich das Geld zurücklegen. Aber Brendan zuckte nur mit den Achseln und versicherte ihr, daß er im Notfall einfach neues Gold suchen würde.

Bloß in einer Hinsicht hatte sie sich gegen ihn durchsetzen können. Sie hatte sich standhaft geweigert, aus Jennys Pension auszuziehen. Er hatte sich im St. Francis, dem besten Hotel der Stadt, eingemietet, aber Mara war der Überzeugung, daß Paddy sich dort nicht wohl fühlen würde. Außerdem hatte der Junge in Jennys Söhnen neue Freunde gefunden. Und schließlich zog Mara es vor, nicht allzu auffällig in Erscheinung zu treten, denn die Erinnerung an ihre letzte Begegnung mit Nicholas Chantale war noch zu frisch.

Brendan hatte ohne große Proteste eingewilligt, denn insgeheim war er froh, daß er sich nicht um Paddy zu kümmern brauchte. Trotzdem blieb er mit seiner Familie in Verbindung. So bestand er darauf, daß Mara mehrmals in der Woche mit ihm zu Abend speiste. Schließlich war sie immer noch seine engste Vertraute und seine liebste Tischdame.

Heute war wieder so ein Abend. Und es war ihnen sogar gelungen, Jenny einzuladen, die sich zuerst standhaft geweigert hatte. Sie hatte sich wortreich gewehrt und behauptet, daß eine einfache Farmerstochter wie sie kein angemessener Umgang für die O'Flynns sei. Aber wenn sich die O'Flynns einmal etwas in den Kopf gesetzt hatten, half aller Widerstand nichts, wie Jenny am eigenen Leibe erfuhr. Schließlich zog sie sich zum Abendessen um, als hätte es nie auch nur einen Zweifel daran gegeben, daß sie mitkommen würde.

Mara drehte sich um und betrachtete Jenny kritisch. Ein zufriedenes Lächeln breitete sich auf ihrem Gesicht aus, als sie feststellte, welche Verwandlung das neue Kleid und die neue Frisur bewirkt hatten. Jenny war wirklich schön. Und vielleicht hatte ihr gerade das Angst gemacht, dachte sich Mara, während sie beobachtete, wie Jenny sich scheu im Spiegel betrachtete und ihre Augen jedesmal groß wurden, sobald sie sich erblickte.

»Jetzt sehen Sie ja selbst«, erklärte Mara, »daß das blaue Seidenkleid mir überhaupt nicht stehen würde. Es paßt wunderbar zu Ihren Augen.« Das Kleid war extra für Jenny angefertigt worden, aber das durfte sie nie erfahren. Es stand ihr ausgezeichnet. Drei Volants waren mit goldenen Spitzen besetzt wie auch der Einsatz am Miederausschnitt. Jennys feuerrotes Haar war zurückgekämmt, über den Ohren zu Löckchen gedreht und mit kleinen weißen Blumen verziert. Um den Hals trug sie ein blaues Samtband, in dessen Mitte eine Gemme angebracht war, so daß der Blick unwillkürlich auf die zarte Haut oberhalb ihrer Brüste gelenkt wurde.

Mara deutete auf den blauen Seidenmantel, der farblich auf das Kleid abgestimmt war. »Den können Sie auch noch haben. Er paßt überhaupt nicht zu meiner Garderobe.« Sie warf einen abschätzenden Blick auf den einfachen grauen Mantel, den Jenny über dem Arm trug.

»Na ja«, sagte Jenny gedehnt, aber dann lächelte sie offen. »Jetzt bin ich schon so weit gegangen, warum sollte ich mein Kleid mit diesem alten Ding ruinieren?«

»Fertig?« fragte Mara nach einem letzten prüfenden Blick in den Spiegel. »Brendan geht ohne uns, wenn wir uns nicht beeilen.«

Mara nahm Mantel und Tasche und folgte Jenny. Brendan begrüßte sie beide mit einem bewundernden Pfiff.

»Noch nie hat Brendan O'Flynn in so schöner Begleitung gespeist«, erklärte er anerkennend, während er sie zu der Kutsche geleitete, die er extra gemietet hatte.

Brendan wußte, daß ihn jeder Mann im Restaurant beneidete. Wie ein König saß er zwischen seinen beiden Tischdamen und spielte den charmanten Gastgeber, ohne zu erkennen zu geben, daß er mit keiner von beiden liiert war.

Er bestellte eine zweite Flasche Champagner, als das Essen aufgetragen wurde, obwohl zu jedem Gang Wein gereicht wurde. Er unterhielt nicht nur Mara und Jenny; immer mehr Gäste wandten ihre Aufmerksamkeit dem gutaussehenden Mann und seinen zwei schönen Begleiterinnen zu.

Nicholas Chantale und der Schwede waren sich der fröhlichen Runde nur allzusehr bewußt, allerdings aus unterschiedlichen Gründen.

Sie hatten ihr Mahl bereits beendet und tranken noch ein Glas Cognac. Nicholas wartete geduldig auf seine Begleiterin, eine blonde

Farokartengeberin aus dem Bella Union, die gerade hinausgegangen war, um sich frisch zu machen.

»Ich wollte dich sowieso nach ihr fragen«, riß der Schwede Nicholas aus seinen Gedanken. Der Kreole hatte die ganze Zeit über die O'Flynns beobachtet, und seine Brauen hatten sich jedesmal mißbilligend zusammengezogen, wenn er die dunkelhaarige Frau in dem weißen Spitzenkleid ansah.

Nicholas riß seinen Blick von Mara los. Er drehte sich zu dem Schweden um und fragte: »Nach welcher Frau wolltest du mich fragen?«

»Nach Mara O'Flynn«, erklärte ihm der Schwede frei heraus.

»Was weißt du denn über sie? Woher kennst du sie überhaupt?« fragte Nicholas scheinbar gelassen.

»Ich habe sie hier in San Francisco getroffen. Soweit ich weiß, hast du sie vor einigen Jahren in London kennengelernt.«

Nicholas lächelte gequält. »Und welche Lügen hat dir unsere bezaubernde Fee aufgetischt?«

»Ich glaube, sie hat mir die Wahrheit gesagt, Nicholas«, antwortete der Schwede, völlig unbeeindruckt von der finsteren Miene seines Gegenübers. »Sie hat mir von Julian erzählt. Sie hat zugegeben, daß sie grausam zu ihm war. Es tut ihr wirklich leid, Nicholas.«

Nicholas lachte freudlos. »Natürlich tut ihr es leid, nachdem die Sache aufgeflogen ist. Aber sie hat sich kein bißchen geändert.«

»Du täuschst dich in ihr«, widersprach ihm der Schwede ruhig.

Nicholas sah dem Schweden tief in die Augen. »Du hast dich doch nicht etwa in sie verliebt? Letztes Jahr haben sie und ihr bezaubernder Bruder sich auf einem *rancho* in der Nähe von Sonoma als jemand anders ausgegeben. Als ihnen die Sache über den Kopf wuchs, sind sie Hals über Kopf abgehauen, aber nicht ohne mich vorher noch niederzuschlagen und auszurauben.«

Der Schwede runzelte nachdenklich die Stirn und ließ sich das durch den Kopf gehen.

Nicholas lächelte grimmig. »Anscheinend hat sie vergessen, dir das zu gestehen. Was mag sie dir sonst noch verschwiegen haben?«

»Sie hat mir von dem Vorfall erzählt. Aber sie braucht sich vor mir nicht zu rechtfertigen, Nicholas. Ich werde bestimmt nicht über sie urteilen. Mara O'Flynn hat einen Fehler gemacht«, sagte er nachsichtig. »Mein Gott, sie war noch ein junges Mädchen, als sie auf Julian traf. Sie war noch nicht einmal so alt wie du, als du all jene Fehler gemacht hast, die du heute gern vergessen würdest, Nicholas! Kannst du ihr nicht vergeben? Ich glaube, du urteilst zu streng über sie.«

»Ganz im Gegenteil, Schwede. Sie hat die letzten drei Jahre genutzt, um ihre Fähigkeiten zu trainieren. Ich frage mich, wie viele Männer sie schon hinters Licht geführt hat. Wenn ich mir überlege, wie sie mir mitgespielt hat, so war ich erstaunlich gutmütig ihr gegenüber.«

»Weißt du«, bemerkte der Schwede scheinbar gleichgültig, während Nicholas wieder zu der lachenden Mara hinüberschaute, »dein Problem ist, daß du sie gern hast. Nein, versuch nicht, es zu leugnen. Das kannst du nicht. Du findest sie attraktiv. Das sehe ich dir an. Aber du hast dein Urteil über sie gefällt, noch bevor du ihr begegnet bist. Schade, denn ihr beide würdet ausgezeichnet zusammenpassen.« Er lachte. »Wie Dynamit und Zündholz.«

Nicholas lächelte herablassend. »Ich hätte dir mehr Geschmack zugetraut. Mach dich nicht zum Narren, Schwede. Sie ist es nicht wert«, warnte er.

»Du machst dich zum Narren, Nicholas«, gab der Schwede zurück. »Hoffentlich erkennst du die Wahrheit nicht erst, wenn es zu spät ist.«

»Ich bin nicht dein Kindermädchen, Schwede«, erklärte ihm Nicholas und zahlte seine Rechnung. Seine Begleiterin kam gerade zurück, und er stand auf. »Kommst du?«

»Ich komme nach«, entschuldigte sich der Schwede.

Nicholas zuckte mit den Achseln und nahm das blonde Mädchen in seinen Arm, das sich augenblicklich an ihn schmiegte. Aber nach ein paar Schritten drehte er sich noch einmal um und sagte: »Du irrst dich, Schwede. Du weißt, daß ich schon immer eine Vorliebe für Blondinen gehabt habe.« Mit diesen Worten machte er sich aus dem Staub, während das Mädchen bewundernd zu ihm aufsah und sich schon am Ziel seiner Wünsche glaubte.

Der Schwede schüttelte den Kopf. Zwischen Nicholas und Mara O'Flynn mußte mehr vorgefallen sein, als ihm beide verraten wollten. Neugierig fragte er sich, was damals auf dem *rancho* wohl passiert war.

Mara lachte gerade, weil Brendan das Leben in den Goldgräberlagern so treffend beschrieb, als sie sah, wie Nicholas zusammen mit der Blonden das Restaurant verließ. Eifersüchtig beobachtete sie, wie Nicholas der Frau das Cape über die Schultern zog, so daß seine Finger auf ihren Brüsten zu ruhen kamen.

Ja, hilf ihr mit ihrem Cape. Wir wollen doch nicht, daß sich die Kleine in ihrem Fummel den Tod holt, dachte Mara. Sie sah, wie Nicholas sich über das geschminkte Gesicht der Frau beugte und ihr etwas ins Ohr flüsterte, während seine Finger in ihrem Haar spielten. Mit Mühe riß sich Mara von diesem Anblick los und starrte auf ihren Teller. Noch vor wenigen Sekunden hatte ihr Essen so appetitlich ausgesehen.

»Du lachst gar nicht mehr, Schwesterherz«, beklagte sich Brendan. »Habe ich das Erzählen verlernt? Jenny dagegen ist eine traumhafte Zuhörerin.«

Mara schaute auf und rang sich ein Lächeln ab. »Verzeih mir, Brendan. Ich habe dir nicht zugehört.«

Brendan schickte einen flehenden Blick gen Himmel. »Das tust du in letzter Zeit überhaupt selten, Mara.«

»Wenn ich dir ständig zuhören würde, wäre ich längst taub«, gab Mara mit einem Lachen zurück, bemüht, wieder an dem Gespräch teilzunehmen.

»Ich bin jedenfalls froh, daß ich gekommen bin«, verkündete Jenny. Sie schnitt ein Stück von ihrem Steak ab und nahm dann einen Schluck Champagner. »Aber Sie beide scheinen sich ja nicht grün zu sein«, kicherte sie, so daß ihre roten Locken das Kerzenlicht reflektierten.

Sie lachten gerade zu dritt über eine weitere von Brendans Geschichten, als ein großer Schatten über den Tisch fiel. Sie schauten auf und sahen den Schweden vor sich stehen. »Darf ich mich vielleicht zu Ihnen gesellen?«

»Aber natürlich«, lud ihn Brendan herzlich ein. »So findet man am leichtesten Freunde. Und ich habe ja schon einmal gesagt, daß ich keinen Wert darauf lege, nicht auf Ihrer Seite zu sein.«

Der Schwede ließ sich nieder und nahm dankend ein Glas Champagner entgegen. Er lächelte Mara an, ohne sich seine Sehnsucht anmerken zu lassen, und wandte sich dann Jenny zu. »Wir kennen uns, glaube ich, noch nicht, Madam«, erklärte er höflich. »Ich bin Karl Sveengard, genannt der Schwede.«

Jenny lachte, als er sich so förmlich vorstellte, und das verwirrte ihn vollkommen. »Sie haben wirklich ein vorzügliches Gedächtnis, Schwede«, neckte sie ihn. Das feine Gewand und der Champagner ließen sie keck werden. »Aber vielleicht möchten Sie ja lieber vergessen, was für einen Aufruhr Sie in meiner Pension veranstaltet haben?«

Dem Schweden klappte die Kinnlade herunter. Er kniff die Augen zusammen und musterte Jenny Markham penibel. Sie sah überhaupt nicht wie Mara O'Flynns Wirtin aus. »Ich hätte es wissen müssen. So rotes Haar hat sonst niemand«, lachte er. Aber er war nicht nur amüsiert. Aufmerksam studierte er Jennys erstaunliche Verwandlung.

Warum war ihm nie aufgefallen, wie schön sie war? Sie war keine exotische Schönheit wie Mara O'Flynn, aber ihr herzförmiges Gesicht war fein geschnitten, und die Lippen unter der süßen Stupsnase waren voll und sinnlich. Ihre fröhlichen dunkelblauen Augen und das leichte Lächeln, das um ihre Lippen spielte, ließen ihm warm ums Herz werden. Sie hatte sich wirklich verändert, befand der Schwede. »Na, da habe ich mich ja schön blamiert. Verzeihen Sie, Madam, daß ich Sie nicht erkannt habe.«

»Das werde ich nicht!« rief Jenny aus. »Glauben Sie, ich ziehe mich extra so fein an, nur damit ich genauso aussehe wie vorher?«

»Noch eine Flasche Champagner!« bestellte Brendan bei einem vorbeieilenden Ober.

Mara warf ihm einen sorgenvollen Blick zu. Seine hohlen Wangen waren vom Fieber – oder vom Wein – gerötet. Seine dunklen Augen glänzten unnatürlich. Er leerte sein Glas, aber sein Teller war immer noch voll.

Mara seufzte. Sie wußte aus jahrelanger Erfahrung, daß keiner ihrer Einwände bei Brendan auf fruchtbaren Boden fallen würde. Sie nippte an ihrem Champagner und sah sich im Restaurant um. Ihr Blick schweifte desinteressiert über die versammelten Gäste, bis er auf ein Paar andere Augen traf, die sie zu durchbohren schienen.

»Brendan«, murmelte Mara kaum hörbar und tastete nach seinem Arm. Ihre Finger krallten sich in sein Fleisch.

María Velasquez beobachtete schweigend die Gruppe, die sich um den mit Gläsern und Tellern vollgestellten Tisch versammelt hatte. Sie kannte nur zwei der vier Gäste. Und diese beiden hatten sich sehr verändert, seit María sie das letzte Mal gesehen hatte.

Die O'Flynns. Sie mußten es sein. Sie dachte, sie hätte den Namen ebenso vergessen wie das Geschwisterpaar, das sie vor so vielen Jahren in London kennengelernt hatte. María Velasquez' dunkle Augen ruhten versonnen auf Brendans hübschem Gesicht. Er war immer noch verdammt attraktiv, auch wenn er viel dünner war als früher. Die Jahre schienen ihn zynischer und erfahrener gemacht zu haben. Marías Blick wanderte zu der dunkelhaarigen Frau an seiner Seite, und sie schüttelte ungläubig den Kopf. Aus dem häßlichen Entlein war ein stolzer Schwan geworden. Mara O'Flynns Gesichtszüge waren fein geschnitten, und ihre mandelförmigen Augen wirkten fast exotisch.

María Velasquez überlegte sich, ob die beiden wohl finden würden, daß sie sich sehr verändert hatte. Würden sie sich an sie erinnern?

Brendan spürte Maras Finger an seinem Arm und sah sie an. Dann folgte er ihrem gebannten Blick.

Er rieb sich die Augen, um die Frau auf der anderen Seite des Raumes besser sehen zu können. »Himmel«, schnaufte er, »Molly!«

Mara schüttelte den Kopf. »Nein, das ist unmöglich. Das ist einfach unmöglich. Brendan, sag mir, daß es nicht wahr ist. Bitte sag, daß es nicht wahr ist.« Einen Augenblick lang krampfte sich Maras Herz zusammen, denn sie fürchtete, daß Brendans Liebe zu jener Frau immer noch nicht erloschen war. Aber ihre Befürchtungen waren unnötig, denn als Brendan endlich etwas sagte, klang es wenig schmeichelhaft.

»Meine Güte, Molly ist wirklich fett geworden«, urteilte er verächtlich. Er schaute auf die vollen Brüste, die beinahe aus dem engen Mieder herausquollen. »Das Alter schmeichelt ihr nicht gerade. Himmel, sie sieht älter aus als ich.«

Jenny hörte Brendans gehässige Bemerkung und schaute zwischen den beiden O'Flynns hin und her. Sie spürte deren Bestürzung. Beide starrten die Frau an dem Tisch gegenüber an, aber Jenny fiel zuerst ihr Begleiter auf. »Ist das nicht der Mann, den Sie aus meiner Pension geworfen haben?« fragte sie den Schweden.

Der Schwede warf einen Blick zu den beiden hinüber, die an seinem Tisch für solche Verwirrung sorgten, und zuckte mit den Achseln. »Sieht ganz so aus, aber ich glaube, er bleibt heute vorsichtshalber auf Distanz«, bemerkte der Schwede und grinste zufrieden. »Die Frau neben ihm ist María Velasquez. Sie ist in Europa als Zigeunertänzerin berühmt geworden, aber ich glaube, ihre Fähigkeiten als Kurtisane haben mehr zu ihrem Ruf beigetragen als ihre Tanzkünste«, kommentierte er bissig. Dann fiel ihm wieder ein, in welcher Gesellschaft er sich befand, und er errötete. »Verzeihung, Miss Markham, Mara, ich habe mich vergessen.«

»María Velasquez?« wiederholte Brendan gedankenverloren. Der Hauch eines Zweifels legte sich über sein Gesicht. »Zigeunerin, wie?«

»Wahrscheinlich hat sie den Namen gewechselt«, sagte Mara.

Der Schwede schaute die beiden Geschwister an. »Sie scheinen sie zu kennen.«

Brendan merkte plötzlich, daß der Schwede und Jenny ihn anstarrten und sich offensichtlich Gedanken machten. »Ich dachte, es wäre jemand, den wir kennen, aber der Name stimmt nicht.«

»Wie du weißt, muß das nichts heißen«, wandte Mara leise ein.

»Allerdings«, bestätigte Brendan. Dann legte er einen Arm um Jennys Schultern und sagte mit gekünstelter Munterkeit: »Laßt uns trinken! Wir wollen die Vergangenheit vergessen und den heutigen Tag genießen! Der Teufel soll mich holen, wenn ich heute abend nüchtern nach Hause gehe«, prophezeite er gutgelaunt, während er das Glas des Schweden und das Jennys füllte. »Es würde mich interessieren, wieviel ein Mann von Ihrem Format verträgt. Wahrscheinlich könnten Sie allen Whiskey beseitigen, der im County Cork gebrannt wird.«

Der Schwede lächelte. Trotz seiner Voreingenommenheit mußte er zugeben, daß Brendan O'Flynn ein charmanter Unterhalter war, ein Aufschneider vielleicht, aber ein amüsanter. »Nur im County Cork? Ich dachte, in halb Irland!«

Mara hörte den beiden zu. Sie begriff, daß Brendan seine Fröhlichkeit nur spielte, während er gleichzeitig versuchte, einen klaren Kopf zu behalten. Sie wußten beide ganz genau, daß diese Frau Molly war.

»Sie scheinen sich ja sehr für die O'Flynns zu interessieren«, bemerkte Jacques betont beiläufig, ohne die Augen von María Velasquez zu nehmen. Überraschung, Unglauben, Abscheu und schließlich Berechnung gaben sich in ihrem Gesicht ein Stelldichein. Sie knabberte nachdenklich an ihrem Daumennagel und wandte sich wieder ihm zu.

»So ... es sind also tatsächlich Brendan und Mara O'Flynn«, wiederholte sie. Ihre rauchige Stimme zitterte vor Erregung. »Was wissen Sie über die beiden, außer daß Brendan O'Flynn steinreich zu sein scheint?« Sie beobachtete, wie Brendan erneut Champagner bestellte.

Jacques zuckte mit den Achseln und schaute sie mißbilligend an. »Er gibt das Geld jedenfalls aus, als gäbe es für ihn kein Morgen. Wahrscheinlich kümmert es ihn auch nicht. Angeblich hat er einen Goldklumpen gefunden, der mehr als hunderttausend Dollar wert ist. Er lebt jetzt im St. Francis. Jede Nacht verspielt er Tausende von Dollar, und es ist ihm offenbar egal, ob er gewinnt oder verliert – und er verliert meistens, würde ich sagen.«

»Brendan ist also reich«, wiederholte María leise. Ihre Augen funkelten wie schwarzer Onyx.

»Brendan?« fragte Jacques neugierig. »Sie kennen den Herrn?«

Molly schaute den Franzosen vielsagend an. »Gefällt Ihnen der Name María Velasquez?«

»Er ist in Ordnung«, antwortete Jacques ungeduldig. »Ich finde, er klingt sogar exotisch.«

»Deshalb habe ich ihn mir auch ausgedacht. Er klingt jedenfalls exotischer als Molly O'Flynn.«

Jacques verschluckte beinahe seine Zigarre. »Wie sagten Sie?«

»Molly O'Flynn«, wiederholte sie langsam und deutlich. »Miss Brendan O'Flynn – wenigstens, bis ich ihn verließ.«

»Mon Dieu«, flüsterte Jacques atemlos.

»Verraten Sie mir eines«, sagte Molly, die sich plötzlich wieder an ihre Zeit mit Brendan erinnerte, »haben die beiden zufällig einen kleinen Jungen bei sich?«

Jacques grinste, als er sich durch den Kopf gehen ließ, in welcher Beziehung María zu den O'Flynns stand. Langsam fügte sich das Puzzle zusammen. »Der Junge, um den sich Mara O'Flynn kümmert, ist Ihr Sohn, nicht wahr?«

Molly lachte rauh. »Mara spielt also immer noch die liebende Mama? Wenn der Bengel sechs oder sieben Jahre alt ist, dann ist es höchstwahrscheinlich meiner.«

»Die Mutterrolle sagt Ihnen offensichtlich nicht so sehr zu, *ma chérie*«, bemerkte Jacques spöttisch.

»Ich hatte damals anderes vor«, antwortete Molly ausweichend und fügte dann entschlossen hinzu: »Aber ich könnte meine Meinung ja geändert haben. Brendan hatte immer eine Schwäche für mich.«

»Und was würde das bedeuten, *ma chérie*?« fragte Jacques mißtrauisch.

Molly lächelte versonnen. »Vielleicht geht ja bald in der Stadt das Gerücht um, Brendan und seine Schwester hätten mich im Stich gelassen, mein Kind geraubt und mich ohne einen Penny sitzenlassen. Allerdings werde ich erst zu diesem Mittel greifen, wenn Brendan mich nicht zurückhaben will. Doch ich zweifle nicht daran, daß er das will, denn ich bin heute schöner denn je.«

Jacques musterte sie mit professionell kritischem Blick. Sie war tatsächlich eine schöne Frau, allerdings fehlte ihr Mara O'Flynns Kultiviertheit, und ihr Aussehen ließ bereits etwas zu wünschen übrig. Die Haut um die Augen war von den vielen langen Nächten und exzessiven Trinkgelagen erschlafft, und selbst Puder und Rouge konnten die Falten in ihrem Gesicht nicht mehr verdecken. Wahrscheinlich würde sie immer fetter werden, bis sie schließlich eine groteske Figur abgab, überlegte Jacques, wobei er beobachtete, wie sie ein üppiges Dessert in sich hineinlöffelte.

Aber noch brauchte sie sich keine Sorgen zu machen. Ihre Schönheit strahlte etwas Erdiges, Sinnliches aus, und jeder Mann spürte, daß sie ihr Geld wert war.

»Ob sie mich wohl erkannt haben?« fragte sich Molly nachdenklich. »Ich habe dieser verdammten Mara O'Flynn direkt in die Augen geschaut, aber nichts hat darauf hingedeutet, daß sie mich erkannt hat.«

»Mara O'Flynn ist sehr geschickt, *ma chérie*«, erklärte ihr Jacques und schaute zu dem anderen Tisch hinüber. Dann erkannte er den blonden Riesen, der bei der Gesellschaft saß, und schlug unangenehm berührt vor: »Ich glaube, wir sollten diese überraschende Wendung der Ereignisse erst einmal gründlich analysieren und morgen zur Tat schreiten. Bis dann werden wir einen durchführbaren Plan ausgearbeitet haben.«

»Wir?« fragte Molly mit beißender Ironie und schaute den Franzosen höhnisch an. »Ich wußte gar nicht, daß *Sie* auch mit Brendan verheiratet waren.«

Aber Jacques ignorierte ihren Sarkasmus. Er rieb mit seinem Finger über ihren Schenkel und antwortete mit zuckersüßer Stimme: *»Mais oui, ma chérie.* Sie brauchen jemanden, dem Sie vertrauen können, der dafür sorgt, daß die O'Flynns Sie nicht wieder betrügen.«

Molly strich über seinen Arm und lächelte ihn an. »Ich sehe, Sie sind ein brauchbarer Partner, mein Lieber.«

»Ich wußte, daß Sie das schnell begreifen würden«, antwortete er. Er ließ die O'Flynns nicht mehr aus den Augen, bis die fröhliche Runde aufbrach. Und er konnte es sich nicht verkneifen, Mara O'Flynn zuzunicken, als sie an seinem Tisch vorbeikam. Sie tat, als hätte sie ihn nicht gesehen und verließ das Restaurant mit hoch erhobenem Kopf.

»Mein Gott, Brendan«, erklärte Mara am nächsten Morgen, als sie ihren Bruder zum Frühstück im St. Francis besuchte. »Ich kann es einfach nicht glauben! Molly! Nach all den Jahren. Und ausgerechnet mit Jacques zusammen.« Sie runzelte besorgt die Stirn.

»Das war doch der Knabe, der sich so schwungvoll aus Jennys Pension verabschiedet hat«, bemerkte Brendan.

»Ja. Er ist ein Halsabschneider, und er vergißt nicht so schnell.«

»Wie kommt es, Schwesterherz, daß du dich mit einem so charakterlosen Gesellen abgegeben hast?« wollte Brendan wissen.

»Ich mußte irgendwie Geld verdienen, während du auf Goldsuche warst, hast du das vergessen? Er besitzt einen Spielsalon, und ich habe für ihn gearbeitet. Wir hatten eine Meinungsverschiedenheit, deshalb hatte ich gekündigt, kurz bevor du zurückkamst.«

»Na, jedenfalls bist du nicht mit ihm befreundet. Und wenn ich es mir recht überlege, ist mir das auch lieber so.«

Mara hatte sich entschlossen, ihm endlich einen Gedanken nahezubringen, der ihr seit geraumer Zeit im Kopf herumging. »Ich frage mich, ob wir unser Geld nicht in ein Geschäft investieren sollten. Wir könnten vielleicht eine Pension eröffnen. Oder sogar unser eigenes Hotel bauen lassen. Was hältst du davon, Brendan?« fragte Mara ängstlich, denn sie bemerkte, daß sich Brendans Miene spöttisch verzog.

»Meine Liebe, du hast wirklich Sinn für Humor. Ich nehme natürlich an, daß du das nicht ernst gemeint hast. Kannst du dir Brendan O'Flynn als *Geschäftsmann* vorstellen? Allein der Gedanke ist absurd. Wahrscheinlich sähest du mich am liebsten in einer Metzgerei, eine blutige Schürze um den Bauch und einen Haufen Innereien vor mir. Oder sollte ich lieber eine Wäscherei eröffnen? Noch haben die Chinesen diese Branche fest in der Hand, aber ich könnte mir ja einen Rattenschwanz wachsen lassen, damit man mich nicht erkennt.« Brendan schüttelte nachsichtig den Kopf. »Meine Liebe, es ist höchste Zeit, daß du nach London zurückkehrst. Diese Amerikaner mit ihrer Gleichmacherei haben dich schon ganz verwirrt«, erklärte er ihr mitleidig.

Mara betrachtete betreten ihre Fingernägel. Brendans ätzende Antwort traf sie ins Mark. Sie wußte nichts darauf zu erwidern.

»Schwesterlein, ich kenne dich doch«, fuhr Brendan fort, da er merkte, daß er sie verletzt hatte, »nach zwei Wochen würdest du dich langweilen, weil du in keinem feinen Restaurant mehr warst, auf keinen Ball gehen konntest und –« Er hielt inne, als jemand an die Tür klopfte.

Mara schaute ihn an. »Erwartest du Besuch?«

»Nicht daß ich wüßte. Allerdings warten meine Freundinnen nicht immer erst eine Einladung ab, wenn sie unsere Bekanntschaft vertiefen wollen«, erklärte Brendan amüsiert und erhob sich.

Mara blätterte in einer Zeitschrift, die auf dem Tisch lag, als sie Stimmen hörte und Brendan rückwärts durch die Tür wieder hereinkommen sah, gefolgt von einer Besucherin.

Aus der Nähe betrachtet, hatte sich Molly O'Flynn sehr verändert, seit Mara sie das letzte Mal gesehen hatte. Mara schüttelte den Kopf und fragte sich verwundert, wie sie dieses grobschlächtige Weib jemals hatte vergöttern können. Molly trug ein grellrotes Taftkleid mit schwarzen Bändern und künstlichen Blumenarrangements. Das Dekolleté war für die Tageszeit viel zu gewagt, und über ihren nackten Schultern lag eine Pelzstola. Eine Hand steckte tief in einem Pelzmuff, in der anderen hielt sie einen zierlichen Sonnenschirm aus rotem Taft, den sie wie einen Kreisel herumwirbelte.

»Sieh mal, wer uns besuchen kommt, Schwesterherz«, empfing Brendan sie ohne jede Wärme. »Die lang vermißte, fast vergessene Molly.«

»Nie um Worte verlegen, nicht wahr, Brendan?« gab Molly giftig zurück. Dann fiel ihr wieder ein, weshalb sie hergekommen war, und sie lächelte süß.

»Was willst du?« fragte Brendan sie geradeheraus. Er lud sie demonstrativ nicht ein, sich zu setzen. Statt dessen ließ er sich in einen Sessel fallen und griff mit ungeduldiger Miene nach einer Zeitung. »Nun?«

Molly, die von der falschen Vorstellung ausging, daß Brendan sie immer noch liebte, blickte aus dem Augenwinkel auf ihn herab und lächelte verführerisch. »Brendan, Liebling, hast du mir nach all den Jahren nicht mehr zu sagen? Ich habe dich schrecklich vermißt. Das mußt du mir glauben.« Sie begann zu weinen, ließ sich pathetisch vor ihm auf die Knie fallen und umschlang seine Beine mit beiden Armen. Flehend schaute sie zu ihm auf.

Mara sah ihr fassungslos zu. Wenn Mollys plötzlicher Auftritt sie nicht so erschreckt hätte, hätte sie laut losgelacht. Molly war schon immer eine miserable Schauspielerin gewesen.

»Ich war so jung und dumm. Ich wußte nicht, was ich tat, bis ich London verlassen hatte. Mein armer Ehemann mußte unser süßes Baby erziehen, ohne daß ihm die Mutter zur Seite gestanden hätte. O Brendan, wie dumm war ich doch«, jammerte Molly mit bebender Stimme. In ihren Augen glänzten Tränen. Sie zog geziert ein Taschentuch aus ihrem Mieder und tupfte sich die trockenen Wangen. »Ich bin zurückgekehrt und habe nach dir gesucht, aber du hattest London schon verlassen, und ich wußte nicht, wohin du gegangen warst. Ich hatte kaum genug Geld zum Leben und keinesfalls genug, um dir quer durch Europa zu folgen.«

Molly senkte reuig ihr Haupt und fummelte nervös an ihrem Taschentuch, während sie auf eine Reaktion wartete. Als niemand etwas sagte, fühlte sie sich genötigt, noch dicker aufzutragen. Sie schluchzte innig. »O Brendan, als ich dein liebes Gesicht sah, wußte ich, was mir all die Jahre gefehlt hatte. Ich wußte, daß unsere Liebe nicht gestorben war, daß sie niemals sterben kann. Brendan, ich war so allein, so schrecklich einsam ohne dich, mein Geliebter. Doch endlich hat uns das Schicksal wieder zusammengeführt«, seufzte Molly hoffnungsvoll und wagte einen Blick unter der Krempe ihres Seidenhuts hervor.

Das zarte Taschentuch teilte sich mit einem lauten Reißen in zwei Hälften, als sie Brendans amüsierte Miene sah.

»Versuch's doch noch mal, Molly«, bot ihr Brendan kaltherzig an. Er entzündete eine Zigarre und blies ihr die Rauchwolke mitten ins Gesicht.

Mara atmete auf. Einen Augenblick lang hatte sie befürchtet, Brendan könnte Mollys Lügen Glauben schenken und sie wieder aufnehmen, aber Brendan hatte sich ein für allemal von ihr befreit.

Als Molly die Heiterkeit in Brendans Stimme hörte, versetzte ihr das einen Stich. Denn Brendan war immer noch anziehend – und außerdem inzwischen steinreich.

»Ich bin immer noch deine Gattin, Brendan. Das hast du doch nicht vergessen, oder?« verlangte Molly streitlustig zu wissen und richtete sich wieder auf. »Man wird in der Stadt bestimmt mit Interesse hören, daß du mir das Kind gestohlen und mich allein und krank zurückgelassen hast.«

Mara stockte der Atem angesichts dieser Unverfrorenheit, und damit zog sie Mollys Aufmerksamkeit auf sich.

»Ich verlange, daß mir mein Sohn zurückgegeben wird. Er sollte bei seiner Mutter sein«, drohte sie. »Das würde dir gar nicht gefallen, oder, Mara? Du glaubst, es wäre dein Kind, nicht wahr? Du solltest dich lieber an den Gedanken gewöhnen, bald ohne ihn auskommen zu müssen.«

Brendan stand auf. Zu Maras Überraschung zitterten seine Hände vor Wut, als er jetzt seiner Ehefrau gegenüberstand.

»Wage es nicht, uns zu drohen, Molly«, warnte Brendan sie mit erzwungener Ruhe. »Du hast mich und Paddy sitzenlassen, und von diesem Augenblick an hast du für mich aufgehört zu existieren. Du kannst dich meinetwegen ruhig weiterhin als María Velasquez ausgeben, denn für mich bist du ein Niemand«, erklärte er ihr mit eiskalter Stimme.

»Bitte, Brendan, ich flehe dich an. Nimm mich wieder auf, vergib mir!« heulte Molly in einem letzten verzweifelten Versuch, ihn umzustimmen.

Doch Brendan schüttelte ihre Hand ab und trat einen Schritt zurück. Sein Abscheu war ihm deutlich anzusehen. »Erniedrige dich selbst nicht noch mehr, Molly. Ich konnte Bettler noch nie ausstehen.«

»Scher dich zur Hölle, Brendan O'Flynn!« zeterte Molly, plötzlich überhaupt nicht mehr reuevoll. »Du bist immer noch derselbe arrogante Bastard wie damals! Du kommst genauso aus der Gosse wie ich, Kleiner, und ich werde dafür sorgen, daß du das nicht vergißt. Die Leute werden sich nicht mehr lange vor dir verbeugen und dir die Tür öffnen – ich persönlich werde sie dir vor der Nase zuschlagen lassen, Brendan, mein Geliebter!«

Molly stolzierte zur Tür und drehte sich dann noch einmal um, die Hand auf der Klinke. »Ich würde mir das durch den Kopf gehen lassen, Brendan. Vielleicht kommst du jetzt noch billiger weg als später. Es hängt ganz allein von dir ab, vergiß das nicht.«

»Seit ich dich kenne, hast du immer dieselbe Rolle gespielt, Molly«, erwiderte Brendan kühl. »Die der miesen Nutte, die im letzten Akt dran glauben muß.«

Molly grinste haßerfüllt, wirbelte mit rauschenden Röcken herum und öffnete die Tür, ohne Brendan eines weiteren Blickes zu würdigen. Mit einem ohrenbetäubenden Knall donnerte sie die Tür hinter sich zu. Schweigend blickten sich Mara und Brendan an.

Schließlich stand Mara auf und öffnete ein Fenster, um frische Luft hereinzulassen. Als sie sich wieder umdrehte, hockte Brendan zusammengesunken auf seinem Sessel. Er hatte den Ellenbogen auf den Tisch gestützt, und sein Kopf ruhte schwer in seiner Hand.

»Ist alles in Ordnung, Brendan?« Er sah so bleich, fast fiebernd aus.

Brendan seufzte. »Ich glaube, das Wiedersehen mit Molly hat mich doch mehr mitgenommen, als ich mir eingestehen will«, erklärte er mit einem hilflosen Lächeln. »Ich fühle mich elend. Ich glaube, ich lege mich ein wenig hin, Mara. Vielleicht bin ich einfach zu alt für so ausschweifende Nächte«, versuchte er zu scherzen.

Als er an der Tür war, hielt er noch einmal inne. Dann drehte er sich um, schenkte Mara ein spitzbübisches Grinsen wie in alten Zeiten und sagte: »Weißt du ... ich fühle mich trotzdem gut.«

»Weswegen?«

»Ich habe es Molly wirklich gezeigt, nicht wahr? Ich glaube, nach all den Jahren bin ich dieses Weib ein für allemal losgeworden. Ich habe ihr all das gesagt, was ich ihr seit sieben Jahren sagen wollte, aber nicht konnte. Himmel, tut das gut.«

»Ich bin stolz auf dich, Brendan«, sagte Mara leise und sah ihn mitfühlend an. Denn sie wußte selbst zu genau, wie quälend Erinnerungen sein können.

Brendan schüttelte erstaunt den Kopf. »Weißt du, Schwesterherz, vor einem Jahr hättest du dich wahrscheinlich über mich lustig gemacht. Du hast dich verändert, Mara, und ich weiß nicht, was ich davon halten soll. Aber du bist jedenfalls eine schöne Frau geworden.« Er musterte sie kritisch. »Vielleicht ist es das, Schwesterherz. Du bist eine Frau geworden, nicht wahr?«

Mara nickte. »Eine Frau, mit allen Ängsten und Qualen. Ich bin nur allzu menschlich, Brendan, und das macht mir manchmal zu schaffen.«

Brendan nickte verständnisvoll und ernst. Dann lächelte er ihr noch einmal zu und verschwand in sein Schlafzimmer.

Mara stieg die Treppen hinunter und ging durch die Hotellobby, ohne die Männer wahrzunehmen, die ihr interessiert nachschauten, und ohne sich noch einmal umzudrehen. Als sie die Eingangstür erreicht hatte, wurde diese von einer hilfreichen Hand aufgehalten.

Mara schaute auf, um sich höflich zu bedanken, und blickte in Nicholas Chantales wütendes Gesicht. Sie protestierte nicht, als er sie am Ellenbogen faßte. Er geleitete sie die Straße entlang, bis sie an eine kleine Gasse gelangten. Dann zog er sie in die Dunkelheit. Der Gestank fauligen Mülls verpestete die Luft.

»Entzückend«, murmelte Mara.

»Du wirst entschuldigen, aber ich wollte mich ungestört mit dir unterhalten«, erklärte Nicholas mit honigsüßer Stimme, so als hätte er versehentlich ihr Kleid bekleckert und sie nicht in eine düstere, stinkende Gosse verschleppt.

Mara lief ein Schauer über den Rücken, denn sie hörte von den

Müllhaufen her das schrille Quieken und das Scharren der Ratten, deren Millionenheere die Stadt bevölkerten.

»Ich hoffe, du fürchtest dich nicht, meine Süße«, hauchte er in ihr Ohr.

»Vor wem? Vor dir oder vor den Ratten?« gab Mara prompt zurück.

Nicholas mußte lächeln. »Ach, Mara, du langweilst mich nie. Du ärgerst, provozierst, beleidigst und erzürnst mich, aber du langweilst mich nie.«

»Was willst du, Nicholas?« wollte Mara wissen. Trotzig schaute sie ihm ins Gesicht, denn sie war fest entschlossen, sich nicht länger von ihm einschüchtern zu lassen.

»Bist du die zweideutigen Anspielungen endlich leid? Also gut«, erklärte Nicholas abrupt, »ich möchte, daß du den Schweden in Ruhe läßt.«

Mara starrte Nicholas fassungslos an. »Du hast Angst um deinen Freund? Weiß er eigentlich, daß du dich für sein Kindermädchen hältst?« fragte Mara abfällig. Sie hoffte, daß er nicht merkte, wie sehr er sie verletzt hatte. »Ich glaube nicht, daß ihm das gefallen würde. Er ist ein erwachsener Mann und kann selbst auf sich aufpassen. Niemand hat es gern, wenn man sich ungebeten in seine Angelegenheiten mischt, *Monsieur*«, machte sie sich über ihn lustig. Er sollte über den Schweden und sie denken, was er wollte, entschied sie. Sie würde ihm nicht verraten, daß sie lediglich miteinander befreundet waren. Soll er sich doch ruhig zum Narren machen, dachte sie wütend.

Nicholas' Lippen wurden schmal. »Ich gebe dir nur einen freundlichen Rat, Mara. Treib keine Spielchen mit dem Schweden. Ich weiß, wer du bist, und wenn irgendwas passiert... Von hier aus kannst du nicht so leicht nach Paris fliehen. Ich werde dich im Auge behalten.«

Mara lächelte ihn an, doch in ihren Augen loderte es zornig. »Ach nein, vertreibst du dir inzwischen die Zeit damit, Damen einzuschüchtern? Hast du denn eigentlich überhaupt noch Zeit für dich selbst? Um deinen Heiligenschein zu polieren zum Beispiel?« höhnte sie. »Du bist schlimmer als ich, Nicholas, denn du bist ein Heuchler und Lügner!«

»Paß auf, daß du nicht die Beherrschung verlierst, Mara«, warnte sie Nicholas, dem nicht entgangen war, daß sie ihre Hand zur Faust geballt hatte. Er erinnerte sich noch allzugut an den Schlag, den sie ihm versetzt hatte.

»Nicht für alles Gold in Kalifornien würde ich dich anrühren! Du hast mich angelogen. Du hast mich glauben lassen, ich hätte deinen Neffen auf dem Gewissen. Das war jämmerlich!« Mara versagte beinahe die Stimme vor Wut. »Wie sehr mußt du mich hassen, Nicholas.«

Nicholas schwieg einen Augenblick, dann antwortete er kühl: »Es hat nichts geschadet, daß du einmal im Leben etwas Reue fühltest. Vielleicht lernst du ja irgendwann, die Gefühle anderer Menschen zu respektieren. Nicht, daß ich irgendwelche Wunder erwarten würde, Darling«, fügte er hinzu.

Mara war sprachlos, und so wandte sie sich wortlos um und ließ ihn in der Gasse stehen. Er würde niemals seine Meinung über sie ändern. Niemals. Seine Verbitterung war stärker als jedes andere Gefühl. Er gab ihr nicht einmal eine Chance. Sie eilte auf die geschäftige Straße und tauchte in der Menge unter.

Die nächsten Tage vergingen wie im Fluge. Molly ließ nichts mehr von sich hören. Aber Mara wußte sehr wohl, daß sie nicht einfach aus ihrem Leben verschwinden würde. Sie wartete nur auf den geeigneten Augenblick, um zuzuschlagen. Sie mußten damit rechnen, daß sie einen Skandal inszenierte, denn nur so konnte sie die O'Flynns treffen.

Brendan schien sich keine Sorgen zu machen und amüsierte sich weiterhin nächtelang. Mara gewann fast den Eindruck, er wollte Molly zeigen, was sie verloren hatte, denn er wurde noch freigiebiger als zuvor. Mara begann sich schließlich zu fragen, wie lang ihr Geld noch reichen würde, wenn Brendan weiterhin so verschwenderisch lebte. Aber sie machte sich keine tieferen Sorgen, denn Brendan hatte ihr oft genug versichert, daß in der Sierra noch genug Gold auf ihn wartete.

Klagt mir nicht, trauernde Gestalten,
das Leben sei ein eitler Traum,
die Seele sei erloschen,
und was wir sehen, sei die Wahrheit kaum.
Das Leben ist nicht leer, nicht Wahn
und das Grab nicht Ziel hinieden,
»Staub bist du, Staub sollst du werden«,
ward unsrer Seele nicht beschieden.

LONGFELLOW

Kapitel 9

»Wachen Sie auf, Mara! Wachen Sie auf!« flüsterte eine Stimme. Mara grub ihr Gesicht noch tiefer in die Kissen und zog sich die Decke über den Kopf, um die Stimme und die Kälte im Raum nicht wahrnehmen zu müssen.

»Laß mich in Ruhe!« murmelte Mara schläfrig, aber eine Hand rüttelte unbarmherzig an ihrer Schulter. Endlich setzte sie sich im Bett auf, um sich ihrem Folterknecht zu stellen. »Was zum Teufel soll das?« fragte sie unwillig.

»Mara, unten ist jemand, der Sie sprechen will«, erklärte ihr Jenny eindringlich. »Ich glaube, es ist wichtig. Sie sollten lieber mit ihr sprechen.«

»Ihr?« fragte Mara schlaftrunken und erhob sich mühsam. Inzwischen hatte Jenny die Öllampe entzündet, deren mattes Licht den Raum erhellte. Mara zog sich den Morgenmantel über das Nachthemd, das zu tragen sie sich in diesem feuchten Klima angewöhnt hatte. Dann folgte sie Jenny die Treppe hinab.

In der Eingangshalle erwartete sie eine vermummte Gestalt, doch obwohl lediglich ein paar blonde Locken unter der weiten Kapuze hervorlugten, wußte Mara, daß sie die Frau nicht kannte.

Als sie die Schritte hörte, sah die Besucherin erleichtert auf und trat an den Treppenabsatz, wobei sie sich nervös die von der Kälte geröteten Hände rieb. »Sind Sie Mara O'Flynn?« fragte sie ungeduldig.

Mara musterte sie kritisch und fragte sich, was in aller Welt die Frau um diese Zeit wohl von ihr wollte. »Ja. Wer sind Sie? Was wollen Sie?«

»Er hat mich geschickt«, erklärte die Frau außer Atem.

»Wer?« fragte Mara und sah Jenny befremdet an.

»Brendan O'Flynn ist doch Ihr Bruder, oder nicht?« erkundigte sich die Besucherin. »Er ist krank, sehr krank sogar, schätze ich. Er war gar nicht er selbst heute abend. Er hat einen Haufen Geld gewonnen, aber es schien ihn überhaupt nicht zu kümmern. Und als wir wieder im Hotel waren, sagte er nur: ›Hol Mara. Ich muß sie sehen. Der Teufel soll dich holen, wenn du das nicht für mich tust.‹«

Mara erbleichte. Sie glaubte der Frau, und jetzt wandte sie sich an Jenny. »Ich muß hin. Können Sie sich um Paddy kümmern? Ich werde Jamie brauchen.«

»Natürlich. Und wenn ich sonst noch etwas tun kann, dann lassen Sie es mich ruhig wissen«, bot ihr Jenny an.

»Gut, dann kann ich ja gehen«, sagte die seltsame Frau.

»Vielen Dank. Wenn Sie noch einen Augenblick warten, werde ich Sie für Ihre Mühe entlohnen«, erklärte Mara. Sie hatte das Gefühl, der jungen Frau etwas schuldig zu sein, weil sie Brendans Bitte erfüllt hatte.

»Das ist nicht nötig«, antwortete diese schniefend. »Ich hab's für einen Freund getan. Außerdem hat er mich schon bezahlt. Er ist ein echter Gentleman. Hoffentlich erholt er sich bald wieder. Gute Nacht.«

Mara weckte Jamie und zog sich in Windeseile an. Zusammen machten sie sich auf den Weg zu Brendans Hotel.

Ungehindert kamen sie durch die Lobby, wo nur ein paar Nachtschwärmer herumhingen. Der Portier schlief hinter seinem Pult, den Kneifer verwegen schief auf der Nase.

»Master Brendan hat endlich einmal Verstand bewiesen, als er sich dieses Hotel ausgesucht hat«, flüsterte Jamie, als sie leise über den Gang zu Brendans Tür gingen.

»Brendan hatte schon immer Geschmack«, antwortete Mara abwesend. »Und jetzt kann er ihn sich endlich leisten.«

Mara klopfte leise an die Tür zu Brendans Suite. Sie wartete einen Augenblick, doch nichts rührte sich. Leise betraten Jamie und sie den Raum.

Wandleuchter mit rosa Schirmen warfen warmes Licht über die eleganten Möbel und weichen Teppiche. Außer dem Ticken der Uhr auf einer Anrichte war nichts zu hören. Plötzlich drang ein heiseres

Stöhnen vom Sofa zu ihnen, dessen hohe geschnitzte Lehne Brendan vor ihnen verbarg.

Mara eilte hinzu und erstarrte vor Schreck, als sie Brendans durchschwitzte Gestalt erblickte. Sein Atem ging stoßweise, dann begann er plötzlich zu zittern und krümmte sich zusammen, als wollte er sich selbst wärmen.

»Brendan«, flüsterte Mara und strich ihm das Haar aus der Stirn. Seine Haut war kalt und feucht.

»Wir müssen ihn sofort ins Bett schaffen und ihn warm halten. Und ihm was Warmes zu trinken geben«, erklärte Jamie resolut, als sie Brendan sah. »Der dumme Junge ist schon als kleines Kind immer in den Regen rausgelaufen, um zu spielen. Hat sich kein bißchen verändert.«

Mit vereinten Kräften gelang es ihnen, Brendan ins Schlafzimmer hinüberzutragen und ins Bett zu legen. Mara zog einen Stuhl heran und setzte sich an seine Seite. Brendan schwitzte und fror abwechselnd, und immer wieder erschütterte ein bellender Husten seinen ganzen Körper. Schwach und bleich lag er dann in den Kissen und rang nach Luft.

Auch am nächsten Tag erwachte er nicht aus dem Delirium. Jamie und Mara hielten abwechselnd an seinem Bett Wache. Irgendwann hörte Mara auf, die Stunden zu zählen. Hinter den dicken Samtvorhängen schien es gleichgültig, ob es Tag oder Nacht war. Nur selten ließ der Straßenlärm, der von unten heraufdrang, nach. Erst kurz vor der Morgendämmerung, als die meisten Menschen schliefen, wurde es ruhiger.

Am nächsten Nachmittag kam Jenny und brachte Mara Kleidung zum Wechseln sowie ein paar Sachen, die sie für nötig hielt. Der Schwede begleitete sie und hockte verlegen auf dem Sofa herum, da er nicht wußte, was er tun oder sagen sollte. Aber in seinen Augen zeigte sich Mitgefühl, als er Maras müdes Gesicht und ihre geröteten Augen sah.

»Wenn ich irgendwas für Sie tun kann, Mara«, bot er ihr an, als er sich verabschiedete, »dann lassen Sie es mich bitte wissen. Ich würde gern helfen.«

Mara lächelte ihn müde an. »Vielen Dank, Schwede. Aber ich glaube, mehr kann man nicht tun. Trotzdem weiß ich Ihr Angebot zu schätzen. Wie geht es Paddy?« erkundigte sie sich dann bei Jenny.

»Ihm geht es gut, Mara, er macht überhaupt keine Schwierigkeiten, spielt ständig mit Paul und Gordie«, versicherte diese ihr. »Gestern ist der Schwede mit den dreien zum Hafen gegangen, Schiffe anschauen.«

»Vielen Dank. Das war sehr freundlich von Ihnen«, sagte Mara erleichtert. »Haben Sie in der Stadt etwas über uns gehört?« fragte sie den Hünen dann beiläufig.

»Was denn?«

Mara lächelte. »Wenn Sie das nicht wissen, dann brauche ich mir keine Gedanken zu machen«, antwortete sie ausweichend.

Als sie sich verabschiedet hatten, drehte sich der Schwede noch einmal um und sagte langsam: »Ich habe ein paar Gerüchte gehört, aber wenn Sie glauben, daß Nicholas sie verbreitet, dann irren Sie sich.«

Mara seufzte. »Dann geht es also doch los«, sagte sie traurig. Sie schüttelte den Kopf und sah den Schweden an. »Ich weiß, daß Nicholas so etwas nicht tun würde. Er verachtet mich zwar, und manchmal scheint er mich sogar zu hassen, aber er würde nicht hinter meinem Rücken über mich herziehen. Das ist nicht seine Art.«

»Gut«, sagte der Schwede. Er war erleichtert, daß sie noch nicht alles Vertrauen in seinen Freund verloren hatte, daß aus ihrer Liebe noch kein Haß geworden war. Mit einem verständnisvollen Nicken folgte er Jenny.

Mara war vor Erschöpfung eingedöst, als sie plötzlich hochschreckte. Die Uhr im Salon schlug fünfmal. Bald würde es Tag werden, und Brendan hätte eine weitere Nacht überstanden. Aber als Mara genauer lauschte, stellte sie fest, daß scin Atem schwerer ging. Er klang angestrengt, so als würde es ihm schwerfallen, Luft zu holen. Mara schaute in sein hübsches, jetzt so bleiches, schmales Gesicht. Um seine Lippen lag ein bläulicher Schimmer. Mara berührte sein Gesicht und zuckte zurück, als sie spürte, wie kalt es war. Seine Augen waren eingesunken, und die weichen Locken hingen schlaff in die Stirn. Plötzlich schlug er die Augen auf und sah seine Schwester an. Zum erstenmal seit Tagen war er wieder bei Besinnung.

»Mara«, flüsterte er heiser.

Schnell holte Mara ein Glas Wasser und flößte ihm einen Schluck ein, wobei sie seinen Kopf hielt. Er lächelte dankbar und ließ sich in die Kissen zurücksinken.

»Kein Whiskey?« fragte er mit gespielter Entrüstung. In diesem Augenblick erinnerte er Mara beinahe an den alten Brendan.

»Nicht, bis du wieder ordentlich trinken kannst, mein Lieber«, erklärte sie ihm. »Ich würde einem anständigen Iren nicht nur einen einzigen Schluck vorsetzen wollen.«

»Ich bin so müde, Mara«, stöhnte Brendan. »Mir tut alles weh. Hat mich jemand verdroschen, ohne daß ich es gemerkt habe?« Ein Husten, das in seiner Brust rumorte, stieg durch seine Kehle auf. Plötzlich lag braunroter Auswurf auf dem Kissen.

Mara wrang ein frisches Tuch über der Schüssel neben dem Bett aus und versuchte, seine Stirn mit dem feuchten Lappen zu kühlen.

Brendans Blick verlor sich in der Ferne. »Ich hatte keine Ahnung, daß es soviel Spaß machen kann, Geld auszugeben. Weißt du, Schwesterherz, ich werde mir neues Gold aus der Sierra holen. Ich weiß, wo ich suchen muß«, verkündete er und fuhr dann verträumt fort: »Und dann gehen wir nach Irland zurück. Ich würde gern unser altes Haus kaufen. Natürlich ist es für uns zu klein. Wie wäre es, wenn unser Vater seinen Besitz verkaufen müßte und wir, seine illegitime Brut, würden ihn kaufen? Das wäre nur gerecht, denn schließlich mußten wir seinetwegen all das durchmachen.« Brendan seufzte. »Ach, es wird wunderbar werden, mein Liebling. Warte nur, dein Bruder wird dir all deine Wünsche erfüllen, wie er es dir versprochen hat. Wir werden leben wie die Könige, ganz bestimmt. Ich sehe mich schon in London. Wir werden ein Stadthaus am Grosvernor Square besitzen und ein kleines Landhaus in Bath – du weißt, während der Saison trifft man sich dort. Und um die Pferde in unserem Stall wird uns ganz London beneiden. Wir werden jeden Morgen durch die Rotten Row ausreiten, und für dich finden wir einen netten Duke oder einen Earl, Mara. Ach, Schwesterherz, und wir werden nie wieder Geldsorgen haben; die Leute werden sich nach mir umdrehen und sagen: ›Da geht Brendan O'Flynn, ein wahrer Gentleman‹«, krächzte er atemlos. Dann schloß er mit einem zufriedenen Seufzen die Augen.

Mara steckte die Decke unter seiner Schulter fest und strich die weichen Locken, die sie so sehr an Paddy erinnerten, aus seiner Stirn. Sie küßte ihn sacht auf die Schläfe und sank dann zurück in ihren Stuhl neben seinem Bett. Sie nahm das Buch wieder auf, das sie gelesen hatte, und versuchte, sich darauf zu konzentrieren. Aber sie war nicht bei der Sache. Bald schlief sie ein, das Buch immer noch auf dem Schoß.

Plötzlich erwachte sie. Das Schlagen ihres Herzens schien das einzige Geräusch im Zimmer zu sein. Es dämmerte schon. Fahles Licht fiel durch den Vorhangspalt, und von der Straße drangen bereits morgendliche Geräusche herauf, aber im Raum selbst war es unnatürlich still. Ängstlich blickte Mara auf Brendans Gesicht. Er war tot.

Doch immer noch lag ein zufriedenes Lächeln auf seinem Gesicht. Mara stand auf und schaute mit unbewegter Miene auf ihn herab. Sie schluckte schwer und flüsterte ein letztes Mal seinen Namen.

So stand sie immer noch, als Jamie eine halbe Stunde später hereinkam. Die alte Frau wußte sofort, was geschehen war, als sie in Maras Gesicht sah. Sie schluchzte laut auf und schaute zwischen Bruder und Schwester hin und her, die beide so unnatürlich ruhig waren.

Jamies Jammern riß Mara aus ihrer Lethargie. Sie fand wieder in die Gegenwart zurück und betrachtete ein letztes Mal voll Liebe das Antlitz ihres Bruders. Dann zog sie die Decke über sein Gesicht und ging aus dem Zimmer. Ohne einen einzigen Blick zurück schloß sie die Tür.

Eine Irin verbarg ihren Schmerz. Während der Totenwache vor Brendan O'Flynns Beerdigung kamen all seine Freunde, um ihr Beileid auszusprechen. Viele von ihnen waren ebenfalls Iren und blieben über Nacht, um zusammen mit ihr die letzte Wache zu halten.

Mara zweifelte nicht daran, daß viele der Trauergäste sie neugierig beobachteten und insgeheim Vermutungen über sie anstellten, denn sie saß in eisigem Schweigen während der ganzen Totenwache. Sie lächelte oder weinte nicht und sprach nur sehr selten. Brendan war sehr beliebt gewesen, und er wäre stolz über den Abschied gewesen, den ihm seine Freunde zuteil werden ließen. Einige der Trauergäste sahen allerdings so ausgezehrt aus, daß sie, wie Mara vermutete, ihm über kurz oder lang nachfolgen würden. Sie stolperten betrunken aus der Tür, ein Lied auf den Lippen, das sie während der Totenfeier gesungen hatten. Denn bei einer irischen Totenwache war es Brauch, daß sich alle – bis auf den Toten – amüsierten.

Am nächsten Morgen nieselte es, und der Himmel war grau, als sich die Trauergäste um das offene Grab auf dem Russian Hill versammelten. Hier, in jenem Land, das ihm unvorstellbare Reichtümer versprochen hatte, fanden Brendan O'Flynns sterbliche Überreste ihre letzte Ruhestätte.

Mara verfolgte die Zeremonie unbeweglich wie eine Statue, gekleidet in schwarze Seide. Ihr Gesicht lag unter einem dichten schwarzen Schleier. Nur ihr Cape flatterte manchmal im Wind. Paddy stand mit traurig gesenktem Kopf neben ihr und hatte seine kleine Hand in ihre gelegt. Er verfolgte das Geschehen mit gerunzelter Stirn und lauschte aufmerksam der dröhnenden Stimme des Priesters, ohne die lateinischen Worte zu verstehen. Jamie heulte an seiner Seite in ihr durchnäßtes Taschentuch. Jetzt sah sie wirklich alt aus.

Aber als Mara über das Grab hinwegschaute, stieg beinahe unzähmbare Wut in ihr auf. Dort stand, für alle Welt sicht- und hörbar, ganz in Schwarz gekleidet, Molly O'Flynn, die trauernde Witwe. Hinter ihrem Schleier begannen Maras Augen vor Wut zu brennen. Zum erstenmal, seit sie an Brendans Totenbett gestanden hatte, wurde sie von ihren Gefühlen übermannt. Unbewußt verstärkte sie den Griff um Paddys Hand, als sie voller Abscheu beobachtete, wie Molly laut zu schluchzen begann. Jacques d'Arcy tätschelte ihr besänftigend, vielleicht aber auch warnend den Arm, da die Stimme des Priesters in ihrem lauten Gejammere unterzugehen drohte. Als die Grabrede beendet war, beugte sich Mara mit zitternden Knien nieder, hob eine Handvoll feuchter, dampfender Erde auf und warf sie auf den Sarg, die Augen fest in das tiefe, schwarze Loch gerichtet. Sie begann zu schwanken, doch im gleichen Moment wurde sie von einer starken Hand gestützt, und der Schwede führte sie vom Grab weg. Ohne sich noch einmal zu Molly umzudrehen, ließ sich Mara von ihm und Jenny zur Pension zurückbegleiten.

Am Fuß der Treppe wandte sich Mara zu den beiden um und drückte ihnen die Hand. »Sie waren so freundlich zu uns. Ich werde Ihnen das nie vergessen – niemals. Ohne Sie hätte ich das nicht geschafft. Aber jetzt möchte ich allein sein, wenn Sie gestatten.« Maras Gesicht war unter dem schwarzen Schleier weiß wie Elfenbein.

»Kann ich bei Paul und Gordie bleiben?« fragte Paddy hoffnungsvoll. Maras düstere Gestalt und ihre ernste Miene machten ihm angst. »Ich bin auch ganz ruhig.«

»Es wird dem Kleinen guttun, wenn er eine Weile vergißt, Mara«, unterstützte der Schwede seinen Wunsch. »Ich werde auf die Jungs aufpassen.« Besorgt sah er, wie sie sich erschöpft ans Geländer lehnte. »Gehen Sie hinauf, Mara. Sie haben dringend Schlaf nötig. Hier unten ist alles in Ordnung.«

Er gab Jamie ein Zeichen, aber deren Nase steckte tief in ihrem Taschentuch. Sie schien selbst kaum den Weg hinauf zu finden und war keinesfalls in der Lage, Mara zu helfen.

Schließlich griff Jenny ein. Sie scheuchte den Schweden und die Kinder in den Salon, ermahnte sie eindringlich, ja leise zu sein, und führte dann Mara und Jamie nach oben.

»Sehen Sie nach Jamie, ich komme schon zurecht«, sagte Mara, als sie ihren ruhigen Raum betrat.

Dann legte sie sich aufs Bett und starrte an die Decke. Was sollte sie jetzt tun? Bis jetzt war immer Brendan für sie dagewesen. Oder sie hatte wenigstens gewußt, daß er dasein würde, wenn sie ihn brauchte. Jetzt war er fort. Nie wieder würde er grinsend zur Tür hereinspaziert kommen und ihr einen neuen tollkühnen Plan unterbreiten. Brendan hatte immer so zuversichtlich gewirkt. Ein Leben ohne ihn hatte sie sich gar nicht vorstellen können.

Sie fühlte sich so leer, daß es fast körperlich schmerzte. Müde rieb sie sich die Augen und wünschte, all das aus dem Gedächtnis streichen zu können. Doch das war unmöglich, denn sie mußte bald entscheiden, wie ihr Leben weitergehen sollte. Mara lächelte traurig. Mit seinem letzten genialen Plan hatte Brendan es zu Wohlstand und Reichtum gebracht. Wenigstens hatte sie keine Geldsorgen. Sie mußte sich eher Sorgen darum machen, wie sie das Geld ausgeben sollte, dachte Mara müde. Dann rollte ihr Kopf zur Seite, und sie fiel nach Tagen endlich in einen tiefen, traumlosen Schlaf.

Jenny schlich sich auf Zehenspitzen rückwärts aus Maras Zimmer und schloß die Tür hinter sich. Dann trug sie das Tablett wieder hinunter. Schlaf war für Mara jetzt wichtiger als Essen.

»Geht es ihr nicht gut?« fragte der Schwede prompt, als er Jenny mit dem Tablett zurückkommen sah. »Soll ich einen Arzt holen?«

Jenny schüttelte abwehrend den Kopf. »Noch jemanden, der die Treppe rauf- und runterpoltert, können wir wirklich nicht brauchen. Nein, sie bekommt gerade die beste Medizin, die sie haben kann, nämlich Schlaf. Das ist die beste Kur für Geist und Körper.«

Jenny setzte sich und goß sich selbst den Tee ein. Sie haßte jede Verschwendung. »Merkwürdig, daß die Witwe plötzlich am Grab aufgetaucht ist. Haben wir sie nicht bei Delmonico getroffen? Damals benahmen sie sich wie Fremde. Ich weiß nicht mehr, wie sie sich damals nannte, aber keinesfalls war es Molly O'Flynn. Und sie hat ihren Sohn kein einziges Mal angesehen«, bemerkte sie entrüstet. »Wahrscheinlich rannte diese Molly O'Flynn fort und ließ die beiden mit dem Baby allein. Können Sie sich das vorstellen?«

»Nach allem, was ich über diese Frau gehört habe, ist das sehr gut möglich«, bestätigte der Schwede. Er fühlte längst nicht soviel Zorn wie Jenny.

»Ich finde, sie ist ein Monster, und ich hoffe nur, daß sie Mara keine Schwierigkeiten macht«, meinte Jenny besorgt und reichte dem Schweden den Apfelstrudel, den er seit geraumer Zeit fixiert hatte.

»Ich wüßte nicht, was sie unternehmen sollte«, erwiderte der Schwede unbekümmert und grub seine Zähne in das frische Gebäck. »Außerdem werde ich Mara beschützen, sollte es notwendig werden.«

»Ich hoffe, daß das nicht notwendig wird. Seid ruhig!« ermahnte sie die Kinder, die schon wieder lauter wurden. Sie lächelte, als sie das verdutzte Gesicht des Schweden sah, der sich im ersten Augenblick auch angesprochen gefühlt hatte.

Mara schlief den ganzen Nachmittag und die ganze Nacht. Als sie am nächsten Morgen erwachte, fühlte sie sich bereits wieder imstande, Entscheidungen zu treffen. Einen Augenblick lang plagten sie Gewissensbisse, weil sie Paddy so vernachlässigt hatte, dann hörte sie Gelächter von unten und seufzte erleichtert, denn Paddys Gekicher war unüberhörbar dabei.

Mara war gerade auf der Treppe, als Jenny aus dem Speisesaal kam und überrascht innehielt. Mara setzte ihren Weg fort und streifte sich Handschuhe über.

»Ich muß mich um Brendans Geschäfte kümmern – seine Angelegenheiten ordnen«, erklärte sie.

»Fühlen Sie sich wirklich schon dazu in der Lage? Der Schwede wollte Sie heute besuchen und fragen, ob er Ihnen behilflich sein kann«, bot ihr Jenny an.

»Ich werde schon damit fertig. Und ich möchte das möglichst schnell hinter mich bringen.«

Sie hatte es schneller hinter sich gebracht, als sie geahnt hatte. Denn es gab nur sehr wenig zu ordnen und sehr wenig Geld, um das sie sich kümmern mußte. Von Brendans Vermögen waren nur noch ein paar Tausend Dollar übrig. Und die wenigen persönlichen Dinge, die er besessen hatte, nahm sie an sich.

Was war mit all dem Geld geschehen? Wie betäubt kehrte Mara zur Pension zurück. Dann fielen ihr die Kleider, die Abendessen, die Parties und die vielen Nächte in den Spielsalons wieder ein. Nein, sie konnte ihm nicht böse sein. Es war schließlich Brendans Geld gewesen, und er hatte damit machen können, was ihm gefiel. Sie war froh, daß er vor seinem Tod wie ein König und nicht wie ein Bettler gelebt hatte. Nein, sie konnte ihm nichts übelnehmen.

Mara blieb auf dem Bürgersteig stehen und wartete geduldig, bis ein vollbeladener Wagen vorbeigezogen worden war und sie die Straße überqueren konnte. Plötzlich entdeckte sie eine vertraute Gestalt, die auf der anderen Straßenseite entlangspazierte. »Nicholas«, flüsterte Mara unhörbar. Ihr Blick war auf seinen breiten Rücken geheftet, als er anhielt und sich eine Zeitung kaufte, die an jeder Straßenecke feilgeboten wurden und die, da sie mit den Dampfern kamen, höchstens ein paar Monate alt waren. Dann setzte er seinen Weg fort, ohne auch nur einmal in ihre Richtung zu blicken.

Endlich war die Straße frei, und die Menschen setzten ihren Weg fort. Mara wollte eben losgehen, als sich ein Arm um ihre Taille schlang und sich eine Hand in ihre Magengegend grub. Zornentbrannt drehte Mara sich um. Vor ihr stand Jacques d'Arcy.

Er betrachtete sie lüstern und vollkommen unberührt von ihrem Zorn. Sein Griff verstärkte sich noch, als er sagte: »Du willst doch nicht unfreundlich zu dem guten Jacques sein, oder, *ma chérie*? Mach keine Szene, dann passiert dir nichts.« Jacques grinste sie breit an, und seine Augen flackerten hinterhältig. »Es möchte sich nur jemand mit dir unterhalten – das ist alles. Ich gebe dir mein Wort als Ehrenmann«, versprach er höhnisch grinsend.

»Und wie viele Tote haben sich auf dein Wort verlassen?« fragte Mara, bemüht, sich ihre Angst und Abscheu nicht anmerken zu lassen.

»Ach, *ma chérie*, du bist wirklich gemein zu dem guten Jacques, dabei möchte ich nur nett zu dir sein. Jetzt komm, wir wollen keine Zeit verlieren. Der Graf wird so schnell ungeduldig.« Er lenkte ihre Aufmerksamkeit auf den Grafen, der nur wenige Schritte von ihnen entfernt wartete. Er sah Mara mit Eiseskälte an.

»Und einen Rat noch, *ma chérie*. Glaube nicht, daß der Graf wegen seiner gebrochenen Hand nicht arbeiten kann. Er ist auch mit seiner Linken sehr geschickt, und er ist sehr böse auf dich – so wie auf deinen großen Freund.«

Mara blieb keine Wahl. Die Menschenmenge hatte sich zerstreut, und sollte sie versuchen, einen Passanten um Hilfe zu bitten, würde Jacques sie irgendwie daran hindern. Schon fühlte sie, wie sich sein Griff unter ihren Rippen verstärkte, und sie wußte, daß er nicht zögern würde, das Messer zu gebrauchen, das in seiner anderen Hand aufblitzte.

Jacques nickte dem Grafen zu, der sich daraufhin zu ihnen gesellte.

Schnell eilten sie über den Gehsteig. Schon nach kurzer Zeit bogen sie in eine kleine Gasse ein, wo Jacques ihnen die Seitentür eines Gebäudes öffnete.

»Ich werde dich führen, *ma chérie*«, erbot sich Jacques galant. Er führte Mara die Treppe hinauf, seinen Körper dicht an ihren gedrängt. Sein heißer Atem strich über ihren Nacken, und er feixte sie heimtückisch an. »Wir sind da, *ma chérie*«, sagte er leise lachend und öffnete mit großer Geste die Tür.

Mara mußte blinzeln, denn die überladene Ausstattung des Zimmers raubte ihr fast den Atem. Es überraschte sie kaum, Molly O'Flynn hier vorzufinden, die, in ein rosafarbenes Négligé gehüllt, auf einer Chaiselongue lagerte. Molly strich sich lasziv eine schwarze Strähne aus dem Gesicht. Dann schaute sie auf und lächelte einladend.

»Meine Liebe, wie außerordentlich freundlich von dir, meine Einladung anzunehmen«, begrüßte sie Mara mit giftiger Ironie. Dann zog sie die Beine unter ihren Körper und tätschelte einladend das Polster. »Setz dich doch, Mara. Nach so vielen Jahren haben wir uns bestimmt eine Menge zu erzählen. Mein Mädchen macht uns gerade Tee. Du mußt ja vollkommen durchgefroren sein. Ich bestehe darauf, daß du eine Tasse mit mir zusammen trinkst.«

Mara musterte Molly mißtrauisch und ignorierte ihre Einladung, sich zu setzen. »Was willst du, Molly?«

Mollys Augen wurden schmal, und ihr Lächeln verzerrte sich zu einem höhnischen Grinsen. »Du hast nie lang um den heißen Brei herumgeredet, wie, Mara? Früher brauchte ich nur mit dem Finger zu schnippen, schon kamst du angelaufen und hast darum gebettelt, mir helfen zu dürfen. Du warst so ein süßes Mädchen. Was ist bloß aus dir geworden?«

»Ich bin erwachsen geworden, Molly. Ich habe die Welt gesehen«, antwortete Mara geradeheraus. »Und ich kann zwischen Kieseln und Diamanten unterscheiden.«

Mollys Lippen wurden schmal. Sie schleuderte Jacques zornige Blitze aus ihren Augen zu, als sie ihn kichern hörte. »Brendan und du, ihr seid euch schon immer besonders komisch vorgekommen. Schade, daß ihr nicht auch Verstand hattet. Deshalb habe ich Brendan verlassen – er war der geborene Verlierer.«

»Eine weise Entscheidung, Molly. Brendan wäre deiner ohnehin bald überdrüssig geworden«, antwortete Mara gelangweilt und schaute sich mit unverhülltem Ekel in dem geschmacklos eingerichteten Zimmer um. Tatsächlich suchte sie nach einem Fluchtweg. »Er konnte Frauen ohne Hirn und Stil nie ausstehen.«

Molly schwang ihre Füße auf den Boden und gestattete dem Grafen wie auch Jacques einen ungehinderten Blick auf ihre Schenkel. Mara wurde rot, als sie merkte, daß Molly nichts unter ihrem Néglige trug.

»Na schön, Mara. Du willst nicht, daß wir Freunde werden? Du bist also eine von diesen hochwohlgeborenen O'Flynns und etwas Besseres als ich?« fauchte Molly und kam auf Mara zu. »Auch ich bin eine O'Flynn. Oder hast du das vergessen? Als Brendan O'Flynns Witwe habe ich Anspruch auf sein Erbe.«

Mara gab sich gar keine Mühe, ihr Lachen zu unterdrücken.

»Du findest das also lustig? Diese verdammten stolzen O'Flynns kann wohl gar nichts erschüttern. Sie haben nur Spott für ihre Feinde übrig. Mal sehen, ob du noch lachst, wenn ich meinen Sohn zurückhaben will, Mara O'Flynn!« schleuderte sie ihr entgegen. Ein haßerfülltes Grinsen verzerrte ihr Gesicht.

Mara verging das Lachen. Sie schüttelte den Kopf und sagte: »Ich lache nur, weil du wie üblich deinen Einsatz verpaßt hast, Molly. Im Ernst«, erklärte sie ihr eindringlich, »Brendan hat alles ausgegeben. Ich komme eben von der Bank. Es gibt kein Erbe, auf das du Anspruch erheben könntest.«

Molly blieb der Mund offenstehen. »Lüge!« schrie sie aufgebracht. Ihre Ungläubigkeit verwandelte sich in skrupellose Entschlossenheit, und sie fuhr gefährlich leise fort: »Du mußt mich wirklich für sehr dumm halten, wenn du annimmst, daß ich das glaube.«

»Es ist die Wahrheit«, antwortete Mara schlicht.

»Er hat tatsächlich viel Geld ausgegeben, María«, sagte Jacques, der sie mit dem Namen ansprach, unter dem er sie kennengelernt hatte.

»Halt den Mund! Du bist nicht gefragt«, kreischte sie und wandte ihm ihr zornrotes Gesicht zu.

»Du solltest auf ihn hören«, riet ihr Mara, die sich durch diesen Temperamentsausbruch nicht einschüchtern ließ.

»Das würde dir so gefallen«, schnarrte Molly. Vor Wut traten rote Flecken auf ihr Gesicht. »Ich soll glauben, daß er nichts hinterlassen hat, während du dir alles unter den Nagel reißt. Soviel kann er gar nicht ausgegeben haben. Ich habe gehört, er war mehr als hunderttausend Dollar schwer.«

»Soviel war es nie, und jetzt sind gerade noch tausend Dollar übrig«, versuchte Mara ihr klarzumachen, aber Molly packte sie bei den Schultern, grub ihre Fingernägel in das zarte Fleisch und rüttelte Mara wie von Sinnen.

»Verdammt noch mal! Wo ist das Geld? Wenn du es mir nicht verrätst, wird dich der Graf schon zum Sprechen bringen«, tobte Molly. Sie stierte der jüngeren Frau ins Gesicht und schleuderte sie dann von sich, so daß Mara gegen Jacques taumelte, der direkt hinter ihr stand.

Mara zuckte bei der Berührung zusammen und öffnete wütend ihre Handtasche, um nach dem kleinen Beutel zu suchen, den sie eben von der Bank geholt hatte.

Schließlich zog sie ihn aus der Tasche, zeigte ihn Molly, öffnete ihn mit einem bitteren Lächeln und schüttete Molly den Goldstaub ins Gesicht. Das kostbare Metall setzte sich auf ihren Wimpern und Wangen fest.

»Nimm doch das verfluchte Gold«, schrie sie. »Nimm es und weine, Molly. Weine goldene Tränen, denn mehr wirst du nicht bekommen. Wer immer nur von Wohlstand und Reichtum träumt, erntet doch nur Verzweiflung und Tod. Mehr ist auch Brendan nicht geblieben ... ein kaltes Grab in einem fremden Land.«

Molly stand wie erstarrt vor ihr, Haar und Haut mit Gold bedeckt.

Erst als Jacques sich hinter ihr bewegte, wurde Mara klar, was sie eben getan hatte. Seine Hand krampfte sich in ihre Schulter, so daß sie sich nicht mehr bewegen konnte. Gleichzeitig kam Molly vor Wut schäumend auf Mara zu. Sie holte gerade zum Schlag aus, als sich eine Seitentür öffnete und ein junges, schmalgesichtiges Dienstmädchen eintrat. In ihren Händen hielt sie ein schweres Tablett mit einer silbernen Teekanne, Tassen und Untertassen.

Molly wirbelte auf dem Absatz herum und schlug wutentbrannt dem Mädchen das Tablett aus den Händen. Ellen schrie vor Schmerz auf, als die kochendheiße Flüssigkeit ihr über Brust und Arme floß. Dann brach sie in Tränen aus und lief aus dem Raum. In dem Durcheinander lockerte Jacques d'Arcy seinen Griff, so daß Mara sich losreißen konnte. Im nächsten Augenblick war sie dem Mädchen durch den Seitenausgang gefolgt. Sie schlug die Tür hinter sich zu und verriegelte sie.

Dann schaute sie sich verzweifelt um. Sie war in einem Nebenzimmer gelandet, das offensichtlich nur selten benutzt wurde, denn es war stickig, und auf den wenigen Möbeln lag Staub. Sie eilte ans Fenster und schaute hinaus. Direkt hinter dem Haus befand sich ein Gebäude mit niedrigerem Dach, das sie mit einem gewagten Sprung vielleicht erreichen konnte.

Mara zögerte einen Moment, doch es gab keine Alternative. Sie öffnete eben das Fenster, als sie hinter einem großen Sessel jemanden wimmern hörte. Sie eilte hinüber und erblickte in der Dunkelheit hinter dem Möbel das Mädchen, dessen Auftritt ihr die Flucht ermöglicht hatte.

»Ist alles in Ordnung?« fragte Mara, die keine Zeit verlieren wollte. Das Mädchen schniefte, stand langsam auf und nickte.

Mara sah sich das bemitleidenswerte Wesen an. Wenn sie von Molly abhängig war, war das Leben für sie bestimmt eine Hölle. Mara grub ein paar Silberdollar aus ihrer Börse, packte die sehnige Hand des Mädchens und legte das Geld hinein. Dann eilte sie wieder zum Fenster, während das Mädchen gebannt auf das kleine Vermögen starrte, das sie plötzlich besaß.

Mara hatte bereits einen Fuß auf das Fensterbrett gesetzt, als eine zittrige Stimme sie innehalten ließ.

»Es gibt auch eine Hintertreppe, Madam«, erklärte ihr Ellen und kam hinter dem Stuhl hervor. Sie zeigte auf eine kleine Tür, die vollkommen von einem schweren Vorhang verdeckt wurde.

Mara lief hinüber, schob den Vorhang beiseite und öffnete die Tür zur Treppe. »Danke«, sagte sie ruhig, aber so aufrichtig wie nie zuvor. Dann verschwand sie.

»Sie geht nicht auf«, erklärte Jacques und rüttelte an der Tür, hinter der Mara verschwunden war. »Wir müssen sie aufbrechen.«

»Na, mach schon. Wenn ich erst an Brendans Kröten gekommen bin, kann ich mir tausend Türen kaufen«, spornte Molly ihn an.

Jacques holte tief Luft und trat mit dem Fuß gegen die Tür. Krachend gab das Schloß nach, und er stürmte, gefolgt von dem Grafen, in das leere Zimmer.

»Sie muß durchs Fenster geflohen sein«, mutmaßte der Graf enttäuscht. Er war überzeugt, sein Opfer verloren zu haben, als er das Fenster offenstehen sah.

»Macht nichts«, tröstete Molly ihn von der Tür her. Ihr Zorn verwandelte sich in kalten Haß, als sie fortfuhr: »Wir werden uns später mit Mara O'Flynn beschäftigen. Ich komme schon noch zu meinem Vermögen.«

Mara erreichte ohne weiteren Zwischenfall die Pension. Atemlos trat sie ein und warf die Tür hinter sich ins Schloß. Sie stand immer noch an die Tür gelehnt da, als Jenny in die Eingangshalle kam, um sie zu begrüßen. Kaum hatte sie ihre Freundin zu Gesicht bekommen, erstarb ihr Lächeln.

»Was ist Ihnen passiert? Ist alles in Ordnung?« Jenny nahm Maras Arm, zog sie von der Tür fort und führte sie in den Salon. Dort drückte sie die zitternde Frau in einen Sessel.

»Was im Himmel ist denn geschehen?« fragte Jenny noch einmal, als Mara wieder zu Atem gekommen war.

Mara versuchte angestrengt, ihre Gedanken zu ordnen. »Leider hat mir Brendan längst nicht so viel hinterlassen, wie ich dachte. Es reicht genau für die Überfahrt nach Europa«, erklärte sie besorgt. »Ich muß so schnell wie möglich zu einer Reederei und Plätze auf dem nächsten Schiff nach England buchen.«

»Sie wollen San Francisco verlassen? Aber warum, Mara? Sie können auch hier eine Arbeit finden, oder etwa nicht? Warum sollte es in London oder Paris besser sein? Sie können hier zusammen mit Paddy ein neues Leben beginnen, Mara. Warum versuchen Sie es nicht wenigstens?«

Mara schüttelte den Kopf. »Ich komme hier nicht auf die Füße. Merkwürdig – das gleiche hat Brendan auch immer gesagt. Er wollte, daß wir hier ein neues Leben beginnen und daß die Vergangenheit nicht mehr zählen sollte.« Sie lächelte traurig. »Er hat sich geirrt. Die Vergangenheit hat uns eingeholt. Molly will Brendans Vermögen, und sie wollte mir nicht glauben, daß er kaum etwas hinterlassen hat. Sie wird mich nicht in Ruhe lassen, bis sie alles hat, was sie will. Deshalb muß ich fort, Jenny. Aber es wird mir schwerfallen, mich von Ihnen zu trennen. Sie waren die erste wirkliche Freundin, die ich je gehabt habe.«

Jenny sah Mara hinterher, nachdem sie aus dem Raum gegangen war, und mit Schrecken wurde ihr klar, daß sie Mara O'Flynn wahrscheinlich nie wiedersehen würde. Denn es gab keinen Grund für die schöne Irin, jemals nach San Francisco zurückzukehren – dort warteten nur traurige Erinnerungen auf sie.

Nicholas kaufte sich an der Ecke Zeitungen aus San Francisco und New Orleans. Ohne seine Umgebung auch nur eines Blickes zu würdigen, eilte er zu dem Restaurant in der Dupont Street, wo er mit dem Schweden zum Essen verabredet war. Während er wartete, blätterte er in den Zeitungen. Er hatte bereits ein Glas Wein getrunken, als er sich der Zeitung aus New Orleans widmete.

Sein Glas war gefüllt worden und immer noch voll, als der Schwede sich am Tisch niederließ und Nicholas neugierig musterte, der immer noch in die Zeitung vertieft war.

»Steht etwas Interessantes drin?« fragte der Schwede und bestellte sich einen Whiskey. Dann bemerkte er, daß die Zeitung aus New Orleans war, und sagte: »Eine Zeitung aus der alten Heimat? Ist der Missouri wieder über die Ufer getreten?«

»Ich habe sie aus Neugier gekauft«, antwortete Nicholas ruhig. »Ich werde so bald wie möglich nach New Orleans zurückkehren.«

Dem Schweden blieb der Mund offenstehen. »Du willst nach Hause? Du hast doch geschworen, nie wieder deinen Fuß in diese Stadt zu setzen. Was ist denn passiert?«

»Ich habe einen Brief von meinem Vater erhalten, den mir Denise von London aus nachgesandt hat. Meine Familie hat keine Ahnung, wo ich mich aufhalte«, erklärte Nicholas trocken. »In fünfzehn Jahren kommt man ganz schön herum.«

Der Schwede schüttelte seinen blonden Lockenkopf und schaute ihn erstaunt an. »Dein Vater hat dir geschrieben?«

Nicholas rang sich ein Lächeln ab. »Kaum zu glauben, was?«

»Nachdem er dich quasi aus New Orleans gejagt hat, ja? Aber wahrscheinlich heilt die Zeit alle Wunden«, sagte der Schwede, der noch nie verstanden hatte, wie man einen Menschen so hassen konnte, vor allem, wenn es sich um den eigenen Sohn handelte.

»Hier hat die Zeit nichts geheilt«, korrigierte ihn Nicholas und zog einen Umschlag aus der Rocktasche. »Nur die Wahrheit. Sein Stolz und sein Ehrgefühl gestatten es ihm nicht, falsch über mich zu urteilen. Also hat er sich überwunden und mir geschrieben.« Er reichte den Brief seinem Freund.

Der Schwede knallte sein Glas auf den Tisch. »Heißt das, er glaubt dir endlich?«

»Ja«, antwortete Nicholas knapp.

Der Schwede öffnete den Brief und begann zu lesen.

11. September 1850

Mein lieber Sohn Nicholas,

ich habe Dir schweres Unrecht zugefügt. Vor kurzem habe ich die Wahrheit darüber erfahren, welche Umstände zu François' Tod führten. Dir diesen Brief zu schreiben, schmerzt und erfreut mich gleichermaßen, denn jetzt, da ich die Wahrheit weiß, muß ich erkennen, was für ein törichter alter Mann ich war, als ich meinen geliebten Sohn verstieß. Ich kann Dich nur bitten, mir zu vergeben. Wirst Du nach Hause zurückkehren und Deinen Platz als rechtmäßiger Erbe von Beaumarais einnehmen? Ich werde mein Testament zu Deinen Gunsten abändern, und für den Fall, daß mir vor Deiner Rückkehr etwas zustoßen sollte, habe ich alles in meinem Tagebuch notiert. Dort wirst Du die volle Wahrheit erfahren. Ich bitte Dich um Vergebung und hoffe auf Deine Rückkehr.

Dein Dich liebender und reuiger Vater
François Philippe de Montaigne-Chantale

»Wenn ich es nicht mit meinen eigenen Augen sehen würde«, kommentierte der Schwede, als er Nicholas den Brief zurückgab, »hielte ich es nicht für möglich. Ich frage mich, warum er seine Meinung so geändert hat.«

»Ich weiß es nicht, aber du wirst verstehen, daß ich nach all den Jahren endlich erfahren möchte, wer François umgebracht und mir den Mord angehängt hat. Deshalb werde ich nach New Orleans zurückgehen«, erklärte ihm Nicholas. Seine Lippen bildeten eine dünne Linie, und er starrte nachdenklich auf den Brief.

»Soll ich mitkommen?« fragte der Schwede offen.

Nicholas schaute ihn eine Sekunde lang versonnen an, bevor er antwortete: »Das hängt von dir ab, Schwede. Vielleicht möchtest du San Francisco nicht verlassen. Vielleicht willst du ja weiter nach Gold suchen?« fragte er vorsichtig.

Der Schwede schüttelte das blonde Haupt. »Nein. Eigentlich wollte ich mich in ein Geschäft einkaufen, vielleicht ein Restaurant oder ein kleines Hotel«, gestand er mit breitem Grinsen. »Solide werden, könnte man sagen.«

Nicholas nickte und lächelte ironisch, als er wie nebenbei fragte: »Du willst dich also in San Francisco niederlassen?«

»Ich habe tatsächlich daran gedacht«, antwortete der Schwede ausweichend. »San Francisco ist einfach meine Art von Stadt. Hier gibt es genug Whiskey und Frauen für einen Mann wie mich. Und nachdem ich jetzt Kapital habe, möchte ich beim Aufbau mithelfen. Ich glaube, es könnte ein schöner Ort werden, wenn die richtigen Leute Hand anlegen.«

»Bist du sicher, daß du nicht nur wegen *einer* Frau hierbleibst?« fragte Nicholas unvermittelt. »Wegen einer scharfzüngigen Irin, die es mehr auf das Geld in deinen Taschen als auf dich abgesehen hat?«

Der Schwede ballte die riesigen Fäuste. »Weißt du, Nicholas, wenn du nicht mein bester Freund wärst, würdest du in diesem Augenblick auf dem Boden liegen und deine Zähne zusammensuchen können. Aber nachdem ich dich so gut kenne, verzeihe ich dir deine kurzsichtige, ungerechte und einfach dumme Haltung Mara O'Flynn gegenüber.«

Nicholas lachte humorlos. »Meine Güte. Sie hat dich wirklich verhext. Wann soll die Hochzeit stattfinden?«

Der Schwede starrte seinen Freund grimmig an. »*Du* bist verhext – denn du weigerst dich standhaft, die Wahrheit zu sehen. Mein Gott, Nicholas, wie soll sie dir denn beweisen, daß sie eine anständige Frau ist? Oder möchtest du das gar nicht? Weil du dann keinen Grund mehr hättest, sie zu hassen, und vielleicht sogar entdecken würdest, daß du sie magst? Ist das nicht die Wahrheit, Nicholas?«

»Du bist ein wahrer Philosoph geworden, Schwede. Nimm dich in acht, sonst wird man dich am Ende noch den Priester nennen.«

»Und du glaubst vielleicht, du hättest dich verändert, Nicholas, aber du bist immer noch so arrogant und engstirnig wie der junge Dandy, der damals New Orleans unsicher gemacht hat. Paß nur auf, daß du es nicht zu spät begreifst, Nicholas.«

Der Schwede hielt inne und gab bei einem vorbeieilenden Ober eine Bestellung auf. Dann faßte er seinen Freund wieder ins Auge und stellte klar: »Nur um dich zu beruhigen, ich habe nicht die Absicht, Mara O'Flynn zu ehelichen.«

»Na, endlich kommst du wieder zu Verstand«, gratulierte ihm Nicholas.

»Wenn sie mich wollte, würde ich morgen Ringe kaufen. Aber sie hat keinen Zweifel daran gelassen, daß sie nicht so für mich empfindet. Ich bin für sie ein Freund, jemand, auf den sie sich verlassen kann. Und sie hat verdammt wenig Freunde, würde ich sagen. Wußtest du, daß ihr Bruder gestorben ist? Daß sie jetzt allein für seinen Sohn sorgen muß?«

»Das habe ich gehört«, antwortete Nicholas. »Aber ich würde mir nicht allzu viele Sorgen um Mara O'Flynn machen. Ihr Bruder muß ihr ein Vermögen hinterlassen haben, obwohl natürlich manche Menschen nie genug bekommen können. Deshalb ist sie jetzt hinter deinem Geld her.«

»Jeder kann denken, was er will. Aber du solltest nicht den gleichen Fehler begehen wie dein Vater, Nicholas, und deine Mitmenschen verurteilen, ohne ihnen eine Gelegenheit zur Rechtfertigung zu geben. Etwas mehr Toleranz solltest du dir schon abringen.«

»Ich werde dich an deine Worte erinnern, Schwede«, sagte Nicholas lässig. »Du kommst also nicht mit?«

»Nein, ich glaube nicht. Außerdem, was soll ich dort? Ich war noch nie auf Beaumarais willkommen, und wenn sie sehen, wie du dich verändert hast, jagen sie mich bestimmt gleich wieder fort. Ich behalte hier die Dinge im Auge. Vielleicht möchtest du ja etwas von deinem Geld in mein Geschäft investieren?« spekulierte er und schaute den Kreolen hoffnungsvoll an.

Nicholas lächelte. »Schon, aber nur als stiller Teilhaber. Ich kann mir kaum vorstellen, eines Tages hinter einer Ladentheke zu stehen. Das wäre wohl für mich nicht ganz passend.«

»Dann sind wir uns einig!« lachte der Schwede und streckte ihm seine Hand entgegen. »Laß uns unsere neue Partnerschaft begießen. Wenn du zurückkommst, gehört mir die halbe Stadt«, verkündete der Schwede großspurig. Dann warf er Nicholas einen mißtrauischen Blick zu. »Du kommst doch zurück, oder?«

»Ganz bestimmt, Schwede, schließlich muß ich doch kontrollieren, ob du mich nicht übers Ohr haust«, versprach ihm Nicholas und hob sein Glas.

»Wann segelst du los?« fragte der Schwede.

»Übermorgen legt ein Schiff nach New York ab, das in New Orleans haltmacht. Auf diese Weise habe ich Zeit genug, das Geschäftliche mit dir zu regeln und mich von San Francisco zu verabschieden«, erklärte Nicholas. »Machen wir eine Nacht daraus, die wir nicht vergessen werden!«

Dem hatte der Schwede nichts hinzuzufügen.

Das Leben ist eine Reise ins Ungewisse

SHAKESPEARE

Kapitel 10

Mara ging langsam durch den Korridor im Parker House und suchte nach dem Zimmer des Schweden. Sie konnte San Francisco einfach nicht verlassen, ohne sich von ihm zu verabschieden.

Schließlich hatte sie seine Tür erreicht und zögerte kurz, bevor sie anklopfte. Sie brauchte nicht lange zu warten.

»Mara!« begrüßte er sie lächelnd und öffnete die Tür. »Kommen Sie doch bitte herein. Was für eine Ehre.«

»Ich weiß, daß Sie zum Essen gehen wollen, aber ich möchte Sie auch nicht lange aufhalten. Ich wollte mich nur von Ihnen verabschieden«, eröffnete ihm Mara.

»Verabschieden?« wiederholte der Schwede.

»Ich habe beschlossen, San Francisco zu verlassen. Noch heute abend legt mein Schiff ab. Nächstes Jahr um diese Zeit sind wir bereits in London. Dort gehöre ich hin, Schwede, nicht hierher«, erklärte Mara.

Der Schwede brachte mühsam ein Lächeln zustande. »Ich werde Sie vermissen, Mara. Sind Sie sicher, daß Sie abreisen wollen? Ich werde mich in San Francisco niederlassen und ... nun, ich dachte, wir würden weiter Freunde bleiben.«

Mara lächelte traurig. »Das hätte mir gefallen, Schwede, aber manchmal spielt das Leben nicht so, wie man es gern hätte.«

»Sie reisen doch nicht ab, weil Sie sich vor jemandem fürchten, oder?« verlangte der Schwede kampflustig zu wissen. »Dieser Franzmann hat Sie wieder belästigt, nicht wahr? Wenn das stimmt, dann biege ich ihm die Finger so zurecht, daß er nie wieder Karten mischen wird.« Mara wußte, daß das keine leere Drohung war.

»Nein«, log sie, denn es hatte keinen Sinn, den Schweden auch noch in diese Angelegenheit zu verwickeln. »Ich will einfach fort, und auf diese Weise gehe ich auch allen Schwierigkeiten mit Molly oder Jacques aus dem Weg. Es ist wirklich am besten so«, beschwichtigte ihn Mara. »Jetzt muß ich los.«

Der Schwede nickte, aber es gelang ihm nicht, seine Enttäuschung zu verbergen. »Ich hoffe, Sie finden, wonach Sie suchen, Mara, und Sie wissen, daß ich Ihnen wirklich viel Glück wünsche.«

»Ich weiß, Schwede. Und vielen Dank, daß Sie mein Freund geblieben sind, auch nachdem Sie soviel über meine Vergangenheit erfahren haben«, bedankte sich Mara mit einem warmen Lächeln. Dann stellte sie sich auf die Zehenspitzen und küßte ihn auf die Wange.

Die kräftigen Arme des Schweden schlangen sich um sie, als sie zurücktreten wollte, und er senkte seinen Mund auf ihren. Es war ein süßer, trauriger Kuß, denn sowohl Mara als auch er wußten, daß ihm keine weiteren folgen würden.

Nicholas, der mit finsterer Miene in der Tür stand, wußte das dagegen nicht. Für ihn war es ein leidenschaftlicher Kuß.

»Verzeihung, aber ich habe angeklopft«, sagte er kalt, als der Schwede Mara aus seinem Griff entließ. »Ich hatte keine Ahnung, daß du schon jetzt anfängst, dich zu amüsieren, Schwede«, kommentierte er sarkastisch und mit einem abfälligen Seitenblick auf Mara, die bis unter die Haarwurzeln errötete. »Ich wünsche dir einen angenehmen Abend, Schwede. Ich kann dir persönlich bestätigen, daß sie jeden Penny wert ist, den du ihr zahlst.«

Als Mara nach Luft schnappte und der Schwede ihn empört anstarrte, lächelte Nicholas und sagte: »Hat sie dir nicht verraten, daß sie meine Geliebte war? Schade. Du solltest wirklich nicht sooft vergessen, die Wahrheit zu sagen, meine Süße. Na, dann werden wir uns wahrscheinlich nicht bei Delmonico treffen«, wandte er sich wieder an den Schweden. Er schenkte ihm einen mitleidigen Blick und verließ den Raum. Die Tür fiel hinter ihm ins Schloß.

Mara biß sich auf die Lippe vor Schmerz. Sehnsüchtig starrte sie auf die Tür. Der Schwede nahm sie beim Arm und drehte sie herum, so daß sie ihn anschaute. Er blickte freundlich in ihr gedemütigtes Antlitz.

»Es tut mir leid, Mara. Ich wußte nicht, daß es so ernst war zwischen

Ihnen und Nicholas. Ich wußte, daß die Beziehung zwischen Ihnen beiden tiefer war, als Sie zugeben wollten, aber ich hatte ja keine Ahnung...« Hilflos zuckte er die Achseln.

»Für Nicholas war es nie ernst«, schluchzte Mara mit erstickter Stimme, da sie ihr Gesicht an der Brust des mächtigen Schweden barg. »Es ist so dumm von mir, daß ich ihn immer noch liebe, aber ich kann einfach nichts dagegen tun, Schwede«, gestand sie. »Ich liebe ihn so sehr, daß ich vor Sehnsucht fast vergehe. Dabei weiß ich, daß ich mich sinnlos quäle, denn er wird meine Liebe niemals erwidern. Er verabscheut mich.«

Der Schwede schüttelte den Kopf. »Ich verstehe Nicholas nicht mehr. So hat er sich noch nie verhalten. Das ist sein verdammter kreolischer Stolz. Ich glaube, er haßt Sie längst nicht so sehr, wie er Ihnen vormachen möchte, und das macht ihn so wütend. Vielleicht ist er sogar eifersüchtig auf uns beide. Wenn Sie nur etwas mehr Zeit hätten, wenn Sie einander wirklich kennenlernen könnten, dann könnten Sie einen neuen Anfang machen. Aber dazu bleibt keine Zeit mehr«, seufzte der Schwede, »denn Sie reisen nach London, und er kehrt nach New Orleans zurück.«

Mara starrte den Schweden an. Es versetzte ihr einen Stich, daß auch Nicholas San Francisco verlassen wollte. Sie hatte sich zwar damit abgefunden, ihn nie wiederzusehen, nachdem sie aus San Francisco verschwunden wäre, aber irgendwie hatte sie sich mit der Vorstellung getröstet, daß er in dieser Stadt blieb, mit Menschen verkehrte, die sie kannte, und sich an vertrauten Orten aufhielt.

»Er war mein erster Geliebter, Schwede, und das weiß er auch. Er weiß ganz genau, daß ich nicht das bin, als was er mich eben hingestellt hat. Nun wird er nie von meiner Liebe erfahren. Vielleicht werde ich ihn ja eines Tages vergessen können.« Sie schaute den Schweden an und brachte ein Lächeln zuwege. »Viel Glück, Schwede.«

Mara eilte zurück zur Pension. Sie hoffte, daß Jamie Paddy bereits angezogen hatte und bereit zur Abreise war. Hastig zog sie sich die Haube vom Kopf und die Handschuhe von den Händen, als sie in der Eingangshalle stand. Dann ließ sie ihre Stimme durch das schweigende Haus schallen.

»Jenny? Ich bin wieder da. Ich hoffe, es bleibt noch Zeit für eine Tasse Tee, bevor wir gehen müssen. Es tut mir leid, daß es länger gedauert hat, aber –«

Sie unterbrach sich, als sie die Tür zum Speisesaal öffnete. Die Mittagstische waren noch nicht abgeräumt.

»Miss O'Flynn?« ertönte eine klägliche Stimme hinter ihrem Rükken.

Mara wirbelte mit klopfendem Herzen herum. »Himmel, hast du mir einen Schrecken eingejagt, Gordie! Wo seid ihr denn alle? Es ist so ruhig hier.«

Gordies Unterlippe begann zu beben, dann rollte eine dicke Träne über seine Wange. »Oben. Ein Mann hat Mama weh getan. Dann hat er Paddy mitgenommen. Er war so böse. Alle haben geweint, und dann hat er Jamie getreten. Ich hab' mich unter der Treppe versteckt. Mama hat gesagt, ich soll auf Sie warten, Miss O'Flynn.«

Maras Augen weiteten sich vor Schreck. Sie stöhnte auf und eilte an Gordie vorbei die Treppe hinauf zu Jennys Zimmer. Weinen und leise Stimmen drangen heraus.

Sie stieß die Tür auf und starrte fassungslos auf die kleine Gruppe, die sich schutzsuchend zusammengekauert hatte. Jamies und Jennys Haare waren zerzaust, und Jenny hielt Peter in ihren Armen, über dessen kleines Gesicht immer noch Tränen flossen.

»Um Gottes willen«, flüsterte Mara atemlos, als sie Jennys blutunterlaufenes Auge und die aufgeplatzte Lippe sah. Jamies Arm hing in unnatürlichem Winkel herunter, und sie hatte die Augen vor Schmerz geschlossen.

»Mara!« rief Jenny aus, als sie ihre Freundin in dem schweren Mantel erkannt hatte. »Dem Himmel sei Dank, daß Sie endlich da sind!«

Mara trat langsam ins Zimmer. Gordie schoß an ihr vorbei und rannte zu Jenny. Paul stand auf der anderen Seite des Stuhles wie einer seiner standhaften Zinnsoldaten.

Mara schaute die beiden Frauen an und ahnte bereits, was sie jetzt zu hören bekommen würde.

»Sie sind eingedrungen und haben nach Paddy gefragt«, schilderte Jenny mit stockender Stimme. »Ich habe sie gleich wiedererkannt, aber diesmal war der Schwede nicht da, um sie aufzuhalten.«

Jamie hielt sich den gebrochenen Arm vor die Brust, während sie sich vor Schmerz wiegte. Plötzlich begann sie zu jammern: »Sie haben Paddy. Himmel, sie haben Paddy mitgenommen. Und er hat geschrien und sich gewehrt, und plötzlich war er ganz still. Was haben sie mit ihm gemacht, was haben sie bloß mit ihm gemacht? Das hat alles diese

Teufelin ausgeheckt. Ich hab' ihr nie vertraut. Hoffentlich verrottet sie bald in der Hölle, dieses Miststück!« fluchte Jamie. Dann begann sie zu schluchzen.

»Wir haben versucht, sie aufzuhalten«, erklärte Jenny so verzweifelt, daß Mara vor Schmerz zusammenzuckte, »aber gegen zwei Männer konnten wir nichts ausrichten. Was wollen sie denn eigentlich von uns?«

Mara traute ihren Sinnen nicht mehr. Molly hatte ihren Sohn von Jacques und dem Grafen kidnappen lassen. Sie hatten zwei harmlose Frauen gequält, die niemandem etwas Böses getan hatten. »Dafür wird sie bezahlen«, schwor Mara mit eisiger Stimme. In ihren Augen loderte mörderischer Zorn. »Sind Sie verletzt?« fragte sie unvermittelt.

»Ich bin ein bißchen durcheinander, aber sonst ist alles in Ordnung«, versicherte ihr Jenny. Dann warf sie einen besorgten Blick auf die ältere Frau neben ihr und ergänzte: »Aber ich glaube, Jamies Arm ist gebrochen.«

Mara nickte und ging zu Jamie hinüber, die wie betäubt auf den Boden starrte und immerzu Paddys Namen murmelte. Mara kniete vor ihr nieder und blickte in die geröteten Augen. »Ich werde ihn finden, Jamie. Das schwöre ich bei Brendans Grab. Ich werde dir Paddy wohlbehalten zurückbringen.«

Jamie schniefte und schaute Mara an. Plötzlich wirkte sie ein wenig erleichtert. »Sie werden Paddy zurückholen? Sie nehmen ihn ihr wieder weg?« fragte sie und nickte dann, als würde sie das, was sie in Maras Gesicht sah, zuversichtlich stimmen.

»Ich bin bald zurück. Und ich werde einen Arzt rufen«, versprach Mara und stand wieder auf. »Sie haben nichts mehr zu befürchten. Molly hat, was sie wollte.«

»A-aber, Mara«, rief Jenny ihr nach, »sollen wir nicht lieber die Polizei rufen? Holen Sie den Schweden, er wird uns helfen. Mara! Kommen Sie zurück!« schrie sie, aber Mara war schon verschwunden.

Mara blieb gegenüber Mollys Haus stehen und inspizierte die Fenster. Als sich nichts rührte, lief sie über die Straße und in die kleine Gasse neben dem Haus.

Sie hielt den Atem an, als sie die Seitentür aufschob und ins Treppenhaus schielte. Drinnen roch es muffig. So leise wie möglich kletterte Mara die Treppen hoch, bis sie vor jener Tür stand, durch die sie erst gestern entkommen war.

Sie holte tief Luft, öffnete sie und schlich sich hinein. Dann runzelte sie die Stirn, weil ihr der Gedanke kam, daß die Entführer möglicherweise gar nicht hier waren. Schnell durchquerte sie das Zimmer und lauschte an der Tür zu Mollys Schlafgemach. Es war nichts zu hören. Das Haus war zu ruhig. Sie zückte ihren Derringer und öffnete mit einem Schwung die Tür, deren Schloß beschädigt war. In Mollys Zimmer war es dunkel und kalt.

Mara ließ die Hand sinken und sah sich ratlos um. Das Haus war verlassen. Sie hatten Paddy nicht hierhergebracht. Und sie war so überzeugt gewesen, ihn retten zu können. Es war ihr gar nicht in den Kopf gekommen, daß er anderswo versteckt sein könnte.

»Es ist niemand zu Hause.« Die Stimme kam aus der Dunkelheit hinter ihr, und Mara stieß einen Schreckensschrei aus. Dann drehte sie sich um.

»Wer sind Sie? Wo ist Paddy? Was haben Sie mit ihm gemacht?« fragte Mara.

»Ich weiß nicht, wovon Sie sprechen, aber ich habe gesehen, wie Sie drüben gewartet haben. Ich habe Sie gleich wiedererkannt.« Ellen stand am anderen Ende des Zimmers. Dann lächelte sie und sagte: »Ich habe gehört, daß sie den kleinen Jungen in ein Lagerhaus an den Docks bringen wollten.«

»Haben Sie auch gehört, in welches Lagerhaus?« fragte Mara ängstlich, da sie an die endlosen Reihen einfacher Schuppen am Hafen dachte.

Ellen schüttelte den Kopf. Aber plötzlich trat ein Licht in ihre glanzlosen Augen: »Aber einer hat gedroht, den Kleinen in ein Nagelfaß zu stecken, falls er Schwierigkeiten macht.«

Mara bedankte sich bei dem bemitleidenswerten Wesen, eilte aus dem Haus und hastete weiter in Richtung Portsmouth Square. Sie mußte den Schweden finden. Er mußte ihr helfen; er würde Paddy retten. Dann fielen ihr Nicholas' letzte Worte ein, als er sie in den Armen des Schweden überrascht hatte.

Nicholas hatte gesagt, er würde den Schweden wohl nicht bei Delmonico's sehen. Kurz darauf rannte sie über die Plaza und die Merchant Street zur Montgomery Street hinunter, wo das Delmonico's lag.

Das Restaurant war so voll wie bei ihrem letzten Besuch. Sie schaute sich aufgeregt um, konnte aber weder den Schweden noch Nicholas irgendwo entdecken. Enttäuscht wollte sie schon wieder gehen, da sah sie einen Ober, der eine Flasche Champagner in einen Eiskübel stellte. Mit dem Mut der Verzweiflung ging sie zu ihm hinüber.

»Haben Sie einen großen blonden Mann gesehen? Man nennt ihn den Schweden. Ich muß ihn unbedingt finden. Es ist wirklich sehr wichtig«, erklärte ihm Mara.

Der Ober wischte seine Hände an einem feinen Leinentuch ab und beäugte sie herablassend. Dann ließ er sie hoheitsvoll wissen, daß er den Gesuchten nicht kenne. Mara knirschte vor Wut fast mit den Zähnen, als er sich gleich darauf wieder abwandte und mit seiner Arbeit fortfuhr.

»Kennen Sie dann vielleicht zufällig einen Herrn namens Nicholas Chantale? Ich bin mit ihm zum Essen verabredet, und er wartet nicht gern«, log Mara in einem letzten verzweifelten Versuch.

Der Ober drehte sich wieder um, ein weltkluges Lächeln auf dem Gesicht, das Mara am liebsten herausgeprügelt hätte. »Warum haben Sie das nicht gleich gesagt, *Mademoiselle*? Monsieur Chantale speist oben in unseren Separées. Sie haben den falschen Eingang benutzt«, belehrte er sie hochnäsig. Er schnippte mit den Fingern , und ein Pikkolo eilte herbei. »Führen Sie diese *Dame* zu Monsieur Chantale«, befahl er mit einer diskreten Geste in Richtung einer Hintertür.

Mara folgte dem Pikkolo die Treppe hinauf in einen schwach beleuchteten Gang. Hier konnte ein Mann in aller Ruhe mit der Dame seines Herzens speisen und später auf den weichen Sofas ungestört den Nachtisch genießen.

Mara wartete nervös hinter dem Ober, der diskret anklopfte. Ihre Angst um Paddy ließ sie vergessen, wie unangenehm es ihr war, Nicholas noch einmal unter die Augen zu treten. Auch wenn er sie haßte, konnte er ihr wenigstens verraten, wo sich der Schwede aufhielt.

Mara hörte, wie Nicholas' tiefe Stimme sie hereinbat. Sie trat ein, und die Tür schloß sich hinter ihr. Nicholas Chantale schaute sie ungläubig an.

In ihrem schweren Mantel und mit der Haube war Mara entschieden zu warm angezogen. Hinter Nicholas räkelte sich eine spärlich bekleidete und verträumt dreinblickende Blondine auf den bordeauxroten Kissen des Sofas, ein Glas Champagner in der Hand. Ihr Blick wurde kalt, als sie Mara entdeckte.

»Wer zum Teufel ist das?« wollte sie zornig wissen und zwängte sich in ihr Mieder. »Du hättest mir wirklich sagen können, daß du noch Besuch von deiner Frau erwartest!«

Nicholas lachte lauthals und kam auf Mara zu. »Eigentlich müßte ich überrascht sein, dich hier anzutreffen, aber da ich dich kenne, bin ich es nicht«, bemerkte er leise. »Was zum Teufel willst du hier? Du suchst doch nicht etwa nach dem Schweden? Es überrascht mich, daß er dir überhaupt entwischt ist. Du verlierst dein Fingerspitzengefühl.«

»Es ist mir vollkommen gleichgültig, was du glaubst, Nicholas. Ich muß den Schweden finden, denn nur er kann mir helfen«, schluchzte Mara, die Fäuste fest geballt. »Jacques und der Graf haben Paddy gekidnappt. Sie halten ihn in einem Lagerhaus an den Docks gefangen. Ich muß ihn befreien, Nicholas. Molly glaubt mir nicht, daß Brendan das ganze Geld ausgegeben hat. Ich habe nichts, was ich ihr geben könnte. Ich weiß nicht, was sie tun wird, wenn sie das herausfindet«, sprudelte es aus ihr heraus. »Wo ist der Schwede? Verdammt noch mal, Nicholas, sag es mir!« schrie sie verzweifelt und begann mit den Fäusten auf ihn einzutrommeln.

Nicholas packte ihre Arme und hielt sie von sich. Er starrte in ihr angstverzerrtes Gesicht und versuchte, darin die Wahrheit zu lesen. Sie hatte ihn so oft angelogen, daß er nicht wußte, was er glauben sollte.

»Nicholas«, flehte Mara. »*Bitte!* Hilf mir. Ich tue alles, was du willst, aber bitte, bitte, hilf mir.«

Nicholas blickte ihr noch einen Moment lang in die Augen und nickte dann bedächtig. »Gut. Ich glaube dir, Mara. Gehen wir zum Schweden«, erklärte er gleich darauf. Er nahm seinen Mantel und seine Weste und ging zur Tür.

»He! Was ist mit mir? Du bist mir ja ein schöner Gentleman, eine Dame mitten beim Essen allein zu lassen! Ich hätte gute Lust«, begann die Blondine, verstummte aber, als Nicholas ihr einen Beutel in den Schoß warf.

»Dafür, daß ich Ihre wertvolle Zeit in Anspruch genommen habe, *Mademoiselle*«, entschuldigte er sich galant. Dann zog er Mara hinter sich her in den Gang und eine Tür weiter. Ohne anzuklopfen stürmte er hinein und ließ Mara draußen stehen.

Sie wollte sich schon lautstark beschweren, dann aber fiel ihr ein, in welcher Verfassung sich Nicholas' Tischdame befunden hatte. Sie hörte Stimmen hinter der Tür, die eine Sekunde später geöffnet wurde. Dann standen Nicholas und der Schwede vor ihr.

»Sie haben sich nichts getan, Mara?« fragte der Schwede besorgt, nahm ihren Arm und führte sie über die Hintertreppe auf die Straße hinaus. »Stimmt es, daß Paddy entführt wurde?«

Mara nickte nur. Dann wurde sie in eine Kutsche geschoben, die Nicholas angehalten hatte. Nachdem sie sich zwischen Nicholas und dem Schweden auf dem Sitz niedergelassen hatte, erkundigte sich der Schwede: »Was ist passiert, Mara?«

»Ja, würdest du mir verraten, in was ich hier eigentlich verwickelt werde?« fragte auch Nicholas. »Du warst ein wenig verwirrt, als du mich beim Essen störtest.«

»Molly steckt hinter der ganzen Geschichte. Sie war Brendans Frau, hat uns aber vor Jahren verlassen. Paddy ist ihr Sohn. Wir dachten, wir würden sie nie wiedersehen, bis wir ihr vor ein paar Wochen hier in San Francisco begegneten. Sie wollte Geld von Brendan und drohte, Gerüchte über uns in der Stadt zu verbreiten, falls er sich weigern würde zu zahlen. Dann starb Brendan, und er war kaum unter der Erde, als sie schon sein Erbe verlangte. Aber Brendan hat alles ausgegeben.«

»Das heißt, Sie besitzen nichts mehr?« fragte der Schwede verwundert.

»Kaum etwas. Das meiste habe ich für unsere Schiffskarten ausgegeben. Ich war vollkommen verzweifelt. Natürlich würde sie niemals glauben, daß ich kein Geld mehr habe. Gestern schleppten mich Jacques und der Graf zu ihr. Ich konnte entkommen, aber ich hatte nicht damit gerechnet, daß sie sich an Paddy vergreifen würden«, berichtete Mara mit zitternder Stimme. »Ich wußte, daß sie mir auch weiterhin Schwierigkeiten machen würde. Deshalb wollte ich San Francisco so schnell wie möglich verlassen. Und während ich mich von Ihnen verabschiedete, drangen die beiden Männer in die Pension ein und raubten Paddy. Sie haben Jamie einen Arm gebrochen und Jenny geschlagen.« Mara konnte ihre Stimme vor Wut kaum beherrschen.

»Mein Gott!« entfuhr es dem Schweden, und er ballte die Fäuste. »Sie haben die Frauen geschlagen!«

»Es sind Bestien, und Molly ist die schlimmste von allen«, weinte Mara verzweifelt. »Wie kann sie ihrem eigenen Sohn so etwas antun? Ich muß ihn finden!«

»Woher wissen Sie, wo er ist?« fragte Nicholas und warf einen Blick aus dem Fenster. Sie näherten sich bereits den Hafenanlagen.

»Ich schlich mich in Mollys Haus, weil ich dachte, sie hätten Paddy dorthin gebracht.«

Nicholas schaute sie überrascht an. Seine Augen verengten sich. »Du wolltest ihn ganz allein retten? Und was wolltest du damit beweisen?«

»Ich bin nicht so hilflos, wie du denkst, Nicholas. Ich habe eine Waffe. Und ich kann damit umgehen«, belehrte ihn Mara mit mühsam bewahrter Fassung. »Paddy ist für mich wie mein eigener Sohn. Ich würde alles tun, um ihn zurückzubekommen.«

»Das glaube ich dir, Mara«, bestätigte Nicholas leise. Er begann zu ahnen, welche Kraft und Stärke diese rätselhafte Frau besaß.

»Sie hätten mir von Ihren Sorgen erzählen sollen, Mara«, entrüstete sich der Schwede. »Ich hätte Ihnen helfen können. Sie hätten nicht fortzulaufen brauchen.«

»Ich wollte Sie nicht in diese Angelegenheit hineinziehen. Vielleicht wären Sie verletzt worden. Und außerdem«, fügte Mara mit einem traurigen Seufzer hinzu, »dachte ich, wir wären verschwunden, bevor noch etwas passieren konnte.«

»Wissen Sie, nach welchem Lagerhaus wir suchen?« unterbrach Nicholas sie und ließ die Kutsche halten.

»Ich weiß nur, daß von Nägeln die Rede war, mehr nicht«, antwortete Mara ihm stirnrunzelnd.

»Das muß reichen«, kommentierte Nicholas. »Am besten wartest du hier in der Kutsche. Am allerbesten wäre es, wenn der Kutscher dich zurück zur Pension bringen würde. Du kannst dort auf uns warten.«

»Nein!« widersprach Mara und sprang aus der Kutsche auf die schlammige Straße, bevor Nicholas oder der Schwede sie aufhalten konnten. »Ich werde nicht warten. Ich komme mit«, entschied sie. »Ihr werdet mich nicht davon abhalten. Ich muß dabeisein, Nicholas.«

»Du kannst sie genausogut mitkommen lassen«, sagte der Schwede. »Besser, sie ist bei uns, als daß sie irgendwo in der Dunkelheit herumschleicht.«

Nicholas zuckte mit den Achseln, entlohnte den Kutscher und versprach ihm ein saftiges Trinkgeld, falls er warten würde. Den Schweden und Mara an seiner Seite, begann er, die Straße hinunterzugehen.

Langsam gingen sie an den Lagerhäusern entlang und versuchten die verblaßten Aufschriften zu entziffern. In manchen wurden Haushaltswaren und Wolle gehandelt, in anderen Druckmaterialien und Papier, Schiffsvorräte oder Glas. Alle Gebäude waren stockdunkel. Doch aus einem drang Licht durch ein kleines Fenster auf der Rückseite. Und vorn wurde in großen Lettern für Baumaterialien geworben.

»Wahrscheinlich haben sie sich in einem kleinen Büro hinten verkrochen. Am besten sicherst du die Rückseite, Schwede. Höchstwahrscheinlich gibt es einen Hinterausgang aus dem Büro auf die Straße. Ich schleiche mich durch den Haupteingang hinein«, bestimmte Nicholas ruhig. »So haben wir sie zwischen uns. Du erinnerst dich doch an den Indianerschrei, mit dem du früher immer die Passagiere auf den Mississippidampfern erschreckt hast?«

»Klar doch«, antwortete der Schwede breit grinsend, denn er erriet Nicholas' Plan.

»Gib mir ein paar Minuten, Schwede, dann kommst du durch die Tür, wenn du soweit bist«, sagte Nicholas. Ohne ein weiteres Wort verschwand er in der Dunkelheit.

Mara zuckte ängstlich zusammen, als sich eine schwere Hand auf ihre Schulter legte. Dann hörte sie die tiefe Stimme des Schweden dicht an ihrem Ohr. »Wir bringen ihn zurück, Mara. Das verspreche ich Ihnen«, versicherte er ihr und ging davon, um vor der Hintertür Position zu beziehen.

Mara zückte ihren kleinen Derringer und folgte ihm an der Mauer entlang, bis sie genau unter dem Fenster stand, aus dem das Licht drang. Von Nicholas war nichts zu sehen, und der Schwede war bereits um die Ecke verschwunden.

Nicholas hatte die Eingangstür erreicht und drückte halbherzig die Klinke. Zu seiner großen Überraschung öffnete sich die Tür. Offenbar waren die Entführer sich ihrer Sache so sicher, daß sie es noch nicht einmal für nötig gehalten hatten, die Tür zu verriegeln.

Nicholas schlich sich hinein. Obwohl es dunkel war, konnte er die Silhouetten von großen Fässern und Kistenstapeln ausmachen. Er fluchte, als er über den Stiel einer Schaufel stolperte, die quer über den Weg lag und zu einem Sortiment von Schaufeln, Hacken und Sägen an der Wand gehörte. Er tastete sich an mehreren Schubkarren vorbei, die weiter vorn auf dem Boden aufgestellt waren. Am Ende der großen Lagerhalle drang Licht durch einen schmalen Spalt unter der Tür.

Nicholas hörte ein Husten, dann ein rauhes Lachen, gefolgt von einer Frauenstimme. Plötzlich hoffte er, daß sie sich im richtigen Lagerhaus befanden, daß dort nicht ganz normale Geschäftsleute über ihren Büchern saßen. Denn sie würden nie mehr dieselben sein, wenn sie erst den Kriegsschrei des Schweden gehört hatten. Aber es war schon fast elf Uhr abends; kein Kaufmann arbeitete so lange, überlegte Nicholas. Vor allem nicht zusammen mit einer Frau und einem Kind, fügte er grimmig hinzu, denn in diesem Augenblick hörte er Kinderweinen.

Im selben Augenblick durchschnitt ein grauenhafter, unmenschlicher Schrei die Stille, der selbst Nicholas Schauer über den Rücken jagte. Er trat im gleichen Augenblick die Tür ein, in dem die Hintertür unter dem Ansturm des Schweden nachgab.

Die drei im Raum waren von dem Kriegsschrei und der plötzlichen Attacke wie gelähmt. Nicholas und der Schwede stürzten sich von beiden Seiten in den Raum.

Molly sank ohnmächtig in einer Ecke zu Boden, während der Graf und Jacques sich ihren Angreifern stellten.

Als Jacques Nicholas' wutverzerrtes Gesicht sah, hätte er sich am liebsten augenblicklich ergeben. Aber er wußte, daß sein Gegner keine Gnade kennen würde, und so zog er seine Pistole aus der Rocktasche und versuchte, die Gestalt anzuvisieren, die da auf ihn zuflog. Doch Nicholas war schneller, tauchte zu Jacques' Füßen ab und brachte ihn aus dem Gleichgewicht. Sie stürzten beide zu Boden. Jacques schlug wie besessen um sich und versuchte Nicholas mit seinen Füßen zu treten.

Der Schwede hatte mit einem sauberen Schlag die Vorderzähne des Grafen von ihren Wurzeln getrennt und seinen Kiefer zerschmettert. Jetzt stand er über dem blutverschmierten Körper seines reglos daliegenden Gegners und verfolgte mit Interesse den Kampf zwischen Nicholas und Jacques. Es schien, als hätte Jacques genug, nachdem ihm Nicholas die Faust auf die Nase plaziert hatte. Doch plötzlich sah der Schwede Stahl aufblitzen, und bevor er Nicholas warnen konnte, hatte Jacques die Klinge in Nicholas Schulter gerammt.

Im gleichen Moment war Jacques schon wieder auf den Beinen. Doch bevor er noch die Tür erreichen konnte, rief Nicholas seinen Namen. Jacques wirbelte herum, sein blutiges Gesicht zu einer dämonischen Fratze verzerrt und die Hand erhoben, um das Messer auf seinen Gegner zu schleudern. Diesmal war Nicholas auf der Hut. Der ohrenbetäubende Knall seiner Pistole erfüllte den Raum. Jacques wurde rückwärts gegen die Wand geschleudert. Noch bevor er zu Boden sank, war er tot, die Augen vor Überraschung und Schmerz weit aufgerissen.

»Ist es schlimm, Nick?« fragte der Schwede, als sich Nicholas mühsam hochrappelte.

Nicholas schnitt eine Grimasse und studierte sein blutgetränktes Hemd. »Es wird schon gehen. Wo ist der Junge?«

Plötzlich bewegte sich etwas unter einem Deckenstapel in der Ecke. Nicholas schob die staubigen Stoffberge beiseite und entdeckte den gefesselten kleinen Jungen darunter. Die dunklen Locken hingen ihm in die schreckgeweiteten Augen, als er den großen, wild aussehenden Mann über sich erblickte, der sich gerade das Blut abwischte.

Er krümmte sich vor Angst zusammen, als er sah, wie sich Molly mit raschelnden Kleidern hinter dem Mann aufrichtete, der ihn befreit hatte. Nicholas hörte das Geräusch in just dem Augenblick, als Molly, die das Bewußtsein wiedererlangt hatte und erkannte, daß alles verloren war, aus dem Raum zu schleichen versuchte. Der Schwede wollte sie aufhalten, aber Nicholas schüttelte den Kopf und gab ihm ein Zeichen, sie laufenzulassen.

»Sie hat verloren, und sie weiß es«, sagte er und wandte sich wieder dem kleinen Jungen zu. »Ich glaube, wir brauchen uns um sie keine Sorgen mehr zu machen.«

»Wenn sie noch einmal Schwierigkeiten macht, dann wird sie sich wünschen, nie nach Kalifornien gekommen zu sein«, versprach der Schwede. Seine sanften blauen Augen funkelten jetzt zornig.

Als Mara den markerschütternden Schrei des Schweden gehört hatte, war sie, gelähmt vor Angst, erstarrt, bis sie Kampflärm und schließlich einen Pistolenschuß hörte. Dann hatte sie sich wieder in der Gewalt und rannte zum Eingang des Büros, aus dem im gleichen Augenblick eine Gestalt herausgelaufen kam. Dann standen Mara und Molly Angesicht in Angesicht.

Die beiden Frauen starrten sich eine Sekunde lang schweigend an, dann deutete Molly auf die kleine Pistole, die Mara auf sie gerichtet hatte.

»Du wirst sowieso nicht schießen«, spie sie. »Aber wenn ich eine Waffe hätte, wärst du schon tot. Du glaubst, du hast gewonnen, aber du täuschst dich. Diesmal hast du Hilfe gehabt, aber die beiden können dich nicht rund um die Uhr beschützen«, drohte sie höhnisch. »Vergiß nicht, daß ich das Vermögen haben will und daß ich hier auf dich warte. Ich kann mindestens fünfzig Freunde organisieren, die sich das Geld gern mit mir teilen würden. Du hast nicht gewonnen, Mara O'Flynn... eines Tages nämlich ich der Sieger sein.« Sie stieß Mara gegen die Wand und eilte die Gasse hinunter auf die Straße.

Mara atmete zitternd aus und stieg über die zersplitterte Tür auf dem Boden in das Büro. »Paddy!« schrie sie und schaute sich verzweifelt um.

Als er Maras Stimme hörte, brach es aus Paddy heraus, und er versuchte, sich laut weinend aus seinen Fesseln zu befreien.

Nicholas trat beiseite, als Mara in den Raum gelaufen kam. Sie hatte nur Augen für Paddy, der apathisch in der Ecke hockte. Der Schwede ging vor ihm in die Hocke und schnitt das Seil durch, mit dem seine Hände und Füße zusammengebunden waren. Dann hielt Mara ihn in ihren Armen. Sie drückte ihn an ihre Brust.

»Sie hat gesagt, sie ist meine Mama. Das ist sie doch gar nicht! Ich hasse sie!« heulte Paddy. Seine Stimme wurde gedämpft, als er seine Arme um ihren Hals schlang. »Sie ist böse und gemein, und ich hasse sie!«

»Schon gut, alles ist gut. Mara ist ja da. Ich passe schon auf, daß dir nichts passiert. Komm, Paddy, wir gehen jetzt. Sie wird dir nie wieder etwas tun, das verspreche ich dir«, sagte Mara, während sie sich hochmühte. Paddys Gewicht zerrte an ihr.

»Ich nehme den kleinen Kerl«, bot ihr der Schwede an, nahm Paddy auf seinen Arm und grinste ihn an.

Mara drehte sich um. Erst jetzt sah sie das Blut auf Nicholas' Hemd. »Um Gottes willen, Nicholas«, hauchte sie und eilte ihm zu Hilfe. Er schwankte leicht.

Sie legte ihren Arm um seine Taille, stützte ihn und führte ihn zur Tür, ohne das Blitzen in seinen Augen zu beachten. Sie ließen den ohnmächtigen Grafen und das, was einmal Jacques d'Arcy gewesen war, zurück.

Nicholas, der immer schwerer wurde, an ihrer Seite, folgte Mara dem Schweden hinaus in die Nacht. Sie spürte Nicholas' warmen Atem auf ihrer Stirn. »Geht es noch oder willst du dich ausruhen?«

Nicholas schaute auf sie herab. Sie sah besorgt aus. »Kümmert dich das denn?« fragte er sarkastisch.

»Ja, das tut es«, antwortete Mara schlicht. Dann traten sie auf die Straße. Beinahe wäre sie in den Schweden hineingelaufen, der wie zur Salzsäule erstarrt vor ihr stand und in den Himmel schaute.

»Mein Gott! Die Stadt brennt!«

Mara und Nicholas folgten ungläubig seinem Blick. Flammen züngelten über die Dächer San Franciscos, und ein Hitzeschwall hüllte sie ein. Instinktiv hielt sich Nicholas an Maras Schulter fest. Schweigend beobachteten sie, wie schwerer Rauch über den Häusern aufstieg und sich der ganze Himmel blutrot färbte.

»Anscheinend hat es am Portsmouth Square begonnen, aber es breitet sich rasch aus«, befand Nicholas sorgenvoll.

»Jamie!« rief Mara entsetzt. Sie starrte in die Flammen, die aus den Ruinen schossen. »Und Jenny mit den Buben! Sie sind mittendrin. Wir müssen ihnen helfen!«

Immer mehr Menschen drängten auf die Straßen, um das Geschehen zu verfolgen. In der Ferne hörte man die Feuerglocken läuten.

Der Schwede schaute die Straße hinunter, wo die Kutsche warten sollte. Sie war verschwunden. Ein Mann kletterte eben in einen offenen Wagen, und der Schwede winkte ihm. »Können Sie uns mitnehmen?«

Als der Mann nickte, eilten sie hinüber. Kurz darauf rollte der Wagen direkt auf den Brand zu, ohne daß sie sich Gedanken darüber gemacht hätten, was der Kutscher dort wohl wollte. Wenigstens nicht, bis ihnen ein paar Wagen entgegenkamen, vollbeladen mit allem nur möglichen Kram. Die Plünderer waren bereits bei der Arbeit und pickten sich aus den Ruinen alles noch Verwertbare heraus.

Je näher sie dem Feuer kamen, desto größer wurde die Hitze, bis sie schließlich unerträglich wurde. Die Augen begannen zu tränen, und der Qualm, der über der Stadt lag, ließ sie husten. Als sie nahe genug am Brandherd waren, sprangen sie vom Wagen. Sie legten keinen Wert darauf, als Plünderer erschossen zu werden. Einen Augenblick darauf krachten glühende Balken auf die Straße, und die ohnehin nervösen Pferde scheuten. Hastig brachte sich die kleine Gruppe am Straßenrand in Sicherheit. Eine Minute später kamen die Pferde mit rollenden Augen wieder vorbeigeprescht, die brennenden Überreste eines Wagens hinter sich herschleifend.

Um sie herum stürzten die Gebäude in sich zusammen. In der Ferne waren Explosionen zu hören, wo die verzweifelten Feuerwehrleute eine Feuerschneise zu legen versuchten. Doch der Versuch war vergeblich, denn ein frischer Nordwestwind trieb die Flammen in die am dichtesten besiedelten Viertel der Stadt. Sie kamen an den ausgebrannten Ruinen von Restaurants und Hotels vorbei. Nur Stapel geschmolzenen Bestecks und geschmolzenes Glas waren von der einstigen Pracht übriggeblieben.

Hunderte bevölkerten inzwischen die Straßen. Manche riefen um

Hilfe, andere stöhnten vor Schmerzen, da sie sich bei dem Versuch, ihr Hab und Gut vor dem Feuer zu retten, Verletzungen zugezogen hatten. Der Himmel war von einer fetten schwarzen Rauchwolke überzogen, die sich über die ganze Stadt erstreckte und auf der sich der Feuerschein wie ein falscher Sonnenaufgang spiegelte. In der Luft lag der atemberaubende Schwefelgestank der Explosionen, mit denen man versuchte, den Brand einzudämmen. Die Wasservorräte waren längst zur Neige gegangen, und so mußten die Menschen hilflos mit ansehen, wie ein Gebäude nach dem anderen der gefräßigen Feuersbrunst zum Opfer fiel.

Sie arbeiteten sich den Hügel hinauf, durch die panischen Menschenmassen hindurch, die in Richtung Hafen flohen. Der Wind wurde stärker, je weiter sie hinaufkamen. Mit einem erleichterten Aufschrei sah Mara das kleine, einfache Gebäude noch unbeschädigt vor den hellen Flammen stehen.

Der Schwede bildete die Vorhut und öffnete die Tür, Paddy immer noch auf seinen Schultern. Mara und Nicholas folgten ihm auf den Fersen. Als sie die Eingangshalle betraten, hastete der Schwede bereits die Stufen hinauf, und seine Rufe dröhnten durch das ganze Haus.

Jenny erschien am oberen Treppenabsatz, Peter in ihren Armen, dessen kleiner roter Kopf von einer Kapuze geschützt wurde. Gordie und Paul drängelten sich an sie, die Arme voll mit ihren wichtigsten Besitztümern. Auch Jamie tauchte hinter ihnen auf. Ihr Arm lag in einer professionell geknoteten Schlinge, und als sie über das Geländer spähte und Paddy erblickte, leuchtete ihr faltiges Gesicht.

»Kommen Sie, wir müssen hier raus«, drängte der Schwede und geleitete die bepackte Gruppe die Treppen herunter. »Oben auf dem Hügel ist es sicherer.«

Jenny gelang trotz ihrer Wunden ein Lächeln, als sie Paddy und den Schweden sah. Der Schwede scheuchte alle aus der Pension heraus. Jenny warf einen letzten traurigen Blick auf ihr Heim, dann stiegen sie langsam hügelaufwärts.

San Francisco brannte bis in die frühen Morgenstunden. Erst als die Sonne blutrot über der Stadt aufging, wurde das Ausmaß der Zerstörung offenbar. Der Brand hatte sich gelegt, und die Menschen kehrten zu ihren Häusern zurück, in der Hoffnung, daß sie noch standen.

»Wir haben unser Schiff verpaßt«, sagte Mara plötzlich, als sie ihren

Blick über die Bucht schweifen ließ und die vielen Masten der Segler sah. »Es hat gestern nacht abgelegt. Ich habe es völlig vergessen.«

»Sie brauchen nicht mehr zu fahren, Mara«, beruhigte sie der Schwede. »Die Gefahr ist gebannt, und Sie haben Paddy wieder.«

Mara schüttelte den Kopf. Sie glaubte nicht, daß alles überstanden war, denn ihr war Mollys Drohung noch im Gedächtnis. »Aber wie lange? Ich kann nicht immer zu Ihnen laufen, Schwede, wenn ich Hilfe brauche. Molly wartet nur auf eine neue Gelegenheit. Jetzt erst recht, denn sie braucht das Geld, um wieder auf die Beine zu kommen.« Mara kaute an ihrer Unterlippe. »Ich würde mich immer um Paddy ängstigen müssen. Ich könnte ihn nie aus den Augen lassen, ohne mich um ihn zu sorgen. Nein«, schloß sie leise, »ich muß fort.«

Der Schwede legte tröstend seinen Arm um ihre Schultern. Schweigend schauten sie auf die rauchenden Ruinen der Stadt.

»Ich habe einen Vorschlag, Mara«, sagte Nicholas, als sich Mara schließlich neben ihn niederkniete und seinen Verband prüfte. »Ich fahre heute nach New Orleans, und ich möchte, daß ihr mitkommt.«

»Was?« japste Mara und starrte ihn verwundert an.

»Du hast mich ganz richtig verstanden«, antwortete Nicholas ruhig. »Du willst San Francisco verlassen, und ich kann die Schiffspassage für dich, deinen Neffen und deine Dienerin bezahlen.«

Mara musterte ihn mißtrauisch und fragte sich, ob ihr unsicherer Waffenstillstand soeben gebrochen worden war. »Warum interessierst du dich plötzlich für meine Angelegenheiten?«

»Mit der richtigen Frau«, erläuterte Nicholas mit einem bedeutsamen Blick auf Jenny, die jetzt neben dem Schweden stand, während Gordie vertrauensvoll seine Hand in die des großen Mannes gelegt hatte, »könnte der Schwede hier in San Francisco glücklich werden. Ich möchte ihm diese Chance geben.«

»Und du glaubst, ich könnte dieser Liebe im Wege stehen?« fragte Mara zornig.

»Sagen wir, deine Schönheit strahlt eine gewisse Faszination aus, die ihn für eine andere, nicht ganz so verlockende Frau blind machen könnte«, stellte Nicholas richtig. »Außerdem, meine Liebe, ist die Bekanntschaft mit dir eine gefährliche Angelegenheit«, erklärte er, wobei er auf die vielen Mißgeschicke anspielte, die den Menschen in ihrem Umkreis zustießen. »Und davor möchte ich den Schweden bewahren.«

Mara lächelte dünn. »Du spielst immer noch den Schutzengel? Du brauchst keine Angst zu haben, zwischen dem Schweden und mir ist nichts. Ich habe schon einmal versucht, dir das zu erklären. Du brauchst dich nicht mit mir abzugeben, nur weil du dich um ihn sorgst«, sagte sie verletzt. »Und woher willst du wissen, daß *du* in meiner Nähe überlebst, wenn ich so gefährlich bin, wie du sagst?«

Nicholas lächelte. »Ich bin unter einem Glücksstern geboren, meine Süße. Du könntest mir sogar Glück bringen statt Pech. Nun?« fragte er noch einmal, während Mara hinunter in die Bucht schaute. »Sind wir uns einig? Außerdem hast du mir versprochen, alles zu tun, was ich verlange, wenn ich dir helfen würde, deinen Neffen zu finden.« Es war unfair von Nicholas, sie daran zu erinnern, aber er war fest entschlossen, sie mit sich nach New Orleans zu nehmen.

Mara nickte und drehte sich wieder zu ihm um. Als sie ihm in die Augen sah, hatte sie das starke Gefühl, daß sie die Weichen für ihr zukünftiges Leben stellte. »Ich komme mit«, sagte sie einfach.

Als sie später vom Pier weggerudert wurden, warf Mara einen letzten Blick auf die Stadt, die in Rauch und Nebel gehüllt hinter ihr lag. Sie würde Jenny und den Schweden vermissen. Vielleicht hatte Nicholas recht, und der Schwede würde an Jennys Seite ein neues Leben beginnen. Jenny hatte immer noch ihre Pension, und an Gästen würde es bestimmt nicht mangeln – den Schweden eingeschlossen –, bis die Hotels wieder aufgebaut waren. Der Schwede hatte fast seinen ganzen Besitz verloren, da das Parker House bis auf die Grundmauern niedergebrannt war. Einen Augenblick lang wünschte sie sich, die Dinge hätten sich anders entwickelt und sie hätte in San Francisco bleiben können. Aber das war ihr einfach nicht bestimmt. War ihr nie bestimmt gewesen, erkannte Mara traurig.

Als sie so auf den Hafen und die Hügel dahinter schaute, hörte sie plötzlich Brendans Lachen. Sie sah, wie seine Augen glänzten angesichts des märchenhaften Reichtums, der sich ihm hier bieten würde. Dieses Land hatte das Schicksal der O'Flynns bestimmt.

»Mach's gut, Brendan, mein Lieber«, flüsterte Mara. Ihre Lippen bewegten sich kaum. Langsam verschwand sein Lachen in der Ferne. Die Küste hüllte sich in dichten Nebel. Sie befanden sich auf hoher See.

Wie Splitter eines längst vergessnen Traums

TENNYSON

Kapitel 11

»Was zum Teufel ist das?« murmelte Mara und hob ein Hemd hoch, das auf der Koje in ihrer Kabine lag.

»Es gehört mir«, antwortete Nicholas mit Unschuldsmiene von der Tür her. Er trat ein und schloß die Tür leise, aber fest hinter sich, als hätte er die Absicht, länger zu bleiben.

Mara drehte sich um und nahm ihn staunend in Augenschein. »Hast du dich nicht in der Kabine geirrt?« fragte sie höflich, aber mit hochgezogenen Brauen. Mit zunehmendem Mißfallen beobachtete sie, wie er sich seines Gehrocks entledigte.

»Nein«, verkündete er gelassen und knöpfte sein Hemd auf.

»Nein?« wiederholte Mara skeptisch. »Mehr hast du nicht zu sagen? Aber das hier ist meine Kabine«, belehrte sie ihn kühl.

Nicholas lächelte nachdenklich. »Nein, es ist *unsere* Kabine.»

»Das ist sie nicht!« widersprach Mara. Ihre Wangen waren vor Wut und Verlegenheit tiefrot.

Nicholas lachte. »Es tut mir leid, aber ich muß dich korrigieren. Da ich nicht ahnen konnte, daß du mit mir reden würdest, habe ich natürlich nur eine Kabine auf diesem Schiff gebucht. Nachdem das Angebot hier äußerst begrenzt ist, durfte ich mich glücklich schätzen, wenigstens noch eine weitere freie Kabine zu bekommen. Darin sind dein Neffe und dein Mädchen untergebracht«, erklärte er Mara, wobei er sein Hemd auszog und mit verzerrtem Gesicht seine Schulter zu bewegen versuchte. Der Verband über der Wunde leuchtete weiß auf der bronzefarbenen Haut. »Und nachdem wir schon einmal das Bett geteilt haben, dachte ich, es würde dir nichts ausmachen, wenn wir gemeinsam in einer Kabine wohnen würden.«

Mara öffnete den Mund, aber kein Laut drang über ihre Lippen. Sprachlos sah sie ihn an.

»Anscheinend habe ich dich schockiert. Ich muß mir unbedingt noch ein paar Überraschungen ausdenken, denn es ist außerordentlich amüsant, dich einmal sprachlos zu sehen«, neckte er sie. Sein fröhliches Lächeln irritierte Mara noch mehr. Mißtrauisch beobachtete sie ihn und fragte sich, was er wohl im Sinn haben mochte.

»Außerdem ist es doch auch für dich viel angenehmer so«, fuhr er fort. »Du brauchst einen neuen Kammerdiener, nachdem sich dein Mädchen den Arm gebrochen hat. Allein bekommst du all die Haken an deinen Kleidern niemals zu.«

»Und um diese Stelle möchtest du dich bewerben«, sagte Mara. Es kostete sie alle Kraft, ihre Beherrschung nicht zu verlieren.

Nicholas gab vor, überrascht zu sein. »Wer denn sonst? Um die Wahrheit zu sagen, ich freue mich sogar darauf.«

Mara lächelte gezwungen. »Leider kann ich das Angebot nicht annehmen«, erklärte sie ihm herablassend. »Denn ich kann hervorragend für mich selbst sorgen, vielen Dank. Es tut mir leid, dich enttäuschen zu müssen, aber vielleicht findest du ja eine angenehmere Arbeitgeberin irgendwo auf dem Schiff.«

Nicholas zuckte bedauernd mit den Achseln. »Ich bin ganz zufrieden mit dir, Mara. Wir werden sehen.« Dann goß er sich in aller Seelenruhe Wasser in die Waschschüssel und begann sich das Gesicht zu waschen. Ihr hatte er währenddessen den breiten Rücken zugewandt.

»Ich dachte, du wolltest mich aus San Francisco weghaben«, bohrte Mara weiter. Sie wollte endlich die Wahrheit wissen. »Aber jetzt wird mir klar, daß du nur eine Gespielin gesucht hast. Du hast mich angelogen, als du mich zu dieser Reise überredet hast!«

Nicholas lachte. »Du nimmst jedenfalls kein Blatt vor den Mund.«

»Dann stimmt es also?« fragte Mara. Sie würde sich keinesfalls dem Irrglauben hingeben, daß er mehr für sie empfinden konnte als bloße Lust.

»Es stimmt, daß ich dich aus San Francisco weghaben wollte. Im Ernst, ich frage mich, ob zwei Ozeane überhaupt ausreichen. Aber« – er hielt inne und ließ seinen Blick über ihr Gesicht gleiten – »ich dachte, wenn wir schon auf so kleinem Raum zusammengesperrt sind, können wir ebensogut das Beste daraus machen.«

»Aha, ich verstehe. Wir sollen uns also unserer Wollust hingeben?« Maras Augen sprühten Feuer. »Dein Selbstbewußtsein ist wirklich atemberaubend. Ich weiß nicht, was dich auf die Idee gebracht hat, ich könnte mit dir in einem Bett schlafen wollen!«

Nicholas runzelte die Stirn. »Verzeihung, *Mademoiselle*, aber das erschien mir ganz natürlich. Immerhin sind wir ein Mann und eine Frau und fühlen uns zueinander hingezogen.«

Mara hielt die Luft an und überspielte dann ihr Unbehagen mit einem Lachen. »Da habe ich mich also getäuscht. Ich dachte, du würdest mich hassen und verachten?« mokierte sie sich. »Hast du etwa deine Meinung geändert?«

Er schenkte ihr ein hinreißendes Lächeln. »Inzwischen kenne ich dich länger und verstehe Mara O'Flynn besser als vor einigen Jahren. Ich kann über gewisse … charakterliche Schwächen hinwegsehen.«

»*Ich* dagegen kann – jetzt, wo ich Nicholas Chantale besser kenne – seine Arroganz, sein diktatorisches Gehabe und seine unverschämte Aufdringlichkeit nicht mehr ertragen.«

»Nachdem du mich so gut kennst, Mara«, erklärte Nicholas, dem ihr Ausbruch nicht das geringste auszumachen schien, »weißt du ja, daß ich letzten Endes doch gewinnen werde.«

Mara durchbohrte ihn mit Blicken. Ihr Herz schlug wie wild. »Und worin besteht dein Gewinn, Nicholas?«

Er schüttelte den Kopf. »Das weiß ich noch nicht so genau. Vielleicht lerne ich endlich die wahre Mara O'Flynn kennen. Bis jetzt kenne ich ja nur ein paar Facetten.« Er drehte sich um und kam auf sie zu.

Mara versuchte, standhaft zu bleiben und fixierte unerschrocken seine grünen Augen. Einen Augenblick lang drohte sie sich in ihnen zu verlieren, dann kämpfte sie verzweifelt gegen die magnetische Anziehungskraft an, die er auf sie ausübte.

»Glaubst du, du kannst mir widerstehen, Mara?« fragte er leise, legte seine Lippen an ihren Hals und atmete tief ihren Duft ein. Er rieb seine rauhe Wange an ihrer zarten Haut. Dann fühlte er ihren warmen Atem an seinem Ohr und hörte sie seufzen. Er richtete sich wieder auf, blickte auf sie herab und schüttelte langsam den Kopf. »Sogar in Schwarz bist du noch schöner als die meisten Frauen in ihren elegantesten Kleidern.« Dann fügte er fast bedauernd hinzu: »Du bist so faszinierender als sonst, denn keine Farbe, kein Tand lenken von der atemberaubenden Schönheit deines Gesichts ab.«

Mara errötete leicht. Doch sie war fest entschlossen, sich nicht erweichen zu lassen. Sie lüpfte ihr Kinn und zog ihre Mundwinkel zu einem arroganten Lächeln hoch, während sie ihm einen verächtlichen Blick schenkte. Für Nicholas sah es aus, als wäre das Porträt in dem Medaillon zum Leben erwacht.

»Du bist also auch nicht anders als alle Männer«, beschied ihm Mara und ließ ihren Blick abschätzend über seinen Körper wandern. »Du läßt dich nur von deinen niederen Instinkten leiten. Schade. Ich dachte, du wärst aus einem anderen Holz geschnitzt – jedenfalls hast *du* das behauptet.«

Nicholas' Finger schlossen sich um ihr Kinn. Er hob ihr Gesicht an und zwang sie, ihm in die Augen zu sehen. »Du täuschst dich, wenn du glaubst, ich wäre auch nur so ein Kerl«, erklärte er ihr mit einem grimmigen Lächeln. Sein Daumen zeichnete die Linie ihres Kinns nach. »Du kannst mich nämlich nicht zum Narren halten wie all die anderen. Und auch wenn ich deinen Körper begehre, mache ich mir keine Illusionen über dich, Mara.«

Mara befreite sich aus seinem Griff, trat zurück und erwiderte: »Ich mache mir auch keine über dich, Nicholas.« Dann erklärte sie fest entschlossen: »Da wir bis New Orleans gemeinsam in einer Kabine reisen werden, ziehe ich es vor, unsere Beziehung so oberflächlich wie möglich zu halten. Ich werde mich bestimmt nicht von dir ködern lassen.«

»Ich werde dich gar nicht ködern müssen, meine Süße. Kannst du dir wirklich vorstellen, daß wir beide uns eine so schmale Koje teilen, ohne uns nahezukommen? Du bist entweder sehr zuversichtlich oder sehr naiv. Denn unsere Beziehung war niemals oberflächlich«, belehrte sie Nicholas. Trotzdem wirkte er weder enttäuscht noch wütend darüber, daß sie sich so abweisend verhielt. Er zog sich das saubere Hemd an und begann es zuzuknöpfen. »Aber du hast Mut, und das bewundere ich«, sagte er unvermittelt. Dann hob er seinen Rock auf und ließ Mara allein.

Sich nicht mit ihm einzulassen, ist leichter gesagt als getan, dachte Mara später, als sie zu Bett ging und ihr klarwurde, daß die kleine Kabine keinerlei Privatsphäre gestattete. Sie gestattet überhaupt wenig, dachte sie wütend, als sie sich ihr Nachthemd überziehen wollte und dabei mit den Knien gegen die Koje stieß.

In der ersten Nacht war Nicholas noch an Deck, als sie zu Bett ging. Als er in die Kabine kam, hatte sie bereits ihre Hälfte der Koje belegt und in der Mitte eine symbolische Mauer in Form eines zusammengerollten Lakens errichtet. Mara gab vor, bereits zu schlafen, als er eintrat, und ignorierte sein verächtliches Schnauben, nachdem er die Barriere entdeckt hatte. Die Mauer hielt, nur ihre kalten Füße berührten sich während der Nacht. Am nächsten Morgen erwachte Mara erfrischt und ausgeruht, aber als sie sich herumdrehte, entdeckte sie, daß Nicholas' Hälfte der Koje leer war.

Sie stand in ihrem Unterrock vor der Koje, als Nicholas wenig später wieder in die Kabine kam. Seine Haut war von dem kalten Wind auf Deck gerötet und seine Locken windzerzaust. Müde schüttelte er den schweren Mantel aus. Er sah nicht so aus, als hätte er eine angenehme Nacht verbracht, und als er Mara im Unterkleid vor sich stehen sah, mit seidig glänzender Haut, verfinsterte sich seine Miene noch mehr. Maras Schadenfreude verflog jedoch, als sie sich ihr Kleid über den Kopf zog und versuchte, es zuzuhaken. Als sie nach mehreren Minuten keinen nennenswerten Erfolg erreicht hatte, gab sie auf. Sie schaute schweigend auf Nicholas' breiten Rücken, denn er hatte sich von ihr abgewandt und las mit wachsender Hingabe ein Buch, scheinbar blind und taub gegenüber ihren Anstrengungen.

Mara klopfte mit ihrem seidenbeschuhten Fuß auf den Boden, bevor sie sich ihre Niederlage eingestand, seufzte und zu ihm hinüberging. »Ich brauche tatsächlich jemanden, der mir hilft. Würdest du so freundlich sein?« fragte Mara, drehte ihm den Rücken zu und wartete.

Nicholas blickte auf und sah einen schlanken, geraden Rücken vor sich. Ein diebischer Glanz trat in seine Augen, als er seinen Blick ihren Rücken hinauf und über den Hals wandern ließ, bis zu den feinen, seidigen Haaren in ihrem Nacken unter dem arrogant zur Seite geneigten Kopf.

»Natürlich. Es ist mir ein Vergnügen. Aber«, erklärte er, während er sich erhob und die beiden Stoffenden zusammenraffte, »meine Dienste sind nicht länger gratis. Ich verlange Lohn.«

Mara schaute ihn über die Schulter hinweg an. »Was soll das heißen? Ich habe kein Geld; das weißt du genau.«

»Aber du hast zwei zarte Lippen; ich glaube, ein Kuß würde mich für meine Mühen entschädigen«, schlug Nicholas leise vor und schaute ihr tief in die Augen.

Mara wandte ihren Kopf wieder ab, um seinem atemberaubenden Blick zu entkommen, und er fuhr fort, ihr Kleid zu verschließen. Immer wieder berührten seine Finger ihre Haut – vielleicht etwas zu oft, dachte sie reuevoll, als seine Hand auf ihrer Schulter zu ruhen kam, nachdem der letzte Haken geschlossen war.

Mara gab sich einen Ruck und drehte sich zu ihm herum, obwohl er immer noch dicht hinter ihr stand.

»Nun, wie steht es mit meinem Lohn?« fragte er.

Mara hätte ihn auch ohne diese Erpressung gern geküßt, aber sie hatte sich geschworen, ihm ihre Gefühle keinesfalls zu zeigen. Deshalb neigte sie den Kopf zur Seite und tat, als müsse sie überlegen. Ihre Lippen hatte sie nachdenklich gespitzt. »Hmmm, der ist wohl fällig.«

Nicholas lächelte ironisch und erklärte: »Wie großzügig von Ihnen, Madam, mir eine solche Ehre zu erweisen.« Dann zog er sie in seine Arme und küßte sie lange und innig. Maras Lippen zitterten, als er seinen Mund von ihrem löste, und sein warmer Atem strich über ihr Gesicht. Er sah ihr tief in die Augen, die halb unter schweren Lidern verborgen waren.

»Ich kann es kaum erwarten, bis du dich heute abend umziehen mußt. Wir speisen nämlich mit dem Kapitän«, erklärte Nicholas voller Vorfreude.

An diesem Tag tauschten Jamie und Mara zum erstenmal in ihrem Leben die Rollen. Jamie schien es viel unangenehmer zu sein, von Mara bedient zu werden, als die sich entwickelnde Beziehung zwischen Mara und Nicholas mit anzusehen. Als sie erfahren hatte, wie die Kabinen aufgeteilt worden waren, war sie zuerst überrascht, dann mißtrauisch und schließlich fast erfreut gewesen.

»Ich verstehe dich wirklich nicht«, meinte Mara, der Jamies Reaktion Rätsel aufgab. »Ich dachte, du kannst Nicholas Chantale nicht leiden. Und es macht dir trotzdem nichts aus, daß ich mir eine Kabine mit ihm teile?«

»Nein«, antwortete Jamie entschieden. »Ich kenn' den Herrn ja gar nich', also weiß ich auch nich', ob ich ihn leiden kann oder nich'. Und was Sie in Ihrer Kabine anstellen, geht mich nich' die Bohne an. Ich schätze, es wird Zeit, daß Sie sich 'nen Mann suchen, und zwar 'nen guten. Er is' ein Herr, und man kann ihm vertrauen. Immerhin hat er Paddy gerettet. Jedenfalls is' es nich' gut, wenn 'ne so schöne Frau wie Sie allein bleibt. Das bringt nur Ärger. Mir ist es recht, wenn ein Mann in der Nähe ist, jetzt wo...« Jamie ließ den Satz in der Luft hängen, aber Mara wußte, was sie hatte sagen wollen. Brendan stand ihnen nicht mehr bei. Sie brauchten einen Beschützer.

Mara funkelte die so selbstsicher wirkende Jamie an. »Mistress Jameson, wenn du den Mann so gern magst, kannst *du* ja deine Koje mit ihm teilen«, empfahl sie. Jamies Gesicht wurde puterrot.

»Niemals!« brach es aus ihr heraus. »Aber Sie brauchen ganz bestimmt jemanden, der Ihre Zunge im Zaum hält! Meine Güte, das haben Sie wirklich von Ihrer Mama geerbt, Gott sei ihrer armen Seele gnädig. Sie konnte wirklich jeden an die Wand reden.«

»Ich habe nicht die Absicht, in ihre Fußstapfen zu treten, Jamie«, beschied ihr Mara. Die Erinnerung an Maud erschreckte sie einen Augenblick lang.

»Das werden Sie auch nich'«, versicherte ihr Jamie. »Sie sind viel stärker, als es Maud je war.«

Maras Blick ruhte auf der kleinen Frau. Sie fragte sich, ob das stimmte. Früher einmal war sie überzeugt davon gewesen, aber Nicholas gegenüber fühlte sie sich schwach wie nie zuvor. Er durfte nicht einmal ahnen, wie verletzlich sie war.

»Mara!« Paddy versuchte, ihre Aufmerksamkeit auf sich zu ziehen. »Spielst du Krieg mit mir?« fragte er drängelnd. Er war eifersüchtig auf diesen großen Mann, der Maras Zeit in Anspruch nahm und auch noch allgegenwärtiges Gesprächsthema war.

Mara lächelte und ließ sich auf der Koje nieder. »Bekomme ich die Briten oder die Franzosen?«

»Die Franzosen natürlich.« Paddy war selig, daß sich Mara ihm wieder widmete. Bald würden ihre Truppen ihm gehören, denn die Engländer gewannen grundsätzlich bei seinen Schlachten.

Aus der einen Woche an Bord wurden bald zwei und drei, und schließlich näherten sie sich der Südspitze Amerikas. Diesmal fürchtete sich Mara noch mehr vor der Reise um Kap Hoorn als beim erstenmal, denn diesmal wußte sie, welche Stürme sie dort erwarteten. Sie wußte allerdings nicht, was sie von Nicholas zu erwarten hatte, obwohl er sie noch nie belästigt hatte, sondern ungestört neben sich schlafen ließ.

Als der erste Monat auf See zu Ende ging, wurde Mara klar, daß ihre Zuneigung zu Nicholas Chantale tiefer war, als sie sich bisher eingestanden hatte. Sie hatte sich endgültig in den dunklen Kreolen verliebt. Es war weit mehr als bloße Lust oder Gefallen an seinem anziehenden

Äußeren. Sie verbrachten einen Großteil ihrer Zeit zusammen, und allmählich lernte Mara den Menschen Nicholas kennen. Dadurch eroberte er schließlich ihr Herz, wie auch durch seine Bemühungen, sich mit Paddy anzufreunden.

Zu Maras Überraschung versuchte Nicholas, Paddy in ihre Aktivitäten einzuschließen. Zuerst war er mit seinen Bemühungen auf Granit gestoßen, denn Paddy begegnete seinem Rivalen um Maras Gunst mit tiefem Mißtrauen. Aber ein einsamer siebenjähriger Junge hatte keine Chance gegen einen charmanten, erfahrenen und fast dreißig Jahre älteren Mann. Bald hing Paddy an Nicholas' Lippen, wenn jener von den gefährlichen Alligatoren in den Sümpfen Louisianas, den Angelabenteuern am Mississippiufer oder vom Krabbensammeln erzählte.

Und als sie sah, daß sich Nicholas so eifrig um Paddy bemühte, fühlte sich Mara nur noch mehr zu ihm hingezogen. Dieser Mann würde Paddy als seinen Sohn akzeptieren und ihnen beiden ein Heim schaffen. Plötzlich war Mara neidisch auf die uneingeschränkte Zuneigung zwischen Nicholas und Paddy. Sie wünschte, ihre Beziehung zu dem großen Kreolen wäre ebenso problemlos.

An einem stürmischen Nachmittag versuchte sich Mara gerade zu entscheiden, ob sie As oder Königin ablegen sollte – Nicholas hatte die letzten Spiele gewonnen –, als sie auf einmal erstarrte. Nicholas schaute auf und bemerkte ihre entsetzte Miene.

Mara hörte die leisen Töne aus dem Gang hereinschweben und stand langsam auf. »Aber er ist tot«, hauchte sie mit gebrochener Stimme. Gebannt verfolgte Nicholas, wie sie ihre Fassung verlor. Sie sank in sich zusammen, und ihre Schultern sackten herab. »Brendan«, hörte Nicholas sie gedankenverloren murmeln, während sie blicklos in die Ferne starrte. »Er haßte das Meer. Er sagte immer, es sei eine grausame Ironie, daß man ihn ausgerechnet nach St. Brendan, dem Seefahrer, benannt hatte. Und er spielte auf seiner Fiedel, wenn es ihm zuviel wurde«, entsann sich Mara. Als das Geigenspiel lauter wurde, so daß auch Nicholas es hören konnte, legte sich Mara die Hände über die Ohren. Schließlich stürzte sie aus der Kabine.

Mara folgte der Musik den Gang hinunter. Als sie die Tür zu Jamies und Paddys Kabine öffnete, starrte sie fassungslos auf den Geiger. Es war nicht Brendan. Aber er hatte die gleichen rotbraunen Locken und die gleichen lachenden Augen. Paddy! Er spielte auf Brendans Fiedel.

Mara hatte das einzige Erbstück, das Brendan seinem Sohn hinterlassen hatte, vollkommen vergessen.

Paddy hob den Kopf, und die Grübchen in seinen Wangen vertieften sich, als er Mara in der Tür stehen sah.

»Ich hab' dich überrascht, was?« lachte er.

»Ich wußte gar nicht, daß du darauf spielen kannst, Paddy«, antwortete Mara heiser.

»Papa hat es mir beigebracht. Er hat mich manchmal spielen lassen, und ich hab' ihm immer zugeschaut«, erklärte Paddy stolz. Er ahnte nicht, welchen Schrecken er Mara eingejagt und welche Erinnerungen er heraufbeschworen hatte. Er besaß die gleiche natürliche musikalische Begabung wie Brendan.

Mara spürte eine Hand auf ihrer Schulter und blickte sich um. Nicholas stand hinter ihr, und seine Augen spiegelten sein Mitgefühl wider, als er sie in die Arme nahm.

»Brendan spielte so wunderbar«, flüsterte Mara.

»Ich weiß. Ich habe ihn einmal gehört«, antwortete Nicholas einfach. Er wußte, daß er ihr in diesem Augenblick keinen Trost spenden konnte.

Für den Rest des Tages paßte Maras trübselige Stimmung zu dem Wetter. Gewitterwolken türmten sich über der See und versprachen rauheren Seegang. Fast sehnte sie den Schlaf herbei, als sie abends unter die kalten, feuchten Decken der Koje kroch.

Sie hatte das Gefühl, gerade erst die Augen zugemacht zu haben, als das Schiff in ein endloses Loch hineinzustürzen schien. Verzweifelt suchte sie nach einem Halt. Dann spürte sie Nicholas' warmen Brustkorb und klammerte sich an ihn.

»Nicholas!« schrie sie.

Nicholas' starke Arme schlossen sich um Mara, und er preßte sie an sich. »Halt mich fest, Nicholas!«

Nicholas fluchte leise, zerrte das zusammengerollte Laken zwischen ihnen heraus und schleuderte es aus der Koje. Dann zog er Mara eng an sich und wärmte ihren bibbernden Körper an seinem. Mara hörte seinen Herzschlag, als sie ihren Kopf auf seine Brust bettete.

»Hoffentlich sinken wir nicht«, flüsterte sie, während das Schiff den nächsten Wellenkamm erklomm.

Nicholas streichelte besänftigend ihre Schulter und den Rücken, bis sich die verkrampften Muskeln etwas entspannten. »Du glaubst doch nicht im Ernst, ich würde zulassen, daß dieses Schiff sinkt, jetzt, wo ich endlich dieses Ding aus dem Bett habe?« sagte er.

Mara kuschelte sich an ihn und drückte ihre Nase an seinen Hals. »Deine Nase ist eiskalt«, beklagte sich Nicholas und rieb seine Wange an ihrer. Doch dann trafen sich ihre Lippen in der Dunkelheit, verschmolzen miteinander und trennten sich nur, um sich von neuem zu berühren.

Nicholas' Hand tastete sich vorsichtig unter ihr Nachthemd bis zu ihrer weichen Brust. Er spürte, wie die Brustwarze unter seinen Fingern hart wurde, als er mit der anderen Hand ihr Gewand nach oben schob, bis ihre Hüfte nackt an seiner lag. Seine harten, muskulösen Schenkel rieben an ihren. Die Schauer, die Mara jetzt über den Körper liefen, waren keine Kälteschauer mehr. Ihr Fleisch brannte, wo er es mit seinen Händen berührte. Langsam und gründlich widmete er sich den sanften Rundungen ihres Körpers.

Als der Sturm draußen seinen Höhepunkt erreichte, als die See brodelte und die Winde heulten, gab sich Mara Nicholas hin, der sie zärtlich und stürmisch zugleich liebte. Sie lag unter seinem warmen Körper, fühlte sein pulsierendes Verlangen in sich und wurde eins mit ihm. Er kannte sie so genau, daß er ihre Glut mit seinen Bewegungen kontrollieren konnte, bis sie glaubte, vor Entzücken und Ekstase sterben zu müssen. Mit ihm eins zu werden wiegt die Verzweiflung auf, die mich morgen überkommen wird, dachte Mara erschöpft. Sie erwiderte seine Küsse mit solch ungezügelter und natürlicher Begierde, daß Nicholas gleichermaßen überrascht wie auch angespornt wurde, jeden Zentimeter ihres wunderschönen Körpers zu erforschen.

Später gab er sich mit ihren weichen Lippen zufrieden, umspielte mit seiner samtigen, geschmeidigen Zunge ihre. Als Mara etwas sagen wollte, verschloß er ihren Mund mit seinem, bis all ihr Denken nur noch darauf gerichtet war, seine Liebkosungen zu erwidern. Der tobende Sturm war vergessen und bedeutungslos gegenüber den Gefühlen, die Nicholas' glühende, verschlingende Leidenschaft entfesselte.

Mara erwachte, als der Seegang nachließ und das Schiff in ruhigere Gewässer kam. Der Sturm war bereits vor der Morgendämmerung abgeflaut. Sie legte ihren Kopf auf seine Brust, und seine Haare kitzelten an ihrer Nase, während sie seinen nackten Körper betrachtete und mit der Hand über seinen flachen Bauch strich.

Zwei feste Arme schlangen sich um sie, dann lag sie auf dem Rücken und blickte in Nicholas' strahlend grüne Augen, in denen ein warmes Feuer glomm, während sie über ihr Gesicht und die weiche Erhebung ihres Busens glitten.

»Nicholas, bitte, ich muß mit dir reden«, sagte Mara und wich seinen suchenden Lippen aus. Sie stieß ihn mit den Händen von sich und versuchte, die Gefühle zu unterdrücken, die die Berührung seiner Haut in ihr hervorrief.

Nicholas setzte sich auf, und eine Furche grub sich zwischen seine Brauen. »Den Zeitpunkt hast du schlecht gewählt. Erst erregst du mich mit deiner Berührung und deinem warmen Körper, und dann willst du nur reden?« beschwerte er sich gutmütig. Er wollte sich über ihre Weigerung hinwegsetzen, legte seine Lippen auf ihre und begann sie langsam und verführerisch zu küssen.

»Nicholas!« japste Mara und drehte ihr Gesicht zur Seite. Ihr Herz schlug wie rasend. »Wir müssen ein Abkommen treffen.«

Nicholas seufzte und rollte sich auf seine Seite der Koje. Mara hätte am liebsten laut aufgeschrien, als er seinen Körper von ihrem löste, aber sie biß sich auf die Lippen, denn sie hatte sich sorgfältig zurechtgelegt, was sie jetzt sagen wollte. Sie war fest entschlossen, die Dinge zwischen ihnen klarzustellen, bevor noch mehr Zeit verstrich und sie ihre vorteilhafte Position verlor.

»Was macht dir denn Sorgen, Mara?« fragte Nicholas. »Weigerst du dich immer noch, die Wahrheit anzuerkennen? Wir werden voneinander angezogen, und du hast ganz natürlich auf mich reagiert. Du brauchst dich dessen nicht zu schämen«, beruhigte er sie, eine Hand auf ihrer Hüfte.

»Ich schäme mich nicht«, antwortete Mara ihm wahrheitsgemäß – denn wie sollte sie sich ihrer Liebe zu ihm schämen?

»Was hast du dann?« fragte er neugierig. Dann kam ihm ein Gedanke, er wandte sich zu ihr um und schaute ihr ins Gesicht. »Ach, ich verstehe. Du möchtest die finanziellen Aspekte unserer Beziehung regeln?« Nicholas' Stimme klang ruhig, aber sie glaubte, Verbitterung herauszuhören. Er setzte sich auf. »Es zeugt allerdings nicht von gutem Geschmack, so schnell auf dieses Thema zu sprechen zu kommen und vor allem jetzt. Aber ...« Er überlegte.

Mara schnaubte vor Wut, schob seine Hand von ihrer Hüfte und kniete sich ihm gegenüber hin. »Scher dich zur Hölle, Nicholas Chantale«, fauchte sie. »Du verstehst mich nicht und wirst mich nie verstehen. Ich werde nichts von dir nehmen, kein Geld, keine Geschenke, nichts. Es stimmt, ich finde dich attraktiv. Deshalb bist du mir nichts schuldig. Du beleidigst mich, wenn du mir Geld anbietest. Ich bin nicht deine Hure, Nicholas, und ich werde es nie sein. Für dich nicht und auch für keinen anderen Mann. Ich werde nicht deine Mätresse sein, du wirst mich nicht bezahlen, Nicholas, und wenn wir genug voneinander haben... dann gehe ich meiner Wege und du deiner. Du liebst mich nicht, und ich«, Mara schluckte vor Qual, denn diese Lüge wollte ihr kaum über die Lippen, »liebe dich auch nicht. Richtig? Wenn wir in New Orleans ankommen, wirst du zu deiner Familie zurückkehren, und ich werde nach England weiterreisen. Damit ist unsere Liaison beendet, und ich kann gehen, wohin ich will«, erklärte sie ihm mit stolz erhobenem Kinn.

Nicholas schwieg endlos lange, wie es ihr schien. »Du gehst jedenfalls mit kühlem Kopf an die Sache heran«, kommentierte er schließlich.

»Ich bin nur praktisch«, verteidigte sich Mara. Sie brachte ein kurzes Lachen zustande und fügte dann trocken hinzu: »Denn es wäre mir sehr unangenehm, wenn ich wie eine Klette an dir kleben und unverschämte Forderungen stellen würde, nachdem wir in New Orleans angelegt haben. Da ist es doch viel einfacher, wenn wir einander *adieu* wünschen.«

Nicholas runzelte im Dunkeln die Stirn. Er mochte es nicht, wenn man ihn bevormundete, und diese arrogante Irin war eben jetzt im Begriff, ihr Verhältnis so zu bestimmen, wie es ihr gefiel.

»Du hast natürlich recht«, erklärte er bereitwillig und ohne seine Verärgerung zu zeigen. »Es wird eine große Erleichterung sein, wenn es endlich einmal keine Eifersuchtsszenen und tränenreiche Abschiede gibt. Aber ich bestehe darauf, deine Überfahrt von New Orleans aus zu zahlen. Immerhin habe ich dich in diese Lage gebracht. Ein Nein akzeptiere ich nicht«, ergänzte er schnell, als Mara etwas einwenden wollte.

Mara zuckte mit den Achseln. Das konnte sie ihm zugestehen. Es war tatsächlich seine Schuld, daß sie sich in dieser Lage befand. Er hatte seinen Rachefeldzug gegen sie geführt. Sie hatte nicht darum gebeten, sich in ihn zu verlieben. Im Gegenteil, ich bin sehr zufrieden gewesen, bevor er in mein Leben gestürmt ist, belog sie sich. Es ist das mindeste, was er für mich tun kann, schloß sie und nahm sein Angebot gnädig an.

Nicholas fühlte sich beinahe, als sei ihm eine besondere Ehre zuteil geworden.

Die nächsten Monate vergingen für Mara viel zu schnell. Ihr Verhältnis war atemberaubender, als sie es sich je vorgestellt hätte. Ihre Liebe ließ sie noch schöner werden. Nicholas war ein leidenschaftlicher Liebhaber, der stürmisch und feurig sein konnte und ihr ekstatisches Vergnügen bereitete, der aber auch sanft und zärtlich war und ihr jeden Wunsch von den Augen ablas. Mara beneidete die Frau, der dereinst sein Herz gehören würde. Aber jetzt genoß sie jeden Tag in seiner Nähe und weigerte sich, darüber nachzudenken, was sein würde, wenn sie in New Orleans anlegten.

Als es schließlich soweit war, schrieb man bereits ein neues Jahr, da das Schiff wegen dringender Reparaturen zwei Monate lang im Hafen von Rio de Janeiro gelegen hatte. Mara hatte die Verzögerung nichts ausgemacht, denn auf diese Weise hatte sie Nicholas länger als ihren Liebhaber. Sie würde sich immer an diese Episode erinnern, das wußte sie, auch wenn dieser Abschnitt ihres Lebens nur von beschränkter Dauer war.

Jetzt stand Mara an Deck und beobachtete, wie das Schiff an den kilometerlangen Anlegeplätzen vor Anker ging. Seetüchtige Schiffe, Fischerboote und Floße wurden an den Docks, wo ein unüberschaubares Menschengewirr herrschte, ent- und beladen. Die doppelten Schornsteine der strahlend weißen Mississippidampfer, deren drei Oberdecks mit bunten, geschnitzten Geländern verziert waren, überragten die Gebäude der Stadt. Die Schaufelräder ruhten im Wasser. Baumwollballen stapelten sich bei den Docks, während plumpe Lastenkarren, die von Maultieren gezogen wurden, hochbeladen durch die Straßen der Stadt rumpelten. Fußgänger und Dockarbeiter sprangen fluchend beiseite, um sich vor den sperrigen Gefährten in Sicherheit zu bringen.

Ihr Schiff legte an der Landebrücke bei der Canal Street an, und während sich die Crew, unterstützt von Dockarbeitern, daranmachte, das Schiff zu entladen, orderte Nicholas eine Kutsche und traf alle Vorbereitungen, damit ihr Gepäck nachgesandt wurde.

Jamie und Paddy wurden in den offenen Wagen gesetzt. Obwohl die Luft kühl war und nach Winter roch, schien die Sonne, und der Himmel war strahlend blau. Eingemummelt in warme Mäntel würde es sehr angenehm sein, in einem offenen Wagen durch die Stadt zu fahren.

Nicholas half Mara hinein. Dann wandte er sich an den schwarzen Kutscher, der auf weitere Instruktionen wartete, und fragte beiläufig, während er sich eine Zigarre anzündete: »Welches Hotel kannst du empfehlen?«

»Nun, das hängt davon ab, wieviel der Herr zahlen möchte«, antwortete der Mann und rieb sich das Kinn, während er Nicholas kritisch musterte.

»Auf den Preis kommt es nicht an, ich verlange Qualität«, erklärte Nicholas ihm.

»In diesem Fall«, antwortete der Kutscher grinsend, weil er an das großzügige Trinkgeld dachte, das ihm so gut wie sicher war, »würde ich entweder das Saint Charles oder das Saint Louis in Frenchtown empfehlen. Beide sind sehr gut, aber das Saint Charles ist am vornehmsten. Sehen Sie die weiße Kuppel da hinten? Das ist es. Von da oben kann man kilometerweit über den Fluß und die Stadt schauen – das sagt man jedenfalls. Es hat vierzehn Säulen am Portal. Das Saint Louis hat nur sechs«, fügte er hinzu, als wäre das ein Maßstab für Qualität.

»Wenn du von Frenchtown sprichst«, korrigierte Nicholas milde, »meinst du das Vieux Carré, nehme ich an?«

Die Augen des Kutschers weiteten sich überrascht. »Ja, *Monsieur*, manche Leute nennen es so«, erklärte er. In seiner Stimme schwang Respekt mit. Der Mann mußte ein Kreole sein, bei seinem französischen Akzent. Und das waren die wahren Herren von New Orleans, nicht diese groben Amerikaner, die nur herumkommandieren konnten, keine Manieren hatten und klägliche Trinkgelder gaben.

»Zum Saint Louis also, und sag dem Mann dort, er soll unser Gepäck dorthin bringen lassen«, befahl Nicholas und kletterte ebenfalls in die Kutsche.

Während sie durch eine bevölkerte Straße holperten, schaute sich Nicholas neugierig um. »Anscheinend hat sich eine Menge verändert, seit ich fortgegangen bin«, befand er dann. Auf der einen Seite der Avenue erkannte er die schmalen Straßen und die mit pastellfarbenem Stuck verzierten Häuser des Vieux Carré. Auf der anderen Seite standen jedoch ausladende Herrenhäuser in weitläufigen Gärten voller tropischer Pflanzen und bunt blühender Büsche.

»Die Stadt ist jedenfalls gewachsen, seit ich zum letztenmal hier war«, bemerkte Nicholas so laut, daß es der Kutscher hörte. Weil er nicht unaufmerksam erscheinen wollte und einem kleinen Plausch nicht abgeneigt war, antwortete jener: »Ja, Sir, da steckt eine Menge Geld im Garden District. Riesige Häuser. Wollen Sie durchfahren?« fragte er, wobei er sich nicht anmerken ließ, wie erfreut er über die Aussicht auf weitere Einnahmen war.

»Warum nicht?« bestätigte Nicholas. Er schaute Mara an, die zustimmend nickte.

Sie fuhren durch breite, baumbestandene Straßen, an denen sich riesige Herrenhäuser mit Erkern, Rokoko-Stuck und Bleiglasfenstern hinzogen. Ihre Gärten glichen eher kleinen Parks, in denen Magnolien, Eichen und Palmen wuchsen. Die sorgfältig angelegten Rabatten waren voller Rosen, Kamelien und Jasmin.

Wo sich einst nichts als Sumpf befunden hatte, stand jetzt eine kleine Stadt mit Theatern, Hotels, Kirchen und Privatresidenzen.

»Das ist der Lafayette Square«, erklärte ihnen der Kutscher, »und das da drüben das Rathaus.«

»Du erkennst es nicht einmal mehr, nicht wahr?« fragte Mara, die Nicholas' Überraschung und Enttäuschung bemerkte. Schweigend fuhren sie im Vieux Carré weiter. Mara hörte die Straßennamen – Bourbon, Chartres, Dumaine und Royal –, während sie durch die schmalen Straßen mit den altmodischen Häuschen fuhren, deren Balkone mit schmiedeeisernen Gittern verziert waren.

Mara hörte Nicholas tief Luft holen, als sie auf einen hübschen Platz einbogen, der von einer Kathedrale mit drei Türmen überragt wurde. Im Zentrum des Platzes thronte inmitten von Blumenrabatten und Spazierwegen ein Reiterstandbild. Flankiert wurde das Ensemble von zwei identischen Backsteinhäusern mit ausgefeilten schmiedeeisernen Gittern.

»Was für ein schöner Platz«, bemerkte Mara wohlgefällig, als sie vorbeifuhren. Er erinnerte sie an die kleinen Parks in London.

»Der Place d'Armes. Ich weiß nicht, warum ich so überrascht bin, daß er sich ebenfalls gehörig verändert hat«, sagte Nicholas.

»Tut mir leid, Sir«, verbesserte ihn der Kutscher respektvoll. »Er heißt jetzt Jackson Square. Das ist die Statue des alten Generals persönlich.«

»Zum Glück habe ich einen Führer angeheuert«, ergänzte Nicholas trocken. »Ich hätte nie gedacht, daß ich einmal ein Fremder in meiner Geburtsstadt sein könnte. Wenigstens hat man die Saint-Louis-Kathedrale, das Cabildo und das Presbyterium nicht abgerissen«, kommentierte Nicholas und deutete auf die Gebäude, die sich an die Kathedrale anschlossen.

»Die Baronesse hat das alles veranlaßt. Und es ist erst vor kurzem fertig geworden«, erläuterte ihnen der Kutscher. »Die Baronesse de Pontalba, so hieß sie.«

»Und warum hat sie den Platz neu aufbauen lassen?« erkundigte sich Nicholas neugierig.

»Na ja.« Der Kutscher überlegte sich die Antwort auf diese Frage sorgfältig. »Der Platz lag fast in Trümmern. Die meisten Anwohner hatten sich abgesetzt, und die Händler waren alle in die Canal Street umgezogen, weil dort die Geschäfte besser gingen. Ja, Sir, hier tummelten sich nur noch die Ratten. Dann kam die Baronesse, und heute ist der Square wieder einer der vornehmsten Plätze der Stadt.«

»Und wo ist die Baronesse?« fragte Mara und blickte sich aufmerksam um, in der Hoffnung, vielleicht einen Blick auf diese außergewöhnliche Frau erhaschen zu können.

»Sie ist zurück nach Frankreich, Madam. Das Saint-Louis-Hotel, Sir?« fragte der Kutscher, nachdem sie den Platz verlassen hatten.

Nicholas nickte. Seine Augen waren unter den dichten Wimpern versteckt, und er betrachtete mit undurchsichtiger Miene die Stadt, in der er nun ein Fremder war.

Das Saint-Louis-Hotel war, wie der Kutscher es gesagt hatte, eines der feinsten Hotels der Stadt. Nicholas trug sie ins Gästebuch ein, ohne den hochgezogenen Brauen des Portiers Beachtung zu schenken, der Monsieur de Montaigne-Chantale mit diensteifrigem Lächeln versicherte, daß ihre Zimmer die besten im ganzen Hotel seien. Der Lady würde es an nichts mangeln.

Nicholas nahm Maras Ellenbogen, als sie dem Kofferträger zu ihren Zimmern folgen wollte. »Ich muß ein paar Leute besuchen und komme später, Mara.«

»Du brauchst dich meinetwegen nicht zu beeilen«, versicherte ihm Mara mit gespielter Gleichgültigkeit.

»Später«, wiederholte Nicholas, drehte sich um und marschierte aus der Lobby auf die Straße, wo er kurz darauf im Gewühl untertauchte. Mara schaute ihm gedankenverloren nach und fragte sich, ob er wohl tatsächlich wiederkommen würde.

Nicholas stand einen Augenblick auf der Straße, hielt dann eine

Kutsche an und ließ sich ins Zentrum des Vieux Carré zurückfahren, diesmal allerdings, ohne seine Umgebung wahrzunehmen. Seine Gedanken kreisten um das bevorstehende Wiedersehen.

Der Kutscher zügelte die Pferde vor dem Haus, das Nicholas genannt hatte, und kassierte mit zweifelndem Blick den Fahrpreis. »Soll ich warten, Sir? Sieht nicht so aus, als wäre jemand da. Nein, Sir, da ist bestimmt niemand.«

Nicholas warf einen Blick auf das Haus mit den zugezogenen Vorhängen. Er schüttelte den Kopf und schickte die Kutsche fort. Dann ließ er seinen Blick über den pfirsichfarbenen Stuck und das schmiedeeiserne Geländer gleiten, das die Galerie und den Balkon auf der Straßenseite umlief. Er stieg die breiten Stufen zum Eingang hinauf und klopfte an die weiße Tür. Niemand antwortete, wie er es nicht anders erwartet hatte. Er spazierte auf der Galerie um das Haus herum, bis er seitlich an ein schmiedeeisernes Tor kam, hinter dem ein kleiner Gang in den tiefergelegenen Hof führte.

Nicholas umkreiste den trockenen Springbrunnen in der Mitte des kleinen Innenhofes. Aus den Fugen des gepflasterten Patios sproß Unkraut. Im Sommer standen die großen Doppeltüren immer offen, um die kühle Brise in das Innere der zwei Etagen zu lassen, die auf drei Seiten den Hof umgaben. Das niedrige Gebäude an der Rückseite, in dem die Sklaven wohnten, war ruhig. Die Oleanderbüsche standen immer noch in voller Blüte, während die cremefarbenen Magnolien an dem großen Baum mit den wachsartigen Blättern erst im Frühling blühen würden. Er blieb vor den Doppeltüren zum Eßzimmer stehen und nestelte an dem Riegel, weil er wußte, daß er irgendwann nachgeben würde. Der große Mahagonitisch, an dem sich einst die große Familie zum Essen versammelt hatte, war mit einem Laken abgedeckt, auf den Regalen lag eine dicke Staubschicht.

Gegenüber der Eingangshalle hinter dem Zimmer befand sich der Ballsaal, wo die Soiréen und Maskenbälle stattgefunden hatten, höchst formelle Veranstaltungen, zu denen eigens ein Orchester gemietet wurde.

Aber es war deutlich, daß hier schon lange keine Bälle mehr stattgefunden hatten. Keine lachenden, flirtenden Paare tanzten mehr über das Parkett, dachte er und wischte eine Spinnwebe fort, die von einem Spiegelrahmen herabhing.

Er kehrte zurück in die Eingangshalle und schaute die Treppe hinauf.

Sein Blick ruhte auf dem dunklen, glatten Mahagonigeländer, und plötzlich hörte er geisterhafte Stimmen aus seiner Vergangenheit.

»Wetten, du kannst nicht ganz runterrutschen, ohne hinzufallen«, forderte François ihn heraus. Seine zehnjährige Stimme klang verächtlich.

»Ich wette mein Pony und meine neue Angel, daß ich es doch kann«, hörte Nicholas seine eigene, achtjährige Stimme trotzig erwidern. Er lächelte verstohlen, als er sich an die Höllenfahrt auf dem schmalen, glatten Geländer erinnerte, die er unverletzt hinter sich gebracht hatte. Dann hatte er höhnisch zu François aufgeblickt, bis diesem nichts anderes übrigblieb, als es ihm gleichzutun. Aber François schaffte am unteren Ende den Absprung nicht, stürzte und brach sich den Arm.

Und jeden Sonntagmorgen trödelten sie so lange vor dem Kirchgang herum, bis das Kindermädchen sie schimpfend die Treppe hinunterscheuchte.

»Wenn Ihre Mama Sie jetzt hören könnte, Master Nicholas, was würde sie nur sagen? Und was haben Sie da in der Tasche, Master François? Hilfe!« hörte Nicholas sie immer noch schreien. »Was wollen Sie denn mit dem Frosch in der Kirche? Da wär' der Teufel los gewesen, wenn der Ihnen entwischt wär'!«

Nicholas schenkte der staubigen Treppe einen letzten Blick, verließ das vereinsamte Gebäude und ging zu Fuß zurück durch das Vieux Carré. Wenigstens hatten sich hier die Straßen in den letzten fünfzehn Jahren nicht allzusehr verändert. Alles war ein wenig heruntergekommen, aber es strahlte immer noch den gleichen Charme aus wie damals. Gedankenverloren strich er durch die schmalen Straßen. Er versuchte eine Antwort auf die Frage zu finden, warum das Haus der de Montaigne-Chantales leerstand, und das offenbar schon seit langem.

Mara schaute sich in der Suite um, die Nicholas für sie gemietet hatte, und fragte sich, ob sie für sie allein oder für sie beide gedacht war. Vielleicht war das seine Art, sich zu verabschieden? Denn höchstwahrscheinlich würde er in diesem Augenblick von seiner Familie mit offenen Armen empfangen, und das bedeutete das Ende ihrer Liaison. Sie hatte ihn nicht gefragt, warum er es so eilig hatte, nach New Orleans zurückzukehren, denn das Thema war ihm offensichtlich unangenehm gewesen. Er hatte ihr lediglich erklärt, er habe einen Brief von seinem Vater erhalten, der ihn gebeten hätte, heimzukommen. Sie hatte nicht weiter nachgebohrt, aber ihre Neugier war geweckt. Sie hatte ihm nicht gestanden, daß sie den Klatsch über seine Vergangenheit und die zweifelhaften Umstände seiner Flucht aus New Orleans kannte, die weit über das hinausgingen, was er ihr einst erzählt hatte.

Nein, entschied Mara plötzlich, Nicholas würde nicht zum Saint-Louis-Hotel zurückkommen und das Zimmer mit ihr teilen. Es war höchste Zeit, daß sie Pläne für die Zukunft schmiedete, denn jetzt konnte sie wieder tun und lassen, was sie wollte. Das hatten sie schließlich auch vereinbart. Nur bedauerlich, daß Nicholas vergessen hatte, das Geld für die Überfahrt nach Europa dazulassen.

Mara ließ ihren Blick über die Einrichtung des Zimmers schweifen und hoffte, daß er wenigstens dafür bezahlt hatte. Denn es war bestimmt nicht billig, dachte sie. Die Möbel im Neorokokostil waren aus Mahagoni und vergoldet, die Stühle mit Schnitzereien verziert und mit rotem Samt gepolstert. Vergoldete Spiegel, die von der Decke bis zum Boden reichten, und schwere Kristallüster ließen den Raum erstrahlen und brachten die Farben des dicken türkischen Teppichs zum Leuchten.

»Wo ist Onkel Nicholas?« wollte Paddy wissen, der eben die Straße inspiziert hatte und nun zurückkam. »Er hat versprochen, mit mir angeln zu gehen.«

»Paddy, mein Lieber«, erklärte ihm Mara mit tröstendem Lächeln, »du solltest Nicholas wirklich nicht ›Onkel‹ nennen. Außerdem hat er nicht versprochen, mit dir angeln zu gehen, stimmt's?« fragte Mara nach, weil sie ihm eine allzu große Enttäuschung ersparen wollte. »Ich glaube, wir werden nicht so lange in New Orleans bleiben, daß du angeln gehen kannst.«

Paddy stampfte zornig auf. »Er hat es mir doch versprochen! Er hat gesagt, wir gehen angeln, und er hat gesagt, ich darf ihn Onkel nennen, wenn ich will«, erklärte er trotzig. Er stützte die Hände in die Hüften, schob sein Kinn herausfordernd vor und funkelte sie aus seinen dunklen Augen an. Wieder erinnerte er Mara beinahe schmerzhaft an Brendan.

»Ich will nur nicht, daß du enttäuscht wirst, Paddy«, wies ihn Mara zurecht. »Nicholas hat seine Familie und seine Freunde hier, und mit denen wird er die meiste Zeit verbringen. Wir sind nicht seine Familie und ihm auch nicht besonders wichtig, mein Kleiner.«

Paddys Unterlippe begann gefährlich zu zittern, und er versuchte, seine Tränen zurückzuhalten. »Warum können wir nicht seine Familie sein? Er mag dich, und er mag mich, und er würde nie einfach so fortgehen, ohne mir was zu sagen«, widersprach Paddy ihr. Doch seine kleinen Schultern sackten herab. »Niemand bleibt bei uns, Mara. Haben wir denn niemanden?« fragte er pathetisch. »Papa ist fort, und der Schwede ist fort, und Gordie und Paul auch. Will denn gar niemand bei uns bleiben?«

Mara war von dieser Frage so überrascht, daß sie den Blick von seiner bedrückten, mutlosen Gestalt abwenden mußte. In seinem blauen Matrosenanzug sah er aus wie ein kleiner Mann, der die Last der Welt auf seinen Schultern trug.

Dann eilte sie zu ihm und umarmte ihn, während er seine kleinen Arme um sie schlang und sich an sie klammerte, als ob sein Leben davon abhinge.

»Ich werde immer für dich dasein, Paddy«, versprach Mara ihm mit brüchiger Stimme. »Ich werde dich nie verlassen. Das glaubst du mir doch, oder?«

»Ich hab' dich lieb, Mara«, flüsterte er und drückte sein Gesicht in ihren Rock.

Mara beugte sich herab und küßte ihn auf seinen Kopf. Sie fragte sich, ob sie seinem Vertrauen gerecht werden konnte. Einen Moment lang fürchtete sie sich vor der Verantwortung, die ihr diese Liebe auferlegte. Es war ein so zerbrechliches Gefühl, das durch ein einziges unvorsichtiges Wort oder eine einzige Geste zerstört werden konnte.

Als Mara aufblickte, stand Jamie in der Tür und beobachtete sie mit verklärtem Blick. Ihr verhärmtes Gesicht hatte sich entspannt, als sie die Liebe zwischen Mara und Paddy sah. Dann erwiderte sie Maras Blick, schniefte laut und begann im Zimmer herumzufuhrwerken, so als könnte sie die melancholische Atmosphäre nicht ertragen.

Eine Stunde war vergangen, und Paddy schlummerte auf dem Sofa, als Mara es im Hotelzimmer endgültig nicht mehr aushielt. Ihre Ungeduld machte sie selbst nervös. Sie erklärte: »Ich ertrage es einfach nicht, hier eingesperrt zu sein. Ich gehe ein bißchen an die frische Luft.«

»Das wird auch Zeit. Sie machen mich ganz verrückt«, versetzte Jamie. »Gehen Sie bloß. Ich pass' schon auf Paddy auf.«

Mara warf einen Blick auf das schlafende Kind. »Ich glaube, er kriegt schon wieder einen Schnupfen. Vorhin hat er ein paarmal geniest«, vermutete Mara, während sie ihre Haube aufsetzte und einen bernsteingelb und grün gemusterten Sonnenschirm mit langen Fransen aus dem Schirmständer nahm. »Ich bin spätestens in einer Stunde wieder da.«

Mara schloß die Tür hinter sich und schlenderte den Gang hinunter. Dann hörte sie Stimmen aus dem Foyer und blieb am Geländer der Galerie stehen, von wo aus man über die Rotunde blicken konnte, in der sich eine Menschenmenge drängelte. Eine marmorne Bar mit einem farbenfrohen Sortiment an alkoholischen Getränken erstreckte sich über die Hälfte der ebenfalls marmorgefliesten Rotunde. Eine stattliche Anzahl von Barkeepern tat dahinter Dienst. In der anderen Hälfte war ein Buffet mit Suppenterrinen, Platten voller belegter Brote, Hors-d'œuvres und anderen Leckereien aufgebaut. Aber ein anderer Tisch zog Mara noch viel mehr in seinen Bann. Neugierig und verwirrt zugleich starrte sie auf die jungen schwarzen Frauen, die einfach, aber sauber gekleidet auf dem Tisch saßen, umgeben von lachenden und sich unterhaltenden Männern.

Die Negermädchen schienen sich sehr für das zu interessieren, was um sie herum vorging, und beobachteten schüchtern und ängstlich die Männer. Dann stieg ein Mann auf einen Stuhl, bat die Anwesenden um ihre Aufmerksamkeit und begann die jungen Mädchen zu versteigern. Das ist also eine Sklavenauktion, dachte Mara verwundert, während sie die Vorgänge verfolgte. Unangenehm berührt wandte sie sich ab. Einige Herren in ihrer Nähe musterten sie mit unverhohlenem Interesse.

Mara spazierte durch die Straßen, bis sie an einen großen Platz mit stuckverzierten Kolonnaden gelangte, wo sich Stände mit frischem Obst und Gemüse, Fleisch, Fisch und frisch gefangenen Krabben aus dem Golf und den Bayous aneinanderreihten. Mara spazierte über den farbenfrohen Markt und weiter an den bunten Häusern vorbei, deren Balkone mit Grünpflanzen und Blumen geschmückt waren. Doch langsam änderte sich die Gegend. Immer häufiger lag Müll auf dem Bürgersteig, und immer öfter mußte sie den Blicken abgerissener Kerle ausweichen, die am Straßenrand herumlungerten und sie abschätzend musterten.

Gerade als sie ein heruntergekommenes Gebäude passierte, kam ein Matrose aus der Eingangstür geflogen. Seine Mütze folgte ihm wenige Sekunden später, begleitet von einem Schwall unverständlicher französischer Worte, aber Mara brauchte kein Patois zu verstehen, um zu wissen, was hier vorging.

Eingeschüchtert eilte sie weiter. Plötzlich legte sich eine Hand auf ihre Schulter und drehte sie herum.

»Où allez-vous, ma petite Mademoiselle?« fragte ein specknackiger Mann mit zweideutigem Grinsen, während er sie gierig mit den Blicken verschlang.

Mara wehte sein übler Whiskeyatem an, und sie versuchte, sich aus seinem schmerzenden Griff zu lösen. »Bitte lassen Sie mich los, *Monsieur*«, bat sie verkrampft.

»Ah, vous êtes une americaine«, erklärte er, ohne sich um ihr abweisendes Verhalten zu scheren. *»Combien?«* fragte er kaltschnäuzig und fixierte mit seinen blutunterlaufenen Augen ihre Brüste.

»Mehr als du dir leisten kannst, *mon ami*«, erklärte eine kalte Stimme hinter Mara. »Außerdem ist sie bereits vergeben.«

Der liebestolle Franzose schaute mißbilligend hoch, aber als er der grünen Augen und des geringschätzigen Lächelns des Sprechers gewahr wurde, kam er zu dem Schluß, daß die schöne *Mademoiselle* bei ihrem Beschützer doch wohl besser aufgehoben war.

»Mille pardons!« entschuldigte er sich mit einem falschen Lächeln, nahm seine Hand von Maras Schulter und trat vorsichtig den Rückzug an. *»Au revoir, mes amis.«*

Mara seufzte erleichtert auf und drehte sich zu Nicholas um. Ihr Lächeln erstarb augenblicklich, als sie seinen wütenden Blick sah. *»Merci, Monsieur«,* bedankte sie sich heiter. Sie versuchte, die Spannung zu lösen, fachte aber seine Wut nur noch mehr an.

»Was zum Teufel tust du hier?« wollte er wissen, nahm ihren Ellbogen und zog sie mit sich die Straße hinunter.

»Ich habe nur einen kleinen Spaziergang gemacht«, verteidigte sich Mara.

»Auf der Gallatin Street? Einen unpassenderen Weg hättest du dir kaum aussuchen können, mein Liebe«, sagte er sarkastisch. »Es sei denn, du wärst oberhalb der Canal Street herumgelaufen, wo dich wahrscheinlich ein paar Matrosen vergewaltigt hätten.«

Mara schaute ihn zornig an. »Du bist nicht für mich verantwortlich, Nicholas Chantale. Um die Wahrheit zu sagen, ich habe mich gefragt, ob wir dich überhaupt wiedersehen würden, jetzt wo wir New Orleans erreicht haben«, erklärte sie spitz und wand sich aus seiner Hand.

Nicholas sah sie nachdenklich an. »Wir werden uns später über deine Stellung unterhalten«, erklärte er unvermittelt.

»Meine Stellung?« wiederholte Mara mit beißendem Spott. Sie wurde immer wütender. »Seit wann bin ich deine Angestellte? Und vor allem, wann erhalte ich endlich meinen Lohn?«

»Meiner Meinung nach schaden sich die Iren mit ihrer scharfen Zunge selbst am meisten«, wies Nicholas sie zurecht und hielt eine Kutsche an.

»Rue des Ramparts«, befahl er dem Kutscher, half dann Mara in die Kutsche und setzte sich mit versteinerter Miene neben sie.

»Wohin fahren wir?« fragte sie schließlich.

»Ich brauche ein paar Informationen«, antwortete Nicholas kurz angebunden.

»Es überrascht mich, dich schon wiederzusehen. Ich dachte, du würdest immer noch die Rückkehr in den Schoß deiner Familie feiern«, bemerkte Mara. »Du hast sie doch besucht, nicht wahr?«

»Anscheinend sind sie zur Zeit nicht in New Orleans«, erklärte Nicholas und fügte hinzu: »Das ist befremdlich, denn es ist mitten in der Saison. Sie sollten eigentlich alle in der Stadt sein, wegen der Feste und Bälle. Aber offenbar sind sie immer noch auf Beaumarais.«

Mara fiel auf, daß seine Stimme weicher wurde, als er die Plantage erwähnte. »Wie ist Beaumarais?«

Nicholas lächelte. »Unvergleichlich. Sechs schlanke und schöne Säulen flankieren das Portal. Kletterrosen ranken sich an ihnen zur Galerie hoch, und wenn die Sonne aufgeht, beginnt der rosafarbene Stuck an der Fassade zu leuchten. Das Gebäude sieht man bereits von der Auffahrt aus, an der moosbewachsene Eichen stehen.«

Mara sah, wie sich seine Züge entspannten. Es war unübersehbar, daß er sein Geburtshaus sehr liebte, und Mara verstand, warum man ihn des Mordes an seinem Bruder verdächtigt hatte. Dadurch wäre er Erbe von Beaumarais geworden. »Und jetzt kehrst du also heim«, schloß Mara leise. »Du mußt sehr glücklich sein. Hat dein Vater herausgefunden, wer deinen Bruder wirklich umgebracht hat?«

Nicholas zuckte zusammen und faßte sie scharf ins Auge. »Woher weißt du das? Was hast du über François gehört?« forschte er nach, nickte aber gleich darauf und beantwortete seine Frage selbst. »Der Schwede.«

Mara schüttelte den Kopf. »Nein, Jacques d'Arcy hat darüber gesprochen. Er hat früher in New Orleans gelebt und erkannte dich im Eldorado wieder.«

»Ich verstehe«, erklärte er stirnrunzelnd. »Die Gerüchte folgen mir anscheinend um die Welt. Was hat er dir erzählt?«

Mara zuckte mit den Achseln. Sein forschender Blick bereitete ihr Unbehagen. »Du kennst es bestimmt schon alles.«

»Ja, wahrscheinlich, aber ich möchte wissen, was *du* über meine Vergangenheit gehört hast«, erklärte Nicholas mit zusammengekniffenen Augen.

»Wenn du darauf bestehst«, willigte Mara ein. »Jacques d'Arcy erzählte mir, du hättest deinen Bruder im Duell getötet. Du wolltest Beaumarais und außerdem ...«

»Fahre nur fort, meine Liebe«, drängte er sie. »Und außerdem?«

»Und außerdem seine Verlobte, wenn du es wirklich wissen willst«, vollendete Mara den Satz.

Nicholas zündete sich scheinbar unbeteiligt eine Zigarre an.

Mara betrachtete ihn neugierig. »Stört es dich überhaupt nicht, daß sich die Leute Lügen über dich erzählen?«

Nicholas blickte sie erheitert an. »Warum sagst du ›Lügen‹?«

Sie starrte ihn einen Augenblick an. Dann räusperte sie sich und sagte: »Nun, erstens glaube ich nicht, daß du deinen Bruder erschossen hast. Und außerdem meinte Jacques d'Arcy, du würdest behaupten, du hättest ihn nicht erschossen. Ich glaube dir«, vollendete sie hilflos den Satz, zuckte dann mit den Achseln und wandte sich ab.

Nicholas schüttelte ungläubig den Kopf. »Ist es denn zu fassen? Was hätte ich vor fünfzehn Jahren dafür gegeben, daß jemand aus meiner Familie das sagen würde. Aber nein. Sie alle trauten mir den Mord an meinem Bruder zu. Jetzt endlich glaubt mir jemand, und ich weiß nicht einmal, warum. Dein Vertrauen ist wirklich rührend, Mara. Ich hätte gedacht, daß du nach deinen Erfahrungen mit mir die erste wärst, die mir eine solche Schandtat zutraut.«

»Ich traue dir einiges zu, Nicholas«, erwiderte ihm Mara offen, »aber keinen kaltblütigen Mord an deinem Bruder.«

Plötzlich verspürte Nicholas das Verlangen, ihr alles zu sagen, fast als wollte er angesichts der schauerlichen Einzelheiten ihre Loyalität auf die Probe stellen.

»Ich war ein junger, arroganter Hitzkopf, Mara, und ich habe manchen Strauß aus eitlen und – im nachhinein betrachtet – lächerlichen, unwichtigen Gründen gefochten. Ich war nicht der Mann, der ich heute bin, deshalb darfst du die beiden nicht in einen Topf werfen. Und«, ergänzte er mit einem herausfordernden Grinsen, »du kennst weder Beaumarais ... noch Amaryllis.«

»War sie so schön?« fragte Mara eifersüchtig.

»Damals hätte ich liebend gern mein Leben für sie gegeben«, antwortete ihr Nicholas schlicht und ohne sich dessen zu schämen.

»Wenn du behauptest, unschuldig zu sein, dann glaube ich dir«, wiederholte Mara, unbeeindruckt von seiner Selbstkritik.

»Wenn es nur so einfach gewesen wäre. Aber ich fürchte, ich selbst war mein ärgster Feind. Mein Ruf, den ich mir im Laufe mehrerer Jahre zugelegt hatte, fällte eigentlich das Urteil über mich. Ich war das schwarze Schaf der Familie. Wie oft habe ich in Gedanken und sogar in meinen Träumen jenen schicksalhaften Tag wiedererleben müssen? Ich spürte, daß ich François unmöglich hätte töten können. Doch in schwachen Momenten überfielen mich Selbstzweifel«, gestand ihr Nicholas leise. Sein Blick war in die Ferne gerichtet, er schien ihre Umgebung überhaupt nicht wahrzunehmen.

»Vielleicht hatte ich ihn ja erschossen? Hatte meine Kugel ihn nicht doch niedergestreckt? Ich zielte links an ihm vorbei, wie er links an mir vorbeizielte. Es war ein idiotisches Spiel, das wir schon als Kinder gespielt hatten. Aber diesmal, so sagte man später, gewann der Neid die Oberhand über meine Bruderliebe, und ich erschoß ihn. Es war der perfekte Mord, denn ich konnte immer behaupten, es sei ein Unfall gewesen – und wer hätte mir vor Gericht das Gegenteil beweisen wollen? Doch gegen die öffentliche Meinung und das Urteil meiner Familie konnte ich nichts ausrichten, und deshalb mußte ich schließlich die Stadt verlassen.« Düstere Schatten lagen über Nicholas' Augen. »Ich habe mich immer gefragt, was François wohl fühlte, als die Kugel ihn traf. Glaubte er, ich hätte ihn erschossen? Ich war bei ihm, als er starb, und als er zum letztenmal die Augen öffnete und mich ansah, hatte ich das Gefühl, er wollte mir etwas sagen. Er stand mir bei unserem Duell gegenüber, so daß er hinter mich sehen konnte. François hat seinen Mörder vielleicht sogar gesehen. Wenn er mir nur noch etwas hätte sagen können. Die Liebe in seinen Augen kurz vor seinem Tod war der einzige Trost, der mir in all den Jahren blieb. Er hat mich nicht verflucht.«

»Und was war mit Amaryllis?« fragte Mara mitleidig. »Sie floh nicht mit dir?«

Nicholas schenkte ihr einen ironischen Blick. »Amaryllis als Ausgestoßene? Schwer vorstellbar. Außerdem, was hätte ich ihr bieten können? Ich hatte kaum Geld und noch weniger Aussicht, welches zu verdienen. Amaryllis wußte immer schon, was sie wollte. Ein Leben in ärmlichen Verhältnissen war nichts für sie. Wir wuchsen zusammen auf, aber erst auf unserem ersten gemeinsamen Ball fiel mir auf, wie schön sie war. Die Plantage ihrer Familie, Sandrose, lag direkt neben Beaumarais, deshalb trafen sich unsere Familien ständig bei irgendwelchen Picknicks oder gesellschaftlichen Anlässen. Bestimmt hofften alle darauf, daß sich zwischen unseren Familien verwandtschaftliche Bande knüpfen würden. Wahrscheinlich betrachtete mich Amaryllis' Vater als angemessene Partie für seine Tochter, bis ihr Bruder bei einem Reitunfall ums Leben kam und Amaryllis zur Alleinerbin aufstieg. Was lag da näher, als die beiden Erben miteinander zu vermählen und die beiden Güter zu verschmelzen? Das war doch viel profitabler als eine Hochzeit mit dem draufgängerischen jüngeren Bruder.«

»Und du warst damit einverstanden? Hast du ihnen nicht eure Liebe gestanden?« fragte Mara mitleidig. In welch einer Situation hatte sich der junge Nicholas da befunden!

»Natürlich habe ich protestiert, wie es mein Vater wohl nicht anders von mir erwartet hatte. Aber Amaryllis war von meiner Liebe nicht so geblendet, daß sie sich die Gelegenheit entgehen lassen würde, Herrin von Beaumarais zu werden und vom Wohlstand unserer Familie zu profitieren. Die Sandonets waren ständig in Geldschwierigkeiten. Und François war Amaryllis' Reizen gegenüber wohl ebenso anfällig wie ich und hatte sich bestimmt in sie verliebt. Da Amaryllis und ich immer sehr diskret gewesen waren, wußte er wahrscheinlich gar nicht, wie tief unsere Zuneigung zueinander war«, erklärte ihr Nicholas und fügte nachdenklich hinzu. »Ich frage mich, ob Amaryllis damals nicht sogar vorhatte, uns beide zu besitzen – mich als Liebhaber und meinen Bruder als Gatten. Vielleicht hätte sie mich geheiratet – ich weiß es nicht –, aber als sie Sandrose erbte, war eine reiche Heirat für sie von größter Bedeutung. Sonst wäre ihre Plantage ruiniert gewesen und den Gläubigern in die Hände gefallen. Nur in einer Beziehung hatte sich Amaryllis verrechnet. Wenn sie die Gattin meines Bruders wurde, hätte ich sie nie wieder angerührt, denn ich war keinesfalls so skrupellos, wie die meisten Leute glaubten.«

»Du hast gesagt, dein Vater hätte dich in einem Brief gebeten, zurückzukehren. Warum jetzt, nach all den Jahren?« erkundigte sich Mara neugierig.

»Weil mein Vater offensichtlich herausfand, wer François wirklich erschoß«, antwortete Nicholas kurz.

»Wer?« fragte Mara atemlos.

Nicholas lächelte und schüttelte bedauernd den Kopf. »Das hat mir mein Vater nicht verraten. Vielleicht fürchtete er, ich würde ihm nicht vergeben und nicht auf Beaumarais zurückkehren, deshalb enthielt er mir diese Information vor. Er wußte, daß ich nicht ruhen würde, bis ich die volle Wahrheit weiß.« Sein Blick ließ Mara das Blut in den Adern gefrieren, und sie schauderte, obwohl die Sonne sie in der offenen Kutsche beschien.

Mara betrachtete die kleinen, einstöckigen Häuser, die jetzt die Straße säumten. Zu ihrer Überraschung ließ Nicholas die Kutsche plötzlich an einer Straßenecke halten, direkt vor einem Blumenstand. Er sprang aus dem Wagen und unterhielt sich mit der großgewachsenen Negerin, deren Karren vollbeladen mit Blumen war. Mara sah, wie die Frau auf ein paar Häuser deutete. Nicholas drückte ihr Geld in die Hand und erhielt dafür einen Strauß, kletterte in die Kutsche zurück und gab dem Kutscher neue Anweisungen.

Dann warf er einen Blick auf Mara, zog mit einem Lächeln eine gelbe Rose aus dem Strauß und steckte sie in ihr Mieder, so daß der süße Duft ihr in die Nase drang.

Die Kutsche hielt vor einem kleinen Haus. Nicholas bezahlte den Kutscher, und dann standen sie vor dem stuckverzierten Gebäude. Die rosa gestrichenen Fensterläden leuchteten durch den üppigen Vorgarten.

Ohne zu zögern marschierte Nicholas auf den Eingang zu und klopfte an die ebenfalls rosafarbene Tür. Neugierig sah er sich um. Dann wurde die Tür von einem Negerbutler in Livree geöffnet, der sich zwar höflich verbeugte, den Weg aber nicht freigab. Offensichtlich wartete er darauf, daß Nicholas sich vorstellte.

»Sag Mademoiselle Ferrare, daß Nicholas de Montaigne-Chantale sie besuchen möchte«, verkündete dieser so stolz wie wahrscheinlich schon vor fünfzehn Jahren.

Die Augen des Butlers blitzten kurz auf, als er den Namen hörte. Er trat beiseite, führte sie dann in einen Salon und entfernte sich, um seine Herrin zu benachrichtigen.

»Du hättest mich nicht mitnehmen müssen, wenn du hier private Dinge besprechen möchtest, Nicholas«, erklärte Mara steif. Sie hockte auf der Kante eines seidengepolsterten Stuhles und fühlte sich fehl am Platze. »Ich finde den Weg zurück zum Hotel auch allein.«

»Du bist jetzt hier«, setzte sich Nicholas über ihren Einwand hinweg, »also kannst du dich genausogut entspannen.«

Mara seufzte resigniert und lehnte sich zurück. Müßig schaute sie sich in dem Salon um, dessen fast makellose Eleganz sie überraschte. Das Zimmer hätte sich ebensogut in einem Stadthaus in Paris befinden können. Auf einem marmornen Sockel thronten eine vergoldete Ormuluhr und zwei rosa-golden bemalte Sèvresvasen, und auf der Louis-XV-Kommode aus Rosenholz standen mehrere Porzellanzierfiguren und zwei feinziselierte silberne Kandelaber. In einem hohen Bücherschrank waren viele elegante Lederrücken zu sehen; ein Buch lag geöffnet auf dem cremefarbenen Polster des Diwans.

»Nicholas?«

Mara drehte sich zur Tür um, als sie die überraschte, heisere und anziehende Stimme hörte. Eine Frau warf sich in Nicholas Chantales ausgestreckte Arme, lachte und drückte ihn und küßte ihn übers ganze Gesicht, als er sie hochhob.

»Françoise«, lachte Nicholas, »du bist immer noch so stürmisch wie früher. Und ich dachte, eine gereifte, zurückhaltende Frau würde mich jetzt empfangen.« Dann erwiderte er ihre Küsse.

»Wenn ich dein Gesicht sehe, werde ich augenblicklich um fünfzehn Jahre jünger. Als Kind war ich bis über beide Ohren in dich verliebt«, beschwerte sie sich lachend. »Mein Gott, hatte ich es schwer!«

Mara hatte sich erhoben und beobachtete nun schweigend das fröhliche Wiedersehen der beiden Kreolen. Sie mußte zugeben, daß diese Françoise eine der schönsten Frauen war, die sie jemals gesehen hatte. Sie bewegte sich mit der natürlichen Anmut einer Gazelle, und auf ihrem langen, schlanken Hals ruhte ein dunkelhaariger Kopf. Ihr ovales Gesicht hatte die zarte Farbe eines sonnengereiften Pfirsichs, und über ihren mandelförmigen, blaugrünen Augen wölbten sich feingeschwungene Brauen. Ihre Nase war gerade und schmal, und ihre Nasenlöcher blähten sich um eine Winzigkeit, als sich ihre wohlproportionierten Lippen zu einem Lächeln verbreiterten. Sie trug ein einfaches hellgrünes und mit einem Zweigmuster versehenes Nachmittagskleid aus Musselin, dessen schlichter Kragen und lange Ärmel ihre atemberaubende Schönheit eher noch hervorhoben als verhüllten. Sie wirkte charmant und graziös, als sie Nicholas mit gespielter Entrüstung schalt.

»Nach sechzehn Jahren«, erklärte sie, »tauchst du hier auf, als wärst du nur eine Woche weg gewesen. *Mon Dieu*, du verstehst es, deine Mitmenschen zu überraschen.«

»*Du* überraschst mich«, erwiderte Nicholas amüsiert. Er hielt sie von sich und musterte sie von Kopf bis Fuß. »Du hast dich in eine wirkliche Schönheit verwandelt, und das ohne meine fürsorgliche Hand.«

Françoise warf den Kopf zurück und lachte. »Mein lieber Nicholas, es war mein Glück, daß deine fürsorgliche Hand mich nicht leiten konnte.« Plötzlich bemerkte sie, daß sie und Nicholas nicht allein waren. Sie machte einen Schritt zurück und nahm Mara aufmerksam in Augenschein. »Und wer ist das, Nicholas?« fragte sie freundlich.

Nicholas ging zu Mara hinüber, legte seine Hand auf ihre Schulter und verkündete mit Besitzerstolz: »Das ist Mara O'Flynn.«

Françoise zog eine Augenbraue hoch und schien sich darüber zu amüsieren, daß Nicholas so knauserig mit seinen Informationen war. Mit einem ironischen Lächeln sagte sie höflich: »Es ist mir ein Vergnügen, Miss O'Flynn.«

Mara neigte hoheitsvoll den Kopf und verbesserte kühl: *»Mademoiselle.«*

Nicholas mußte lachen. »Mara, das ist *ma petite cousine* Françoise Ferrare, und sie stirbt vor Neugier, wenn sie nicht bald mehr über uns erfährt – vor allem über dich.«

Maras Feindseligkeit schmolz dahin. Zwischen ihnen war nichts, war nie etwas gewesen. Und als sie Françoise Ferrare genauer ansah, wurde ihr klar, daß sie wesentlich älter war, als sie zunächst angenommen hatte. Sie mußte ungefähr dreißig Jahre sein.

»Ich glaube, ich werde meine Neugier zügeln müssen, bis ich euch wenigstens etwas Tee angeboten habe«, sagte Françoise und läutete dem Butler. Sie bedeutete ihnen, sich zu setzen und strahlte, als Nicholas den Strauß hervorzauberte, den er ihr gekauft hatte. Sie hielt die duftenden Blüten an ihr Gesicht. »Ach, Nicholas, du hast nicht vergessen, wie sehr ich Blumen liebe«, murmelte sie leise.

Der Butler erschien, gefolgt von einem Mädchen, welches das Teeservice trug. Aufmerksam überwachte er, wie das Mädchen die dünnen Porzellantassen auf den Tisch stellte.

Françoise schüttelte den Kopf und deutete auf den Butler. »Er ist mir immer einen Schritt voraus und kennt meine Gedanken besser als ich selbst«, lachte sie. Dann schenkte sie Mara Tee ein und fragte: »Zitrone oder Sahne, *Mademoiselle*?« Doch gleich darauf schüttelte sie den Kopf. »Bitte verzeihen Sie. Ich vergaß, daß die Engländer ihren Tee immer mit Sahne trinken, *non*?«

»Ich bin zwar Irin, aber bevorzuge trotzdem Sahne«, erklärte Mara und nahm ihre Tasse entgegen.

»Sie ist sehr stolz auf ihre Abstammung, und der Herr sei jedem gnädig, der sich in ihrer Gegenwart darüber lustig macht«, erläuterte Nicholas beinahe liebevoll.

Françoise bemerkte die vertrauten Blicke, die Nicholas und diese bezaubernde Irin wechselten, und fragte sich, wie gut sich die beiden wohl kennen mochten. »Und wie hast du mich gefunden, Nicholas?« wollte sie dann erfahren.

Nicholas zuckte mit den Achseln. »Ich dachte mir, wenn du nicht ständig in Paris lebst, dann hättest du dich höchstwahrscheinlich hier in der Gegend niedergelassen. Also habe ich einfach die Blumenverkäuferin an der Ecke gefragt.«

Françoise seufzte ergeben. »Der Alten entgeht wirklich nichts. Ich kann keinen Schritt vor die Tür machen, ohne daß sie –« In diesem Augenblick stürmte ein kleines Mädchen mit fliegenden Zöpfen in den Raum, sprang über den Teppich und kam direkt vor Françoises Füßen zum Stehen.

»Mama! Mama!« rief sie aufgeregt und trat einen Schritt zurück. *»Regardez-moi!«* befahl sie und vollführte eine perfekte Pirouette.

Nicholas klatschte anerkennend, und in diesem Augenblick bemerkte das kleine Mädchen sein Publikum. Es errötete beschämt, so daß sein rosa Trikot im Vergleich dazu verblaßte.

»Très bien, ma petite danseuse«, lobte Nicholas das kleine, höchstens fünf Jahre alte Mädchen.

»*Chérie*, wie oft habe ich dir schon gesagt, daß eine Dame nicht wie ein gottloser Wilder in den Raum stürmt?« ermahnte Françoise die kleine Tänzerin, während sie ihr eine Locke aus der Stirn strich. »Und jetzt begrüße deinen Cousin Nicholas und Miss O'Flynn.«

»Bonjour, Monsieur, Mademoiselle«, sagte sie schüchtern. Ihre dunkelblauen Augen sahen zu Boden, und sie zog die Schultern hoch.

Françoise lächelte stolz. »Meine Tochter Gabriella, die eben aus der Tanzstunde kommt und ihrer Mutter ihren neuesten Schritt vorführen muß. Und jetzt lauf, *ma chatte*, und zieh dich um.«

»Au revoir«, verabschiedete sich die Kleine und stürzte hinaus.

»Ein bezauberndes Mädchen«, erklärte Nicholas, während er ihr nachsah. »Du warst in ihrem Alter ähnlich, Françoise.«

Françoise lächelte. »Und du hast mich immer geneckt. Gabriella hat zwei Brüder, die sie jedesmal, wenn sie zu Hause sind, ärgern, bis sie sich in Tränen auflöst«, fügte sie mißbilligend hinzu.

»Ich würde sie alle gern kennenlernen«, erklärte ihr Nicholas und wies die Kuchenplatte zurück, die sie ihm darbot.

»Wirklich schade. Ich hätte sie dir liebend gern vorgestellt«, antwortete Françoise ihm bedauernd, »aber beide sind in Frankreich im Internat und werden erst im Frühjahr zurückkommen. Aber vielleicht bist du dann ja noch hier?«

Als Nicholas nur die Stirn runzelte, sprach Françoise gleich weiter, weil sie befürchtete, daß er sie für allzu neugierig halten könnte. »Jean-Pierre, mein Ältester, ist hochmusikalisch und hat bereits mehrere Stücke komponiert. Henri dagegen ist ziemlich wild und ähnelt sehr seinem Vater. Aber er versteht es, brillant mit Worten umzugehen. Das hat er auch von seinem Vater.« Sie lachte, bemerkte dann Nicholas' fragenden Blick und beantwortete seine unausgesprochene Frage: »Sie sind von Saint-Jaubert.«

»Armand de Saint-Jaubert ist ihr Vater?« fragte Nicholas mit wohlgefälligem Lächeln.

»*Oui,* ich bin seit fast fünfzehn Jahren Armands *placée*«, bestätigte Françoise würdevoll.

Mara dämmerte die Wahrheit. Françoise hatte gesagt, daß sie Armands Geliebte sei. Mara räusperte sich verlegen und lenkte Françoises Aufmerksamkeit auf sich.

»Diese vertraulichen Dinge möchten Sie bestimmt lieber allein mit Nicholas besprechen«, setzte Mara an und erhob sich.

»Aber bitte, das ist doch nicht notwendig«, versicherte ihr Françoise und fügte dann mit demselben zynischen Blick hinzu, den Mara von Nicholas kannte, »es sei denn, Ihnen ist das Thema unangenehm?«

Mara wollte diese Unterstellung gerade entschieden zurückweisen, denn sie wußte wohl, daß sie sich ganz bestimmt kein Urteil über Françoise Ferrare erlauben durfte, da antwortete Nicholas an ihrer Stelle: »Ich bin überzeugt, daß Mara nicht so denkt, Françoise.«

»Ich wollte Ihnen nur eine Gelegenheit geben, sich allein zu unterhalten.« Mara wurde merklich reservierter.

Françoise lächelte, weil sie begriff, daß sie die Irin falsch eingeschätzt hatte. »Bitte verzeihen Sie mir, aber Sie sind keine Kreolin und verstehen unser Gesellschaftssystem wahrscheinlich nicht. Es ist schon recht alt und funktioniert im allgemeinen recht gut. Jedermann weiß, daß ich Armand de Saint-Jauberts Geliebte bin. Er unterstützt mich und meine Kinder und wird das bis zu meinem Ende tun. Er wird auch immer für seine Söhne und seine Tochter sorgen, denn wir sind für ihn wie eine zweite Familie. Sie müssen wissen, daß er auch Kinder von seiner Frau hat. Es ist gar nichts dabei«, schloß Françoise mit einem kleinen Lachen. »Aber Amerikaner oder Briten können das wahrscheinlich nicht verstehen.«

Mara biß sich auf die Lippe. »Ich verstehe das sehr gut.« Weil sie sah, daß Françoise ihren Worten nicht so ganz glaubte, faßte sie einen schnellen Entschluß. Sie würde das Geheimnis lüften, das Brendan und sie immer so sorgsam gehütet hatten. Sie wollte ihre beiden Gesprächspartner, vor allem Nicholas, schockieren. »Ich entstamme selbst einer solchen Verbindung. Nur wurde unser Vater unserer Mutter überdrüssig, und er ließ uns im Stich, so daß sie ganz allein für mich und meinen Bruder sorgen mußte. Ich finde, Ihr System hat einige Vorteile. Natürlich hängt alles davon ab, welchen Mann eine Frau sich erwählt. Meine Mutter verliebte sich in einen reichen, adligen Herrn, aber vielleicht hätte sie mit einem Bauern oder einem Fischer ein besseres Los gezogen. Deshalb habe ich beschlossen, von niemandem abhängig zu sein«, schloß sie und schaute Nicholas herausfordernd in die Augen. Sein sanfter Blick verwirrte sie.

Françoise schüttelte den Kopf und lächelte traurig. »Aber *Mademoiselle*, das ist nicht immer möglich. Niemand kennt die verschlungenen Pfade der Liebe. Warum sollte man sich von einer bestimmten Person nicht angezogen fühlen? Ich habe Glück gehabt, denn ich habe den Mann gefunden, den ich liebe.«

»Das dachte meine Mutter auch«, erwiderte Mara. Sie konnte nach all den Jahren ihre Verbitterung immer noch nicht verhehlen.

Françoise lächelte die junge Frau mitleidig an. »Man geht immer ein Risiko ein, wenn man sein Herz verschenkt, *Mademoiselle*. Es ist nicht immer eine weise Entscheidung, und auch nicht immer eine glückliche. Aber man muß dieses Risiko eingehen, wenn man die Liebe kennenlernen will.«

»Bist du glücklich, Françoise?« hakte Nicholas nach.

»Warum sollte ich es nicht sein? Ich genieße mein Zusammenleben mit Armand. Ich habe zwei Söhne, die in Paris eine gute Schule besuchen, und eine kleine Tochter, die eines Tages zu einer schönen Frau heranwachsen wird«, bestätigte Françoise stolz. »Vielleicht bin ich nur die *placée*, aber Armand liebt mich, und das kann seine Frau nicht von ihm behaupten. Es war eine reine Vernunftheirat; die beiden haben sich nie geliebt. Um die Wahrheit zu sagen, sie können einander nicht ausstehen.« Françoise zuckte mit den Achseln. »Noch etwas Tee, Mademoiselle O'Flynn? Er ist noch heiß. Aber, *mon cousin*, was führt dich eigentlich nach New Orleans?« Sie zog eine Augenbraue hoch, während sie Mara noch eine Tasse einschenkte. »Ah, wahrscheinlich dein Papa«, seufzte sie.

Nicholas stutzte. »Du weißt von dem Brief?«

»*La lettre? Non,* davon habe ich nichts gehört«, antwortete Françoise nachdenklich. »Aber wahrscheinlich hat dich deine Schwester von seinem Tod benachrichtigt.«

Françoise schaute auf und sah Nicholas vollkommen erstarrt vor sich sitzen. »O Nicholas, es tut mir so leid, aber dein Papa *est mort.*«

»Wann ist er gestorben?« fragte Nicholas ruhig.

»Laß mich nachdenken, es ist schon ziemlich lange her...«, Françoise trommelte mit ihren schlanken Fingern auf die Tischplatte. »Ja... es war vor über einem Jahr. Es war im Herbst, denn ich erinnere mich, gedacht zu haben, daß es eine richtige Zeit zum Sterben war. Alles war grau und trüb.«

»Wie ist er gestorben? Mußte er leiden?« Nicholas konnte kaum glauben, daß sein Vater tot sein sollte. Philippe de Montaigne-Chantale war in ganz Louisiana für seine ungeheure Lebenslust bekannt gewesen.

Françoise wich Nicholas' forschendem Blick aus und antwortete nur sehr zaghaft auf seine Frage: »Es war eine Tragödie. Ein vollkommen unsinniger Unfall. Er fiel vom Deich und stürzte in den Fluß. Er ertrank, Nicholas. Jede Hilfe kam zu spät. Als man ihn fand, war er schon ein gutes Stück von Beaumarais abgetrieben. Ein Fischer entdeckte seine Leiche am Flußufer.«

»Mein Gott!« stöhnte Nicholas.

Mara beobachtete ihn schweigend. Sie wünschte, sie könnte ihn trösten. Sie hatte Nicholas wutentbrannt gesehen, auch unbekümmert wie einen kleinen Jungen, sarkastisch, grausam und sinnlich, aber noch nie so verletzlich und bedrückt.

»Ich verstehe das nicht«, wandte Nicholas ein. »Er war ein ausgezeichneter Schwimmer. Er hat oft lange Strecken zurückgelegt. Er war kräftig und kannte diesen Deich in- und auswendig. Er würde nicht einfach ins Wasser fallen.«

Françoise schüttelte traurig den Kopf. »Nicholas, er war nicht mehr der Mann, an den du dich erinnerst. Er hatte sich sehr verändert. Ich glaube, er trauerte immer noch um seine Söhne. Das ließ ihm keine Ruhe. Ich habe ihn nur noch einmal in der Stadt gesehen. Dann hörte ich erst wieder von ihm, als er gestorben war.«

Nicholas strich sich mit der Hand durch die dunklen Locken und versuchte, sich mit diesem neuen Bild seines Vaters abzufinden. Alles in ihm sträubte sich dagegen. »Er hat mir geschrieben. Er hat mir vergeben, Françoise, und er sagte, er wisse, was wirklich geschehen sei, als mein Bruder ums Leben kam.« Nicholas' Stimme klang hart, und er schaute seine Cousine durchdringend an. »Er sagte, er habe endlich die Wahrheit herausgefunden. Er muß den Brief kurz vor seinem Tod geschrieben haben. Er wußte, wer François umgebracht hatte, und wollte es mir verraten. Ich frage mich, ob ...« Er ließ den Rest des Satzes unausgesprochen. Aber Françoise und Mara war klar, was er hatte sagen wollen.

»O Nicholas, *non*!« rief Françoise bestürzt aus. »Es war ein Unfall. Es muß ein Unfall gewesen sein. Ich kann mir nicht vorstellen, daß jemand ... *O non*! Das ist einfach unmöglich«, flüsterte sie und schüttelte den Kopf, als wollte sie sich von diesem unerträglichen Gedanken befreien.

»Jedenfalls, Françoise«, fuhr Nicholas mit eiskalter Stimme fort, »ist mein Bruder tot. Und jetzt mein Vater. Beide starben unter zweifelhaften Umständen, aber diesmal konnte man mir nicht die Schuld geben.«

Mara lief ein Schauer über den Rücken, denn sie kannte diesen Tonfall und wußte, wie wütend Nicholas jetzt war.

»Ich hätte wissen müssen, daß etwas nicht stimmte, als ich zu unserem Stadthaus fuhr. Es war vollkommen verlassen. Aber wahrscheinlich trauert die Familie immer noch um ihn.«

Françoise schenkte sich noch eine Tasse Tee ein, bevor sie ihm vorsichtig widersprach: »Das Stadthaus liegt schon viel länger verlassen. Die Familie hat es seit einigen Jahren nicht mehr benutzt.«

»Und warum, Françoise?« Nicholas ließ nicht zu, daß sie sich um eine Antwort drückte.

Françoise seufzte. »Es war keine gute Zeit für uns Kreolen, Nicholas. Dein Vater war ein stolzer Mann, und er hätte es nicht ertragen, daß er nicht mehr so reich war wie früher«, erklärte sie ihm offen.

Nicholas starrte Françoise an. »Was soll das heißen? Sind die Montaigne-Chantales zu Bettlern geworden?«

»*Non*! So schlimm ist es nicht, Nicholas. Du mißverstehst mich.« Françoise wollte ihm nicht zu nahe treten, aber sie wußte, daß ihm nicht gefallen würde, was sie ihm zu sagen hatte. »Bald nachdem du New Orleans verlassen hattest, kamen schlechte Zeiten für das Zuckerrohr. Die Regierung senkte die Zölle auf importierten Zucker, und die Preise fielen drastisch. Plötzlich standen viele Leute vor dem Ruin. Viele Banken mußten ihre Tore schließen, und viele reiche Pflanzer verloren ihre Plantagen und ihr gesamtes Vermögen.«

»Beaumarais?« fragte Nicholas lediglich.

»Es ist immer noch da, und es gehört immer noch deiner Familie«, versicherte ihm Françoise, »aber es hat sich vieles verändert. Die Verluste konnten nie wieder ganz wettgemacht werden. Inzwischen sind die Amerikaner die Herren von New Orleans.«

»Mir sind die Veränderungen aufgefallen, als wir durch die Stadt fuhren«, bemerkte Nicholas, der sich an die vielen neuen Gebäude erinnerte.

»Ja, es gibt viele Veränderungen, Nicholas, nicht nur in unserer Lebensweise, sondern auch in unserer Denkweise. Wir sind immer noch sehr altmodisch. Jetzt bestimmen die Amerikaner die gesellschaftlichen Sitten. Für die Älteren ist das sehr schwer hinzunehmen.«

»Und was ist mit meiner Familie, Françoise?« wollte Nicholas wissen.

»Was hast du denn die ganzen Jahre über gehört?« Françoise wich seiner Frage offensichtlich aus.

Nicholas schaute sie an, und Françoise wünschte, sie hätte diese Frage nicht gestellt. »Gelegentlich hat mir Denise berichtet, wenn ich sie in London besuchte. Ich weiß, daß ich zwei Halbgeschwister habe. Ein Mädchen heißt Nicole. Es muß inzwischen ungefähr sechzehn Jahre alt sein. Das andere Kind war noch nicht geboren, als ich abreiste«, sagte er lächelnd. »Es müßte also acht oder neun Jahre alt sein.«

»Damaris ist acht und macht ihrer Mutter ganz schön zu schaffen«, bestätigte Françoise. Dann fragte sie vorsichtig: »Aber deinen kleinen Halbbruder Jean-Louis hast du gar nicht erwähnt?«

Nicholas konnte sein Erstaunen nicht verbergen. »Ein Bruder?«

Françoise nickte erheitert. »*Mais oui*, aber es werden noch einige Jahre ins Land gehen, bis er Herr über Beaumarais wird. Er ist erst zwei Jahre alt.«

»Unglaublich«, murmelte Nicholas.

»Wir waren alle überrascht, vor allem, da deine Stiefmutter immer sehr schwere Geburten hatte. Sie wäre beinahe gestorben, als der kleine Jean-Louis zur Welt kam. Aber dein Papa war überglücklich. Endlich hatte er wieder einen Sohn. Er war fast wieder der Alte. Doch plötzlich schien ihn die Vergangenheit einzuholen. Fast über Nacht alterte er um Jahrzehnte.«

»Ich verstehe.« Nicholas seufzte. »Vielen Dank, daß du so offen warst, Françoise.«

»Was hast du jetzt vor, Nicholas?« fragte sie mitfühlend.

»Ich fahre nach Beaumarais«, antwortete er ruhig. Mara kannte nur zu gut den entschiedenen Tonfall, in dem er das sagte.

Françoise legte ihre Hand auf seinen Arm und sagte: »Du bist dort vielleicht nicht willkommen, Nicholas. Selbst wenn dein Vater die Wahrheit über François' Tod herausgefunden haben sollte, wird er Celeste nichts davon erzählt haben. Sie war nach der Geburt ihres Sohnes sehr schwach, und mit seinen Töchtern konnte er darüber noch nicht sprechen. Nicholas, vielleicht kennt niemand die Wahrheit. Vielleicht halten sie dich immer noch für schuldig. Ich bin fast davon überzeugt. Denn ich habe nicht gehört, daß man dich freigesprochen hätte, und solche Neuigkeiten verbreiten sich sehr schnell, *mon cher*«, erklärte ihm Françoise traurig.

Nicholas blickte in ihr schönes Gesicht. Ihr Mitgefühl rührte ihn. »Ich weiß, daß mein Vater mir vergab und die Wahrheit kannte, und deshalb kann ich mich allem stellen, was mich auf Beaumarais erwartet. Ich habe gar keine andere Wahl, Françoise. Ich muß die Wahrheit herausfinden.« Er beugte sich zu ihr herab und hauchte ihr einen Kuß auf die Stirn. »Keine Angst, *ma petite*, ich habe ein ziemlich dickes Fell und jahrelang in Unehre gelebt. Mir wird so leicht nichts passieren.«

Mara mußte schlucken, als sie sah, wie zärtlich er zu seiner Cousine war. Diese Seite kannte sie kaum an ihm. Wieder wurde ihr klar, daß jetzt der Zeitpunkt gekommen war, Abschied zu nehmen, denn auf Beaumarais würde sie bestimmt nicht willkommen sein. Mara wandte den Blick von den beiden, die dicht nebeneinander in der Tür standen. Sie fühlte sich als Eindringling.

»Nicholas!« rief Françoise plötzlich aus. »Alain! Alain wird dir helfen können.«

Nicholas stutzte. »Dein Bruder? Wie könnte er mir helfen?«

Françoise packte ihn aufgeregt am Ärmel. »Er ist jetzt Aufseher auf Beaumarais. Er weiß alles, was auf der Plantage vor sich geht. Du kannst ihm vertrauen, Nicholas«, beschwor sie ihn. »Du weißt, daß er immer dein Freund war.«

»Vielleicht werde ich mich an ihn wenden«, nahm er den Gedanken nachdenklich auf. »Es wäre gut, wenigstens einen Freund zu haben, auf den ich mich verlassen kann. Ansonsten wird man mich wahrscheinlich nicht mit offenen Armen empfangen.«

»Mein Papa schon«, widersprach ihm Françoise lächelnd. »Du warst immer sein Liebling.«

»Etienne ist auch auf Beaumarais?« fragte Nicholas freudig überrascht.

Françoise hob abwehrend die Hände und bestätigte: »Er behauptet immer, er wolle sich woanders niederlassen, und dann reist er nach Paris, London, Wien oder Sankt Petersburg. Doch bald darauf kehrt er nach Beaumarais zurück, froh, daß er dort leben kann.«

»Er ritt früher öfter mit mir flußaufwärts bis an die Grenze der Plantage. Vielleicht können wir das wieder einmal tun.«

Mara spürte Françoises Unbehagen sofort und wartete auf ihre nächste Eröffnung. Auch Nicholas bemerkte, daß seine Cousine zögerte, verschränkte die Arme vor der Brust und sah sie geduldig an.

»Du kannst es mir genausogut sagen.«

»Das Land gehört nicht mehr zu Beaumarais. Während der letzten Jahre wurde Stück für Stück abgestoßen, und letztes Jahr, nach dem Tod deines Vaters...« Françoise verstummte unter Nicholas' kritischem Blick. Dann holte sie tief Luft und fuhrt fort: »... wurde der gesamte nordöstliche Teil verkauft.«

Mara sah, wie Nicholas' Kiefermuskeln arbeiteten. Ruhig sagte er: »Das Land an der Grenze zu Sandrose.«

»Genau. Amaryllis lebt immer noch dort.« Françoise musterte ihn aufmerksam.

Auch Mara studierte Nicholas' Miene und fragte sich, ob er immer noch etwas für Amaryllis empfand.

»Ich dachte, sie hätte einen Mann aus Natchez geheiratet? Denise erzählte mir, sie habe New Orleans kurz nach meiner Abreise verlassen«, bemerkte Nicholas ohne erkennbare Gefühlsregung.

»Nicht einmal Amaryllis' Schönheit konnte ihr helfen, den Skandal unbeschadet zu überstehen. Deshalb floh sie nach Natchez, wo sie in Windeseile einen armen reichen Trottel betörte und ihn vor den Traualtar zerrte«, antwortete Françoise höhnisch.

»Und warum lebt sie wieder auf Sandrose?«

Françoise schniefte verächtlich. »Sie ließ ihren armen Mann regelrecht ausbluten. Sie baute ein wahres Schloß in Natchez und führte sich auf wie eine Königin, wenn sie nach New Orleans kam. Aber das meiste Geld verwendete sie dazu, Sandrose instand zu halten. Ihr Mann trank sich währenddessen um den Verstand, um ihr und ihren ewigen Forderungen zu entkommen. Als er starb, war er hochverschuldet.«

»Sie ist also Witwe«, kommentierte Nicolas neugierig.

»Mit zwei fast erwachsenen Kindern«, bestätigte Françoise. »Sie würde die beiden am liebsten unter den Tisch fallenlassen, denn jetzt versucht sie, einen reichen amerikanischen Bankier einzuwickeln. Angeblich hat die Bank ihres neuen Verehrers den Kredit gegeben, mit dem das Land von Beaumarais gekauft wurde. Aber ich glaube, sie will mehr als nur das Land der de Montaigne-Chantales. Sie will Beaumarais selbst.«

Françoise wand sich unter Nicholas kaltem, ruhigem Blick.

»Wir müssen jetzt gehen, Françoise«, erklärte Nicholas unvermittelt mit einem Blick auf Mara, bevor er sich seiner Cousine wieder zuwandte. »Wer hat eigentlich Beaumarais geerbt?« erkundigte er sich noch.

»Man fand kein Testament, deshalb wurde Celeste als Vormund für Jean-Louis eingesetzt. Du warst nicht hier, und François ist tot«, erklärte sie. Dann fügte sie fast flehend hinzu: »Nicholas, bitte sag, daß du mir nicht böse bist. Du wirst mich doch wieder besuchen?«

Nicholas lächelte. »Du machst dich über mich lustig. Du weißt, daß ich nie lange von dir fernbleiben kann.« Er küßte sie auf die Wange. *»Au revoir, ma petite cousine.«*

»Nicholas«, ermahnte sie ihn noch, »bitte sei vorsichtig.«

»Das bin ich immer«, antwortete er und geleitete Mara zur Tür.

»Es war mir ein Vergnügen, Sie kennenzulernen, Mademoiselle Ferrare«, verabschiedete sich Mara höflich und streckte ihr die Hand hin.

Françoise wirkte einen winzigen Augenblick lang überrascht, dann ergriff sie sie. »Nennen Sie mich bitte Françoise – und ich glaube, das Vergnügen hielt sich diesmal in Grenzen. Ich hoffe, Sie werden mich trotzdem bald wieder besuchen. Nicholas, bitte grüße Papa von mir und sag ihm, er soll bald vorbeikommen. Seine Enkelin fragt ständig nach ihrem *grandpère*.«

»Das werde ich, Françoise«, versprach ihr Nicholas. Sie gingen durch den Garten zur Straße.

»Peter sagte mir eben, er hätte für euch angespannt«, rief Françoise ihnen lachend nach. »Er hat bemerkt, daß ihr eure Kutsche fortgeschickt habt. Also laßt euch von meinem Kutscher fahren«, bot sie ihnen winkend an. Bevor Nicholas ihr widersprechen konnte, war sie bereits im Haus verschwunden.

Schweigend fuhren sie in der Kutsche zurück. Mara wußte, daß die Nachricht über den Tod seines Vaters Nicholas wütend und traurig zugleich gemacht hatte. Schließlich konnte Mara die Stille nicht mehr ertragen, aber sie wußte auch, daß sie ihn nicht trösten konnte. So suchte sie ein anderes, sichereres Gesprächsthema.

»Deine Cousine ist eine sehr schöne Frau«, begann sie. Als Nicholas beharrlich schwieg, fuhr sie fort: »Sie scheint sehr glücklich zu sein. Du hättest sie einladen sollen, mit dir nach Beaumarais zu kommen. Sie hätte dich bestimmt gern begleitet. Glaubst du, ihr Vater würde –« Mara unterbrach sich, als sie Nicholas' erheiterten Blick bemerkte.

»Du hast es also wirklich nicht gemerkt?« fragte er.

»Was denn?« fragte Mara unsicher zurück.

»Françoise ist eine *femme de couleur*, sie ist zu einem Achtel Negerin«, erklärte ihr Nicholas ruhig. »Sie und Alain sind die Kinder meines Onkels Etienne und einer Terzeronin. Olivia, Françoises Mutter, war von unbeschreiblicher Schönheit. Ich verstehe gut, warum mein Onkel nie geheiratet hat und immer noch um sie trauert.«

»Was geschah mit ihr?«

»Sie starb vor langer Zeit. Danach brachte Etienne Alain und Françoise mit auf die Plantage, wenn er uns besuchte. Deshalb kenne ich Françoise so gut. Aber nun ist sie eine erwachsene Frau, und das ändert die Lage. Sie würde sich auf Beaumarais nicht wohl fühlen.«

Mara schüttelte den Kopf. »Ich hatte ja keine Ahnung... Darauf wäre ich nie gekommen. Sie sieht aus wie...« Mara ließ den Satz in der Luft hängen.

»Sie sieht aus wie du und ich«, beendete ihn Nicholas für sie. »Wenn sie in Frankreich leben würde, wäre sie eine Weiße, aber sie lebt mit ihrem Geliebten in New Orleans, und hier ist sie weniger wert, obwohl sie eine freie Bürgerin ist. Trotzdem bleibt sie hier. Sie wurde hier geboren, ihre Kinder sind hier aufgewachsen, und hier wird sie sterben. Sie ist zu sehr Kreolin, um anderswo glücklich sein zu können.«

Mara schaute aus dem Kutschenfenster und begriff in diesem Augenblick, daß Nicholas ebenfalls heimgekommen war. Sie fragte sich, ob er wohl anderswo jemals glücklich sein könnte.

Die Kutsche hielt vor ihrem Hotel. Nicholas führte sie durch die belebte Lobby und die Treppe hinauf zu ihrer Suite.

»Du wirst wahrscheinlich gleich nach Beaumarais abreisen wollen«, begann Mara, »und da ich so bald wie möglich nach Europa weiterreisen möchte, sollten wir die nötigen Vorbereitungen für unsere Schiffspassage jetzt gleich treffen.«

Als er ihre kühlen, fast beiläufigen Worte hörte, hielt Nicholas am Geländer der Galerie an, faßte sie am Ellenbogen und drehte sie zu sich herum. Sein Mund verzog sich zu einem freudlosen Lächeln. »Du scheinst es ja plötzlich sehr eilig zu haben, mich loszuwerden. Möchtest du etwa nicht mehr mit mir zusammen gesehen werden, nachdem ich immer noch ein Ausgestoßener bin?« fragte er hämisch.

Mara begriff, daß jetzt nicht der geeignete Zeitpunkt für eine Versöhnung war. »Du weißt, daß das nicht stimmt«, stritt sie ab. »Gerade du solltest wissen, daß ich mich einen Dreck um die Meinung der Leute schere. Ich will nach Europa zurück, Nicholas. So lautete unser Abkommen.«

»Und wie willst du die Überfahrt bezahlen?« fragte er mit falschem Mitgefühl.

»Vergib mir bitte meine Offenheit, aber dein Gedächtnis scheint dich im Stich zu lassen. Du selbst hast mir angeboten, die Überfahrt nach Europa zu bezahlen. Oder willst du unser Abkommen nicht einhalten?«

Nicholas' Brauen zogen sich gefährlich zusammen. »Und wenn ich das täte?«

»Dann werde ich meinen Schmuck verkaufen müssen«, erklärte ihm Mara knapp.

»Damit, meine Liebe, könntest du dir höchstens eine Koje im Zwischendeck erkaufen, aber keine Privatkabine«, belehrte er sie. »Aber keine Angst, ich habe nicht die Absicht, unseren Vertrag zu brechen. Ich möchte lediglich bestimmen, *wann* ihr abreist. Es paßt nicht in meine Planungen, wenn ihr New Orleans schon jetzt verlaßt.«

»Zum Teufel mit deinen Planungen!« Zorn stieg in Mara auf. »Du irrst dich, wenn du glaubst, du könntest über mein Leben bestimmen. Das geht dich nämlich überhaupt nichts an, Monsieur Chantale. Anscheinend hast du immer noch nicht begriffen, wozu ich fähig bin.«

Nicholas lächelte grimmig. »Ich habe dich noch nie unterschätzt, Mara.«

Seufzend gab sich Mara geschlagen. »Worauf willst du eigentlich hinaus, Nicholas? Plötzlich verhältst du dich, als wäre ich dein persönlicher Besitz, wie eines jener bemitleidenswerten Geschöpfe, die dort drüben versteigert werden.« Dann fügte sie mit einem verächtlichen Lachen hinzu: »Vielleicht ist das gar keine so schlechte Idee. Mit einem persönlichen Empfehlungsschreiben von dir könnte ich bestimmt ein Vermögen machen.«

Mara zuckte zusammen, als sich Nicholas' Finger noch tiefer in ihren Ellenbogen gruben. »Mein Gold ist genauso wie das eines anderen.« Seine Worte trafen sie wie Peitschenhiebe. »Komm jetzt«, befahl er ihr, da er merkte, daß sie immer mehr Blicke auf sich zogen.

Mara ging mit ihm zu ihrem Zimmer.

»Mein Gott, ich dacht', Sie wären in den Fluß gefallen«, empfing Jamie sie. »Ich hab's doch gewußt. Paddy hat sich 'nen Mordshusten geholt. Ich muß ihm gleich noch Salbe auf die Brust schmieren.« Ohne eine Antwort abzuwarten, huschte sie wieder in Paddys Zimmer und schloß die Tür hinter sich. Nicholas wurde lediglich mit einem Kopfnicken begrüßt.

Nicholas beobachtete Mara neugierig und fragte sich, was wohl in ihr vorgehen mochte. Sie drohte ihm zu entgleiten, wie ihm alles entglitten war. In weniger als einer Stunde hatte er erfahren müssen, daß sein Vater gestorben war und Beaumarais vor dem Ruin stand. Und jetzt wollte auch Mara O'Flynn ihre Freiheit.

Sie war ihm immer ein Rätsel gewesen, und vielleicht begehrte er sie gerade darum mehr als jede andere Frau vor ihr.

»Und wieviel ist dir Paddys Leben wert, Mara?« Er beschloß, sie bei dem zu packen, was ihr am teuersten war. »Würdest du seinetwegen mit mir nach Beaumarais kommen? Oder haßt du mich so sehr, daß du ihn opfern würdest, nur um meine Gesellschaft nicht länger ertragen zu müssen? Paddy und Jamie könnten nach den langen Monaten auf See ein bißchen Land unter den Füßen gebrauchen. Du würdest ihnen doch nicht aus rein selbstsüchtigen Motiven verwehren, sich zu erholen?« Nicholas wußte, daß seine Argumentation unfair war. Mara würde niemals die Gesundheit ihres Neffen aufs Spiel setzen. »Denk nur an all die Stunden in der feuchten Kabine während der Überfahrt nach Europa. Paddy hat Husten, und Jamie leidet an Rheumaanfällen. Ich würde euch von einer Reise dringend abraten.«

Er hielt inne, um seinen Worten das nötige Gewicht zu verleihen, und musterte sie aufmerksam in der Hoffnung, ein Zeichen von Schwäche in ihrem Gesicht zu erkennen. Aber ihre Miene veränderte sich um keinen Deut.

Paddys Gesundheit lag ihr tatsächlich über alles am Herzen, und das wußte er. Was er nicht wußte, war, daß sie keineswegs so aufopfernd dachte, wie sie ihn glauben machte. Ihr Herz hatte vor Aufregung und Freude wild zu klopfen begonnen, als er ihr vorgeschlagen hatte, ihn zu begleiten. Und wenn sie mit ihm nach Beaumarais kam, würde sie dann damit zufrieden sein, noch etwas länger mit ihm zusammenzusein, oder sehnte sie sich vielleicht nach einer dauerhaften Verbindung?

»Möglicherweise willst du New Orleans ja nur verlassen, weil du dich in mich verliebt hast und fürchtest, meine Sklavin zu werden«, neckte Nicholas sie liebevoll. Er schaute sie mit voller Absicht provozierend nachdenklich an, weil er sie dazu verführen wollte, unbedacht zu handeln, nur ihrem leidenschaftlichen Temperament zu folgen.

»Deine Sklavin werden, Nicholas?« fauchte Mara. Scham und Zorn färbten ihre Wangen rot. »Niemals!«

»Dann komm mit mir nach Beaumarais«, sagte er. »So kannst du mich am besten vom Gegenteil überzeugen. Und du willst doch nichts lieber als das, nicht wahr, Mara?«

Maras Lippen bebten, aber ihre Augen verrieten keine Gefühlsregung, als sie seinen Blick erwiderte. Sie nickte. Aus welchen Motiven auch immer, sie hatte ihre Wahl getroffen.

Wir sah'n auch beßre Tage

SHAKESPEARE

Kapitel 12

»Das ist ja wie ein schwimmendes Hotel«, verkündete Mara voller Bewunderung vom Oberdeck des riesigen, behäbigen Dampfers aus, der sich, begleitet von dicken, schwarzen Rauchwolken aus seinen beiden Schornsteinen, flußaufwärts schob. Die übergroßen Schaufelräder wühlten die trüben Fluten des breiten Stroms auf. Mara schaute über die flachen Ufer und dachte, daß es bestimmt eine Meile auseinanderlagen.

Sie starrte in das Fahrwasser und über die tiefergelegenen Decks hinweg. Manchmal tauchten die Hände oder Köpfe neugieriger Passagiere unter ihr auf, die sich zwischendurch über das Geländer lehnten, um den Ausblick über den Fluß zu genießen.

Eigentlich ist es gar kein richtiges Schiff, dachte Mara, als sie an die große, elegante Privatkabine dachte, die Nicholas gebucht hatte. Umgeben von dicken Teppichen, schweren Kristallüstern, gerahmten Ölbildern und Mahagonimobiliar hatte man das Gefühl, sich in einem feinen Herrschaftshaus und nicht auf einem Schiff zu befinden. An Bord gab es mehrere Salons, die alle mit Samtvorhängen und satinbezogenen Sesseln und Sofas eingerichtet waren. Der Service in den vielen Speiseräumen war ebenso exzellent wie das Essen. Es gab sogar eine Bordbar, wo sich die Männer zum Trinken und Spielen trafen, während sich der große Schaufelraddampfer seinen Weg durch den Mississippi nach Baton Rouge, Memphis und Saint Louis bahnte. Unterwegs wurden an unzähligen kleinen Anlegestationen Passagiere abgesetzt und neue aufgenommen.

Als sie wieder in ihrer Kabine war, nahm Mara ihre Haube ab und zog ihre Schuhe aus. Bald darauf lagen ihr Rock und ihr Mieder, ihre Unterröcke, das Korsett und die Unterhose auf dem Bett, während sich Mara in einer großen Wanne voll heißem, parfümiertem Wasser räkelte, die von einer ganzen Schar Zimmermädchen gefüllt worden war. Sie schloß die Augen und summte eine kleine Melodie vor sich hin. Ein zufriedenes Lächeln lag um ihren Mund.

»Bist du froh, daß du doch mitgefahren bist?« fragte Nicholas, der sie von der Tür aus beobachtete. Sein Rock hing über seinem Arm, und seine Weste stand offen, so daß die Rüschen seines Hemdes zu sehen waren. Langsam schlenderte er auf die Wanne zu.

Mara beobachtete ihn mißtrauisch über den Wannenrand hinweg. »In einem schwimmenden Königspalast zu reisen, hätte ich mir jedenfalls nicht entgehen lassen wollen«, antwortete sie. »Aber wenn ich mich recht entsinne, hast du mir ohnehin keine Wahl gelassen.«

»Ich weiß«, antwortete Nicholas knapp. Dann faßte er in die Wanne, packte sie am Arm und zog sie hoch. Das Wasser schlug warm an ihre Waden. Zitternd stand sie ihm gegenüber.

Er schloß seine Arme um ihren tropfnassen Körper und preßte sie an sich. Dann legte sich sein Mund über ihre Lippen, und er begann, sie leidenschaftlich zu küssen. Seine Hände strichen über ihren samtenen Rücken und berührten schließlich ihre nassen, warmen Brüste. Seine Augen tasteten ihren zarten, rosa Körper ab. Langsam und gefühlvoll strich er mit der Handfläche über ihre harten Brustwarzen und ihre Schultern. Er ließ seinen Handrücken über ihre Wange gleiten und löste mit einer einzigen Bewegung ihren Haarknoten, so daß ihr langes Haar über ihren Rücken herabfiel. Seine Finger fuhren durch die seidige Pracht, streichelten müßig die langen Strähnen, als würde er das Gefühl in seinen Händen genießen. Plötzlich aber legte er seine Hand an Maras Hinterkopf und küßte sie feurig, drängte mit seinen Lippen gegen ihren Mund und erzwang sich Einlaß. In diesem Augenblick gab sie sich den Schauern nach, die durch ihren ganzen Körper liefen.

»Bade nicht zu lange.« Abrupt löste sich Nicholas' Mund von ihrem, und er stieß Mara von sich. Sein Hemd war durchnäßt und klebte an seiner Brust.

Mara sah ihm verletzt und verwirrt nach. Dann sank sie zurück in das warme Wasser. Ihr Haar schwebte im Naß um ihre Schultern, als sie sich einseifte. Doch das Vergnügen war ihr vergangen.

»Ich will aber keinen Haferbrei!« beschwerte sich Paddy näselnd. Seine Unterlippe war gefährlich weit vorgeschoben, und er schaute Mara flehend über den Frühstückstisch hinweg an. »Ich will Würstchen, Waffeln, und heiße Schokolade!« erklärte er entschieden.

»Paddy, du weißt, daß du erkältet bist und dich nich' so vollstopfen sollst«, belehrte ihn Jamie ebenso entschieden, während sie die Speisekarte studierte, eine wacklige Brille auf der Nase. »Wie wär's mit Hühnchen und Toast?«

»Ich will kein Hühnchen«, wies Paddy ihren Kompromißvorschlag unwirsch zurück und schniefte laut.

»Paddy«, mischte sich Mara ein, »sei ein guter Junge und tu, was Jamie dir sagt.« Ihr Tonfall verriet, daß es besser war, nicht weiter zu widersprechen.

»Dann ess' ich gar nichts«, weigerte Paddy sich trotzig.

»Laßt dem Jungen seinen Willen«, erklärte Nicholas plötzlich. »Ihr solltet froh sein, daß er so hungrig ist, denn wenn er das alles tatsächlich ißt, kann er nicht mehr sehr krank sein.«

»Danke, Onkel Nicholas«, strahlte Paddy und schenkte den beiden Frauen einen siegessicheren Blick.

»Und jetzt entschuldige dich bei deiner Tante und Jamie«, befahl ihm Nicholas ruhig, aber sein Blick machte deutlich, daß es besser wäre, zu gehorchen.

»Entschuldigung«, wiederholte Paddy gehorsam und grinste dann breit, denn der Ober kam an ihren Tisch, um die Bestellung aufzunehmen.

Mara schüttelte den Kopf. »Gut, bestell, was du willst«, gab sie sich geschlagen. Sie überflog die Speisekarte und versuchte sich für ein Gericht zu entscheiden. Nach den langen Monaten auf See war es eine wahre Erholung, aus so vielen Köstlichkeiten auswählen zu können. Es gab Schinken, Beefsteak mit Zwiebeln, Beefsteak mit Tomaten, Beefsteak à la Creole, Hammel und Kalbsleber; gebratenen Fisch, Bratkartoffeln, Zwiebeln, Maisbrei, Kabeljaufilet, frittierte Maisbällchen oder Kochbananen; Hafergrütze, Dampfkartoffeln, Kartoffelkroketten, Hackfleisch oder Jambolaya; Waffeln, Brötchen, Weizen- und Buchweizenpfannkuchen, Vollkornbrot, trockenen Toast, Toast mit Butter oder Grahambrot. Zu trinken gab es grünen, schwarzen und Oolong-Tee; Kaffee oder Mokka; Milch, heiße Schokolade oder, wem es beliebte, einen leichten Rotwein.

Mara seufzte. Jedenfalls würde sie keinen Fisch und keine Kartoffeln wählen, denn beides hatte sie während der letzten Monate zur Genüge genossen.

»Vielleicht ist es am besten, wenn ich bestelle«, schlug Nicholas vor. Schnell und gekonnt stellte er für alle außer Paddy ein Menü zusammen, der seine Bestellung schon aufgegeben hatte.

Als Mara später ihren Kaffee trank, ließ sie ihren Blick über die versammelten Passagiere schweifen und bemerkte eine stämmige Dame in einem hellrosa Kleid, die über und über mit Perlen behangen war und Nicholas interessiert durch eine Lorgnette musterte.

»Du scheinst eine Verehrerin zu haben«, kommentierte Mara amüsiert und lenkte Nicholas' Aufmerksamkeit auf die Dame.

Er drehte sich um und schaute der Frau ins Gesicht. Doch der direkte Blickkontakt schien sie aus der Fassung zu bringen. Sie war keinesfalls eine Verehrerin, denn als sie sein Gesicht sah, verwandelte sich das zarte Rosa ihres Teints in Purpur. Sie konnte ihre Wut kaum unterdrücken. Ihr Busen hob und senkte sich aufgeregt, sie stieß ihren Stuhl zurück und richtete sich auf. Obwohl sie nicht groß war, bemühte sie sich um diesen Eindruck, als sie mit hocherhobenem Kopf aus dem Saal marschierte. Das aus dem mörderisch engen Korsett quellende Fett bebte unter ihrem Kleid, und ihr Rücken war steif wie ein Besenstiel, als sie hinausrauschte.

»Offensichtlich hat sie sich an mich erinnert«, kommentierte Nicholas gelassen ihren Abgang.

»Wer ist sie?« erkundigte sich Mara.

Nicholas zuckte mit den Achseln. »Ich kann mich nicht an ihren Namen erinnern, aber ihr mißbilligender Blick kommt mir irgendwie vertraut vor. Sollen wir gehen?« Damit war der Vorfall für ihn offenbar erledigt.

Die Begegnung mit der Fremden, die Nicholas nach so vielen Jahren offensichtlich immer noch nicht verziehen hatte, beschäftigte Mara während der nächsten Stunden. Wie würde erst seine Familie auf seine Rückkehr reagieren?

»Wann werden wir in Beaumarais ankommen?« fragte Mara vorsichtig nach dem Mittagessen. Nicholas hatte den Vormittag über geschwiegen.

»In etwa einer Stunde. Es hat mich viel Zeit und Geld gekostet, bis ich den Kapitän davon überzeugen konnte, vor Beaumarais anzulegen«, antwortete Nicholas mit unverhohlenem Mißmut. »Offenbar legen die Dampfer jetzt vor Sandrose an, nicht mehr vor Beaumarais.«

Eine Stunde später war das Schiff am Dampfersteg von Beaumarais vertäut, nachdem die Schiffssirene die Ankunft verkündet hatte. Das Gepäck wurde auf den kleinen Pier geladen, und dann stand die kleine Gruppe einsam zwischen den aufgestapelten Koffern, während der Dampfer wieder in die Strömung des Flusses zurückglitt und seinen Weg nach Norden fortsetzte.

Nicholas schaute sich auf dem Pier um, dessen Balken sich einst unter der Last hochgestapelter Baumwollballen und Zuckerrohrbündel gebogen hatten, die darauf warteten, verladen zu werden.

»Paß bloß auf, daß du nich' in den Fluß fällst, Paddy!« rief Jamie dem Jungen zu, der in Schlamm geraten war und um ein Haar das Gleichgewicht verloren hätte. »Ich hab' keine Lust, dich da wie 'nen alten Schuh wieder rauszuangeln.«

»Das Haus liegt etwas abseits vom Fluß, und da niemand mit unserer Ankunft rechnet ...« Nicholas ließ den Satz unvollendet.

»Haben wir einen kleinen Fußmarsch vor uns?« ergänzte Mara.

Nicholas grinste. »Ich hoffe, ihr habt eure Wanderschuhe an. Aber wenn euch das zuviel ist, könnt ihr hier warten, und ich hole euch mit einer Kutsche ab«, erbot er sich gnädig, aber seine Augen blitzten herausfordernd.

Mara erwiderte seinen Blick mit einem Lächeln. »Damit wir das fröhliche Wiedersehen verpassen? Ich glaube, ich gehe lieber zu Fuß, danke.« Dann sah sie zu Jamie. »Wie sieht es mit dir aus? Möchtest du hier auf eine Kutsche warten oder zu Fuß gehen?«

»Ich will auch mitkommen!« rief Paddy und kam zurückgelaufen. Seine Schuhe waren schlammbedeckt, und über seine Wange und seine Nase zog sich ein Schmutzstreifen, den er dort hinterlassen hatte, als er sich die Nase abwischen wollte.

»Ich hab' keine Lust, den ganzen Tag allein hier rumzusitzen«, verkündete Jamie. Sie nahm Paddys Hand und marschierte los.

Sie gingen die schmale Straße entlang, die durch das kleine Wäldchen am Flußufer führte. Mara zog sich ihr Cape fester um die Schultern, denn die Luft war kühl. In der Ferne waren Wildgänse zu hören.

Nicholas deutete auf einen hohen Baum, der abseits des Waldgürtels an der Straße stand. »Die Platane dort steht schon auf unserem Besitz. Es ist nicht mehr weit.«

Sie kamen um eine Kurve und hielten abrupt inne. Vor ihnen saß eine einsame Gestalt auf einem edlen Pferd, die sie anscheinend erwartete.

Nicholas musterte das kleine Mädchen, das ohne Sattel auf dem riesigen Braunen hockte. Ihr feines hellbraunes Kleid glänzte mit den langen roten Zöpfen um die Wette. Sie saß mit der Lässigkeit einer erfahrenen Reiterin auf dem Roß, unter dem schmutzigen Saum ihres Kleides ragten nackte Beine heraus, und eine Hand hatte sie tief in die Tasche ihrer blauen Samtjacke geschoben, während sie von ihrem Posten aus die kleine Gruppe beobachtete, die sich ihr näherte.

»Wir haben es nicht gern, wenn Fremde sich ohne unsere Erlaubnis auf unserem Land aufhalten«, verkündete sie plötzlich. Die Kinderstimme schallte über die ruhige Landschaft.

»Und woher willst du wissen, daß ich ein Fremder bin, Kleine?« gab Nicholas leichthin zurück.

Das Mädchen gab ihrem Pferd die Fersen, um es zu wenden und diesen unverschämten Eindringling besser in Augenschein zu nehmen.

»Ich kenne Sie nicht«, tönte sie arrogant und warf mit einer verächtlichen Kopfbewegung einen Zopf über ihre Schulter. Aber ihre graugrünen Augen verengten sich mißtrauisch, während sie Nicholas musterte. »Und da wir keine Gäste erwarten, drehen Sie am besten sofort wieder um.«

»Früher war Beaumarais für seine Gastfreundschaft berühmt«, widersprach er ihr.

Das Mädchen richtete sich kerzengerade auf, hob ihr Kinn und starrte auf Nicholas herab. »Was wissen Sie denn von der Gastfreundschaft auf Beaumarais? Ich bezweifle, daß Sie je in ihren Genuß gekommen sind«, urteilte sie.

»Ist das dein Pferd?« Paddy hatte das Tier keine Sekunde lang aus den Augen gelassen.

Das Mädchen schaute auf den kleinen Knaben herab, der seinen Neid nicht verhehlen konnte. Sie lächelte hochmütig. »Er gehört mir. Er heißt Hexer, und nur ich darf ihn reiten. Er ist das schnellste Pferd in der ganzen Gegend – vielleicht in ganz Louisiana«, behauptete sie.

»Eine Menge Pferd für so eine kleine Reiterin«, kommentierte Nicholas gänzlich unbeeindruckt.

»Sie glauben wohl, ich gebe an, wie?« Sie schaute ihn herausfordernd an. »Ich werde Ihnen zeigen, wer hier ein Angeber ist und wer nicht, *Monsieur*!«

Sie schenkte Nicholas noch einen verächtlichen Blick, wendete das Pferd und galoppierte die Straße hinunter. Schließlich verließ sie die Straße und nahm ein hohes Gatter ins Visier, das in einem Zaun angebracht war.

Mara beobachtete Nicholas, der die Vorführung aufmerksam verfolgte. Die roten Zöpfe wirbelten durch die Luft, als der große Braune über das Gatter setzte. Es war reichlich Platz zwischen seinen Hufen und dem Holz. Nicholas Augen verengten sich zu schmalen Schlitzen, und Mara ahnte, wie wütend er war.

Wieder flogen die Hufe über das Gatter, aber diesmal war der Abstand merklich geringer. Das Mädchen zügelte ihr Pferd direkt vor Nicholas und erwartete offensichtlich ein Lob.

»Freu dich an ihm, solange du ihn noch hast«, versprach ihr Nicholas kalt. »Eine verantwortungslose Närrin wie du sollte höchstens auf einem Pony sitzen dürfen.«

Die kleine Närrin starrte mit offenem Mund auf den Fremden herab. Noch niemand hatte es gewagt, so mit ihr zu sprechen. Zwei hektische rote Flecken traten auf ihre Wangen, und dann konnte sie ihre Wut nicht mehr zügeln: »Sofort runter von unserem Grund! Sie haben hier nichts zu suchen, wer immer Sie auch sind!« kreischte sie.

»Und wer bist du?« erkundigte sich Nicholas mit falscher Freundlichkeit.

»Ich bin Damaris de Montaigne-Chantale. Wer sind Sie?« erwiderte sie ruppig seine Frage.

Nicholas lächelte. »Ich bin Nicholas de Montaigne-Chantale.«

Die Hände des kleinen Mädchens krampften sich um die Zügel, und das Pferd begann nervös zu tänzeln, als es spürte, wie unruhig seine Reiterin geworden war.

»Nun, *ma petite demi-soeur*«, sagte Nicholas jetzt fast freundlich, »bin ich jetzt auf Beaumarais willkommen?«

Über Damaris' Gesicht huschte für einen winzigen Augenblick ein Lächeln. »Einige werden dich vielleicht willkommen heißen«, antwortete sie vieldeutig. Plötzlich wirkte sie sehr erwachsen.

»Und du?«

Damaris zuckte mit den Achseln. »Ich habe mich noch nicht entschieden. Und wer ist das? Deine Frau? Ist der Junge dein Sohn?« erkundigte sie sich neugierig, während sie Mara und Paddy von ihrer hohen Warte aus begutachtete.

»Du stellst eine Menge sehr intimer Fragen«, wies Nicholas sie zurecht.

»Wer nicht fragt, kriegt keine Antwort«, belehrte sie ihn mit kindlicher Logik.

»Vielleicht kriegst du auch so keine Antworten«, warnte sie Nicholas.

»Soll ich zum Haus reiten und eine Kutsche holen?« bot ihm Damaris an, um das Thema zu wechseln.

»Nein. Wenn ich mich recht erinnere, ist es nicht mehr weit. Oder möchtest du warten?« fragte er Mara, die den Wortwechsel zwischen Bruder und Schwester mit wachsender Erheiterung verfolgt hatte.

»Nein, keinesfalls«, antwortete sie wahrheitsgemäß. »Ich unterhalte mich prächtig«, fügte sie hinzu. Ihr Blick ließ keinen Zweifel daran, worüber sie sich amüsierte.

»Woher kommen Sie?« fragte Damaris Mara. »Sie klingen nicht wie die Amerikaner aus New Orleans.« Sie ritt neben den Wanderern her.

»Ich komme aus Irland«, verriet Mara ihr.

»Bist du dort die ganzen Jahre gewesen?« wandte sie sich gleich an Nicholas.

»Ich war überall«, antwortete Nicholas vage.

»Wir kommen gerade aus Kalifornien«, mischte sich Paddy ins Gespräch. »Und Onkel Nicholas ist sehr reich. Reicher als du, wette ich«, ergänzte er stolz. Er drängte sich an die Seite seines großen Freundes und versuchte, ebenso große Schritte zu machen wie jener.

In Damaris' Augen blitzte Zorn auf, als sie auf Paddys Matrosenmütze hinunterstarrte. »Wir haben eine Menge Geld und ein großes Haus. Ihr auch? Warum nennst du ihn Onkel? Du bist doch gar nicht mein Cousin, oder?« verlangte sie Auskunft.

»Nein, aber ich habe ihm erlaubt, mich Onkel zu nennen«, antwortete Nicholas an Paddys Stelle.

Damaris dachte über diese Antwort nach. Sie verstand nicht, in welchem Verhältnis die Fremden zueinander standen. Sie begann, Mara von Kopf bis Fuß zu mustern, ohne irgendwelche Hemmungen zu zeigen. Dann studierte sie Nicholas ebenso gründlich, bis sie zu einem Schluß gekommen zu sein schien.

»Sie ist zu schön, um deine Frau zu sein«, erklärte sie schlicht. »Ist sie deine Geliebte?«

Jamie verschluckte sich vor Schreck und lenkte mit ihrem Husten

Paddy von dem Geschehen ab. Mara fühlte, wie sie selbst rot anlief. Schon ein Kind konnte sie verletzen, Nicholas' Lippen waren nur noch ein dünner Strich.

»Entschuldige dich bei der Dame, Damaris«, befahl er mit mühsam beherrschtem Zorn. Zum erstenmal in ihrem Leben fürchtete sich Damaris vor jemandem. Sie sah, daß die schöne Frau errötet war, und murmelte schuldbewußt: »Verzeihung, *Mademoiselle*. Ich wollte niemandem zu nahe treten.« Dann trieb sie ihr Pferd an und galoppierte ihnen voran bis an die baumbestandene Einfahrt. Vor dem Tor zügelte sie ihr Pferd und erwartete sie.

Nicholas' Schritt schien sich zu beschleunigen, als sie sich der Auffahrt näherten. Paddy und Jamie trippelten aufgeregt mit ihren kurzen Beinen hinter ihm her, und auch Mara begann größere Schritte zu machen, da sich Nicholas' Aufregung auf sie übertrug.

Direkt am Fuß der langen, herrschaftlichen Auffahrt blieb Nicholas stehen. Alte, ehrwürdige Eichen bildeten ein Dach über dem breiten Weg, der zum Haus führte. Es war genau, wie Nicholas es beschrieben hatte, doch die stuckverzierten Mauern strahlten eine eigentümliche Traurigkeit aus, die man nicht beschreiben konnte. Glänzend weiße Läden rahmten die hohen Fenster unter der breiten Galerie ein, die um das Haus herumführte. Sechs weiße Säulen schmückten die Front und trugen den hohen Giebel, der sich stolz über die Baumwipfel erhob.

»Beaumarais«, flüsterte Nicholas fast hingebungsvoll, als er seine Geburtsstätte sah.

»Du warst lange fort«, durchbrach Damaris' Kinderstimme die Stille, die sich über die kleine Gruppe gesenkt hatte. »Ich war noch nicht mal geboren, als du fort bist«, sagte sie ehrfürchtig.

Nicholas schien sie gar nicht zu hören. Er starrte weiter auf Beaumarais. »Gehen wir«, beschloß er dann und begann die lange Auffahrt hinaufzuwandern.

Zwischen den moosbedeckten Baumstämmen hindurch reichte ihr Blick über farbenprächtige Gärten voller Blumen und grüne Wiesen bis hin zum Fluß. Mara wurde klar, daß sie viel näher am Ufer waren, als sie geglaubt hatte, denn die Straße, die sie gegangen waren, kehrte in einem großen Bogen zum Wasser zurück.

Als sie die Auffahrt zur Hälfte hinter sich gelassen hatten, gab Damaris, die inzwischen von Hexer abgesessen war, dem Pferd einen

Klaps, so daß es lostrabte. Sie selbst rannte zum Portal, wo sie zwischen den hohen Säulen im Hausinnern verschwand.

Kurz darauf öffneten sich die weißen Türen, und mehrere Personen kamen heraus. Anscheinend wurden auf Beaumarais nicht oft Gäste empfangen, denn auch ein paar Sklaven hatten sich am Fuß der Treppe eingefunden, ohne sich weiter um ihre Aufgaben zu kümmern. Aufgeregt flüsternd unterhielten sie sich untereinander und mit den Hausangestellten, die unter dem Vordach warteten.

Mara sah Damaris in der Nähe zweier Frauen stehen, die sich mitten auf den Stufen aufgebaut hatten. Schweigend verfolgten sie die Ankunft der ungeladenen Gäste. Die eine Frau war noch ein Mädchen, höchstens sechzehn Jahre alt, schwarzhaarig und von vornehmer Blässe. Ihr Schmollmund war mürrisch verzogen und verriet einiges über ihren Charakter. Unter dem Saum ihres Kleides klopfte ungeduldig ein hellblauer Seidenschuh auf die Stufen, während die dazu passenden Bänder, die sie sich um die schmale Taille gewunden hatte, im Wind flatterten.

Die andere, ältere Frau trug Trauerkleidung, aber ihr volles rotbraunes Haar schien ihrem düsteren Gewand und ihrer Leidensmiene hohnzusprechen und wies sie als Damaris' Mutter aus. Sie war bleich und mager, aber sie mußte einst eine Schönheit gewesen sein. Das war immer noch an ihrem Gesicht zu erkennen, auch wenn Krankheit und Kummer tiefe Spuren darin hinterlassen hatten. Ihre schmalen Hände waren in ständiger Bewegung, und sie schaute den Ankommenden gereizt entgegen. Sie musterte Nicholas ungläubig und wütend zugleich, dann traf sie die Erkenntnis wie ein Schlag.

»Nicholas!« Sie hauchte den Namen ihres Stiefsohnes mit rauher Stimme, während sie ihn mit Blicken verschlang. Dann stieg ein schwacher Schrei in ihr auf, so als hätte sie einen Geist gesehen.

»Mama!« rief das dunkelhaarige Mädchen entsetzt.

Nicholas stürmte die Treppe hinauf und erreichte seine Stiefmutter gerade noch, bevor sie zu Boden sank. Ihr dünner Hals lag über seinem starken Arm, als er sie hochhob. Er schob sich durch die versammelte Dienerschaft und betrat Beaumarais.

»Wer sind diese Leute? Was ist denn los? *O mon Dieu*, sie ist tot! Das ist unerträglich«, jammerte das dunkelhaarige Mädchen. Ihre schwarzen Locken flogen durch die Luft, so aufgeregt schaute sie von einem zum anderen.

»Ach Quatsch, Nicole«, widersprach Damaris, obwohl sie Nicholas besorgt ansah. »Sie ist bloß in Ohnmacht gefallen. Aber *du* solltest lieber nicht in Ohnmacht fallen, denn *ich* werde dich nicht auffangen«, fügte sie hinzu. Sie kannte Nicoles dramatische Ader.

Diese wandte sich ihrer kleinen Schwester zu. Ihr blütenhaftes Gesicht war wütend. »Du schreckliches kleines Ding. Du hast ja keine Ahnung von solchen Dingen. Du verstehst überhaupt nichts!« schalt sie Damaris. Dann versetzte sie ihr eine Ohrfeige. »Du kümmerst dich ja bloß um diesen alten Gaul. Mama sollte ihn verkaufen.«

Damaris' Lippen bebten, und der Abdruck von Nicoles Hand zeichnete sich rot auf ihrem Gesicht ab, aber sie wich keinen Zentimeter zurück, sondern funkelte ihre Schwester zornig an und verteidigte Hexer. »Er ist kein alter Gaul, und niemand wird ihn verkaufen!«

»Was mache ich bloß, wenn Mama einen Rückfall hat? Sie darf auf keinen Fall wieder krank werden«, zeterte Nicole. »Gerade wollten wir über mein Hochzeitskleid sprechen. Ach, es ist einfach unerträglich!« Zornig stampfte sie mit dem Fuß auf.

Maras Blick wanderte zwischen den Schwestern hin und her. Es war kaum zu glauben, daß die beiden verwandt sein sollten.

»Nachdem sich Ihre Mama nicht wohl fühlt, werden Sie als unsere Gastgeberin einspringen müssen«, mischte sie sich ein. Ihr Blick verriet Nicole, daß sie großes Verständnis dafür hatte, was das Mädchen in diesem Augenblick durchmachen mußte. »Es ist eine gute Übung. Schließlich werden Sie bald selbst ein Heim haben. Ich hörte eben, daß Ihre Hochzeit bevorsteht?« Ihre ruhige Stimme besänftigte das aufgebrachte Mädchen, das sich dem Charme dieser merkwürdigen Frau nicht entziehen konnte. »Ich könnte Ihnen etwas über die neueste Mode erzählen. Und, meine Liebe, ich komme eben aus New Orleans. Ich habe einige exquisite Kleider dort gesehen. Wir könnten uns bei einer Tasse Tee darüber unterhalten. Ich ahne schon, welche Farben Ihnen besonders gut stehen würden.« Maras Stimme klang fast träumerisch, dann begutachtete sie scheinbar nachdenklich Nicoles Figur. »Mhmmm, ja, natürlich, Kirschrot wäre eindeutig am besten.«

Nicole lebte unter Maras bewundernder Zustimmung sichtlich auf. »Oh, *Mademoiselle*, natürlich empfängt Beaumarais Sie mit offenen Armen. Ich werde mich sofort darum kümmern, daß Zimmer für Sie und Ihre Begleiter vorbereitet werden.«

Mara fing Damaris' Blick auf. Das Schmunzeln verriet ihr, daß sich das kleine Mädchen nicht so leicht hinters Licht führen ließ wie Nicole. »Ich schicke gleich einen Wagen los, der Ihre Koffer holt, *Mademoiselle*, aber erst muß ich mich um Mama kümmern.«

»Ihr bester Auftritt seit Jahren«, brummelte Jamie anerkennend, als sie hinter Mara ins Haus schlurfte.

In der Eingangshalle verhielt Mara kurz, um das große Wandgemälde und den Kristallüster zu bewundern, der über ihnen glitzerte. Eine breite Mahagonitreppe führte ins Obergeschoß hinauf, und unter einem mit Blattgold verzierten Spiegel stand ein kleines Ziertischchen mit einer Vase voller roter Rosen.

»Bitte, *Mademoiselle*, hier hinein«, bat Nicole und führte Mara in einen weiträumigen Salon. Den Boden bedeckte ein blaßgoldener Aubussonteppich, und vor den Balkontüren, durch die man auf die Veranda sah, hingen Goldbrokatvorhänge. Erst als sie auf den Teppich trat, bemerkte Mara die durchgewetzten Stellen darin und die fadenscheinigen Säume der Vorhänge. Nicole wies auf ein hellblaues Sofa, bevor sie sich vorsichtig auf einem ebenso hellblauen Sessel niederließ.

Aber Mara war von dem Porträt gefesselt, das über dem Kamin hing. Sie ging hinüber und starrte es wie gebannt an. Der Mann mit dem scharf geschnittenen Gesicht hatte die gleichen sinnlichen Lippen und kühnen großen Augen wie Nicholas. Nur seine Miene war sanfter als die seines Sohnes. Dies also war Philippe de Montaigne-Chantale, der stolze Herr von Beaumarais, der seinen Sohn einst verstoßen hatte.

Nicole beobachtete Mara schweigend und knabberte unruhig an ihrer Unterlippe, bevor sie zaghaft fragte: »Ist es wahr? Ist der Mann tatsächlich Nicholas? Ist er mein Halbbruder?«

Mara drehte sich zu dem jungen Mädchen um. »Die Verwandtschaft ist nicht zu leugnen, und die Reaktion Ihrer Mutter war eindeutig.«

Der Butler trat mit einem silbernen Teeservice ein, gefolgt von zwei Mädchen mit silbernen Tabletts. Das eine war mit leckeren Süßigkeiten überladen, auf dem anderen stand eine Kanne mit heißer Schokolade, die köstlichen Duft verströmte.

Paddy begann zu strahlen, als er die Tabletts sah, und ließ die verlockenden Kuchen keine einzige Sekunde aus den Augen. Ohne erst lange abzuwarten, bis man ihn einlud, baute er sich neben Nicole auf, die den Tee einschenkte.

»Paddy«, ermahnte Mara ihn leise und gab ihm ein Zeichen, sich neben sie auf das Sofa zu setzen.

»Es ist schon in Ordnung, *Mademoiselle*«, beschwichtigte sie Nicole lächelnd. »Ich bin selbst eine Naschkatze und kann verstehen, daß der Kleine ungeduldig ist. Ich trinke nachmittags immer Schokolade«, gestand sie und schenkte Paddy eine Tasse ein. »Du willst bestimmt auch Schokolade, Paddiee«, neckte sie ihn. Er verzog das Gesicht, als er hörte, wie sie seinen Namen aussprach. Eifrig nahm er die Tasse entgegen, aber plötzlich seufzte er bedauernd, stellte sie auf dem Tisch ab und wartete geduldig neben Nicole. Sie zog fragend eine Augenbraue hoch.

»Tee für Jamie, bitte, Madam«, sagte er höflich und zu Maras großer Überraschung.

Jamie hatte sich etwas abseits gesetzt, wo sie niemand beachtete, wo ihr aber nichts entging, während sie sich mit ihrer Stickerei beschäftigte. Da sie Zimmermädchen, Gouvernante und Reisebegleiterin in einer Person war, war ihre soziale Position nicht ganz klar. Deshalb zog sie es vor, im Hintergrund zu bleiben.

Sie war zutiefst gerührt, als sie Paddy mit einer Teetasse und einer überfluteten Untertasse in der einen Hand und einem Teller ausgewählter Süßigkeiten in der anderen auf sich zukommen sah. Sein Blick war fest auf den bewegten Inhalt der Tasse geheftet, während er sich Schritt für Schritt bis zu ihr vorarbeitete. Dann kehrte er zu seinem Teller zurück.

»Warum ist er heimgekehrt? Was will er?« fragte Nicole plötzlich. Angst und Sorge zogen Falten durch ihre glatte Stirn, als sie Mara eine Teetasse reichte. »Dieser Skandal! Oh, er wird alles ruinieren. Mein Verlobter ist ein bedeutender Mann, *Mademoiselle*. Jean-Claude ist der Erbe von Belle Saulaie nahe Francisville, und seine Familie besitzt Stadthäuser in New Orleans und Natchez. Im Frühjahr wollen wir heiraten. Es wird die Hochzeit des Jahres werden, ein unvergleichliches Ereignis. Glauben Sie, *er* wird auch kommen? Das wäre mir höchst unangenehm. Niemand wird mit ihm sprechen, und er wird sich duellieren müssen, falls ihn jemand beleidigt. Es ist einfach nicht gerecht, *Mademoiselle*. Daß dieser gräßliche Mensch mir das antun muß«, heulte Nicole, die vollkommen vergessen hatte, daß Mara zusammen mit diesem gräßlichen Menschen gekommen war.

»Er wird Ihnen bestimmt keine Unannehmlichkeiten bereiten wollen«, versicherte ihr Mara.

»Gott sei Dank kehren wir nach unserer Hochzeit gar nicht mehr hierher zurück, sondern lassen uns in Belle Saulaie nieder. Wenn ich es mir recht überlege«, fügte Nicole mit einem Hoffnungsschimmer hinzu, »braucht ihn niemand aus meiner neuen Familie kennenzulernen. In ein paar Wochen reisen wir nach Belle Saulaie ab, wo wir bis zu unserer Hochzeit bei Jean-Claudes Familie wohnen. Es besteht gar kein Grund zur Sorge. Solange kann Nicholas sowieso nicht hierbleiben«, schloß sie mit einem triumphierenden Lächeln. Sie seufzte erleichtert und wechselte das Thema, bevor Mara fragen konnte, warum Nicholas nicht solange bleiben konnte.

»Was trägt man zur Zeit in Europa, *Mademoiselle*? Meine beste Freundin Leonore kam vor kurzem aus Paris zurück. Sie behauptet, dort würden nur noch kurze Schleppen getragen. Am liebsten trage ich Altrosa und Hellgelb. Ich kann es kaum erwarten zu heiraten, damit ich endlich einmal bunte und gewagte Kleider anziehen kann. Dieses ständige Weiß macht mich krank. Wußten Sie, daß Spitzen ...«

Mara neigte den Kopf, als würde sie ihr interessiert lauschen, aber ihre Gedanken waren ganz woanders. Sie fragte sich, was sich wohl ein Stockwerk höher zwischen Nicholas und seiner Stiefmutter abspielen mochte.

»Warum bist du zurückgekommen?« verlangte Celeste mit schwacher Stimme zu wissen und ließ sich in die Kissen ihres Himmelbetts zurücksinken. Ihre mageren Hände flatterten nervös über den Satin. »Mein Gott, du siehst aus wie Philippe. Ich dachte erst, sein Geist wäre mir erschienen.« Sie erbebte und fuhr dann mit schwacher Stimme fort: »Ich wußte, daß Philippe tot ist, aber als ich dich sah, kamen mir einen Augenblick lang Zweifel. Warum?« fragte sie erbittert und preßte die Hände auf die Wangen. »Warum bist du zurückgekommen? Wie kannst du es wagen, dich in New Orleans blicken zu lassen? Nach all dem Leid, das du dieser Familie zugefügt hast! Ich hätte nicht gedacht, daß du so grausam sein kannst.«

»Celeste«, sagte Nicholas ebenso ruhig wie freundlich, »mein Vater bat mich, heimzukehren.«

Celestes graue Augen weiteten sich entsetzt. »Was? *C'est impossible*. Er hat deinen Namen nicht einmal mehr erwähnt, nachdem du das Haus verlassen hattest. Es war verboten, über dich zu sprechen. Du warst in seinen Augen so tot wie François. Du lügst. Du glaubst wohl, nachdem er tot ist und dich nicht mehr fortjagen kann, könntest du heimkommen und dich hier als Herr aufspielen? Du hast keine Rechte hier auf Beaumarais. Du gehörst nicht mehr hierher«, sagte sie heiser. Die Ader an ihrer Schläfe pochte vor Erregung.

Nicholas zog langsam den Brief aus seiner Rocktasche, den er in San Francisco erhalten hatte. »Dieser Brief lügt nicht, Celeste. Ohne ihn wäre ich niemals zurückgekehrt. Das hatte ich mir geschworen, als ich von meinem Zuhause fortgejagt wurde«, erklärte er unerbittlich. »Nur aus diesem Grund habe ich meinen Schwur gebrochen.«

Celeste starrte den Brief an, als wäre er giftig, aber schließlich nahm sie ihn mit zittriger Hand. Schweigend beobachtete Nicholas, wie sie den Brief aus dem Umschlag zog und zu lesen begann. Als sie zum Ende kam, flatterte das Papier in ihrer Hand, und sie drückte sich den anderen Handrücken gegen ihre bebenden Lippen.

»*Mon Dieu*, was hat das zu bedeuten?«

»Das bedeutet, Celeste, daß mein Vater von meiner Unschuld überzeugt war. Er wußte, wer François getötet hat. Er hatte mir vergeben und wollte, daß auch ich ihm vergebe«, antwortete Nicholas ohne zu zögern. Er ließ seine Stiefmutter dabei keine Sekunde aus den Augen.

Der Brief fiel aus Celestes steifen Fingern. Sie hatte Philippes Handschrift sofort erkannt, und Nicholas' Blick verriet ihr, daß er nicht log.

»A-aber er hat nie darüber gesprochen. Er hat dich mir gegenüber mit keinem Wort erwähnt. Warum?«

»Du warst krank?«

Celeste nickte geistesabwesend, dann blickte sie Nicholas mit Bitterkeit an. Ihre Mundwinkel zogen sich unzufrieden nach unten. »Weißt du, wie es ist, all die Jahre als zweite Frau von Philippe de Montaigne-Chantale zu leben? Meine Freundinnen haben mich immer bemitleidet, denn jedermann wußte, wie sehr Philippe deine Mutter liebte, die schöne Danielle. Ihr Tod brach ihm das Herz. Ich glaube, er konnte mir sein Herz gar nicht mehr schenken. Gegen die Erinnerung an sie konnte ich einfach nichts ausrichten«, bekannte Celeste traurig. »Und als ich ihm nicht den Sohn schenkte, den er sich so sehnlich wünschte, war er enttäuscht. Das weiß ich gewiß.«

»Du darfst dir deshalb keine Vorwürfe machen, Celeste«, beruhigte Nicholas sie.

»Warte nur ab. Wenn du eines Tages auch keinen Stammhalter hast, der dein Erbe antritt, wirst du anders sprechen«, klagte Celeste verbittert. »Ihr Männer seid doch alle gleich. Er war so glücklich, als Jean-

Louis geboren wurde. Ich hätte ihn beinahe verloren, aber Gott stand uns bei.«

Celeste preßte die Finger auf die schmerzenden Schläfen und schüttelte den Kopf, als wollte sie sich zwingen zu begreifen, was vorgefallen war. »Eines Tages kehrte er unglaublich zornig und verletzt von einem Ausritt zurück. Er war unansprechbar. Er wechselte kein Wort mit mir und schloß sich die ganze Nacht in seinem Arbeitszimmer ein. Am nächsten Tag war er wie ein Fremder. Nicht einmal der kleine Jean-Louis konnte ihn zum Lachen bringen. Er fuhr nach New Orleans, und dann«, flüsterte Celeste mit tränenerstickter Stimme, »starb er, zwei Tage nachdem er zurückgekommen war.«

»Und du hast keine Ahnung, was ihn damals so in Rage versetzt hat?« bohrte Nicholas vorsichtig nach.

Aber Celeste schüttelte nur traurig ihren Kopf. »*Non*, ich wußte gar nichts, nicht einmal, daß er dir vergeben hatte, Nicholas. Aber ich bin froh, daß er das vor seinem Tod getan hat. Er trug jahrelang an diesem Schmerz«, erklärte sie großherzig. Doch plötzlich überschatteten neue Zweifel ihren Blick. Sie sah Nicholas direkt in die Augen und versuchte ihre Stimme unter Kontrolle zu halten, allerdings ohne Erfolg: »Aber das ändert nichts. Vielleicht hat er dir vergeben, aber es gibt kein Testament, in dem er dich als Erben eingesetzt hat, wie er es dir schrieb. Ich bin die Besitzerin von Beaumarais, daran kannst du nicht rütteln«, warnte ihn Celeste, als wollte sie ihre schwachen Kräfte mit seinen messen.

»Es gibt noch viel zu besprechen, Celeste«, begann Nicholas, aber Celeste unterbrach ihn sofort, indem sie sich in die Kissen sinken ließ und protestierend die Hand hob.

»Nicht jetzt, Nicholas«, bat sie. »Ich muß mich ausruhen. Seit meiner Krankheit werde ich schnell müde. Diese Neuigkeiten haben mich sehr mitgenommen. Wir werden uns unterhalten, Nicholas, das verspreche ich dir. Aber später, bitte. Nicht jetzt.« Sie schloß ihre Augen, und diese Geste war deutlicher als alle Worte.

Nicholas stand auf, doch bevor er hinausging, mußte er noch eine letzte Frage stellen: »Das Tagebuch? Weißt du, wo es ist?«

Celeste öffnete die Augen und sah ihren Stiefsohn entgeistert an. »Das Tagebuch? *Non*, jetzt, wo ich darüber nachdenke … ich habe es nicht gesehen. Er hat sooft darin geschrieben. Es war immer in seinem Schreibtisch. Frag Etienne oder Alain, die kümmern sich jetzt um die geschäftlichen Angelegenheiten und haben die Schlüssel zum Schreibtisch. Vielleicht haben sie es gesehen.«

Nicholas nickte nachdenklich, dann schlich er sich leise aus dem Zimmer, da ihr Kopf bereits zur Seite gerollt war. Er stand oben am Treppenabsatz , als ihn eine vertraute Stimme aus seinen Gedanken riß.

»Nicholas! Man hat es mir gesagt, aber ich konnte an ein solches Wunder einfach nicht glauben.«

»Onkel Etienne«, erwiderte Nicholas froh, als er den weißhaarigen Mann unten an der Treppe sah, der ihn mit einem strahlenden Lächeln willkommen hieß. »Du hast dich kein bißchen verändert«, lachte er und eilte die große Treppe hinunter.

Tatsächlich, abgesehen von seinem weißen Haar sah Etienne Ferrare noch genauso aus wie bei ihrem letzten Treffen in Venedig vor fast zehn Jahren. Er war ein schlanker, mittelgroßer Mann, der eine Aura natürlicher Eleganz ausstrahlte.

»Es tut gut, dich wiederzusehen«, bekundete Nicholas und schenkte dem Bruder seiner Mutter einen warmherzigen Blick.

Etienne sah seinen Neffen mit meerblauen Augen an, die Nicholas an seine Mutter erinnerten, und sagte: »Du kannst dir gar nicht vorstellen, wie froh ich bin, dich unter den Bildern deiner Vorfahren stehen zu sehen. Das hätte ich nicht mehr zu träumen gewagt.«

Nicholas schaute sich um. »Ich hätte selbst nicht gedacht, daß ich Beaumarais je wieder betreten würde.« Es klang fast wie ein Schwur, nie wieder wegzugehen.

»Hat Celeste dich schon gesehen?« fragte Etienne besorgt. »Ich fürchte, das wird sie sehr aufregen.«

»Das hat es bereits«, bestätigte Nicholas bedauernd, »denn gleich als sie mich sah, brach sie ohnmächtig in meinen Armen zusammen. Ich fürchte, ich erinnere sie allzusehr an meinen Vater.«

Etienne nickte verständnisvoll. »Ja, ich glaube, dein unerwartetes Auftauchen ist für sie ein Schock. Ich muß zugeben«, fügte er mit einem entschuldigenden Lächeln hinzu, »auch ich bin extrem neugierig, was deine Rückkehr anbelangt. Vor allem in diesem Augenblick«, murmelte er leise.

»Anscheinend hat mein Vater niemandem von dem Brief erzählt, in dem er mich bat, heimzukommen.«

Etienne konnte seine Überraschung nicht verbergen. »Philippe hat dich gerufen? A-aber das kann ich gar nicht glauben. Verzeih mir,

Nicholas, aber in all den Jahren hat er deinen Namen nicht einmal erwähnt. Warum sollte er dich nach Hause rufen?«

»Weil er wollte, daß ich ihm vergebe, Etienne. Er hatte endlich die Wahrheit über François' Tod herausgefunden«, erklärte ihm Nicholas schlicht.

Etienne dachte einen Augenblick darüber nach. Seine schlanken Finger umspielten den Knauf seines Stocks, mit dem er rhythmisch auf die Fliesen klopfte. »Und was *ist* die Wahrheit, wenn du die Neugier eines alten Mannes verzeihst?« wollte er schließlich wissen.

»Daß ich unschuldig bin oder daß ich François jedenfalls nicht erschossen habe. Daß ich dieses törichte Spiel mit ihm spielte ... dessen bekenne ich mich schuldig. Aber ich habe ihn nicht getötet. Mein Vater wußte das. Er wußte, wer François wirklich ermordet hat.«

Etiennes Stock kam plötzlich zum Stillstand.

»Aber er hat mir nicht verraten, wer es war. Er hinterließ ein Tagebuch, in dem er die ganze Geschichte niedergeschrieben hat«, sagte Nicholas und fügte mit gespielter Gleichgültigkeit hinzu: »Aber bedauerlicherweise ist es verschwunden. Du hast es nicht zufällig gesehen?«

Etienne schüttelte den Kopf. »Ein Tagebuch? *Non*, wirklich nicht«, antwortete er verwirrt, bevor er Nicholas ein flüchtiges, trauriges Lächeln schenkte. »Bitte vergib mir, Nicholas.«

»Vergeben? Warum denn?«

»Weil ich so schlecht von dir gedacht habe. Nein, ich dachte nicht, daß du deinen Bruder kaltblütig ermorden könntest, aber ich glaubte dennoch, daß deine Kugel ihn niedergestreckt hatte. Ich dachte, es wäre ein Unfall gewesen. Aber wenn das, was du sagst, wirklich wahr ist ...«, murmelte er. Nicholas wußte, daß er zweifelte.

»Ich weiß, daß es schwer zu glauben ist, denn wenn ich wirklich unschuldig bin, dann ist ein anderer schuldig. Jemand, der mir die Schuld geben wollte. Wer würde so etwas tun und warum?«

Etienne sah seinem Neffen ins Gesicht. »Darauf weiß ich keine Antwort, Nicholas.«

»Ich auch nicht«, bestätigte Nicholas. »Noch nicht.«

»Jetzt komm, ich höre Stimmen und Porzellangeklapper im Salon«, schlug Etienne vor und ging auf die angelehnte Doppeltür zu. »Ich habe noch nie etwas gegen einen kleinen Aperitif einzuwenden gehabt. Es ist doch viel angenehmer, sich bei einem kleinen Gläschen zu unterhalten, nicht wahr?« fragte er mit aufmunterndem Lächeln, öffnete die Tür zum Salon und wartete, bis Nicholas bei ihm war.

»Ach, Onkel Etienne«, empfing ihn Nicole, als sie ihn eintreten sah, »die *Mademoiselle* hier hat mir alles über die neueste Mode erzählt. Ich brauche unbedingt –« Sie verstummte abrupt, als sie bemerkte, in welcher Begleitung sich ihr Onkel befand. Ihre dunkelbraunen Augen spiegelten ihre Unsicherheit und ihr Mißfallen angesichts dieser unerwarteten Wendung. Sie wandte sich hochnäsig von Nicholas ab, als wollte sie seine fast übermächtige Anwesenheit ignorieren.

Nicholas schien ihre Reaktion nicht im geringsten zu beeindrucken. Er folgte Etienne in den Salon und nahm ihm ein Glas Weinbrand ab, das dieser mit familiärer Selbstverständlichkeit eingeschenkt hatte, um sich dann in einem Sessel niederzulassen. Etienne fühlte sich in Beaumarais ganz und gar zu Hause. Nicholas setzte sich neben Mara auf das Sofa und warf ihr einen kurzen Blick zu, bevor er sagte: »Am besten gewöhnst du dich gleich an mein Gesicht, Nicole, denn ich werde bis auf weiteres hierbleiben.«

Nicole sprang augenblicklich auf und zog eine Schnute. »Ich gehe jetzt zu Mama«, drohte sie ihm und Etienne. »Sie wird nicht erlauben, daß sich dieser Eindringling auch nur einen Augenblick länger in unserem Haus aufhält.«

»Du wirst sie jetzt nicht mit deinen Albernheiten stören«, befahl Nicholas mit solcher Autorität, daß Nicole wider Willen stehenblieb.

Sie drehte sich zu ihm um, und der Mund stand ihr vor Staunen offen. »Sie – Sie befehlen mir in meinem Haus, nicht mit meiner Mutter zu sprechen?« stammelte sie. Ihre braunen Augen verfinsterten sich, bis sie vollkommen schwarz schienen. »Wie können Sie es wagen?«

»Ich kann«, gab Nicholas in aller Seelenruhe zurück. »Deine Mutter schläft, und wenn du dich nicht zusammenreißen kannst, dann wirst du auf dein Zimmer gehen. Oder du setzt dich wieder hin und trinkst deinen Tee aus.«

Damaris war inzwischen ins Haus zurückgekehrt und kam gerade rechtzeitig herein, um Nicholas' Ermahnung zu hören. Sie ahnte, daß einer von Nicoles berüchtigten Wutausbrüchen bevorstand, aber sie wußte, daß ihre Schwester diesmal ihren Kopf nicht durchsetzen würde.

»Ich würde auf ihn hören, wenn ich du wäre«, riet Damaris ihrer

Schwester, hockte sich auf den Teppich vor dem Kamin und empfand plötzlich Mitleid für Nicole.

Nicole warf ihrer kleinen Schwester einen leidenden Blick zu, aber die war bereits mit Paddy beschäftigt, der sich neben ihr niedergelassen hatte. Nicoles große braune Augen wanderten zu Mara hinüber, aber auch von dort erhielt sie kein Zeichen der Ermutigung – im Gegenteil, sie hatte das Gefühl, die goldenen Augen würden direkt durch sie hindurchsehen. Entrüstet stampfte sie mit dem Fuß auf.

»Ihr seid alle so gemein«, greinte sie und rannte aus dem Zimmer.

Nicholas warf Mara einen ironischen Blick zu. »Du solltest ihr Schauspielunterricht geben, meine Liebe.«

Mara deutete ein Lächeln an, da sie nicht wußte, ob sie das als Kompliment oder als Beleidigung auffassen sollte. Aber in jedem Fall mußte sie ihm recht geben.

»*Mon Dieu*«, sagte Etienne plötzlich zerknirscht. »In all der Aufregung habe ich vollkommen meine Manieren vergessen. Pardon, *Mademoiselle*, aber ich bin Etienne Ferrare, Nicholas' Onkel«, stellte er sich vor und beugte sich mit weltmännischer Gewandtheit, die ihm angeboren zu sein schien, über ihre Hand. Dann schaute er Nicholas vorwurfsvoll an. »Wann stellst du mir endlich dieses hinreißende Wesen vor?«

»Mara O'Flynn«, verkündete Nicholas mit einem stolzen Lächeln, als würde es ihm persönliche Befriedigung bereiten, wie sie auf andere Leute wirkte.

»Ah, eine Irin. Das erklärt alles.« Etienne erhob sein Glas zu einem Toast. »Es ist mir wirklich ein Vergnügen, Sie kennenzulernen, Mademoiselle O'Flynn.«

»Ist Irland sehr weit weg, Mademoiselle O'Flynn?« fragte Damaris neugierig. »Ich war immer nur in Louisiana. Manchmal sind wir nach New Orleans gefahren, aber weiter bin ich noch nie gewesen.« Sie seufzte. »Ich möchte einmal um die Welt segeln, aber«, schränkte sie mit leuchtenden Augen ein, »erst wenn ich meine eigene Pferdezucht habe.«

»Ich bin schon um die Welt gesegelt. Na, fast«, machte Paddy sie neidisch und baute sich stolz vor ihr auf.

Damaris' Augen wurden groß. Sie war sichtlich beeindruckt und musterte diesen fremden Jungen mit deutlich größerem Interesse als zuvor. Er konnte ihr bestimmt eine Menge über fremde Länder erzählen.

Mara trank Tee und lauschte bald den Kindern, bald den beiden Männern. Während sie Paddys Reiseschilderungen mit halbem Ohr zuhörte, fragte sie sich, was Nicolas und seine Stiefmutter wohl besprochen hatten.

Dann hörte sie Schritte auf den Fliesen draußen und schaute auf. In der Tür stand ein Mann in Reitstiefeln und Arbeitshosen. Er zögerte, als würde ihn die Versammlung im Salon verunsichern. Als seine haselnußbraunen Augen Maras Blick erwiderten, trat er von einem Fuß auf den anderen, als wäre er wegen seines schweißnassen Hemds und seiner schlammbespritzten Schuhe verlegen. Er war wahrscheinlich nur ein paar Jahre älter als Nicholas und schmaler gebaut, aber seine Muskeln unter den hochgerollten Hemdsärmeln wirkten kraftvoll.

»Alain«, rief Etienne freudig überrascht aus, als er seinen Sohn in der Tür stehen sah.

Nicholas stand auf und ging auf Alain zu. Das sonnengebräunte Gesicht des Aufsehers spiegelte die verschiedensten Empfindungen wider, vor allem aber Erleichterung, als er Nicholas erkannte.

»Nicholas. Ich habe gehört, daß du hier seist, aber ich konnte es nicht glauben, bevor ich dich nicht mit eigenen Augen sah.« Alain schaute Nicholas freundlich an und schüttelte seine Hand. »Es ist schön, dich wieder bei uns zu haben«, begrüßte er ihn einfach.

»Danke, Alain«, antwortete Nicholas. »Es ist solange her. Françoise sagte, daß du mich wahrscheinlich empfangen würdest. Das macht es mir wesentlich leichter, denn es gibt so vieles, was ich über Beaumarais wissen möchte.«

»Ich werde dir alles berichten«, versprach ihm Alain. Dann hob er bedauernd die Schultern. »Aber ich würde mich gern umziehen, bevor sich die Dame durch meinen Aufzug beleidigt fühlt.«

»Mara macht das ganz bestimmt nichts aus«, versicherte ihm Nicholas, denn er erinnerte sich an die vielen schmuddeligen Goldsucher, die sie in Kalifornien gesehen hatten. Dann stellte er die beiden einander vor. Alain verbeugte sich formvollendet und elegant.

»Aber ich würde mich über diese Dinge lieber morgen früh mit dir unterhalten, nachdem ich ausgeritten bin. Danach kann ich besser einschätzen, was alles verändert wurde, seit ich das letzte Mal hier war«, schlug Nicholas vor. Ihm entging nicht, daß Alain diese Ankündigung zu erschrecken schien. »Ich habe noch einiges zu erledigen, bevor es dunkel wird.«

»Natürlich«, antwortete Alain, als hätte er voll und ganz verstanden. »Ich habe morgen den ganzen Tag Zeit. Du kannst mich jederzeit rufen lassen.« Er verbeugte sich vor Mara, warf seinem Vater einen kurzen Blick zu und erklärte: »Ich ziehe mich jetzt zurück. Guten Abend.«

»Alain arbeitet so hart«, erzählte Etienne und sah seinem Sohn traurig nach. »Ich wünschte, er könnte die kleinen Freuden des Lebens genießen, wie ich es tue. Aber er behauptet, ihm mache es Freude, bis zu den Knien im Schlamm herumzuspazieren und Fohlen auf die Welt zu bringen. Noch ein Brandy, Nicholas? Und was hast du eben über *ma petite Françoise* gesagt? Hast du sie gesehen? Wann? Erzähl mir alles darüber.«

»Wenn Sie mich entschuldigen würden«, mischte sich Mara ein, während Nicholas sich sein Glas vollschenken ließ, »ich möchte mich eine Weile hinlegen. Ich bin ziemlich müde, und ich glaube, Paddy sollte mit mir kommen.« Sie ignorierte die bösen Blicke, mit denen er sie bedachte.

»Natürlich«, sagte Nicholas und bemerkte zum erstenmal die Ringe unter Maras Augen. »Ich hole eine –«

»Nein, bitte, laß einem alten Mann das Vergnügen, einer schönen Frau einen Gefallen tun zu dürfen. Ich habe nicht mehr allzuoft dazu Gelegenheit«, unterbrach ihn Etienne und stand auf. »Natürlich nur, wenn Mademoiselle O'Flynn nichts dagegen hat?«

»Es ist mir eine Ehre, Monsieur Ferrare«, nahm sie sein Angebot an.

»Ich höre nur auf Etienne«, belehrte er sie mit einem charmanten Lächeln. Wahrscheinlich lächelt er immer so, wenn er seinen Kopf durchsetzen will, vermutete Mara.

Sie erwiderte das Lächeln. »Nur wenn Sie mich Mara nennen, Etienne«, erklärte sie.

Etienne tätschelte ihr fast väterlich den Arm. »Meine Liebe, wir werden fabelhaft miteinander auskommen, ganz fabelhaft«, kicherte er. »Wenn Sie mir die Bemerkung gestatten, ich verstehe, warum mein Neffe Sie so schätzt.« Er führte sie durch die Halle, so daß Mara keine Gelegenheit blieb, dieser merkwürdigen Aussage über Nicholas zu widersprechen.

»Und wie finden Sie Beaumarais, Mara?« fragte er erwartungsvoll, während er neben ihr die Treppen hinaufstieg. »Ist es nicht das schönste Haus, das Sie jemals gesehen haben?« sagte er, bevor sie überhaupt antworten konnte.

»Es ist wirklich wunderschön«, bestätigte Mara. »Aber das hatte ich schon erwartet, denn Nicholas hatte es mir so beschrieben.«

»Schon bevor meine Schwester Danielle in die Familie einheiratete, liebte ich dieses Haus. Es hat etwas Besonderes, finden Sie nicht? Es ist, als würde es leben.« Sein Blick wurde fast träumerisch.

Kurz darauf hielt er an einer offenen Tür an. »Hier ist Ihr Zimmer, Mara.« Er verbeugte sich, nahm ihre Hand und küße sie. »Ich hoffe, Sie werden sich auf Beaumarais wohl fühlen.«

»Das werde ich ganz bestimmt, Etienne. Vielen Dank«, antwortete Mara. »Werde ich Sie heute abend sehen?«

»Natürlich, meine liebe *Mademoiselle*. Auch wenn ich nicht im Haus schlafe, so speise ich doch oft hier«, erklärte er ihr voller Vorfreude.

Mara war überrascht. »Verzeihen Sie, aber ich dachte, Sie würden hier leben.«

»Das tue ich, aber nicht im Haupthaus. Ich lebe in der *garçonniere*, in einem Seitenflügel, wo wir alten Junggesellen wohnen. Ich habe dort meinen eigenen Diener und alle Annehmlichkeiten eines eigenen Hauses. Auch Alain wohnt dort. Aber jetzt möchte ich mich bis heute abend verabschieden. Ihr Neffe hat das Zimmer nebenan«, fügte er hinzu.

Mara schaute ihm nach, während er davonstolzierte. Ein charmanter, harmloser Gentleman. Ein Lächeln spielte um ihre Lippen, als sie ihr Zimmer betrat. Bis jetzt war Nicholas Heimkehr relativ glimpflich abgelaufen.

Paddy rannte an ihr vorbei ins Zimmer und zu den Glastüren. Er öffnete sie und lief hinaus auf den Balkon.

»Lehn dich bloß nich' über das Geländer«, ermahnte ihn Jamie, die ihm aus dem nächsten Zimmer folgte. »Paddy und ich schlafen gleich nebenan«, informierte sie Mara und marschierte an ihr vorbei.

Sie schniefte. Bis jetzt hatte sie an den Arrangements nichts auszusetzen. »Komm wieder rein, Paddy!« rief sie ihn. »Du läßt die kalte Luft rein, und ich will nich', daß du wieder krank wirst. Ich glaub', Chantale ist doch ein richtig feiner Gentleman«, kommentierte sie, während sie sich zufrieden im Zimmer umsah. Auf dem hochbeinigen Mahagonibett lag eine hellgrüne Tagesdecke, und vom Baldachin hingen goldene Seidenvorhänge herab. Mit dem gleichen Stoff bezogene Sessel und ein Empiremahagonisofa standen um den weichen türkischen Teppich in der Mitte des Raumes. In der Nähe des Bettes befanden sich ein marmorner Waschtisch und ein großer Schrank, und ihnen gegenüber knisterte ein kleines Feuer im Kamin, das das Zimmer wärmte.

»Kommen Sie, ich helf' Ihnen aus Ihren Kleidern und dem Korsett. Sie sind ja kreidebleich.«

Mara seufzte. »Ich bin schrecklich müde. Am besten lege ich mich ein bißchen hin, dann werde ich mich bald besser fühlen. Und bitte schnüre mein Korsett heute abend nicht wieder so fest zu, ja, Jamie? Mir tut schon den ganzen Tag der Rücken weh«, beklagte sich Mara, während sie sich von Jamie beim Auskleiden helfen ließ.

»Ich hab's nicht fester geschnürt als sonst immer. Wahrscheinlich essen Sie mehr, als einer Dame ansteht.«

Mara zuckte mit den Achseln, weil sie keine Lust hatte, sich zu streiten. Sie streckte sich und atmete tief durch, als sie aus dem Gefängnis ihres Korsetts befreit war. Ein paar Minuten später legte sie sich auf die dicke, weiche Matratze und blickte verträumt zur Decke.

Paddys Niesen riß sie aus ihrem Halbschlaf. Sie drehte den Kopf zur Seite und sah ihn neben ihrem Bett stehen.

»Zieh deine Schuhe aus und leg dich zu mir«, lud sie ihn ein und klopfte auf den freien Platz neben sich. Das ließ sich Paddy nicht zweimal sagen; er schaute schnell über seine Schulter und kuschelte sich dann an Mara.

»Wird er nicht böse?« flüsterte er.

»Wer?« fragte Mara träge.

»Onkel Nicholas«, führte Paddy aus. »Sonst schläft er doch immer bei dir, oder nicht?«

Mara fühlte, wie sie errötete. »Nun, hier in Beaumarais wird er das wohl nicht tun«, beschied sie ihm knapp.

»Warum nicht?«

»Darum nicht. Hör zu, ich möchte nicht, daß du mit irgend jemandem über das Thema sprichst, hast du mich verstanden, Paddy?« Mara war nicht eigentlich wütend, eher besorgt.

»Ich werde nichts verraten, Mara«, versprach Paddy, seufzte und lehnte seinen Kopf an ihre Schulter. Seine Lider senkten sich langsam herab, und er fragte schläfrig: »Glaubst du, Onkel Nicholas ist böse, daß ich hier bin und nicht er?«

Mara lächelte und drückte Paddys warmen Körper an sich. »Nein, Dummerchen, und was Nicholas nicht weiß, macht ihn nicht heiß«, beruhigte sie ihn. Dann fielen auch ihr die Augen zu.

Nicholas zögerte, bevor er den Familienfriedhof betrat. Dann schob er das schmiedeeiserne Tor auf und ging zu den Gräbern. Seine Mutter war am Gelbfieber gestorben, als er zwölf Jahre alt war. Zwei Brüder waren tot geboren worden. Nicholas blieb vor dem glatten Marmorstein an François' Grab stehen, dann ging er zu dem frischesten Grab weiter. Der leere Platz neben seiner Mutter war jetzt belegt. Philippe de Montaigne-Chantale war wieder mit seiner Frau vereint. Was hast du ins Grab mitgenommen? fragte sich Nicholas. Er streichelte den kalten Stein, als wollte er ein geheimes Zeichen ertasten.

Dann kehrte er zum Grab seines Bruders zurück. Wer hatte die beiden hierhergebracht? Warum? Wen hattest du in Verdacht? fragte er in Gedanken seinen Vater. Was hast du entdeckt, daß du sterben mußtest?

Er drehte sich um zu dem großen Haus. Beaumarais. All die Jahre hatte er versucht, seinen Erinnerungen zu entkommen, hatten Zweifel an ihm genagt, bis er in manchen schwachen Augenblicken schon fast selbst glaubte, ein Mörder zu sein. Aber der Brief seines Vaters hatte diesen Zweifel ausgeräumt. Jetzt hatte er wieder Vertrauen zu sich selbst.

Wer konnte es getan haben? Celeste? Sie war immer eifersüchtig auf Danielles Kinder gewesen, vor allem auf die Jungen. Aber Celeste verstand nichts von Feuerwaffen und behauptete, sich vor ihnen zu fürchten.

Amaryllis andererseits war trotz ihrer vornehmen Erziehung ein exzellenter Schütze. Aber was hätte sie für ein Motiv gehabt? Als François' Verlobte wäre sie ohnehin eines Tages Herrin von Beaumarais geworden. Nachdem die Ländereien von Sandrose und Beaumarais zusammengefügt worden wären, wäre sie eine der reichsten Frauen des Landes gewesen.

Wenn sie es nicht gewesen war, wer dann? Etienne? Nicholas schüttelte den Kopf. Etienne war gar nicht daran interessiert, eine so große Plantage zu besitzen. Im Gegenteil, er hatte die Ländereien seiner eigenen Familie verkauft, damit er Geld und Zeit zum Reisen hatte. Er war meist nur so lange auf Beaumarais, bis er sich erholt und seine Koffer wieder gepackt hatte.

Um keinen Deut klüger kehrte Nicholas zum Haus zurück. Er fragte sich, ob er überhaupt jemandem trauen konnte. Was wußte er schließlich nach fünfzehn Jahren über seine Verwandten? Er mußte wider

Willen lächeln, als ihm klarwurde, daß er einzig und allein Mara O'Flynn trauen konnte. Sie würde bestimmt lachen, wenn sie wüßte, was er dachte.

Er grübelte immer noch, als er ein paar Minuten später in Maras Zimmer trat und Mara und Paddy auf dem Bett schlafen sah. Überrascht blieb er stehen, dann schlich er sich ans Bett und betrachtete amüsiert das ungleiche Paar. Mara O'Flynn war wirklich eine ungewöhnliche Frau – wenn man sie überhaupt schon als Frau bezeichnen wollte, da sie nicht viel älter als zwanzig sein konnte. Er konnte es immer noch nicht glauben, daß diese Frau dieselbe Mara O'Flynn war, gegen die er einst Rachepläne geschmiedet hatte. Er schaute auf sie herab, und seine Augen ruhten auf ihren vollen Lippen, auf denen ein leichtes Lächeln lag.

Mara bewegte sich im Schlaf und legte schützend ihren Arm über Paddy. Nicholas fühlte eine Art Neid, als er diese so selbstverständliche Geste sah, und fragte sich, wie es wohl wäre, von Mara geliebt zu werden. Wie es wäre, wenn sie nicht nur aus Leidenschaft, sondern aus Liebe seine Annäherungen erwiderte. Nie flüsterte sie Zärtlichkeiten in sein Ohr, und nie wurde ihr Blick hingebungsvoll, wenn sie ihm in die Augen sah. Plötzlich verlangte Nicholas danach, diese Liebe kennenzulernen, aber schon eine Sekunde später wischte er den Gedanken fort. Zuviel war zwischen ihnen vorgefallen, als daß sie einander noch lieben konnten.

Mara ahnte nichts von diesen Gedanken, als sie später am Abend Nicholas gegenüber am Eßtisch saß. Ihr Blick verlor sich zwischen Porzellan und feinem Kristallglas auf der langen, ovalen Tafel, in welchem sich das Licht der großen Kerzenleuchter an beiden Enden brach. Auf der Anrichte reihten sich silberne Platten mit Hühnchen und Hummersalat, gebackenem Schinken und Austern, Rindfleisch und Ente sowie verschiedene Gemüse in Sauce und andere Beilagen. In der Mitte des Tisches thronte eine Pyramide aus Nougat, umgeben von Marzipanblöcken.

»O *Mademoiselle*, ihr Kleid, *c'est exquisite*«, hauchte Nicole bewundernd, als sie Maras malvenfarbiges Seidenkleid mit den schwarzen Spitzen sah. »So eine schöne Farbe habe ich noch nie gesehen. Es ist bestimmt aus Frankreich, *n'est-ce pas*? O *Mademoiselle*, es würde mir bestimmt gut stehen, *non*? Mama, bitte, ich brauche unbedingt ein Kleid in genau dieser Farbe«, bettelte Nicole und schaute Celeste flehend an, die sich inzwischen genug erholt hatte, um mit ihrer Familie zu Abend zu speisen.

»Ich kann deine Bettelei nicht mehr ertragen, Nicole. Wir werden uns später darüber unterhalten. Findest du nicht, daß du schon genug Kleider hast?« wies sie ihre Tochter streng zurecht. Sie musterte mißbilligend die Schnute ihres Sprößlings.

»Verzeihen Sie das schlechte Benehmen meiner Tochter, Mademoiselle O'Flynn, aber sie ist sehr aufgeregt, da ihre Hochzeit kurz bevorsteht«, entschuldigte sich Celeste für Nicole, dann warf sie Nicholas, der schweigend an seinem Wein nippte, einen vielsagenden Blick zu. »Er ist eine gute Partie für Nicole.« Sie knetete nervös ihre dürren Hände, aber ihre Miene drückte eine Entschlossenheit aus, die Mara zuvor an ihr nicht bemerkt hatte.

»Es war immer eine Ehre, in die Familie der de Montaigne-Chantales einzuheiraten«, kommentierte Nicholas beiläufig. Er faßte seine Stiefmutter fest ins Auge, da ihm ihr Tonfall nicht entgangen war.

Celeste lächelte verbittert. »Die Zeiten ändern sich, Nicholas. De Montaigne-Chantale ist zwar immer noch ein ehrwürdiger Name, aber das ist auch alles. Er ist nicht mehr mit Reichtum gleichzusetzen. Damaris«, fügte sie mit einem traurigen Blick auf deren braunes Haar und elfengleiches Gesicht hinzu, während ihre Tochter Paddy eine Grimasse schnitt, »wird nur sehr schwer einen Mann finden. Sie hat nicht Nicoles klassische Schönheit, und sie ist nicht wohlhabend. Warum sollte sich ein Mann für sie interessieren?«

»Ich will sowieso keinen alten Kerl heiraten«, protestierte Damaris wütend, und ihre grünen Augen blitzten streitlustig. »Dazu hab' ich gar keine Zeit. Ich will um die ganze Welt reisen.«

»Das wirst du auch, meine kleine Tigerin«, bestätigte Etienne wohlgefällig. Als er Celestes Blick auf sich ruhen spürte, schüttelte er den Kopf. »Du hast recht, sie ist anders. Aber siehst du denn nicht, daß sie etwas Besonderes ist, daß unsere wilde, kleine Damaris eine Schönheit sein wird? Bei ihrem Temperament werden ihr die Männer scharenweise nachlaufen. Du wirst sie keinesfalls wie saures Bier anpreisen müssen, Celeste.«

»Aber über die langen Jahre, bis es soweit sein wird, mache ich mir Sorgen«, antwortete sie ihm unsicher.

Nicholas stutzte, als er das hörte. Ihm hatte auch nicht gefallen, wie sie über Nicoles Hochzeit sprach. »Ich weiß, daß nichts mehr ist, wie es früher war, aber ich wußte nicht, daß die de Montaigne-Chantales auch ihren Stolz verloren haben!« bemerkte er. »Du verkaufst das Land von Beaumarais an unsere Nachbarn, und jetzt willst du wohl noch selbst zu Kreuze kriechen?«

»Nicholas«, widersprach Celeste, den Tränen nahe, »du bist Philippe viel zu ähnlich, um das jemals verstehen zu können. Du weißt ja gar nicht, was ich durchgemacht habe, seit er tot ist. Überall am Fluß spekuliert man darüber, wie lange es wohl noch dauert, bis der Sumpf Beaumarais zurückerobert hat. Was kann ich denn dagegen unternehmen?« Sie schüttelte den Kopf. »Ich kann nicht mehr. Wir stecken bis zum Hals in Schulden und haben kaum genug Geld, um uns etwas zu essen zu kaufen. Wir mußten Amaryllis das Land verkaufen, wenn wir überleben wollten. Außerdem machte sie mir ein Angebot; ich habe nicht darum gebeten. Aber ich hätte eher gebettelt, als daß meine Kinder hungern müßten.« Hektische Flecken hatten sich auf ihrem Gesicht gebildet.

»Wieviel hat sie dir gegeben?« fragte Nicholas ruhig. Als Celeste es ihm verriet, gruben sich tiefe Falten in seine Stirn. »Verdammt noch mal, sie hat dich bestohlen!«

»Der Spatz in der Hand ist besser als die Taube auf dem Dach, Nicholas«, zitierte Celeste bitter. »Und wenn sie morgen ganz Beaumarais kaufen will, ich werde es ihr nicht verweigern. Das ist mein Recht«, erklärte sie ihm hochmütig. »Nein, laß mich ausreden«, wies sie seinen unausgesprochenen Einwand zurück.

»Du bist auf Bitten deines Vaters zurückgekommen. So sei es. Aber wenn du gekommen bist, weil du dein Erbe einfordern möchtest, muß ich dich enttäuschen, denn für dich ist hier nichts zu holen. Das Geld, das mir der Verkauf von Beaumarais einbringt, brauche ich, um mich mit Jean-Louis und Damaris in Charleston niederzulassen. Dort gehöre ich hin, nicht nach Beaumarais. Hier war ich nie glücklich.«

»Aber er braucht gar kein Geld«, piepste Damaris vorlaut und schluckte schnell ihre Kartoffel hinunter. »Er ist reich! Paddy sagt, Nicholas hat tausend und tausend Dollar, und Paddy braucht ihn nur zu fragen, dann kriegt er so viele Fünfdollarstücke, wie er will«, belehrte Damaris die verblüffte Gesellschaft. Paddy wurde knallrot, als er Nicholas' Blick auf sich spürte.

»Stimmt das?« fragte Celeste mit schwacher Stimme. Ihre Augen wurden groß.

»Zum größten Teil schon«, bestätigte Nicholas.

»*C'est incroyable*. Ich kann es gar nicht glauben. Wie bist du so reich geworden?« wollte sie wissen. Ihre Miene verriet immer noch ihren Zweifel.

»Ich war in Kalifornien. Du hast bestimmt gehört, daß man dort Gold gefunden hat. Tja, Karl Svengaard, du erinnerst dich doch noch an ihn?« fragte Nicholas heiter, da er nicht vergessen hatte, wie seine Familie damals auf den Schweden reagiert hatte »und ich haben einfach Glück gehabt.«

Etienne stützte sein Kinn in die Hände und stützte die Ellenbogen auf den Tisch. Seine vornehme Erziehung war in diesem Augenblick vollkommen vergessen. »Ihr seid reich geworden?« fragte er mit dem staunenden Blick eines Kindes. »Phantastisch. Ich bin überwältigt. Ich habe schon viele Geschichten über Kalifornien gehört, aber ich habe noch niemanden getroffen, der tatsächlich Gold gefunden hat.«

»Mein Papa fand einen Goldklumpen, und dann waren wir reich«, verkündete Paddy der schweigenden Gesellschaft stolz.

»Stimmt das?« fragte Etienne zweifelnd.

»Ja, Brendan fand einen Nugget, der fünfzigtausend Dollar wert war«, bestätigte Mara Paddys Geschichte.

»*Mon Dieu*«, murmelte Etienne und nahm einen tiefen Schluck aus seinem Weinglas. »Ich habe diese Geschichten einfach nicht für möglich gehalten.« Er sah wieder zu Nicholas. »Und du hast auch so einen Goldklumpen gefunden, Nicholas?«

Nicholas lächelte bedauernd. »Nur die Allerglücklichsten finden einen so großen Nugget, aber auch diese Männer suchen Monate, wenn nicht Jahre danach. So leicht, wie es klingt, ist die Goldsuche nicht. Der Schwede und ich, wir haben mehrere Monate an verschiedenen Flüssen gearbeitet, bis wir wenigstens die Hälfte zusammenhatten, und auch damit zählten wir zu den Glücklicheren«, erklärte er ihnen.

Nicholas konnte der Flut von Fragen nicht entkommen, die jetzt über ihn hereinbrach. Das Abendessen verging mit Erzählungen aus Kalifornien, denen Nicole und vor allem Damaris besonders gebannt lauschten. Ihre Augen leuchteten, als sie von jener fremden Welt hinter dem Mississippi hörten, die so ganz anders war als Europa und das übrige Amerika, ja anders als alles, worüber sie je in ihren Schulbüchern gelesen hatten.

Mara nippte an ihrem Wein, denn ihre eigenen Erinnerungen an

Kalifornien waren noch zu schmerzlich, als daß sie sich darüber unterhalten konnte. Sie war beinahe erleichtert, als sie sah, wie Paddys Kopf zur Seite fiel und er in seinem Stuhl zusammensank.

»Wenn Sie mich entschuldigen würden, aber ich glaube, ich sollte meinen Neffen zu Bett bringen«, unterbrach sie das Gespräch und erhob sich.

»*Mon Dieu*, ich hatte ja keine Ahnung, wie spät es schon ist«, erschrak Celeste. »Ich hoffe, Sie können unser Benehmen entschuldigen. Nicole, Damaris, es ist auch für euch an der Zeit.«

»Ach, Mama, bitte«, protestierte Damaris, obwohl sie die Augen kaum mehr offenhalten konnte, »es ist so interessant. Dürfen wir nicht ein kleines bißchen länger aufbleiben? Bitte ...«

»Ein andermal, meine Kleine«, versprach ihr Nicholas und schob seinen Stuhl zurück. Auch ihre traurige Miene konnte ihn nicht erweichen. »Jetzt tu, was deine Mama sagt.«

Mara kam an Nicholas vorbei, als sie Paddy aus dem Zimmer führte. Als sie direkt neben ihm war, spürte sie seine Hand auf ihrem Arm. Leise sagte er: »Celeste und ich haben noch etwas zu besprechen. In deinem Zimmer findest du alles Nötige. Wenn nicht, läute nach einem Mädchen.«

Es klang beinahe wie ein Hinauswurf, und so antwortete sie kühl: »Ich finde mich schon zurecht, danke.« Sie nickte den anderen kurz zu und verschwand.

Nachdem sie Paddy ins Bett gebracht hatte – seine Augen schlossen sich, sobald sein Kopf das Kissen berührte –, stand Mara auf dem Balkon und starrte auf die düsteren Bäume, die die Auffahrt überschatteten. Sie schlang ihre Arme um ihren Körper und zitterte. Das Haus trug einen Hauch von Verfall. Unten drang Licht aus einem der Zimmer. Anscheinend unterhielt sich Nicholas immer noch mit Celeste.

Mara seufzte. Sie fühlte sich seltsam mutlos, als sie in ihr Zimmer zurückkehrte, und sie bibberte vor Kälte. Schnell schlug sie die Decke zurück und kletterte ins Bett. Es war die erste Nacht seit langem, die sie ohne Nicholas' warmen Körper neben sich verbringen mußte, und sie fragte sich, ob es die erste von vielen anderen sein würde.

Zweifel sind grausamer als die schlimmsten Wahrheiten

MOLIÈRE

Kapitel 13

Mara räkelte sich im Bett, gähnte selig und kuschelte sich tiefer unter die Decke. Hinter der Tür hörte sie Porzellan klappern, dann wurde vorsichtig angeklopft, und eine junge Negerin trat, mit einem Tablett beladen, ein.

»Morgen, *Mademoiselle*. Ich heiß' Belle, und wenn Sie irgendwas brauchen, dann rufen Sie mich einfach.« Sie sprach ruhig und lächelte schüchtern, während sie das Tablett neben dem Bett abstellte. Sie fand Maras Bettjacke und half Mara, die sich inzwischen aufgesetzt hatte, hinein. Sie stutzte kurz, als sie Maras nackte Schultern bemerkte.

Mara lächelte trocken, denn bestimmt würde spätestens mittags das ganze Haus wissen, daß die junge Freundin von Master Nicholas ohne Nachthemd schlief.

»Vielen Dank, Belle«, sagte Mara, als das junge Mädchen das Tablett auf ihren Schoß stellte und auf weitere Instruktionen wartete. »Weißt du, ob mein Neffe und sein Kindermädchen schon auf sind?« fragte Mara und nippte vorsichtig an dem dampfenden Kaffee.

»Master Paddy spielt draußen mit der jungen Miss Damaris, und Ihr Kindermädchen«, fuhr Belle fort und schüttelte entrüstet den Kopf, »also sie hat mir gestern ständig Befehle gegeben, als ich Ihr Bett gemacht hab'. Ich soll dies da so falten und das dorthin tun, in einem fort. Wahrscheinlich glaubt sie, ich bin unter Wilden aufgewachsen«, beschwerte sie sich beleidigt.

Mara lächelte. Sie versuchte sich vorzustellen, wie die kleine Irin diese große, kräftige Schwarze herumzukommandieren versuchte. »Sie müssen Jamie verzeihen, aber sie arbeitet schon so lange für meine Familie, daß sie ein bißchen eigen ist«, beschwichtigte sie Belle.

Belle wollte das Zimmer gerade wieder verlassen, als Mara würgte, erbleichte und mit aller Kraft versuchte, das Essen in ihrem Magen zu behalten. Blitzschnell schnappte Belle sich die Waschschüssel und hielt sie Mara unters Kinn.

»Oh, verdammt«, fluchte Mara, lehnte sich in die Kissen zurück und wartete darauf, daß die plötzliche Übelkeit nachließ. Sie lächelte dankbar, als sie das feuchte Tuch spürte, daß Belle ihr auf die Stirn legte. »Es ist alles in Ordnung. Es überkam mich einfach«, sagte sie verwirrt.

Belle nickte weise. »Es is' 'ne Schande, aber da müssen viele Frauen durch, wenn sie 'n dicken Bauch kriegen.«

Mara wurde gleich noch einmal schlecht. Ihre schlimmsten Befürchtungen, jene, die in Betracht zu ziehen sie sich stets geweigert hatte, wurden wahr. Sie konnte es nicht länger leugnen.

Sie trug Nicholas' Kind. Schon letzten Monat hatte sie den Verdacht gehabt, aber sie hatte immer noch gehofft, daß sie sich irrte. Aber jetzt konnte sie das Wachstum ihrer Brüste und die zunehmende Fülle ihrer Hüften nicht länger ignorieren.

»Versprich mir, daß niemand in diesem Haus davon erfährt. Verstehst du, Belle, niemand darf das wissen«, flehte Mara sie an. »Schwöre es mir.«

Belles gerunzelte Stirn glättete sich. »Ich kann ein Geheimnis für mich behalten, *Mademoiselle*, im Gegensatz zu manchen anderen«, versicherte sie Mara. »Sie können Belle vertrauen.«

Nachdem Belle das Zimmer verlassen und das fast unberührte Frühstück mit sich genommen hatte, sank Mara erschöpft in die Kissen zurück und kreuzte die Arme über der Brust.

Nicholas' Kind. Er hatte ihr ein Kind gemacht, und plötzlich wurde Mara wütend auf ihn. Warum mußte sie allein für ihre gemeinsamen Freuden büßen? Warum wurde sie gebrandmarkt, als sollte sie für ihre Sünden bestraft werden? Nächsten Monat – ihren Berechnungen nach der vierte Monat der Schwangerschaft – würde sie »dick werden«, wie Belle es ausgedrückt hatte, und dann würden es alle erfahren.

Wie würde Nicholas auf die Nachricht reagieren, daß sie sein Kind trug? Nein, beschloß Mara entschieden, Nicholas durfte nichts davon erfahren. Sie würde das nicht zulassen. Es wäre ihre endgültige Niederlage. Vielleicht würde er sie sogar bemitleiden, und das könnte sie nicht ertragen. Nicht von Nicholas. Und was wäre, wenn er aus irgendeinem perversen Ehrgefühl heraus um ihre Hand anhielte? Könnte sie das akzeptieren? Mara schloß traurig die Augen, denn sie wußte, daß Nicholas niemals derart heuchlerisch handeln würde.

Wenig später marschierte Mara die Treppe hinunter. Sie sah aus, als könnte sie kein Wässerchen trüben. Ein Seidentuch bedeckte ihre Brüste und verhüllte, wie sehr der Stoff ihres Kleides über den zunehmenden Rundungen spannte. Mara strich die Spitzenmanschetten glatt, schob eine Strähne aus der Stirn und öffnete die Tür zum Salon.

»Mademoiselle O'Flynn«, begrüßte Celeste sie. »Ich habe gehört, wie Sie die Treppe herunterkamen. Möchten Sie sich nicht zu mir setzen? Ich trinke gerade eine Tasse Tee und versuche nebenbei, Jean-Louis von einem Schläfchen zu überzeugen«, erklärte sie, während sie das kleine Bündel in ihren Armen wiegte. Mara sah lediglich ein paar Haare aus dem Stoff hervorlucken.

»Vielen Dank, *Madame*«, nahm Mara die Einladung an. Eine Tasse Tee war bestimmt angenehm, da sie kein Frühstück gehabt hatte. Außerdem weckte die unglaubliche Veränderung, die Nicholas' Stiefmutter durchgemacht hatte, ihre Neugier. Es war, als hätte sich die nervöse, gehetzte Frau über Nacht in die ruhige, freundliche Gastgeberin verwandelt, der sie jetzt gegenüberstand.

»Aber bitte nennen Sie mich doch Celeste«, bat sie Mara und deutete auf einen Sessel neben sich. »Ich weiß, daß Tee ein sehr englisches Getränk ist, aber als ich *mon petit* Jean-Louis erwartete, brachte ich morgens nur Tee und Toast herunter.« Sie strahlte das kleine Antlitz in ihrem Schoß an. »Bitte, *Mademoiselle*, schenken Sie sich ein.«

Mara füllte zwei Tassen mit dem duftenden Gebräu und hörte Celeste zu, die stolz über ihren Sohn berichtete.

»Nicholas ist heute früh ausgeritten, um die Plantage zu inspizieren, aber er wird wohl bald wieder zurückkommen«, bemerkte Celeste unvermittelt, als hätte Mara auf diese Erklärung gewartet.

»Ich verstehe.« Mara fühlte sich seltsam erleichtert. Sie konnte Nicholas noch nicht gegenübertreten. »Ich kann verstehen, daß er sich nach so langer Zeit für den Besitz interessiert.«

»Ja, er interessiert sich sogar sehr. Und es ist gut, daß er ihn jetzt abreitet, denn bald wird es noch mehr regnen, und dann wird es schwierig sein, herumzukommen. Höchstwahrscheinlich tritt der Fluß wieder über die Ufer, und nachdem Beaumarais so nah am Wasser liegt, müssen wir immer wieder mit Überschwemmungen rechnen.«

Mara schaute sie verwundert an. »Geschieht das oft?«

Celeste seufzte und nickte. »Fast jedes Jahr. In manchen häufiger, in anderen seltener. Vor ein paar Jahren war es besonders schlimm. Der Fluß überschwemmte das gesamte Erdgeschoß, so daß alles ruiniert war. Ich dachte, Beaumarais würde nie wieder so sein wie früher. Wir fürchteten, daß wir das ganze Fundament erneuern müßten, da der Fluß es ausgespült hatte, aber dann brauchten wir die Schadstellen nur auszubessern und wieder aufzufüllen, und schon war das Haus wie neu. Beaumarais wird hier wahrscheinlich immer noch stehen, wenn die alten Eichen schon längst im Sumpf versunken sind«, sagte sie mit einem Achselzucken.

»Sie haben keine Angst vor den Überschwemmungen?« fragte Mara neugierig.

»Doch, aber irgendwann gewöhnt man sich daran«, antwortete Celeste. »Als ich zum erstenmal nach Beaumarais kam, hatte ich eine Todesangst vor dem nahen Sumpf und dem riesigen Fluß. Es bereitete mir regelrechte Alpträume. Ich glaube, man muß hier geboren sein, um sich hier zu Hause fühlen zu können. Wir anderen werden Zeit unseres Lebens Fremde bleiben.«

Mara lief ein Schauer über den Rücken. Genau dasselbe hatte sie auch empfunden.

»Belle hat gesagt, daß mein Neffe schon nach unten gegangen ist.« Mara wollte das Thema wechseln.

»Ja, er ist mit Damaris draußen. Aber ich glaube, sie werden bald wiederkommen, wenn sie erst entdeckt hat, daß –« Sie hielt inne und lauschte den Zornestiraden, die von draußen hereindrangen. »Ja, Damaris gefällt das überhaupt nicht«, prophezeite sie richtig. Im nächsten Augenblick kam der kleine Rotschopf wutentbrannt ins Zimmer geschossen.

»Mama! Er hat Hexer genommen! Mein Pferd! Er reitet auf Hexer! Das darf er nicht!« tobte sie und stampfte ärgerlich mit dem Fuß auf.

Paddy folge ihr in gebührendem Abstand und beobachtete mit großen Augen seine neue Freundin, die sich lautstark über Nicholas beschwerte.

»Ich habe ihm gestattet, auf Hexer zu reiten, Damaris. Du weißt ganz genau, daß er nicht dir gehört. Dein Papa hat ihn gekauft, und nur weil niemand sonst ihn reiten möchte, glaubst du, er wäre dein Eigentum. Du weißt auch, daß Papa dich nicht mal in seine Nähe lassen würde, wenn er noch am Leben wäre.«

»Aber nur ich kann ihn reiten«, protestierte Damaris schnell. »Er mag nur mich.«

»Genau«, gab ihr Celeste recht. »Er ist ein schlechtes Tier. Er ist unberechenbar und gefährlich. Wenn Nicholas ihn tatsächlich haben möchte, was ich stark bezweifle, werde ich ihn verkaufen.«

»Nein! Das darfst du nicht. Das lasse ich nicht zu«, widersprach Damaris, in Tränen aufgelöst. »Hoffentlich wirft er Nicholas ab! Er darf mir mein Pferd nicht wegnehmen! Ach, wäre er doch nie zurückgekommen«, heulte sie, rannte aus dem Zimmer und aus dem Haus. Eine Sekunde später wurde die Eingangstür zugeschlagen.

»Verzeihen Sie, *Mademoiselle*, ihr Benehmen ist unentschuldbar«, wandte sich Celeste an Mara. Sie war sichtbar wütend. »Wenn sie doch auch so wäre wie meine Nicole, die sich nur damit beschäftigt, welches Band sie sich in ihre Haare flechten soll.«

Mara lächelte leise. Ihr war ein kleiner Wirbelwind wie Damaris erheblich lieber.

»Paddy!« Sie hielt Paddy zurück, der Damaris folgen wollte. »Laß sie jetzt allein. Warum spielst du nicht ein wenig mit deinen Soldaten?« schlug sie vor. Paddy sah sie enttäuscht an, nickte dann aber und verließ das Zimmer.

»Nicholas erzählte mir, daß Sie die einzige Verwandte des Kleinen seien, nachdem sein Vater gestorben ist.« Celestes Stimme war sanft, und sie blickte liebevoll auf das Köpfchen ihres Sohnes hinunter. »Es ist lobenswert, daß Sie sich so um ihn kümmern, *Mademoiselle*. Nicholas erzählte mir auch, daß Sie in San Francisco festsaßen und er Sie nach New Orleans begleitete. Schade, daß Sie nicht im Frühling gekommen sind. In der warmen Sonne hätte sich Ihr Neffe viel schneller erholt. Aber es war richtig, daß Sie nicht gleich nach London weitergereist sind.« Celeste machte eine Pause und blickte Mara nachdenklich an. »Vielleicht bleiben Sie am besten ..., *non*, ich möchte mich nicht einmischen. Verzeihen Sie, *Mademoiselle*«, entschuldigte sie sich. »Es geht mich nichts an.«

Mara runzelte die Stirn. Offenbar hatte Nicholas versäumt, seiner Stiefmutter zu erzählen, daß sie Schauspielerin war. Sonst hätte sich Celeste wohl kaum so freundlich mit ihr unterhalten.

»*Mademoiselle*«, riß Celeste sie aus ihren Gedanken, »war das nicht eine Kutsche? Ich dachte, ich hätte eine gehört.«

»Soll ich nachsehen?« erbot sich Mara, stand auf und ging zu den großen Fenstern hinüber, durch die man auf die Auffahrt sah.

Mara beobachtete neugierig, wie die Kutsche, die Celeste gehört hatte, vor den Eingangsstufen hielt. Es war eine elegante Kalesche mit heruntergeklapptem Verdeck. Ein livrierter Sklave saß auf dem Kutschbock, der die beiden feurigen Braunen mit großem Geschick lenkte.

Ein junger Lakai sprang herbei und öffnete den Schlag für den einzigen Passagier in der Kutsche. Es war eine Frau in einer feingewebten Wolljacke und einem hellblauen Rock. Um ihre Schultern lag eine Pelzstola. Ihr Gesicht war schwer zu erkennen, denn es lag unter dem dünnen Schleier eines dunkelblauen Samthütchens, das keck auf ihrem hellblonden Haar thronte.

Den kleinen, mit Fransen verzierten Sonnenschirm über der Schulter drehend, verschwand sie über die Treppe aus Maras Blickfeld.

»Es ist eine Frau«, erklärte Mara Celeste, kehrte zu ihrem Platz zurück und setzte sich wieder.

»Ah«, murmelte ihre Gastgeberin, als hätte Mara nur ihre Vermutungen bestätigt.

»Madame Saint-Laurens«, kündigte der schwarze Butler an, der eben in den Salon getreten war.

»Celeste, Sie sehen gut aus heute morgen.« Madame Saint-Laurens kam, umgeben von einer Wolke schweren Parfums, in den Raum geschwebt. Ihr dünner Schleier flatterte hinter ihr her, so daß ihr feingeschnittenes Gesicht sichtbar wurde. Sie ist ganz bestimmt eine Schönheit, dachte Mara, die eine instinktive Abneigung gegen diese Frau empfand. Ihr gefiel der überhebliche Tonfall ebensowenig wie die selbstgefällige Art, in der die Frau ihre Handschuhe und Stola auf das Sofa warf, als wäre sie hier zu Hause.

Dann wurde Mara von durchdringenden hellblauen Augen gemustert, während sich die Frau eine Tasse Tee einschenkte.

»Amaryllis, dies ist Mademoiselle Mara O'Flynn, unser Gast.«

»*Mademoiselle*«, sagte Amaryllis kühl und nickte hoheitsvoll. In geradezu beleidigender Weise wandte sie sich sofort wieder Celeste zu.

Dies also war Amaryllis, die einst Nicholas' Herz in Händen hielt.

»Was kann ich für Sie tun, Amaryllis?« fragte Celeste höflich, aber distanziert. Sie wich Amaryllis' erheitertem Blick aus.

»Das fragen Sie *mich*?« Amaryllis' Selbstsicherheit begann zu bröckeln, da sie merkte, daß sich das Verhalten der älteren Frau ihr gegenüber geändert hatte. Sie warf einen vielsagenden Blick auf Mara und sagte: »Sollten wir das nicht lieber unter vier Augen besprechen?«

Aber Celeste schüttelte den Kopf. »Wir haben hier keine Geheimnisse voreinander. Was möchten Sie, Amaryllis?«

»Ich finde das keineswegs komisch«, erwiderte Amaryllis eiskalt. »Hoffen Sie, den Preis herauftreiben zu können, indem Sie so tun, als wüßten Sie nicht, was ich von Ihnen will? Dieses Spiel spiele ich nicht mit, Celeste. Entweder Sie akzeptieren mein Angebot für Beaumarais, oder Sie haben in kürzester Zeit die Gläubiger auf Ihrer Schwelle sitzen, und Beaumarais wird versteigert. Ich glaube, wir verstehen einander«, schloß sie geschäftsmäßig und zog einen Briefumschlag aus ihrem Muff. »Die Papiere sind schon vorbereitet. Sie brauchen nur noch zu unterschreiben.« Mit mühsam unterdrückter Ungeduld legte Amaryllis die Papiere auf den Tisch.

Nicholas ließ Hexer freien Auslauf, und der schwere Schlamm spritzte unter den Hufen des großen Hengstes in alle Richtungen. Er setzte über den Zaun und jagte dann den kleinen Hügel hinauf. Erst auf der Kuppe gebot Nicholas dem rasenden Lauf Einhalt. Er schaute auf den breiten Strom, der unter ihm in der Sonne glänzte. Davor erhob sich der rötliche Damm, von dem sein Vater in die Strömung gestürzt und ertrunken war. Mit einem Seufzer trieb Nicholas Hexer wieder an und ritt zum Flußufer. Er ließ das Pferd flußaufwärts traben, bis sie an die neu gezogene Grenze von Beaumarais kamen. Direkt an dem neuen Zaun, der jetzt die beiden Besitztümer trennte, hielt er an und schaute lange auf die Baumwollfelder, die sich dahinter erstreckten.

Dann wendete er Hexer und jagte quer über das brachliegende Land nach Beaumarais zurück. Nur kurz hielt er bei den Sklavenhütten an, die jetzt leerstanden. Die offenen Türen knarrten im Wind, und Hühner nisteten im Gebälk.

Nur in den Baracken direkt beim Haus lebten noch jene Haus- und Hofsklaven, die nicht verkauft worden waren. Die verlassenen Sklavenbehausungen und das brachliegende Land erzählten die Geschichte Beaumarais'. Es würde auf Beaumarais keine reichen Baumwollernten mehr geben. Die Sklaven, die dafür gebraucht wurden, waren fort, was Celeste ihm verschwiegen hatte.

Als Nicholas die schmale, ungepflasterte Straße zum Haupthaus entlangritt, fiel ihm erst richtig auf, wie heruntergekommen Beaumarais war. Wasserflecken verrieten, daß die Flut jedes Jahr höher gestiegen war, und um die Fundamente herum war das Erdreich eingesunken.

Nicholas stieg vom Sattel ab und sorgte persönlich dafür, daß Hexer abgesattelt und abgerieben wurde. Er ging über die Galerie zum Eingang, als ihm die Kutsche auffiel, die vor dem Haus stand. Das Stakkato seiner Reitstiefel verriet, daß er seinen Schritt beschleunigt hatte, als er eintrat. Ohne zu zögern betrat er den Salon.

»Ich fürchte, Celeste kann dir Beaumarais nicht mehr verkaufen, Amaryllis«, erklärte Nicholas ohne jede Begrüßung von der Tür her. »Ich bin der neue Besitzer, und ich bin an einem Verkauf nicht interessiert.«

Amaryllis schaute ihn verblüfft an. Die plötzliche Unterbrechung hatte sie vollkommen überrascht.

»Nicholas?« flüsterte sie leise, und ihre hellblauen Augen weiteten sich, als er auf sie zukam. Maras Finger verkrampften sich, als sie bemerkte, wie sich ihre Überraschung in etwas anderes verwandelte. Ihr Blick wanderte Zentimeter für Zentimeter über Nicholas' sonnengebräuntes Gesicht und seinen muskulösen Körper. Noch nie war Nicholas für Mara so attraktiv gewesen wie in diesem Augenblick – und so unerreichbar. Er stand mit der gelösten Haltung eines Mannes vor ihnen, der weiß, wohin er gehört.

»Zufrieden?« fragte er freundlich, während er Amaryllis mit fast beleidigender Vertrautheit anblickte.

»Du bist zurückgekommen.« Ihre Stimme klang erstickt, und ihre Überheblichkeit war wie weggewischt. Ohne den Blick von ihm zu wenden, ließ sich Amaryllis in das Sofa zurücksinken.

»Dir – dir gehört Beaumarais? Warum? Das verstehe ich nicht. Seit wann?« wollte sie wissen. Sie konnte ihre aufkeimende Wut kaum zügeln.

»Seit gestern nacht«, berichtete ihr Nicholas. »Ich dachte, es wäre das beste, wenn das Haus in der Familie bliebe.«

»Seit gestern nacht?« wiederholte Amaryllis mit bebender Stimme und schaute Celeste entgeistert an. »Mein Gott, Sie wußten, daß ich heute kommen würde, und trotzdem haben Sie hinter meinem Rücken verkauft?«

»Es geschah eigentlich nicht hinter deinem Rücken, Amaryllis«, antwortete Nicholas an Celestes Stelle, und Mara hatte den Eindruck, als klänge seine Stimme weicher, wenn er ihren Namen aussprach. »Immerhin steht mir Beaumarais eher zu als dir. Und«, fügte er mit einem zynischen Blick auf Celestes gesenkten Kopf hinzu, »ich habe dein erstaunlich niedriges Angebot verdoppelt.«

Seine Stimme klang gefährlich nachsichtig, und Amaryllis errötete schuldbewußt. »Die Plantage ist völlig heruntergekommen«, rechtfertigte sie sich, »und Celeste war froh, daß sie überhaupt ein Angebot bekam.« Amaryllis atmete tief durch. »Ich mußte heute morgen eine ganze Menge Überraschungen erleben und eine ziemliche Enttäuschung. Verzeih mir meine Direktheit, Nicholas«, sagte sie, während sie um ihre Fassung rang, »aber was zum Teufel tust du hier?«

»Philippe hat ihn gebeten, heimzukehren«, antwortete Celeste, die all ihren Mut zusammennahm. »In einem Brief schrieb er ihm, er wüßte nun, daß Nicholas François nicht getötet hätte.«

Amaryllis schaute Nicholas nachdenklich an, während sie diese Neuigkeit verdaute. »Ist das wahr, Nicholas? Dein Vater hat deine Geschichte doch noch geglaubt? Merkwürdig, nach so langer Zeit. Was hat er denn erfahren?« fragte sie ohne Umschweife.

Nicholas lächelte und schüttelte den Kopf, denn diese Befriedigung würde er ihr nicht gönnen. »Das ist eine Familienangelegenheit, Amaryllis. Aber keine Sorge, die Wahrheit wird bald publik werden«, köderte er sie. Er beobachtete genau ihre Reaktion.

»Nicholas ist ein reicher Mann.« Celeste konnte sich die Bemerkung nicht verkneifen. »Er war in Kalifornien, wo es den Goldrausch gibt.«

»So, so«, murmelte Amaryllis, erhob sich langsam und schlenderte zu Nicholas hinüber. Wenige Zentimeter vor ihm blieb sie stehen und sah ihm in die Augen. »Na, es ist mir ein kleiner Trost, daß ich Beaumarais ausgerechnet an dich verloren habe. Darf ich dich daheim willkommen heißen, Nicholas?« flüsterte sie verlockend. Ihr Blick verklärte sich, als sie ihre schlanke, manikürte Hand auf seinen Arm legte. Dann stellte sie sich auf die Zehenspitzen und drückte ihre Lippen auf seinen Mund.

Maras Finger krallten sich in die Stuhllehne, bis ihre Nägel Abdrücke in dem weichen Holz hinterließen. Sie mußte mitansehen, wie sich der blonde Kopf vor Nicholas schob.

Schließlich trat Amaryllis zurück und nahm betont langsam die Hand von seinem Arm, während sie ihn von unten herauf ansah.

Nicholas unterbrach als erster den Blickkontakt, und Amaryllis schien erstaunt, daß ihm das so leichtfiel.

»Hast du Mara O'Flynn schon kennengelernt?« fragte er scheinheilig und stellte sich demonstrativ neben Mara.

Amaryllis stutzte. »Ja, Celeste hat uns einander vorgestellt.« Doch als sie sah, wie Nicholas' Hand auf Maras Schulter lag, wußte sie, daß sie diese Frau falsch eingeschätzt hatte.

»Ich dachte, sie wäre Celestes Gast«, bemerkte Amaryllis, der inzwischen dämmerte, daß Mara zu Nicholas gehörte.

»Dachtest du? Mara und ich kennen uns seit einigen Jahren, und wir sind sehr eng befreundet«, sagte er nachsichtig und blickte liebevoll auf Maras Kopf hinunter. Der Blick bestätigte Amaryllis' schlimmste Befürchtungen.

Mara fing den Blick der blonden Frau auf, und sie begriff, daß sie von diesem Augenblick an eine Feindin hatte.

Nur mit Mühe fand Amaryllis die Fassung wieder. Nach einigen Sekunden lächelte sie. »Ihr müßt unbedingt zu meiner Party kommen, die morgen in Sandrose stattfindet. Ich möchte dich wieder in die Gesellschaft einführen, Nicholas. Celeste, Mademoiselle O'Flynn«, fügte sie höflich hinzu, »Sie werden uns doch ebenfalls Gesellschaft leisten?«

Celeste hatte sich schon wieder Jean-Louis zugewandt und blickte jetzt zweifelnd auf. »Ich weiß noch nicht. Eigentlich bin ich dazu immer noch nicht in der Stimmung, und außerdem ist die Trauerzeit noch nicht vorüber.«

»Ja, natürlich. Aber sorgen Sie dafür, daß Nicole und Etienne kommen. Ich habe ihn letzte Woche eingeladen, und er versprach mir zu kommen.« Sie legte sich die Stola wieder über die Schultern und hob dann Sonnenschirm und Muff auf. »Also, bis morgen abend – spätestens.« Ihr vielsagender Blick auf Nicholas war eine wortlose Einladung. Doch im Augenblick gab sie sich damit zufrieden, von ihm zur Kutsche begleitet zu werden.

Mara blickte den beiden nach. Sie konnte ihr Unbehagen nicht verhehlen. Nicholas hatte also Beaumarais gekauft. Er war heimgekommen, und er würde hierbleiben. Und hier war auch Amaryllis, die mindestens so schön war, wie Mara befürchtet hatte.

Sie stand auf. »Bitte entschuldigen Sie mich, Celeste, aber ich möchte mich ein wenig hinlegen«, sagte sie, als sie deren neugierigen Blick bemerkte.

»Aber natürlich, *Mademoiselle*«, antwortete Celeste. Sie hatte nichts von Maras innerem Aufruhr bemerkt, sondern widmete sich gleich wieder ihrem Sohn und seufzte erleichtert. Die entscheidende Auseinandersetzung mit Amaryllis war ausgestanden, und es war leichter gewesen, als sie gedacht hatte.

Mara war dankbar, daß es in ihrem Zimmer so still war, aber sie konnte sich trotzdem nicht entspannen. Rastlos lief sie auf und ab. Sie beschloß, nach Paddy zu sehen. Doch dessen Zimmer war verlassen, nur seine Soldaten standen noch in Schlachtordnung auf dem Fußboden. Mara kehrte in ihr Zimmer zurück, zog sich einen langen Mantel über, trat auf die Galerie hinaus und stieg dann über eine Seitentreppe zu dem kleinen Weg seitlich des Hauses hinab. Er wand sich durch den Garten, der früher einmal liebevoll angelegt worden sein mußte, jetzt aber vor Unkraut überwuchert war. Mara mußte ihren Rock hochheben, damit er sich nicht in dem Gestrüpp verfing, das auch über den Weg wuchs. Plötzlich fuhr ein Windstoß unter ihr Gewand. Als sie aufblickte, sah sie, wie sich am Horizont schwarze Wolkenberge auftürmten. Am Nachmittag würde es bestimmt regnen.

Mara setzte ihren Weg fort, bis sie aus dem Garten heraus war und vor einem niedrigen Gebäude stand. Es war architektonisch dem Haupthaus angeglichen, hatte aber nur ein Stockwerk. In diesem Moment wurde sie von Etienne entdeckt, der aus der Eingangstür trat.

»Mademoiselle O'Flynn!« rief er aus, und in seine Augen trat ein Leuchten.

»Verzeihen Sie, daß ich hier so einfach eindringe. Mir ist eben erst klargeworden, daß ich mich wahrscheinlich auf Ihrem Privatbesitz befinde«, entschuldigte sich Mara.

»Aber, ich bitte Sie. Ich freue mich doch, wenn ich von einer so bezaubernden Frau Besuch erhalte«, widersprach er ihr. Er legte seine Hand unter ihren Ellenbogen und geleitete sie zur Tür. »Bitte, ich möchte Ihnen meine Schätze zeigen. Sie werden doch eine Tasse Tee und ein Gläschen Sherry mit mir trinken, *non*?«

Die Einladung abzulehnen, brachte Mara nicht übers Herz, wies aber die angebotene Tasse Tee zurück, während sie ihn zu seinem Junggesellenquartier begleitete. »Ich habe eben Tee getrunken, vielen Dank.«

Etienne betrachtete sie aufmerksam. »So wie Sie das sagen, kann es nicht gerade angenehm gewesen sein.«

Mara lächelte, denn trotz seiner Höflichkeit konnte Etienne seine Neugier nicht verbergen. »Sie sind ein guter Beobachter, *Monsieur*.«

Etienne tätschelte ihre Hand und entschuldigte sich: »Verzeihen Sie, meine Liebe, aber das liegt weniger an meiner Beobachtungsgabe als an Ihrer Ausdruckskraft.«

»Es kam Besuch«, gestand Mara. »Eine Madame Saint Laurens.«

»Ach, Amaryllis!« Er schwieg eine Sekunde und warf Mara dann einen listigen Blick zu. »Eine höchst interessante Teegesellschaft. Amaryllis war bestimmt nicht erfreut, Sie zu sehen, *Mademoiselle*, ganz bestimmt nicht.«

Mara zog fragend eine Braue hoch.

»Weil sie, *ma chérie*, jede haßt, die schöner und« – er blinzelte keck – »jünger ist als sie. Ist sie auch Nicholas begegnet?«

Maras Lächeln erstarb. »Ja, aber ich glaube, ihr Wiedersehen war nicht ganz so erfreulich, wie es unter Umständen hätte sein können.«

»Ach ja.« Ein schadenfrohes Grinsen umspielte Etiennes Mund. »Sie hat zu ihrem großen Leidwesen entdeckt, daß Beaumarais bereits verkauft ist. Wie unangenehm für sie, nicht wahr?« Er kicherte. »Schade, daß ich diese Begegnung verpaßt habe. Ich hätte zu gern Amaryllis' Gesicht gesehen, als sie das *und* Nicholas entdeckte.«

»Sie freuen sich darüber?«

»Daß Nicholas Beaumarais gekauft hat? Aber natürlich, meine Liebe, denn das bedeutet, daß ich nicht hinausgeworfen werde. Wenn Amaryllis den Besitz erworben hätte, wäre das unweigerlich geschehen«, sagte er mit offenkundiger Erleichterung.

Mara erwiderte sein Grinsen mit einem Lächeln und schaute sich in seinem Salon um. Es war ein geschmackvoll eingerichteter Raum, dessen elegante Möbel, Gemälde und Kunstgegenstände, die Etienne auf seinen langen Reisen gesammelt hatte, in allen Farben leuchteten. Ein gefirnißter Ebenholzsekretär, eine mit Intarsien verzierte Kommode aus Atlas- und Rosenholz, deren brauner Lack Wärme ausstrahlte, ein Barocktisch mit vier Beinen in Form von Bronzestatuen und eine mit Blattgold belegte Konsole buhlten um die Aufmerksamkeit des Betrachters, während die schweren roten Vorhänge vor den Fenstern an Farbenpracht mit dem juwelengleichen Rot und Blau des Perserteppichs wetteiferten. Aber dann fiel Maras Blick auf einen zierlichen Lehnstuhl, dessen geschnitztes Gestell mit demselben Motiv bemalt war, das auch die Stickerei der Bezüge zeigte.

»Als ich diesen armen kleinen Stuhl kaufte, versicherte man mir, er habe einst Marie-Antoinette gehört«, erläuterte Etienne, als er Maras Interesse gewahr wurde.

»Er ist atemberaubend schön, Etienne«, erklärte Mara voller Bewunderung und Ehrfurcht.

»*Merci.* Ich wünschte, Sie könnten den Rest meiner Sammlung in Paris sehen. Dort besitze ich ein kleines Haus, in dem ich die meisten meiner Schätze aufbewahre.« Maras Bewunderung erfüllte Etienne mit Stolz.

»Heißt das, Sie besitzen noch mehr?« fragte Mara fassungslos. Ihr Blick schweifte über die Glasvitrinen, in denen sich geschnitzte Elfenbeinfiguren, reichverzierte orientalische Vasen und Drucke, zahllose Schachteln, Krüge, Schalen und Kerzenständer ein Stelldichein gaben.

»Meine Liebe, ich besitze so viel, daß ich das gesamte Haupthaus in Anspruch nehmen müßte, um alles aufzustellen«, lachte Etienne.

Mara lächelte. Etienne war wie ein kleiner Junge, der seinen Freunden seine Lieblingsspielzeuge vorführt.

»Ein andermal werde ich Ihnen auch noch meine Fächersammlung zeigen«, versprach Etienne. »Ich habe erst kürzlich einen erworben, der Katharina der Großen gehört hat«, vertraute er ihr an. »Kann ich Ihnen wirklich keinen Tee anbieten?«

»Nein, vielen Dank. Eigentlich war ich ja auf der Suche nach meinem Neffen Paddy. Er sollte in seinem Zimmer spielen, aber er ist einfach verschwunden«, antwortete ihm Mara. »Ich muß ihn suchen, vor allem, da es so aussieht, als würde es bald regnen.«

»Vielleicht kann ich Ihnen ja dabei helfen. Sollen wir einmal in den Stallungen nachsehen?« schlug Etienne vor und holte seinen Stock und seine Handschuhe. Er setzte sich den schwarzen Seidenzylinder auf und führte sie hinaus.

Paddy war tatsächlich im Stall. Mara hörte ihn kichern und fröhlich schwatzen. Sie folgten dem Geräusch und entdeckten ihn in der Ecke einer leeren Box. Alain lehnte an der Tür. Als sich Mara mit raschelnden Röcken näherte, drehte er sich um, schaute sie nachdenklich an und schüttelte den Kopf.

»Man könnte glauben, der Junge hat noch nie eine Hündin mit ihren Welpen gesehen«, bemerkte er verwundert.

»Das hat er wahrscheinlich auch nicht«, bestätigte Mara seine Vermutung. »Wir haben immer in der Stadt gelebt, und da wir soviel gereist sind, hat Paddy nie ein Haustier gehabt.«

Alain nickte verständnisvoll. »Rühr sie nicht an«, riet er Paddy, denn ein mißtrauisches Knurren tönte von unten herauf, »sonst beißt sie dir den Finger ab.«

Paddy machte einen Satz, als hätte die Hündin ihn tatsächlich gebissen. Seine dunklen Augen rundeten sich. »Ich wollte doch nur die kleinen Babys streicheln«, beschwerte er sich.

»Sie wacht eifersüchtig über ihren Wurf, und sie versteht nicht, daß du ihnen nichts Böses tun willst«, erklärte Alain. »Vielleicht möchtest du gern eine friedfertigere Mutter kennenlernen«, schlug er dann vor und führte sie durch den Stall bis zu einer sanftmütigen Stute und ihrem neugeborenen Fohlen. Alain hob Paddy hoch und setzte ihn auf den Rand der Box, so daß er, außer Reichweite von allen Hufen, hineinschauen konnte.

»Mara hat mir eben berichtet, daß heute morgen Besuch auf Beaumarais war«, sagte Etienne mit einem spröden Lächeln zu seinem Sohn.

»Madame Saint Laurens von Sandrose«, vermutete Alain richtig. Sein Blick spiegelte Etiennes Erheiterung wider, als würden sich die beiden über einen unausgesprochenen Scherz amüsieren. »Ich hätte meinen Jahreslohn gegeben, das miterleben zu dürfen.«

»Sie denken vielleicht, wir wären Amaryllis gegenüber sehr hart«, wandte sich Etienne an Mara, »aber unsere Begegnungen mit der jungen *Madame* waren in der Vergangenheit nicht immer angenehm.«

In diesem Augenblick nieste Paddy, und Mara schaute ihn besorgt an. »Komm jetzt, Paddy, wir sollten ins Haus gehen.«

»Och, bitte, Mara, ich will noch hierbleiben«, protestierte Paddy. »Mich hat nur das Stroh in der Nase gekitzelt. Bitte, Mara!« flehte er, ohne auch nur einmal den Blick von ihr abzuwenden.

»Machen Sie sich keine Sorgen, *Mademoiselle*«, beruhigte sie Alain. »Ich passe schon auf den Jungen auf.«

Mara zögerte kurz, aber als sie Paddys Blick auffing, brachte sie es nicht über sich, ihm seinen Wunsch abzuschlagen. »Na schön, aber in einer halben Stunde bist du im Haus.«

»Bitte seien Sie mir nicht böse, *Mademoiselle*«, entschuldigte sich Etienne, »aber ich möchte noch ein paar Worte mit Alain wechseln.«

»Nein, natürlich nicht, ich finde schon allein zum Haus zurück«, beruhigte Mara den alten Herrn. Dann warf sie Paddy noch einen mahnenden Blick zu, ihre Worte nicht zu vergessen.

Der Wind war stärker geworden. Ein Gewitter war im Anzug, und Windböen wirbelten den Staub auf, als Mara über den Hof zum Haupthaus zurückkehrte. Sie eilte die Treppe zur Galerie hinauf, den Kopf gesenkt, damit ihr Haar nicht in Unordnung geriet. Deshalb sah sie nicht, wie Nicholas hinter einer Säule hervortrat und eine Hand nach ihr ausstreckte.

Mara machte einen Satz, als sie seine starke Hand auf ihrer Schulter spürte. Sie schaute in sein Gesicht und fragte sich, was sich hinter dieser sonnengebräunten Maske wohl abspielen mochte.

»Du hast Beaumarais also gekauft«, begann sie lahm. Selbst in ihren Ohren klang es wie eine Anschuldigung.

»Ja, ich bin jetzt der Besitzer von Beaumarais«, antwortete Nicholas ruhig.

»Herzlichen Glückwunsch«, brachte sie schließlich heraus und rang sich ein mißlungenes Lächeln ab. »Und wann soll ich fahren?«

Nicholas' Brauen hoben sich überrascht. »Ich dachte, das hätten wir bereits besprochen?«

Mara seufzte. Offensichtlich wollte Nicholas ihr Schwierigkeiten machen. »Das war in New Orleans, bevor du Herr über Beaumarais wurdest. Dadurch hat sich alles verändert«, erläuterte sie ihm ruhig. Hoffentlich ahnte er nichts von ihren Ängsten, daß sich zuviel zwischen ihnen verändert haben könnte.

»So?« fragte Nicholas zweifelnd und streichelte ihre Wange. Wahrscheinlich, so vermutete Mara, weiß er, daß mein Herz schneller zu schlagen beginnt, wenn er mich berührt.

Mara raffte ihren ganzen Stolz zusammen und wich seiner Hand aus. »Ich dachte, du hättest jetzt andere Ambitionen?«

Nicholas lächelte gelassen. »Und in welcher Richtung?«

»Amaryllis«, antwortete Mara knapp.

»Ach, Amaryllis«, wiederholte er scheinbar verträumt. »Sie ist wirklich eine Schönheit, nicht wahr?«

Mara ballte die Fäuste. »Ja, das ist sie, wenn du dir aus solchen Frauen etwas machst«, beschied sie ihm kalt. »Aber ich lasse mich nicht dazu mißbrauchen, sie eifersüchtig zu machen.«

Nicholas' Augen wurden plötzlich schmal. »Du glaubst, ich brauche dich hier, um Amaryllis eifersüchtig zu machen? Du unterschätzt mich, wenn du glaubst, daß ich zu solch plumpen Methoden greifen muß, um eine Frau zu bekommen.«

»Ich habe dich einmal unterschätzt, Nicholas, aber das werde ich nie wieder tun«, widersprach ihm Mara bitter. Dann schluckte sie auch den letzten Rest Stolz hinunter, der ihr noch verblieben war, und warf sich an seine Brust. »Bitte, Nicholas, laß mich fahren. Es ist das Beste für alle Beteiligten.«

Schweigend blickte Nicholas in ihre goldenen Augen, die ihm ausnahmsweise klar und ohne jede Falschheit erschienen. Einen Moment lang fühlte er sich verunsichert, dann aber kehrte sein Mißtrauen zurück. War nicht ein triumphierender Glanz in Maras Augen getreten, als sie sein Zögern bemerkte? »Natürlich«, antwortete er ironisch, »braucht auch ein Mann mit meinen Fähigkeiten eine gewisse Zeit, um eine Frau zu verführen, und bis dahin«, erklärte er ihr in absichtlich leidenschaftslosem Tonfall, »mußt du weiter meine Geliebte spielen.«

Mara hob die Hand und wollte ihm eine Ohrfeige verpassen. Aber sie war so wütend, daß sie alle Kräfte verließen. Nicholas' Finger schlossen sich wie eine Klammer um ihr Gelenk, als er ihre Hand einige Zentimeter vor seiner Wange abfing.

»Du solltest dich einfach in dein Los schicken, Mara«, riet er ihr arrogant und beobachtete sie genau.

Mara wich seinem Blick aus, denn sie hatte das Gefühl, daß sie ihre Gedanken unmöglich vor ihm geheimhalten konnte. Als sie ihn wieder ansah, hatte sie sich ergeben in ihr Schicksal gefügt.

»Wie du willst, Nicholas«, antwortete sie vorsichtig. »Du hast gewonnen. Du bist der Herr hier, nicht wahr?«

Nicholas lächelte. »Wenn du das sagst, klingt es wie eine Beleidigung.«

»Ich behandle dich, wie du mich behandelst.«

Nicholas faßte ihr unters Kinn, damit er ihr tief in die Augen schauen konnte. »Ich frage mich, ob wir einander wohl je verstehen werden. Oder ob wir eines Tages sogar Freunde sein werden.«

»Freundschaft braucht Vertrauen, und wir trauen einander nicht«, antwortete Mara traurig. »Das werden wir wohl nie.«

»Wahrscheinlich hast du recht.« Einen Augenblick lang zeigte er aufrichtiges Bedauern.

»Darf ich jetzt gehen?« fragte Mara abrupt.

»In dein Zimmer?«

»Wohin sollte ich sonst gehen?« fragte Mara bitter zurück. Als er seinen Griff löste, marschierte sie schnell an ihm vorbei und verschwand ohne einen Blick zurück im Haus.

Mara strich über den weichen Samt des so erinnerungsträchtigen roten Kleides. Heute nacht würde sich alles um Amaryllis drehen, vor allem, wenn sie ihren Überraschungsgast vorstellte, den berüchtigten Nicholas de Montaigne-Chantale. Aber wenn Nicholas das rote Kleid sah, würde er an ihre gemeinsame Vergangenheit denken müssen. Eine Vergangenheit, die nur Mara mit ihm teilte.

Sie atmete tief ein, als Jamie das Kleid zuhakte.

»Ich weiß gar nich', warum Sie ausgerechnet dieses Kleid anzieh'n müssen. Sie haben doch so viele andere«, beklagte sich Jamie, während sie den letzten Haken durch die Öse schob. »Na ja, vielleicht isses besser, wenn Sie's heute anziehen, denn lange wird's Ihnen nich' mehr passen«, fügte sie schniefend hinzu.

Mara wirbelte herum und starrte die kleine Frau an. »Was soll das heißen?« fragte sie leise und versuchte ihr Unbehagen hinter einer hochmütigen Maske zu verbergen.

Aber Jamie ließ sich nicht einschüchtern. Sie faltete die Arme vor der Brust und antwortete mit sorgfältig einstudierter Entrüstung: »Glauben Sie, ich hab' keine Augen im Kopf? Himmel, ich glaub', ich seh' zur Zeit viel klarer als Sie«, schnaubte sie.

Mara seufzte und lachte dann. »Wie töricht von mir zu glauben, ich könnte solch ein Geheimnis vor Frau Adlerauge bewahren.« Mara lachte gutmütig. Die alte Frau war ihr eine treue Freundin und immer für sie da, wenn sie jemanden brauchte. »Anscheinend hat mir dein feiner Gentleman diesmal ein schönes Geschenk gemacht, Jamie. Bald wird alle Welt wissen, daß ich schwanger bin.« Mara strich mit zitternden Händen über den Samt auf ihren Hüften.

Jamie spürte Maras Unsicherheit und Angst. Sie runzelte die Stirn, tätschelte Maras Hand und sagte: »Regen Sie sich mal nich' auf. Master Nicholas wird schon alles richten. Er is' 'n guter Kerl, wirklich.«

Mara entriß ihr die Hand und schoß ihr Zornesblicke zu. »Fang bloß nicht an, mich zu bemitleiden. Das kann ich überhaupt nicht brauchen«, flüsterte sie gebrochen. »Mein Gott, wenn du mich schon bemitleidest, was wird dann Nicholas erst von mir denken? Eher sterbe ich, als daß ich sein Mitleid ertrage«, schwor sie. Sie packte Jamie bei den Schultern.

»Schwöre bei Maud O'Flynns Grab, daß du Nicholas kein Sterbenswort davon verraten wirst, versprich es mir, Jamie. Versprich es mir!«

Jamie schluckte nervös. »Wie Sie wünschen, Miss. Sie wissen, daß ich Ihnen noch nie was Böses getan hab'«, antwortete sie ihr ruhig. Ihr Blick wich nicht von Maras bebenden Lippen. Mara wandte sich ab, ging zum Fenster und starrte in die Dunkelheit hinaus.

Als Jamie sie so stehen sah, fiel ihr plötzlich das verletzliche kleine Mädchen ein, das in Paris an einem verdreckten Fenster gestanden und in den Regen hinausgestarrt hatte. Seine Mutter war an jenem Morgen gestorben. Damals hatten sie diese goldenen Augen flehend angeblickt, aber sie hatte dem vor Schmerz betäubten Kind keine der Antworten geben können, die es so dringend gebraucht hätte. Seit diesem Morgen war Mara O'Flynn nie mehr dieselbe gewesen.

Mara wandte sich vom Fenster ab. »Ich werde dafür sorgen, daß wir abreisen, bevor jemand von dem Kind erfährt. Es wird unser Geheimnis bleiben. Und wenn ich es später nicht mehr verheimlichen kann, macht das nichts mehr.«

Jamie kniff die Augen zusammen. »Was soll das heißen, wir werden abreisen? Würd' mich mal interessieren, wohin.«

»Macht das wirklich einen Unterschied?« fragte Mara müde. »Wahrscheinlich nach London. Und wenn ich dann immer noch schwanger bin, kaufe ich mir einen billigen Ring und gebe vor, eine arme irische Witwe zu sein. Dort kennt mich sowieso niemand. Vielleicht nenne ich mich sogar Mara Chantale. Klingt doch hübsch, findest du nicht?« wandte sie sich ironisch an Jamie.

»Und was soll das heißen, ›wenn ich dann immer noch schwanger bin‹?« bohrte Jamie mißtrauisch nach.

Mara wandte verlegen den Blick ab. »Schon viele Frauen haben ihre Kinder vor der Geburt verloren, oder nicht? Vielleicht kann ich gar keine Kinder kriegen?«

Jamie stemmte die Hände in die Hüften. »Bei Ihren Hüften und Ihren Brüsten würd' mich das sehr wundern.«

Mara wollte ihr gerade eine beißende Antwort geben, als Nicholas ohne anzuklopfen in den Raum trat, als wäre es sein Zimmer.

»Kommen Sie doch herein, *Monsieur*«, bat Mara ihn giftig. Sie ließ ihren Ärger jetzt an ihm aus. Jamie zog sich unauffällig zurück.

Nicholas hob eine Braue hoch. »Meine Güte, sind wir immer noch nicht besänftigt?« kommentierte er ungerührt.

Mara drehte ihm den Rücken zu und erwiderte seinen Blick im Spiegel. Die rosa Stickerei auf seiner Weste bildete den einzigen Farbakzent, sonst war er ganz in Schwarz und Weiß gekleidet.

Mara sah, daß er ein flaches Etui in der Hand hielt. Als er ihren fragenden Blick bemerkte, trat er hinter sie. Mara spürte seinen warmen Atem an ihrer Schläfe, dann seine weichen Lippen auf ihrer Haut. Sie zuckte zusammen, als sich kaltes Metall auf ihren Hals und ihren Busen legte.

Im Spiegel sah sie die Juwelen aufblitzen, dann starrte sie fassungslos auf das goldene Halsband mit Rubinen und Diamanten, das um ihren Hals lag. Fünf kostbar eingefaßte Steine glitzerten auf ihrer Haut. Das Collier besaß den schönsten Rubinanhänger, den Mara jemals gesehen hatte. Bevor sie ihre Sprache wiederfand, hatte Nicholas um ihre Handgelenke die passenden Armbänder gelegt und Ohrringe angesteckt.

»Der Familienschmuck, *ma petite*«, flüsterte er ihr ins Ohr. »Er gehörte einst meiner Mutter. Und um deine nächste Frage gleich zu beantworten, nein, Celeste wird das nicht stören. Sie hat ihn nie getragen. Sie hat ihren eigenen Schmuck. Dieser hier wurde von meinem Vater aufbewahrt und sollte an die Gattin eines seiner Söhne weitergegeben werden. Aber nachdem ich keine Gattin habe und eine wunderbare Frau kenne, die roten Samt trägt... nun, wann könnte sich eine bessere Gelegenheit ergeben?«

Mara drehte sich um, die Fingerspitzen auf die kalten Steine gelegt, die sich auf ihre Haut drückten. »Das verstehe ich nicht. Warum soll ich sie tragen?« fragte sie mit schwacher Stimme. Dann fiel ihr auf, wie gut die Rubine zu ihrem Kleid paßten, und sie schaute ihn mißtrauisch an. »Und woher wußtest du, daß ich Rot tragen würde? Ich hätte beinahe mein türkisfarbenes Kleid angezogen.«

Nicholas lächelte nachsichtig. »Ich glaube, ich kenne dich besser als du selbst, meine Liebe. Ich wußte, daß du mich mit diesem Kleid konfrontieren würdest, das eine so große Rolle in unserem Leben gespielt hat. Wenn du dich bedroht fühlst, holst du immer zum Gegenschlag aus. Und dieses rote Kleid symbolisiert für dich die Rebellion.«

Mara funkelte ihn wütend an, weil er eine Wahrheit aussprach, die sie nicht hören wollte. »Na und?«

Nicholas lachte. »Nun, wenigstens handelt es sich um ein schönes Kleid und nicht um ein Paar Lederhosen, in die du schlüpfst, wenn du mir deinen Ärger demonstrieren willst.« Seine Finger zeichneten die Kurve ihrer Brüste über dem Kleid nach. »Ich kann es kaum glauben, aber du wirst von Tag zu Tag schöner. Eigentlich sollte ich es leid sein, dich immer in diesem Kleid zu sehen, aber ich bin es nicht.« Er senkte die Lider und beugte sich zu ihr herab. Dann küßte er sie lange und innig. Mara hing an seinen Lippen, schlang die Arme um seinen Hals und gab sich ganz dem Brennen in ihrer Brust hin. Es schien so lange her, daß er sie das letzte Mal so tief und innig geküßt hatte, aber plötzlich fiel ihr ein, wohin ein solcher Kuß normalerweise führt – und in welche Lage Nicholas sie dadurch gebracht hatte, und Mara löste sich hastig aus seinen Armen.

Nicholas' irritierter Blick folgte ihrer samtgekleideten Gestalt durch den Raum. Ihm entging nicht, wie nervös sie ihre Handschuhe zusammensuchte und dabei ständig seinem Blick auswich.

»Ich weiß nicht, ob ich dich heute abend begleiten soll. Ich fühle mich eigentlich nicht wohl«, erklärte sie unvermittelt.

»Anscheinend bist du immer noch gereizt. Wir müssen uns einmal ausführlich darüber unterhalten. Ich erwarte dich in zehn Minuten unten«, bestimmte Nicholas sanft. Als sie nickte, schenkte er ihr einen letzten Blick und verließ das Zimmer.

Der Regen hatte nachgelassen, als die Kutsche von Beaumarais nach Sandrose über die kaum benutzte Verbindungsstraße zwischen den beiden Plantagen holperte. Celeste war zu Hause geblieben, hatte aber Nicole gestattet, die beiden zu begleiten. Sie trug ihr schönstes Kleid aus weißem Seidentüll, das mit kleinen Blumen bestickt war und von einer roten Schärpe zusammengehalten wurde, klopfte ständig ungeduldig mit ihren Tanzschuhen auf den Kutschenboden und schwatzte unermüdlich drauflos, ohne sich überhaupt bewußt zu sein, daß niemand ihr zuhörte. Etienne, der als ihr Begleiter mitkam, hockte griesgrämig in seiner Ecke und antwortete nur, wenn die Höflichkeit es absolut erforderte. Nicholas dagegen schwieg die ganze Fahrt über, bis die Kutsche vor Sandrose zum Halten kam.

Mara, die es zum erstenmal sah, erschien Sandrose wie eine riesige Krabbe, die aus den Sümpfen aufgestiegen war. Es thronte unförmig auf unzähligen Backsteinpfählen, und die blakenden Fackeln entlang der Auffahrt warfen gespenstische Schatten über die schmale, zweistöckige Fassade. Aus den vielen Balkontüren fiel Licht auf die Galerie vor dem Haus, und Fetzen fröhlicher Musik und Stimmengewirr schwebten von der hohen Veranda herab, die das Gebäude umgab.

Livrierte Lakaien flankierten die Treppe zum breiten Portal. Nicholas geleitete Mara hinauf. Sie warf ihm einen kurzen Blick zu, denn sie fragte sich, wie er wohl auf Amaryllis reagieren würde. Aber seine Miene war bis auf ein sardonisches Lächeln vollkommen undurchsichtig.

Mara wurde das Cape abgenommen, dann stand sie neben Nicholas im warmen Schein der Hunderte von Kerzen, die in den Wandleuchtern und den Kristallüstern über ihnen brannten. Eine breite Treppe, deren Geländer mit geschnitzten Kletterrosen verziert war, führte hinauf ins Obergeschoß. Kichernde, plaudernde Mädchen eilten hinauf und wieder hinunter, nachdem sie sich in ihren Zimmern frisch gemacht hatten.

»Nicholas!« Amaryllis kam in einem eleganten türkisfarbenen Kleid auf sie zugeschwebt und begrüßte sie mit kühler, förmlicher Stimme. Ihr goldenes Haar glänzte mit den Brokatfäden in ihrem Kleid um die Wette. Diamanten akzentuierten ihre weichen Locken, während das dazugehörige Collier und passende Ohrringe ihre blasse Haut schmückten. Plötzlich war Mara dankbar für die geliehenen Rubine.

»Ich habe mich schon gefragt, ob ihr euch verfahren habt, oder ob du vielleicht doch den Mut verloren hast.« Mit gespieltem Schmollen schob sie ihre Hand in Nicholas' Arm. »*Bon soir*, Etienne. Nicole, du siehst wirklich süß aus, mein Kind«, rief sie dann aus und beraubte letztere in Windeseile ihres Selbstbewußtseins. Neben Amaryllis wirkte sie wie ein Schulmädchen.

»Meine Gäste sterben beinahe vor Neugier, wer mein Überraschungsgast sein wird. Niemand weiß, daß du zurückgekehrt bist. Es wird ein phantastisches Erlebnis werden. Oh, du mußt Edward kennenlernen«, sagte sie plötzlich, als sie einen Mann bemerkte, der in der Tür stand und sie aufmerksam beobachtete. Auf ihre herrische Geste hin gesellte er sich zu ihnen. »Dies ist Edward Ashford, ein sehr guter Freund der Familie«, stellte sie ihn vor.

Er war kleiner und gedrungener als Nicholas und auch älter. Über seiner hohen Stirn wurde sein Haar bereits grau; in fünf Jahren würde er ein Doppelkinn besitzen. Aber seine braunen Augen blitzten fröhlich, als er sie mit breitem Lächeln begrüßte und Nicholas seine Hand entgegenstreckte. Doch Mara hatte den Eindruck, als würde das Blitzen ein wenig ermatten, nachdem er den Namen seines Gegenübers erfahren hatte.

»Nicholas de Montaigne-Chantale?« wiederholte er nachdenklich. »Von Beaumarais?« fragte er fast dümmlich. Mara fühlte einen Augenblick lang Mitleid mit diesem Mann, dem in diesem Moment klarwurde, daß er niemals gegen Nicholas um Amaryllis' Gunst würde konkurrieren können. Mara sah, daß ihm diese Erkenntnis schwer zu schaffen machte.

»Ja«, antwortete Nicholas fröhlich. »Hat Amaryllis Ihnen nicht erzählt, daß ich gerade noch rechtzeitig zurückgekommen bin, um sie davon abzuhalten, mein Heim zu kaufen? Ich fürchte, ich habe ihr große Unannehmlichkeiten bereitet.«

»Nein, das hat Amaryllis versäumt, mir zu berichten«, antwortete Edward Ashford langsam. »Aber ich bin auch eben erst aus New Orleans angekommen, und ich nehme an, daß sie das über all den Vorbereitungen für das Fest einfach vergessen hat.« Er zuckte mit den Achseln, aber er warf Amaryllis einen fragenden Blick zu.

»Ashford?« Nicholas überlegte eine Sekunde. »Der Bankier?«

Edward Ashford strahlte stolz. »Genau der. Letztes Jahr habe ich eine Filiale in Saint Louis eröffnet, und nächstes Jahr expandiere ich nach Natchez. Eines Tages werde ich flußauf, flußab präsent sein.«

»Sie sollten sich gut mit Nicholas stellen, Edward«, mischte sich Etienne mit einem verstohlenen Lächeln ins Gespräch ein. Dann erläuterte er: »Nicholas ist als reicher Mann aus Kalifornien zurückgekommen. Aber ich schätze, in Ihrer Bank haben Sie gar nicht genug Platz für all sein Gold, oder?«

»Sie kommen aus Kalifornien, Monsieur de Montaigne-Chantale?« hakte Edward mit unverhohlenem Interesse nach. Blitzschnell revidierte er seine Meinung über diesen Kreolen. Hier stand ein Mann vor ihm, der wirklich Geld in den Taschen hatte. »Über dieses Abenteuer würde ich mich gern mit Ihnen unterhalten, *Monsieur* – vor allem, wenn Sie wahrheitsgetreu und ohne allzu große Übertreibungen berichten.« Ein leidendes Lächeln erschien auf seinem Gesicht. »Seit über zwei Jahren versuche ich meinem kleinen Bruder diese Reise nach Kalifornien auszureden.«

»Ich fürchte, das muß jeder Mann für sich selbst entscheiden«, antwortete Nicholas ihm trocken. »Denn den Durst nach Gold und Abenteuern kann man nicht mit Worten löschen.«

»Nun, Sie müssen sich trotzdem einmal mit ihm unterhalten«, widersprach Ashford. »Und bitte nennen Sie mich doch Edward«, bat er mit einem breiten Grinsen. »Hoffentlich bietet sich uns einmal eine geeignete Gelegenheit, Ihre finanzielle Situation zu besprechen. Vielleicht sind Sie an einigen Investitionen interessiert. Und natürlich werden Sie«, fügte er hinzu, als sei es ihm eben erst eingefallen, »ein Konto eröffnen wollen, wenn Sie eben erst nach Louisiana zurückgekommen sind. Ich glaube, wir beide könnten zu einer beiderseits befriedigenden Übereinkunft kommen.«

»Bitte, Monsieur Ashford«, antwortete Nicholas kühl, »ich möchte unsere Gastgeberin und die Damen nicht beleidigen, indem ich mich jetzt über Geschäfte unterhalte. Ich glaube, Nicole wird allmählich ungeduldig. Sie sieht all ihre Freundinnen nebenan bereits tanzen. Lassen Sie uns zu den anderen gehen«, bestimmte er und ließ keinen Zweifel daran, daß er kein Wort mehr über Geschäfte hören wollte.

»Ach, Edward, du hast Mademoiselle O'Flynn ja noch gar nicht kennengelernt.« Amaryllis bemühte sich, die Situation zu entspannen, aber ihre blaßblauen Augen waren hart wie die Diamanten um ihren Hals. Jetzt erst hatte sie die Rubine bemerkt, die Mara trug.

»Nein, ich hatte das Vergnügen noch nicht, *Mademoiselle*«, erwiderte Edward und beugte sich galant über ihre Hand, wobei er eine Sekunde zu lang verharrte.

Amaryllis runzelte mißbilligend die Stirn. Sie erblickte einen attraktiven Mann, der eben auf die kleine Gruppe zukam, und mit einem zufriedenen Lächeln, das sich zu einem gewinnenden Strahlen verbreiterte, griff sie seinen Arm und stellte ihn Mara vor.

»Darf ich Ihnen Edwards Bruder Carson Ashford vorstellen?« verkündete sie und manövrierte ihn direkt neben Mara. »Dies ist Mara O'Flynn. Sie kommt gerade aus Kalifornien. Sie müssen sie überreden, Ihnen alles zu erzählen. Und wenn Sie mich jetzt entschuldigen wollen, aber ich möchte Nicholas meinen anderen Gästen nicht länger vorenthalten. Komm, *mon cher*.« Amaryllis löste die Gruppe auf und ließ Mara mit Carson Ashford allein zurück.

»Ach, und eben habe ich den alten Edward noch beneidet«, sagte er mit einem schmierigen Grinsen und gierigem Blick. »Aber neben Ihnen verblaßt sogar Amaryllis. Kommen Sie tatsächlich aus Kalifornien? Ich habe gehört, dort gibt es nicht allzu viele Frauen. Ohne Ihnen nahetreten zu wollen, *Mademoiselle*«, sagte Carson mit einem gehässigen kleinen Grinsen, »Sie sehen nicht gerade wie eine Pionierfrau aus. In wessen Begleitung sind Sie eigentlich heute hier, *Mademoiselle*«, erkundigte er sich neugierig. Er ließ sie keine Sekunde aus den Augen und zeigte ihr damit, daß er liebend gern heute abend ihren Begleiter spielen würde.

»Mit dem Herrn dort drüben«, antwortete Mara lässig und machte eine Kopfbewegung in Nicholas' Richtung.

Carson blickte sich sorglos um, aber als er in Blickkontakt mit den grünen Augen kam, die ihn wie Dolche über den ganzen Raum hinweg durchbohrten, entwichen Mut und Aufschneiderei aus ihm wie heiße Luft aus einem Ballon.

Während er sich überlegte, was er jetzt tun sollte, wanderte Mara einfach davon und mischte sich unter die Gesellschaft, die sich über die Zimmer verteilte.

Obwohl Sandrose nicht so schön und elegant war wie Beaumarais, war es viel besser erhalten. Die in hellen Farben leuchtenden Teppiche waren offensichtlich neu. Die Tapeten waren noch nicht verblaßt. Alles im Raum zeugte von Reichtum. Doch trotz seiner Eleganz strahlte es keine Wärme aus. Exotische Blumen standen in Vasen auf den Tischen und Kaminsimsen und verströmten ihren Duft in die parfumgeschwängerte Luft. Gegenüber der Eingangshalle sah Mara im Ballsaal tanzende Paare, die sich zu einem langsamen Walzer bewegten. Mara selbst gab sich damit zufrieden, die Häppchen zu probieren, die von befrackten Dienern herumgereicht wurden, an ihrem Champagner zu nippen und mit dem objektiven Auge eines unbeteiligten Beobachters all die kleinen Dramen zu verfolgen, die sich hier abspielten. Sie hatte eben eine kleine, heiße, mit Austern gefüllte Pastete verspeist, als jemand an ihre Seite trat. Sie blickte auf und sah Nicholas, der sie anlächelte.

»Du scheinst dich ja wirklich zu amüsieren, meine Liebe«, erklärte er leise.

»Ich bin dir wirklich dankbar, daß du mich hierher mitgenommen hast. Ich habe mich schon immer gefragt, wie sich wohl die wirklich Reichen vergnügen«, antwortete Mara ironisch. »Ich glaube, diese Erfahrung wird mir sehr helfen, wenn ich wieder einmal eine Dame der feinen Gesellschaft spielen muß.«

»Du könntest einigen dieser Damen eine Lektion in Anstand und feinem Benehmen geben«, lachte Nicholas.

Mit Nicholas an ihrer Seite wurde sich Mara plötzlich der neugierigen Blicke bewußt, die man ihnen mehr oder weniger diskret und mehr oder weniger freundlich zuwarf. »Liegt das vielleicht an meinem Kleid?« fragte Mara.

Nicholas starrte sie einen Augenblick lang ausdruckslos an, bevor er verstand. Er folgte ihrem erheiterten Blick zu einer Dame mittleren Alters, die vor Entrüstung bebte und Nicholas mit hoheitsvoller Verachtung musterte.

»Ich fürchte, mein Liebling, daß nicht alle Menschen so leicht vergeben. Ein paar der Nachtragenderen sind heute hier versammelt.« Nicholas erwiderte den Blick der indignierten Dame, die schamrot anlief.

»Aber sie müssen dir vergeben, wenn sie erfahren, daß dein Vater dir verziehen hat«, versicherte ihm Mara. Sie hoffte, daß ihn das Verhalten der anderen Gäste nicht allzusehr verletzte.

Nicholas legte seine Hand auf ihre und erklärte lächelnd: »Sie würden mir auch dann nicht verzeihen, wenn ich ihnen den wahren Mörder mit Handschellen hereinschleppen würde. Sie ziehen es vor, das Schlechteste von mir zu denken. Das macht mich zu einem viel interessanteren Gesprächsthema. Komm«, wechselte er abrupt das Thema. Er stellte ihr Champagnerglas auf einem Tablett ab und zog sie hinter sich her aus dem Raum. »Wir wollen ihnen neuen Gesprächsstoff liefern.« Er nahm Mara in die Arme, und engumschlungen mischten sie sich unter die anderen Tänzer. »Sollen sie sich zur Abwechslung doch einmal über deine schlanken Fesseln unterhalten und über die schockierende Art, wie ich dich festhalte.« Nicholas lachte und wirbelte Mara durch den Ballsaal, bis sich ihr Samtkleid hochwölbte und ihre Waden entblößte.

Um Mitternacht wurde auf einem riesigen Eichentisch mit einer rosafarbenen Damastdecke das Essen serviert. Ein silberner Tafelaufsatz in der Mitte des Tisches trug ausgewählte Blumen und Süßigkeiten. Auf einer Anrichte türmten sich Teller und Besteck, während sich der Tisch unter den angebotenen Speisen bog: silberne Schüsseln mit Salat, Suppenterrinen, riesige Platten mit ganzen Truthähnen, Roastbeef, Rindfleisch, Schüsseln und Schalen mit Gemüse und Soßen sowie eine reichhaltige Auswahl feiner Käsesorten. Sollten die Gäste dann immer noch Hunger haben, warteten Kuchen, Torten mit dickem Zuckerguß, cremige Süßspeisen und Berge von Eiskrem auf sie. Champagner und Wein flossen in Strömen.

Nachdem man gespeist hatte, stimmte das Orchester eine fröhliche Weise an, und der Tanz ging weiter bis zum Morgengrauen.

Einige Zeit später trat Mara auf die Galerie, um ein bißchen frische Luft zu schnappen. Sie hatte Nicholas seit dem Essen nicht mehr gesehen. Sie fragte sich, wie lange er wohl noch bleiben wollte, und hoffte, daß er nicht noch die traditionelle Suppe und den Morgenkaffee abwarten wollte.

Mara seufzte und wollte wieder hineingehen, da es ziemlich kalt und feucht war und sie kein Tuch bei sich hatte. Sie erinnerte sich, Etienne im Salon gesehen zu haben, und beschloß, sich zu ihm zu gesellen, als sie Stimmen durch die halb geöffnete Tür hinter ihr dringen hörte.

»Es ist ein absoluter Skandal, meine Liebe. Können Sie sich das vorstellen? Nach all den Jahren wieder aufzutauchen!« beschwerte sich eine zickige Stimme.

»Er ist ein hübscher Teufel, nicht wahr, Marie?«

»Man könnte es fast meinen. Aber das ist ja schließlich keine große Überraschung, oder?« Marie kicherte. »Denn nur ein Teufel würde seinen eigenen Bruder erschießen. Ich hätte nicht gedacht, daß er sich traut, zurückzukommen. Aber er hat sich schon immer unmöglich aufgeführt, meine Liebe. Na, diesmal wird er es nicht so leicht haben«, verkündete sie zufrieden. »Nicht für alle ist seine Tat vergeben und vergessen. Die Fouches schneiden ihn und die Bruniers auch. Sie sind seinetwegen sogar früher gegangen. Sie erinnern sich noch gut an ihn, das können Sie mir glauben.«

Wie recht hatte Nicholas doch gehabt. Was immer er auch tat, sie würden ihm nicht vergeben.

»Natürlich behauptet Amaryllis, daß sein Vater, der alte Philippe, ihn heimgeholt hat, aber wer will das schon so genau wissen? Er ist tot. Außerdem war er in den letzten Jahren sowieso ein bißchen komisch. Haben Sie gehört, daß Nicholas Celeste Beaumarais abgekauft hat? Es ist unerhört.«

»Und was sagt Amaryllis dazu?«

Mara neigte den Kopf, um besser mithören zu können, den wider Willen fesselte sie dieses Gespräch.

»Na, ich weiß nicht recht. Wenn nicht ausgerechnet Nicholas ihr diesen Streich gespielt hätte, würde ich sagen, daß sie sich mit Mordgedanken trägt, aber...«

»Ganz genau«, fiel ihr die andere Frau ins Wort, und Mara konnte sich gut vorstellen, wie die beiden vielsagende Blicke tauschten. »Wir wissen alle, was sie einmal für ihn empfunden hat. Sie waren ein Liebespaar, müssen Sie wissen. Ja, da bin ich ganz sicher. Jetzt ist er zurück, und beide sind noch ledig...«

»Eigentlich steht ihrer Verbindung nichts mehr im Wege.«

»Vielleicht diese dunkelhaarige Schönheit in dem roten Samtkleid, die ihn heute begleitet und die zur Zeit auf Beaumarais Gast ist«, widersprach Marie affektiert. »Amaryllis war sichtlich schockiert. Wie ich gehört habe, trägt sie seinen Familienschmuck.«

Mara berührte unwillkürlich die Kette um ihren Hals und wurde rot.

»Eigentlich sollte ja heute abend Amaryllis' Verlobung mit Edward verkündet werden. Immerhin, meine Liebe, zahlt *er* für diesen Abend, sogar für das Kleid, das Amaryllis trägt. Bestimmt erwartet er von dieser Investition eine gesunde Rendite«, meinte Marie zynisch.

»Ich an seiner Stelle würde nicht solange stillhalten. Ich habe eben gesehen, wie Amaryllis und dieser Teufel nach draußen gegangen sind, und so wie sie sich den ganzen Abend über angesehen haben...«

Mara trat zurück und wünschte auf einmal, sie hätte nicht gelauscht. Schnell entfernte sie sich über die dunkle Galerie. Als sich etwas vor ihr bewegte, zog sie sich noch tiefer in den Schatten zurück. Sie zitterte vor Kälte, aber sie mußte einfach verharren und mit ansehen, wie sich der große Schatten nicht weit von ihr in zwei Menschen teilte. Die beiden Silhouetten traten in das Licht, das aus einer Balkontür fiel, und das Kleid der Frau begann türkis zu leuchten. Die große Gestalt blieb weiterhin dunkel, denn sie war ganz in Schwarz gekleidet. Nur eine Sekunde lang sah Mara ihr Gesicht, als der Mann in ihre Richtung blickte und das Kerzenlicht auf jene scharf geschnittenen Züge fiel, die sie so liebte.

Als Mara kurz darauf in den Ballsaal trat, schwebten die Paare mit langen, gemessenen Schritten durch den Raum. Einen Augenblick später wurde sie von dem allzeit bereiten Carson Ashford erspäht. Mit einer großartigen Geste überreichte er ihr ein Glas Champagner, als wäre es sein Herz.

»Ich hoffe, Ihnen heute abend noch ein Lächeln entlocken zu können, *Mademoiselle*«, sagte er leise, den Blick unverwandt auf ihre weichen Lippen gerichtet. Er schluckte vor Überraschung, als sich der Mund zu einem halben Lächeln verzog, das ihn ebenso verzauberte wie die goldenen Augen, die ihn jetzt ansahen.

»Wie könnte ich jemandem widerstehen, der so freundlich ist wie Sie, *Monsieur*«, antwortete Mara mit einem warmherzigen Blick.

»Ich wäre gern mehr als nur freundlich, *Mademoiselle*«, brachte Carson heraus, und sein Blick wanderte über die verlockende Schwellung ihrer Brüste unter dem roten Samt.

»Bitte, wenn wir Freunde werden wollen, müssen Sie mich Mara nennen«, beschied sie ihm mit einem verführerischen Lächeln.

»Mara«, wiederholte er dumpf, und seine Augen glänzten aufgeregt. Die Erregung stieg ihm so sehr zu Kopf, daß er unvermittelt ihre Wange streichelte. »Würden Sie mit mir tanzen, Mara?«

Mara deutete ein Nicken an. Sie stellte ihren Champagnerkelch ab, ohne auch nur einen Schluck getrunken zu haben und überließ sich seiner Umarmung. Dann mischten sie sich unter die Tanzenden.

Nicholas sah die beiden an sich vorbeitanzen, und sein Blick wich keine Sekunde von der Gestalt in rotem Samt, deren schlanke Fesseln immer wieder unter dem Kleid hervorblitzten. Nicholas hatte die intime Geste bemerkt, derer dieser liebeskranke Trottel sich nicht entblödet hatte, und spürte eine schwer erklärbare Wut in sich. Als Mara den rotgesichtigen Carson Ashford anlächelte, sah er wieder die alte Verführerin vor sich, die gerade dabei war, ein weiteres, armes, unschuldiges, verliebtes Männerherz zu brechen.

Nicholas entdeckte den blondgelockten Kopf Amaryllis'. Sie war immer noch eine sehr schöne Frau. Er hatte sie die ganzen Jahre über nicht vergessen und sich bisweilen sogar vorgestellt, wie es wäre, mit ihr zusammenzusein. Aber jetzt, da er hier war und seine Gedanken in die Tat umsetzen konnte, wurde ihm klar, daß Amaryllis ihn kalt ließ. Was er als junger Mann bezaubernd und attraktiv gefunden hatte, erregte ihn nun nicht mehr.

Mara O'Flynns feiner Geruch war in seiner Erinnerung stärker als das betäubende Parfum von Amaryllis. Wenn er Amaryllis küßte, fühlte er nichts von der süßen Betäubung, wie wenn er Mara liebkoste. *Liebte* er Mara vielleicht? Was für eine Waffe würde Mara einsetzen, wenn sie ahnte, daß er ihr verfallen war wie all die anderen Narren.

Nicholas schüttelte den Kopf. Sie durfte es nie erfahren. Er wäre verrückt, wenn er sich ihr so auslieferte. Denn wie sollte er je wissen, was sie wirklich für ihn empfand? Würde sie sich nicht an ihm rächen, wenn er ihr seine Gefühle offenbarte? Was immer sie auch sagen würde, er müßte an ihren Worten zweifeln.

Entschlossen bahnte er sich einen Weg durch die tanzenden Paare bis zu Mara und ihrem entflammten Bewunderer, und mit einem leichten Klopfen auf die Schulter des kleineren Mannes löste er diesen ab und entführte Mara, bevor Carson auch nur ein Wort einwenden konnte.

»Du scheinst ja schon wieder ein Schoßhündchen gefunden zu haben, um dich zu amüsieren, meine Süße«, sagte Nicholas leise und legte seine Arme fester um sie. Er zog sie dichter an sich, als es selbst bei einem Walzer angebracht war.

Mara blickte zu seinem markanten Profil hinauf. »Ich amüsiere mich nicht mehr als die kleine Katze, die du den ganzen Abend streichelst«, gab sie zurück, denn sie hatte immer noch nicht verdaut, was sie eben beobachtet hatte.

Nicholas schaute zu ihr hinunter. »Eifersüchtig? Ich glaube, ich muß mich vor deinen Krallen mehr in acht nehmen als vor Amaryllis'.«

Mara wandte den Blick ab, denn so leicht ließ sie sich nicht ködern. »Red keinen Unsinn. Mir müßte etwas an dir liegen, wenn ich eifersüchtig sein sollte, und da mir deine Küsse gleichgültig sind und ich mich auch nicht extra in eine Schlange stelle, um mich von dir küssen zu lassen, ist die ganze Idee lächerlich.«

Beinahe wäre sie gestrauchelt, denn Nicholas schwang sie plötzlich herum, und seine Hand schloß sich wie eine Schraubzwinge um ihr Handgelenk, während sich die andere in ihre Taille grub. Mara warf ihm einen wütenden Blick zu, war aber wehrlos. Insgeheim fragte sie sich, warum er so merkwürdig reagierte. Dann blickte sie über ihre Schulter und sah Amaryllis in Edward Ashfords Armen tanzen. Bestimmt war Nicholas eifersüchtig, da er mit ansehen mußte, wie sie den reichen Amerikaner anlachte.

Der Morgen brach bereits an, als sie sich, Amaryllis' Bitten zum Trotz, doch noch zum Frühstück zu bleiben, auf den Heimweg machten.

Beaumarais lag immer noch in Dunkelheit, als sie vor dem Portal hielten. Etienne hatten sie vor seinem Quartier abgesetzt. Kaum war die Kutsche zum Stillstand gekommen, wurde die Haustür geöffnet, und warmer Lichtschein empfing sie. Der Butler hatte die Heimkehrenden geduldig erwartet.

»Geh zu Bett, Daniel«, befahl Nicholas dem grauhaarigen alten Mann, der trotz der späten Stunde noch strammstand. »Und schick die anderen auch schlafen. Wir brauchen sie nicht mehr.«

Daniel nickte, und Mara glaubte, eine Spur von Erleichterung auf seinem Gesicht zu sehen. Aber wie Jamie würde er niemals zugeben, daß er müde war. Nur Nicole war immer noch putzmunter und eilte die Treppe hinauf, die Melodie eines Walzers auf den Lippen.

»Oh, *Mademoiselle*!« rief sie, ohne auf die Schlafenden im Haus Rücksicht zu nehmen. »Ich habe gar niemanden, der mir beim Auskleiden behilflich ist. Würden Sie mir bitte helfen?« Sie hob beschwörend die Hand.

Mara seufzte. Sie verließ Nicholas und ging Nicole nach.

»Ach, *Mademoiselle*, es war großartig, *n'est-ce pas*?« schwärmte Nicole. Sie tanzte durch das Zimmer, das sie mit Damaris teilte, deren roter Haarschopf unter der Seidendecke hervorleuchtete. »Ich werde auch so phantastische Parties geben, wenn ich erst einmal Hausherrin bin. Hier finden ja kaum noch welche statt. Aber früher war Beaumarais berühmt für seine Bälle und Picknicks.«

Mara befreite die schwatzende Nicole aus ihrem Kleid, ohne auf ihr Geplapper einzugehen. Aber bevor sie aus dem Zimmer ging, warnte sie Nicole noch, sich bald schlafen zu legen, damit ihre Schönheit nicht unter dem ausschweifenden Nachtleben litt. Als sie die Tür hinter sich schloß, sah sie, wie sich Nicole eilig in ihr Nachthemd kämpfte und dabei besorgt in den Spiegel blickte.

Erst als Mara bei ihrem eigenen Zimmer angekommen war, fiel ihr ein, daß sie selbst jetzt ebenfalls niemanden hatte, der ihr beim Auskleiden helfen konnte. Sie wollte Jamie nicht wecken. Mara wollte gerade die Tür öffnen, als ihr eine sonnengebräunte Hand zuvorkam und Nicholas die Tür für sie aufdrückte. Dann machte er einen Schritt zur Seite, um ihr den Vortritt zu lassen.

Mara blieb in der Tür stehen und schaute ihn fragend an.

»Es ist schon spät«, sagte Nicholas ruhig.

»Das weiß ich bereits, *Monsieur*, deshalb gute Nacht«, erwiderte Mara ebenso ruhig und schwebte an ihm vorbei in den Raum.

»Hast du vor, in dem verdammten Kleid zu schlafen?« wollte Nicholas wissen. Er folgte Mara und schloß die Tür hinter sich.

Mara drehte sich überrascht um. Seinem Tonfall nach schien er auf einen Streit aus zu sein.

»Ich bin müde, Nicholas, und ich habe keine Lust, mich jetzt mit dir zu streiten. Hilf mir oder laß es bleiben, aber ich gehe jetzt zu Bett.«

»Genau das«, erwiderte Nicholas sehr leise, »hatte ich auch vor.«

Mara spürte, wie er ihr Kleid aufhakte und dann den Verschluß des Rubincolliers öffnete. Mara legte die Ohrringe und das Armband ab, drehte sich um und reichte ihm beides. »Vielen Dank, Nicholas. Es war mir eine Ehre, sie heute abend tragen zu dürfen«, sagte sie aufrichtig.

Nicholas deutete ein Nicken an, dann verließ er das Zimmer, ohne ihr auch nur gute Nacht zu wünschen. Mara biß sich auf die Lippen, dann zog sie sich schnell aus und bürstete ihr Haar, bis es in weichen Wellen über ihre Schultern fiel. Sie musterte eingehend ihr Spiegelbild, dann stand sie auf, ging barfuß an die Balkontür und zog die schweren Vorhänge zurück. Draußen war es jetzt tiefschwarz. Ein Blitz zuckte durch den Himmel, dann folgte ein grollender Donner. Mara schauderte. Sie ließ den Vorhang wieder zufallen, löste den Gürtel ihres Schlafrocks und legte ihn über eine Stuhllehne, um dann ins Bett zu kriechen. Die kalten Laken ließen sie wieder schaudern.

»Soll ich dich wärmen, meine Süße?« fragte Nicholas leise aus der Dunkelheit. Im gleichen Augenblick war er auch schon neben ihr. Sein Körper drängte sich an sie und wärmte sie, wie er es versprochen hatte.

»Nicholas«, murmelte Mara überrascht, als sie seinen warmen Atem im Gesicht und seine Hände auf ihren Brüsten und Hüften spürte. »Ni–« setzte sie noch einmal an, doch er erstickte ihre Worte mit seinen heißen Lippen.

»Meine Küsse sind dir also gleichgültig?« flüsterte er, als er seinen Mund von ihrem löste. Seine Hände wanderten über ihren Körper, fuhren durch ihr langes Haar, spielten mit den seidigen Strähnen, während er ihr Gesicht mit Küssen bedeckte, ihre Augen mit seinen Lippen versiegelte und sie auf den Wogen der Sinnlichkeit davontrug.

Das Feuer im Kamin glomm nur noch schwach, als Mara in das graue Licht der Dämmerung blickte. Nur Nicholas' tiefer regelmäßiger Atem neben ihr war zu hören, und sein Kopf lag schwer auf ihrer Brust. Sie rieb ihre Wange an seinem Haar, und als sie sich bewegte, spürte sie seinen Körper an ihrem.

»Ich liebe dich so, Nicholas«, flüsterte Mara, und ihre Lippen senkten sich auf sein Haar, bevor ihr die Lider zufielen und sie in einen unruhigen Schlummer sank.

Nicholas schob seinen Stuhl zurück und streckte sich. Dies war die letzte Schublade im Schreibtisch seines Vaters gewesen, und er hatte weder das Tagebuch noch ein Testament gefunden. Er stand auf, stellte sich ans Fenster und blickte hinaus auf den nassen Rasen. Früh am Morgen hatte der Regen eingesetzt und fast den ganzen Tag über angehalten, aber jetzt rissen die Wolken im Süden auf.

»Onkel Nicholas?« Paddy stand schüchtern an der Tür.

Nicholas lächelte, als er sich umdrehte: »Ja?«

»Darf ich meine Soldaten bei dir aufbauen? In meinem Zimmer kann ich nicht spielen, da wischen sie die ganze Zeit Staub und kichern und reden«, schilderte Paddy entrüstet.

»Mach nur«, gestattete ihm Nicholas. »Ich bin fertig, aber geh nicht an den Schreibtisch«, warnte er, als Paddy ins Zimmer gelaufen kam, die Schachtel mit seinen geliebten Soldaten unter dem Arm.

»Versprochen!« antwortete Paddy begeistert, fiel auf die Knie und begann seine Armeen aufzustellen.

Nicholas verließ das Zimmer und trat in die Eingangshalle, um sich einen Brandy zu genehmigen, als er Gelächter hörte. Da er die Stimme erkannte, schlenderte er weiter in den Salon. Mara saß neben Etienne auf dem Sofa, eine Tasse Tee an ihren Lippen, die er in der vergangenen Nacht erst liebkost hatte. Nichts erinnerte mehr daran, daß er sie besessen hatte, und plötzlich irritierten ihn ihre Kühle und Unverletzlichkeit. Sie wirkt unschuldig wie eine Nonne, dachte Nicholas, als er sie so bescheiden in ihrem grausilbernen Wollkleid auf dem Sofa sitzen sah.

»Ich habe Mara gerade erzählt, wie Lady Annabelle einmal zuviel trank und in den Canale Grande in Venedig fiel. Niemand vermißte sie, und so fuhr die Gondel einfach ohne sie weiter. Zum Glück kam eine andere Gondel, ehe sie ertrinken konnte, und so wurde sie gerettet. Nur war es eine Lastgondel voller Gemüse und Tiere, die auf dem Markt verkauft werden sollten. Was für ein Anblick!« Etienne kicherte, als er daran zurückdachte. »Sie war so ein fürchterlicher alter Haudegen, und nach diesem Erlebnis konnte ihr niemand mehr ins Gesicht schauen, ohne an all diese Schweinegatter um sie herum zu denken.«

Nicholas schenkte sich einen Brandy ein und ließ sich auf der Armlehne des Sofas nieder. Seine Hüfte lag an Maras Schulter, den Arm hatte er so über die Rückenlehne gelegt, daß er ihren Hals berührte.

»Erinnert dich Mara nicht auch an diese italienischen Schönheiten, die vor Jahrhunderten gemalt wurden, Etienne?« erkundigte sich Nicholas beiläufig, doch Mara hörte den bissigen Unterton heraus. »Die einerseits Heilige sind, andererseits aber –« Er hielt inne, lauschte einen Augenblick und stand dann auf. Hufgeklapper und Hundegebell näherten sich dem Haus.

Nicholas öffnete die Glastür und trat hinaus. Ein kleiner Junge kam auf ihn zugelaufen. Er zeigte zur Auffahrt, wo ein paar Reiter ihre ungeduldigen Pferde zu zügeln versuchten. Mara warf Etienne einen fragenden Blick zu, doch der zuckte nur mit den Achseln und erhob sich, eine ironische Grimasse schneidend, um der Sache selbst auf den Grund zu gehen. Er führte Mara auf die Veranda. Dicht hinter Nicholas blieben sie stehen und beobachteten die Gruppe von Reitern mit ihren Hunden.

Eine Reiterin löste sich aus dem Haufen, als sie Nicholas erblickte, und ritt bis an die Veranda heran. »Willst du mitkommen?« lud ihn Amaryllis ein.

»Was jagt ihr denn?« fragte Nicholas, und sein Blick spiegelte seinen Abscheu, als er die schwerbewaffneten Reiter musterte, die versuchten, die Hunde unter Kontrolle zu halten. Unter den Reitern befanden sich auch einige Gäste vom Abend vorher, wie zum Beispiel Carson Ashford, der ständig versuchte, Mara auf sich aufmerksam zu machen.

»Sklaven«, antwortete Amaryllis voller Verachtung. »Eine ganze Familie ist gestern abend entflohen. Sie können noch nicht weit sein, und die Hunde haben ihre Witterung bereits aufgenommen. In spätestens einer Stunde habe ich sie«, prophezeite sie. Ein kalter Glanz trat in ihre Augen, als sie ihre Reitpeitsche in die Handfläche schnalzen ließ.

»Kein Interesse«, antwortete Nicholas kurz und lehnte sich lässig gegen eine Säule.

»Du hast dich kein bißchen verändert, Nicholas.« Amaryllis schüttelte verständnislos den Kopf. »Du hast noch nie gern entlaufene Sklaven gejagt. Aber in gewisser Weise hast du recht. Es ist überhaupt keine Herausforderung. Jedenfalls hat noch keiner versucht, ein zweites Mal zu entfliehen. Wie auch, auf einem Bein.« Sie schenkte Nicholas einen bedauernden Blick, kniff die Augen zusammen, als sie Mara entdeckte, hob ihre Hand zum Abschied und galoppierte wieder die Auffahrt hinunter.

Mara runzelte die Stirn. Ein Schauer lief ihr über den Rücken, als sie an die armen Sklaven dachte, die hier wie Tiere gehetzt wurden. Amaryllis empfand dabei offensichtlich Vergnügen.

»Kommen Sie, wir wollen diesen unerfreulichen Vorfall vergessen«, riet Etienne freundlich und geleitete Mara wieder hinein. Nicholas folgte ihnen, ohne auch nur einen einzigen Blick zurückzuwerfen.

Paddy kniete in dem großen Ledersessel vor Nicholas' Schreibtisch, überblickte das Schlachtfeld und beschloß, daß einschneidende Maßnahmen getroffen werden mußten, wenn die Engländer den Sieg davontragen sollten.

Er kletterte aus dem Sessel, sammelte ein paar Zinnsoldaten ein und organisierte eine Frontbegradigung quer durch das Zimmer bis zum Fensterbrett. Als sich das Blatt immer noch nicht wenden wollte und sich weitere Truppen an den Rand des imaginären Steilhangs zurückziehen mußten, verlor ein Soldat den Halt und stürzte ab. Da der Soldat das Bein gebrochen hatte und nicht mehr richtig stehen konnte, klemmte Paddy ihn in einer Fuge des Fensterbretts fest. Aber als er das Bein des Kameraden tiefer in den Spalt trieb, verbreiterte sich dieser und gab den Blick auf einen Hohlraum unter dem Holz frei.

Paddy versprach seinem Soldaten für diese Entdeckung einen Orden und schob das Holzbrett beiseite. Er spähte in den Hohlraum, konnte aber nichts entdecken. Als er seine Hand hineinsteckte und nach dem Grund tastete, begannen seine Augen plötzlich zu leuchten – seine Finger hatten etwas erspürt.

»Ein Geheimbefehl!« flüsterte Paddy triumphierend, als er ein kleines, ledergebundenes Buch sowie ein paar mit Bändern verschnürte Dokumente herausgeholt hatte. Sie sahen wirklich wichtig aus. Ohne einen weiteren Blick auf sie zu werfen, versenkte er sie wieder in dem Geheimfach. Dann schob er das Brett wieder darüber und befahl seinem verwundeten Soldaten, Wache zu halten. Niemand würde von seinem Geheimversteck erfahren, schwor er sich. Er hüpfte zurück zum Schlachtfeld und nahm den Kampf mit neuem Schwung auf.

»Spielst du immer noch mit Spielzeugsoldaten?« fragte Damaris, die kurz darauf ins Zimmer geschlendert kam. Ihre Unterhosen lugten unter dem Saum ihres karierten Kleides hervor.

»Es regnet«, antwortete Paddy ungerührt.

»Die Sonne kommt schon raus«, widersprach ihm Damaris sofort.

»Na und?«

Damaris musterte ihn eindringlich, und ein überlegenes Lächeln spielte um ihre Lippen. »Vielleicht willst du ja mal was anderes machen als diesen... Kinderkram?« lockte sie, und ihr Tonfall deutete gleichzeitig an: Aber du traust dich ja bestimmt nicht!

Paddy schaute auf. »Und du kannst überhaupt nicht mit Soldaten spielen. Du bist bloß ein Mädchen. Mädchen spielen immer mit Puppen«, belehrte er sie und widmete sich sofort wieder seinen Truppen. So entging ihm auch Damaris' zorniger Blick. »Außerdem hab' ich ein Geheimnis und du nicht«, ärgerte Paddy sie. »Und ich erzähl' es nur Onkel Nicholas.«

»Dann möchtest du nicht auf Hexer reiten?« fragte Damaris scheinbar gleichgültig. Sie wandte sich zum Gehen und stieß dabei mit ihrem Fuß einen Soldaten um.

Paddy schoß hoch. »Du willst auf Hexer reiten?« fragte er ungläubig und ehrfürchtig zugleich. »Aber Onkel Nicholas hat dir verboten, auf ihm zu reiten.«

»Ist mir doch egal, was der sagt.« Damaris schüttelte störrisch ihre roten Locken. »Hexer gehört mir, deshalb kann ich auf ihm reiten, wann ich will, *und*« – sie machte eine Kunstpause – »ich kann jeden mitreiten lassen, den ich will. Natürlich müßte der dann sehr mutig sein und dürfte keine Angst vor Pferden haben.«

»Ich habe keine Angst!« protestierte Paddy und eilte Damaris hinterher über das Schlachtfeld, ohne Rücksicht auf die fallenden Soldaten. »Läßt du mich wirklich reiten?«

Damaris drehte sich um und grinste frech. »Vielleicht.«

»Bitte, Damaris, bitte, bitte«, bettelte Paddy, während er ihr aus dem Haus folgte.

Mara stand auf dem Balkon vor ihrem Zimmer und sah die beiden über den Hof gehen. Die Luft war angenehm frisch nach dem Regen. Sie zog sich den Wollschal enger um die Schultern und stutzte kurz, als sie feststellte, daß Paddy seinen Mantel nicht anhatte und Damaris nur eine kurze Jacke über ihrem Rock und ihrer Bluse trug. Sie wollte die beiden schon wieder ins Haus rufen, entschied sich dann aber anders. Wahrscheinlich gingen sie nur zum Stall, um nach den Welpen oder dem kleinen Fohlen zu sehen.

Mara kehrte ins Zimmer zurück, schloß die Tür hinter sich und stellte sich vor den Kamin, in dem ein wärmendes Feuer flackerte. Dann ließ sie sich in einen Stuhl sinken und fragte sich, wie sooft, was sie tun sollte. Sie konnte nicht mehr lange bleiben, denn dann würde jeder merken, daß sie in anderen Umständen war. Sie verstand Nicholas einfach nicht. Warum wollte er sie immer noch bei sich haben? Er brauchte nur zu winken, schon läge Amaryllis in seinen Armen, wozu also wollte er sie hier haben? Sie starrte in die Flammen und beschloß, daß sie ein letztes Mal versuchen wollte, ihn zu überreden. Wenn er sie dann immer noch nicht gehen ließ, würde sie Beaumarais ohne seine Erlaubnis verlassen.

»Ich habe zweimal geklopft, aber du warst so in Gedanken versunken, daß du mich nicht einmal gehört hast«, sagte Nicholas so dicht neben ihr, daß sie erschrak. Sie sprang auf.

Er trug Reitkleidung, und in seinen schwarzen glänzenden Stiefeln spiegelte sich das Feuer. »Du siehst so schuldbewußt aus, mein Liebling«, sagte er ruhig. »Hast du Grund dazu? Welche Pläne hast du denn schon wieder ausgeheckt?« fragte er mißtrauisch.

Mara schluckte nervös. Manchmal strahlte er etwas so Einschüchterndes aus, daß sie ihm unmöglich in die Augen sehen konnte. Dadurch wirkte sie noch schuldbewußter.

»Ich möchte Beaumarais verlassen, Nicholas«, gestand Mara schnell und schaute ihn flehend an.

»Ich dachte, darüber wären wir uns einig?«

Mara wurde wütend. »Warum?« wollte sie wissen. »Warum soll ich noch länger hierbleiben, wenn diese Witwe es kaum erwarten kann, dein Bett zu wärmen? Oder bist du dir ihrer immer noch nicht sicher und möchtest sie eifersüchtig machen? Du führst mich vor ihr mit den de-Montaigne-Chantale-Juwelen spazieren und spielst deine sadistischen Spielchen mit uns. Ich finde das abscheulich!«

Nicholas lachte. »Dieses Wort aus deinem Mund, Mara O'Flynn... Aber ich verstehe gar nicht, warum du so ungeduldig bist, meine Liebe, denn wenn dir meine Küsse so gleichgültig sind, wie du behauptest, dann sollte es dir doch ganz recht sein, in einem schönen Haus leben zu können und dir nur Gedanken darüber machen zu müssen, welches Kleid du zum Abendessen trägst? Und trotzdem klingst du wie eine eifersüchtige Frau, die von ihrem Mann betrogen wird«.

»Ich lasse mich nicht gern benutzen, das ist alles«, widersprach Mara. »Ich gehöre zum Theater und möchte möglichst bald dorthin zurückkehren. Außerdem«, fügte sie hinzu und blickte verführerisch zu ihm auf, während sie mit dem Handrücken über seine Wange strich, »werde ich nie einen reichen Ehemann finden, wenn ich hier im Schlamm steckenbleibe.«

Mara spürte, wie sein Kiefer unter ihrer Bewegung hart wurde. Seine Finger schlossen sich wie eiserne Klammern um ihr Handgelenk, und er senkte langsam sein Gesicht herab. Sie spürte seinen Atem auf ihren Lippen.

»Eines Tages, Mara O'Flynn«, prophezeite er ihr mit einer Stimme, die Mara an das Knurren eines wilden Hundes erinnerte, »wirst du zu weit gehen. Und dann wirst du dir wünschen, du hättest deinen Mund nie aufgemacht.«

»Das ist nicht besonders originell. Wann hast du je auf meine Gefühle Rücksicht genommen? Vielleicht gehst ja du eines Tages zu weit, und dann wirst du ein paar Wahrheiten hören, die dir gar nicht gefallen«, drohte Mara.

Aber bevor sie noch etwas sagen konnte, schloß sich sein Mund über ihrem; er brachte sie damit effektiver zum Schweigen, als er es mit Worten je vermocht hätte. Es war kein sanfter Kuß, Mara schmeckte die Brutalität darin, die sie mehr verletzte als alle Worte. Es war ein heißer, verzehrender Kuß, und erniedrigend, weil ihm wirkliche Wärme fehlte.

Und genauso plötzlich ließ er sie wieder los. Wütend starrten sie sich endlose Sekunden lang an, dann ließ Nicholas die Arme sinken, machte auf dem Absatz kehrt und marschierte aus dem Zimmer.

Mara blickte blind vor Tränen seiner Gestalt nach, die Hände zu Fäusten geballt. Sie zitterte vor Wut und Trauer am ganzen Körper.

Sie stand immer noch mitten im Zimmer, als sie einige Minuten später zornige Stimmen hörte, die vom Rasen vor dem Haus zu ihr heraufdrangen. Sie trat auf den Balkon und beugte sich über das Geländer, von wo sie Nicholas entdeckte, der sich mit ein paar Stallburschen unterhielt. Sie traten nervös von einem Fuß auf den anderen und schauten einander verlegen an, als wollten sie sich gegenseitig die Schuld für irgend etwas zuschieben.

Nicholas schien sie in seinen schwarzen Stiefeln und engen Reithosen bei weitem zu überragen. Er hörte ihnen zu, beide Hände in die Hüften gestützt. Dann schien ihn etwas abzulenken, denn er drehte den Kopf, wie um einem entfernten Geräusch zu lauschen. Er wandte sich um und wartete. Mara reckte sich noch weiter vor, um die Auffahrt überblicken zu können, sah aber kaum etwas. Plötzlich bemerkte sie einen bunten Fleck. Mit offenem Mund sah sie den großen Braunen, zwei Kinder auf seinem Rücken, über die Zäune setzen, die die Auffahrt begrenzten.

Das Pferd galoppierte auf den weiten Rasen vor dem Haus und trottete dann auf die Veranda zu. Mara traute ihren Augen kaum, als sie Paddys dunkle windzerzauste Locken unter sich entdeckte. Seine dünnen Ärmchen hatte er fest um Damaris' schmalen Körper geschlungen, und seine Beine ragten wie Stecken über den breiten Rücken des Pferdes hinaus, während er auf dem Rücken des mächtigen Hengstes auf- und abhopste. Auch Nicholas hatte die beiden entdeckt und erwartete sie vor dem Haus. Mit grimmiger Miene und schweigend starrte er auf die beiden kleinen Gestalten auf dem breiten Pferderücken.

Mara hielt vor Schreck den Atem an, denn sie kannte diese Miene nur zu gut und wußte, daß er keine Nachsicht kennen würde, wenn er die beiden für ihr Vergehen bestrafen wollte. Damaris und Paddy hatten sich seinen Zorn zugezogen und würden nun für ihren Ungehorsam bezahlen müssen. Um Paddy vor dem Schlimmsten zu bewahren, hastete Mara über den Balkon zur Außentreppe, in der Hoffnung, rechtzeitig eingreifen zu können.

Damaris starrte trotzig auf Nicholas herab, ohne die Furcht zu zeigen, die ihr Herz in ihrer kleinen Brust rasen ließ. Vielleicht übertrug sich ihre Furcht auf das Pferd, vielleicht machten auch die vielen Menschen Hexer nervös, jedenfalls stieg er auf die Hinterfüße und schlug mit den Vorderhufen durch die Luft. Paddy, der damit überhaupt nicht gerechnet hatte, fiel rückwärts aus dem Sattel. Nicholas sprang herzu und fing Paddy auf, bevor er auf dem Boden aufschlug, doch Paddys Angstschrei erreichte Mara, die gerade in diesem Augenblick um die Hausecke bog und ihn stürzen sah. Vor ihrem inneren Auge sah sie die mörderischen Hufe bereits auf Nicholas und Paddy niederprasseln.

Sie blieb abrupt stehen, als sie sah, wie Nicholas den kleinen Jungen mit einem Satz in Sicherheit brachte.

»Ich habe dir doch verboten, auf Hexer zu reiten, Damaris«, maßregelte Nicholas das Mädchen mit mühsam gezügelter Wut. »Nur wegen deiner Gedankenlosigkeit hätte Paddy sterben oder zum Krüppel werden können.«

Damaris bekam immer mehr Angst vor Nicholas, denn sie wußte sehr wohl, daß sie Paddy keinesfalls zu diesem Ritt hätte überreden dürfen. Aber sie wollte nicht zugeben, daß sie den großen Hengst nicht unter Kontrolle hatte. »Du bist nicht mein Vater! Hexer gehört mir, und ich kann ihn reiten, wann ich will!« verteidigte sie sich, während sie mit aller Kraft versuchte, den Braunen zu beruhigen.

Nicholas sah, wie sehr sie sich anstrengen mußte, um sich auf dem feurigen Roß zu halten, und er wußte, daß es nur noch eine Frage von Sekunden war, bis sich ihr Griff lockern und sie die Zügel schießen lassen würde. Dann würde Hexer durchgehen. Er konnte es daran erkennen, wie das Pferd mit den Augen rollte.

Nicholas wollte nach den Zügeln greifen. Damaris ahnte das und zog sie streng an, so daß Hexer schnaubte und noch einmal aufstieg. Nicholas fluchte laut und trat zurück, um vor den fliegenden Hufen sicher zu sein. Dann zog er in einer einzigen Bewegung Damaris aus dem Sattel und in seine Arme, bevor sie überhaupt wußte, wie ihr geschah. Als Hexer spürte, daß die Last von ihm genommen war, begann er sich zu beruhigen. Er tänzelte nur noch leicht, als ein erfahrener Stallknecht seinen verschwitzten Hals tätschelte, ruhig auf ihn einsprach und ihn dann wegführte.

Nicholas hielt Damaris immer noch fest, und als er spürte, wie sie sich in seinen Armen wand, ließ er sie hinuntergleiten, bis ihre Füße gerade den Boden berührten, und schleifte sie dann hinter sich her bis zur großen Treppe. Dort legte er sie übers Knie und begann ihr mit der bloßen Hand das Hinterteil zu versohlen. Er hörte auch nicht auf, als ihr Zornestränen in die Augen stiegen und über ihre Wangen liefen.

Schließlich ließ Nicholas sie los und wich gerade noch rechtzeitig zurück, um nicht von ihrem Tritt getroffen zu werden. Damaris blickte sich gedemütigt noch einmal um und lief heulend ins Haus.

Paddy stand wie zur Salzsäule erstarrt. Dann sah er Nicholas auf sich zukommen und ahnte bereits, was ihn erwartete. Bevor Nicholas ihn erreichen konnte, machte er auf dem Absatz kehrt und rannte die Stufen hinauf ins Sicherheit versprechende Haus, denn nicht einmal Maras schützende Arme würden ihn vor Nicholas' Zorn bewahren können.

»Nicholas!« rief Mara ihm hinterher, als dieser Paddy folgte. »Ich werde mit ihm sprechen«, sagte sie und versuchte, ihn einzuholen.

Nicholas warf ihr einen kurzen Blick zu, verlangsamte seinen Schritt aber nicht. »Das reicht nicht, Mara. Paddy muß endlich begreifen, daß er nicht einfach tun kann, was er will, ohne auch nur einen Gedanken an die Folgen zu verschwenden.«

Mara blieb abrupt stehen und schaute ihm erstaunt nach. Als sie sich wieder in Bewegung setzen wollte, war er bereits im Haus verschwunden.

Sie blieb unentschlossen am Fuß der Treppe stehen und überlegte sich, was sie tun sollte, als Jamie herausgestapft kam, um nachzusehen, was draußen vor sich ging.

»Was ist denn hier los?« erkundigte sie sich gleich. »Und was zum Teufel will er von Paddy?«

»Paddy ist mit Damaris auf Hexer geritten, und Nicholas hat sie dabei erwischt«, erklärte Mara und fragte sich, warum es im Haus so ruhig war.

»Na«, seufzte Jamie ergeben, »ich schätz', es wird Zeit, daß ihm jemand 'ne Lektion erteilt.«

»Jamie! Er schlägt Paddy!« erboste sich Mara.

»Es tut dem Buben gut, wenn er weiß, daß jemand ein Auge auf ihn hat«, widersprach ihr Jamie. Dann hörte sie einen Schmerzensschrei und machte sich auf den Weg zur Küche. »Ich mach' mir erst mal eine Tasse Tee.«

Es ist viel zu still, dachte Mara. Zaghaft stieg sie ein paar Stufen hoch und eilte dann die Treppe hinauf und zu Paddys Zimmer. Bevor sie es erreicht hatte, hörte sie Stimmen hinter einer angelehnten Tür, hielt unwillkürlich inne und lauschte.

»Niemand kann immer nur das tun, was ihm gefällt, Damaris«, erläuterte Nicholas dem Mädchen sanft.

»Kann ich doch«, kam die gepreßte Antwort. »Niemand hat sich hier darum gekümmert, was ich tue.«

»Ich schon«, sagte Nicholas. »Und deshalb möchte ich nicht, daß du auf Hexer reitest. Ich möchte nicht, daß du dir deinen kleinen Hals brichst«, erklärte er ihr klipp und klar.

»Warum soll ich auf dich hören? Warum machst du dir Sorgen um mich? Das hat noch niemand getan.«

»Das ist nicht wahr, Damaris.«

»Ist es doch. Papa hat nie Zeit für uns gehabt. Wir waren immer nur *les petite filles*. Er hat sich nie mit mir unterhalten und mich nie angelächelt. Ich hab' ihm nicht mal einen Gutenachtkuß geben dürfen. Und Nicole war immer Mamas Liebling, jedenfalls bis *le petit* Jean-Louis gekommen ist. Aber jetzt ist es ihr egal, weil sie einen Verlobten hat und bald mit ihm zusammenwohnt. Und jetzt kümmert sich Mama nur noch um Jean-Louis. Papa auch, als er noch gelebt hat. Er hat mich nie angeschaut. Hexer hat immer mir gehört. Er ist mein einziger Freund, Nicholas, ich hab' ja sonst niemanden. Warum bist du denn so gemein zu mir?« fragte Damaris mit tränenerstickter Stimme. »Du mußt mich sehr hassen, weil du mir das antust. Warum nimmst du ihn mir weg? Warum?«

»Damaris, meine Kleine«, tröstete Nicholas sie mit einer Sanftheit, die Mara gar nicht an ihm kannte. Sie spürte, daß ihm das Geständnis seiner kleinen Halbschwester sehr naheging. »Bitte, verzeih mir, daß ich nicht hier war und mich um dich kümmern konnte, denn ich glaube, du wärst mein Liebling gewesen.«

Mara riskierte einen Blick durch den Türspalt, als sie auf Zehenspitzen vorbeischlich, und sah zu ihrer Überraschung Damaris' roten Schopf an Nicholas' Brust.

Sie öffnete die Tür zu Paddys Zimmer. Der Junge stand mit finsterer Miene und tränennassem Gesicht vor seinem Bett. Unruhig schaute er auf, als er hörte, wie die Tür geöffnet wurde, aber dann sah er, daß es Mara war, rannte zu ihr und schlang seine Arme um ihren Rock.

»Ich hasse ihn«, schluchzte Paddy. Seine Stimme wurde durch Maras Röcke gedämpft.

Sie strich ihm besänftigend über die Locken. »Es tut mir leid, daß er dich bestrafen mußte, aber was du getan hast, war sehr gefährlich. Kannst du dir vorstellen, wie ich mich gefühlt hätte, wenn dir etwas zugestoßen wäre?«

Paddy schniefte. »Ich hab's ja nur gemacht, weil Damaris es gesagt hat. Ich hatte solche Angst«, gestand er und drückte sein erhitztes Gesicht an Mara.

»Versprichst du mir, nie wieder auf diesem Pferd zu reiten?«

»Das mach' ich nie mehr, bestimmt!« antwortete Paddy wie aus der Pistole geschossen, und Mara fragte sich, was ihm mehr Angst eingejagt hatte, das Pferd oder Nicholas' Reaktion.

Mara beugte sich hinunter und küßte ihn auf die Stirn. »Wahrscheinlich kommt Jamie gleich mit einem Glas Milch und einem Stück Kuchen herauf. Warum bleibst du nicht in deinem Zimmer und spielst hier ein bißchen?« schlug sie vor.

Paddy nickte ergeben. »In Ordnung. Ich glaube, es regnet sowieso gleich wieder«, sagte er, holte sein Lieblingsbilderbuch heraus und setzte sich auf die Bettkante. »Aber Onkel Nicholas verrate ich jetzt auch nichts mehr von meinem Geheimnis«, murmelte er vor sich hin, bevor er das Buch aufschlug.

Das Böse ist unbegrenzt und kann jede Gestalt annehmen

Pascal

Kapitel 14

Die nächsten Tage waren voll hektischer Aktivität, denn Celeste traf die letzten Vorbereitungen für die Abreise von Beaumarais. Nicole und ihre Familie würden den Rest des Monats flußaufwärts auf der Plantage ihrer zukünftigen Verwandten verbringen und dann nach New Orleans reisen, um die Bälle und Abendgesellschaften der *Mardi-Gras-Saison* nicht zu verpassen. Nicoles Verlobter, der nach Frankreich gereist war, wurde jeden Tag zurückerwartet.

Bis auf einige persönliche Dinge und ihre Lieblingsmöbel überließ Celeste Nicholas die gesamte Einrichtung von Beaumarais. Sie war, dank Nicholas' großzügigem Kaufangebot, jetzt eine sehr wohlhabende Frau. Wenn sie sich in Charleston niederließ, würde sie sich komplett neu einrichten können.

In der Zwischenzeit nutzte Amaryllis jeden Vorwand, um mit Nicholas über alle möglichen geschäftlichen Angelegenheiten zu reden. Elegant gekleidet, spazierte sie ein und aus, und oft sah man sie dicht neben Nicholas sitzen, wenn sie ihn nach seiner Meinung über irgendein Problem befragte. Paddy dagegen mied demonstrativ seinen einstigen Helden.

In der Nacht vor Celestes Abreise stand Mara an Paddys Bett und wartete darauf, daß er seine Gebete sagte, als er plötzlich innehielt. »Jetzt fällt's mir wieder ein!« jubelte er, sprang aus dem Bett und rannte barfuß zur Tür.

»Paddy!« rief ihm Mara nach.

»Master Paddy«, echote Jamie überrascht, die eben mit einem Stapel frischgewaschener Leintücher hereinkam. »Wohin denn so eilig, junger Mann?«

»Aber morgen hab' ich es wieder vergessen«, erklärte er ihr und warf Mara einen flehenden Blick zu. »Ich muß noch einen Soldaten holen. Ich hab' ihn versteckt und dann vergessen. Bitte, ich bin gleich wieder da.« Und damit war er schon zur Tür hinaus.

Lautlos schlich er die Treppe hinunter und verharrte an ihrem Fuß. Hinter der geschlossenen Salontür waren Stimmen zu hören. Schnell überquerte er den kalten Fliesenboden und eilte zur Tür des Arbeitszimmers. Er betrat den dunklen Raum, ohne die Kerze zu bemerken, die auf dem Schreibtisch brannte und schwaches Licht verbreitete. Ohne zu zögern, marschierte Paddy auf das Fensterbrett zu. Mit geübtem Griff schob er das Brett beiseite und befreite den Soldaten aus seinem dunklen Versteck. Dann drehte er sich um, lief aus dem Zimmer und schloß die Tür hinter sich.

Eine Minute lang blieb alles still, nachdem er den Raum verlassen hatte. Dann bewegte sich ein Schatten neben einem Bücherregal, löste sich von der Wand und ging ans Fenster zu dem Geheimfach, dessen Existenz durch einen solch unglaublichen Zufall offenbart worden war.

Eine Hand faßte in die schwarzen Tiefen des Hohlraums und zuckte unwillkürlich zusammen, als sie die Dokumente berührte. Dann zog sie die Papiere und das ledergebundene Tagebuch heraus. Die Gestalt kehrte zu der Kerze auf dem Schreibtisch zurück.

Fasziniert und gebannt waren die Augen auf die Dokumente geheftet, von denen eines Instruktionen beinhaltete, ein neues Testament zugunsten Nicholas de Montaigne-Chantales aufzusetzen. Das andere Dokument war das bisherige Testament. Ruhig hielt die Hand das Papier, in welchem Nicholas als neuer Erbe eingesetzt wurde, über die Kerze, bis die Ränder braun wurden und die Flammen an dem Papier hochzüngelten. Das hell lodernde Dokument schwebte hinab in einen großen Aschenbecher. Zitternde Hände wendeten die Seiten des Tagebuchs, rissen eine nach der anderen heraus und warfen sie auf den kleinen Scheiterhaufen, der jetzt im Aschenbecher brannte. Das zweite Dokument wurde sorgfältig gefaltet und in eine Tasche gesteckt, während das nun harmlose Tagebuch wieder in dem Geheimfach verschwand.

»*Au revoir*, Mademoiselle O'Flynn«, verabschiedete sich Celeste, der man eben in die Kutsche half. »Vielleicht sehen wir uns in New Orleans?« sagte sie höflich, aber in dem Wissen, daß das höchst unwahrscheinlich war. »Im April, gleich nach Nicoles Hochzeit, werde ich aus Charleston abreisen. Falls ich aber nicht das Vergnügen haben werde, Ihnen noch einmal zu begegnen, *Mademoiselle*«, ergänzte sie bedauernd, »dann wünsche ich Ihnen viel Glück.«

Mara lächelte. Sie wußte, daß sie sich nie wiedersehen würden, denn Mara O'Flynn hatte keinesfalls die Absicht, bis zum Frühling in Louisiana zu bleiben. Sie trat beiseite, damit man Nicole in die Kutsche helfen konnte.

»*Au revoir, Mademoiselle*«, rief das Mädchen fröhlich und mit glühendem Gesicht. »Schade, daß Sie nicht zu meiner Hochzeit kommen können, es wird bestimmt das Ereignis des Jahres!« Dann ließ sie sich verträumt in die Polster sinken.

»Auf Wiedersehen, Damaris«, rief Paddy in die Kutsche hinein, obwohl er das kleine Mädchen nicht sehen konnte. Seinen Worten folgte beklemmende Stille, und Paddy, der zuerst hoffnungsvoll hochgeblickt hatte, schaute verlegen auf seine Stiefel.

Plötzlich erschien ein roter Schopf in der offenen Kutschentür, und zwei graue Augen sahen traurig auf die kleine Gruppe, die sich auf den Stufen vor Beaumarais versammelt hatte. Mit bebenden Lippen flüsterte Damaris: »*Au revoir*, Paddy.«

Nicholas schritt langsam die Stufen hinunter und trat an den Schlag, hinter dem Damaris saß. Er faßte durch die offene Tür und holte sie mit einem Schwung aus der Kutsche heraus, so daß sie vor Schreck aufschrie. Er flüsterte ihr etwas ins Ohr, dann folgte dem Schreckensschrei ein Schrei der Freude. Sie schlang die dünnen Arme um seinen Hals.

»Benimm dich anständig, meine Kleine, und tu, was deine Mutter dir sagt«, befahl ihr Nicholas mit einem gütigen Lächeln. Dann hob er sie in die Kutsche zurück.

»Ganz bestimmt, Nicholas, das verspreche ich dir«, rief Damaris. Sie winkte noch aus dem Kutschenfenster, als der Wagen aus der Auffahrtsallee auf die Straße abbog, die zum Fluß führte. Man konnte bereits das Dampfboot hören, das sich dem Anlegeplatz vor Beaumarais näherte.

»Was um Himmels willen hast du ihr versprochen, daß sie so fröhlich ist?« fragte Mara, als sie ins Haus zurückgingen. Eine kühle Bö fuhr ihr unter den Rock, und die ersten Regentropfen klatschten auf den Boden.

»Eines von Hexers Fohlen«, antwortete Nicholas und führte sie in den Salon, wo er sich und Etienne einen Brandy einschenkte. Er hob sein Glas und prostete Mara lächelnd zu.

»Ah«, seufzte Etienne erleichtert, »diese Ruhe! Bitte«, fügte er entschuldigend hinzu, »mißverstehen Sie mich nicht, ich liebe diese Familie. Aber dieses ständige Babygeschrei ist einfach nervenaufreibend, vor allem, wenn man nicht einmal der leibliche Großvater ist. Und Nicole ist zwar sehr charmant, aber manchmal auch recht anstrengend«, erklärte er mit einem Lächeln, das seinen Worten die Schärfe nahm. »Vielleicht werde ich einfach alt. Ich sollte noch einmal nach Paris reisen, bevor es zu spät ist. Na ja«, bedauerte er und leerte sein Glas, »Zeit für mich zu gehen. Speisen wir heute abend zusammen? Vielleicht könnten wir anschließend ein paar Runden Piquet spielen? Sie haben es mir versprochen!«

»Selbstverständlich, Etienne. Ich freue mich schon darauf.« Mara erwiderte sein Lächeln und sah ihm nach, als er den Raum verließ.

»Nimm dich in acht, meine Süße«, riet ihr Nicholas. »Etienne hält sich für einen guten Spieler.«

Mara sah ihn nachdenklich an. Vielleicht würde der Abend ganz spannend werden. »Ich bin nicht umsonst Brendan O'Flynns Schwester, *mon cher*.«

Nicholas lachte laut auf. »Nein, das bist du wirklich nicht«, murmelte er. »Ich werde das keinesfalls vergessen.«

Mara gähnte, drehte sich unter der Decke um und erwachte, als sie die Leere neben sich spürte. Sie schlug die Augen auf und sah Nicholas' Silhouette sich vor dem Fenster abzeichnen.

»Nicholas?« fragte sie leise.

»Es regnet schon wieder.«

Mara stützte sich auf ihre Ellenbogen und versuchte ihre Augen an das Dunkel zu gewöhnen. »Und das macht dir Sorgen?«

Nicholas wandte sich vom Fenster ab und setzte sich auf die Bettkante. »Große Sorgen, mein Liebling.«

»Warum? Ich denke, hier regnet es oft. Das ist doch ganz normal, oder nicht?«

»Ja, wir erwarten es nicht anders, und deshalb treffen wir auch bestimmte Vorsichtsmaßnahmen. Die Überschwemmung macht mir Sorgen. Wenn es so weitergeht, wird sie unausweichlich. Der Fluß ist seit gestern ständig gestiegen.«

Eine Falte trat auf Maras Stirn. Sie begann zu verstehen, warum er sich so ängstigte. »Celeste hat mir erzählt, daß vor ein paar Jahren das ganze Erdgeschoß überflutet war. Meinst du, das könnte wieder passieren?« fragte Mara und setzte sich auf.

Nicholas schüttelte den Kopf. »Ich glaube nicht, daß das Wasser so hoch steigt. Ich mache mir mehr Sorgen wegen der Schäden, die die Flut vor ein paar Jahren angerichtet hat. Die Plantage liegt brach. Die Deiche sind brüchig und nicht mehr hoch genug, wenn das Wasser steigt. Früher haben uns die Deiche immer vor Schaden bewahrt, und wir hatten genug Sklaven, um sie zu halten, wenn die Flut kam. Jetzt habe ich nur noch eine Handvoll Diener und ein paar Stallburschen«, beklagte sich Nicholas bitter.

»Aber wie konnte das geschehen?« fragte Mara. »Haben sich dein Vater oder Alain nicht darum gekümmert?«

Nicholas fuhr sich müde durchs Haar. »Mein Vater war nicht mehr derselbe Mann wie früher. Ich glaube, solche Dinge waren ihm fast gleichgültig. Alain hatte keine Entscheidungsgewalt, und wer sollte ihm einen Vorwurf daraus machen, daß er alles schleifen ließ. Ihm war klar, daß Celeste sowieso darauf aus war, Beaumarais zu verkaufen.«

»Was willst du unternehmen, wenn die Flut steigt? Sollten wir uns nicht lieber in Sicherheit bringen?« fragte Mara besorgt. Sie dachte daran, daß weder Paddy noch Jamie schwimmen konnten.

»Ich glaube nicht, daß das nötig wird. Alain ist der gleichen Auffassung, und er lebt seit seiner Geburt hier. Er kennt den Fluß. Wenn es gefährlich werden sollte, werde ich mir von Amaryllis ein paar Sklaven leihen und mit ihnen versuchen, den Deich zu halten. Aber ich schicke morgen die Tiere und ein paar Sachen aus dem Haus hinüber.«

Mara sank zurück in die Kissen. »Du machst dir wirklich Sorgen.«

Nicholas rollte auf das Bett und nahm sie in die Arme. »Natürlich, ich wäre ein Narr, wenn ich mir keine machen würde. Aber ich würde dich und Paddy niemals in Gefahr bringen«, versicherte er ihr, während er ihr Gesicht streichelte und die Sorgenfalten wegküßte. »Und jetzt schlaf. Heute nacht können wir sowieso nichts tun«, murmelte er, als sie sich vertrauensvoll an ihn kuschelte.

Mara erwachte, als ihr ein Sonnenstrahl auf die Lider fiel. Langsam kam sie zu Bewußtsein, ahnend, daß sie gleich die vertraute Übelkeit spüren würde. Dann merkte sie plötzlich, daß Nicholas immer noch neben ihr lag. Sie versuchte, dem unangenehmen Gefühl in ihrem

Magen zu widerstehen, aber als ihr kalter Schweiß auf die Stirn trat, wußte sie, daß sie den Kampf verloren hatte. Leise schob sie die Decke beiseite, ließ sich aus dem Bett gleiten und streifte sich ihren Morgenmantel über. Sie lief los, da sie ihren Magen nicht mehr unter Kontrolle halten konnte. Als ihr klarwurde, daß sie es niemals aus dem Zimmer schaffen würde, beugte sie sich in letzter Sekunde über die Waschschüssel.

Sie atmete tief durch und strich sich eine lose Haarsträhne aus dem Gesicht, als jemand mit einem kühlen, feuchten Handtuch über ihr Gesicht wischte.

Mara öffnete die Augen und sah Nicholas neben sich stehen. Er half ihr auf und trug sie, ihren Protesten zum Trotz, zurück zum Bett. Dann deckte er sie zu.

»Ist alles in Ordnung?« fragte er und sah sie mit jenem durchdringenden Blick an, dem sich Mara einfach nicht entziehen konnte.

Sie brachte mühsam ein Lächeln zuwege. »Ich muß gestern etwas Verdorbenes gegessen haben. Vielleicht war es der Fisch.«

Nicholas blickte sie unverwandt an. »Ich habe auch Fisch gegessen, meine Süße, und mir geht es ganz ausgezeichnet«, widersprach er ihr, »könnte es nicht auch andere Gründe haben?«

Maras Augen weiteten sich ängstlich, aber dann schüttelte sie den Kopf. »Das kann ich mir nicht vorstellen. Wie sollte das passieren? Außerdem geht es mir schon wieder viel besser, wirklich«, versicherte sie ihm mit einem aufgesetzten Lächeln.

Nicholas zuckte mit den Achseln. »Wenn du meinst, *ma petite*. Trotzdem solltest du lieber im Bett bleiben. Ich lasse dir das Frühstück bringen. Außerdem muß ich nachher sowieso mit Alain den Deich kontrollieren, es gibt also keinen Grund zur Eile.« Er ging zur Tür und warf ihr einen warnenden Blick zu. »Aber wenn es dir nicht bald wieder bessergeht, werde ich einen Arzt holen lassen.«

Bestürzt schaute Mara auf die Tür, die hinter ihm ins Schloß fiel. »Verdammt«, flüsterte sie. Ein Arzt war das letzte, was Sie brauchen konnte. Er würde sofort feststellen, an welcher Krankheit sie litt.

Sie war wieder eingedöst, als plötzlich die Tür geöffnet wurde. Ein Seufzer der Erleichterung entrang sich ihr, als Belle mit einem Tablett hereinrauschte.

»Hier is' jemand ganz schön neugierig«, eröffnete sie Mara, nachdem sie das Tablett auf deren Schoß abgestellt hatte.

»Wie meinst du das?« wollte Mara wissen und nippte an ihrem Tee. Zu ihrer großen Erleichterung sträubte sich ihr Magen nicht dagegen.

»Der Herr möge mir verzeihen, daß ich gelogen hab', aber daß ich Master Nicholas in die Augen gucken und sagen mußte, daß ich nichts weiß, war schon Strafe genug. Ich hab' so gezittert, daß mir beinah' der Rock runtergerutscht wär'.«

»Aber du hast ihm nichts verraten?« fragte Mara ängstlich.

»Wie Sie es befohlen hatten, Miss Mara. Das is' sowieso Frauensache«, erklärte sie bestimmt. »Ich hab's nicht gern gemacht, aber ich hab's gemacht.«

»Vielen Dank, Belle«, antwortete ihr Mara einfach. Sie war tief bewegt.

Belle öffnete die Tür und wollte eben hinausgehen, als Paddy an ihr vorbei ins Zimmer geschossen kam.

»Mara, Mara!« rief er aufgeregt. »Onkel Nicholas hat gesagt, ich darf mit ihm auf Hexer reiten, wenn er den Fluß anschaut. Darf ich? Er hat gesagt, erst muß ich es dir sagen. Also«, Paddy zögerte und senkte beschämt den Blick, »er hat gesagt, ich soll dich *fragen*.«

Mara gab mit einem Nicken ihr Einverständnis, denn sie wußte, daß ihm diesmal nichts geschehen konnte. Sie freute sich, daß Paddy ihn wieder »Onkel« nannte, ein sicheres Zeichen dafür, daß er keinen Groll mehr gegen ihn hegte.

Nachdem Paddy wieder hinausgerannt war, kletterte Mara aus dem Bett und ging auf den Balkon, wo sie Nicholas, Paddy vor sich auf dem Pferd, und Alain davonreiten sah.

»Warm genug?« fragte Nicholas Paddy, dessen kleine Hand sich an seinen Rockkragen klammerte.

Paddy schaute hoch und grinste breit. »Klar, Onkel Nicholas. Mir gefällt's.«

Nicholas lächelte auf Paddys dunklen Schopf hinunter und schenkte dann Alain einen vielsagenden Blick. »Waren wir eigentlich auch so leicht glücklich zu machen?«

»Immer wenn ich auf dem Pferd meines Herrn sitzen durfte, fühlte ich mich wie jemand ganz Besonderes«, erwiderte Alain und fügte dann ernst hinzu: »Aber hältst du es wirklich für richtig, den Kleinen mitzunehmen? Das Wetter ist Gift für jemanden, der sich leicht erkältet.«

Nicholas schaute ihn ernst an. »Das habe ich ganz vergessen. Vielleicht sollte ich ihn lieber zurückbringen.«

»Nein, nein, Onkel Nicholas!« schrie Paddy aufgeregt. »Du hast es mir versprochen. Ich will den Fluß sehen. Ich bin ganz dick eingepackt, Jamie hat mir extra noch den Schal umgebunden. Bitte!« flehte Paddy und schaute ihn mit großen Augen an.

»Na, ich denke, einmal wird nicht schaden, wie, Alain?«

Alain zuckte gutmütig mit den Achseln. »Wie du meinst.«

Die Hufe donnerten über die schlammige Straße, so daß der Schmutz auf allen Seiten hochspritzte. Sie ritten durch große Pfützen, die sich in Senken auf der Straße gebildet hatten und deren Wasser durch die kleinen Entwässerungsgräben abfloß.

Als sie sich dem Fluß näherten, trieb Nicholas Hexer zum Galopp an. Mit ernster Miene beobachtete er die Rinnsale, die aus dem Deich austraten und in die tieferliegenden Felder flossen. Die vom Regen durchtränkte Erde konnte kein Wasser mehr aufnehmen.

»Der Fluß ist seit gestern schon wieder gestiegen«, stellte er grimmig fest und lenkte den großen Braunen auf einen Fleck, wo die Erde noch fest zu sein schien.

»Er wird bald wieder sinken«, prophezeite Alain, das düstere Donnergrollen ignorierend, das aus der Ferne herüberschallte.

»Vielleicht.« Nicholas schaute über den breiten, schnell fließenden Strom und fragte: »Aber wird der Deich solange halten?«

Alain blickte lange gedankenverloren auf den Fluß, als würde er sich plötzlich an etwas erinnern. »Er hält, er hat immer gehalten«, sagte er zuversichtlich.

Nicholas hatte ihn genau beobachtet; ihm waren Alains Gefühlsregungen nicht entgangen. »Hier ist mein Vater in den Fluß gefallen, nicht wahr?«

Alain deutete flußaufwärts. »Dort oben bei der großen Eiche, deren Äste ins Wasser hängen.«

Plötzlich wurde er Nicholas' Blick gewahr und rutschte unruhig im Sattel hin und her. »Ist etwas?«

»Woher weißt du so genau, wo er ins Wasser gefallen ist?«

Alain lächelte traurig. »Du vergißt, daß ich mein ganzes Leben hier verbracht habe, Nicholas. Ich kenne diesen Fluß, mein Freund. Ich kenne die Strudel und Untiefen und die Sandbänke, die sich über Nacht bilden und ebenso schnell wieder verschwinden. Ja, ich weiß, wo Monsieur Philippe in den Fluß gefallen ist, weil ich weiß, wo man ihn gefunden hat.«

»Ich verstehe«, sagte Nicholas nur.

»Außerdem«, fügte Alain bescheidener hinzu, »hat er einem Stallburschen gesagt, daß er dorthin wollte.«

Sofort war Nicholas' Interesse geweckt. »Hat er auch gesagt, warum?«

Alain hob bedauernd eine Hand. »Ich glaube nicht. Und der Sklave ist längst verkauft.«

Nicholas kniff die Lippen zusammen. »So viele Fragen und so wenige Antworten«, sagte er zu sich selbst und lenkte das Pferd den Deich hinunter. »Wir sollten zurückreiten. Ich werde die Pferde nach Sandrose schicken, zusammen mit ein paar Wertsachen.« Er warf einen letzten Blick auf den Fluß.

»Wie du meinst. Aber ich glaube, du machst dir unnötig Arbeit«, befand Alain.

»Lieber jetzt unnötige Arbeit, als daß die Erinnerungen an meinen Vater vom Wasser weggeschwemmt werden«, widersprach Nicholas ernst.

Es wurde ein langer, anstrengender Tag. Stundenlang wurden Möbel aus dem Haus getragen und auf Karren geladen, die sie nach Sandrose transportieren sollten. Die ganze Zeit über grollte in der Ferne der Donner. Blitze zuckten immer wieder aus den tiefschwarzen Wolken, bis Mara schließlich nur noch auf die kommende Sturzflut wartete.

Am nächsten Morgen erwachte Nicholas in aller Frühe und lauschte angestrengt auf Regengeräusche. Doch alles war still. Zögernd stieg er aus dem Bett, ging zum Fenster und starrte hinaus in die Dunkelheit. Erst in einer Stunde würde es hell werden. Gedankenverloren trommelte er mit den Fingern gegen das Fensterglas. Er wagte kaum zu hoffen. Sie hatten die Nacht überstanden, die Deiche waren nicht gebrochen. Er drehte sich um und verspürte eine Sekunde lang das Verlangen, sich wieder an die Frau zu schmiegen, die das Bett jede Nacht mit ihm teilte.

Dann aber hörte er die Dienerschaft rumoren und zog sich an. Er hatte noch Zeit zu frühstücken, bevor er an den Deich ritt. So früh wie möglich wollte er kontrollieren, wie stark der Fluß in der Nacht gestiegen war.

Als Mara erwachte, prasselte bereits ein Feuer im Kamin. Sie räkelte sich genüßlich und kuschelte sich gerade wieder unter die Decke, als Belle mit dem Frühstückstablett eintrat.

»Also diese Miss Jamie!« rief Belle aus, kaum daß sie das Zimmer betreten hatte. »Wissen Sie, Miss Mara, daß sie Ihre Koffer gepackt hat? Und die von dem Kleinen und ihre eigenen dazu? Und dabei hat sie dauernd gemurmelt: ›Das Ende ist nah.‹« Mit diesen Worten stellte sie das Tablett auf Maras Schoß ab.

Mara lächelte. »Laß dich nicht verunsichern. Jamie rechnet immer mit dem Schlimmsten. Das ist einfach ihre Art«, erklärte sie sorglos.

»Meine Art, am Leben zu bleiben, das isses«, gab Jamie, die in der Tür stand, säuerlich zurück. »Ich wär' nich' so alt geworden, wenn ich nich' auf meine Gefühle geachtet hätte.«

Belle verdrehte die Augen. Sie machte einen weiten Bogen um die kleine Irin und verschwand.

»Die Diener werden dich bald für eine Hexe halten, Jamie«, kommentierte Mara, nippte an ihrem Tee und wartete darauf, daß ihr schlecht wurde.

»Mir egal, was die Leute über mich denken«, grummelte Jamie und begann, Maras Kleider zurechtzulegen. »Ich hab' heißes Wasser aufgesetzt, und wenn Sie nich' bald aufstehen und in die Badewanne steigen, können Sie sich in Flußwasser baden.«

Mara seufzte ergeben und schlang ihr Frühstück hinunter, erleichtert darüber, daß ihr ausnahmsweise nicht schlecht geworden war.

Nicholas saß auf Hexer und blickte auf den schlammbraunen Mississippi, von kalter Furcht erfüllt. Der Deich hatte die Nacht über gehalten, aber er würde keinesfalls den Tag überstehen. Immer wieder brachen große Brocken unter dem Druck der Wassermassen heraus.

Nicholas drehte sich zu Alain um, der sich rechts neben ihm befand. Etienne saß links von Nicholas auf seinem Pferd und starrte auf den Deich. Immer wieder schwappte Wasser über die Deichkrone.

Plötzlich machte Hexer einen Satz und landete direkt am Deichrand. Seine Hufe glitten in den Schlamm, und die Hinterhufe versanken im trüben Wasser. Nicholas riß mit allen Kräften den Kopf des Braunen hoch und preßte seine Knie in die Flanken des verängstigten Pferdes. Hexer grub seine Hufe in den glitschigen Untergrund und versuchte sich herauszukämpfen. Ein schwächeres Pferd hätte das nie geschafft, aber Hexer erreichte mit einem mächtigen Satz wieder festen Boden. Sein Bauch war schlammbedeckt und naß, und Nicholas' Stiefel, Schenkel und Brust waren es ebenfalls.

»Mein Gott, Nicholas!« entfuhr es Etienne. Sein Gesicht war kalkweiß, und er starrte seinen Neffen entsetzt an. »Du hättest ertrinken können!«

»Ist alles in Ordnung?« wollte Alain wissen und drängte sich zwischen Nicholas und das Flußufer. »Dieses verdammte Vieh! Ich war immer dafür, ihn zu erschießen. Er ist unberechenbar.«

Nicholas atmete schwer und klopfte Hexer beruhigend den nassen Hals. »Er hat mir das Leben gerettet«, widersprach er Alain kalt. »Irgend etwas hat ihn erschreckt, und wenn er nicht so groß und kräftig wäre, hätte die Strömung uns beide abgetrieben«, erklärte er, während sein Blick zwischen den beiden Männern hin- und herwanderte. Er wollte gerade etwas hinzufügen, als ihn ein häßliches Geräusch unterbrach. Nur hundert Meter von ihnen entfernt gab der Deich nach. Wasser strömte durch die ständig breiter werdende Öffnung.

»Er bricht!« schrie Nicholas, um das Tosen der Wassermassen zu übertönen. »In einer Stunde ist der ganze verdammte Deich zum Teufel!«

Er wendete sein Pferd und galoppierte zurück zu den Bäumen, die Beaumarais umstanden.

Als Etienne und Alain ihn eingeholt hatten, gab er bereits vom Pferd aus Anweisungen, die Kutsche anzuspannen.

Etienne starrte ihn mißbilligend an. »Was hast du vor?« verlangte er zu wissen.

»Ich evakuiere die Leute«, antwortete Nicholas knapp.

»Aber warum? Vielleicht werden die Felder überflutet, aber im oberen Stockwerk sind wir doch sicher.«

Nicholas beachtete ihn nicht und saß ab. »Der Deich ist auch noch nie ganz durchgebrochen«, belehrte er ihn. »Ich habe keine Lust, hier wochenlang festzusitzen, bis das Wasser zurückgeht.«

Jamie war gerade dabei, Maras Haar zu bürsten, als Nicholas ins Zimmer gestürzt kam. Mara verschlug es die Sprache, als sie seine schlammbedeckten Stiefel und Hosen sah.

»Zieh deinen Mantel an und nimm alles, was du brauchst. Wir verlassen Beaumarais«, befahl er und trat hinaus auf die Galerie. »Ich hole Paddy. Gleich kommen ein paar Diener, um deine Koffer zu holen, aber wir haben nicht viel Zeit. Der Deich ist durchgebrochen.«

»Ich hab's ja gesagt«, jammerte Jamie und packte Maras Cape. »Ich bin also bloß ein dummes altes Weib, wie? Wenn ich Ihre Koffer nich' schon gepackt hätt', hätten Sie nich' mal einen Faden anzuziehen.«

Eine Minute später war Nicholas wieder zurück, Paddy an der Hand. »Fertig?« fragte er lediglich. Er nahm Mara am Arm und führte sie hinaus. Sie waren gerade am Fuß der Treppe angelangt, als Etienne zur Vordertür hereinkam, einen Stapel Bücher unter dem Arm. Er schaute auf, als er sie herunterkommen hörte, und deutete auf die Tür zum Arbeitszimmer. »Mir sind noch ein paar Bücher eingefallen, die ich mitnehmen möchte.«

Ungeduldig sah Nicholas der gebeugten Gestalt nach, die im Arbeitszimmer verschwand. »Verdammt noch mal! Wir haben keine Zeit mehr, jetzt noch die Bibliothek zu durchforsten«, fluchte er.

Sie warteten eine Minute, während ihre Koffer herunter und in die bereitstehende Kutsche getragen wurden. Als Etienne immer noch verschwunden blieb und Stimmen aus dem Arbeitszimmer drangen, folgte ihm Nicholas. Mara und Paddy blieben ihm auf den Fersen.

»Etienne, beeil dich, wir haben keine Zeit für –« Nicholas hielt abrupt inne, als er Etienne mitten im Zimmer stehen sah, zwei Bücher in der Hand. Der Alte starrte auf den Mann, der es sich in dem großen, bequemen Ledersessel neben dem Feuer gemütlich gemacht hatte.

»Alain, was zum Teufel soll das?« wollte Nicholas wissen. Das Feuer war eben erst angezündet worden, und Alain hielt ein Glas Brandy in der Hand. Auf dem Tisch neben ihm lag in Reichweite eine Pistole.

»Ich werde Beaumarais nicht verlassen«, erklärte Alain ruhig und ganz ohne seine übliche Unterwürfigkeit.

»Mein Gott, Alain«, sagte Nicholas ungeduldig, »der Fluß wird das Haus mindestens zwei Meter hoch unter Wasser setzen.«

Ein kurzes, freudloses Lächeln flog über Alains Gesicht, dann nahm er einen Schluck von seinem Brandy. »Der große Nicholas de Montaigne-Chantale ist also ein Feigling. Was soll man auch von einem erwarten, der seinen Bruder erschießt.«

»Alain, mein Sohn«, setzte Etienne an, »du weißt ja nicht, was du da sagst.«

Alain schenkte Etienne einen verächtlichen Blick. *»Sohn?«* fragte er.

Etienne erbleichte. Die Bücher fielen ihm aus der Hand und polterten zu Boden. »W-wie meinst du das?«

»Ich glaube, es wird Zeit, die Wahrheit zu sagen, nicht wahr, Papa?« erklärte Alain bösartig. »Denn schließlich hat *mon frère* Nicholas ein Recht darauf zu wissen, warum er Beaumarais verliert.«

Nicholas' Augen weiteten sich überrascht.

»Ja«, wiederholte Alain mit unverhohlener Häme, »du bist mein Bruder – Halbbruder, um genau zu sein. Ich bin Alain de Montaigne-Chantale, nicht Ferrare, wie jeder glaubt. Frag ihn«, – Alain deutete mit einer Kopfbewegung auf Etienne – »ob ich die Wahrheit sage.«

Nicholas schaute Alain fassungslos an. »Du bist verrückt geworden.«

»Wirklich? Sieh ihn an!« schrie Alain und zeigte jetzt mit dem Finger auf Etienne.

Nicholas wandte langsam den Kopf und starrte seinen Onkel an. Trauer und Schmerz in Etiennes Blick verrieten ihm, daß Alain die Wahrheit gesagt hatte.

»Und?« fragte Nicholas.

Etienne nickte kaum merklich. »Er ist Philippes Sohn.«

»Endlich! Nach all den Jahren voller Lügen«, lachte Alain triumphierend.

Nicholas starrte Etienne eine Sekunde lang wortlos an und drehte sich dann wieder zu Alain um. Zum erstenmal entdeckte er gewisse Ähnlichkeiten zwischen Alain und sich selbst. »Du bist also mein Halbbruder? Und was beweist das?«

»Nun, ich bin nicht nur ein de Montaigne-Chantale. Ich bin auch der älteste Sohn. *Ich* bin der Erbe von Beaumarais, nicht du, Nicholas. Nicht du!« spie Alain.

Er langte in seine Rocktasche und holte das Dokument hervor, das er in dem Geheimfach gefunden hatte. »Ein Testament, geschrieben von meinem Vater Philippe, in dem er mich zum Erben von Beaumarais bestimmt. Ich bin der Herr über dieses Haus«, stellte er fest. Sein Blick verriet, daß er keinen Zweifel daran zulassen würde.

Nicholas' Blick traf auf Alains. »Warum verrätst du das erst jetzt? Warum nicht vor einem Jahr, als mein Vater starb?« wollte er wissen.

Alains hartes Lachen hallte im Raum wider. »Weil der alte Fuchs das Testament versteckt hatte, deshalb. Ich hab' es seit seinem Tod gesucht. Und nur einem kleinen Jungen habe ich mein Erbe zu verdanken, der beim Spielen das Geheimfach findet, das ich so lange gesucht habe«, erläuterte Alain, halb erheitert, halb verärgert.

Nicholas und Mara schauten auf Paddy, der den Aufseher mit großen Augen ansah. »Ich?«

»Ich war hier, als du deinen Zinnsoldaten holen kamst. Du kamst dir mein Erstaunen nicht vorstellen, als du schnurstracks zum Fensterbrett marschiertest, das Brett beiseite schobst und dann wieder verschwandest, ohne mich überhaupt zu bemerken.«

Nicholas ging langsam zum Fensterbrett hinüber. Auf Paddys Nikken hin tastete er das Holz ab, bis er das Brett fand. Er schob es zurück und legte das Geheimfach darunter frei. Er langte hinein, zog das Tagebuch heraus und blätterte darin herum, während er zu Alain zurückkehrte. Seine Augen verengten sich zu schmalen Schlitzen, als er die rauhen Stellen fand, wo offensichtlich Seiten herausgerissen worden waren.

»Es stimmt, er hat alles aufgeschrieben«, eröffnete Alain Nicholas mit überheblichem Grinsen. »Ich habe es gelesen, bevor ich es verbrannt habe. Du hast keinen Beweis, Nicholas, keinen einzigen. Und als Herr über Beaumarais werde ich einer der mächtigsten Männer in Louisiana sein.«

Etienne schüttelte traurig den Kopf. »O Alain, du bist Herr über gar nichts.«

»Wenn es nach dir und meinem Vater gegangen wäre, dann hätte ich tatsächlich nichts«, klagte Alain ihn an. »Ihr beide habt mir meinen Namen und mein Geburtsrecht gestohlen. Ich weiß nicht, warum du vorgegeben hast, mein Vater zu sein, aber ich weiß, daß du es nicht bist. All die Jahre über habe ich geschwiegen und gewartet, denn ich wußte, daß ich eines Tages Beaumarais erben würde. Wer sonst? Ich war sein einziger Sohn.«

»Aber was war mit François und Nicholas?« fragte Etienne ruhig, doch in seinen Augen spiegelte sich Furcht.

»François war tot und Nicholas entehrt«, antwortete Alain mit einem angedeuteten Lächeln.

»Hattest du das so geplant?« fragte Etienne unvermittelt, doch seine Stimme verblüffte Nicholas. Er hatte Etienne noch nie so zornig gesehen.

Alain sah aus wie die leibhaftige Verkörperung des Bösen. Angewidert trat Mara einen Schritt zurück.

»All die Jahre über hast du die Wahrheit gewußt? Du hast geduldig gewartet, bis der richtige Zeitpunkt kommen könnte, deine Identität zu enthüllen? Seit wann weißt du es? Philippe und ich haben nie darüber gesprochen.«

»Doch, einmal«, widersprach Alain Etienne mit wissendem Blick. »Du hast mit meinem Vater darüber diskutiert, nein, gestritten, ob ich noch in Paris bleiben oder nach New Orleans zurückkommen sollte. Philippe wollte mich zum Verwalter einer seiner Plantagen machen, vielleicht sogar zum Besitzer. Erinnerst du dich an diesen Streit, *Papa*?« Alain grinste hämisch. »Philippe sagte: ›Immerhin ist er mein Sohn, ein de Montaigne-Chantale. Er sollte Land besitzen. Das liegt ihm im Blut, Etienne.‹ *Mon Dieu*, kannst du dir vorstellen, wie mir zumute war? Zu erfahren, daß ich *sein* Sohn war, daß ich Herr über Beaumarais hätte sein können, wenn es François und Nicholas nicht gegeben hätte?«

»Ich erinnere mich genauestens an das Gespräch«, bestätigte Etienne. Seine Stimme klang tränenerstickt. Anklagend wandte er sich an Alain. »Es war wenige Tage, bevor man Nicholas vorwarf, François bei dem Duell getötet zu haben.«

Nicholas machte einen Schritt vorwärts, blieb aber stehen, als er sah, wie Alains Hand sich um den Pistolenknauf schloß. »Du? Du hast François ermordet, nicht wahr? Mein Gott, das hätte ich nie gedacht, niemals.«

»Nein, das hättest du tatsächlich nicht, denn an so einen wie mich hat ein de Montaigne-Chantale nie einen Gedanken verschwendet. François war der Schlimmste. Er hat mich nie eines Wortes für würdig erachtet, immer hochnäsig mit seinen blonden Locken. Aber er war ein Narr, ein Hitzkopf. Ihr habt mir beide in die Hand gespielt, ihr wart so einfältig, daß ich immer noch lachen muß, wenn ich daran denke. Ich beobachtete euch, als ihr euer törichtes Spiel begannt. Ich stand hinter der großen Eiche und wartete, und als du zieltest, zielte ich ebenfalls. Als du abdrücktest, tat ich es dir gleich. Nur habe ich nicht an François vorbei, sondern auf sein Herz gezielt.«

Nicholas' Lippen wurden zu einem schmalen weißen Strich.

»Damals war ich meinem Ziel so nah, denn François war tot und du warst verstoßen – nur ich war noch da. Am Anfang ging alles gut, wir kamen uns immer näher... wenigstens bis dieses Mistweib *le petit* Jean-Louis gebar.« Haßerfüllt spie Alain den Namen aus. »Ein Sohn! Ein Sohn nach so vielen unfruchtbaren Jahren. Ich konnte es nicht fassen. Zweimal hatte ich schon bangen müssen, aber da gebar sie nur

Mädchen. Und dann mußte sie ihm einen Sohn schenken, der den Namen de Montaigne-Chantale tragen würde.

Bevor dieser kleine Bastard geboren wurde, hatte er mich als Erben eingesetzt. Ich hatte sein Testament in seinem Schreibtisch gefunden.« Selbst jetzt noch sprach aus Alain die Aufregung, die er damals verspürt haben mußte.

»Aber dann ließ er eines Tages seinen Notar kommen, und ich wußte, daß er sein Testament zugunsten seines Sohnes ändern würde. Da beschloß ich, mich ihm zu stellen. Ich sagte ihm, daß er mich nicht enterben könne, daß auch ich sein Sohn sei. Hatte ich nicht mehr für sein Gut getan als jeder seiner anderen Söhne? Er konnte es nicht fassen, daß ich meine Rechte einforderte. In diesem Augenblick begriff er, daß ich François getötet hatte, und er fragte mich so unvermittelt danach, daß ich es nicht leugnen konnte. Der Blick ... *mon Dieu*, den werde ich nie vergessen. Diese Augen«, murmelte Alain mit in die Ferne gerichtetem Blick. »Er schlug mich ins Gesicht und wies mich aus dem Zimmer. Am nächsten Tag, drunten am Deich, befahl er mir, sein Land zu verlassen. Er drohte mir, mich wie einen Hund zu erschießen, wenn ich nicht verschwände.«

Nicholas und Etienne tauschten einen Blick. Beiden war nicht entgangen, wie hektisch Alains Halsschlagader klopfte und wie sehr sich seine Muskeln verkrampften. Es bereitete ihm sichtlich Mühe, nach all den Jahren endlich sein Schweigen zu brechen.

»Ich – ich konnte es einfach nicht glauben! In diesem Augenblick begann ich ihn zu hassen für das, was er mir gestohlen hatte. Ich erklärte ihm, daß ich Herr über Beaumarais sein wollte und daß ich mich nicht verjagen ließe wie Nicholas. Als ich deinen Namen nannte, schien ihn der Wahnsinn zu übermannen. Er griff mich an und begann mich auszupeitschen, als wäre ich einer seiner Sklaven. Er war so stark. Ich hätte ihm niemals diese Stärke zugetraut, deshalb schlug ich zurück«, gestand Alain blinzelnd. »Ich traf ihn ins Gesicht, so daß er strauchelte und mit dem Kopf an den Stamm der Eiche schlug. Dann fiel er in den Fluß. Einen Augenblick lang trieb er an der Oberfläche, dann verschwand er. Ich sah ihn nicht mehr – erst an jenem Tag, als man ihn fand.«

Nicholas hatte keine Sekunde den Blick von Alain gewandt. Er machte einen Schritt vorwärts.

»Nimm dich in acht!« warnte ihn Alain und zielte mit der Pistole auf Nicholas' Brust. »Ich möchte dich nicht erschießen, aber ich werde es notfalls tun. Du kannst mir nichts beweisen, es gibt keine Beweise mehr. Ich habe das Testament, und dich hält man immer noch für François' Mörder. Du bist fremd hier, ich nicht.« Seine Augen begannen haßerfüllt zu glänzen, als Nicholas einen weiteren Schritt vorwärts machte. »Ich warne dich, Nicholas, ich möchte dich nicht töten müssen. Ich bin dir sogar dankbar, denn du bist gerade rechtzeitig gekommen, um Celeste daran zu hindern, Beaumarais zu verkaufen, *mon frère.*«

»In der Hölle sollst du schmoren«, flüsterte Nicholas und machte noch einen Schritt vorwärts, ohne sich der Gefahr bewußt zu sein, in der er schwebte.

Aber Mara war sich ihrer bewußt. Sie warf sich vor ihn, bevor er noch einen Schritt machen konnte, und im gleichen Moment drückte Alain ab.

Der Knall echote im Zimmer und mischte sich mit Paddys Schrekkensschrei, der das Blut aus Maras Arm spritzen sah.

Nicholas fühlte, wie Mara in seinen Armen zusammensank, und fing sie auf. Er blickte ihr ins Gesicht, und sein Herz setzte einen Schlag lang aus. Sie versuchte zu lächeln und lehnte sich an ihn.

»*Mon Dieu,* Alain!« schrie Etienne, und Tränen der Scham und des Schmerzes strömten ihm übers Gesicht.

»Die nächste Kugel gilt dir. Verzeihen Sie, Mademoiselle O'Flynn, ich wollte Sie nicht treffen. Aber ich werde Nicholas erschießen«, versprach Alain.

»Master Nicholas! Master Nicholas!« rief der Butler außer sich, der in diesem Moment ins Arbeitszimmer gelaufen kam. »Der Fluß kommt, schnell!«

Nicholas blickte in das angsterfüllte Antlitz des schwarzen Butlers, dann auf Maras bleiches Gesicht und schließlich auf das Blut, das auf den Boden tropfte.

Alain beobachtete ihn genau, ohne die Pistole zu senken.

»Das Spiel ist noch nicht vorbei, Alain. Du bist ein Narr, wenn du das glaubst. Oder daß ich dich leben lasse, nach all dem, was du mir angetan hast«, prophezeite Nicholas.

Er hob Mara auf seine Arme. Dann warf er Etienne einen kurzen Blick zu. »Kommst du?«

Etienne nickte verwirrt und drehte sich um, wobei er fast gestolpert wäre. Auf Nicholas' Nicken hin trat der Butler hinzu. Seine Augen weiteten sich erschreckt, als er die Pistole in Alains Hand sah. Er nahm Etiennes Arm und führte ihn aus dem Zimmer.

Paddy wich Nicholas keinen Zentimeter von der Seite, als sie das Zimmer verließen. Zurück blieb Alain, der triumphierende Alleinherrscher über Beaumarais.

Nicholas hob erst Mara, dann Paddy in die Kutsche. Als man Etienne ebenfalls hineingeholfen hatte, gab Nicholas der Kutschenkarawane ein Zeichen, und sie fuhren los.

Nicholas setzte sich neben Mara, die bereits von Jamie versorgt wurde. »Wie geht es ihr?«

»Mir geht es gut, Nicholas, wirklich«, versicherte ihm Mara. Sie schnitt eine Grimasse, als Jamies Finger die Wunde berührten.

»Nur 'n Kratzer«, befand Jamie und wickelte ein sauberes Leintuch um Maras Oberarm. »Aber ich versteh' nich', warum jemand Mara erschießen möchte.«

Nicholas schaute Mara lange an, bevor er antwortete: »Er zielte auf mich, doch Mara warf sich dazwischen und schirmte mich mit ihrem Körper ab.« Er legte seine Hand zärtlich um Maras Kinn. »Das war verdammt töricht von dir«, sagte er.

»Gern geschehen«, erwiderte Mara leise und schaute aus dem Fenster, um seinem Blick zu entgehen.

Etienne bewegte sich in seiner Ecke der Kutsche und sah sich verwirrt um, als würde er sich erst jetzt seiner Umgebung bewußt.

»Etienne«, sagte Nicholas ruhig, »kannst du mir erklären, warum das alles geschehen mußte? Warum hat mein Vater Alain nicht als seinen Sohn anerkannt?«

Etienne nickte müde. Seine Lippen bebten, aber er hatte sich unter Kontrolle. »Es ist schon so lange her, und trotzdem kommt es mir manchmal vor, als hätte Olivia erst gestern hier gelebt. Wie viele Jahre sind schon vergangen?« murmelte er stirnrunzelnd. Er versuchte sich an Ereignisse zu erinnern, die fast ein halbes Jahrhundert zurücklagen.

»Sind es tatsächlich schon vierzig Jahre? Ich kann es kaum noch klar vor mir sehen – das Gesicht meiner Olivia.« Er sprach den Namen wie eine Liebkosung aus. »Sie war so schön, so bezaubernd und so in Philippe verliebt. Er traf sie auf einem Terzeronenball und machte sie zu seiner *placée*. Sie waren glücklich miteinander, doch dann heiratete er Danielle, meine Schwester. Sie war die Frau, die Philippe wirklich liebte.

Aber Danielle war sehr feinfühlig und empfindsam. Oft hing sie trüben Gedanken nach. Ich glaube, allein Philippes unerschöpfliche Liebe hat sie glücklich gemacht. Sie war sehr eifersüchtig, und der Gedanke, daß er mit einer anderen Frau zusammensein könnte, machte sie wahnsinnig. Jeder Mann von Rang hatte damals eine Geliebte in New Orleans, deshalb wußte sie, daß Philippe auch eine haben würde. Sie bat ihn, diese Frau aufzugeben. Weil Philippe sie so sehr liebte, war es für ihn nicht schwer, ihre Bitte zu erfüllen.

Er schenkte Olivia ein Gästehaus in der Stadt, so daß sie ihr eigenes Einkommen hatte, und sah sie nie wieder – jedenfalls lange Zeit.

Eine Weile schien zwischen Philippe und Danielle alles in Ordnung zu sein. Dann verlor Danielle ihr erstes Kind. Sie konnte es nicht austragen und wurde sehr krank. Danach sehnte sie sich um so mehr nach einem Kind. Ich glaube, sie fürchtete, Philippe zu verlieren, wenn sie ihm keinen Sohn schenkte. Nun, sie versuchte alles«, erklärte Etienne traurig, »aber sie verlor auch ihr zweites Kind. Diesmal war es der Sohn, den sie sich so erfleht hatte. Sie war untröstlich, vermutete manchmal sogar, man hätte sie mit Voodoo verhext. Sie stand am Rande des Wahnsinns, und in den nächsten Jahren ließ sie niemanden an sich heran, am wenigsten Philippe. Doch Philippe war kein Heiliger, im Gegenteil, er war ein sehr lebensfroher Mensch. Und er war verletzt. Deshalb suchte er sich neue Gesellschaft und kehrte zu Olivia zurück. Sie waren jahrelang ein Liebespaar, und Olivia schenkte Philippe schließlich einen Sohn, den sie Alain nannte. Olivia tröstete Philippe, aber seine Liebe galt immer noch Danielle, und langsam begann Danielle sich zu erholen. Möglicherweise ahnte sie, daß sie Philippe für immer verlieren würde, wenn sie noch mehr Zeit verstreichen ließ. Sie wurde wieder schwanger, und weil sie so krank gewesen war, blieb sie die ganze Schwangerschaft über im Bett. Vielleicht würde sie so gebären können.

Sie schenkte deiner Schwester Denise das Leben. Obwohl es nicht der ersehnte Sohn war, gab ihr das Ereignis Hoffnung, noch mehr Kinder gebären zu können. Danielle veränderte sich vollkommen und wurde zu einer ganz anderen Frau. Die Depressionen, die sie manchmal zur Verzweiflung getrieben hatten, verschwanden, und sie und Philippe wurden sehr, sehr glücklich. Doch bestand immer noch die Möglichkeit, daß Danielle Gerüchte über Philippe und Olivia zu Ohren kamen, und er wollte keinesfalls, daß sein Glück ein zweites Mal in Gefahr geriet – vor allem, da Danielle ein weiteres Mal schwanger wurde.«

Etienne ließ seinen Blick über die schweigenden Zuhörer in der Kutsche schweifen. Dann seufzte er und nahm den Faden wieder auf.

»Philippe bat mich um Hilfe. Aber ich möchte klarstellen, daß ich keineswegs so selbstlos war, wie es scheinen mag. Ich übernahm die Verantwortung für Olivia und Alain. Auf diese Weise wurden Danielles Befürchtungen vollkommen zerstreut, und Alain bekam einen Vater. Für mich war das kein großes Opfer, denn ich hatte Olivia schon immer geliebt«, gestand Etienne. »Doch Philippe war ihr zuerst begegnet, und, nun, neben seiner einnehmenden Erscheinung, kam ich nicht zur Geltung. Olivia hatte immer nur Augen für Philippe gehabt.«

»Françoise?« fragte Nicholas leise. »Ist sie auch meine Schwester?«

Etienne schüttelte den Kopf. »Nein, Françoise ist meine Tochter. Ich glaube, ich machte Olivia glücklich, und ich glaube auch, daß sie mich irgendwann liebgewann. Trotzdem konnte ich Philippes Platz in ihrem Herzen niemals einnehmen. Er war dir sehr ähnlich, Nicholas. Ich glaube, wenn dir eine Frau einmal ihr Herz geschenkt hat, wird es ihr nie wieder gehören. So war es auch mit Olivia. Trotzdem war ich dankbar, wenigstens ein kleines Plätzchen in ihrem Herzen erobert zu haben, und sie war immer gut und aufrichtig zu mir.«

»Und Alain erfuhr nie, daß Philippe sein Vater war?« fragte Nicholas, den Etiennes Geständnis sehr berührte.

»Nein, er war zu jung, um sich noch an Philippe zu erinnern. Und später war ich immer in der Nähe. So wurde ich sein Vater«, erklärte Etienne. »Nachdem Danielle gestorben war, gab es keinen Grund, das Geheimnis zu lüften, denn inzwischen war er schon erwachsen. Und inzwischen wart ihr, François und du, Philippes Söhne. Verzeih mir, Nicholas«, bat Etienne unglücklich, »daß ich dich des Mordes an François für schuldig hielt. Die Wahrheit hätte ich mir niemals vorstellen können.« Er legte sein Gesicht in die Hände, rieb sich die Tränen aus den Augen und schaute verzweifelt wieder auf. »Ich hätte nie glauben können, daß Alain zu so etwas fähig ist. *Mon Dieu*, ich hatte keine Ahnung, daß er wußte, wer sein leiblicher Vater ist. Vielleicht habe ich ihn nicht genug geliebt... Ich weiß es nicht, aber vermutlich sah ich ihn immer als Philippes Sohn. Vielleicht habe ich ihn, ohne es zu merken, abgelehnt. All die Jahre hat er es gewußt – und gewartet. Wie muß er sich gefühlt haben, als Celeste einen Sohn gebar und alles, wofür er gearbeitet hatte, ihm unter den Händen zerrann. Er muß verzweifelt gewesen sein. Deshalb unternahm er einen letzten Versuch.«

»Glaubt er wirklich, er ist Herr über Beaumarais?« fragte Nicholas.

Etienne zuckte mit den Achseln. Verzweiflung stand auf sein Gesicht geschrieben. »Er weiß nicht, was er tut, Nicholas. Diese Krankheit plagt ihn schon seit Jahren. Damit leben zu müssen, seinen Bruder ermordet zu haben«, sagte Etienne, hielt dann aber abrupt inne. »Verzeih mir, Nicholas, auch du mußtest ja all die Jahre damit leben.

Aber Alain wußte, daß er sich schuldig gemacht hatte. Jahrelang hatte er gehofft, Beaumarais zu erben, aber als Philippe die Wahrheit herausfand, schnitt er Alain aus seinem Leben, wie man ein brandiges Bein amputiert. Das war zuviel für Alain. Wahrscheinlich ist er daraufhin verrückt geworden. Der Arme. Ich habe Mitleid mit ihm, ja«, sagte Etienne fest, denn er sah die Kälte in Nicholas' Blick, »ich habe immer noch das Herz, für ihn zu empfinden, denn er war mir wie ein eigener Sohn.«

»Verlang das nicht von mir, Etienne«, erklärte Nicholas ihm. »Er hat meine Familie zerstört. Er hat Beaumarais zerstört und mein Leben. Das werde ich ihm nie verzeihen können«, sagte er kalt. Mara spürte instinktiv, daß Nicholas Alain noch einmal aufsuchen würde. Und nur einer von beiden würde Beaumarais lebend verlassen.

Mara wurde gewahr, daß die Kutsche immer langsamer wurde und sich nur noch ruckweise über die Straße schob. Nicholas schaute aus dem Fenster und sah den dicken Schlamm, durch den sich die Kutschenräder wühlten, und die dicken Schmutzkrusten an den Speichen. Schließlich blieben die Pferde stehen. Nicholas öffnete die Tür, sprang hinaus und versank bis zu den Knien in hellrotem Schlamm.

»Ist alles in Ordnung, meine Liebe?« fragte Etienne leise und schaute sie besorgt an.

Mara lächelte schwach und mit zitternden Lippen, aber sie tätschelte seine blaugeäderte Hand. »Mit mir ist alles in Ordnung, aber ich mache mir Sorgen um Sie, Etienne. Für Sie war es viel schmerzlicher als für mich. Es tut mir leid«, erklärte sie ihm einfach.

»Schaut mal, soviel Wasser!« rief Paddy, der den Kopf zur offenen Kutschentür hinausgestreckt hatte.

»Paddy«, ermahnte Jamie ihn mit strenger Miene, »setz dich wieder hin.«

Aber Paddy ignorierte sie vollkommen und beobachtete Nicholas, der sich durch den Schlamm arbeitete. Erst als Nicholas' Schultern die Türöffnung ausfüllten, sprang er zurück auf seinen Platz.

»Die Straße vor uns ist überflutet. Jemand muß die Pferde hindurchführen. Die anderen Wagen werden uns nachfolgen, und ich übernehme unser Gespann. Vielleicht wird Wasser in die Kutsche eindringen, aber das ist kein Grund zur Panik. Je ruhiger ihr euch verhaltet, desto schneller sind wir durch.« Nicholas schenkte Mara einen zuversichtlichen Blick, dann warf er den Wagenschlag zu und stapfte durch den Schlamm davon.

Nicholas starrte auf den schlammigen, reißenden Fluß, der die Niederung durchfloß, seufzte kurz, weil er bedauerte, daß er in diesem Augenblick ohne die Hilfe des kräftigen Schweden auskommen mußte, und stürzte sich in die Fluten. Das kalte Wasser strömte um seine Schenkel, während er sich durch die Strudel kämpfte. Ein paarmal verlor er auf dem glitschigen Boden beinahe den Halt, als er in unsichtbare Schlaglöcher trat.

Er spürte, wie sich die Muskeln in seinen Armen und Schultern verkrampften, sich gegen die Anstrengung wehrten, das Geschirr zu halten und die Pferde zu lenken. Doch er lockerte seinen Griff nicht, bis das Wasser wieder flacher wurde und die Strömung nachließ. Er führte die Pferde die kurvenreiche Straße hügelan. Am Rande wurde das Wasser trübe und war nicht mehr ganz so reißend. Als er schon nahe am Ufer war, durchfuhr ein scharfer Schmerz sein Bein. Das Stechen durchdrang sogar die betäubende Kälte. Er fluchte, als er eine blitzschnelle Bewegung unter der Wasseroberfläche bemerkte. Mühsam arbeitete er sich ans Trockene und führte die Kutsche auf festen Grund.

Seine Beine fühlten sich an wie aus Eisen, und langsam stakste er zur Kutsche zurück. Er lehnte sich an den Schlag und wartete, bis die anderen Wagen das Trockene erreicht hatten. Dann gab er dem Kutscher ein Zeichen und kletterte in die Kutsche.

Mara, deren Erleichterung offensichtlich war, wollte etwas zu ihm sagen, als er sich neben ihr auf den Sitz fallen ließ, aber die Worte blieben ihr im Halse stecken. Schweigend zog er ein Messer aus der Tasche und schnitt ohne zu zögern seine Hose auf.

Etienne erwachte aus seiner Erstarrung und blickte Nicholas über die Flamme des Streichholzes hinweg an, in die jener sein Messer hielt.

»Wasserschlange«, sagte Nicholas lediglich und blickte auf die rötliche Schwellung, die sich um zwei kleine Punkte dicht über seinem Knie gebildet hatte. Ungeduldig suchte er mit Blicken die Kutsche ab. »Ich brauche etwas, um mein Bein abzubinden.«

Entsetzt starrte Mara auf die abstoßende Bißwunde. Dann löste sie mit zittrigen Fingern ihr Schuhband. Blitzschnell zog sie ihren Seidenschuh aus, raffte ihren Rock und Unterrock und rollte ihren Seidenstrumpf herunter. Ohne sich darum zu scheren, daß ihr weißes, schlankes Bein nackt zu sehen war, reichte sie Nicholas den Strumpf.

Nicholas lächelte, als er den Strumpf entgegennahm und ihn oberhalb der Wunde um seinen Oberschenkel schnürte. »Ich weiß dein Opfer zu schätzen, *ma petite*«, bedankte er sich, dann drückte er sich die rotglühende Messerklinge ins Fleisch und brachte über beiden Bißmalen einen x-förmigen Schnitt an.

Mara hielt sich die Hand vor den Mund und biß sich vor Entsetzen in den Handrücken, als er sich vornüberbeugte und die Wunde auszusaugen begann, wobei er das Gift auf den Boden spuckte. Die Prozedur mußte unerträglich schmerzhaft sein.

Bleich und erschöpft ließ sich Nicholas schließlich in den Sitz zurückfallen. Er versuchte, seinen Atem wieder unter Kontrolle zu bringen. »Jemand muß die Binde fester zuziehen. Ich habe nicht mehr die Kraft dazu«, bat er schwach. Seine Augenlider senkten sich langsam, aber unaufhaltsam.

»Ich bin vielleicht klein, aber stark wie ein Ochse«, erbot sich Jamie. Sie löste den Strumpf ein wenig und zog ihn daraufhin so fest zusammen, daß die Muskeln aus ihren dürren Armen hervortraten.

Unerträglich langsam rumpelte die Kutsche weiter, weil die Straße fast unpassierbar war. Immer mehr Schlamm blieb an den Rädern haften. Nicholas' Kopf lag auf Maras Brust, die ihre eigene Verletzung vollkommen vergessen hatte. Aufmerksam fühlte sie seinen Puls, der in rasendem Tempo in seiner Halsschlagader schlug.

Amaryllis erwartete die merkwürdige Prozession bereits auf der Treppe. Als sie Nicholas bewußtlos in Maras Armen liegen sah, erteilte sie umgehend die nötigen Befehle, und ein paar kräftige Sklaven brachten Nicholas in Sicherheit.

Nicholas war mehrere Tage lang bettlägerig, in denen der Sturm unablässig tobte. Sogar Sandrose geriet in Bedrängnis, denn die Flut stieg höher und höher. Doch die hohen Stützpfeiler bewahrten das Haus vor größeren Schäden. Niemand wußte, was aus Beaumarais und Alain geworden war, und nur Etienne machte sich Gedanken über seinen Stiefsohn.

Mara starrte in die Flammen eines wärmenden Feuers, das im Salon brannte. Es war ungewöhnlich ruhig. Sandrose beherbergte immer noch Gäste, die zu dieser frühen Stunde aber noch nicht auf waren. Das Haus war still und friedlich.

Mara ging zu den hell lodernden Scheiten hinüber und rieb sich die Hände in der aufsteigenden Hitze. Ihre braune Samtjacke nahm die Wärme dankbar auf. Die Flammen warfen tanzende Schatten auf ihr bleiches Gesicht, als sie schweigend ins Feuer blickte und an Nicholas dachte, der einsam in seinem Zimmer lag. Sie hatte ihn nur einmal zu Gesicht bekommen, spätnachts, als alle schliefen und Amaryllis' Wache kurzfristig unaufmerksam gewesen war. Denn Amaryllis hatte strikte Anweisung gegeben, Nicholas nicht zu stören, und niemand außer ihr durfte sein Zimmer betreten.

Mara hatte den Augenblick sorgfältig gewählt und war auf Zehenspitzen in den Raum geschlichen, um die schlafende Dienerin nicht aufzuwecken, die neben dem Bett auf einem Stuhl saß. Von tiefer Liebe erfüllt hatte sie in sein Gesicht geblickt. Wie sehr hatte sie sich danach gesehnt, es zu streicheln, aber sie mußte sich damit zufriedengeben, neben seinem Bett zu stehen und diese paar wertvollen Minuten schweigend zu genießen. Nicholas würde sich wieder erholen. Er war kräftig genug und hatte die Reste des gefährlichen Gifts ausgeschieden. Jetzt brauchte er vor allem Ruhe.

»Mademoiselle O'Flynn.«

Erschrocken drehte Mara sich um. Sie knetete nervös die Hände, als Amaryllis ins Zimmer kam.

»Sie sind früh auf, *Mademoiselle*«, eröffnete ihre Gastgeberin das Gespräch und bedeutete der nachfolgenden Dienerin mit herrischer Geste, das Tablett mit dem Tee neben dem Sofa abzustellen.

Amaryllis sah Mara freundlich an. Ein warmes Lächeln breitete sich über ihr Gesicht aus, das sie unglaublich schön machte. Sie trug ein hellblaues Morgenkleid mit tiefem, spitzenverziertem Ausschnitt. Ihre goldenen Locken wurden von zwei juwelenbesetzten Kämmen gehalten.

»Da Sie Irin sind«, begann sie, ohne daß Mara ihr herablassender Tonfall entgangen wäre, »dachte ich, Sie würden vielleicht gern eine Tasse Tee mit mir trinken. Mara nahm einen kleinen Schluck aus der Tasse, die Amaryllis ihr reichte, und ihre Augen glänzten merkwürdig, als sie höflich bemerkte: »Ein bißchen schwach, aber ganz annehmbar.«

Das leichte Lächeln, das um ihre Lippen lag, verbreiterte sich leicht, als sie registrierte, daß sie Amaryllis für einen kurzen Augenblick in Verlegenheit gebracht hatte. Brendan wäre stolz auf mich gewesen, dachte Mara erheitert. Sie nahm noch einen Schluck und erwiderte scheinbar ungerührt Amaryllis' Blick.

Amaryllis' blaue Augen wurden schmal, und ihre Lippen verzogen sich zu einem angestrengten , aber entschlossenen Lächeln. »Ich hatte gehofft, ich könnte Ihnen diese peinliche Situation ersparen, Mademoiselle O'Flynn«, begann sie zögernd, als wäre ihr sehr unangenehm, was sie jetzt sagen mußte, aber so leicht ließ Mara sich nicht hinters Licht führen. Amaryllis war eine miserable Schauspielerin. »Doch wenn ein Gast allzulange bleibt, ist es die Pflicht des Gastgebers, ihn darauf hinzuweisen.«

Mara ließ sich ihre Überraschung in keiner Weise anmerken. »Ich verstehe. Ich muß Sie um Verzeihung bitten, denn mir war nicht bewußt, daß ich Ihnen zur Last falle. Außerdem konnte ich nicht einfach abreisen, ohne sicher zu sein, daß Nicholas sich erholen würde.«

»Natürlich«, gab Amaryllis ihr recht und lächelte verständnisvoll. »Das ist auch sehr anerkennenswert. Aber wie Sie jetzt wissen, wird sich Nicholas voll und ganz erholen. Selbstverständlich braucht er in der nächsten Zeit viel Ruhe, und welcher Ort würde sich dafür besser eignen als Sandrose, wo ihm all die Liebe und Sorge zuteil wird, die er sich nur wünschen kann?« Amaryllis ließ keinen Zweifel daran, wie sie das meinte.

»Ich verstehe«, sagte Mara nur.

»Ganz bestimmt tun Sie das, Mademoiselle O'Flynn«, stimmte Amaryllis ihr eifrig zu. »Ich halte Sie für eine sehr erfahrene und verständnisvolle Frau, die das Leben kennt. Ich will nicht so tun, als wäre mir nicht klar, welches Verhältnis in der Vergangenheit zwischen Ihnen und Nicholas bestanden hat, denn ich weiß, daß niemand sich seiner Angebote zu erwehren vermag, worin auch immer sie bestehen. Aber Sie werden gewiß verstehen, daß dieses Arrangement nicht weiter fortbestehen kann, vor allem nachdem er nach Beaumarais und zu mir zurückgekehrt ist. Es ist kein Platz mehr für Sie in seinem Leben.«

»Nicholas und ich haben nie ein Hehl daraus gemacht, wie es um unsere Beziehung steht«, antwortete Mara so kühl und unbeteiligt, daß Amaryllis einen Augenblick lang aus dem Konzept zu geraten drohte.

Sie ahnte nicht, daß die junge Irin all ihre schauspielerischen Fähigkeiten aufwenden mußte, um ihre Gefühle nicht zu offenbaren. Es war Maras größter Auftritt. »Aber er hätte keinen Unterhändler schicken müssen. Das war ganz unnötig, denn ich hatte ohnehin vor, Beaumarais so bald wie möglich zu verlassen. Nicholas und ich hatten erst vor ein paar Tagen darüber gesprochen.«

»Meine Liebe«, versicherte Amaryllis ihr mit einem mütterlichen Blick, »natürlich hätte er mich nicht schicken müssen. Er hat mich gebeten, ganz im Vertrauen mit Ihnen zu sprechen, weil er sich Sorgen um Sie macht, wie Sie verstehen werden. Er war so krank, daß er keinen Besuch empfangen konnte, und er muß mindestens noch eine Woche das Bett hüten. Deshalb war es leider unmöglich, daß er sich selbst mit Ihnen unterhielt, obwohl er es sich durchaus gewünscht hätte.

Er möchte keinesfalls, daß Sie hier Ihre Zeit verschwenden, wo er doch weiß, wie sehnsüchtig Sie darauf warten, nach New Orleans zurückzukehren und von dort nach – wohin noch gleich? – ach ja, England weiterzureisen. Ihnen ist bestimmt schon aufgefallen, daß die Überschwemmung zurückgeht und viele meiner Gäste bereits ihre Abreise planen. Edward, Mister Ashford, hat den Dampfer nach New Orleans anfordern lassen. Um genau zu sein« – Amaryllis machte eine vielsagende Pause –, »wenn es Ihnen möglich ist, könnten Sie bereits morgen früh fahren.«

Mara beobachtete Amaryllis unter scheinbar unbeteiligt gesenkten Lidern hervor. Hätte sie sich nicht bereits entschieden, Nicholas zu verlassen, dann hätte nichts von dem, was Amaryllis vorgebracht hatte, sie von seiner Seite vertreiben können. Amaryllis hätte um seine Zuneigung kämpfen müssen, und Mara O'Flynn wäre eine Gegnerin gewesen, wie die hochwohlgeborene Amaryllis Saint Laurens sie noch nicht erlebt hatte.

Aber dies war die Gelegenheit, auf die Mara gewartet hatte. Jetzt konnte sie Nicholas verlassen, ohne daß er erfuhr, wie sehr sie ihn liebte... und daß sie ein Kind von ihm erwartete. Ja, sie würde morgen abreisen. Es überraschte Mara nicht, daß Edward Ashford ebenfalls abreisen wollte, denn Amaryllis hatte ihn in den letzten Tagen schon beinahe schäbig behandelt. Jetzt, da Nicholas in ihrer Nähe war, war der Bankier überflüssig geworden.

Als Amaryllis das leise Lächeln der Irin sah, wollte sie Maras Hand tätscheln, doch sie zuckte zurück, als sie ihr in die braunen Augen blickte. »Meine Liebe, um ganz aufrichtig zu sein, es ist mir lieber, wenn Nicholas' ehemalige Geliebte der Hochzeit nicht beiwohnen. Wir werden so bald wie möglich heiraten. Hier in Louisiana ist man immer noch ein bißchen provinziell, vor allem so weit flußaufwärts auf den Plantagen. Wahrscheinlich wären einige meiner Gäste sehr pikiert, Sie hier anzutreffen.«

Mit bewundernswerter Selbstbeherrschung stellte Mara ihre Teetasse ab und lächelte ihre Gastgeberin an. »Ich verstehe voll und ganz, meine Liebe. Sie wissen wahrscheinlich ebensogut wie ich, wie schwer es ist, angenehme Erinnerungen zu vergessen.« Sie schenkte Amaryllis einen mitleidigen Blick. »Und es wäre mir wirklich unangenehm, durch meine Anwesenheit Nicholas ständig an« – sie machte eine bedeutungsvolle Pause, vor allem, da ihre Wangen von der Hitze des Feuers leicht gerötet waren – »vergangene Zeiten zu erinnern.«

Amaryllis konnte ihren Zorn auf die schöne Irin kaum noch zügeln. »Brauchen Sie Hilfe beim Packen, *Mademoiselle*?« fragte sie steif.

»Ich glaube nicht, danke. Ich nehme an, Sie haben bereits alle nötigen Vorkehrungen getroffen?«

»Seien Sie versichert, daß auf dem Boot Platz für Sie ist, Mademoiselle O'Flynn«, bestätigte Amaryllis.

»Vielen Dank«, murmelte Mara lächelnd. »Sie sind zu gütig, *Madame*.«

Amaryllis starrte frustriert auf die Tür, die sich hinter dieser aufsässigen Irin geschlossen hatte. Irgendwie wurde sie das Gefühl nicht los, bei diesem Schlagabtausch den kürzeren gezogen zu haben.

Nun, wenigstens verließ Mara O'Flynn Sandrose – und Nicholas. Und nur das zählte, tröstete sich Amaryllis.

Mir entkommen?
Niemals –
Geliebte.
Denn ich bin ich, und du bist du.

BROWNING

Kapitel 15

»Na, das Saint-Louis-Hotel isses jedenfalls nich'«, urteilte Jamie ungnädig, während sie sich in dem schäbigen Zimmer umsah. Die Farbe schälte sich in langen Streifen von den Wänden. Eine Waschschüssel mit Sprung und ein angeschlagener Krug standen mitten auf dem einfachen Holztisch. »Himmel, sogar an den Dubliner Docks gibt's feinere Hotels.«

Mara warf Jamie einen vorwurfsvollen Blick zu, blieb aber eine Antwort schuldig. Das Hotelzimmer war erbärmlich, aber was wollte man für ein paar klägliche Dollar schon verlangen. Und mehr hatte sie nicht in ihrer Börse. Ihre letzten Dollars hatte sie für diese Unterkunft und für ein wenig Essen ausgeben müssen. Mehr würde es in den nächsten Tagen nicht geben.

Mara setzte sich auf die Bettkante und stützte müde den Kopf in die Hände. Wenn sie schon dieses Rattenloch kaum bezahlen konnte, wie sollten sie dann jemals genug Geld für die Überfahrt nach England auftreiben? Mara spürte, wie sich das Bett neben ihr absenkte, und schaute liebevoll auf Paddy, der sich neben sie gesetzt hatte.

»Mir gefällt's hier nicht, Mara«, meinte er unglücklich. Verwirrt und vorwurfsvoll sah er sie aus seinen großen Augen an. »Warum sind wir von Onkel Nicholas weggegangen? Ich hab' ihm nicht mal auf Wiedersehen gesagt. Dabei hab' ich mir das so gewünscht«, erklärte er ihr ernst und mit Tränen in den Augen. »Ich war gar nicht mehr böse auf ihn, wirklich, Mara. Glaubst du, er weiß, daß ich ihn immer noch mag?« jammerte er.

Mara schloß ihn fest in die Arme. »Natürlich weiß er das. Und er versteht bestimmt auch, daß wir abreisen mußten und daß wir uns nicht von ihm verabschieden konnten, weil er so krank war.«

Paddys Schultern sackten herunter, und seine Unterlippe schob sich vor, während er versuchte, seine Tränen zurückzuhalten. »Ich weiß gar nicht, warum wir wegmußten. Hat er uns nicht mehr gewollt?«

Mara ignorierte Jamies Schnauben und sagte einfach: »Wir gehören nicht hierher, Paddy. Bald sind wir wieder in London, wo wir zu Hause sind. Dann wird alles gut, du wirst schon sehen«, versprach Mara.

Müde erhob sie sich und betrachtete die Koffer, die sich in der Ecke des kleinen Zimmers türmten. »Heute ist es zu spät, aber gleich morgen werde ich mich um das Geld für unsere Überfahrt kümmern.«

»Und wie woll'n Sie das tun, Missie?« erkundigte sich Jamie grimmig.

Mara kaute nachdenklich auf ihrer Unterlippe, dann erklärte sie zuversichtlich: »Ich werde meinen Schmuck verkaufen. Das sollte schon etwas einbringen.«

Jamie schniefte und ließ keinen Zweifel daran, wie sie die Erfolgsaussichten dieses Unternehmens einschätzte. Entschlossen stapfte sie zu ihrem kleinen Koffer hinüber, schloß ihn auf und kramte darin herum. Verwundert sah Mara ihr zu. Mit stolz geschwellter Brust kehrte Jamie zu ihr zurück. Sie nahm Maras Hand, drehte sie herum und legte ein kleines Säckchen hinein.

»Ich hab' meine Ersparnisse die ganzen Jahre über nich' angetastet. Ich hab' Master Brendan gut genug gekannt. Ich hab' immer geahnt, daß ich das Geld eines Tages brauchen würde, um ihm aus der Patsche zu helfen. Als er in Kalifornien reich wurde, da war er sehr großzügig zu mir. Er hat das Geld praktisch weggeworfen! Deshalb denk' ich, ich kann das jetzt wiedergutmachen«, sagte Jamie. Ihr Ton duldete keinen Widerspruch.

Mara starrte auf das kleine Säckchen, das die gesamten Ersparnisse der kleinen Frau enthielt.

»Jamie«, flüsterte Mara. Dann nahm sie die kleine Frau zu deren Verblüffung in die Arme. Es war das erste Mal, daß Mara ihr ihre Gefühle zeigte. »Jamie, das kann ich einfach nicht annehmen. Das wäre nicht gerecht.«

Jamie schniefte weiter, richtete sich zu voller Größe auf und reckte ihr die Brust entgegen. »Überlassen Sie das mal mir, was ich gerecht find' und was nich'. Ich kann mit meinen Ersparnissen machen, was ich will. Wenn Sie das Geld nich' annehmen, dann« – sie überlegte blitzschnell – »kauf' ich mir dafür 'ne Pelzstola und 'nen Muff und vielleicht noch 'ne Diamantkrone. Ich seh' mich schon damit durch die Straßen spazieren!«

»Wie du willst, Jamie«, erklärte Mara mit gespieltem Ernst, »nachdem du zur Familie O'Flynn gehörst, hast du natürlich ein Mitspracherecht. Dann zählen wir mal und schauen, wieviel wir haben.«

»Es is' nich' grad' ein Vermögen«, meinte Jamie einschränkend. Nervös sah sie zu, wie Mara den Beutel öffnete. »Aber es wird uns aus New Orleans rausbringen.«

Mara starrte fassungslos auf die Münzen in ihrem Schoß. Mit einer solchen Summe hatte sie nicht gerechnet. Sie hatte nicht geglaubt, daß Jamie soviel zusammengespart hatte. Natürlich war es kein Vermögen, aber damit konnte sie die Schiffskarten zur Hälfte bezahlen.

Mara schaute auf, und als Jamie ihre Miene sah, seufzte sie erleichtert. Zum erstenmal in ihrem Leben fühlte sich Jamie wirklich zur Familie O'Flynn gehörig.

»Toll, Jamie ist reich!« rief Paddy ehrfürchtig aus und wühlte mit den Händen in dem Geldhaufen.

»Es is' mit harter Arbeit ehrlich verdientes Geld«, wies ihn Jamie zurecht. Endlich einmal stand sie im Mittelpunkt. »Vergiß das nich', Paddy.«

»Ich werde auch einmal reich, aber ich werde noch viel reicher als Jamie«, verkündete Paddy mit arrogant vorgerecktem Kinn. In diesem Augenblick wirkte er wie eine Kopie seines Vaters.

Mara fuhr ihm durch die wirren Locken und schwor sich insgeheim, daß Paddy nicht wie Brendan werden würde, daß er niemals zu unlauteren Mitteln greifen oder gar sein hübsches Gesicht einsetzen müßte, um seine Ziele zu erreichen. Paddy würde es besser haben – wie auch ihr eigenes Kind.

Mit Jamies Geld und dem Erlös aus dem Verkauf ihres Schmucks buchte Mara Kabinen auf einem Schiff, das nach London fuhr und Ende der Woche die Segel setzen sollte.

Während der folgenden Tage beschränkten sie sich auf eine warme Mahlzeit täglich, die sie in einem kleinen Restaurant nahe ihrem Hotel einnahmen, und füllten ansonsten ihre Mägen mit Brot und Obst vom Markt.

Zugleich aber wurden Maras Kleider immer enger, und sie wurde sich der Tatsache bewußt, daß sie ihre Garderobe ergänzen mußte, wenn sie in den nächsten Monaten überhaupt noch etwas zum Anziehen haben wollte. Sie entdeckte einen Schneider nahe dem französischen Markt, der ihr ein paar preiswerte Kleider anfertigen würde. Doch obwohl der Mann billig arbeitete, durchfuhr Mara ein eiskalter Schreck, als er den Preis nannte. Mit dem Packen unter ihrem Arm machte sie sich über den abendlichen Marktplatz auf den Heimweg.

Die leeren Stände gähnten sie an, und schnell bog sie in eine der schmalen Straßen ein, die von dem Platz wegführten. Ein leichter Regen fiel, der die Straße glitschig machte. Plötzlich hörte sie laute Stimmen hinter sich. Sie warf einen Blick über ihre Schulter zurück und erblickte eine Gruppe von Nachtschwärmern, deren Gesichter hinter seltsamen Masken verborgen waren und die mitten auf der Straße spazierten.

Als Mara ihren Weg fortsetzte, entdeckte sie mehr und mehr Feiernde in den schmalen Gassen. In ihrem dunklen Cape entging sie den Blicken der meisten jener grell maskierten fröhlichen Menschen, von denen einige bereits nicht mehr ganz sicher auf den Beinen waren und andere lauthals singend durch das alte französische Viertel zogen. Dies also war der berühmte *Mardi Gras*. Auf Sandrose hatten sich die Gäste ebenfalls darüber unterhalten, ja, manche schienen gar kein anderes Thema mehr zu kennen.

Als sie gerade eine Kreuzung überquerte, wurden ein paar Männer mit grotesken Masken auf sie aufmerksam. Das flackernde Licht der Fackeln verlieh der Szenerie etwas Dämonisches.

»Mademoiselle! Mademoiselle! Où allez-vous? Attendez-moi!« rief ihr eine kostümierte Gestalt hinterher.

Mara verschwand in der Dunkelheit und begann die enge Straße entlangzulaufen, in der sie ihr Hotel vermutete. Ihr Atem ging schwer, und sie bekam Seitenstechen. Im Dunkel unter einem Balkon hielt sie inne, um Atem zu schöpfen. Sie drehte sich um und schaute nervös zurück. Dunkle Schatten huschten über das Pflaster. Man suchte nach ihr.

Sie atmete tief durch, löste sich von der Wand und verschwand in einer unbeleuchteten Seitengasse. Immer wieder stolperte sie über Abfälle, aber trotz ihrer Erschöpfung setzte sie ihren Weg fort. Als sie am anderen Ende der Gasse wieder auf eine breitere Straße gelangte, war ihr klar, daß sie sich verlaufen hatte.

Hektisch blickte sie sich um. Kein Stern stand am Himmel, und der Nieselregen war stärker geworden. In der Ferne grollte Donner, der noch Schlimmeres versprach. Mara zitterte vor Kälte und Angst, als sie an der nächsten Straßenecke lodernde Fackeln an den Hauswänden erblickte. Sie wandte sich in die entgegengesetzte Richtung und tauchte in der Dunkelheit unter. Fünfzehn Minuten später, vielleicht auch eine halbe Stunde – Mara hatte jedes Zeitgefühl verloren –, hielt sie an einer Ecke an und schaute sich verloren um. Wo war sie? Ängstlich zog sie sich in die Schatten zurück, als eine Gruppe vorbeispazierte. In diesem Augenblick fiel ihr Blick auf das Straßenschild, und sie erinnerte sich an Françoise Ferrare. Nicholas' Cousine wohnte in dieser Straße. Jetzt entdeckte Mara auch den Blumenwagen an der gegenüberliegenden Ecke, dessen Angebot mit Fackeln beleuchtet war, um die Nachtschwärmer darauf aufmerksam zu machen. Mara lachte nervös. Sie konnte nicht weit von Françoises Haus entfernt sein. Müde schleppte sie sich die Straßen entlang, das immer schwerer werdende Paket in den Armen.

Plötzlich wurde sie von jemandem gepackt. Sie drehte sich um und stieß einen Schrei aus. Eine gräßliche Fratze mit roten Backen, hervorquellenden Augen und einer wahnwitzig langen Nase grinste sie an. Messerscharfe Zähne blitzten in dem verzerrten Mund.

Mara hörte nicht einmal mehr ihren Schrei, so ohrenbetäubend laut pochte ihr Herz. Die Hände des Monsters gruben sich noch tiefer in ihre Schultern und wirbelten sie herum, bis sie halb ohnmächtig nur noch in die dämonische Fratze schauen konnte. Verzweifelt versuchte sich Mara aus dem Griff zu befreien. Sie kratzte und schlug gegen den hageren Körper, der schließlich lachend von ihr abließ. Ohne sich um ihr heruntergefallenes Paket zu kümmern, rannte Mara so schnell sie konnte die Straße hinunter.

Und dann erblickte sie den Zaun und zwischen den Bäumen die rosafarbenen Fensterläden, hinter denen ein warmes Licht schien. Mit einem tiefen Schluchzer warf sie sich gegen das Tor, und im selben Moment spürte sie einen entsetzlichen Schmerz in ihrem Unterleib. Schmerzgekrümmt stolperte sie in den Garten und die Stufen zur Eingangstür hinauf. Sie ließ sich gegen die Tür fallen und sank, als würde sie beten, in die Knie.

»Herr, bitte nicht! Bitte! Ich darf sein Kind nicht verlieren, bitte nicht«, hörte sich Mara beten, bevor sich die Dunkelheit über sie senkte.

Als Mara die Augen öffnete, strömte helles Licht durch die Fenster. Sie fragte sich, wo sie sich wohl befinden mochte, denn das Zimmer war ihr vollkommen fremd. Es war ein hübsches Schlafzimmer mit goldverzierten Tapeten und blau und gold gestreiften, seidenbezogenen Sesseln. Mara blickte zu dem ebenfalls blau und gold gestreiften Himmel über ihrem Bett auf und seufzte. Die spitzenbesetzten Kissen strömten einen schwachen Lavendelduft aus, der sie zum Träumen verleitete, bis sie hörte, wie die Tür geöffnet wurde. Sie blickte hoch und sah Françoise hereinkommen. In diesem Augenblick kehrten die Ereignisse der vergangenen Nacht in ihr Gedächtnis zurück, und mit einem erschreckten Schrei faßte sie sich an den Bauch.

»Ich habe es verloren, nicht wahr?« Françoise eilte an ihr Bett. Sorgenfalten standen auf ihrer Stirn. »Es ist fort. Ich habe es umgebracht, nicht wahr? Zuerst wollte ich es nicht, ich habe es vielleicht sogar gehaßt. Aber ich habe es nicht so gemeint. O Gott, ich habe Nicholas' Baby verloren!« schluchzte sie in tiefer Verzweiflung.

Françoise zog einen Stuhl heran, nahm Maras zitternde Hand und legte sie zwischen ihre. »Nein!« erklärte sie ihr mit fester Stimme und klarem Blick. »Sie haben *le petit bébé* nicht verloren. Er ist immer noch in Ihnen, *ma chérie.*« Sie drückte Maras Hand auf ihren Bauch. »Sehen Sie, man spürt es schon. Er ist nicht mehr flach, und bald wird er so groß, daß Sie verzweifelt sein werden.« Françoise lachte, und ihre blauen Augen strahlten freundlich.

Mara schluckte. »Ich habe es nicht verloren«, hauchte sie.

»Nein, Sie haben es nicht verloren«, wiederholte Françoise bestimmt. Erleichtert bemerkte sie, daß Mara O'Flynns Verzweiflung nachließ. »Aber Sie haben mir solch einen Schrecken eingejagt. *Mon Dieu,* ich dachte, Sie wären tot. Noch nie habe ich so etwas Furchtbares gesehen. Wie Sie vor meiner Tür lagen! Ich glaube, ich bin um Jahre gealtert, als ich Sie gehört habe.«

»Es tut mir leid, aber ich hatte mich verlaufen, und überall waren diese Gestalten mit ihren gräßlichen Masken. Ich habe mich so gefürchtet«, gestand Mara schamrot. »Ich weiß gar nicht, was über mich kam. Und dann dachte ich, ich würde das Baby verlieren...« Allein die Erinnerung daran war schmerzhaft.

»Oh, *ma chérie*«, schalt Françoise sie freundlich. »Was um alles in der Welt haben Sie so spät noch draußen getrieben? Zu dieser Jahreszeit wagt sich kein normaler Mensch nachts auf die Straße.«

»Ich mußte ein paar Kleider vom Schneider abholen. Ich hatte ja keine Ahnung, wie es hier abends zugeht. Ich wußte, daß es Karneval ist, aber – sie waren so *wild.*« Immer noch ängstlich, fröstelte Mara.

»Das ist jedes Jahr beim *mardi gras* so. Zu dieser Zeit finden alle möglichen Bälle und Feste statt, und die Straßen sind das reinste Tollhaus. Kein anständiger Mensch geht nachts im Januar hinaus, am allerwenigsten eine Frau.«

Mara knetete verlegen die Hände, denn eben war ihr eingefallen, daß Françoise vielleicht noch gar nicht über Alain und die Vorfälle auf Beaumarais Bescheid wußte.

»Sie haben Sandrose ziemlich überstürzt verlassen und einiges Aufsehen verursacht, wie ich gehört habe«, wechselte Françoise plötzlich das Thema.

Mara sah auf. »Ich –«

Françoise nickte traurig. »Ja, ich habe von Alain gehört.«

Jetzt erst bemerkte Mara, daß Françoise ganz in Schwarz gekleidet war.

Françoise verstand Maras fragenden Blick und erklärte leise: »Alain ist tot.«

»Wie bitte?« fragte Mara überrascht. »Das verstehe ich nicht. Wir haben ihn auf Beaumarais gelassen. Was ist denn geschehen?« Maras Herzschlag beschleunigte sich, und sie fragte: »Ist Nicholas hier?«

Françoise schüttelte den Kopf. »*Non.* Nicholas ist nicht hier«, antwortete sie und machte dann eine nachdenkliche Pause. »Aber mein Papa ist gestern angekommen und hat mir alles erzählt. Ich wollte ihm zuerst gar nicht glauben. Es ist eine so unglaublich tragische Geschichte. Armer Papa«, seufzte Françoise, »er macht sich solche Vorwürfe, nicht nur wegen Alain, sondern auch wegen allem anderen.« Sie rieb sich die Schläfen und schaute Mara dann an. »Ich kann es immer noch nicht fassen, daß Alain zu so etwas fähig war«, flüsterte sie und tupfte sich mit einem Taschentuch die Augenwinkel. »Wahrscheinlich war sein Tod Gottes Strafe für all seine Sünden.«

»Was ist denn geschehen?«

»Papa erzählte, der Fluß hätte den Grund zurückgefordert, auf dem Beaumarais stand und dem schlammigen Strom trotzte. Beaumarais gibt es nicht mehr, es ist zerstört.«

»Zerstört?« wiederholte Mara.

»Die Fundamente haben dem Druck des Wassers offenbar nicht

standgehalten. Alain befand sich noch im Haus, als es einstürzte. Nur eine oder zwei Säulen stehen noch, sonst nichts. Alles ist fort. Nicholas war nach Beaumarais zurückgekehrt, um mit Alain abzurechnen, und er hat das Haus so vorgefunden. Das Wasser reichte bis zur Treppe, die immer noch stand, aber nun ins Nichts führte. Darunter fand man dann Alains Leiche«, endete sie mit belegter Stimme.

Beaumarais war zerstört. Nach so langer Zeit war Nicholas an seine Geburtsstätte zurückgekehrt, nur um miterleben zu müssen, wie ihm sein Haus wieder genommen wurde. Das Haus war also verloren, doch zumindest hatte er die Wahrheit über seine Vergangenheit erfahren. Das ist ihm bestimmt ein Trost, dachte Mara traurig. Wie gern wäre sie jetzt bei ihm gewesen, um ihn zu trösten. Aber er war weit weg, und sie würde nie wieder ihre Arme um ihn legen können.

»Wie geht es Nicholas?« fragte sie zaghaft.

»Papa sagt, er hätte sich inzwischen von dem Schlangenbiß erholt. Natürlich trauert er um Beaumarais«, antwortete ihr Françoise. Ihre blaugrünen Augen wurden schmal, während sie die Frau im Bett beobachtete.

»Ist – ist er immer noch auf Sandrose?« fragte Mara, ohne Françoise dabei in die Augen zu sehen.

»Mais oui«, lachte Françoise grob. »Sie glauben doch nicht, daß Amaryllis ihn wieder aus ihren Klauen läßt!«

Weil Mara betreten schwieg, verfluchte sich Françoise insgeheim. »Ich und mein vorlautes Maul! Verzeihen Sie, aber nachdem Sie hier in New Orleans sind und Nicholas in Sandrose ist, dachte ich ... nun, ich dachte, Sie würden ihn nicht lieben. Vor allem, da Sie so plötzlich abgereist sind. Sie haben sich noch nicht einmal von Papa verabschiedet, was er Ihnen sehr verübelt, *ma chérie*. Ganz bestimmt wird er darüber ein Wörtchen mit Ihnen reden wollen«, warnte Françoise sie mit einem freundlichen Augenzwinkern. »Aber ich verstehe es immer noch nicht ganz. Jetzt, wo ich weiß, daß Sie Nicholas' Kind tragen – ah«, Françoise seufzte und blickte himmelwärts. »Ich bin schon wieder ins Fettnäpfchen getreten, *non*? Nicholas weiß nichts von dem Kind, wie? Oder daß Sie ihn so sehr lieben? *Mon Dieu*, ich kann mir auch nicht vorstellen, daß Nicholas Sie hinausgeworfen hätte, wenn er das wüßte. Männer sind manchmal solche Einfaltspinsel. Bah, wenn er nicht selbst sieht, welche Frau die richtige für ihn ist, dann verdient er es wirklich, mit dieser Hyäne zusammenzuleben!«

Mara schloß die Augen und versuchte, das Bild von Nicholas und Amaryllis auf Sandrose zu verdrängen. »Es ist nicht leicht zu erklären ... Obwohl ich Nicholas von ganzem Herzen liebe, weiß ich, daß er meine Gefühle nicht erwidert. Ich erwarte es auch gar nicht. Ich mache ihm keine Vorwürfe, denn ich verstehe, warum er so empfindet. Aber ich werde auf keinen Fall zulassen, daß er Mitleid mit mir hat, und genau das würde passieren, wenn er von dem Kind erführe. Ich weiß jetzt, daß ich dieses Kind mehr möchte als alles andere auf der Welt. Aber Nicholas darf niemals davon erfahren.«

Françoise schaute die stolze Irin hilflos an, denn sie wußte, daß sie darauf nichts erwidern konnte. »Ich werde Ihnen etwas Tee und ein kleines Frühstück bringen, *non*? Dann werden Sie sich gleich besser fühlen. Außerdem sollten Sie ein Bad nehmen, das wird Sie entspannen.« Sie erhob sich von ihrem Stuhl.

»O mein Gott!« rief Mara plötzlich aus. »Paddy und Jamie! Sie wissen ja gar nicht, wo ich bin. Sicher ängstigen Sie sich halb zu Tode. Ich muß sofort zu ihnen zurück!«

»Ganz ruhig«, beschwichtigte sie Françoise. »Ich schicke eine Dienerin hin, damit sie wissen, wo Sie sich aufhalten. Wo wohnen Sie? Im Saint Louis?«

»Nein, in einem Hotel namens Par Bonheur.«

Françoise zog eine Augenbraue hoch. *»Mon Dieu! C'est impossible*, daß Sie in einer solchen Absteige wohnen. Der Laden sollte Par Malheur heißen, denn es ist schon ein arges Unglück, wenn man nur durch seine Türe tritt.« Françoise machte aus ihrer Verachtung keinen Hehl, doch dann schlug sie sich erschreckt die Hand auf den Mund. *»Mon Dieu*, jetzt hab' ich Sie schon wieder beleidigt, *non*? Bitte verzeihen Sie mir, das wollte ich nicht«, entschuldigte sie sich verlegen.

»Sie brauchen sich nicht zu entschuldigen«, antwortete Mara lächelnd, »denn das Hotel ist wirklich erbärmlich. Wir bleiben nur vorübergehend dort. Schon morgen reisen wir nach London ab.«

Erschüttert blickte Françoise sie an. »So bald schon? Das wird Papa gar nicht gefallen. Er hat sich so auf das Wiedersehen mit Ihnen gefreut, als er hörte, daß Sie bei mir sind. Da kann er Ihnen ja kaum guten Tag sagen.«

»Ich würde ihn gern noch einmal sehen, bevor ich fahre, aber ich kann die Reise nicht mehr verschieben. Ich habe sie bereits bezahlt«, erklärte Mara ihr bedauernd.

»Natürlich, das verstehe ich. Ich werde sofort jemanden losschicken, der Ihrer Begleiterin sagt, daß Sie hier sind. Und Sie ruhen sich jetzt aus. Hier sind Sie sicher.«

»Vielen Dank. Sie sind so freundlich, Mademoiselle Ferrare.«

»Françoise, bitte. Und jetzt legen Sie sich zurück und denken an etwas Schönes, ja?« befahl ihr Françoise lächelnd und verließ den Raum.

Etwas Schönes, dachte Mara. Und dann dachte sie an ihr Kind und mußte lächeln. Jetzt wußte sie, daß sie es mit Leib und Seele wünschte. Es war ihr Teil von Nicholas, und es war etwas, das ihr niemand wegnehmen konnte. Vielleicht wird es ein Junge werden, mit grünen Augen und schwarzem Haar, genau wie sein Vater, dachte Mara glücklich. Das waren tatsächlich schöne Gedanken.

»Himmel, wenn mein Haar nich' schon längst grau wär', dann wär's jetzt soweit, so haben Sie mich erschreckt«, beklagte sich Jamie eine Stunde später, während sie Mara beim Ankleiden half. Kritisch musterte sie ihre Herrin, während sie hinter einer möglichst strengen Stimme zu verbergen versuchte, was für Angst sie um Mara gehabt hatte. »Allein in 'ner Stadt voller französischer Hitzköpfe rumspazieren. Manchmal könnt' man sich wirklich fragen, ob Sie noch bei Verstand sind.«

Sie kniff besorgt die Augen zusammen, als die erwartete spitze Antwort ausblieb. Schniefend machte sie sich mit ihrer Bürste über Maras Haar her. »Schätze, es wird Zeit, daß wir New Orleans verlassen«, grummelte sie, als sie Maras traurig herabgezogene Mundwinkel bemerkte. Vielleicht, so fürchtete Jamie, hatten die O'Flynns ihr Glück tatsächlich endgültig aufgebraucht.

Etienne begrüßte Mara warmherzig, als sie wenige Minuten darauf in den Salon trat. Er nahm sie an beiden Händen und küßte sie dann auf die Wange. »Meine liebe Mara, ich freue mich so, Sie wiederzusehen. Sie haben uns ja so einen Schrecken eingejagt! Meine arme Françoise dachte sogar, Sie wären auf ihrer Türschwelle gestorben. Das wäre wirklich ein unverzeihlicher *faux-pas* gewesen!«

»Papa!« mischte sich Françoise lachend ein.

»Ich habe vielleicht Temperament und keine vornehme Abstammung, aber meine Manieren lassen nichts zu wünschen übrig«, antwortete Mara.

Etienne lächelte sie an und bat sie, auf dem Sofa Platz zu nehmen. »Ich habe dir doch gesagt, Françoise, sie ist wirklich ein Schatz. Es tut so gut, Sie wieder lächeln zu sehen.«

Mara nahm seine Hand. »Etienne, es tut mir so leid, daß alles so enden mußte.«

Beruhigend tätschelte er ihren Handrücken. »Vielen Dank, meine Liebe. Aber vielleicht ist es so am besten. Alain ist tot, und wir müssen versuchen, die Vergangenheit zu vergessen. Es hat keinen Sinn, sie ewig mit sich herumzuschleppen.« Dann fügte er mit einem traurigen Lächeln hinzu: »Für mich jedenfalls wird er immer Olivias kleiner Junge bleiben.«

Dann lächelte er Mara charmant an und bestimmte: »Und jetzt sprechen wir von etwas anderem.« Und genau das tat er dann den ganzen Tag und während des Abendessens, das sie, nachdem Françoise darauf bestanden hatte, noch zusammen einnahmen. Allzufrüh nahte der Abschied. Mara beleidigte ihre Gastgeberin nicht, indem sie ihnen versprach, sie noch einmal in New Orleans zu besuchen. Denn sie wußte, daß sie nie wieder hierher zurückkehren würde, und sie vermutete, daß auch Etienne das klar war. Doch sie nahm gern sein Versprechen entgegen, daß er sie auf seiner nächsten Reise nach London besuchen würde, und sie war sicher, daß er sein Wort halten würde.

Als sie in ihr billiges Hotel zurückgekehrt waren, erschien ihr alles noch viel schäbiger als zuvor. Müde bereitete sie alles für die lange Reise vor.

Der nächste Morgen dämmerte zu früh. Mara mühte sich aus dem harten, klammen Bett, in dem sie die meiste Zeit zitternd vor Kälte wachgelegen hatte. Sie war schon fast angezogen, als Jamie eilig ins Zimmer geschlurft kam. Sie war unten gewesen, um den Abtransport ihres Gepäcks zu organisieren.

»Haben Sie schon die Kutsche bestellt?« fragte sie besorgt. Ihre schmächtige Gestalt war ganz in einen schweren Mantel gehüllt, und die Haube saß fest auf ihren grauen Locken.

Zweifelnd betrachtete Mara Jamies Spiegelbild. »Nein, ich hatte noch keine Zeit, einen Wagen zu bestellen, der die Koffer zum Schiff bringt.«

»Ich sagte ›die Kutsche‹ – denn die steht schon vor dem Haus, und der Kutscher sagt, er würde auf uns warten«, erklärte ihr Jamie.

Mara nahm ihren Mantel und legte ihn sich über den Arm, dann streifte sie ihre Handschuhe über. Sie trug das gleiche bernsteinfarbene Samtkleid wie bei ihrer Ankunft in New Orleans. Ihre Haube war mit denselben Brüsseler Spitzen verziert wie ihr Jäckchen. »Das muß ein Irrtum sein«, sagte Mara und dachte an die zusätzlichen Kosten, die ihnen dadurch entstehen würden.

Aber weder war es ein Irrtum, noch entstanden zusätzliche Kosten. Françoise Ferrares Kutscher hatte von ihr persönlich den Auftrag bekommen, sie zum Schiff zu bringen, und half Mara in die Kutsche.

»Fahren wir wirklich aus New Orleans weg?« fragte Paddy niedergeschlagen.

»Ja, Paddy, wir verlassen New Orleans«, antwortete Mara und schaute hinaus auf die schmiedeeisernen Balkone an den rosa und gelb gestrichenen Stadthäusern.

An Bord führte man sie zu ihren Kabinen. Paddy teilte sich eine Kabine mit Jamie, während Mara in einer Einzelkabine untergebracht war. Darauf hatte sie Wert gelegt, denn ihr Zustand würde im Lauf der Reise unübersehbar werden. Es würde ihr viele peinliche Fragen und Blicke ersparen, wenn sie sich in die Abgeschiedenheit einer Privatkabine zurückziehen konnte.

Aber als sie die Kabine reserviert hatte, hatte sie nicht ahnen können, daß sie so hübsch war. Die Wände waren mit Mahagoni furniert, und von der Decke hingen feingeschliffene kristallene Öllampen. Eine Pelzdecke, fein wie Zobel, war über das Fußende der Koje gebreitet. Mara setzte ihre Haube ab, zog ihre Handschuhe aus und warf sie auf den Mantel, den sie über eine Stuhllehne gelegt hatte. Dann ging sie hinüber zum Bullauge und starrte hinaus. Hinter dem Bug eines zweiten Schiffes, das längsseits lag, sah sie Wasser blinken. Sie hörte, wie die Mannschaft auf Deck alle Vorbereitungen zum Segelsetzen traf. Bald würde man den Anker lichten und in den Mississippi hinaussegeln. Von dort aus ginge es dann in den Golf und fort von New Orleans.

Lautes Fußgetrappel vor der Kabinentür lenkte Mara von ihrem winzigen Ausblick ab, und gerade, als die Tür geöffnet wurde, drehte sie sich um.

»Wir segeln in ein paar Minuten ab, Mara!« rief Paddy. »Willst du mit an Deck kommen und zuschauen?«

Mara schüttelte den Kopf. »Ich glaube nicht, Paddy.«

Paddy schien enttäuscht. »Kann ich trotzdem raufgehen? Jamie hat gesagt, sie kommt mit«, bettelte er.

»Ja, geh nur, aber paß auf, daß dir nichts passiert«, ermahnte ihn Mara. Er rief ihr über die Schulter ein schnelles Dankeschön zu und rannte aus der Kabine.

Mara saß in ihrer Kabine und merkte nicht, wie die Zeit verging und die Kälte langsam durch die Wände drang. Sie lehnte an der Seitenwand ihrer Koje und starrte, ohne etwas zu sehen, auf ihre Hände, die sie im Schoß gefaltet hatte. Ihre Brust war wie zugeschnürt, als würde etwas in ihr aufsteigen, über das sie keine Kontrolle hatte. Irgendwann spürte sie dann das sanfte Wiegen des Schiffes, das langsam in den Mississippi hinaustrieb.

Sie hatten New Orleans tatsächlich verlassen. Plötzlich wurde Mara sich der Tragweite dieses Satzes bewußt. Nie wieder würde sie Nicholas Chantale begegnen, jenem kreolischen Abenteurer, in den sie sich so hoffnungslos verliebt hatte. Das Spiel war aus, all ihre Träume zerbrochen.

Mara fühlte einen starken Druck hinter ihren Augen, der in einen scharfen Schmerz überging, und plötzlich begann ihr Kopf zu dröhnen. Hektisch zog sie die Nadeln aus ihrem Haar, die ihre Frisur stützten, und sie stöhnte unwillkürlich auf, als ihr das dichte, lange Haar über die Schultern floß. Sie fuhr mit den Fingern durch die seidige Masse, doch ihre Schläfen hörten nicht auf zu pochen.

Ihre Kehle war wie zugeschnürt, und sie schluckte gequält. Immer wieder mußte sie blinzeln, denn ihre Augen brannten, glühten, und plötzlich spürte sie Feuchtigkeit auf ihren Wangen und salzige Spuren davon in ihren Mundwinkeln.

»O mein Gott, es ist solange her«, flüsterte sie. Dann begann sie hemmungslos zu weinen. Tiefe Schluchzer entrangen sich ihrem schlanken Leib, und all die Schmerzen, all die Enttäuschungen ihrer traurigen Kindheit und der letzten Jahre kamen nun aus den Tiefen ihres Innern hoch. Sie weinte um Maud O'Flynn, ihre Mutter, und sah wieder jenes schicksalhafte Zimmer in Paris vor sich.

Sie weinte um Brendan, um seine Träume und seine Enttäuschungen, denn er hatte sich so sehr ersehnt, *jemand* zu sein, und hatte in einem kalten Grab auf einem kahlen Hügel weitab der Heimat geendet.

Aber vor allem weinte sie um Nicholas, um seine Liebe, die sie nie erringen würde, und um die Liebe, die sie nie mehr geben konnte.

Sie barg ihr Gesicht in dem Kissen in der Koje und trauerte um sie alle, um all die verlorenen Jahre. Ihr war, als drohte ihr Herz zu bersten.

Sie weinte und schluchzte, überflutet von Gefühlen, die sie aus ihrem Leben verbannt zu haben glaubte. Sie hörte nicht, wie die Kabinentür geöffnet wurde, wie eine tiefe Stimme zu ihr sprach. Sie spürte nicht die starken Arme, die sich um ihren bebenden Körper schlossen und ihn an eine starke Brust drückten, so daß sie eigentlich hätte hören müssen, wie ein Herz unter ihren Wangen klopfte.

Sie sank in einen erschöpften Schlaf. Doch dann verloren sie die tröstenden Träume wieder, und das Bewußtsein kehrte zurück, obwohl sie sich mit allen Kräften dagegen wehrte, die Augen zu öffnen. Sie fühlte sich so warm, so geborgen. Sie streckte sich und stutzte, als sie plötzlich einen harten Arm quer über ihrem Bauch liegen spürte.

Sie riß die Lider auf und blickte in zwei grüne Augen, die sie aufmerksam beobachteten.

»Nicholas?« Ihre Lippen zitterten, und in ihren goldenen Augen stand Angst. »O Gott, erspar' mir diese grausame Strafe. Das ist nicht wahr. Er ist nicht hier!«

Nicholas schlang seine Arme um sie und drückte sie an sein Herz. Die Pelzdecke hielt sie warm. »Spüre mich und höre, wie in meinem Herzen die Liebe zu dir schlägt, Mara«, flüsterte er ihr ins Ohr. »Ich bin äußerst lebendig, und ich bin hier mit dir auf diesem Schiff.«

Mara heftete den Blick auf sein Antlitz, als fürchte sie, er könnte wieder verschwinden. »Nicholas, o Nicholas... wie ist das möglich? Ich dachte, du wärst immer noch auf Sandrose? Du wirst doch Amaryllis heiraten, und doch bist du bei mir. Warum?« schluchzte Mara und versuchte, sich aus seinem Griff zu winden. Aber Nicholas gab sie nicht frei. »Du haßt mich, du verachtest mich. Hast du vergessen, wer ich bin? Ich bin Mara O'Flynn, der du einst Rache geschworen hast!«

»Nein«, verbesserte Nicholas sanft und gab ihr einen zärtlichen Kuß, »du bist Mara O'Flynn, die Frau, die ich liebe.«

Verwirrt schaute Mara ihn an. »Du kannst mich nicht lieben.«

Nicholas lächelte. »Ich sehe es schon kommen, daß wir uns ständig streiten werden. Also«, fragte er, »warum kann ich dich nicht lieben? Du liebst mich doch auch.«

Mara blieb vor Überraschung der Mund offenstehen.

Nicholas' Lächeln wurde breiter. »Endlich weiß ich, wie ich dich zum Schweigen bringen kann. Ich darf nie vergessen, dir zu erklären, daß ich dich liebe, *ma petite*. Aber es besteht ohnehin keine Gefahr, daß ich das jemals vergessen könnte.«

Mara fühlte, wie sich eine Träne aus ihrem Augenwinkel löste. Zaghaft streckte sie die Hand aus, betastete Nicholas' Wange und liebkoste seine Lippen. »Du liebst mich? Und das sagst du nicht nur, um ein grausames Spiel mit mir zu spielen, Nicholas?«

Nicholas hörte auf zu lächeln. Er sah ihr tief in die Augen und zwang sie auf diese Weise, ihm ihr Herz und ihre Seele zu öffnen. Er nahm ihren Kopf in beide Hände und sagte ganz ruhig: »Gib mir deine Liebe, Mara. Vertrau sie mir an, teil sie mit mir und behalte sie nicht für dich. Ich liebe dich, Mara, und ich brauche dich mehr als alles andere auf dieser Welt. Wirst du an mich und an meine Liebe glauben?« fragte Nicholas, ohne auch nur eine Sekunde den Blick von ihren Augen zu wenden.

»Ich weiß, daß du ängstlich und mißtrauisch bist«, sprach er mit rauher Stimme weiter, »und du hast auch allen Grund dazu, denn wir haben uns mit unseren Lügen sehr weh getan. Aber jetzt öffne ich dir mein Herz, Mara, meine Liebe. Als ich hörte, daß du Sandrose verlassen hattest, war mir, als wäre ein Teil von mir gestorben. Zum erstenmal in meinem Leben hatte ich Angst. Ich fürchtete, daß ich dich verloren hätte, daß ich dich nie wiederfinden würde.«

»Warum bist du mir gefolgt?« fragte Mara verwundert.

»Weil ich endlich nicht mehr daran zweifeln konnte, daß du mich liebst. Eine Frau muß einen Mann mit jeder Faser ihres Körpers und aus tiefster Seele lieben, um ihr Leben für seins zu geben.

Ich starb tausend Tode, als du dich vor mich warfst und Alain auf dich schoß«, sagte er grimmig. Bei der bloßen Erinnerung daran wurde er zornig.

»Was hätte ich denn sonst tun sollen?«

Nicholas hauchte einen Kuß auf ihre Stirn. »Genau, mein Liebling. *Du* hättest gar nicht anders handeln können, als die tollkühne Heldin zu spielen, und gerade dadurch hast du mir den Beweis gegeben, daß du mich liebst – etwas, das deine wunderschönen Lippen einfach nicht zugeben wollten.«

Mara atmete tief aus. »Ich konnte dir nicht verraten, wie ich empfand, weil ich dachte, daß du mich immer noch haßt.«

»Dein verdammter, liebenswerter Stolz – wie auch mein Stolz – haben uns nicht zueinanderkommen lassen. Das und ein paar andere Dinge in der letzten Zeit«, ergänzte Nicholas mit harter Stimme und kniff die Augen zusammen. »Ich glaube, du solltest mir noch etwas erzählen, findest du nicht?«

»Was meinst du?« fragte Mara verunsichert. Sein Tonfall erinnerte sie an den alten, strengen Nicholas.

»Ich meine, mein Herzblatt«, erläuterte Nicholas unnachgiebig, obwohl ihre Lippen zu zittern begannen, »daß ich etwas über mein Kind erfahren möchte. Du hast bisher versäumt, mir von ihm – oder ihr – zu berichten.«

»Das konnte ich nicht«, gestand Mara flüsternd. »Du hättest mich bemitleidet, Nicholas, und das hätte ich einfach nicht ertragen. Hast du mit Françoise gesprochen? Hat sie es dir erzählt?«

Nicholas strich ihr durchs Haar. »Nein, sie hat nur meine Vermutungen bestätigt. Ich bin kein Trottel, mein Augenstern, und ich ahnte bereits, daß du schwanger sein könntest«, sagte Nicholas und lachte dann kurz auf, bevor er gestand: »Ich hoffte sogar, daß du es sein mögest, denn damit hätte ich dich endlich an mich binden können. Aber du hast nie etwas gesagt, im Gegenteil, du hast immer nur deine Freiheit gefordert. Jetzt weiß ich, warum«, sagte er nachsichtig und strich ihr eine Locke aus der Stirn. »Dein Stolz hätte dich dazu getrieben, fortzulaufen und das Kind allein zur Welt zu bringen. Ich hätte nie davon erfahren, und du hättest ihn ganz allein großziehen müssen. Wir haben einander viel zu verzeihen, glaube ich«, stellte er traurig fest.

»Ich liebe dich, Nicholas.« Endlich sprach Mara jene kostbaren Worte aus. So lange schon hatte sie sich danach gesehnt, das zu ihm sagen zu können. Sie hob den Kopf, legte ihre Lippen auf seine, und sie besiegelten ihre Liebe mit einem innigen Kuß.

Sie entspannte sich in seiner Umarmung, von seinen starken Händen sicher gehalten, und fragte schüchtern: »Wann hast du dich in mich verliebt?«

Nicholas legte sein Kinn auf ihren Kopf und atmete den zarten Duft ihres offenen Haares ein. »Das geschah ganz allmählich, obwohl ich glaube, daß ein Teil von mir sich bereits in dein Bild verliebte, als ich es zum erstenmal sah.«

»Das Medaillon«, murmelte Mara. »Damit hat alles begonnen.«

»Vielleicht. Denn obwohl dein Gesicht mich anzog, war es doch Mara O'Flynn, die Frau, die ich schließlich lieben lernte. Der Glanz deiner Schönheit wäre nach einiger Zeit verblichen. Aber die Liebe, die ich für dich empfinde, Mara, wird immer stärker erstrahlen.«

Wieder spürte Mara die inzwischen vertraute Nässe auf ihren Wangen, und sie preßte ihre Lippen auf seine. Keine Worte hätten die

Leidenschaft ausdrücken können, die sie in seiner Erwiderung spürte, und ihr Kuß wurde feurig und leidenschaftlich.

Aber immer noch waren einige Fragen unbeantwortet, und Mara stellte die schmerzhafteste zuerst:

»Was ist mit Amaryllis?«

Nicholas lächelte grimmig. »Ich habe keinen Zweifel daran gelassen, was ich für sie empfinde«, antwortete er knapp.

»Sie sagte, du hättest sie gebeten, mich zur Abreise zu drängen. Sie sagte, ihr wolltet heiraten.« Maras Stimme war belegt, denn immer noch schmerzte die Wunde, die dieses Gespräch gerissen hatte.

»Sie hat gelogen, mein Engel«, versicherte ihr Nicholas. »Sie war verzweifelt. Sie wußte, daß ich nichts mehr für sie empfand, aber sie konnte sich ihre Niederlage nicht eingestehen. Vermutlich dachte sie, wenn sie dich los wäre, würde ich mich wieder ihr zuwenden. Sie ist so eitel, daß sie tatsächlich annahm, damit Erfolg zu haben. Sie hat die Tatsache nicht berücksichtigt, daß ich dich wirklich liebe.« Nicholas empfand kein Mitleid mit seiner ehemaligen Geliebten, die aus purer selbstsüchtiger Eifersucht fast sein Glück zerstört hätte. »Sie verschwieg mir bis vor wenigen Tagen, daß du abgereist warst. Inzwischen hatte ich Alain entdeckt, und ich konnte nicht abreisen, bevor ich die wichtigsten Angelegenheiten erledigt hatte. Ich wurde fast wahnsinnig, weil ich auf Sandrose festsaß.«

»Aber was wird aus Beaumarais? Willst du es nicht wiederaufbauen, Nicholas?« Sie umarmte ihn und sagte: »Mir tut so leid, was damit passiert ist. Ich weiß, wie sehr du dieses Haus geliebt hast. Es war dein Heim, und es ist einfach nicht gerecht, daß du es so bald nach deiner Rückkehr wieder verlieren mußtest.«

Nicholas verschränkte die Arme unter dem Kopf und schaute nachdenklich an die Decke. »Als ich nach New Orleans kam, dachte ich, ich wollte nur die Wahrheit erfahren und mich mit meinem Vater aussöhnen, aber als ich die alten, vertrauten Plätze wiedersah, wurde die Vergangenheit wieder lebendig.

Erst allmählich wurde mir klar, daß die Vergangenheit tot war und ich mich mit Gespenstern befaßte. Ich hatte mich in den Jahren seit meiner Abreise aus New Orleans sehr verändert, im Gegensatz zu meinen Freunden. Sie waren immer noch die gleichen halsstarrigen Kreolen, zu denen ich nicht mehr gehörte – und nicht mehr gehören wollte.

Ich dachte, ich würde vielleicht Amaryllis noch lieben, und als ich hörte, daß sie Witwe sei, hielt ich es für möglich, daß wir zusammen glücklich werden könnten. Aber ich hatte mich getäuscht. Jedesmal, wenn ich ihr in die blauen Augen sah, erblickte ich zwei goldene, goldene Sterne, und jedesmal, wenn ich sie küßte, spukte mir dein Lächeln und deine neckende Stimme im Kopf herum. Du verfolgst mich, mein Schatz, und jetzt weiß ich, daß ich dir nicht entkommen kann. Ich will Beaumarais nicht mehr. Es soll wieder im Schlamm versinken, aus dem es erstanden ist, denn nur noch Geister werden es bewohnen.«

Mara fühlte sich beruhigt und erleichtert, als sie ihren Liebsten so reden hörte. Die Vergangenheit hielt ihn nicht mehr gefangen, und sie konnten in einem anderen Land ganz von neuem beginnen. Nie hätten sie einen neuen Anfang wagen können, wären sie auf Beaumarais geblieben. Mara legte ihren Kopf auf seine Brust und fragte verträumt: »Und wo werden wir in London wohnen?«

Er begann so herzhaft zu lachen, daß Mara sich auf die Ellenbogen stützte und ihn erstaunt anblickte.

»London? Wer sagt denn, daß wir nach London segeln, Madam?« verkündete er grinsend. »Wir sind auf dem Weg nach Kalifornien, und wenn das Wetter uns wohlgesonnen ist, wird unser Kind dort geboren.«

Mara öffnete den Mund, aber eine Sekunde lang brachte sie keinen Ton heraus. »A-aber ich habe doch Kabinen auf einem Schiff nach London gebucht. Das verstehe ich nicht«, protestierte sie schwach.

»Du solltest etwas mehr auf deine Umgebung achten, *ma petite*«, tadelte Nicholas sie scherzhaft. »Ich gab den Befehl, euch auf dieses Schiff zu bringen statt zu jenem, das du gebucht hattest. Dies hier ist ein schneller Klipper, er sollte in etwa drei Monaten die Gestade Kaliforniens erreicht haben.«

Mara sah Nicholas mit einer Mischung aus Unglauben und Mißtrauen an. »Du hast mich hereingelegt. Aber wie?« wollte sie wissen. »Françoise und Etienne! Natürlich! Ich hätte mich gleich fragen sollen, wie du mich eigentlich gefunden hast. Nur sie wußten, wo wir wohnten.«

»Sie wünschen dir alles Gute, mein Herz«, bestätigte Nicholas ohne jede Reue. »Letzte Nacht kam ich zu Françoise und erfuhr zu meiner großen Erleichterung, daß du dort gewesen warst. Ich hätte ganz New

Orleans auseinandergenommen, nur um dich zu finden, mein Liebling.« Mara wußte, daß das keine Übertreibung war. »Glücklicherweise gehört dieses Schiff Armand de Saint-Jaubert. Erinnerst du dich? Der Vater der kleinen Gabriella. Deshalb konnte ich so kurzfristig unsere Überfahrt arrangieren. Etienne kümmert sich in New Orleans um meine Geschäfte. Er wird uns einige der Erbstücke und Andenken, die ich nach Sandrose in Sicherheit bringen ließ, nach Kalifornien senden, und er wird das Land verkaufen, sollte ich mich dazu entschließen. Allerdings wird Amaryllis' Interesse daran nun, da das Haus fort ist, erlahmt sein. Auch wird es schwierig für sie sein, das nötige Geld aufzutreiben. Als ich sie verließ, plante sie gerade, ihrem Ex-Fastverlobten nach New Orleans nachzureisen. Sie wirkte verzweifelt. Sie möchte das zerrissene Band wieder zusammenknüpfen.«

Mara fiel es immer noch schwer zu begreifen. »Wir fahren also zurück nach San Francisco.«

Nicholas faßte ihr Kinn und drehte ihr Gesicht zu sich herum. »Möchtest du zurückkehren? Erwarten dich dort nicht zu viele unangenehme Erinnerungen? Sollte Brendans Witwe sich immer noch dort aufhalten – was ich bezweifle –, werde ich ja bei dir sein. Sie wird es nicht wagen, dir oder Paddy ein Haar zu krümmen«, versprach er.

Mara lächelte. »Nein, ich fürchte weder sie noch meine Erinnerungen. Im Gegenteil, mir gefällt der Gedanke, wieder nach San Francisco zu gehen«, ergänzte sie unschuldig. »Immerhin habe ich dort Freunde.«

»Ummmm«, brummte Nicholas, »ich hoffe, daß deine rothaarige Vermieterin den Schweden inzwischen unter die Haube gebracht hat, damit er nicht immer mit langem Gesicht um dich herumscharwenzelt. Natürlich werde ich ständig an deiner Seite sein, denn du wirst dann mit deinem dicken Bauch ein bißchen Hilfe brauchen. Und jeder, der mir in die Augen sieht, wird sofort erkennen, wer der Vater des Kindes ist und wessen Frau du bist«, ergänzte er.

Maras Blick verdunkelte sich für eine Sekunde, und sie fragte: »Welchen Namen wird das Baby tragen?« Denn trotz all seiner Liebeserklärungen hatte Nicholas noch nicht von Heirat gesprochen.

Nicholas rollte sich auf den Bauch, so daß Mara in seine klaren Augen aufsah. »Und an welchen Namen dachten Sie, Madam?« fragte er vollkommen ruhig.

Mara schluckte. »Da ich nicht verheiratet bin, wird es wohl O'Flynn heißen.«

Nicholas senkte die Lider, bis nur noch ein winziger Spalt unter den dichten Wimpern zu sehen war. »Und ich dachte, diese Überfahrt würde sich hervorragend als Hochzeitsreise eignen«, sagte er beiläufig, so als wäre es ihm gleichgültig, ob sie verheiratet waren oder nicht.

»Ach so?« gab Mara zurück. Der unangenehme Druck auf ihrem Magen löste sich sofort. Sie lächelte ihn provozierend an. »Und ich dachte immer, dazu müßte man erst heiraten. Na, da merkt man doch gleich, daß ich in einem höchst altmodischen Land aufgewachsen bin. Ich bin eben doch nur ein einfaches irisches Mädel, das nicht mal weiß, wie es heißt und ob es nun verheiratet ist oder nicht.«

Nicholas' Lippen verzogen sich zu einem liebevollen Lächeln, und seine Augen funkelten schelmisch. »Nachdem du in deinem kurzen, aber aufregenden Leben schon so viele Namen getragen hast, Mara, meine Liebe, kommt es meiner Meinung nach auf einen mehr auch nicht mehr an. Und jener wird«, fügte er ganz ernst hinzu, »Mara Chantale sein. Das paßt ganz ausgezeichnet«, flüsterte er und schloß sie in seine Arme, als wollte er sie nie wieder loslassen. »So als gehörte dieser Name zu dir und nur zu dir.«

Maras Arme lagen um seinen starken Nacken, und all ihre Liebe lag in ihrem Blick. Noch nie war sie so schön wie in diesem Moment, dachte Nicholas ergriffen. Er wußte nur zu gut, welche Anstrengung es sie gekostet hatte, ihm ihre Liebe zu gestehen.

»Es ist ein guter Name. Und glaube mir, ich würde nie einen anderen tragen wollen«, antwortete Mara und suchte seinen Mund mit ihrem.

Und die lange Reise, die vor ihnen lag, war vergessen, denn nur noch eines zählte für sie – ihre Liebe.

Giovanna
Bandini
Nächte wie
Seide
Roman
GOLDMANN

Giovanna
Bandini
Verbotene
Gärten
Roman
GOLDMANN

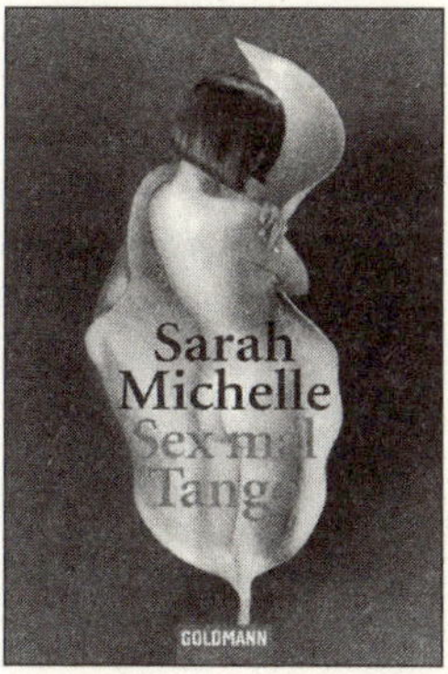

Sarah
Michelle
Sex mal
Tango
GOLDMANN

Sarah
Michelle
Sieben
mal Sex
Erotische Geschichten
GOLDMANN